唐诗三百首
鉴赏

黄永武　张高评　——　编著

九 州 出 版 社
JIUZHOUPRESS

图书在版编目（CIP）数据

唐诗三百首鉴赏 / 黄永武，张高评编著 . —— 北京：
九州出版社，2022.10

ISBN 978-7-5225-1237-2

Ⅰ . ①唐… Ⅱ . ①黄… ②张… Ⅲ . ①唐诗—鉴赏
Ⅳ . ① I207.22

中国版本图书馆 CIP 数据核字（2022）第 189382 号

著作权合同登记号：图字 01-2022-7176

唐诗三百首鉴赏

作　　者　　黄永武　张高评　编著
责任编辑　　邓金艳
出版发行　　九州出版社
地　　址　　北京市西城区阜外大街甲 35 号（100037）
发行电话　　（010）68992190/3/5/6
网　　址　　www.jiuzhoupress.com
印　　刷　　艺堂印刷（天津）有限公司
开　　本　　787 毫米 ×1092 毫米　16 开
印　　张　　49.75
字　　数　　760 千字
版　　次　　2023 年 2 月第 1 版
印　　次　　2023 年 2 月第 1 次印刷
书　　号　　ISBN 978-7-5225-1237-2
定　　价　　168.00 元（全三册）

序

黄永武

十年前我提出"中华民族是一个诗的民族"这种说法，已赢得普遍的回响与认同，成为一句相当流行的时髦话。由此我也可以预期，《唐诗三百首》这本书，势必将成为人手一册的时髦书。

《唐诗三百首》自清初刊刻以来，早已家喻户晓，它主要的成功因素是所选的诗篇惬于人心，确实是五万首唐诗中的代表作。当然，成功的选本往往不是一蹴可几的，唐代以还，唐诗的选本有百余种，提供了千百年来的智慧与眼光，其中尤以明人李攀龙的《唐诗选》、清人王士禛的《唐贤三昧集》，以及与孙洙年代相近的沈德潜《唐诗别裁》，对孙洙编选《唐诗三百首》时影响最大，再加上孙洙与其夫人徐兰英女士朝夕吟哦的那份痴迷执着的耐力，终于使《唐诗三百首》一书很快地具备了"通行海内"的生命力。据《名儒行录》的记载，孙洙在严寒的天候中读书，由于家贫，没有炭火，只有手中握住木棍，凭着这"木生火"的五行概念去御冬，实在迂得可笑，痴得可爱，也许就是这份迂与痴，让他在信而好古的虔敬理念下完成了这本不朽著作的编选工作。

《唐诗三百首》的原选篇数，或许是三百十首，后人翻刻时递有增补，至章燮的《唐诗三百首注疏》，已增为三百二十二首，至李盘根的《注释唐诗三百首》，竟增至四百首，李贺的《箜篌引》、崔国辅的《古意》都收了进去，而五言排律也增至二十首，对作者及诗体方面虽添补得更完备，但像于季子咏汉高祖那样的滥诗也居然膺选，必然令原选的作者脸红。所以我在诗篇的取舍上不以最多的本子作标准，而是希望遵循原选本的面貌，可是补选的作品中有些已传诵人口，亦不便删省，结果只好比原选本略多几首。

自从我的《中国诗学》（分为设计篇、鉴赏篇、考据篇、思想篇）问世后，风行之广，出乎我的意料，而所倡各种批评方法也为海内外人士所乐用，一时对诗歌的分析欣赏，出版如林，极为热门，无不跳脱了千百年来密圈密点式的印象批评，而迈向客观分析的美学批评。当时我就有一个愿望，就是要把家喻户晓的《唐诗三百首》作完整的分析，使全国同胞都能分享民族文化资产的甜蜜，可惜从着手写作以来，敦煌资料的整理，报章小品的催稿，以及学校行政的羁绊，占去我太多的时间，使本书时写时停，而这时我的学生张高评先生，刚在我的指导下完成了以分析《左传》文章为主的博士论文，并且他对我写的《中国诗学》酷爱最深，可以说尽察其妙，于是很投缘地，将我尚未完稿的部分交由他继续完成，其间时相往返探讨，我觉得他所写的部分早与我并驾齐驱了。为了不掩盖他的贡献，所以在每首诗的后面分别注明鉴赏者的名字。

我与高评合写这本书，重点全放在分析鉴赏上，前人在作品本身的分析做得太少，在作者生平与笺注上费力特多，所以我们的努力正是要截长补短，用心在分析作品本身时不惮烦琐，在作者介绍与注释时沿用许多旧说，当然其间也不忘订误补阙，诸如李白的生平，或岑参《轮台歌》“旄头”的注释等等，也随处增入新资料，改正旧错误，对读者诸君或许仍有帮助。只是写作的时间拖得太长，执笔的作者不是一人，所以行文的笔法不很统一，这是不容否认的弱点。

现在全书大样已经杀青，却必须在这赴美前夕，把这篇序文赶写出来，而此刻我的心早已被纽约州康奈尔大学的雪景所吸引，设想着异国那个纬度相当于我国东北沈阳的绮色佳，不久将雨雪霏霏，便益发留恋着家乡台湾的杨柳依依，于是我又有了一个新的愿望，那就是：从这四季如春的宝岛出发，发挥民族文化的光与热，让我们由“诗的民族”，进而融成一个“诗的世界”，那该多么美好呀！

目 录

壹 五言古诗 三十五首

贰　五古乐府　十一首

叁 七言古诗 二十八首

肆 七古乐府 十六首

伍 五言律诗 八十首

陆 七言律诗 五十首

柒　七律乐府 一首

捌　五言绝句 二十八首

玖　五绝乐府　九首

拾　七言绝句　五十二首

拾壹　七绝乐府 九首

附　录

壹 五言古诗

三十五首

张九龄 （公元六七八——七四〇年）

字子寿，一名博物，韶州曲江人。玄宗时官至尚书右丞相，据新出唐故尚书右丞相赠荆州大都督始兴公阴堂志铭云："享年六十三岁，生于仪凤上元三年，卒于开元廿八年五月七日。"死后赐谥文献。有《曲江集》。

欣赏张九龄的诗，不必从技巧结构上去欣赏，要从蕴藉忠悃的气度上去欣赏。他那深婉的寄托手法像《诗经》，秀丽的词汇比拟像《离骚》。他的诗品和人品一样，雅正清丽，具有"大臣风范"的面貌。

张九龄在唐玄宗时为中书令，与李林甫同列，李林甫不学无术，专忌刻天下文士，而九龄能在政治上崭露头角，完全是靠他的才鉴与文行，所以他在政坛上的背景极孤单，也极易招忌。他曾慨叹说："孤根自靡托，量力况不任。多谢周身防，常恐横议侵。"（《出为豫章郡途次庐山东岩下》）孤根难以久立，能够守福防身，完身而退，已经是谢天谢地的事。这种忧谗畏讥的境遇，在他诗中反映得很清晰。

他任中书令不满四年，一生中又先后两次被贬。第一次因张说得罪了御史中丞宇文融，连带被贬冀州，后改充岭南道按察使，在奉使远行时，仍不改变他那种"且欲汤火蹈"的忠烈风概（《夏日奉使南海在道中作》）；第二次因得罪李林甫，左迁为荆州长史，仍能写下"高秩向所忝，于义如浮云"的句子（《荆州作》），把富贵高位看作是浮云，安守着归隐自娱的平淡生活，他在出处进退上，完全是践履了儒家的规范与精神。

感遇四首^①（001～004）

孤鸿海上来，池潢不敢顾^②。侧见双翠鸟^③，巢在三珠树^④。矫矫珍木巅^⑤，得无金丸惧^⑥。美服患人指，高明逼神恶^⑦。今我游冥冥^⑧，弋者何所慕^⑨。〔去声遇韵〕

　　"孤鸿海上来"在原作中是《感遇》第四首，本诗是以孤鸿远游于冥冥比喻自己退隐后的心情。张九龄自开元二十二年出任中书令，不久又加金紫光禄大夫，极受皇帝的眷爱，但也极受当时的权臣李林甫、牛仙客的排挤。据《全唐诗话》，张九龄曾作《咏燕诗》送给李林甫，以海燕自比，希望"鹰隼莫相猜"，说明海燕只是乘着春天，暂时来玉堂上游玩，不会久居的，鹰隼不必猜疑它。不久张九龄被罢相，贬为荆州长史，他在请求归乡拜墓时作了这首感遇诗，又以孤鸿自比，以翠鸟比富贵中人。看来张九龄是最善于以各种鸟来比拟自己或别人，鸟在张九龄诗中有着特殊的象征意义。

　　本诗说一只孤鸿从海上飞来，它一到有人烟的地方就害怕，即使下面是湖塘水池，也不敢安心地看看。它侧眼望见有一双羽毛碧绿的翠鸟，筑巢在一株

---

① 全诗本来有十二首，原本选二首，章燮增选为四首。大抵是用隐约的言语发抒心中的感想。

② 潢——音 huáng，《说文》："潢，积水池。"池潢，泛指池塘与野水。

③ 翠鸟——《异物志》："翠鸟形如燕，赤而雄曰翡，青而雌曰翠。"陈子昂诗："翡翠巢南海，雄雌珠树林。"

④ 三珠树——《山海经·海外南经》："三珠树在厌火国北，生赤水上，其为树如柏，叶皆为珠。"

⑤ 矫矫——独立高出的样子。

⑥ 金丸——《西京杂记》："韩嫣好弹，常以金为丸。"金丸是打鸟的铁弹子。

⑦ 高明——扬雄《解嘲》："高明之家，鬼瞰其室。"是说居高位的易遭鬼神所忌。

⑧ 冥冥——指天空高远处。

⑨ 弋者何所慕——弋者，猎鸟的人。慕，想猎取的意思。

叶端长满珍珠的宝树上，这珍宝的树顶十分高危，我真为它们担心，哪能不害怕被铁丸所弹击？这双翠鸟是泛指许多在高位营营偷安的同僚，未必是指李林甫和牛仙客，因为他另一首《荆州作》诗也作于当时，中间有"胡为复惕息，伤鸟畏虚弹"，是以畏弹的鸟暗比曾处高位的自己。可见中间没有"小人专高位，毫无忌惮"的含义，应该是在讽诫那些同僚们：自以为宝树是最佳的位置，营巢安息，误认为富贵可以长保，其实穿了一件美丽的新衣尚且会害怕别人指指点点，处在高明显赫的地位，最易招惹憎怒的神灵来嫉恨你。而只有我今天能高飞于冥冥的长空，弋猎的人空有贪慕的心，也奈何这孤鸿不得啊！

读张九龄的诗，知道他在词汇及意象方面受《离骚》的影响极深，在思想方面几乎完全是儒家的正统思想。《离骚》中将鸾凰、凤鸟、鸩、雄鸠拟人化，张诗也喜欢用鸟来拟人。而在思想方面，孔子说过："鸟能择木，木焉能择鸟？"把鸟比作臣子本身，把木比作君王给予的禄位，鸟必须懂得择木而处，这种出处进退的时机与分寸是儒家最讲究的。而张九龄在被重用时，常常密奏陈事，奋不顾身，像力劝唐明皇早杀安禄山、阻止牛仙客知政事，等等，均表现出"进思尽忠"的儒家大臣风度；及被迁罢，卷怀而去，深自省悟，又有"退思补过"的忠臣心怀，自比为鸿飞冥冥，更有逍遥廓外的气象。

本诗题为"感遇"，是追述过去的遭遇而生种种感触，但在命意上，是以"咏物"的方式来表现的，咏物诗并不以镂绘工切为上乘，必须投入作者的生命，任取一物一事，无不洞见血肉的人生，才能引起普遍的共鸣，像本诗咏孤鸿，却处处投射出人生智慧的光辉，"美服患人指，高明逼神恶"两句，道出了中国人谦退处世的高深哲学。

诗中的孤鸿飞在罗网弹丸所不到的海天之中，与短视、贪恋的翠鸟相比，孤鸿乃是先知先觉者。《旧唐书》卷九十九中记载唐明皇逃到四川，想起张九龄曾一再提醒他说安禄山生有"叛相"，应及早扑灭，认为张九龄是一位先觉者，下诏褒赠他说："谠言定其社稷，先觉合于蓍策。"特别追赠他为司徒，遣使者到韶州去祭他。如此看来，诗中这孤鸿，实在是一只智慧之鸟呢！

（黄永武）

兰叶春葳蕤①，桂华秋皎洁。欣欣此生意②，自尔为佳节③。谁知林栖者④，闻风坐相悦⑤。草木有本心⑥，何求美人折。〔入声屑韵〕

"兰叶春葳蕤"在原作中是《感遇》第一首，借用香草美人来自述己身的芳洁，或比拟君臣间的遇合，这是从屈原《离骚》以来常用的手法。但是到了张九龄笔下，又增添了雅正的人生哲理。本诗所谈的是一种舒徐雍容的人生态度，与《离骚》中那股热烈紧张的追求期盼不同，所以诗的境界是很超脱的。

本诗大意是说：兰到了春季，花叶都很茂盛；桂到了秋季，花色洁白而馥郁。这股自然生趣蓬勃的景象，会自然构成美好的节令。谁想到那些栖隐在山林中的高士，他们是早已领悟这个宇宙自然的原则——春天欣赏兰叶的美，内心愉快；秋天欣赏桂华的美，内心也十分喜悦。懂得万物各有盛衰的时节，只要顺着自然运转，没有一物会永远不凋，没有一时会不成为佳节，假如能安命知乐，一定会触处成趣，这些隐士和草木一样，都有其悠然自得的本心，用不着希冀美人去攀折它的。

这诗中阐明的人生哲理是：人与物本来都是洒脱自在的，一旦有了"求"与"待"，就无法逍遥，就会使生气萎谢。兰花如果等待美人来采，必然有"过时而不采，将随秋草萎"的焦虑与悲伤；桂华如果等待美人来折，必然有

① 葳蕤——《楚辞·七谏·初放》曰："上葳蕤而防露兮。"王逸注曰："葳蕤，盛貌。"葳，音 wēi，蕤，音 ruí，花叶繁盛下垂的样子。

② 欣欣生意——陶潜《归去来辞》："木欣欣以向荣。"《世说新语·黜免》："桓玄败后，殷仲文还为大司马咨议，意似二三，非复往日。大司马厅前有一老槐，其扶疏，殷因月朔，与众在厅，视槐良久，叹曰：槐树婆娑，无复生意。"

③ 佳节——曹植表："一阳嘉节"。自尔，意思是指自然，尔与然古音是相近的。

④ 林栖——《晋书·文苑传》，曹毗《对儒》曰："不追林栖之迹。"

⑤ 闻风——是感悟其妙理的意思，用《庄子·天下篇》"闻其风而悦之"意。

⑥ 本心——《三国志·魏书·管宁传》："岂自遭之而违本心哉。"本心是指初心。

"庭院无人，花落如霰"的寂寞与难过；隐士如果等待君上擢拔垂问，必然有"老冉冉其将至，恐修名之不立"的失望与延伫。有了这"求美人折"的期盼，就会违反草木与隐遁者的本心，损伤其欣欣然可爱自得的生意了。

全诗在命意方面，是先用兰桂等草木开端，然后引出林栖者的心态，最后以"草木有本心，何求美人折"来综合人与物，这"本心"二字，双关着兰桂与隐士，将物与人作了"双结"，全诗不仅首与尾环合，也使人与物合一，这八句诗，十分紧凑。

（黄永武）

幽林归独卧①，滞虑洗孤清②。持此谢高鸟③，因之传远情。日夕怀空意④，人谁感至精⑤。飞沉理自隔⑥，何所慰吾诚。〔平声庚韵〕

"幽林归独卧"在原作中是《感遇》第二首。"幽林归独卧"，坊间的本子作"幽人归独卧"，据《全唐诗》及四部丛刊本《曲江张先生文集》，"人"都作"林"，其实下文"人谁感至精"已有"人"字，第一句作"林"才对。

全诗大意说：我独自归卧于这片幽林，来做退隐的人，因为孤独清静，深自省悟，已经把一向滞积在心头的疑虑洗涤干净了。我很想把现在的心得，请高飞的鸟儿，借着它的远行，传达这遥远的情怀给您。我日夜怀抱着热情

---

① 幽林独归卧——陈子昂诗："谢病南山下，幽卧不知春。"

② 滞虑——谓积聚的忧虑。

③ 高鸟——张九龄的诗中，最喜欢以鸟栖宿的高下，代表权位的高下。

④ 怀空意——意思是指怀抱着高远的理想。

⑤ 至精——犹言至诚。

⑥ 飞沉——沈约诗："鱼鸟失飞沉。"此处比喻在朝在野，情势相隔。

的空想，可是谁又曾感受到我那至深的精诚？唉，高飞在天上的和沉潜在水里的，情理上自当相隔得很远，既然这样，我又如何去安慰自己一片忠诚的心意呢？

这诗应解释为怀念君上的意思，忠臣身在江湖，心存庙堂，眷恋的倒不是自身的荣枯，而是国家的兴衰。然而在字面的处理上，全是一派山林幽深的景色，虽说是在怀念君上，怀念朝廷，是借着"高鸟"，用"飞沉"来代表在朝野，不会让华冕车马的尘俗色彩污染这高士山居的画面。由高鸟而引出飞沉异势，也极自然妥帖，幽林高鸟，字面单纯而统一，表出的境界很清澹，也很醇美。

这首五言古诗的神味很像汉魏的诗，以古雅取胜。一般来说，五言古诗的平仄格律是最宽的，中间杂入律句也无妨，像"日夕怀空意，人谁感至精"，与律句"仄仄平平仄，平平仄仄平"的格律相同，但五言古诗的出句与对句若与律句相同，只要与其上下各句粘对相反就可以，如"因之"与"日夕"，律诗要用平仄相同的"粘"，而这里却用平仄相反的"对"，粘对相反，仍然不失为五言古诗的格律。

（黄永武）

江南有丹橘①，经冬犹绿林②。岂伊地气暖③，自有岁寒心④。

---

① 江南有丹橘——《楚辞·九章·橘颂》曰："受命不迁，生南国兮。"王逸注："橘受天命生于南国。"左太冲《吴都赋》："其果则丹橘余甘。"

② 经冬犹绿林——李尤《七叹》："梁土清尘，卢橘是生，白华绿叶，扶疏冬荣。"

③ 地气暖——《周礼·冬官》："橘逾淮而北为枳……此地气然也。"曹子建《橘赋》："背山川之暖气。"

④ 岁寒心——李元操《园中杂咏橘树诗》："自有凌冬质，能守岁寒心。"陆机《拟兰若生春阳诗》："执心守时信，岁寒终不凋。"

可以荐嘉客①，奈何阻重深②。运命惟所遇③，循环不可寻④。徒言树桃李⑤，此木岂无阴。〔平声侵韵〕

"江南有丹橘"在原作中是《感遇》第七首。这是一首借橘树来抒感的诗，描写江南有红橘子树，经过冬季，仍然保持绿色的枝叶。这不仅是由于江南地方的气候温暖，更可贵的是橘树本身有着耐寒而坚贞不变的本心，所以它的果实是最适合进献给嘉宾品尝的。无奈山川阻隔得重重深远，无法让人欣赏到它的甘美与坚贞。于是想起人的命运也一样，决定命运的是"遇"或"不遇"，人生的际遇，像往复旋绕的循环体，寻不出一定的头绪，寻不出何时一定能遇或一定不能遇，所以洁身高品、修身待聘的人，也不一定会有"遇"的机运。当今世上的权贵，都在笼络人才，树立门派私党，只晓得种植桃树李树，而对于节操坚贞、风味甘美的橘树却不觉得起眼，难道橘树不能"夏就其阴，秋就其实"吗？

诗中当然是在替怀才不遇的真君子可惜，但仔细分析起来，诗中所用的比拟象征，无不渊源有自，实在秉承了全民族思想的传统。因为以橘树比拟君子，是从屈原《九章》里的《橘颂》开始的。橘树逾淮为枳，屈原体察出橘树有"受命不迁"的德性，《橘颂》中说："深固难徙，更壹志兮。"表示橘树有

---

① 嘉客——《诗经·小雅·白驹》："所谓伊人，于焉嘉客。"刘桢诗："蘋藻生其涯，华叶纷扰溺。采之荐宗庙，可以羞嘉客。"

② 重深——张梦阳《拟四愁诗》："愿因流波超重深。"谓重复深远之山川。

③ 运命——李萧远《运命论》："夫治乱，运也；穷达，命也。"

④ 循环——谢灵运诗："四时循环转，寒暑自相承。"指往复相承，旋绕不绝的意思。这里是说寻不着一定的头绪。

⑤ 树桃李——《韩非子·外储说左》："赵简主俯而笑曰：夫树柤梨橘柚者，食之则甘香，树枳棘者，成而刺人。故君子慎所树。"《韩诗外传》卷七："简子曰：夫春树桃李，夏得阴其下，秋得食其实。"《说苑·复恩篇》："简子曰：惟贤者为能报恩，不肖者不能。夫树桃李者，夏得休息，秋得食焉。"唐人称荐用人为树桃李。这里把树桃李当作培植私党。

刚烈不二的民族性与乡土性。橘的另一个象征，是起于它文采章明的外表，与味美馨香的内蕴，这种内外一致的美，是来自淳厚的天赋及长期的修养。屈原在《橘颂》中又说："青黄杂糅，文章烂兮。精色内白，类任道兮。纷缊宜修，姱而不丑兮。"说它有青黄烂然的外表，内在的瓤与子或洁或白，色泽是这样明亮，貌类是最可信赖的。这种外表的美好与内在的蕴积，都是有赖于长期的修炼。这种"纷缊宜修"的思想，与中国人读书学道的精神完全吻合，再加上《礼记·儒行》载孔子的话——"儒有席上之珍以待聘，夙夜强学以待问"，说明儒家的力行，目的在求"自尽其道"，本诗中说"可以荐嘉客"，就含有"席珍待聘"的意义。

橘，它像个性强、操守严、品学美的君子，这种君子，必然是不容易"遇"的。唐人比喻荐拔人才为"树桃李"，人才被谁荐拔，就终身列于谁的门墙，成为谁的羽翼，所以树桃李不是不好，只是太热门、太势利了。而那入冬以后，仍然有一树青荫的橘树，却因阻隔在江湖重深的江南，必须去访求才能寻到，所以很难像桃李那样，任情招来列于私家的门墙。既然这样，橘是注定了不容易"遇"的命运。本诗所要表现的情感，当然是在描写寂寞遥隔的失落感、怀才不遇的失败感，以及在桃李争艳时的失宠感，但诗中却特别标示出橘子的丹红、岁寒不凋的浓绿，这样鲜明的红与绿，再加上可以荐嘉客的朗润芬烈，与冬夏长存的一树浓荫，用天赋的朴茂甘美，来衬托它黯淡不遇的命运。这种教人深惜的对比，常能显示出儒家近乎伟大的悲剧性格。

（黄永武）

王　维（公元六九九——七五九年）

字摩诘，河东人。玄宗开元九年中进士，官至尚书右丞。《河岳英灵集》称其诗："词秀，调雅，意新，理惬，在泉为珠，着壁成绘。一字一句，皆出常境。"摩诘除工诗外，更精通音乐，尤善画，苏轼称赏他"诗中有画，画中有诗"。前人曾说："诗是有声的画，画是无声的诗。"二者兼长的只有王维。其所画所咏，特妙山水，笔意清润，浑然天成。四十岁后，隐居蓝田辋川。王维中年亡妻，不再续娶，无子，孑然一身。晚年奉佛修心，时时徜徉于竹洲花坞之间，故诗中多禅意，后人称为"诗佛"。有《王右丞集》二十八卷。

送綦毋潜落第还乡^①（005）

圣代无隐者^②，英灵尽来归^③。遂令东山客^④，不得顾采薇^⑤。既至金门远^⑥，孰云吾道非^⑦。江淮度寒食^⑧，京洛缝春衣^⑨。置酒

---

① 綦毋潜——綦毋，复姓。綦，音 qí。潜，名，字季通，荆南人。至开元中始中进士。落第，科举考试未被录取。

② 圣代——政治清明的时代。

③ 英灵——指贤能有才干的人。

④ 东山客——《晋书·谢安传》："安虽受朝寄，然东山之志，始末不渝，每形于言色。"是说谢安虽在朝廷，然始终不忘归隐东山。

⑤ 采薇——《史记·伯夷列传》："义不食周粟，隐于首阳山，采薇而食之。"

⑥ 金门——一作"君门"。《三辅黄图》："汉武帝得大宛马，以铜铸像，立于署门。"所以名金马门，简称金门。

⑦ 孰云吾道非——《孔子家语》，楚昭王聘孔子，孔子往，陈蔡发兵围孔子，孔子曰:《诗》云：'匪兕匪虎，率彼旷野。'吾道非乎，奚为至于此？"这是孔子叹说自己政治理想的不能实行，半途受到阻碍。

⑧ 江淮度寒食——江淮，就是长江、淮水，按题云还乡，别本作"东归"，是江淮为綦毋潜所必经的水道。《荆楚岁时纪》："去冬至一百五日，即有疾风甚雨，谓之寒食，禁火三日。"

⑨ 京洛——今河南洛阳市，玄宗天宝初为东京。

长安道①，同心与我违②。行当浮桂棹③，未几拂荆扉④。远树带行客，孤城当落晖⑤。吾谋适不用⑥，勿谓知音稀⑦。〔平声微韵〕

这是一首劝慰落第者的诗，其中反复比喻，殷殷致意，能使落第人读之绝无怨尤，而有奋发之心。在科举抡才的时代，编者特选本诗，以慰解那些不得意于功名者，使他们仍然歌颂"圣代"，不非"吾道"，这种教化目的也是编选本书的用心所在。唐人所作这类诗不少，而以王维此作最称委婉温厚，感情真切。

本诗十六句，每四句一意，首四句从赴试说起，用的是"反起法"，不直说綦毋潜赴京应试，却说身逢圣代，英灵尽归，与韩愈"明天子在上，可以出而仕矣"立意之美妙，可谓异曲同工。即令是志在隐居的谢安、伯夷、叔齐，遇此圣朝，也都会离山出仕，这是抉进一层的比喻，妙在用翻叠的手法，使原有的典故之上，又复叠一层新意，不但情致清新，含意也层折有味。

次四句叙述落第情形，不直说落第不中，却说"既至金门远"——已经来到金马门前，却不能进入金马门——翻叠有味。不说"时命不将明主合"（綦毋潜《早发上东门诗》），却言"孰云吾道非"，是时运不济，不是我们的行道不对，这些慰藉语都十分委婉温厚。"江淮度寒食，京洛缝春衣"，跋涉江淮时

---

① 长安——今陕西省西安市。长安道，别本作"长亭道"，是那时城外饯行的地方。

② 同心与我违——《易》："二人同心，其利断金。"犹言知己。违，离别的意思。

③ 桂棹——桂树做的桨，借代船。

④ 荆扉——就是柴门。

⑤ 落晖——落山的太阳。

⑥ 吾谋适不用——《左传·文公十三年》："士会行，绕朝赠之以策（马鞭）曰：'子毋谓秦无人，吾谋适不用也。'"适，偶然之意。

⑦ 知音稀——《列子·汤问》："伯牙鼓琴，志在高山，钟子期曰：'峨峨然若泰山。'志在流水，曰：'洋洋然若江河。'子期死，伯牙绝弦，以无知音者。"古诗曰："不惜歌者苦，但伤知音稀。"

正当寒食之节，入京不第，自缝敝衣时，已是春天了。征途之苦辛，下第之落魄，淹留之经年，皆可从十字中见之，是慰劳语，也是关切语，足见感情的真挚。

又次四句述说还乡的景况，"置酒长安道，同心与我违"，写的是眼前饯别情景；"行当浮桂棹，未几拂荆扉"，是想象中回乡的景象。"浮棹"呼应"江淮"，"荆扉"回顾"隐者"，使得前后脉络一贯，强化了结构的紧密性。这一来一往，路径虽然相同，心情却迥然有别：来时是充满希望地去赴试，回时却是满怀失望地落第而归。一样路程，两般心情，刻画得十分含蓄。

末四句写送行，兼发议论，"远树带行客，孤城当落晖"，是描写送行之景：树一路上伴随着你远行，此时落日正映照在孤独的城郭上。这"带"字、"当"字，用得极佳妙，《青轩诗辑》认为"非得画中三昧者，不能下此二字"，行者的落寞孤单，借着这幅画面表现无遗，此非"诗中有画，画中有诗"的王维，不能臻此胜境。"吾谋适不用，勿谓知音稀"，是宽慰语，温柔敦厚之至，借用典故，有神无迹，意谓不要因为文章偶然不被主考官赏识，就认为当今世上再也没有知音的人。綦毋潜在开元十四年（公元七二六年）终于进士及第，王维积极的鼓舞慰勉是功不可没的。

此篇有叙事，有描写，有议论，虽短章，却具长篇之法，这是它另一可贵之处。

（张高评）

送　别 (006)

下马饮君酒①，问君何所之②。君言不得意，归卧南山陲③。

---

① 饮——以酒饮人，拿酒给人喝。

② 之——往。

③ 南山陲——南山即终南山，主峰在陕西西安之南。陲，边。

但去莫复问，白云无尽时 ①。〔平声支韵〕

这是一首送友归隐的诗，清旨微言，语有尽而意无穷，妙于兴会，纯任自然，正是王维诗的本色。

借一问一答的手法，形成本诗的架构，节省了许多繁文琐节，使诗歌达到了精净清纯的境界，诗文庞杂不精者，最宜奉为救病良方。尤可学者，作者在未下笔前，已省去许多笔墨，在既下笔之后，收结之时，更汰剪一切芜秽，所以精致超诣如此。

尤其是收结两句，感慨歆羡，寄兴遥深，含意十分蕴藉。前人曾谓"但去莫复问，白云无尽时"，与陶渊明"采菊东篱下，悠然见南山"有同样超诣的境界。黄永武先生曾推究其所以超诣之故，认为这十个字同时表现了时空的无限性——白云无尽，时日也无尽。以时空的交感表现其无限性的意境，往往能使读者感到余韵不绝，徘徊不去，古人所谓"曲终江上之致"，就是这种境界。（参考《中国诗学·鉴赏篇·作品的诗境》）

在音节方面，本诗有个特色，就是通首出句第三字皆仄，对句第三字皆平（饮、不、莫皆仄声，何、南、无皆为平声），这是因为短古调贵健劲，对句第三字用平声，容易使音调达到健劲的效果。本诗既与赵秋谷《声调谱》所谓"三平"之说相符，所以全诗音节十分谐和。

本诗虽寥寥六句，然其得意忘言之妙，仿佛李太白七绝《山中问答》诗"问余何事栖碧山，笑而不答心自闲。桃花流水杳然处，别有天地非人间"意调。清吴乔《围炉诗话》谓："王右丞五古，尽善尽美，观送别篇，可入三百。"可谓推崇备至了。

（张高评）

---

① 但去二句——沈德潜云："白云无尽，足以自娱，勿言不得也。"

青 溪^①（007）

言入黄花川^②，每逐青溪水。随山将万转，趣途无百里。声喧乱石中，色静深松里。漾漾泛菱荇^③，澄澄映葭苇^④。我心素已闲，清川澹如此。请留盘石上^⑤，垂钓将已矣^⑥。〔上声纸韵〕

王维的诗，号称写景派之宗。苏东坡曾说："味摩诘之诗，诗中有画。"黄山谷也说："此老胸次，定是有泉石膏肓之疾。"这是因为王维善于绘画，以画意作诗，故写景诗最工。尤其是山水诸作，笔意清润，天然浑成，本诗即其一。

借青溪的深峭恬静，来印证自己心境的澹泊闲适，用物我相融的方法即景抒情，这是本诗特出的地方。

本诗可分三段，每四句一段。前四句写青溪的地理形势，叙事写景中隐含着作者的情志。着一"入"字，不仅与末两句"请留""将已"相呼应，预为后文作地步，并可见其回归林泉的情志。着一"逐"字，亦可见其随兴之所至，忘机之漫游，足见其心情之闲适。三四两句状写青溪流域的曲折，尺幅有千里之势，自黄花川到青溪，直达的旅程虽不到百里，山势却千回万转，曲折回环，这是置身局外写青溪，可以想见其幽迂。

中四句是入乎其内写青溪。"声喧乱石中"，是就声响写；"色静深松里"，

---

① 青溪——《水经注》："沮水南经临沮县西，青溪水注之。水出县西青山，山之东有滥泉，即青溪之源也，其深不测，泉甚灵洁。"按在今陕西省勉县之东。

② 言入黄花川——言，系发语辞。川在陕西省凤县东北。

③ 菱荇——皆指水草。荇，音 xìng。

④ 葭苇——芦苇。

⑤ 盘石——大石。

⑥ 将已矣——将以此终其身，有感叹之意。

是就色调写；"漾漾泛菱荇"，是写溪中之景；"澄澄映葭苇"，是写溪岸之景。而且无论是写声响、色调、溪中、溪岸，在在都在显现青溪之深峭幽静。这四句诗境，的确是十分生动活泼的画面。语云："诗是有声的画，画是无声的诗。"二者兼长的只有王维。

后四句情景交融，呈露出自己的素愿。"我心素已闲，清川澹如此"，青溪之清澹与我心之素闲，此时已融合为一；换言之，青溪的清澹与自己的闲适已浑然化合，诗境印证了心境，达到"物我两忘"的境界。末两句以咏叹作结，唤起一种警切的韵味，而且"盘石"二字，暗用《古诗十九首》"良无盘石固，虚名复何益"之意，既表明自己归隐素志的笃定不移，又可见其尘视名利之心。如此，诗句便词短意长，力量增厚，这种经济的技巧，便是用典的效果。

全诗十二句，可说句句关合题目，这就是所谓"尊题"，"回龙顾主"。"不即不离"，正是此中的秘诀。

（张高评）

渭川田家^①（008）

斜阳照墟落^②，穷巷牛羊归。野老念牧童，倚杖候荆扉。雉雊麦苗秀^③，蚕眠桑叶稀。田夫荷锄至^④，相见语依依。即此羡闲逸^⑤，怅然吟式微^⑥。〔平声微韵〕

———————

① 渭川田家——渭川，即渭水，源出甘肃渭源县鸟鼠山，东流入陕西境，经凤翔、朝邑，东流到潼关，入黄河。田家，即农家。

② 墟落——村庄。

③ 雊——音 gòu，雉鸡叫唤的声音。

④ 荷——音 hè，掮负的意思。

⑤ 即此羡闲逸——就是这些情景，也觉得闲散静逸，值得羡慕了。

⑥ 式微——《诗经·邶风·式微》："式微式微，胡不归？"式，发语词。微，衰落之意。此处表示自己有归隐的意念。

这首诗描写初夏傍晚田家风光，顺手拈来，却也诗意盎然。在在都是寻常景色，一经捕捉入诗，便成妙谛。不尚雕绘，纯粹白描，正是王维田家诸作的特色，真率中有恬静之气，又不离人生日用彝伦之外，所以读之格外感到亲切有味。

前四句写田家日暮时家人父子之情挚。斜阳、墟落、穷巷，呈露的意象是荒凉、悲寂与感伤，所以明唐汝询认为本诗是"历叙田家之事，而起歆慕之心，伤世之衰，而欲归隐也"。首二句安置这些意象，正好为最末一句预作伏脉。三四两句所写，最可见田家亲情的可贵，形容自然而妙肖，令人如闻如见。这四句的动词，除第二句外，都安置在第三字，统一中不失变化，有错综之美。

次四句叙田家农忙时情景，"雉雏麦苗秀，蚕眠桑叶稀"，对仗十分工稳，有陶渊明《桃花源诗》"虽无纪历志，四时自成岁"之意，一切只是因应自然。田夫云云二句，言相见之情煦煦恳恳，最是田家风味，与前"野老"二句都是用的白描手法，语虽浅而情深，颇耐人寻味。

通篇用"即此"二字括收，王夫之认为，这样一来前八句就不纯粹是景语，而是情语了。更进一步推崇王维说，"属词命篇，总与建安以上合辙"，这评价是很高的。"怅然吟式微"，这"式微"二字是个藏词，隐藏"式微式微胡不归"七字，藏着自己想归隐的意思。这种歇后法是种经济而含蓄的修辞方式，最有耐人咀嚼的余情。

本诗几乎句句化用旧文，陶镕脱换之术，使人不觉。可见王维作诗虽多兴会，亦未尝不由于学养。王维田园诸作，盖学陶渊明渊深朴茂、纯任自然之风，高步瀛批评本诗说："天趣自然，踵武靖节。"这句话大致是不错的。

（张高评）

西施咏 ① （009）

　　艳色天下重，西施宁久微。朝为越溪女 ②，暮作吴宫妃。贱日岂殊众，贵来方悟稀。邀人傅香粉，不自著罗衣。君宠益骄态，君怜无是非。当时浣纱伴 ③，莫得同车归。持谢邻家子 ④，效颦安可希 ⑤？〔平声微韵〕

　　寓意深远，托词温厚，是前人要求五言古诗达到的标准。本诗夹叙夹议，是咏史诗的特色，而借事以劝讽，托物以伸意，又俨然讽谕诗的神貌。所以王夫之虽批评本诗"讽刺褊小"，但却称赞其"转折浑成，犹有元韵"。

　　就句意结构而言，本诗可分三段。前四句写西施之骤贵，由于天下重色。"朝为越溪女，暮作吴宫妃"，时间速率的急遽变化，说明因缘凑合的幸运，直斥吴王是非之不明。这其中隐含着多少历史事实，诸如勾践的雪耻复国、范蠡的深谋远虑、西施的识明大体、夫差的沉溺声色，等等，王维一概从略，只写下这十个字，立意未免偏狭，所以王夫之批评他"讽刺亦褊"。也许，作者的用意只在借西施的故事，来感叹世态的炎凉、人情的冷暖吧。

　　次六句写西施恃宠而骄，"贱日岂殊众，贵来方悟稀"，就是吴伟业《圆圆曲》里的"旧时同是衔泥燕，飞上枝头变凤凰"诗意。"邀人傅香粉，不自著

---

　　① 西施——就是西子,姓施,名夷光,越国的美女,是苎萝山下樵夫的女儿。越王勾践寻来献给吴王夫差,吴王非常宠爱她,因此吴为越所破灭。传说如此。

　　② 越溪——指若耶溪，在浙江绍兴东南二十八里，是西施采莲的地方。

　　③ 浣纱——浙江诸暨苎萝山下有石迹水，相传是西施浣纱的地方，现在还留着浣纱石。浣，音 huàn，又音 guàn，洗涤。

　　④ 持谢邻家子——将西施能够得宠的理由，告诉邻家子。

　　⑤ 效颦安可希——《庄子》:"西施病心而矉,其里之丑人见而美之,归亦捧心而矉。"矉和颦相通,心头痛而皱眉蹙额的样子。希,希望得宠的意思。安可希,怎能希望别人赏识？

罗衣"，是西施宠贵后的剪影之一，具体刻画她的骄态，为下文"君宠益骄态"作引，为"君怜无是非"作伏。"贱日岂殊众"二句，及"君宠益骄态"二句，前人极称其佳美工妙。这四句话，贵贱稀众对比烘托，君宠君怜概括极大，虽都是感慨之词，但能出以冲和之笔，所以仍不失为中庸悦耳之音，颇合于风人之旨。殷璠称王维诗"辞秀调雅，意新理惬，一字一句，皆出常境"，这四句诗就是一例。

末四句推开一层说，没有西施之美色，而东施效颦，以期望他人的赏识者，未免太不自量力了。如此收结，大有史书论赞之意，而且以反诘生情，自能产生一种将尽不尽的饱满情趣。

至于本诗的旨趣，除上述讽谕之意外，前人皆以为别有所指。清吴乔《围炉诗话》就以为"唐人诗意，不必在题中"，曾举本诗"贱日岂殊众"以下六句为例，以为"当是为李林甫、杨国忠、韦坚、王铁辈而作"；王尧衢《古唐诗合解》则认为本诗"言人贵自立，有才必为世用，决不沦于微贱，故以西施为喻"；沈德潜《唐诗别裁》另有神会，以为本诗"写尽炎凉人眼界，不为题缚，乃臻斯诣。入后人手，征引故实而已"。会心有别，说解自然有异，"道并行而不相悖"，不妨综观而并参之。

（张高评）

丘　为（约公元七〇一——八〇四年）

嘉兴人，初累举不第，归山读书，天宝中举进士，官太子右庶子。事继母极孝，有灵芝生堂下，时人以为祥瑞。和王维、刘长卿相友好。长于五言诗，多咏田园风物之作。卒年九十六，存诗十三首。

寻西山隐者不遇（010）

 绝顶一茅茨^①，直上三十里。叩关无僮仆^②，窥室惟案几。若非巾柴车^③，应是钓秋水。差池不相见^④，黾勉空仰止^⑤。草色新雨中，松声晚窗里。及兹契幽绝^⑥，自足荡心耳^⑦。虽无宾主意，颇得清净理。兴尽方下山^⑧，何必待之子。〔上声纸韵〕

 这首诗描写西山的幽绝，隐者的孤高，作者乘兴而访，兴尽而返的情趣。其中有事实，有想象，有写景，有抒情，有议论，虽乏清词丽句，亦自然朴质可爱。

 本诗可分为四段，每段四句。首四句扣题紧切，第一句写隐者所居，第二句写西山路程，第三句写寻访，第四句写不遇，指点带出题面，不絮不衍，干净利落。隐者所居住的茅屋，位于西山的绝顶上，要攀登三十里路才能到达，文意上已可想见其处之高绝，若再就"一"与"三十"悬殊之对比，也可仿佛其地势之崔嵬。

 次四句承上写"寻"字。"若非巾柴车，应是钓秋水"，写隐者的去处，一

---

① 茨——音 cí，茅屋。

② 叩关——敲门。

③ 巾柴车——巾，作动词用。柴车，破旧的车子，此处指隐士之车，巾柴车，是乘着用巾覆的柴车出游之意。

④ 差池——差，音 cī。差池，不齐的样子。是说我来你往，不能会面。

⑤ 黾勉空仰止——黾，音 mǐn，黾勉，殷勤的样子。仰止，钦仰、仰望。止，之。

⑥ 契——惬意。

⑦ 荡——开畅的意思。

⑧ 兴尽方下山二句——《晋书·王徽之传》："常居山阴，夜雪初霁……忽忆戴（安道）远在剡（浙江省嵊州市），乘小船诣之，造门不前而返。人问其故，曰：'本乘兴而来，兴尽而返，何必见戴？'""之子"就是"这个人"，指隐者。

就陆路写，一就水路写，都是推想之词。我来彼往，既失之交臂，怅望之余，只得空怀仰望之思了。"巾"字名词作动词用，丰富了语意；"钓秋水"虚实相成，使得意象更为活泼生动。

再次四句描写隐居处风景，并自我宽慰。"草色新雨中，松声晚窗里"，上句写所见，下句写所闻：雨中草色，一片新绿，晚风入窗，带来阵阵松韵。此种幽雅的景致，目遇之而成色，耳闻之而为声，情景惬合，自然足以荡涤我之心胸。逢此佳景，可谓不虚此行，因为耳目之间已妙得清净之趣。

末四句写寻访不遇之感受。雨中草色既格外生新，窗里松声又殊堪入耳，于是自己领略的清净之趣，与幽绝之境相契合。此行虽无宾主款洽之情，而风流雅致，颇得清净之理。游兴既尽，下得山来，何等畅快，又何必等待隐者，见到隐者呢？末二句，套用王徽之夜访戴安道故事，只在说明宾主并未相见，并非真像王徽之那样，存心不想遇到戴安道，此之谓"活用"典故。孟子说："说诗者不以文害辞，不以辞害志，以意逆志，是为得之。"这段话，是我们欣赏诗歌时必须记取的。

（张高评）

綦毋潜（约公元七四一年前后在世）

字孝通，行三，亦称綦毋三，荆南人。开元十四年进士及第，授宜寿尉，入为集贤院待制，迁右拾遗，复授校书著作郎。后见兵乱，遂归隐江东别业。其诗清丽幽秀，又善写方外之情，殷璠推为历代未有，有诗一卷。

春泛若耶溪^①（011）

幽意无断绝，此去随所偶^②。晚风吹行舟，花路入溪口。际夜转西壑^③，隔山望南斗^④。潭烟飞溶溶，林月低向后。生事且弥漫^⑤，愿为持竿叟^⑥。〔上声有韵〕

　　据《水经·浙江水注》的记载，麻潭下注到若耶溪后，"溪水至清，照众山倒影，窥之如画"，本诗就是描写泛舟其中的情景。

　　本诗分三段，段各有意。前四句总起，扣切题面：首句叙若耶溪风景如画，令人目不暇接，所以才吸引作者的游兴，认为处处可观，此行可以随所遇而流止。"风吹行舟"是具体写"随所偶"，也就是切定题文的"泛"字。落句的"花路"切"春"字，"入溪口"当然是切若耶溪了。出句的"晚"字，点明诗境发生的时间，是夜晚而非白昼。

　　次四句正写"泛"字，上承"晚"字。入夜之后，船转向西边的溪壑摇去；抬头远望，横越山峦，可以看到南斗星；低头俯视，但见潭上水气浓密，一片迷蒙；夜深月沉，本来高悬在林间的月亮，也随着船只的前行，渐渐低垂在船后。这四句所写，各有不同的空间角度，五句写船行的方向，八句是写月与船交错的方向，都是动态的演示；六句写由下上望的景色，七句写自高处（船上）俯临（水面）的景色，则偏于静态的描绘。"潭烟飞溶溶"连用五平，如果对句能用五仄或四仄，则音节将更加响亮和谐，可惜本诗"林月低向后"

---

① 若耶溪——在今浙江绍兴，传为西施浣纱处。

② 随所偶——随遇而安。偶，遇。

③ 际夜转西壑——傍晚。际夜，至夜。壑，山沟。

④ 南斗——星名。南斗，二十八宿之一，玄武七宿之首，有六星均属人马座，又名斗宿。

⑤ 生事且弥漫——一生的事情茫茫无穷尽。

⑥ 持竿叟——渔翁。

只有三平调，未免逊色些，因为盛唐诗人是绝对不在对句连用"五平"调的。

末二句抒发所感。泛舟在这如诗如画的溪流中，不能没有感受。想到我生事务的浩繁无尽，茫茫无边，对此风清月明，湖光山色，不觉萌生幽隐之心。作者甚至于想做一个烟波钓叟，终其一生哩！不称钓叟，不称渔翁，而称"持竿叟"，显然，"持竿叟"的意象远较鲜活具体，既切溪水，又能令人如见其形。这是措词善用"实字"（名词）的效用。

本诗前八句，都是"赋"的手法，后两句采"兴"的笔调，交互运用，自也平实可喜。至于用字遣词之肯綮严密，也自具特色。韦应物诗称其"满城怜傲吏，终日赋新诗"，李颀诗称其"夫子大名下，家无钟石储"，他的热衷诗作，淡泊名利，可以想见。綦毋潜在本诗中自述他"愿为持竿叟"，观其"生事"，那就不足为怪了。

（张高评）

王昌龄（公元六九八——七五七年）

字少伯，京兆人，一说太原人，开元十五年进士。历官江宁丞，以不护细行，贬为龙标尉。世乱回乡，为刺史闾丘晓所杀。其诗缜密而思清，尤以七绝称雄，其七绝多抒写边塞及闺怨，可与李白争胜，时有"诗家天子王江宁"之盛名。《全唐诗》存其诗四卷。又述作诗格律、境思、体例共十四篇，为《诗格》一卷，《诗中密旨》一卷，实为诗人兼文学理论家。今敦煌残卷中存王昌龄诗七首，其中《题净眼师房》一首，颇能见其不矜小节处。

同从弟南斋玩月忆山阴崔少府^①（012）

　　高卧南斋时，开帷月初吐^②。清辉澹水木^③，演漾在窗户^④。苒苒几盈虚^⑤，澄澄变今古^⑥。美人清江畔^⑦，是夜越吟苦^⑧。千里其如何？微风吹兰杜^⑨。〔上声麌韵〕

　　这是一首望月怀远的诗。睹物思人，本人之常情，何况月亮的圆缺变化，更令人有消长之慨，所以沈德潜说："高人对月时，每有盈虚古今之感。"只不过高人对于这种感受来得较为强烈罢了。作者跟他的堂弟销，在南书房赏月之余，怀想起山阴崔少府国辅，于是写下了这首诗。

　　本诗分成二段，前六句写南斋玩月而兴感，后四句写"忆山阴崔少府"，扣题如此，堪称贴切。不过"同从弟"三字并没有写入诗中，不免美中不足。

　　首二句用赋法直接叙述，三四两句承"月"字写景：皎洁的月光，荡漾在沼池林木上；水月的清光，摇曳于窗户之间。第三句的取景是由上而下，第四句则由下而上，三四句形成了一幅交相辉映的胜境。五六两句借景发论，触类

---

　　① 从弟——伯叔的儿子，即堂弟。王昌龄之堂弟名销。山阴，今浙江省绍兴市，古代为越地。崔少府，此指崔国辅。少府，即县尉，掌缉捕盗匪。

　　② 帷——帘帐。

　　③ 清辉句——清辉，皎洁的月光。澹，摇动貌。

　　④ 演漾在窗户——演，水流的样子。漾，摇晃不定的样子。这是说水月的清光摇曳于窗户之间。

　　⑤ 苒苒——苒，音 rǎn，光阴过得很快的意思。

　　⑥ 澄澄——清光。

　　⑦ 美人——自《离骚》以下，指称自己思慕的人，此指崔少府。

　　⑧ 是夜越吟苦——《史记·张仪列传》："越人庄舄，仕楚执珪，有顷而病，楚王曰：'舄……贵富矣，亦思越不？'中谢对曰：'凡人之思故，在其病也。彼思越则越声，不思越则楚声。'使人往听之，犹尚越声。"这是以越切山阴，故用山阴故事。

　　⑨ 兰杜——兰花、杜若，都是香草。

引申，而有盈虚之感，古今之概。这六句点题明确切实，首句点南斋，次句写月，三四句写玩月，五六句因月而兴感。且五六句对仗工整，而起句平仄入律，但对句未入律，所以并不算落调。关于古诗的平仄到底有没有规律可循，可以参阅王力著《汉语诗律学》第二章古体诗各节。

七八两句从对面抒写怀旧之情，不直说今夜自己如何怀友，反写友人此刻必在苦吟思旧，忆人之情，自在言外。这种"正面不写写反面，本面不写写对面旁面"之法，最有深曲之致，王维诗"遥知兄弟登高处，遍插茱萸少一人"，是这种手法；杜甫《月夜》诗"遥怜小儿女，未解忆长安"，也是这种笔法。这种移情外射作用，是诗歌中常见的技巧。末两句则写因彼此相隔千里，而望风怀想，谓崔少府声名远播，就像兰杜的香气，虽隔千里也会随风吹至。这里用美人香草（兰杜）比配崔少府，承袭了屈原骚赋的比拟技巧，对于崔国辅的人格作了极高的推崇。七九两句的诗意，大概是从谢庄《月赋》"美人迈兮音尘阙，隔千里兮共明月"脱胎来的。"越吟"用的是《史记》的典故，楚庄舄曾唱越歌以寄乡思，这里以越切山阴，断章取其"思"义而已，翁方纲称王昌龄的诗"精深色秀"，由此可见一斑。

在用韵方面，用的是上声麌韵，说得确切些，是用古韵部上声"姥"韵。在古韵部中，姥韵不与麌韵同用，王昌龄仿效古风用韵，居然谨严如此，实在难得。

（张高评）

常　建（约公元七四九年前后在世）

长安人，开元十五年（公元七二七年）中进士，代宗大历中官盱眙尉。仕途颇不如意，遂放浪琴酒，往来太白紫阁诸峰，有遁世之志。尝采药仙谷中，遇一绿毛女，同处修道，采食松叶。殷璠称他的诗："其旨远，其兴僻，佳句辄来，惟论意表。"今存常建诗三卷，属思既精，词亦警绝。

宿王昌龄隐居（013）

清溪深不测，隐处惟孤云。松际露微月，清光犹为君[1]。茅亭宿花影[2]，药院滋苔纹[3]。余亦谢时去[4]，西山鸾鹤群[5]。〔平声文韵〕

常建的诗，以旨远兴僻为特色。五言古诗清峻秀逸，善于摹写山水，可与王维、孟浩然诗相颉颃。清吴乔在《围炉诗话》中认为，常建的诗是盛唐诸家的变风，如"幽泉怪石，非中州所有，而阴森之气逼人"，这是他的特出处。若论他的玄妙诗风，则比较接近孟浩然，本诗就是一例。

本诗写王昌龄隐居处景色的佳绝，作者由景悟道，遂有箕山之志。全诗可分为两段，前六句是景语，也是情语；末二句，作者即景生情，而又情随境迁，故跌出偕隐之意来。

"清溪深不测，隐处惟孤云"，写隐处的景物，上有孤云，下有深溪，确是隐逸的佳境，幽绝自在，可以想见。用一"惟"字，见除孤云外，别无尘俗之物存在，这两句写出此地的孤清。"松际露微月，清光犹为君"，切点题文"宿王昌龄"，表现作者与万化冥合、物我融会的境界。唐殷璠、宋尤袤十分激赏这两句，以为"可称为警策"。"茅亭宿花影，药院滋苔纹"，写夜景之清虚幽

---

① 清光犹为君——意思说一片清光，似乎特别对你有意。

② 宿——喻夜静时花影如眠。

③ 药院——种药的庭院，一说种芍药花的庭院。

④ 余亦谢时去——《列仙传》："王乔，周灵王太子晋也。好吹笙，作凤鸣，游伊洛间，遇道士浮邱公，接以上嵩山，三十余年后求之于山，见桓良谓曰：'可告我家，七月七日待我于缑氏山头。'至期，果乘白鹤驻山头，望之不得到，举手谢时人，数日乃去。"

⑤ 西山鸾鹤群——《稽神记》："倘若玉京朝会去，类随鸾鹤入青冥。"群，与之为伍。鸾鹤，古常指仙人乘骑的禽鸟。西山，即樊山，在武昌之西。

静，是对句，其中"宿""滋"是诗眼，用得十分精巧传神。"宿"字示夜静花影如眠之态，"滋"字见人迹罕至苔纹渐生之景。能如此锤炼文字，则字健而意丰了。前人论修辞，所谓"贫于一篇，富于一字"，就是指"诗眼"这类字来说的。本来古诗是不拘对仗的，却也不避对仗。唐代的诗人们受近体诗的影响既深，所以潜意识中不免以近体诗的平仄、对仗、语法掺杂在古诗中，本诗的对仗就是这种情形。

末两句以偕隐作结，作者宿此佳境，遂生辞去世俗之累的念头，想跟西山的鸾鹤为伍，过着归隐的生活。所谓心随境转，情逐物移，就是这两句最好的写照。

据《唐才子传》的记载，常建在开元十五年与王昌龄同榜登科，后来寓居在鄂渚（在今湖北武汉），曾招王昌龄、张偾与之同隐。此诗之"隐居"，或许是指的鄂渚吧？常建一生失意于宦途，终于一尉。既高才而无贵位，遂寄情山水，最后移家隐居于鄂渚。英才至此，千载同悲。

（张高评）

孟浩然（公元六八九——七四〇年）

本名浩，襄阳人。少隐鹿门山，以诗自娱。年四十，游京师，后为张九龄从事。开元末病背疽卒，以布衣终其身。有《孟浩然集》四卷，世称孟襄阳。

孟浩然的诗澹远清亮。他有隐士的心胸，所以诗很澹远；他又有高抗的节义，所以诗很清亮。当时的隐士与豪杰，对他都很仰慕。李白有《赠孟浩然》诗道："吾爱孟夫子，风流天下闻。"对他的高节清芬十分钦服。杜甫也有《解闷》诗道："复忆襄阳孟浩然，清诗句句尽堪传。"对他的诗品人品也极称赞。

孟浩然以字行，少好节义，仪表散朗，三十岁后想出仕，曾盼望姚崇与张说能提拔他，然而一直怀才不遇。开元十六年，他已四十岁，游京师，应进士第，又不曾入选。相传与王维一起在内署时遇见了玄宗皇帝，可惜在诏对时误诵"不才明主弃"之句，使皇帝不快，因此王维等都无法为他引荐。在政治很上轨道的年代，满怀才学想要出仕的孟浩然，竟然终身白衣，是令人难过的事。所幸他诗艺日进，才名日高，诗作的不朽补偿了这位大诗人。

孟浩然的古诗，是当时诗人多数公认的标准体式，与李、杜的古诗不是同一路数的。他的五言律诗以清空真澹为主，成为盛唐五言律的正宗。

秋登兰山寄张五①（014）

北山白云里，隐者自怡悦②。相望试登高③，心随雁飞灭。愁因薄暮起，兴是清秋发④。时见归村人，沙行渡头歇⑤。天边树若荠⑥，江畔洲如月。何当载酒来，共醉重阳节⑦。〔入声屑月韵〕

古体诗本来不宜摘句来欣赏的，但本诗中的"北山白云里，隐者自怡悦"及"天边树若荠，江畔洲如月"等佳句，流传人口，相当有名。"北山"两句，

---

① 《名山记》：石门山在四川省庆符县治南，林薄间多兰，故一名兰山。张五名子容，五系排行。

② 北山白云里二句——晋陶弘景诗："山中何所有？岭上多白云。只可自怡悦，不堪持赠君。"这两句是从这里变化出来。

③ 登高——《续齐谐记》：费长房令桓景九月九日囊茱萸登高以避祸，是为九月九日登高之始。

④ 愁因薄暮起二句——薄暮的愁，愁的是望张五不见。一个人的意兴，常到清秋时节格外容易感动。

⑤ 沙行——在溪滩上行走。

⑥ 天边树若荠——荠是野生的荠菜，味鲜美。天边的树，远远望去像荠一般细小，《颜氏家训》："《罗浮山记》云，望平地树如荠。故戴暠诗云，长安树如荠。"是本句诗的出处。

⑦ 何当载酒来二句——九为阳数的代表，九月九日，月、日都应阳数中最大的数，所以叫重阳。载酒共醉事，用陶渊明的典故，见于《续晋阳秋》："陶潜尝九月九日无酒，坐宅边东篱下菊丛中，摘菊盈把，未几，望见白衣人至，乃刺史王弘送酒也。"

是从晋人陶弘景的答诏问诗化出，陶诗说："山中何所有？岭上多白云。只可自怡悦，不堪持赠君。"白云英英，隐者取以自悦，这隐者是指张五，诗是由于登山而怀念友人，作诗却偏先从友人处落笔，友人以白云自悦，不须持赠，我内心也有了怡悦与向往。

"天边"两句，是古诗中的对仗句，以"如"对"若"对着很笨拙，比拟也不够灵巧，形容天边的树，矮得像野生的荠菜，形容江畔水落石出的洲渚，白白弯弯像月亮。树与荠是同类的实物，类别太近，用以取喻，不会很灵动。但是五言古诗中的句子，原本不希望尖巧逞能，而是以朴茂自然为贵，这二句诗的好处本不在巧比，而是在撮合的景物很自然，是随身俯仰所见，又合乎田野环境与秋日的季节，好处在于能与当时的时空背景正相谐合。

五言古诗不崇尚巧句，欣赏的重心在于节段次序与整首的气氛。本诗的铺叙程序及对诗题的扣紧都很成功，喻守真已在这方面有很好的分析："首四句写登兰山去望张五，先点自悦，次点登山。五六两句点秋字。七八两句是望见山下的人，以衬出不见张五。九十两句都是写远望所见。"题目是"寄"，当然是相望而不可见，从兰山望到北山，所以说相望；望了只见归村的人，不见张五，所以特地寄了这首诗，约他到重阳节，载酒同来登高。以"重阳节"照应"秋登兰山"，章法很整齐。

就空间的布置而言，本诗是很别致的。它由目力所及的最远处，写到近处的诗人，再由近处的诗人，往目力所不及的更远方写去。先由看不见的北山白云中的隐者住处写过来，写到目力所限的雁影消失处；由雁而动心，由心而生愁，因愁而起兴，写到诗人伫立凝眸处。再由诗人伫立的近处写开去：由归村人往远处写，依次是渡头的沙行者、天边的树与江畔的洲，最后写到目力所不见的被想念的人，结出自己的希望——希望在隐约白云中的他能载酒前来。这样将空间远近兼顾，由远而近，又由近而远，往复搜寻，把登高眺望时穷尽目力的徙倚企盼之情，写得深浓而感人。

（黄永武）

夏日南亭怀辛大①（015）

山光忽西落②，池月渐东上③。散发乘夕凉，开轩卧闲敞④。荷风送香气，竹露滴清响。欲取鸣琴弹，恨无知音赏⑤。感此怀故人⑥，中宵劳梦想⑦。〔上声养韵〕

全诗前六句写景，后四句写情。写景时应用了全身的感官，以"山光忽西落，池月渐东上"写视觉，以"散发乘夕凉，开轩卧闲敞"写触觉，以"荷风送香气"写嗅觉，以"竹露滴清响"写听觉。夏夕傍晚，满身的感官十分舒畅轻快，这些写景的句子是扣住了诗题中"夏夕南亭"四字。写情的四句，表现出知友不在时慵懒乏趣的生活，欲弹琴，又作罢，欲入眠，又无眠，自黄昏直到中宵，梦想为劳，扣住了诗题中"怀辛大"三字。

前面的八句，几乎都用丽偶的对句写成，因为是古诗，所以不讲平仄相对，只用词性及句法上的相对。对句极为自然，而意思相承直下，有些像流水对，所以读来只觉音节明快清澈，毫不黏滞，几乎忘记它是两两相对着了。前人形容读他的诗，如月中闻磬，石上听泉，大概就是这种清幽轻快的节奏造成了妙境吧？特别是"荷风送香气，竹露滴清响"一联，像信手拈来，毫不经意

---

① 辛大——辛，姓。大，系排行。孟浩然集中有《西山寻辛谔》诗，疑即寻辛大。

② 山光——指山上的阳光。

③ 池月——指池边的月，日落月上是黄昏，所以题目"夏日"当作"夏夕"。

④ 开轩卧闲敞——轩，窗外遮窗的草帘。闲敞，指清闲而开畅。张衡《南都赋》："体爽垲以闲敞。"

⑤ 恨无知音赏——知音比喻最知己的朋友，用钟子期俞伯牙高山流水的典故。《淮南子·修务训》："钟子期死而伯牙绝弦破琴，知世莫赏也。"高诱注："钟，官氏，子，通称，期，名也。伯牙，楚人。睹世无有知音若子期者，故绝弦破其琴也。"

⑥ 故人——有故旧之谊的好友。

⑦ 中宵劳梦想——中宵是半夜。司马相如《长门赋》："忽寝寐而梦想兮，魂若君之在旁。"

似的，愈是寻常，愈有韵致。

全诗的结构，"欲取鸣琴弹"一句是情景交关处，萧继宗曾分析前后呼应脉络说："欲取鸣琴弹句，固由'闲'字生出，以起下文，而鸣琴之念亦由清响引起，真所谓天机浑成。下句知音二字，又由鸣琴引出，全诗如蕉展叶，层层相关，至'感此怀故人'五字，而蕉心尽出。'感'字由上句'恨'字生出，末句'劳'字又由此句'怀'字生出，'中宵'二字，则遥应篇首，谓自昏至夕，以至中夜未眠。"（《孟浩然诗说》）五言古诗原是以结构章段为欣赏之要点，能层层相关已经很妙，能天机浑成自然尤属上乘。

题目"夏日"一作"夏夕"，诗中的景象重在夏夕，但古人举日可以该夜，是常见的。喻守真说："首二句是点'夕'字，日落用'忽'，月上用'渐'，用字极有分寸。"的确，偏重在"夕"，所以日落用快动作的"忽"，月上用慢动作的"渐"，这两个字在时间速率上的差异，足见作者是十分用心选定了的。

本诗中，孟浩然对各句的动词字不仅用得多，而且动词位序的变化也大，有时分居句中句末，有时分居句首句中，像"欲取鸣琴弹，恨无知音赏"二句，除了"琴"字"音"字，几乎原本全是动词字，相信全诗的虚字动词多，与明快清澈的节奏有相辅相成的效果。

本诗怀辛大，侧重在心里的"怀"，所写景物只是触发"怀友"的媒介。刘大澄说："前诗'寄友'所以以友为主，此诗'怀友'便以我为主。"以本诗与前一首相比较，分析得也很有理，足以抉发诗人的匠心。

（黄永武）

宿业师山房期丁大不至 [①]（016）

夕阳度西岭，群壑倏已暝 [②]。松月生夜凉，风泉满清听。

---

① 业师——名叫业的僧人。师，对僧人的尊称。
② 群壑倏已暝——倏，音 shū，忽然。暝，昏暗的样子。

樵人归欲尽，烟鸟栖初定①。之子期宿来②，孤琴候萝径③。〔去声径韵〕

孟浩然的五言诗骨貌淑清，风神散朗，天下称其尽善。这首诗写待人不至，却不露怨望之声，温柔敦厚之处，可以想见诗人的品格。古人说"诗如其人"，此语不虚。

本诗以时间为经，期待为纬。诗境的布景设计，低处是群壑、风泉、樵人、孤琴、萝径，高处是夕阳、西岭、松月、烟鸟；远处是暮霭冥冥，而不见丁大之影，近处是作者抱琴，望穿秋水之情。时间在期待中逝去，而所盼之人始终不见踪影，守候一夜之后，作者写下了这首诗，望眼欲穿，不怨不怒之情，借着委婉含蓄之词，表现无遗。

首二句"夕阳度西岭，群壑倏已暝"，以傍晚景色切写"宿"字。用一"群"字，见西岭之纵横亘长，用一"倏"字，见群壑之深幽不测，所谓着一字而境界全出者，就是这类字。三四句"松月生夜凉，风泉满清听"，出句诉诸视觉触觉，落句诉诸听觉，都能促使读者的感官呈现鲜活的意象，一如置身于山房的清凉恬静中而忘了自我。

五六两句"樵人归欲尽，烟鸟栖初定"，写向晚之景以衬托出"期"字。时间的飞逝，我们从夕阳度岭、群壑已暝、松月生凉、归樵欲尽、栖鸟初定中，依稀可以感受到期待的滋味。作者不直说期待久不至的感觉，只借前六句的写景来表现他期待的心情，从容不迫之笔，好整以暇之性，令人叹服。

虽然久候不至，作者还是痴心渴想友人能如期到来，所以末两句说："之子期宿来，孤琴候萝径。"盼念殷切，又直恕为怀，今夜纵然不来，仍希望他隔天能到，所以依然抱着琴去等候他的驾临。"等待是一种艺术"，作者的确深

---

① 烟鸟——暮烟中的归鸟。

② 之子期宿来——之子，此人。宿，隔夜。

③ 萝径——萝，蔓延的藤。径，就是路。

得其中三昧。"期"字是一篇主旨所在，至此方点出。所谓"半叶蕉心，舒卷有情"，很有含蓄深远之妙。"孤"字亦兼写候人不至后的孤独之感。沈德潜批评本诗说："山水清音，悠然自远，末二句见不至意。"实在是一针见血之论。

在声韵方面，"樵人归欲尽"平仄入律，但对句"烟鸟栖初定"不入律，所以仍合乎古诗平仄之声调。本诗押去声径韵，韵脚是暝、听、定、径。径韵字极少，作者却能运用如此贴切，实在难能可贵，这是使用险韵成功的一个例子。

（张高评）

李　白（公元七〇一——七六二年）

字太白，一字青莲，原出生于突厥占领下的碎叶城，碎叶在今吉尔吉斯斯坦境内。玄奘在《大唐西域记》中，曾记载该地为诸国商胡杂居的地方，所以李白的长相是"眸子炯然，哆如饿虎"。他母亲大概是胡人，李白从小就精通突厥文。五岁，他的父亲李客带他逃回蜀地，他先祖的亲族都留在山东，因此有人说他是山东人。后来贺知章见其文，叹为谪仙，荐于玄宗，召为翰林供奉，不久又赐金放还。因附和永王璘，长流于夜郎，遇大赦得还。其诗高妙清逸，世称诗仙。有《李太白集》二十卷。沈德潜称其诗如"大江无风，涛浪自涌，白云卷舒，从风变灭"，颇能状其诗风。李白的诗，情趣超旷，落笔天纵，章法承接，变化无端，其风格属于雄阔奇肆的一型。而古诗的体裁容易驰骋他的天才，故他的集子里古诗最多，五律尚有七十余首，七律只有十首，五律之中工整的很少，他只重炼意和炼气，不重炼词和炼字。

春 思(017)

燕草如碧丝^①,秦桑低绿枝^②。当君怀归日,是妾断肠时^③。春风不相识,何事入罗帏^④? 〔平声支韵〕

清赵翼《瓯北诗话》称,李太白深于乐府,故多征夫怨妇、惜别伤离之作,皆含蓄有古意。如本诗虽为诉妇之词,然其思无邪,蕴藉吞吐,言短意长,直接国风之遗,即诗圣杜甫亦无此风味。

这是一首征妇思念征人的诗,诗借妇人之口以表现绵绵不绝的春思。诗中用比喻、叠映、联想诸手法,成功地表现了妇人贞洁而正直的情操,塑造了一对忠实相爱的夫妻典型。国风好色而不淫,小雅怨诽而不乱,李白此诗,可谓兼而有之了。

诗题是"春思",于是诗中把一般相思,两种情怀,化作比喻的具象,呈现在吾人眼前:当秦地的桑树茂盛翠绿得低垂的时候,燕地的草才像青丝一样始生。征妇在秦地见此春景,不由得不悬想燕地的征夫;征妇既见绿桑而伤春肠断,于是将心比心,外射移情,遂以为此时征夫见燕草如碧,必定也触景感怀而思归。这种痴心妄想,使诗境中夫妇的感怀叠映于同时,不仅见恩爱灵犀之相通,亦见征妇思念之殷切。可是事实上怀归者不归,所以断肠者也就枉断。伤春肠断之余,自有美人迟暮之感。值此无可奈何之际,偏又有那不相识的春风,揭帘吹帏而来。她是那样的期许丈夫,信任丈夫必定会怀归,所以连春风也不许它吹入罗帏,因为她和春风素不相识啊!其之死靡他,贞节无二,可以想见。这一结含蓄有味,与薛维翰《春女怨》"儿家门户重重闭,春色因

---

① 燕——今河北省地,诗中征夫所在地。

② 秦——今陕西地,诗中思妇所在地。

③ 断肠——肝肠断裂,比喻相思之苦痛。

④ 罗帏——丝织的帘帐。

何入得来"同一诗意，所以评家极为赞赏。

王夫之《唐诗评选》欣赏本诗，以为"字字欲飞，不以情，不以景，华严有两镜相入义，唯供奉不离不堕。五六句一即一切，可群可怨也"，这批评是十分深入而中肯的。

（张高评）

下终南山过斛斯山人宿置酒 ①（018）

暮从碧山下 ②，山月随人归。却顾所来径 ③，苍苍横翠微 ④。相携及田家 ⑤，童稚开荆扉 ⑥。绿竹入幽径，青萝拂行衣。欢言得所憩，美酒聊共挥 ⑦。长歌吟松风，曲尽河星稀 ⑧。我醉君复乐，陶然共忘机 ⑨。〔平声微韵〕

李太白的诗，在质朴自然的风格上，很接近陶渊明与孟浩然。像这首诗，写山人田家，便带仙气无烟火味，王夫之批评本诗说："清旷中无英气，不可效陶，以此作视孟浩然，真山人诗尔。"这看法是不错的。

本诗结构可分三段，所写大抵皆寻常事物，随手拈来，自然真挚感人。第

---

① 斛斯山人——斛斯，系北方的复姓。斛斯山人，当是一位隐士。

② 碧山——就是终南山，即秦岭。注见第 006 首。

③ 却顾——回头看。

④ 翠微——青绿色的山气叫翠微。日渐远亦曰翠微。

⑤ 及——到。

⑥ 荆扉——柴门。

⑦ 挥——举杯。

⑧ 河星稀——河星，一作星河，就是银河中的星儿。银河明朗，星儿稀少，那时夜已深了。

⑨ 忘机——忘去了人世间一切巧诈的机心。

一段四句，写下山后傍晚的景色。首句点明时间为"暮"，为留宿预占地步，下文的"月""苍苍""翠微"，都是从这"暮"字生出的，可见安字之巧妙与周到。次句"山月随人归"，用拟人修辞法，赋予山月一个活泼可爱有情的生命，使得整句都灵动起来。置身于此月光山影中，暮景真是如诗如画啊！

第二段四句，写"过斛斯山人"及所见景物。"相携"句写巧遇山人并同归田家，"童稚"句写抵达田家童稚应门。两人情谊之深，田家之朴实无华，由此可以想见。"绿竹入幽径，青萝拂行衣"，这是从山门到其家途中所遇之景，绿竹的迎迓，青萝的牵恋，道是无意却有情。沈德潜就认为这两句诗带有仙气，虽不必如此，说它贴切烘托山人住宅的幽蔽，应无可疑。

第三段六句，"欢言得所憩，美酒聊共挥"，切写题文"宿置酒"三个字。"憩"字微微透出"宿"的消息，"挥"字也稍稍传出山人置酒的诚意。此情此景，便是酒逢知己千杯少，话既投机万言不嫌多，于是开怀畅饮，俗虑都忘，引吭吟唱《风入松》的歌曲，一遍一遍又一遍地唱着，待兴尽曲终时，河星稀朗，夜已深沉。此刻我已醉了，你也感到快乐，宾主尽欢，机心俱忘，此乐何极。饮酒如此，已入化境，哪里还有人相我相之分？诗中以"河星稀"之具象，表现歌吟之长久，饮酒之竟夕，下起乐而忘机的结意来，手法可谓经济而含蓄。

诗境的空间是一处绿色的园地，所以诗中多缤纷的色调，如碧山、苍苍、翠微、青萝、松风，等等，十分切合诗境的气氛。因为青绿的色彩最容易令人产生愉快的情绪，所以作者置身此一绿色园地中，结果是"我醉君复乐，陶然共忘机"，那也就是自然而然的了。色彩是造成意象视觉效果中很重要的因子，由此可见。

本诗在声律音节上十分谐和流畅，主要由于起句多为下三仄，对句多为三平调之故。其中如"长歌吟松风，曲尽河星稀"，上句五平，音节却大畅，下句二仄后再用三平脚，声亦极谐。

前人论五言短古诗，认为贵在词简味长，不可明白说尽，所谓"短篇宜清婉而意有余"，本诗的含蓄无限，正是此种特色的表现。

另外，本诗用字的遒劲也值得一提。全诗每句的第三字，如"随""横""开""入""拂""聊""吟""共"等字，是经过锤炼的，所以音节如此嘹亮，文意如此显豁，乍看以为平凡，其实是刻意经营的。王安石论诗所谓"看似寻常最奇崛，成如容易却艰辛"，很能道出其中的三昧。

（张高评）

月下独酌（019）

　　花间一壶酒，独酌无相亲。〔真〕举杯邀明月，对影成三人①。月既不解饮，影徒随我身。暂伴月将影②，行乐须及春。我歌月徘徊③，我舞影零乱。〔翰〕醒时同交欢，醉后各分散。永结无情游④，相期邈云汉⑤。

　　李太白天才超妙，飘飘乎有遗世独立之想。论者谓其诗不屑雕章琢句，亦不劳镂心刻骨，自然有天马行空、不可羁绊之势。今诵其诗，逸气横出，语多率然而成。王世贞《艺苑卮言》批评李诗："以气为主，以自然为宗，以俊逸高畅为贵。"从这首《月下独酌》，不难体味出此种风格来。

　　这首诗有几个特色。第一，用烘托的方法，表现他独酌无亲时的孤傲寂寞心情。月下独酌本是十分静谧的诗境，作者却出别裁妙想，邀来明月与身影作

---

　　① 举杯邀明月二句——指独自饮酒的我，天上的明月，和明月照着我的影子。陶潜《杂诗》："欲言无予和，挥杯劝孤影。"本诗即用其意。

　　② 暂伴月将影——将，和、相偕的意思，是说我暂且跟明月和影子做伴。

　　③ 月徘徊——月在天空移动不进的样子。

　　④ 永结无情游——无情，尽情、忘情的意思。是说月亦忘其为月，我亦忘其为我，永远结为忘情的好友。

　　⑤ 相期邈云汉——邈，高远的意思，是说相期远在天上云汉之间。

良伴，与之对饮共舞，气氛渲染得非常热闹。其实，说得愈热闹，就愈显得此中的冷清。蘅塘退士批评本诗说："题本独酌，诗偏幻出三人。月影伴说，反复推勘，愈形其独。"这就是金圣叹所说的"欲画月也，月不可画，因而画云；画云者，意不在于云也；意不在于云者，意固在于月也"的烘云托月法。

第二，运用回环往复的连珠法，使"我""月""影"三字交替出现。一二句写独我，三四五六句"月""影"依序写出，而各暗藏一"我"字。第七句"月""影"合说，其中亦自有"我"在。九、十两句始明写"我"字，"月""影"也鱼贯而出。"醒时同交欢"，"我""月""影"同在；"醉后各分散"，只剩下一孤寂的"我"。这"月""影"伴随着"我"，只是李白潇洒的妙想，其实是一种假相与幻觉，所以终归于幻灭。因此，作者把期望寄托在未来，认为要能尽情游乐，只有去天上。这种期约月影，共登涅槃的意兴，可以想见他寄念的深远。

第三，用移情拟人的手法，达到物我相融的境界。"月""影"本是无情之物，但经作者的移情作用，"月"可以被"邀"，"影"可以"随"我，"月""影"可以"伴"我；甚至于"我歌"时"月"会徘徊，"我舞"时"影"也婆娑摇曳；醒时月影同我"交欢"，醉后月影与我"分散"。经此描写，月影似乎是有血有肉、有灵有性、善体人意的多情物，这是拟人法生动可取之处。月影经过李白的移情，遂能解其孤寂，而达到心凝神释、物我交融的境界。

第四，联络照应，活泼自然。先从"花"字生出"春"字，又从"酌"字化出"歌舞"字，都是本于惯性联想。再者，以"饮"字呼应"酌"字，跌出"行乐须及春"的主意来。末六句承上转入，从"行乐"想到"歌舞"，又从"独酌"联想到醒时与醉后的情景。末两句以"云汉"归结到"月下"题文，也是循联想的理路生发的。沈德潜批评本诗说："脱口而出，纯乎天籁，此种诗人不易学。"只是叹赏其自然罢了。其实就结构承接而言，它是很有章法的，并不完全是"脱口而出"啊！

第五，押韵方面，真翰通韵。唐人作诗通韵，并不纯粹因其取韵宽，少受拘束，可能还有一种仿古的心理。所谓通韵，是指邻韵相通。本诗真翰二韵相差甚远，于理不可通韵，而李白却不顾这些，充其量只能说是谬误的仿古罢了。

（张高评）

韦应物（约公元七三七——八三五年）

一个在史书上失传不载，而全仗他高洁的作品风格，使他树立盛名，千古不朽的，就是诗人韦应物。

韦应物的诗平淡和雅，萧散自然。朱熹说他的诗无一字造作，自由自在，气象近于道。他的诗淡远既如其人，人寡欲复如其诗。《唐才子传》上说他为性高洁，"冥心象外"，这种焚香扫地而坐的清澹心境，提升了他的诗境。沈德潜说他的诗极妙之处，就在"淡然无意，所谓天籁也"，此种境界，原是中国诗人追求的最高境界。

他是京兆长安人，在唐明皇时就做三卫郎，后来历任鄠县令、滁州刺史、江州刺史、左司郎中、苏州刺史，直到太和中还在做官，算起来他的高寿或许在一百岁以上。他最难能可贵的一点，是他在少年时代豪纵不羁，横行乡里，嗜赌渔色，饮酒痴顽。后来侍奉玄宗作卫士，玄宗崩逝后，他忽然悔悟，折节读书，并养成了鲜食寡欲的生活习惯，完全改变他少年时代的故态。他用功读书这样晚，开始学诗也不早，而在诗的造诣上却如此有成就，建立了他清深雅丽的风韵。他替自己重新塑造一个形象，不是有绝大的决心与毅力是办不到的。

郡斋雨中与诸文士燕集①（020）

兵卫森画戟②，燕寝凝清香③。海上风雨至，逍遥池阁凉。烦疴近消散④，嘉宾复满堂。自惭居处崇，未瞻斯民康。理会是非遣，性达形迹忘⑤。鲜肥属时禁⑥，蔬果幸见尝。俯饮一杯酒，仰聆金玉章⑦。神欢体自轻，意欲凌风翔。吴中盛文史⑧，群彦今汪洋⑨。方知大藩地⑩，岂曰财赋强。〔平声阳韵〕

这诗的前四句，《升庵诗话》评之为"一代绝唱"，倒不是什么隽句动人，也不是什么警句惊人，可贵处是在"情致畅茂道逸"，而且自自然然，把日常的宴会记叙得毫不俗气。白居易说他的五言诗"高雅闲澹，自成一家"，这种称赞，正可举本诗为代表。

诗中写：郡斋中兵卫森严，画戟成列，宴客的厅堂中凝聚着一片氤氲的清香。室外从海上吹来了大片的云雨，池阁上阵阵凉意，给人逍遥舒畅的感觉，

---

① 郡斋燕集——郡指苏州，郡斋即刺史的官署。燕集，就是谦会、宴会。

② 兵卫森画戟——《战国策·韩策》："宗族盛多，居处兵卫甚设。"《新唐书·卢坦传》："旧制，官、阶、勋俱三品，始听立戟。"戟，格也，旁有枝格也。双枝为戟，单枝为戈。森画戟，谓画戟森森地排列。

③ 燕寝凝清香——燕寝是私室，清香或指所焚的香木。

④ 烦疴——疴，亦作痾，病也。潘岳《闲居赋》："旧痾有瘳。"烦疴是指闷热烦躁。

⑤ 理会是非遣二句——陶潜诗："谁为形迹拘。"两句是说能够通会自然之理，就可以分辨是非；天性能够达观，就可以遗忘一切形迹。

⑥ 鲜肥属时禁——时当炎热的夏天，应该禁食鲜鱼肥肉。

⑦ 金玉章——声韵铿锵，像敲金戛玉的文章。

⑧ 吴中——《史记·项羽本纪》："项梁杀人，与籍避仇吴中。"吴中指苏州。

⑨ 群彦今汪洋——群彦，指成群有才学的俊彦。汪洋，形容多。

⑩ 大藩地——萧悫诗："大藩连帝室。"藩是藩王所居的城，大藩地是指大都市。

闷热得头昏的情形近乎消散了，这时又逢嘉宾满堂。这几句诗把天时、地利、人和的有利条件作了交待，并将个人生理心理内外和适的情状也都描写到了。

由于宾客满堂，使我自己感到惭愧，因为处在刺史的地位已很崇高，却不曾见到这里的百姓安康富足。我所能做到的，只是如何使事理会通，使是非减少，求性情的通达，不拘泥于形迹。现在时节正酷热，鲜鱼肥肉应该属于禁食的，所备的蔬菜瓜果，希望能获得各位嘉宾的品尝与欣赏。低头可以饮一杯酒，仰首可以听人吟诵那金玉铿锵的诗文，精神欢喜时，身体也随着轻松爽快，竟有一种想凌风飞翔的意态。看满座的文士，知道苏州一直是文化水准最高的地方，今天才人辈出，汪洋难数，可见一个真正的大都市，不是只谈财赋殷富就可以的。结尾将文化建设看得和经济建设一样重要，真是有眼光的看法。

至于全诗的结构，完全是切准着诗题字面的顺序而写，这一点喻守真已经指出，他说："首二句先点'郡斋'，三四句点'雨中'，'烦疴'句承上'凉'字，'嘉宾'句点'诸文士'，'自惭'下四句是自己述怀，'鲜肥'下六句是正写'燕集'，末四句是说吴中岂但财赋称强，而文史之盛，尤其可喜，仍旧归重到诸文士，深合地方长官与当地士绅谈话的口吻。"结构严整，叙题不漏，且能切合身份，的确是本诗的优点。

诗中原本不应该说什么大道理，但是本诗在有意无意中已把大道理说明了。譬如蔬果可以替代鲜肥，神欢可以驱走烦疴，文风可以匹敌财赋，都是在提升精神的境界，取代物质的境界。换句话说，全诗都是在证明"性达形迹忘"的玄理，只是用日常浅近的琐事，使人不觉得在说理罢了。

（黄永武）

初发扬子寄元大校书①（021）

　　凄凄去亲爱，泛泛入烟雾。归棹洛阳人②，残钟广陵树③。今朝为此别，何处还相遇？世事波上舟④，沿洄安得住⑤？〔去声遇韵〕

　　这是一首刚从扬子江出发，抒写离情给一位朋友的诗。全诗充满着一种动荡的感觉，这感觉大概是来自许多动荡的词汇。除"去""入""归""残""别""遇""住""沿洄"等动词外，其他与动词连用在一起的词汇，如"凄凄""亲爱""泛泛""归棹""残钟""相遇""波上舟"等，也都有动作的感觉，这感觉与一位动身坐船出发者的簸荡情状十分谐和。

　　诗是从刚分别写起，说心中凄凄地要离开亲爱的朋友，泛泛浮动的行舟将驰入远方的烟雾中去。乘归棹往洛阳的我，只听到隐约不清的钟声，在广陵一带的树丛中回荡。今天在这儿分别，到何处还再相遇？世上的事就像在波上的行舟一样，有时顺流而下，有时回旋不定，哪能在流水中停泊不动呢？结尾用"波上舟"作喻，把世事变动不居的抽象意义，作了具体的表出。并且"波上舟"正是眼前的实景，即景取譬，十分切准，更显得情景相生，妙喻天成。

　　起首用"凄凄"两个尖锐的齿音叠字，刺痛了惜别的心灵，接着又用"泛泛"两个广泛的唇音叠字，像绵绵茫茫一样，画出了迷茫的景物。韦应物的诗

---

　　① 扬子——即扬子江，长江近江苏镇江的一段。元大，疑即元结。校书，即校书郎，从九品，官名，掌校理典籍。

　　② 洛阳——即今河南洛阳市。

　　③ 广陵——古扬州之域，唐为郡，今江苏扬州市。

　　④ 波上舟——比喻世事变动，没有定局的意思。

　　⑤ 沿洄——顺流而下叫沿，逆流而上叫溯洄。意思是人生聚散，世事变幻，仿佛水上的船来往无定，哪能在水流中长久停住呢？

里常喜用叠字，而这些叠字的发声部位，与所模拟的事物情状都有很好的配合。他将感情蕴藏在声响里，字面上却吞吐不说，沈德潜批评说："写离情不可过于凄惋，含蓄不尽，愈见情深。"已点出了本诗的妙处。

"归棹洛阳人，残钟广陵树"，这一联的妙处就在下三字与上二字若断若连，是一种两截的锻句法。在两截的间隔处，像是缺少了动词或连接词，这样反而容许读者的想象作自由的补充。所以诗中不完整的语法，往往对意象的孳乳繁衍有料想不到的益处。

（黄永武）

寄全椒山中道士 ①（022）

今朝郡斋冷 ②，忽念山中客。涧底束荆薪，归来煮白石 ③。欲持一瓢酒 ④，远慰风雨夕。落叶满空山，何处寻行迹？〔入声陌韵〕

全诗起兴的动机在一个"冷"字，而全诗的线索也就在这个"冷"字——连设备周全的郡斋中都这样冷，在山中衣食不备的道士其冷如何？到涧底束薪、煮白石为粮，都在写"清"，清与冷仍是一致的。风雨夜晚更加强了冷感，一瓢酒也挡不得弥天的风雨。落叶空山，一幅冬景，当然更冷。在这通首都是

---

① 全椒——王象之《舆地纪胜》曰："淮南东路滁州，神山在全椒县西三十里，有洞极深。唐韦应物《寄全椒山中道士》诗，此即道士所居也。"《大清一统志》曰："安徽滁州，神山在全椒县西。"全椒县唐属滁州。

② 郡斋冷——建中二年，应物出刺滁州。在滁州刺史的郡斋中感觉冷。

③ 煮白石——《神仙传》曰："白石先生者，中黄丈人弟子也。尝煮白石为粮，因就白石山居，时人故曰白石先生。"

④ 一瓢——《论语·雍也》："一箪食，一瓢饮。"古时剖瓠的一半，用以盛水或酒。

寒冷瑟缩的景象里，作者选用了短促的入声为韵脚，也强化了萧索寂寞的气氛。

诗是沿着思维的直线进行的："在安徽滁州的刺史官署中，今天感觉到特别冷，忽然使我想起寄居在全椒县山中的远客。遥想你在涧底捆束柴荆作薪木，负薪归来，像神仙那样，煮着白石充饥。想着你山中的清寒，就有持酒走访的冲动，想提一瓢酒，在风雨交加的夜晚，不辞路远地去慰问你。但是又想到：像你这样洒脱不羁的人，云游各处，落叶已堆满了空山，路都找不到了，更从何处去寻找你的行迹呢？"结尾化入一个时空无限的境界，苍凉混沌，令人感到余韵不绝。

整首诗在关合照应上，可说是妙手天成，好像不费一丝力气，而力量却有余。沈德潜称赞本诗是"化工之笔"，高步瀛批评本诗为"一片神行"。本诗结尾"落叶满空山，何处寻行迹"，关合着第二句"山中客"与郡斋人的大不同，结尾强化了起首所以引人劳想的动机。而落叶空山，正是可以在涧底束薪的季节，可见结尾与第三句也关合得很好；再试想落叶满空山的夜晚，风雨交加，黄叶乱飞，雨声淅沥，这声响，这景象，凄迷历乱，又该是何等耸动诗人的耳目，所以结尾与第六句配合得更好。不仅如此，正因为结尾"何处寻行迹"，欲访又恐不遇，才只好改为写诗远寄，结出了寄诗的原因，而把诗题也一并扣住。这样看来，整首诗关节牵应，灵活得很呢。

（黄永武）

送杨氏女（023）

　　永日方戚戚[①]，出门复悠悠。女子今有行[②]，大江泝轻舟[③]。

---

① 永日方戚戚——永日，见《诗经·唐风·山有枢》："且以永日。"人若无事，永日是"长日难度"的意思。戚，音 qī，戚戚，悲愁的样子。陆机《答张士然诗》："戚戚多远念。"

② 女子今有行——有行，出嫁。《诗经·邶风·泉水》："女子有行，远父母兄弟。"

③ 泝——同溯，逆流而上叫溯。

尔辈苦无恃，抚念益慈柔。幼为长所育①，两别泣不休。对此结中肠，义往难复留②。自小阙内训③，事姑贻我忧。赖兹托令门④，仁恤庶无尤⑤。贫俭诚所尚，资从岂待周⑥。孝恭遵妇道，容止顺其猷⑦。别离在今晨，见尔当何秋。居闲始自遣，临感忽难收⑧。归来视幼女，零泪缘缨流⑨。〔平声尤韵〕

　　读完本诗，脑海中就是一幅老人话多的印象。反反复复，再三叮咛，在絮絮不休之中，表现出一位孤鳏的父亲对新嫁女儿的许多感触。一会儿想到新嫁娘的旅程，一会儿想到新嫁娘的夫家，一会儿又想到嫁娘已经去世的母亲，一会儿再想到新嫁娘去后，留下幼小的妹妹。父女三人原本是相依为命的，一旦分离，整个家庭的平衡气氛便有了改变，每个人都若有所失了。本诗借唠叨的口吻，不厌其烦，达到了颠倒传情的妙用，显得情真而语挚。

　　诗意说：出嫁前觉得日长难度，心中常感到戚戚忧愁，现在临到出嫁了，又为路程悠悠而担心。今天起，这女孩就要往夫家去，乘着轻舟，从大江中逆流而上。你们两个女儿自小就失去了母亲，无所依恃，因此我抚养你们，就特

---

　　① 幼为长所育——应物自注："幼女为杨氏所抚育。"因两女都是自幼失母。《诗经·小雅》："无母何恃。"幼而无母叫无恃。

　　② 义往难复留——依礼，女子二十而嫁，应该出门，不能再留。

　　③ 内训——古时教导女子的书。《后汉书·班昭传》："作《女诫》七篇，有助内训。"《旧唐书·高宗纪》："昭仪著内训一篇。"或解作闺房内的教训。

　　④ 令门——令，好的意思。令门，犹言好人家。

　　⑤ 仁恤庶无尤——仁，爱。恤，怜。尤，过错、怨尤。

　　⑥ 资从——从嫁的妆奁。

　　⑦ 容止顺其猷——容，容貌。止，动作。猷，法度。

　　⑧ 居闲二句——是说在家闲居的时候，没有感触，自己也能消遣。等到临别伤感的时候，热泪自来，难以收往。

　　⑨ 零泪缘缨流——缘，沿的意思，缨，帽带。郭璞《游仙诗》："悲来恻丹心，零泪缘缨流。"

别慈爱与柔和。幼小的妹妹靠你照顾，今天要分别时哭个不停。面对着这样的场面，我的心肠也盘结得难过，但是女大当嫁，理当前往夫家，难以再把你留下呀！你自小没有母亲，不曾受到闺中的教训，此次你嫁出去，事奉翁姑，是否会有不周到的地方，这是使我忧虑的。幸赖你所嫁的是良好人家，翁姑以仁慈怜恤为怀，大概不会有什么过错。安于贫穷，守着俭朴，乃是我家平素所崇尚的习性，陪嫁的妆奁就不必期待样样完备了。孝顺、恭敬地遵守着做媳妇做妻子的道理，容貌举止都要顺着规矩法度。在今天一离别，再见到你时，不知是哪一年了。我自闲居以来，已开始学会了自己排遣忧闷，但一临到现在的感受，心情激动得收束不住。尤其当我送别归来，看到幼小的女儿，我零落的眼泪，沿着帽带直流下来了。

人间的至情原本是最感动人心的，絮絮家常话，有时比精美的训诫更具感人的力量。韦应物诗中对父女之情、兄弟之情叙述极多，人伦间怡怡相乐，是一幅最美的图画。

（黄永武）

长安遇冯著①（024）

客从东方来，衣上灞陵雨②。问客何为来，采山因买斧③。冥冥花正开④，飐飐燕新乳⑤。昨别今已春⑥，鬓丝生几缕⑦？〔上声麌韵〕

---

① 冯著——《全唐诗注》："冯著尝受李广州署为录事。"相遇时已归隐田园。
② 灞陵——在今陕西西安东。
③ 采山——意即开辟山地。
④ 冥冥——形容叶盛。
⑤ 飐飐燕新乳——飐飐，风翔的样子。新乳，新生的小燕子。《说文》："飐，风所飞扬。"阎伯玙《歌赋》："终沿风以飐飐。"
⑥ 昨别今已春——昨指去年，是说去年一别，今又逢春。
⑦ 鬓丝——两边白发。

长安是一个求功名利禄的地方，遇到有朋友到长安来，居然只为了买一柄开山的斧头，这简短的问答中所带来的隐逸者的喜悦与宦游者的感慨，是十分强烈的。诗中写冯著从长安的东乡来，衣服上还沾着灞陵的雨点，我问他到长安来做什么？他说为了开辟山林，要买一柄好斧头。花叶正茂盛，新生的燕子翩翔飞临，自上次别后，到今天又是一片灿烂的春光，可是我们两鬓上的白丝，谁知又多生了几缕呢？

整首诗的妙趣，是在替一个最繁华的都市带来了野趣。"衣上灞陵雨"，雨居然也有地区的不同。这确定的地名用得好，落实指明"灞陵"的雨，反使这乡下的雨渍充满了野趣，并将一个出现在热闹街头的山村野夫不带雨具的鄙朴形象突出了。冒雨赶路，买斧开山，田间的操作原是很劳苦的，乡下的人必然老丑得快，所以引发下面"昨别今春，人老如何"的感喟。

从韦应物的另一首《送冯著受李广州署为录事》诗来看，冯著并不是一个纯粹的乡下人，然而劳生草草，隐于农家的人，日晒雨淋，田间劳作苦，人老得很快。但是在长安游宦的人，驰骛迫逐，忧谗畏讥，也老得很快。当我正觉得你怎么一下老了时，其实你也正在觉得我为什么老成这样了，结尾的"鬓丝生几缕"应是两人共同的感叹。

诗中的"冥"字用得极精准，"冥冥"与《诗经》"维叶莫莫"的"莫莫"，都是唇音字，有一种广泛茂盛得看不清的意思，用"冥冥"来形容一片花之海，有一种无穷无尽的感觉。飐飐是一种有上扬感觉的声音，叠字不仅形容新燕的敏捷，也附带着比翼成双的感觉。一句写烂漫的地面，一句写亮丽的天空，尤其在一问一答未了的时候，突然接上这两句崭新的景物，眼前一亮，特别有趣。

（黄永武）

夕次盱眙县^①（025）

落帆逗淮镇^②，停舫临孤驿。浩浩风起波，冥冥日沉夕。人归山郭暗，雁下芦洲白^③。独夜忆秦关^④，听钟未眠客。〔入声陌韵〕

　　首二句写题目中的"次"，三四句写题目中的"夕下"，五六句写"盱眙县"，七八句因上文"人归""雁下"，勾起了秋日怀乡之情，表明这深夜未眠的异乡客，在盱眙县夜宿的一晚是如何度过的。因此这八句诗是切准题目而写的，可见要欣赏中国诗时，对于诗题的分量必须特别重视。

　　诗的大意是：降落下帆篷，逗留在这临淮郡的淮水边，停船的地方是靠近一个孤零零的驿站，这时风波掀起得浩浩无垠，暮日下沉后昏昏冥冥，行人归向那越来越暗的山郭，秋雁飞下来停宿时，芦洲上芦花都已泛白了。独自在这夜里怀念着家乡秦关，数着清澈的钟声，我成了不眠的异乡客。

　　这首诗的妙处，在各句的动词用得好。譬如"风起波"自下而上，"日沉夕"则自上而下；"忆秦关"是自近而远，听钟声则自远而近。这些动态移行的方向，立体交叉，充满了深度感。再则"山郭暗"的"暗"字，是"暗下来"的动态；"芦洲白"的"白"字，是"白掉了"的动态，都是在形容词中兼摄着动词的意味，读来特别有色彩深浅的改变感。一暗一白，虽说是两个黑白对比的颜色，但是和浩浩冥冥的暮色，十分融和。

（黄永武）

----

　　① 次盱眙县——次，止宿叫次。盱眙，今江苏盱眙县，唐属楚州。

　　② 逗淮镇——《玉篇》："逗，住也。"住于淮水边的市镇。按盱眙地濒淮水南岸。

　　③ 人归山郭暗二句——山郭日落后即昏暗。芦洲白，指芦花已白。

　　④ 秦关——应物长安人，秦关即关中。《史记·项羽本纪》："人或说项王曰：'关中阻山河四塞。'"集解："东函谷，南武关，西散关，北萧关。"张华《萧史曲》："龙飞逸天路，凤起出秦关。"

东　郊（026）

　　吏舍跼终年^①，出郊旷清曙^②。杨柳散和风，青山澹吾虑。依丛适自憩^③，缘涧还复去。微雨霭芳原^④，春鸠鸣何处。乐幽心屡止，遵事迹犹遽^⑤。终罢斯结庐，慕陶直可庶^⑥。〔去声御韵〕

　　早期的五言诗，在结构上比较接近散文，本诗颇有古趣，所以全诗的结构就像单线直下，侃侃道来。诗意说：我在官衙中终年拘束着，今天一出郊外，觉得视野旷大，在早晨清朗的曙光里，杨柳在和风中散朗地飘拂，青山使我的思虑清恬澹静。我或者依着丛生的花树，正好能休息一番，或者沿着涧边走来复走去，微细的雨点滋润了原野的芳草，春鸠在啼着，但不容易确定它在哪一个位置。这种寻幽的乐趣，是我的心所向往的，却每每被俗事所牵阻，但如果顺着俗事去应付，我将永远是个急遽迫促的人了。终有一天我会罢官归去，在这儿结一个茅庐，庶几可以真的实现我所羡慕的陶渊明一样的生活。

　　此种以古趣取势的诗，妙在朴茂质直，几乎谈不到什么技巧，技巧正有害于古趣。像本诗的第三字安排了许多动词，前半首的第四字都安排了形容词，后半首的第四字都安排了虚字，句型结构类似处太多。他似乎并不在意这些，因为不用力不刻意，乃是保全古趣的手法。

──────────

　　① 跼——音 jú，拘束的意思。

　　② 旷清曙——旷，清远。曙，早上。

　　③ 丛——《诗经·周南·葛覃》毛传："灌木，丛木也。"丛指灌木。

　　④ 霭——音 ǎi，作滋润讲。

　　⑤ 乐幽心屡止二句——是说本性喜欢幽静之境，无奈事与愿违，屡次中止。这都因为此身为公家事务所拘束，所以行径还是显得非常迫促。

　　⑥ 终罢斯结庐二句——结，是构造的意思，陶渊明诗："结庐在人境，而无车马喧。"这两句是说，我心羡慕陶渊明，有日我总得罢官归去，在哪个幽静地方结个庐，这样庶几可以接近愿望了。

本诗在风格上当然是有意学陶渊明的，韦应物所写的拟古诗、《效陶彭泽》、《与友生野饮效陶体》、杂诗等，都可以证明他在模拟陶诗上下过很大的功夫。曾季狸《艇斋诗话》说："前人论诗，不知有韦苏州，至东坡而后发此秘，遂以配陶渊明。"韦诗的古澹，正像出于五柳先生的手笔。后人想学陶渊明的诗，先要不造作，平心静气，任真自得，才能写出这种尽性的作品。吴乔在《围炉诗话》中批评韦诗说："警目不足，而沁心有余。"大凡尽性的作品，都是沁心有余的。

（黄永武）

岑 参（公元七一五——七七〇年）

南阳人，天宝三年进士，官至嘉州刺史，流寓于蜀。有《岑嘉州集》。

岑参的诗，英气勃发，语多激壮，是盛唐诗人中一个杰出的男高音。他的古诗音节尤为精纯俊爽，很少杂入近体的节奏，前人推崇他为盛唐诗的"正声"。所以欣赏岑参的诗，首先要注意音响，其次要注意气势，这是构成他诗风健拔雄浑的基本因素。

岑参早岁孤贫，全仗自强自砺。参加进士考试，以第二名及第，时在天宝三载，他刚满三十岁，已树立了很好的名声。他一生保持着清远的识度、雅正的议论，屡次挫折权佞的诡计，驳斥阿谀的奸谋，这种正直的为人态度，与诗中正大清新的气势是完全一致的。

岑参诗中最受人瞩目的，当然是边塞诗。由于他屡次任职边塞的幕府，在鞍马烽尘间度过漫长的年月，城障塞堡，大漠热海，无不亲身经历，所以他写的军中景象，声威震赫，奇气横溢，千古以下，难以有诗人能继踪他那高朗的声调。

与高适^① 薛据^② 登慈恩寺^③ 浮图^④（027）

　　塔势如涌出，孤高耸天宫。登临出世界，磴道盘虚空^⑤。突兀压神州^⑥，峥嵘如鬼工^⑦。四角碍白日，七层摩苍穹。下窥指高鸟，俯听闻惊风。连山若波涛，奔凑似朝东。青槐夹驰道^⑧，

---

　　① 高适——字达夫，渤海人，历官西川节度使，转散骑常侍，有《高常侍集》。参见高适作者介绍。

　　② 薛据——荆南人，开元十九年王维榜进士，天宝六年又中风雅古调科第一人。为人耿直，有气魄，自恃才名，故未能亨达。晚岁置别业终南山下。

　　③ 慈恩寺——《两京记》（即韦述《两京新记》）："西京外郭城朱雀街东第三桥（《长安志》作街），皇城之第一街，进业坊（《长安志》作进昌坊）隋无漏寺之故地，武德初废。贞观二十年高宗在春宫时，报其母文德皇后，为之祈福，即其地建寺，故名慈恩。南院临黄渠，竹木深邃，为京城之最。西院浮图六级，高三百尺，永徽三年沙门玄奘所立。浮图内有梵本诸经，浮图前东阶立太宗皇帝撰《三藏圣教序》及高宗皇帝《述圣记》二碑，并褚遂良书。"李肇《国史补》："进士既捷，列名于慈恩塔，谓之题名。"《大清一统志》曰："陕西西安府慈恩寺，在咸宁县（合并入长安县）东南之曲江北。"

　　④ 浮图——浮图就是塔，《魏书·释老志》曰："凡官塔制度犹依天竺旧状而重构之，从一级至三五七九，世人相承谓之浮图，或云佛图。"

　　⑤ 磴道——是塔中一步步的石级。

　　⑥ 神州——指中国，《史记·孟子荀卿列传》："中国名曰赤县神州，赤县神州内有九州，禹之序九州也。"

　　⑦ 峥嵘如鬼工——峥嵘，形势高耸的样子。左思《蜀都赋》："经三峡之峥嵘。"鬼工是说鬼斧神工，工程伟大，人力不易完成。《史记·秦本纪》："由余曰：使鬼为之，则劳神矣。"

　　⑧ 驰道——贾山《至言》："秦为驰道于天下，道广五十步。"《史记·秦始皇本纪》注引应劭曰："驰道，天子道也。"

宫馆何玲珑。秋色从西来,苍然满关中①。五陵北原上②,万古青濛濛。净理了可悟③,胜因夙所宗④。誓将挂冠去⑤,觉道资无穷⑥。〔平声东韵〕

欣赏长篇的五言古诗,要明白它不像五言短古那样简质含蓄,但是富赡的描绘之中仍得保有古拙浑厚的气息,方属上乘。长篇五古未必有警动的比拟,但须有较为整齐的伦次;未必有暗藏的针线,但须有明白的铺叙段落。欣赏本诗的好处,也就在这方面。

本诗主要记游踪,写风景,结尾略抒感触,所以这首长篇的五古,在结构上较为接近散文的记叙方式,乃是依着登塔的始末作为叙述先后的次第,其时间性是单一而直线进行的。

一开始是诗人走到了塔下,从下上望,塔的形势极陡,好像从地上涌出来,孤高地直耸到天宫中去。接着就登上这塔,渐上渐高,似乎快要高出于这个世界了。那石级与梯道盘绕而上,到达虚空之中。这突兀高耸的塔,有镇住

① 关中——《史记·项羽本纪》:"人或说项王曰,关中阻山河四塞。"《汉书·高帝纪》颜注曰:"自函谷关以西,总名关中。"

② 五陵北原上——《文选·西都赋》曰:"北眺五陵。"李善注曰:"《汉书》曰,高帝葬长陵(《高帝纪》),惠帝葬安陵(《惠帝纪》),景帝葬阳陵(《景帝纪》),武帝葬茂陵(《武帝纪》),昭帝葬平陵(《昭帝纪》)。"《元和郡县志》曰:"关内道京兆府咸阳县,汉长陵在县东三十里,安陵在县东北二十里,阳陵在县东四十里,平陵在县西北二十里。兴平县,汉茂陵在县东北十七里。"五陵都在长安城北,所以说北原。

③ 净理——《妙法莲华经·序品第一》曰:"求无上慧,为说净道。"净道指清净的佛理。

④ 胜因——《佛说无常经》曰:"胜因生善道。"胜因是胜妙的善因。

⑤ 挂冠——《后汉书·逸民列传》:"逢萌,字子庆,北海都昌人也。之长安学,通春秋经。时王莽杀其子宇,萌谓友人曰:'三纲绝矣,不去,祸将及人。'即解冠挂东都城门,归将家属浮海,客于辽东。"后世指辞去官职为挂冠。

⑥ 觉道——觉道就是悟道,《维摩诘经·佛国品第一》曰:"始在佛树力降魔,得甘露灭觉道成。"肇注曰:"大觉之道,寂灭无相,至味和神,喻若甘露。"

整个神州的力量，峥嵘高峻的建筑，不像是人力所能构造，好像是要依仗鬼斧神工的吧？一走到塔顶，往上仰视，发现塔的四角高到足以妨碍白日的运转，七层的高塔几乎已迫近苍穹了。再往下俯视，手指朝下面指，许多高飞的鸟竟在下方了，树梢惊起的风声也在下方了。再往东边看，连接着的远山像波涛起伏，奔走地朝向东方。再往南边看，青翠的槐树夹着广阔的国道，宫殿与城阙建造得何等的珑玲。再往西边看，秋色随西风而来，苍然萧瑟的意味布满了关中一带。再往北边看，汉代帝王的五陵在北方的高原上，万古以来，一直是青濛濛的一片。诗写到这里，把慈恩寺浮图的上下四方的景色作了周详的描写。

结尾四句再写登临后的感想，登临佛寺宝塔，忽然兴起了辞官学佛的退隐念头。他说对清净的佛理已有了解与觉悟，那胜妙的善因是夙昔所结下的，我应该继续把它奉行。我已决心挂冠辞掉官职，学佛悟道，才是真正让人取用无穷的事。

本诗中最突出的佳句，应该是"秋色从西来，苍然满关中。五陵北原上，万古青濛濛"。把抽象虚无的秋色，写得具体而真实，仿佛亲眼看到庞大阴沉的秋的身影来临关中。而五陵北原上，万古如一，生死贵贱，山河霸业，都总归到一片空远迷茫的"青濛濛"而已。这四句诗，由时间"秋色"推想到"关中"的空间，又由"北原"的空间推想到"万古"的时间，由时空交感而一并归入苍茫无限的境域，教人感喟无穷。谭元春称赞"万古字入得博大，青濛濛字下得幽眇"，高棅称赞这四句"雄浑悲壮，足以凌跨百代"，都特别欣赏这四句，相信结尾辞官信佛的念头，也是由这四句而感发产生的。

全诗二十二句中，除"突兀压神州"可算是律句外，没有再杂入律句，而落句又用了许多"三平落脚"的句调，使音节气势都很雄劲。而出句落句都用平脚处，如"突兀压神州，峥嵘如鬼工""连山若波涛，奔凑似朝东""秋色从西来，苍然满关中"，第二字的平仄相对，不用同平仄的"拗对"，也使音节很特别，加上宏亮的东韵一韵到底，也增加了全诗雄迈的感觉。

（黄永武）

杜 甫（公元七一二——七七〇年）

　　字子美，其先本襄阳人，后徙河南巩县。二十四岁考进士不第。三十岁成婚，三十三岁与李白相会，情同兄弟。四十岁献三大礼赋，赋上，玄宗奇之，命待制集礼院，为权奸李林甫所阻，无法重用。杜甫困顿在长安数年，益知权门贵戚豪奢的情况，而杜甫仅日领太仓米五升度日而已。待杜甫初获任命至云南为河西尉，甫不就，又改命为右卫率府兵曹参军，专管兵甲器仗及门禁。衣食虽稍有着落，自京赴奉先省亲时，幼子却已经饿死。次年杜甫四十五岁时，安禄山造反，攻入洛阳，肃宗即位，杜甫奔向凤翔，授左拾遗，适房琯有难，杜甫谏救，险些被下狱。后虽官左拾遗，不为皇帝所喜，放还鄜州省家。后任华州司功参军，不再至长安，不久弃官西行，穷愁至死。

　　杜甫的诗在中国诗史上居于承上启下的枢纽地位，自《诗经》、汉魏六朝以来，到了杜甫，各种体裁与技巧都集其大成，进入巅峰的境界，而自宋代苏黄以下，直到今天，百家腾跃，都崇奉杜甫为宗师，所以他是中国诗坛的"诗圣"。

　　杜甫是一位爱国的诗人，诗中的一草一木，都充满着感时忧国的色彩。他一生历经兵火丧乱，子女有饿死的，自己也死在流离漂泊的船上，然而在诗中处处表现出坚强的信心与爱心，到老念念不忘家国人民的痛苦。王安石曾在杜子美的画像上题诗说："瘦妻僵前子仆后，攘攘盗贼森戈矛。"把他那种乱离的生活环境写得很逼真；但杜甫自己在坐船漂泊时，仍勉励自己说："留滞才难尽，艰危气益增。图南未可料，变化有鲲鹏。"（《泊岳阳城下》）已经是穷途末路时，他面对逆境，依然满怀希望，决不被艰危的环境所打倒。

　　杜甫居杜陵，自称少陵野老，又称杜陵布衣，人或称为草堂先生，曾为检校工部员外郎，后人又尊称为杜工部。

望　岳① （028）

　　岱宗夫如何？齐鲁青未了②。造化钟神秀，阴阳割昏晓③。荡胸生曾云④，决眦入归鸟⑤。会当凌绝顶，一览众山小⑥。〔上声筱韵〕

　　这是杜甫在二十九岁时写的诗，年轻气盛的杜甫，吐句奇警，抱负不凡。尤其是他从二十五岁出游到三十岁结婚止，一直过着"放荡齐赵间，裘马颇清狂"的游历生活，名山大川，动心悦目，既没有名利的牵绊，又没有家室的负担，心灵莹澈，自视极高，下笔时有开阔放旷的气象。从这首《望岳》诗中，可以想象到他的眼神，目空一切，雄盖一世。

　　全诗从"望"字写出，一派眺望中的景象，一二两句写望之前，三四两句写正在望，五六两句写望得出神，七八两句写望之后。其中远望近望，细望极望，也各尽其态，所以题目是"望岳"，这个"望"字绝不能改作"登"字。

　　"岱宗夫如何？齐鲁青未了。"是借着一问一答，以显示泰山之大。请问泰山究竟有多大？为什么自齐至鲁，是一望无际的青色呢？这里以不答作答，只说它无边无际，从前只闻其名，今天想要目验，但是好像不是目力所能穷尽得了的。一开始便用整块青色涂满了画面，占据了整个视野，已够雄阔了。

---

　　① 岳——指东岳泰山，《尔雅·释山》曰："泰山为东岳。"《元和郡县志》："泰山一曰岱宗。"在今山东泰安北五里。泰山为五岳之长，故名岱宗。

　　② 齐鲁青未了——《史记·货殖列传》："泰山之阳则鲁，其阴则齐。"未了，不断的样子。

　　③ 造化钟神秀二句——造化意即天地，钟，聚的意思。是说天地神秀之气，都聚于泰山。山后为阴，日光不到，所以易昏；山前为阳，日光先临，所以易晓。割，分的意思。

　　④ 荡胸生曾云——"曾"同"层（層）"，层云动荡，胸襟为之浩荡。

　　⑤ 决眦入归鸟——眦，音 zì，眼皮。归鸟入目，愈来愈小，写张目决眦的观望神情。

　　⑥ 一览众山小——扬子《法言》："登东岳者，然后知众山之逦迤也。"也就是孔子登泰山而小天下的意思。

"造化钟神秀，阴阳割昏晓。"这二句是视线从山脚周围移向主峰去，取仰视的角度，山峰拔地而起，钟聚了自然造化的神秀之气；山岳矗天而峙，把阴阳昏晓割分得很明显，山中向阳的一面已经明晓了，背阳的一面却还是昏暗不明，当然是山极庞大，云岚缭绕，才能在同时之间兼有晦明不同的景气。"造化""阴阳"这些词汇具有与"天地"相当的涵盖面，用来形容一座山岳，自然显得气象磅礴。

"荡胸生曾云，决眦入归鸟。"这二句是在山岳上眺望远方的层云归鸟，由于"生"字是自下而上的，"入"字是自近而远的，所以可知是站在高处而取平视的角度。一直凝视过去，竟至胸荡眦裂，笔力也随着爆裂开来，刚强无比。细察这二句的文法是倒装的，吴瞻泰译为"望层云之生而胸为之荡，望归鸟之入而眦为之决"，解释得最正宗，句子倒装以后，往往笔力特别雄宕。

"会当凌绝顶，一览众山小。"这二句是站在半山上，希望有一天能登上最高的峰巅，可以放眼看到所有山峦都俯伏在脚下，显得十分卑小，这是取俯视的角度。前面写已经看到的就已如此惊人，这儿再写希望达到的，当然尤加神伟。结尾好像是不肯说尽，只能留给想象，"绝顶"还不曾能上去，所以说也说不尽；不说尽，反而使山岳更加高深莫测，而岱宗之大，到这里才显出来，到这里才回答了第一句所问。岱宗究竟有多大？原来是不易让人极目望完的。

本诗八句，中间又有对仗，乍看像是律诗，但是平仄格调纯是古诗。五言古诗的平仄并不严格，只要出句与落句不要同时是律句就可以。"岱宗夫如何？齐鲁青未了。"出句四平，落句二四字皆仄，都不是律句。"造化钟神秀，阴阳割昏晓。"出句是律，落句用"仄平仄"是古诗句，律诗中除拗句或七言第一字不拘外，没有"仄平仄"的。"荡胸生曾云，决眦入归鸟。"出句连用四平，落句用"仄仄仄平仄"，是"仄平仄"又是"孤平"，都是律句所忌讳的。"会当凌绝顶，一览众山小。"出句虽是律句，落句又用"孤平"与"仄平仄"，没有二句连用律句，这是五言古诗的基本规则。本诗虽用了对仗，依然气骨峥嵘，体势雄浑，这也是极不容易的。

再则本诗押"了""晓""鸟""小"上声韵，这些韵脚给人轻小高举的感觉，面对着雄峻辽阔的视界，用轻小高举的韵脚写可望而不可即的情景，也自有其谐合的妙处。

杜甫在《进〈雕赋〉表》中说他从七岁起，诗已做得很好，但是他青少年时期的作品大部分已经佚失了，现存最早的作品是二十五岁时作的《游龙门奉先寺》，次早的可能即是本诗。从这首诗里，可以知道杜甫早期的作品已经是不同凡响了。然而杜甫在年轻时看山说"一览众山小"，看鹰时说"何当击凡鸟"，后来看人时说"俗物多茫茫"，看马时说"一洗万古凡马空"，从年轻直到垂老，他那孤高出众的眼神，一直不曾改变过。

（黄永武）

赠卫八处士[①]（029）

人生不相见，动如参与商[②]。今夕复何夕，共此灯烛光。少壮能几时，鬓发各已苍[③]。访旧半为鬼[④]，惊呼热中肠[⑤]。焉知二十载，重上君子堂。昔别君未婚，儿女忽成行[⑥]。怡然敬父

---

① 卫八处士——唐有隐逸卫大经，居蒲州，卫八也称处士，或恐是他的族人。处士就是隐居的人。

② 参与商——参、商，两星名，又作参辰，参在西，商在东，彼出此没，永远不得相见。《左传·昭公元年》："高辛氏有二子，伯曰阏伯，季曰实沈，居于旷林，不相能也，日寻干戈，以相征讨。帝迁阏伯于商丘，主辰，商人是因，故辰为商星。迁实沈于大夏，主参，唐人是因，以服事夏商，故参为晋星。"参，音shēn。

③ 苍——灰白色。

④ 访旧半为鬼——是说故旧亲友大半死亡。

⑤ 热中肠——意思是心上非常难过。

⑥ 儿女忽成行——行，音háng。成行，形容众多。

执①，问我来何方。问答乃未已，驱儿罗酒浆②。夜雨剪春韭③，新炊间黄粱④。主称会面难，一举累十觞⑤。十觞亦不醉，感子故意长⑥。明日隔山岳⑦，世事两茫茫。〔平声阳韵〕

依据杜甫年谱，他于乾元元年贬华州司功参军，冬末赴洛阳，次年又从洛阳返回华州任所，途中邂逅卫八处士。这时正值安史之乱后，又遇荒年，杜甫拾橡栗、掘黄独疗饥，陷于困境之中。一旦巧遇二十年不见的老友，还承他殷勤招待，欣慰之余，自然感慨有加。从诗中我们不难体味出语气的率直、感情的真挚。王夫之批评杜甫的诗作，说他"每当近情处，即抗引作浑然语，不使泛滥"，此诗可见。

这首诗以时间为线索，述说着宾主的今昔之感、悲喜之状与聚散之情，表现出人生聚散不常、别易会难的旨趣来。全诗信手写来，意尽而止，空灵宛畅，曲尽其妙。人世的沧桑、因缘的聚散，都可以由此窥出端倪。

在时间的设计上，本诗以"今夕"为轴，由今夕追忆二十载以来之事，又从今夕预想明日别后之世事。时间的游移，在在是人世少壮老死、悲喜聚散的演示，无异是一幅人世沧桑变化图。尤其是末两句，宕出远神：今宵在此欢饮，明日将隔云山，后会难期，世事难料，回首倍感惆怅，前瞻更觉茫茫。读诗到此，令人低回不能自已。这种结尾转入茫茫无涯的手法，最有无限性的神

---

① 父执——执，接近的意思。父执，是父亲最接近要好的朋友。

② 驱儿罗酒浆——一作"儿女"。驱儿，意即差遣孩儿们。罗，陈设的意思。

③ 韭——音 jiǔ，俗作韮，韭菜。

④ 新炊间黄粱——炊，音 chuī，就是煮饭。黄粱，就是黄米饭。

⑤ 觞——音 shāng，酒杯。

⑥ 故意——故交的情谊。

⑦ 隔山岳——山岳指华山。按那时是乾德二年，子美在华州，时常到卫八的家去。谓明日又要为山岳隔开（指分手）。

韵。诚如陈式《杜意》所谓："后此之别，悲于前此之别。别幸复会，后此之别，则未必会耳。苏李河梁，三复殆无以过此。"肯定这诗的价值，以为远超过苏武、李陵赠答诗多多。

诗中以今昔对比，烘托出宾主悲喜聚散之情味。首四句，作者以"今夕复何夕"喜极相叹之语，引发今昔聚散之慨。接着八句，很有次序地用今日与昔日对映，以见岁月如流，聚散如梦："少壮能几时"写昔，"鬓发各已苍"写今；"访旧半为鬼"写昔，"惊呼热中肠"写今；"焉知二十载"写昔，"重上君子堂"写今；"昔别君未婚"写昔，"儿女忽成行"写今。彼此对衬，而久别暂聚，悲喜交集之况，呼之欲出。

"怡然敬父执，问我来何方。问答乃未已，驱儿罗酒浆。夜雨剪春韭，新炊间黄粱。主称会面难，一举累十觞。十觞亦不醉，感子故意长"十句，写处士款待作者的殷勤，时间是"今夜"，人物有作者、处士的儿女，待客之物是酒浆、春韭、黄粱，可以想象农村中宾主相晤的真率和亲切。"怡然敬父执，问我来何方"，若他人说到此，以下必定更赘数句，然本诗却接"问答乃未已，驱儿罗酒浆"，断续有法。仇兆鳌极为称赏，认为"直有抔土障黄流气象"。这种藕断丝连的承接法，刘熙载叫作"明断暗续"，方东树则所谓"语不接而意接"，善用此法，不仅能省却许多笔墨，更能使诗文有峰峦波澜之美。

在词句承接方面，前曰"人生"，后曰"世事"，前曰"如参商"，后曰"隔山岳"，首尾关顾主题，使得旨趣十分凸显。其他如"儿女忽成行"句，是承上转下；"怡然敬父执"，是关顾"儿女"而言。"一举累十觞"下，接承"十觞亦不醉"，用顶真句法，使得结构紧凑，音节谐和。

（张高评）

佳　人^①（030）

　　绝代有佳人^②，幽居在空谷。自云良家子，零落依草木。关中昔丧乱，兄弟遭杀戮。官高何足论，不得收骨肉。世情恶衰歇^③，万事随转烛^④。夫婿轻薄儿，新人美如玉。合昏尚知时^⑤，鸳鸯不独宿^⑥。但见新人笑，那闻旧人哭。在山泉水清，出山泉水浊^⑦。侍婢卖珠回，牵萝补茅屋。摘花不插发，采柏动盈掬^⑧。天寒翠袖薄，日暮倚修竹^⑨。〔入声屋沃觉韵〕

　　以比兴的表现手法，象征其人的个性与品格，是《诗经》《离骚》以下的文学作品最常使用的模式之一。拿善鸟香草配忠贞，灵修美人媲君王，宓妃佚女譬贤臣，虬龙鸾凤托君子，恶禽臭物比谗佞，飘风雷电喻小人，往往有事外曲致，遥情远韵，与赋法之伤于直露不同。这首诗就是以比兴法象征其人的品性的。

　　一般注解杜诗者，谈到本诗所谓"佳人"的虚实，有认为"天宝乱后，当是实有其人其事"，有认为"放臣弃妇，自古同情，守志贞居，君子所托，此

---

　　① 佳人——就是美貌有才德的女子，或以比喻一般有才德的人。

　　② 绝代——冠绝当代，举世无双之意。

　　③ 世情恶衰歇——感叹人情冷暖，世态炎凉。

　　④ 万事随转烛——比喻世事迁移的迅速，像蜡烛在流动的风中一样。

　　⑤ 合昏——即夜合花，花朝开夜合。

　　⑥ 鸳鸯——水鸟，雌雄未尝相离。

　　⑦ 在山泉水清二句——这两句是作者评判佳人的身份。意谓同是一种泉水，清者自清，浊者自浊，旧人虽见弃于夫婿，但仍不失她清白的节操。

　　⑧ 掬——音 jū，两手捧取叫掬。

　　⑨ 修——长的意思。

非寄托，未之前闻"的。夷考其实，这首诗应属虚构，所谓"佳人"，也许偶有此人，但已投上作者的影子，将其人格化了，借此来抒写诗人的寄托，达到诗教的目的。或问佳人既属子虚乌有，何以杜甫能形容曲尽其情？这是因诗人有"遥体人情，悬想事势，设身局中，潜心腔内，忖之度之，以揣以摩"的文学想象之故，所以能如此惟妙惟肖。

司马相如《长门赋》："夫何一佳人兮，步逍遥以自虞。"此为陈皇后被废而作，本诗命题，正是取这个意思。全诗可分为三段，开首二句是叙事的发端，速写这位佳人的身、位、时、事，寥寥十字，已隐伏下文红颜薄命、才人不遇之意。"自云良家子"至"出山泉水浊"十六句，采拟言代言的借言记事法，其中又可分为两节，前十句写佳人不幸的遭遇，"合昏尚知时"以下六句，极写佳人清贞的志节。"侍婢卖珠回"以下六句，是诗人借景写情之笔，佳人行径的端庄静一、凄寂无聊，历历如在目前。在结构承接方面，"自云"二字，承上贯下；"官高"应上"良家子"；泉清、泉浊、卖珠、补屋，应上"幽居在空谷"；摘花、采柏、翠袖、倚竹，回应上"零落依草木"之意。前后呼应，势如贯珠，如气血周行于脉络之中，环转往来，无处不到。

"状难写之景如在目前，含不尽之意见于言外"，这是宋梅圣俞论好诗的标准，本诗在浮现意象、刻画个性方面，确有如此胜境。其法有二：一、采用化抽象为具体的比喻法，如"万事随转烛"，以烛光之随风转动，比喻世态之摇摆易变。"新人美如玉"，以玉之洁白润泽，喻美人之姣好明媚。"合昏尚知时，鸳鸯不独宿"，以花鸟的能守信、有情义，以反讽夫婿弃旧怜新、禽兽不如的轻薄，也呼应了上面所述世态炎凉、人情冷暖的可悲。又如"在山泉水清，出山泉水浊"，以清喻志节的坚贞，以浊比改节之卑恶。设喻取譬，则恍惚之概念化为具体之意象，最有助于意象之显现。二、托物兴感，寄情于景，如"侍婢卖珠回"以下六句，是诗人眼中所见佳人的举动：卖珠，言其境之穷；补茅屋，言其室之陋；不插发，言其容之悴；翠袖薄、倚修竹，言其凄楚可怜，寂寞无聊。经过这六句由外而内之描写，这位佳人的安贫乐道，清操自得，隐然见于言外。王夫之曾说："以写景之心理言情，则心中独喻之微，轻安拈出。"

确是知言。有此二法，故通篇虽不言佳人如何之美，然其端庄佳丽却如在目前，非第一人不足以当之。

在声律方面，"烛""玉"为沃韵，"浊"为觉韵，其他均为屋韵字。因诗既为古风，所以不妨从权，就邻韵相通，遂造成偶然出韵的通韵现象。"在山""出山"两句，忽入比喻对偶，气则停蓄，调则高起，最妙。

（张高评）

梦李白二首（031～032）

死别已吞声，生别常恻恻①。江南瘴疠地②，逐客无消息③。故人入我梦，明我长相忆④。君今在罗网，何以有羽翼⑤？恐非平生魂，路远不可测⑥。魂来枫林青，魂返关塞黑⑦。落月满屋梁，犹疑照颜色⑧。水深波浪阔，无使蛟龙得⑨。〔入声职韵〕

天宝三载（公元七四四年），李白与杜甫在洛阳会面之后，两人就成了莫

---

① 死别已吞声二句——恻，音 cè，恻恻，心里悲痛的意思。这两句是说：已为死别而吞声了，如今又常常为生别而悲伤。

② 江南瘴疠地——太白于肃宗乾元元年因永王璘事流放到夜郎。夜郎，今贵州省桐梓县境，所以说是江南。瘴，音 zhàng，疠，音 lì，山水间的湿热气，感染了就会害病。

③ 逐客——意思是被驱逐出境的罪人。

④ 故人入我梦二句——意思是太白明了我在时常想念他，所以来入梦。

⑤ 君今在罗网二句——这时太白因永王璘事，拘禁在浔阳监狱中，所以说在罗网。

⑥ 恐非平生魂二句——疑他已死。不然，路途遥远，哪会到我这里来呢？

⑦ 魂来枫林青二句——这两句也是疑似之词，悬想魂去魂来当然的情景。

⑧ 落月满屋梁二句——看到月光洒满屋梁，回想到梦境，李白的容貌在月光下还隐约可见。

⑨ 水深波浪阔二句——这是醒后子美代太白担忧，想到水深浪阔，应留心失足落水，以免为蛟龙所吞食。

逆之交。杜甫为李白作了十多首诗，其中如"醉眠秋共被，携手日同行"，是李、杜友情的记实；"敏捷诗千首，飘零酒一杯"，是对才性的惺惺相惜；"世人皆欲杀，吾意独怜才"，是对李白才华的推崇与遭遇的同情。这种知己之情是何等亲切而深挚！徐有庵曾说："子美作是诗，肠回九曲，<u>丝丝见血</u>，朋友至情，千载而下，使人感动。"这中华诗苑中并开争茂的两朵奇葩，不仅诗歌的造诣无出其右，就是友情的深重，也令人肃然起敬。

这两首诗，是乾元二年（公元七五九年）杜甫作客秦州，听到李白流放夜郎，积思成梦之作。大概当时有人妄传李白堕水而死，所以杜甫《天末怀李白》诗云："应共冤魂语，投诗赠汨罗。"而本诗首章也多疑真疑幻之词。首章可分为三段：首段四句，追述李白流放夜郎情景；第二段从"故人入我梦"到"路远不可测"六句，描摹梦中之情境；第三段从"魂来枫林青"到"无使蛟龙得"六句，写梦醒相思，恐其不返。

这首诗有几个特色。第一，沉郁顿挫，翻叠有情。首四句欲写梦，先说离，欲说别离，反云死则已矣，生常恻恻，便见一字九转之妙。中八句则纯用犹疑之笔，句句喜其见，却又句句疑其非："故人"二句信其真，"恐非"二句则疑其非；"魂来"二句又信其是，"君今"二句却又疑其非。末四句，信其来毕竟无疑，又疑其去恐有不测；梦醒后，梦中人已杳如黄鹤，却偏说犹仿佛见其容貌，仍再三叮咛嘱咐。笔法愈翻空出奇，就更显得剀切沉郁。方东树《昭昧詹言》论杜诗曾说："短篇尤在有丘壑，截得断，断愈多愈便用奇，愈斩峭愈见笔力。"本诗可谓"有丘壑，截得断"了。

第二，笔法如真似幻，迷离惝恍，仿佛梦境之写真。倒装、往复、顿挫、用离、用侧、设想诸法的交相运用，是造成意象毕肖之主因。如"长相忆"下，倒接"恐非平生魂"二句，疑真疑幻之情千古如生。再以"魂来""魂返"写梦境的迷离景况，然后入"君今"二句，再出以夷犹之词，遂觉缠绵切至，凄楚感人。有些版本把"君今"二句移往"长相忆"下，神味便觉索然荡然了。本诗笔触所至，是魂是人？是梦是真？令人恍惚难辨，表现得最淋漓尽致。

第三，起笔"死别已吞声，生别常恻恻"，如破壁横空飞出，突兀斩绝，干净利落。诗文有迂缓平冗之病者，可作为救弊良方。蒋弱六曾评本诗："起便阴风忽来，惨澹难名。"除称许起势的特出外，又赞赏气氛酝酿的成功。

第四，典故的运化，有神无迹。"魂来枫林青"八句，用典远本楚辞。《招魂》曰："湛湛江水兮上有枫，目极千里兮伤春心，魂兮归来哀江南。"宋玉《神女赋》："耀乎若白日，初出照屋梁。"皆杜诗所本。而李陵逸诗："明月照高楼，想见余光辉。"曹子建诗："明月照高楼，流光正徘徊。"更为杜甫所宗法。"落月满屋梁，犹疑照颜色"名句，正是师用其意而稍变其词，以传写李白的神情，可悟镕铸脱换之妙。且本诗虽也写魂来魂往，然温厚之气满纸，与李贺鬼诗幽奇中有惨淡之色者不同。

在章法照应方面，前说"逐客无消息"，故下有"路远不可测"之忧及"水深波浪阔"之虑。前既说瘴地无消息，所以相忆更深，而相思成梦，而梦魂相接，故下有"魂来""魂返"之语，如幻似真之景，都是实写"常恻恻"的意象。"枫林"指李白所在，"关塞"指杜甫所在。"君今"四句承"魂来"言，"水深"二句承"魂返"言。如此，全诗呈连环勾搭之势，结构就十分紧凑了。

（张高评）

浮云终日行，游子久不至。三夜频梦君，情亲见君意。告归常局促①，苦道来不易。江湖多风波，舟楫恐失坠。出门搔白首，若负平生志。冠盖满京华②，斯人独憔悴③。孰云网恢

---

① 告归常局促——是说梦中相见，匆促间又告辞而去。

② 冠盖——冠，指帽。盖，指车篷。冠盖，借说官吏。

③ 斯人独憔悴——憔，音 qiáo。悴，音 cuì。憔悴，困苦不得意的样子。此句是叹惜太白独不能显达。

恢①，将老身反累②。千秋万岁名，寂寞身后事③。〔去声寘韵〕

本诗纯粹写迁谪的感慨，全诗也可分为三段，起首四句承前章而来，写杜甫三夜频梦李白，为第一段。"告归常局促"至"若负平生志"六句为第二段，是代述李白梦中之语。从"冠盖满京华"到"寂寞身后事"六句为第三段，因李白遭遇的坎坷而有不平之鸣。

这首诗的佳妙，也有几点值得介绍。第一，用垫取势，蹈厉风发。如"浮云终日行"用"垫"法以取逆势，"冠盖满京华"也用"垫"法挺进。像这样用高一层跌落之法，便很轻易地使正意从对面透出，文句空灵虚活，气势也雄健隽逸。这种"垫"法，其中自有高深低浅之对映，试比较次句"游子久不至""斯人独憔悴"，自然可知。

第二，代言心事，梦境传真。"告归常局促，苦道来不易。江湖多风波，舟楫恐失坠。出门搔白首，若负平生志"六句，写梦中情景，可谓曲尽仓皇悲愤之情状，这要得力于作者揣摩、想象的代言工夫。文学作品中善用对话，能化书页为真实之舞台，变人物为活生之演员，最能创造直接感觉，使意象历历浮现。杜甫此处代李白述梦中之言，声情神貌，千载如见，确有此妙。

第三，对面衬托，取径深曲。不直说自己对李白如何怀念，却只说李白对自己如何情亲意厚，首章言"故人入我梦，明我长相忆"，此章言"三夜频梦君，情亲见君意"，都是正面不写写反面、本面不写写对面旁面的手法。我们可以从李、杜魂梦交接的至真至苦，体会到杜甫友情的深挚感人。

第四，口前截断，如泣如诉。"孰云网恢恢，将老身反累"以下，笔力截

----

① 孰云网恢恢——恢，音 huī，恢恢，广大的样子。老子《道德经》："天网恢恢，疏而不失。"天网，是天理。

② 将老身反累——是时太白五十九岁，得罪流放夜郎。

③ 千秋万岁名二句——阮籍诗："千秋万岁后，荣名安所之？"又庾信诗："眼前一杯酒，谁论身后名。"寂寞，冷落无谓。这两句并用阮、庾二诗的含义。

止，其中删去千言万语，未曾道出，极沉郁悲痛之致。韩愈论文所谓"口前截断第二句"，又谓"盘马弯弓惜不发"，就是这种笔法。善用此法，可以汰防冗繁说不尽之病，最能使笔力遒劲，词句精练。

第五，惺惺相惜，借诗致慨。"冠盖满京华"以下六句，写梦醒后悲叹的情怀，这种怀才不遇的不平之鸣，固然是为李白遭遇抱屈，又何尝不是为自己平生的不得志呐喊？悲歌咏叹，既为彼，也为我，枉负平生志者，不妨同声一哭。后半借他人之酒杯，浇自己的块垒，伤心人往往如此怀抱。

第六，前章说梦处，多迷离恍惚之疑词；此章叙梦处，则历历如绘，宛若目见耳闻。同一诗题，同述梦境，而通变如此，便不板滞，李、杜的交情不因阔别而疏，反因形愈疏而情愈笃。千古友情，此为极致。

其他如"冠盖满京华"与"斯人独憔悴"的对比，使得成败荣枯之间的差别性表现得十分强烈，烘托出李白失意不遇的意象来。"千秋万岁名"与"寂寞身后事"的对比，也凸显了"万岁"与"身后"、千载与一时、荣名与寂寞、不朽与腐朽间价值观的差异。李白、杜甫的诗名垂千古，至今无人不知，但在当时并未受到应有的推崇。虽然如此，杜甫却似乎已逆料到他俩诗歌的不朽价值，所以一方面称许李白诗有"千秋万岁名"，一方面自己也自负地说："丈夫垂名动万年，记忆细故非高贤。"所谓文章千古事，得失寸心知，这样的期许，的确很有自知之明。

（张高评）

元 结（公元七二三——七七二年）

字次山，河南人。少不羁，年十七乃折节向学，举天宝进士。代宗时授著作郎，拜道州刺史。主张诗歌须有助于民生，反对"拘限声病，喜状形似"，故其诗多朴质通俗，不加雕饰，是以或流于枯拙。有《次山集》十二卷。

贼退示官吏并序（033）

癸卯岁，西原贼入道州，焚烧杀掠，几尽而去。明年，贼又攻永破邵，不犯此州边鄙而退。岂力能制敌欤？盖蒙其伤怜而已。诸使何为忍苦征敛？故作诗一篇以示官吏。

昔年逢太平，山林二十年。泉源在庭户，洞壑当门前。井税有常期①，日晏犹得眠。忽然遭世变，数岁亲戎旃②。今来典斯郡③，山夷又纷然。城小贼不屠，人贫伤可怜。是以陷邻境，此州独见全。使臣将王命，岂不如贼焉④？今彼征敛者，迫之如火煎。谁能绝人命，以作时世贤⑤？思欲委符节⑥，引竿自刺船⑦。将家就鱼麦，归老江湖边。〔平声先韵〕

代宗广德二年（公元七六四年），元结任道州刺史，恰值西原蛮入侵之后，百姓正待休养抚辑，却遭地方官吏的横征暴敛，民不堪命。元结宅心仁厚，见民穷财困如此，不忍再加赋税，乃上谢表两通，极论民穷吏恶，劝天子精择良

---

① 井税——赋税。

② 戎旃——是指军中旗帜，此说过军队生活。

③ 典——镇守、治理的意思。

④ 使臣——指那时的租庸使，是政府派出到各州县征收各种税捐的官。次山在刺史任内，曾奏请不宜加赋。这里是说使臣奉了王命，到焚烧杀掠几尽的州县来收税捐，这岂不是同贼一般的残酷吗？

⑤ 谁能绝人命二句——意思是说，谁人肯压迫民众，百般剥削，以取得为时代所称道的官吏的名声呢？

⑥ 思欲委符节——委，放弃。符节，即做官的印信。孟子："若合符节。"注："符节"以玉、竹、木、铜等为之，篆刻文字，分成两半，各藏一半，使用时相合。

⑦ 引竿自刺船——竿，篙。刺，撑。

吏。有感于此次变乱，遂作《舂陵行》及本诗，旨在揭发"官比贼凶"的恶劣现象。元结此举，曾赢得杜甫作诗褒扬。

杜甫曾褒扬本诗及《舂陵行》说："两章对秋水，一字偕华星。致君唐虞际，淳朴忆大庭。"又说："今盗贼未息，得结辈十数公，落落然参错天下为邦伯，天下少安可待矣。"推崇称赞，可谓备至了。于是杨慎《升庵诗话》以为"杜公所称，取其志，非取其辞"，夷考其实，并非平允之论。

元结的诗，以朴质通俗、不加雕饰为风格，所以每流于枯拙，这首诗便是如此。清施补华欣赏本诗，说"愈拙直，愈可爱，盖以仁心结为真气，发为愤词，字字悲痛"，推许为"小雅之哀音"。吴乔批评本诗，却嫌"已落率直之病"。施氏能欣赏拙直的美，吴氏却说率直是诗病，可知鉴赏之难了。

其实，本诗并不纯以拙直自然见长，杜甫《和元使君〈舂陵行〉序》就说此诗"见比兴体制，微婉顿挫之词"。细绎全诗，章法技巧也颇讲究，择要而言，有下列数端——

一、本诗在结构上可分为四段：起首六句为第一段，采追叙法，述说二十年前幽居山林之乐，为结尾"归老江湖边"预留地步，作其张本。"井税有常期"一句，更是下文"征敛如火煎"诗旨的伏脉，有此伏脉，便能前后呼应，通体皆灵。从"忽然遭世变"到"此州独见全"八句为第二段，叙述出仕偏遭变乱，并带叙道州独得全之故，平铺直述，纯属赋体，朴质可爱，次山本色。从"使臣将王命"到"以作时世贤"六句，论乱后不宜暴敛，词多感慨，所谓"以仁心结为真气，发为愤词"者。征敛之迫，回顾上文井税有常，"绝人命"呼应"人贫伤可怜"，结构缜密。从"思欲委符节"到"归老江湖边"为第四段，抒写自己怠于仕进、自甘遁隐的心情。"归老江湖"与上"山林"遥应，收结有法。前十二句叙事，得其体要；后十句抒情，见讽谕之音。

二、对比映衬，意象显豁。"井税有常期"跟"征敛""如火煎"对比，见循吏与酷吏之分野，令人有不胜今昔之感。"太平""山林"与"世变""仕宦"对比，于是鞭逼出"作时世贤"与"归老江湖"间的冲突。如果为民父母者，不能施行仁政，他宁可"委符节""就鱼麦"了。使臣与山夷对比，形成绝妙的反讽：山贼小人犹知伤怜百姓，恤贫而不屠城；使臣大人为民父母行政，却忍苦征敛，迫如火煎。这吏不如贼的反讽，与"苛政猛于虎"的寓言有异曲同工之妙。

三、此诗写山林景色，直朴可爱，亲切有味。"泉源在庭户，洞壑当门前"，一幅幽居图俨然如见。另外，如引竿、刺船、就鱼麦、江湖边，读之令人作归隐之想。

四、《岘佣说诗》论五古作法："宁拙毋巧，宁朴毋华，宁生毋熟，次山《箧中集》实得此意。"观本诗，可悟其中三昧。

（张高评）

柳宗元（公元七七三——八一九年）

字子厚，河东人。德宗贞元初举博学宏词科，因善王叔文，升礼部员外郎。及叔文事败，宗元贬官为永州刺史，后徙为柳州刺史。其诗刻画山水，反映现实，朴茂奇崛，各有风貌。他有《柳河东集》四十五卷，《外集》二卷。柳宗元的诗，有奇丽工壮的一面，有玄澹出俗的一面，《西溪诗话》用"雄深简淡"四字来该括他的诗境，正足以说明柳诗有些刻削工致，有些萧散自然。想来一个秉性雄健的人，竟年流放南土，自然在淡泊之中仍隐藏不住那股清劲刚直的意气。

晨诣超师院读禅经[①]（034）

汲井漱寒齿，清心拂尘服[②]。闲持贝叶书[③]，步出东斋读。真源了无取，妄迹世所逐[④]。遗言冀可冥，缮性何由熟[⑤]。道人庭宇静，苔色连深竹。日出雾露余，青松如膏沐[⑥]。澹然离言说，悟悦心自足[⑦]。〔入声屋沃韵〕

韩愈、柳宗元为唐代古文运动的大将，韩愈作《原道》，谏佛骨，倡儒术，斥佛老，柳宗元为其声援。故宗元《答韦中立论师道书》，自述其为文之祈向与思想之本源，则所谓诗、书、易、礼、春秋、穀梁、孟、荀云云，都是儒家的典籍，可见他的思想是儒家的。这首诗就是站在儒家思想的立场，深入浅出地讽刺世俗之佞佛谈禅，无异于一记当头棒喝，由此可见他卫护儒道的心志，当与《原道》并读。

全诗可分为三段。首四句为第一段，是总说，极写读禅经时的至诚精洁。

---

① 诣超师院读禅经——诣，到。超师，僧人。禅经，释家的经典。

② 汲井漱寒齿二句——汲取井水漱洗牙齿，可以清心。拂去衣服的灰尘，可以去垢。是说内外清净，才可读经。

③ 贝叶书——西域从前没有纸，常用贝多罗树的叶写经文，所以佛经也称贝叶经。

④ 真源了无取二句——是说在佛经中儒家真实的大道，他们了无所取，而一切迷信妄诞的事迹，反为世人所追求而乐道。《翻译名义集·心意识法篇》曰："真妄二心，经论所明，大有四义：一者唯真心，二者唯妄心，三者从真起妄，四者妄即真。"

⑤ 遗言冀可冥二句——抛弃一切言说，才有冥心证悟佛理的希望，但是我对于修养本性的功夫，何从达到精审圆满的目的呢？

⑥ 日出雾露余二句——膏，润发的东西。此句谓青松经雾露的滋润后，仿佛经人梳洗过一般。

⑦ 澹然离言说——意谓到此清净境地，心中非常冲淡，竟使我没话可说。但在这种环境下，也可以悟到从前的尘俗不堪、眼前的清净可悦。

次四句是正写，论述他对禅经的疑窦，在结构上，这四句负有承上启下的作用。末六句转笔变化，另拓二层，即器以求道，得意而忘言，表明他对佛学精义不甚在意，倒是道人的庭院景物足以令他流连赏玩，到了欲说已忘言的境界。

禅家论道，以为自性妙体，遍周世界，应物现形。由于本身具足，不假外求，所以一切有为法，如梦幻泡影，都属徒劳，"明心见性，不立文字"，才是妙悟的不二法门。在本诗中，漱齿清心就是缮性的表现，但这只是妄迹，并非真源。持禅经苦读，也永远觅不了真源。若要寻觅真源，唯有"遗言"才"冀可冥"。有此妙悟，悠然见"道人庭宇静，苔色连深竹。日出雾露余，青松如膏沐"，于是真源应物现形。本诗的立意，与女尼悟道诗"尽日寻春不见春，芒鞋踏破陇头云。归来偶把梅花嗅，春在枝头已十分"有异曲同工之妙，明性见道，充满着诗趣与禅机。

柳宗元的诗效法陶渊明，而得其峻洁的风格。苏东坡说柳诗"发纤秾于简古，寄至味于澹泊"，今看本诗中的景语"道人庭宇静"以下四句，无不自然曼妙，曲传其神。尤其是"日出雾露余，青松如膏沐"二句，前人以为此语"能传造化之妙"。前句五字中有三实字，意象当然宏富；后句用比喻，意象具体浮现。这样的"篇琢句雕""无一字轻率"（吴澹评柳诗语），以形容难写之景，使之历历在目，是需要相当的修辞功夫的。而且，就这四句景语本身来说，就很有"妙存默中"之趣，诗家所谓"不着一字，尽得风流"的手法，本诗有之。

末两句"澹然离言说，悟悦心自足"，把作诗的本意"悟悦在心，离言得道"拈提出来，同时也呼醒了全篇，使得通首皆灵。细味本篇，诗情画意处，即是委婉含蓄处，即是明性见道处，最耐人咀嚼。

（张高评）

溪 居（035）

久为簪组束①，幸此南夷谪②。闲依农圃邻，偶似山林客。晓耕翻露草，夜傍响溪石③。来往不逢人，长歌楚天碧④。〔入声陌韵〕

柳宗元，唐德宗贞元进士，后得王叔文的推荐，任礼部员外郎。宪宗即位，王叔文一派遭受打击而失败，柳宗元受株连，被贬为永州司马。著名的散文《永州八记》，便是这个时期的作品。在永州他还作了不少的诗，大多写谪迁之感，本诗就是其一。本诗所谓的溪指愚溪，在永州零陵区西南，柳宗元曾在溪的东南筑室居住。

《中庸》有段话说得很好："君子素其位而行，不愿乎其外。"由此推衍开来，则"素富贵，行乎富贵；素贫贱，行乎贫贱；素夷狄，行乎夷狄；素患难，行乎患难"，果能这样，则"无入而不自得"。柳宗元贬官永州，作这首诗，就是基于这种"居易俟命"的觉悟。这首诗隐含牢骚，却还能有"清冷旷远"的风格，盖得力于这种心情和觉悟。

本诗可分为两段。前四句为首段，写因谪迁，故来作客。"簪组"借代为官，是以事物的属性相借代的修辞法。一般来说，当官可以作威作福，为所欲为，此处却用一个出人意表的"束"字，将他全盘否定；谪迁本是令人心伤气短、不幸万分的事，此处却用一个"幸"字。这种"反话正说"的手法，很能达到反讽的效果，表露出幸灾乐祸的心情。愈是幸灾乐祸，愈是穷开心，就愈

---

① 簪组束——簪，音 zān，是用来插戴帽子的。组，音 zǔ，丝带，用来系缚印信。簪组束，意思是为官职所束缚。

② 幸此南夷谪——谪，音 zhé，降官外放到僻远的地方叫谪。这是自指贬官永州，永州在今湖南省南部。

③ 傍——别本作"榜"，作放船解。

④ 楚天——永州古属楚地。

显出作者内心的苦闷来，笑声泪影，这真是绝妙的反讽啊！三四两句，叙述作者能"素夷狄，行乎夷狄；素患难，行乎患难"，为次句的"幸"字写生。"闲依农圃邻，偶似山林客"，生活似乎相当闲适逍遥，但一想到这是谪居南夷的一种生活方式，那又另当别论了。

后半四句为第二段，描述一天中的行径。"晓"字、"夜"字，是一日时间的"始""终"，拈出早晚的行径，则其他时候的生活动态可以类推而知。另外，这种"概余法"，依照它在修辞方面的习惯意义，可以引申为天天如此、月月如此，所以寓含有"日月淹留"之意。中间四句描写谪居生活，一动一静，一农耕一休闲："晓耕翻露草"呼应"闲依农圃邻"，写的是动的一面；"夜傍响溪石"照应"偶似山林客"，偏向于在幽静的休闲活动上着笔。"来往不逢人"，则其地的幽绝可以想象，此地之了无故交，也可以想见。永州之山水，有足以赏心悦目、怡情悦性者，然"信美"而"非吾土"，居易俟命之余，只好苦中作乐，以求解脱苦闷。"长歌楚天碧"，就是基于这种需要所作的"旷达"。"来往不逢人"的孤寂感，如果真能用"长歌楚天碧"的方法排遣掉，倒也不失为真正的旷达。其实，这只是无可奈何情况下的一种苦中作乐，其中的悲苦不言可喻。

清沈德潜《唐诗别裁》说："愚溪诸咏，处运蹇困厄之际，发清夷淡泊之音，不怨而怨，怨而不怨，行间言外，时或遇之。"这批评是很中肯的，首尾四句尤其如此。全诗从一"幸"字出发，句句说"幸"，却是句句"不幸"，正言若反，阴阳予夺，最有气势。

（张高评）

贰　五古乐府

十一首

王昌龄

塞上曲[1]（036）

　　蝉鸣空桑林，八月萧关道[2]。出塞入塞寒，处处黄芦草。从来幽并客[3]，皆共尘沙老。莫学游侠儿[4]，矜夸紫骝好[5]。〔上声皓韵〕

　　乐府之名，始于汉惠，至武帝以李延年为协律都尉，诏司马相如等赋诗合乐，因有乐府之名。其后历南北朝、唐五代，所谓乐府，不必皆合乐，要而言之凡七变：一、制诗以协于乐；二、采诗入乐；三、古有此曲，倚其声为诗；四、自制新曲；五、拟古；六、咏古题；七、杜甫所创新题乐府。古乐府多就题直赋其事，后人拟作则多借发己意。诗用来抒情，乐府往往用来叙事，诗贵温纯裕雅，乐府则贵遒深劲绝，这是诗与乐府不同处。至于乐府诗的内容，有

---

① 塞上曲——《晋书·乐志》："出塞入塞曲，李延年造。"属横吹曲辞，唐代为乐府新辞。
② 萧关——在甘肃固原东南，为关中四关之一。
③ 幽并——幽，今河北省他。并，今山西省地。
④ 游侠儿——指恃武勇、逞意气、轻视性命的人。
⑤ 紫骝——骝，音 liú，毛皮紫色的好马，此处泛指骏马。

的是"感愤而申征夫之怨",有的是"悒郁而抒去妾之悲",有的是"旷怀而恢游宴之兴",有的是"古意而托艳冶之词"。本书所选乐府,具见于宋郭茂倩所选《乐府诗集》中。

王昌龄的诗,多半以描写边塞事物为主题,古体尤佳,所作多绪密而思清,为人们所赏爱,赢得"诗家天子王江宁"之雅号。他的边塞诗,或表现反侵略之思想,如"单于下阴山,封侯取一战""三面黄金甲,单于破胆还"。其七言之从军出塞,尤脍炙人口,如"黄沙百战穿金甲,不破楼兰终不还""前军夜战洮河北,已报生擒吐谷浑"等等。或描写战争的残酷,以表现非战的主张,如"战罢沙场月色寒,匣里金刀血未干""九族分离作楚囚,深溪寂寞弦苦幽""表请回军掩尘骨,莫教兵士哭龙荒",以及《塞下曲》与本诗,都是表现这种旨趣。

为将之道,应慎重将事,切忌骄兵偾兵,所以杜甫诗说"壮士惨不骄",真得慎战临事而惧之意。王昌龄这首《塞上曲》,也再三申明骄矜非兵家之道。全诗可分为两段,前四句写景,后四句议论。本诗一切场景,如蝉鸣、空桑林、黄芦草、尘沙等,多有萧瑟凄凉的景象,即如"萧关"一词,也容易引起萧条的意象联想。设计这些景象,主要是跟"幽并客""游侠儿""紫骝好"等骄矜自大、意气昂扬的意象相对比,以呈露出"老"的不幸下场来。以写景衬托议论,不惟笔力经济,而且文意醒豁,颇可取法。

本诗有许多异文,如"空桑林",或作"桑树间";"入塞寒",或作"复入塞",《乐府诗集》作"入塞云";"共尘沙",或作"向沙场"。以意境和修辞考之,以"或作"各文较逊。用"空桑林",可见桑落枝空的寒凉边境景象,与八月的季节相符。"入塞云"较"入塞寒""复入塞"好,因为出塞"复入塞",只说明出入塞的动作,别无其他意义;"入塞寒"则陈述一种抽象的状态——寒;"入塞云"则不但表现出入塞的动作,而且以实字(名词)"云"具体表现边塞苍凉的景象,意义最为繁多,且与全诗情境吻合。"向沙场"只说明战士投向战场而已,"共尘沙"不仅可以浮现"沙场征战苦"的意象,而且具体描绘了将士在度过塞上无尽的悲凉岁月后,被注定老死于此,与尘沙共千古。

在修辞方面，除了上述之外，用了两个"塞"字、两个"处"字。前者是类字，以重出逞能，后者为叠字，能摇曳生姿。"幽并客"是借代勇侠，按《隋书·地理志》说："自古言勇侠者，皆推幽并。"所以曹子建《白马篇》说："借问谁家子，幽并游侠儿。"这是脱化典故的一例。"紫骝"，此借代千里马或骏马。《古今乐录》载："《紫骝马》，盖从军久戍怀归而作也。"则王昌龄借用这个词，又含有双关语意在内，绝非率尔操觚可比了。

（张高评）

塞下曲（037）

饮马渡秋水①，水寒风似刀。平沙日未没，黯黯见临洮②。昔日长城战，咸言意气高。黄尘足今古③，白骨乱蓬蒿④。〔平声豪韵〕

这首诗表面描写战争的惨酷，实际上是在表现"非战思想"。所谓非战思想，原是中国诗歌中塞防思想的一种，与守边思想、反侵略战思想有相辅相成的作用。唐代自开国以来，百余年间，无时不在开边、筑防、远征、久征、远戍、久戍，以图恢复太宗时代武威与文德并用的"义战"精神。边塞诗中非战思想的兴盛，正是因为反侵略战思想的日趋衰微所触发的改革运动。王昌龄正是此中改革运动的健将之一，其诗中表现的非战色彩，与高适、王维、李白、贾至、崔颢、常建、刘长卿、岑参、元结等所写的边塞诗，可以并传而不朽。

本诗可分为两段，前四句写景，后四句议论，写景所酝酿的氛围，适足以

---

① 饮——音 yìn，饮马，使马喝水。

② 黯黯见临洮——黯黯，犹言隐隐约约。临洮，今甘肃岷县治，以地临洮水，故名。秦蒙恬筑长城，起临洮至辽东。

③ 黄尘足今古——此句意谓这地方从古以来，就是黄沙弥漫。

④ 蓬蒿——此处泛指野草。

衬托出主题意识来。诗境中设计了秋水、秋风、刀、平沙、落日、长城、黄尘、白骨、蓬蒿等意象，在在都显示出萧索苍凉的气象，对于"好大喜功，到头总是黄尘白骨"的慨叹，提供了具体的演示作用。千载下读之，犹能感染其阴森之气，令人怵目惊心。

在修辞方面，"饮马度秋水，水寒风似刀"，首先用顶真法，蝉联衔交，使得诗意十分紧凑密致。其次使用譬喻法，将秋风凄寒，砭人肌骨的概念，化作具体的意象，谓"风似刀"，与岑参诗所谓"风头如刀面如割"同样生动。另外，又用"黯黯"一叠字来使语气完足，声调动听，达到"摹景入神"的妙境。末两句"黄尘足今古，白骨乱蓬蒿"，对仗工巧，辞彩丰赡，音调和谐，姿致蔚然。篇末对偶，不仅完成了意境上的对称美，而且也使全篇的散调，于流美之外又有凝重之致。

试将本诗与《塞上曲》作一比较就可发现，它们在篇章结构、艺术技巧、旨趣表现方面非常相似，这正是王昌龄边塞诗的风格呢！

（张高评）

李 白

关山月 ①（038）

明月出天山 ②，苍茫云海间。长风几万里，吹度玉门关 ③。

---

① 关山月——此系乐府中横吹曲词，《乐府解题》说是"伤离别"。

② 天山——就是祁连山，从前匈奴人叫"天"为"祁连"，主峰在今甘肃张掖西南。

③ 玉门关——关在今甘肃敦煌市西一百五十里阳关的西北。

汉下白登道①，胡窥青海湾②。由来征战地，不见有人还。戍客望边色，思归多苦颜。高楼当此夜，叹息未应闲③。〔平声删韵〕

这是一首非战思想极为浓厚的诗篇。依据唐史记载，天宝七载十二月，陇右节度使哥舒翰驻神威军于青海上，又筑应龙城于龙驹岛。八年六月，攻拔吐蕃石堡城。冬，吐蕃入寇，神威军应龙城戍者尽没。诗云"胡窥青海湾""不见有人还"，盖是当时实录。那么，本诗定是天宝八载的作品。

本诗可分为三段：前四句写景，景观壮阔，气盖一世；中四句叙写昔日战争的残酷，读之令人警醒感恸；末四句描写今日戍边之愁苦，令人无奈。由"关山月"伤离别之联想，产生今昔的对比。"由来征战地，不见有人还"，这是综观古今战役所得的结论与感慨。李白《北风行》"箭空在，人今战死不复回"，《战城南》"万里长征战，三军尽衰老""士卒涂草莽，将军空尔为。乃知兵者是凶器，圣人不得已而用之"，都是描述战争惨酷、批评穷兵黩武的非战诗篇，与本诗合读，可以窥见李白的塞防思想。由于战争是如此无情，使得戍客征夫苦颜与思归。唯有"天狼灭，父子得闲安"（《幽州胡马客歌》），否则"征客无归日"，只得"空悲蕙草摧"（《秋思》）。

在修辞技巧方面，首先用"镶嵌"的方法，将"关""山""月"三字分别安顿在一、四句，足见这是边塞之月，不是故乡之月。一、二两句就视觉上描写山月，天山崇峻，云海苍茫，气势相当，堪称景中绝配。"长风几万里，吹度玉门关"，是描写感觉，用的是夸张法，以形容大漠风沙声势的凌厉。祁连山到玉门关，不算太远，却夸称"几万里"，夸张得愈不合情合理，就愈能耸动读者耳目，教人快心惬意，这种"反常合道"的诗趣，最能生动有味。宋吕

<hr>

① 汉下白登道——白登，山名，在山西大同东。匈奴冒顿（mò dú）曾经在这里围困汉高祖七日之久。下，犹言出兵。

② 青海湾——即今青海。

③ 未应闲——该是不会停止的。

本中就认为"明月出天山"四句，"气盖一世，学者能熟味之，自然不褊浅"。这是教人仔细品味它的雄浑悲壮，以开拓自己的胸襟与气度。"汉下白登道，胡窥青海湾"两句，对仗工整，平仄协调，一用故典，一用今典，说明胜负乃兵家常事，敌我形势此消彼长，以验证"兵者不祥之物"之论，"由来"两句所言，就是血淋淋的例证。

末四句采"借乙口述甲事"的方法，表现征戍之苦。"戍客望边色"，所看到的无非是天山崇峻，云海苍茫，长风万里，明月照关，想到胡虏未平，凯归无期，当然要愁眉苦脸了。今夜，在遥远故乡期待戍客早归的征妇，谅必也在长吁短叹，惆怅而无奈地怀想着边塞的丈夫吧！戍客的思归之切与苦颜之痛，借着思妇一声一声的叹息，表现得更淋漓尽致，而且夫妻相思的苦痛，边塞战争的不息，也经由这声声的叹息曲达了出来。李白其他的篇诗，也多表现这种乱世儿女的情怀，如《独不见》："天山三丈雪，岂是远行时。……终然独不见，流泪空自知。"《学古思边》："胡地无春晖，征人行不归。相思杳如梦，珠泪湿罗衣。"《捣衣篇》："明年若更征边塞，愿作阳台一段云。"这些都间接表现了非战思想，当与本诗相参看。

（张高评）

子夜歌四首^①（039～042）

　　秦地罗敷女^②，采桑绿水边。素手青条上，红妆白日鲜。

---

　　① 子夜歌——《唐书·乐志》："子夜歌者，晋曲也。晋有女子名子夜造此声，声过哀苦。"《乐府解题》："后人更为四时行乐之词，谓之子夜四时歌。"此歌属于乐府的吴声曲词。
　　② 秦地罗敷女——古辞："秦氏有好女，自名为罗敷。罗敷善蚕桑，采桑城南隅。……使君从南来，五马立踟蹰。……使君谢罗敷，宁可共载不？罗敷前致词，使君一何愚。使君自有妇，罗敷自有夫。"

蚕饥妾欲去，五马莫留连 ①。〔平声先韵〕

镜湖三百里 ②，菡萏发荷花 ③。五月西施采，人看隘若耶 ④。回舟不待月，归去越王家 ⑤。〔平声麻韵〕

长安一片月，万户捣衣声 ⑥。秋风吹不尽，总是玉关情。何日平胡虏，良人罢远征。〔平声庚韵〕

明朝驿使发 ⑦，一夜絮征袍 ⑧。素手抽针冷，那堪把剪刀。裁缝寄远道，几日到临洮。〔平声豪韵〕

　　乐府中的《子夜歌》每首四句，多为"男女相悦"的恋歌，分咏春夏秋冬四时情事。李白这首诗也分四章，也歌咏四时事，不过每章增加到六句而已，从语言和音节上看，因袭中又有创作，性质上很接近民歌的风格。

　　首章写罗敷贞正，不慕荣华富贵。罗敷是诗词中美女的代号，她的性格，

----

　　① 五马莫留连——《汉官仪》："四马载车，此常礼也。惟太守出则增一马，故称五马。"留连，依恋不忍离去。

　　② 镜湖——一名鉴湖，又名贺监湖，系唐贺知章采地，在今浙江绍兴市东南境。

　　③ 菡萏——菡，音 hàn，萏，音 dàn。菡萏就是未曾开放的荷花。

　　④ 隘——满，犹言填巷塞陌。

　　⑤ 回舟不待月二句——是说西施为越王所选取，不能再见。

　　⑥ 万户捣衣声——捣衣，是把生丝捣成熟丝。当时前线军士之军服，由长安民户裁制。夏末征来全国生丝，分交各户捣练，故初秋之时，月下一片捣衣之声，以赶制秋衣送往前方。参见黄永武先生《中国诗学·鉴赏篇》。

　　⑦ 驿使——驿，音 yì。古时用马传递文书的人。

　　⑧ 絮——装棉。

乐府诗《陌上桑》刻画得很鲜明，是一位既有姣好的外在美，又有高雅内在美的佳丽。本诗借用她的名字，当然也就赋予她"窈窕淑女"的性格，这是用典的妙处。所以《陌上桑》中的罗敷"善蚕桑，采桑城南隅"，本章的罗敷也"采桑绿水边"，深深关切着"蚕饥"。《陌上桑》中的罗敷，盛夸其夫之挺出，婉辞使君之邀；本诗的罗敷，也以"蚕饥"为借口，婉谢了太守的纠缠。由此可见，用典是很重要的修辞技巧，用得好，可以"据事类义，倍增风趣；援古证今，影射难言；撷拾鸿采，而令文章典雅，词面华美"（参拙作《左传文章义法撢微》），词句的简洁犹其余事。

其次，首章在色泽的安排上，备见五彩缤纷之美。诗中以罗敷"素"手之纤、"红"妆之鲜，来回穿梭于"青"桑"绿"水间，相互辉映于"白"日之下，焕发于太守五马之前。这"素""红""青""绿""白"五色的交相映现，正足以烘托出罗敷的艳丽。俗语说："牡丹虽好，还要绿叶陪衬。"这五彩斑斓便是绿叶，那罗敷便是牡丹，彼此配合，才能相得益彰。

次章描写西施的美丽，有"天生丽质难自弃，一朝选在君王侧"的诗旨，富于"有才必为世所用"的寓意。诗中有意无意地拿"菡萏""荷花"跟西施相比，不仅可见人面与荷花交相映红的景象，更可以想象"人比花娇"的模样。而且在诗境中，西施采莲的地点取名"镜湖"，应该是经过审慎选择的，因为"对镜比红妆"是很普遍的女子心态，尤其是红颜美人，在诗词上更和明镜结了不解缘。因此，"镜湖"这个地点是经过精心设计的，跟女子身份相切，更是美人的配件。另外，荷香"三百里"之广大，也借来形容人看西施之众多。有如此旺盛的气势，自然烘托出西施必为吴妃的气象，有此气象，当然得"归去越王家"了。

"人看隘若耶"句，"隘"字用得巧妙传神。"隘"字的本义指两山中的狭路，是个实字（名词），此处转化作形容词用，大有"填巷塞陌""满坑满谷""人潮汹涌""万人空巷"等意思，把人人因竞到若耶看西施丰采所引起的拥挤骚动和争先恐后情形，描写得如闻如见。可见诗词中唯有多用实字，才能使文字有丰繁的意象，达到文约而意丰的境界。

第三首描写征妇思念征夫的情绪，是四首中写得最好的一首，为《子夜歌》中的秋歌，与前两首分咏春夏、后首歌咏冬事不同。当时唐明皇用兵边境，万民有不得艾安之苦，于是诗人借长安的思妇怀念征夫，来表现穷兵黩武的罪过。诗中不直斥朝廷的黩武，却只说胡虏之未平，立意温厚深婉，怨悱不乱，颇得风人之旨。

试将"长安一片月，万户捣衣声。秋风吹不尽，总是玉关情"与《关山月》前四句"明月出天山，苍茫云海间。长风几万里，吹度玉门关"相较，可以发现两者的语调神致大略近似，王夫之所谓"前四语是天壤间生成，被太白拾得"，实不独指子夜秋歌而已，机轴自然，近乎天籁，是它们共有的特色。起首两句，"一片"与"万户"作对比，在相衬相托的作用下，眼前便浮现出千门万户"与郎裁作迎寒裘"的景象。这"一片月"，象征家家如此，了无例外，因为月光之普照大地，是容光必照，"天涯共此时"的。因为容光必照，所以象征家家捣衣，暗示了征人之多，这是言外之意。又因为"天涯共此时"，所以"可怜闺里月"，当然也"常照汉家营"。借着天上这"一片月"，把远征玉关的良人和捣衣长安的思妇牵系在一起，才产生了浓浓的情思及化不开的忧怨与无奈，任凭秋风如何吹，捣衣声仍然悠悠不尽；捣衣声不尽，就象征思妇对征夫的怀念不断，所以用"总是"二字提起，十分有力。末二语"何日平胡虏，良人罢远征"，有人以为是画蛇添足之笔，应该删掉。这是因为这两句的辞藻比较朴拙，跟上四句的神情缥缈大异其趣。其实，这两句描写妇人的情性，又深入一层。前四句写的是儿女之情，末两句虽也写儿女之情，更兼述家国之望，用笔委婉深曲，能使滥兴兵戎者为之深自反省。而且，末二语以诘问生情作收，意境上有无限性的美。唯有"平胡虏"，"良人"才能"罢远征"；胡虏一日未平，良人即一日不能罢远征；远征既不能罢，自然良人就"有家归不得"，长安思妇就得年年捣衣。但是什么时候能"平胡虏"呢？恐怕只有"问天"了。

对于词句的确诂，往往严重到影响整首诗的欣赏。譬如本诗"捣衣"二字的正解，就是一个例子。黄永武先生曾对"捣衣"一词做过精确的考证，以为捣衣是把生丝打成熟丝，然后才能赶制秋衣或冬装，捣衣并不就是烫平，用熨斗烫平是捣衣完成后的工作，他说：

这是一首描写秋夜的诗，"万户捣衣声"中"捣衣"二字，有人认为是"妇人江边洗衣，捶敲衣服所发出来的声音"（参见《幼狮文艺》二四一期），连带地以为白居易的《江楼闻砧》一诗中的"江人授衣晚，十月始闻砧"的砧声，也是溪边洗衣服的砧声。洗衣服用砧固然不错，洗衣服会在月明的夜晚也不错，但是这里的"十月始闻砧"与"万户捣衣声"绝不是洗衣服。若是洗衣服，为什么要到十月始闻砧，且说授衣太晚？若是洗衣服，与"玉关情"有何关联？现行高中课本注译白诗"闻砧"说："古时候做衣服，剪裁缝制之前，先将布帛搁在石头上打平，与现在剪裁之前先要用熨斗烫平作用是一样的。"以为捣衣的作用与烫平一样，只是"想当然"罢了。我们要想了解"捣衣""闻砧"这些古时的事物，就必须仰仗丰富的学识，《乐府诗集》有一首《捣衣曲》（宋刻本在题下未列作者名氏，《唐诗集解》以为王建所作），诗中将捣衣的情形描绘得很详尽："月明中庭捣衣石，掩帷下堂来捣帛。妇姑相对初力生，双揎白腕调杵声。高楼敲玉节会成，家家不睡皆起听。秋天丁丁复冻冻，玉钗低昂衣带动。夜深月落冷如刀，湿著一双纤手痛。回编易裂看生熟，鸳鸯纹成水波曲。重烧熨斗帖两头，与郎裁作迎寒裘。"可见捣衣是在"中庭"，不尽在"屋里"，捣衣常是"妇姑相对"二人同捣，捣衣会"湿著一双纤手"。捣衣的目的是把生丝打成熟丝，生丝易绽裂，熟丝则多花纹，捣衣完成后再用熨斗烫平，捣衣并不是"烫平"。把生丝捣成熟丝后，才能赶制秋冬的衣服，所以到了十月闻砧，就嫌太晚了。万户赶制秋衣，送往前方，所以捣衣与"玉关情"有着密切的关系。杜甫也有诗道："寒衣处处催刀尺，白帝城高急暮砧。"都是写秋天加紧捣衣工作的声响。再则六朝人有《捣衣图》，宋徽宗有摹张萱《捣练图》，均可参考。吾人有了这种图画及乐府诗的知识，自然容易了解李白的诗。（《中国诗学·鉴赏篇·广学识以明诗义》）

这样的考证，对于欣赏诗歌，不是很有价值吗？

第四首描写女子在冬夜为征夫赶制寒衣的情形。在时间的设计上，一二句由今夜悬想到明朝，三四句落回到今夜，五六句不仅悬想明朝，更遥想到不可知的未来。这般回环往复的时间设计，很能象征出妇女魂牵梦绕、牵肠挂肚的相思神理。当妇人想到明天一大早驿使就要起程，去到她丈夫戍守的临洮时，她只得整夜不眠不休地赶制寒衣，好托他送去。从这位妇人手忙脚乱的裁缝中，她那匆促而迫切的神情，洋溢出多少人性的光辉，表露出多少爱情的温暖！所以，尽管天气酷寒到"那堪把剪刀"，她还是勉为其难地"一夜絮征袍"。她并不在乎自己的"素手抽针冷"，她只关心这苦心美意的结晶"几日到临洮"？这种痴情和企盼是令人感动的。

在修辞方面，"絮"字名词作动词用，含意丰富，可见用实字可造成文约义丰的胜境。"素手抽针冷，那堪把剪刀？"反问有致，而且上句层次浅，下句则较深一层，"那堪"是层递关系词。措词多用层递，往往可以"远平衍而见波折，意象显而矜练出"。末两句以反诘生情作收，在意境上有无限的美。

（张高评）

长干行二首① （043～044）

　　妾发初覆额，〔陌〕折花门前剧②。郎骑竹马来③，〔灰〕绕床弄青梅。同居长干里，两小无嫌猜。十四为君妇，羞颜未尝开。低头向暗壁，千唤不一回。十五始展眉④，愿同尘与灰⑤。

---

　　① 长干行——长干，地名，在南京江宁区。《舆地纪胜》云："建康南五里有山冈，其间平地，民庶杂居，有大长干、小长干。"按此曲在乐府属于杂曲歌词。行，古诗的一种体裁。

　　② 剧——游戏。

　　③ 竹马——跨着竹竿当马骑。

　　④ 展眉——展开蹙皱的双眉，表示欢喜。

　　⑤ 愿同尘与灰——愿和灰尘一般和合相依。《吴声歌曲·欢闻变歌》："没命成灰土，终不罢相怜。"

常存抱柱信①，岂上望夫台②。十六君远行，瞿塘滟滪堆③。五月不可触，猿声天上哀④。门前迟行迹，一一生绿苔。苔深不能扫，〔皓〕落叶秋风早。八月蝴蝶来，双飞西园草。感此伤妾心，坐愁红颜老。早晚下三巴⑤，〔麻〕预将书报家。相迎不道远，直至长风沙⑥。

忆妾深闺里，烟尘不曾识。〔职〕嫁与长干人，沙头候风色⑦。五月南风兴，〔蒸〕思君下巴陵⑧。八月西风起，〔纸〕想君发扬子⑨。去来悲如何，〔歌〕见少别离多。湘潭几日到⑩？妾梦越风波。昨夜狂风度，〔遇〕吹折江头树。淼淼暗无边⑪，行人在

---

① 常存抱柱信——《庄子·盗跖》："尾生与女子期于梁（桥）下，女子不来，水至不去，抱柱而死。"

② 望夫台——在重庆忠县南十里。相传昔有贞女，其夫从役赴国难，女饯送，立望而死，化为石，名望夫石，在湖北武昌市北山上。

③ 瞿塘滟滪堆——瞿塘峡在重庆奉节县东，亦名西陵峡，两岸对峙，长江流经其中。滟，音yàn，滪，音yù，是瞿塘峡口的礁石。冬日水浅，露出百余尺，夏日水涨，没数十丈，舟人有"滟滪大如马，瞿塘不可下；滟滪大如襆，瞿塘不可触"测水行舟的歌谣。

④ 猿声天上哀——长江三峡，两岸山中多猿，鸣声哀切，常牵动旅人乡愁。《水经·江水注》："巴东三峡巫峡长，猿鸣三声泪沾裳。"

⑤ 早晚下三巴——早晚，何时。巴郡、巴东、巴西，统叫三巴，按即今四川省东北部。

⑥ 长风沙——本集注："长风沙隶池州。"在今安徽池州市。自金陵至长风沙凡七百里，地极湍险。

⑦ 沙头候风色——沙头，就是江边的沙嘴。风色就是风信风向。

⑧ 巴陵——今湖南岳阳，在长江南岸。

⑨ 扬子——长江在镇江附近叫扬子江。

⑩ 湘潭——泛指湖南，非专指湖南湘潭市。

⑪ 淼淼——淼，音miǎo。淼淼，形容水大。

何处？好乘浮云骢①，〔东〕佳期兰渚东②。鸳鸯绿蒲上，翡翠锦屏中③。自怜十五余，颜色桃花红。那作商人妇，愁水复愁风。

《长干行》原为长江下游一带的民歌，其源出于清商西曲，内容多写船家妇女的生活。这两首诗，就是写一位住在南京长干里的青年女子，思念婚后三年就远行入蜀经商的丈夫。诗篇凄怨，悲凉中又不失清丽委婉，感情纯正而真切，是自《诗经·卫风·氓》、乐府《孔雀东南飞》以来极为成功的叙事悲剧诗。

第一首诗，诗人以代言的手法，描述一位青年女子对经商在外丈夫的怀恋。全诗分为六段，大致循时间的先后为线索，分别描写童年、初嫁、婚后、送别、久离时，少妇率真、羞怯、恩爱、忧愁、感伤、妄想等种种心理，写情描态，鞭辟入里，惟妙惟肖。首六句，写儿时的天真无邪；"十四"四句，写初嫁时的羞态；"十五"四句，写婚后的恩爱美满；"十六"四句，关心叮咛丈夫的远行；"门前"八句，触景伤怀，久别感慨；末四句，写悬想归音来到，不辞路远迎夫。纪昀批评本诗说："兴象之妙，不可言传，此太白独有千古处。"这类诗确是太白所擅长。

本诗描写少妇的情绪，由游戏之乐，而爱情之乐，而亲昵之乐，然后乐极生悲，幻化成离别之苦、等待之苦、梦想之苦。写欢乐，所以烘托出悲苦；有这些欢乐存在脑海里，在离别后，等待时，梦想中，便不觉寂寞无聊。而且苦乐悲喜相形之下，益觉得"为欢几何""来日苦多"。在绘写人物个性和神态方面，更是妙同写真，如以青梅竹马、两小无猜形容孩童的天真烂漫，以"低头向暗壁，千唤不一回"形容少妇的羞涩与矜持，以"展眉"来速写少妇的欢悦，以"五月不可触"的命令句来表现她的恳切叮咛与严重关切；再用"行迹""绿苔""苔深""落叶""秋风""蝴蝶""双飞""西园""草"等景象，来

---

① 浮云骢——浮云，汉文帝的良马名。骢，音 cōng，毛色青白相杂的良马。

② 兰渚——指湖南的沣水，多兰，一名兰江。

③ 翡翠——水鸟，像燕子，毛色赤而雄的叫翡，青而雌的叫翠。

描绘她期待的苦恼；又以"直至长风沙"相迎，来刻画她企盼的殷切心情。王夫之说，一切景语，都是情语，实在是见道之言。本诗描写心态情绪如此成功，除了诗人有"遥体人情，悬想事势，设身局中，潜心腔内，忖之度之，以揣以摩"的文学想象之外，修辞技巧的运用也自有相辅相成的效果。如首四句用示现法，将彼此儿时的欢乐意象择精抽样，选取"骑竹马""弄青梅""折花戏"等具象，历历浮现出来。"低头向暗壁，千唤不一回"两句，补写"羞颜"二字，也很能设身处地、体物入微地呈露意象。描写恩爱，先用"尘与灰"之容易凝合作比喻，又用"抱柱信""望夫台"之典故示意，以表现情爱的信实和永固。"瞿塘滟滪堆"以下三句，用示现及呼告的手法演示滟滪堆之险、猿声之哀鸣凄绝，再频频呼告叮咛说"五月不可触"，关怀之情，溢于言表。"一一生绿苔"下，紧接"苔深不能扫"，这种"苔—苔"的句法是为顶真，最能使语气蝉联衔交，令文意紧凑密致。"八月"两句，又以蝴蝶的比翼双飞，象征夫妻应当形影不离。于是那双飞的蝴蝶与形单影只的思妇对比，自然深感"人不如蝶"而"伤妾心"。无可奈何之余，只得"坐愁红颜老"了。末四句也是运用悬想式的示现，使望穿秋水的企盼之情呼之欲出。

本诗在韵律方面，首两句用陌韵，其后即换灰韵，直到"一一生绿苔"。为了换用仄声皓韵，于是在修辞上用顶真法，结构便巧妙地承接上了。"早晚下三巴"，再换平声麻韵，以迄终篇。本篇在将要换韵时，便二句连押一韵，如"来""梅"之于灰韵，"扫""早"之于皓韵，"巴""家"之于麻韵，在声律上是一气呵成，在结构是顺理成章。所以李锳批评本诗说："此诗音节，深得汉人乐府之遗，当熟玩之。"正是指此来说的。至于本诗的平仄却相当自由，与太白豪放的个性正相吻合。

《长干行》太白集中有两首，其二云"忆妾深闺里"，唐韦縠《才调集》亦以为太白作，而宋黄庭坚则以为李益作，曾季狸以为张潮作，莫衷一是，因此蘅塘退士不选入三百首中。至章燮注疏，认为"前后层次一线贯通"才补入。他认为："二章词意，前后层次一线贯通，不可折断，直作一首读可也。前首自幼说起，说到望其还归而止。后首自望其不归说起，一层一层，直到自怜自恨而止，安可删也？此五句长篇换韵格。"既然补选上了，我们不妨加以赏析。

全诗可分为三段，首段八句，叙怀想之苦与盼归之切，"风色"二字，为全诗埋根作线。自"去来悲如何"至"行人在何处"八句为第二段，叙述因伤别而致梦，在梦中冒险相寻访的情形。自"好乘浮云骢"至"愁水复愁风"八句，写思念深切，睹物伤情，并以自怨自艾作结。

本诗首尾四句皆用对比。首四句以昔日的幽闲无虑跟今日的劳苦操心作对比，见今不如昔，商人妇之难为，自在言外；末四句也以十五岁前跟十五岁后（即婚前婚后）作对比，前者是无忧无虑，后者是愁水愁风，前者是颜如桃花，后者却是容色憔悴，言外有无限的怨悔之意。虽怨悔，却不至于"乱"，这是诗人温柔敦厚处。

在联络照应方面，第四句拈出"风色"二字，为一篇之伏脉。于是下文历叙"南风""西风""风波""狂风""愁风"，来相互呼应。全文因为有这些类字，遂成累累贯珠之势，结构便十分紧密蝉联。而且因为"风"这个类字作连续而有规则的重复使用，节奏自然轻快空灵，文义也更加明畅显豁，读者的感受也就格外深切了。

在修辞方面，用"烟尘"比喻人事的不如意，用"桃花红"比喻容颜的美好，呈现出十分具体的形象。"五月南风兴，思君下巴陵。八月西风起，想君发扬子"，以排比而近对偶的句法，来表现她无时无刻不在企盼夫君的归来。这种句法能使意象作交替或流动的浮现，是一种通过增多语句而使意象浮现的方法。此外，又用"湘潭"借代湖南，是以部分代表全体；以"浮云骢"借代良马，是以特性相借代。再以"鸳鸯"的同宿同栖、"翡翠"的形影相随，象征夫妻当成双成对，不可须臾相离。描述梦境也用象征手法，"昨夜狂风度，吹折江头树"，狂风折树，象征一种凶兆。有此种不吉祥的景象在前，再加上"淼淼暗无边"的朦胧混沌气氛，自然衬托出"行人在何处"的失望与遗憾来，这与"行尽江南烟水路，不与离人遇"有同样的惆怅之情。现实人生既"见少别离多"，于是退而求其次，想在梦中相会；到了连梦中一会都成奢望的境地，那将是十分悲哀的事。本诗用抉进一层的写法描绘少妇的愁思，很能传神。

在韵律方面，"识""色"为入声职韵，"兴""陵"换平声蒸韵，"起""子"换为上声纸韵，"何""多""波"转换为平声歌韵，"度""树""处"为去声遇韵，"聪""东""中""红""风"又换平声东韵，押韵遍及四声，换韵频仍，平仄自由，虽是一时兴到，而音节自然和谐，颇可讽诵。

（张高评）

孟 郊（公元七五一——八一四年）

字东野，湖州武康人。初隐嵩山，称处士。性耿介，不谐合，韩愈一见为忘形交，相与唱和于诗酒间。贞元中举进士，初登第吟诗云："昔日龌龊不足嗟，今朝旷荡思无涯。春风得意马蹄疾，一日看尽长安花。"可见其气度窘促。官溧阳尉，后为郑馀庆参谋。诗多写世态炎凉，民间疾苦。诗作则苦思力锤，入深履险，有寒涩之风。有《孟东野集》十卷。诗中善用比喻，是中国最善用比喻的一位诗人。

烈女操 ①（045）

梧桐相待老 ②，鸳鸯会双死 ③。贞妇贵殉夫 ④，舍生亦如此。波澜誓不起，妾心古井水 ⑤。〔上声纸韵〕

---

① 烈女操——烈女，是有贞节烈性的妇女。操，琴曲的一种体裁。烈女操，于乐府属琴曲歌词。
② 梧桐——相传梧为雄树，桐为雌树。
③ 鸳鸯会双死——鸳鸯，常雌雄相随。会，终当。
④ 殉——音 xùn，以死相随叫殉。
⑤ 妾心古井水——井水没有波澜，比喻自己心性贞定，不易为外物所诱。

孟郊的诗，"蹇涩穷僻，琢削不假，真苦吟而成，观其句法格力可见"（《临汉隐居诗话》），这可以说是孟郊诗的特性之一，但并不足以概括他的诗风。像《烈女操》《游子吟》《薄命妾》《古意》等篇，皆命意真挚宛转，精深高妙，人不可及，有古乐府的气象。

诗有六义，赋、比、兴是作诗的基本方法。根据朱熹的解释，赋是"敷陈其事而直言之"，比是"以彼物比此物"，兴是"先言他物以引起所咏之词"，换言之，赋就是说明法，比就是比喻法，兴相当于联想法。孟郊这首《烈女操》，在写作手法上，赋比兴三者俱备。虽短短六句，可谓麻雀虽小，五脏俱全。本诗辞简而意味长，语意并不明白说尽，颇得风骚之神理。

"梧桐相待老，鸳鸯会双死"，由梧桐的偕老相待，鸳鸯的雌雄相随，联想到恩爱夫妻的长相厮守，也应当如此。这是"兴"法，也可以说是象征法。以下紧承"贞妇贵殉夫，舍生亦如此"，直接说明，了无余韵，这是"赋"法。树鸟无知，尚且懂得"相待老""会双死"，号称万物之灵的人类，岂可不如树与鸟？所以此处是以树鸟的知"待老""双死"，衬托贞妇"殉夫""舍生"之可贵。能够做到舍生相殉，才是"烈女"，这是以男子为社会中心的古代礼教思想，本诗就是以这种愿望来描写烈女的心情的。大家既然对烈女作如此的期望，贞妇只得发愿："波澜誓不起，妾心古井水。"

"波澜誓不起，妾心古井水"，这两句在句式上是个倒装句，在作法上是诗中的比体，顺写应该说"妾心古井水，波澜誓不起"。此处使用倒装的手法，固然是为了押韵的关系，更是为了避熟出新，增强声势。诗文能善用倒装取劲，则如急流倒峡，高岩倒松，很足以蔚成壮观。"妾心古井水"是个比喻句子。唐人作诗，以井比作心的很多，如《济源寒食》的"莓苔井上空相忆，辘轳索断无消息"，贾岛《戏赠友人》的"心源如废井"，李商隐《无题》的"玉虎牵丝汲井回"，以及孟郊本诗，都是以井象征心（参见黄永武先生《中国诗学·设计篇》）。因为井水不扬波，所以用来比喻贞妇守节不渝，从一而终。尤其加上一个"古"字，更见此心如枯木死灰，不为外诱所动。烈女的神韵，三言两语便被勾勒出来了。

（张高评）

游子吟 [1]（046）

　　慈母手中线，游子身上衣。临行密密缝，意恐迟迟归。谁言寸草心 [2]，报得三春晖 [3]。〔平声微韵〕

　　德宗贞元十六年（公元八〇〇年），孟郊为溧阳县尉，乃迎养其母裴氏于溧上。这首《游子吟》大概就是这时所作，此时作者已经五十岁了。

　　从细微不经意处，来表现母爱的光辉与伟大，这是本诗的特色。孟郊是位清寒终身的士人，所以诗中的母子也是平头百姓。千古以来，天下慈母对远方子女真挚的关爱，大多具体表现在那密密缝的针线上，所以这首诗也一直被传诵着。《澹园诗话》称："东野《游子吟》，余每读而涕下。自来写母爱之深切，未有如东野者也。"可见本诗感人之深。

　　本诗前四句直接叙说母爱的无微不至，是"赋"法。"慈母手中线，游子身上衣"，对仗自然贴切，在有意无意间，是为天工。慈母对子女的关爱，是无所不在、无时不在的，而且也是不容易描摹形容的，本诗即将母爱形象化，具体表现在游子所穿衣服的针线上。"临行密密缝，意恐迟迟归"，也是平仄和谐，自然成对的对偶句，伦理亲情，淋漓尽致地表现在"密密缝"三个字上。游子将远行，慈母唯恐游子在外受冻，所以一针一线细细密密地缝制着衣服，以供他迟迟归来时的应急之需。这种耐心、苦心、细心、关心与爱心，是多么令人感动啊！清周自庵《晒旧衣感赋》所谓"卅载绨袍检尚存，领襟虽破却余温。重缝不忍轻移拆，上有慈亲旧线痕"，也颇能道出慈母与游子心事。

　　末两句"谁言寸草心，报得三春晖"，也是理圆事密、轻重悉称的对偶句。这两句在修辞上并用三法：（一）譬喻法，以"寸草心"譬喻子女孝心的微不

――――――

　　① 游子吟――东野自注："迎母溧上作。"吟，诗体的名称。

　　② 寸草――喻微小。

　　③ 三春晖――春天的阳光和煦，故借以喻母爱之温暖广被。

足道，以"三春晖"譬喻父母的爱心广大温暖。（二）对比法，寸草般的孝心与春晖般的温情，是悬殊极大的对比映衬，这般如山高海深的亲情意象，经过对比更加显豁了。《诗经·小雅·蓼莪》："欲报之德，昊天罔极。"正可形容亲恩的崇高伟大。（三）反诘生情法，结尾反问一句，自能产生一种饱满的情趣。"寸草心"永远不能"报得三春晖"，这是人尽皆知的道理，但直说便无趣味，反诘却能生情，所以诗人以疑问句作为收结，便留下悠然不尽的余韵。

清吴乔《围炉诗话》说："贞元元和间，诗道始杂，各立门户，孟东野最为高深浑厚，如《游子吟》，直是六经鼓吹。"以本诗来说，音调谐和，对仗工整，立意深远，辞气从容，最可见高深浑厚的诗风。而宣扬孝道，表彰亲恩，正无异六经之羽翼，在诗教上是很富于积极意义的。

（张高评）

叁 七言古诗 二十八首

杜 甫

丹青行①赠曹将军霸②（047）

　　将军魏武之子孙③，〔元〕于今为庶为清门④，英雄割据虽已矣，文采风流今尚存⑤。学书初学卫夫人⑥，但恨无过王右军⑦。〔文〕丹青不知老将至，富贵于我如浮云。开元之中常引见，〔霸〕承恩数上南薰殿⑧。凌烟功臣少颜色⑨，将军下笔开生

---

　　① 丹青行——丹青，丹砂、青䕂，指画。因作画多用红绿着色。行，一作"引"，诗体之名，等于歌。

　　② 曹霸——魏曹髦的子孙。玄宗天宝末，每奉诏画御马和功臣像，官左武卫将军。

　　③ 魏武——曹丕受汉禅，追尊曹操为太祖武皇帝。

　　④ 于今句——庶，平常百姓。清门，寒素之家。玄宗末年，霸得罪，削籍为庶人。

　　⑤ 文采风流——文采，指文章的华美。风流，指仪表和态度。

　　⑥ 卫夫人——张怀瓘《书断》：卫夫人名铄，字茂猗，卫展之女弟，李矩之妻，隶书尤善，右军尝师之。

　　⑦ 王右军——《晋书·王羲之传》：王羲之字逸少，善隶书，为古今之冠。官右军将军。

　　⑧ 南薰殿——《长安志》：南薰殿在南内兴庆宫内。

　　⑨ 凌烟句——《唐书》：太宗贞观十七年二月，图功臣二十四人于凌烟阁，阁在西内三清殿。少颜色，指旧画漫漶。

面①。良相头上进贤冠②，猛将腰间大羽箭③。褒公鄂公毛发动④，英姿飒爽来酣战⑤。先帝天马玉花骢⑥，〔东〕画工如山貌不同⑦。是日牵来赤墀下⑧，迥立阊阖生长风⑨。诏谓将军拂绢素，意匠惨淡经营中。斯须九重真龙出⑩，一洗万古凡马空。玉花却在御榻上，〔漾〕榻上庭前屹相向。至尊含笑催赐金，圉人太仆皆惆怅⑪。弟子韩幹早入室⑫，亦能画马穷殊相。幹惟画肉不画骨，忍使骅骝气凋丧⑬。将军画善盖有神，〔真〕必逢佳士亦写真⑭。

---

① 将军句——生面犹言境界。此指将军重新摹画。

② 进贤冠——《汉书·舆服志》：进贤冠，古缁布冠也。文儒者之服。

③ 大羽箭——《酉阳杂俎》：太宗好用四羽大笴长箭，尝一抉射洞门阖。太宗尝自制长弓大羽箭，皆倍常制，以旌武功。

④ 褒公鄂公——褒国公段志玄，鄂国公尉迟敬德。都是凌烟功臣。

⑤ 飒爽——飒，音 sà，飒爽，英武飞动。

⑥ 先帝句——先帝指玄宗，天马一本作御马。《明皇杂录》：上所乘马有玉花骢、照夜白。

⑦ 如山——形容众多。

⑧ 赤墀——也叫丹墀，宫殿阶上的地方。墀，音 chí。

⑨ 阊阖——《文选注》："紫微宫门多阊阖。"阊阖，本是神话中的天门，这里指宫门。

⑩ 真龙——指马。马八尺以上为龙。

⑪ 圉人太仆——圉，音 yù，圉人掌养马刍牧之事。太仆，掌舆马。

⑫ 弟子韩幹句——幹，蓝田人，少时为卖酒家送酒，尝征债于王右丞家，戏画地为人马，右丞见其画，推奖之。善写人物，尤工鞍马。玄宗好大宛马，西域大宛岁有来献者，命幹悉图其骏，有玉花骢、照夜白等，见《名画记》。入室，喻学问已达深入的境界。论语："由也升堂矣，未入于室也。"韩幹初师曹霸，后乃别自成家。

⑬ 幹惟画肉不画骨二句——称赞韩幹画马极尽神似之妙，然而却不能传神。这两句诗，显然对韩幹画马的造诣有所贬低，因此引来许多人的批评，如顾云、张彦远等画家批评杜甫见解平庸、不懂画，苏轼、苏辙、黄庭坚、张耒等诗人也都不赞同杜甫的意见。乾隆皇帝题韩幹画马诗则谓："不凋气体尚犹存，鞍鞯弗施自在原。只以誉师排弟子，少陵未免过苛论。"专从抑宾扬主角度去论说，自较可取。

⑭ 写真——描绘一个人的面貌。

即今飘泊干戈际，屡貌寻常行路人。途穷反遭俗眼白^①，世上未有如公贫。但看古来盛名下，终日坎壈缠其身^②。

这首诗无异于画家曹霸的列传，颇得太史公撰写《史记》的笔法。《唐宋诗举要》引张惕庵说，以为"此太史公列传也。多少事实，多少议论，多少顿挫，俱在尺幅中。章法跌宕纵横，如神龙在霄，变化不可方物"。清翁方纲也盛称本诗的气势充盛，推为"古今七言诗第一压卷之作"。因为杜甫写本诗时业已五十三岁，人生遭遇既饱经忧患，艺术成就自然更加苍劲了，所以才有此"神来气来，纸上起楼"之作，推尊为七言压卷，实在不是过誉之言。

杜甫诗中的马，首首不同，各有寄托，各有议论，各见精彩。往往真马假马，写马写人，写画家写自己，混同难辨，可谓曲尽错综变化之能事。黄永武先生曾就思想的角度考察杜甫笔下的马，发现"马代表英雄的气概"，"马申述暮年的壮志"，"马自况一生的辛劳"，"马象征君臣的遇合"，"马比喻知遇的难觅"，"马暗示国势的盛衰"，"马绾连先帝的追思"。就以本诗来说，就是系念先帝玄宗的代表作。黄永武先生说：

杜甫晚年写马，总是绾连着故君，对故君惓惓不忘。虽然杜甫在玄宗时代，每天只领太仓米五升以度日，是一位极为困顿的贫民，但玄宗曾欣赏他写的三大礼赋，并一度召试文章，那短暂的声名烜赫的一日，杜甫终生感激。凡与玄宗有关的一事一物，无不反复吟叹，追思不尽，如《韦讽录事宅观曹将军画马图》中，除"国初""太宗"等追念唐太宗外，诗中谈到"先帝"即是指明皇，"忆昔巡幸"及"翠华"旗也是指明皇，更借用穆天子的"河伯献宝"事及汉武帝"射蛟江中"事来暗喻玄宗，结尾"金栗堆"是明皇安葬处，所以那诗题面上看是曹霸画马，骨子里是对先帝的追念。从曹霸受先帝的宠遇说

---

① 俗眼白——谓遭到世俗的轻视。晋阮籍能为青白眼，见礼俗的人，常对以白眼。

② 坎壈——坎，音 kǎn，壈，音 lǎn，坎壈，不得志的意思。

起，说到先帝晏驾以后，巡幸不再，神骏消散，英雄与伟大的画家诗人也都星散沦落了。杜甫另有一首《丹青行》诗，同样作于五十三岁（代宗广德二年，公元七六四年），也是赠给曹霸的，诗中更时叠呼"先帝""至尊"，凄楚而感人。（《中国诗学·思想篇·杜甫笔下的马》）

长篇七言古诗必须波涛起伏，声调响亮，最忌平衍散漫。本诗每八句一换韵，格调整齐，音节铿锵，王士禛曾称美本诗换韵的匀称，翁方纲则推崇气势的充盛。换韵处就是段落区分处，因此本诗可分为五段，段各有意。黄永武先生曾就思想的观点剖示本诗段落旨趣与照应始末：

本诗首段已经把将军兼画家曹霸的家世、门第、出身、学历、嗜好、素养及目前的境遇等都交待明白，其中"于今为庶为清门"句，勾挑起末段的途穷漂泊；其中所述游学多方及献身艺术的热忱，勾挑起后段先帝对艺术家的宠爱，也说明了艺术家的荣悴与时代的盛衰，相互间关系密切。

第二段主要说将军善画人物，与末段为人写真作呼应，前面所画的均将相佳士，末段所画的是寻常路人，其中也自含盛衰之悲。但第二段呼"开元"年号，追忆"承恩"的荣宠，实在是全诗的重点。第三段再呼"先帝"，第四段又呼"至尊"，末段写先帝殁后，这位画家一贫如洗，坎壈缠身，反遭世俗的白眼。可见全诗是以先帝为核心，一人有庆，兆民是赖。综观这位画家的出身、荣遇及晚年穷困，一身的盛衰就系于先帝事业的盛衰。明皇爱真马，也爱画马，爱真马是为开边的武功，爱画马是为倡导艺术的文治，文治武功均彪炳一时的唐玄宗，使杜甫永怀难忘。（同上）

简言之，首段叙家世及学养，次段写曹霸画功臣，三段写他画天马，四段极赞他画马之善，末段同情曹霸的不遇，并隐寓自己的感慨。通首雄伟宏放，不可捕捉，堪称七古之极则。

本诗在艺术技巧上，有许多值得借镜的地方。如对比的设计，先前画凌烟功臣、先帝御马，能令至尊含笑；后来画行路常人，反遭俗子白眼，追昔之盛，叹今之衰，这种"今昔异时，荣枯易地"的对比，产生顿挫的强大张力，气氛骤变，读之自然令人感慨万千。起首四句叙曹霸家世，也用对比法抑扬，首句写昔，一扬，次句写今，一抑；三句写昔，再抑，四句写今，再扬。今昔对比，两层抑扬，为下四段张本，文势极开阖动荡之妙。

烘托陪衬之法，最能描绘事态，形容心情，使意在言外，言在意中，这本是绘事后素之法。本诗既然是画家的列传，自然会运用此法，清施补华《岘佣说诗》讲得很清楚：《丹青引》，画人是宾，画马是主，却从善书引起善画，从画人引起画马。又用韩幹之画肉，垫将军之画骨，末后搭到画人，章法错综绝妙。"本诗中凡善书、善画功臣，韩幹画马等，都是宾笔，是借来形容"善画马"的主意的。诗中能多用借宾形主之法，自然意境高妙，旨趣明畅，辞藻光彩，有华赡之致，观本诗可知。

穷神尽相，传真妙肖，是描写的极则，本诗写曹霸画功臣与画天马，确有此种胜境。（一）特写法：凡描写不尽处，只须于极小处一点便成，最是用简笔妙法，如写功臣，只举"良相""猛士"为代表；写良相，则特写他头上的"进贤冠"；写猛士，只特写他腰间的"大羽箭"；举功臣名字，但言褒公鄂公，只特写"毛发动"，都有点一笔而神貌全出之妙。（二）示现法：如"英姿飒爽来酣战""迥立阊阖生长风""斯须九重真龙出""榻上庭前屹相向"，都是化虚为实、渲染真切之笔。（三）借映法："玉花却在御榻上，榻上庭前屹相向"，榻上的玉花骢是画中假马，庭前的玉花骢才是真马，为表现曹霸画马逼真，所以画马真马夹写，因此玉花反在御榻上，与庭前的真马对峙，几不可辨。此种借彼映此的手法，最有韵致。"至尊含笑催赐金，圉人太仆皆惆怅"，也是借玄宗的满意及圉人太仆的赞叹，映衬出曹霸画马的传神逼真。画马之骨，曰"迥"曰"屹"，着一字而境界全出。

在声律方面七古的换韵，不能太疏，也不能太密，应视诗中情节气氛而定。大抵意转折时换韵多，意直达时换韵少。本诗每八句一转韵，共转韵五次：平转为仄，仄转为平，间亦平转为平。清叶燮专从转韵上欣赏本诗，他说："杜甫七言长篇，变化神妙，极惨淡经营之奇。就《赠曹将军丹青引》一篇论之，起手'将军魏武之子孙'四句，如天半奇峰，拔地陡起，他人于此下便欲接'丹青'等语用转韵矣。忽接'学书'二句，又接'老至''浮云'二句，却不转韵（元转为文，平转为平），诵之殊觉缓而无谓。然一起奇峰高插，使又连一峰，将如何撒手？故即跌下陂陀，沙砾石确，使人蹇裳委步，无可盘桓。故作画蛇添足，拖沓迤逦，是遥望中峰地步。接'开元引见'二句，方转入曹将军正面。他人于此下，又便写御马玉花骢矣。接'凌烟''下笔'二句，盖将军丹青是主，先以学书作宾；转韵画马是主，又先以画功臣作宾，章法经营，极奇而整。此下似宜急转韵入画马，又不转韵，接'良相''猛士'四句，宾中之宾，益觉无谓。不知其层次养局，故纡折其途，以渐升极高极峻处，令人目前忽划然天开也。至此方入画马正面，一韵八句，连峰互映，万笏凌霄，是中峰绝顶处。转韵接'玉花''御榻'四句，峰势稍平，蛇蟺游衍出之，忽接'弟子韩幹'四句，他人于此必转韵，更将韩幹作排场，仍不转韵，以韩幹作找足语，盖此处不当更以宾作排场，重复掩主，便失体段。然后（转韵）永叹将军善画，包罗收拾，以感慨系之，篇终焉。章法如此，极森严，极整暇。"（《原诗》）对于本诗声韵之秘，章法之奇，有很精赡而肯綮的指点。

至于"丹青不知老将至，富贵于我如浮云"，用经语极入妙；"但看古来盛名下，终日坎壈缠其身"，借题隐寓遭遇的悲凉；起势之飘忽苍莽，中间铺述之有波澜，有滋味，有兴象，收结之悲壮动荡，在在都有可观，此处不过聊举数则，以供抛砖引玉之用而已。

（张高评）

陈子昂（公元六六一——七〇二年）

字伯玉，梓州射洪人，睿宗文明初举进士。年十八时，未知书，以富家子，任侠尚气弋博，后入乡校感悔，于金华山读书，痛自修饰，遂精穷典籍。武后奇其才，遂拜灵台正字，后迁右拾遗，有《陈拾遗集》。其时文章承徐、庾余风，至子昂始变为雅正。其诗苍劲朴厚，不事雕饰，韩愈《荐士诗》所谓"国朝盛文章，子昂始高蹈"。当时王适惊谓子昂必为海内文宗，其器宇自然不凡。

登幽州台歌 ①（048）

前不见古人，后不见来者。念天地之悠悠，独怆然而涕下 ②。〔上声马韵〕

武则天万岁通天元年（公元六九六年），陈子昂随外戚建安王武攸宜讨伐契丹，为军事参谋。武攸宜不懂军事，才一交战，先锋便全军覆没。陈子昂自请分军遏敌，不听，竟将他降职处分。子昂满腔爱国热忱，受到打击，自然抑郁悲愤，无可名状。因登临幽州台，放眼河山，有感于乐毅与燕昭王的故事，于是写了这首诗。严格地说，本诗应列入杂言，因本书没有"杂言"一体，所以并入七言古诗中。

登高，往往能够高瞻远瞩，所以王之涣说："欲穷千里目，更上一层楼。"其实看得到的都是有形象的"实物"，超越了时间与空间，就是登得再高，也不可得而见。陈子昂在侘傺悲愤之余，登临幽州台，极目四眺，在时间的河流里，他看不见古人，古人也无由见到他；他也看不到后人，后人更无缘见到他。能见到他，以及他能见到的，只有当今的时代和众生。可叹当代既无像乐毅般的英雄，又没有田单那样的豪杰，想起天地的悠长久远，个人的渺小有限，不觉悲歌慷慨，怆然涕下。此时，诗人百感交集的复杂心情，伤时感遇的沉郁情调，俯仰一世的孤高襟抱，悲天悯人的淑世理想，都从寥寥四句，

---

① 幽州台——幽州，古九州之一，今河北省地。幽州台，即蓟北楼、燕台，亦即燕昭王所筑黄金台，所以延天下贤士者，土人呼为贤士台，又名招贤台。为燕京八景之一，曰"金台夕照"。故城在今北京西南。

② 怆——音 chuàng，悲伤凄凉的意思。

二十二个字中喷薄跃出，何等深沉，何等悲壮！

陈子昂的诗大多苍劲朴厚，不事雕琢，明杨慎说本诗"其辞简直，有汉魏之风"，就是具备这种风格。本诗在艺术上有几点可供参考：（一）使用对比，烘托意象。不仅将"前之古人"与"后之来者"作对比，以呈露出"沉迷惨澹的生气寂然"意象，更将"天地之悠悠"与个人之孤独渺小作对比，遂鞭逼出一段悲愤之情来，不得不令人怆然涕下。（二）描写感觉，情景交融。景以情合，情因景生，诗人登台，极目野望，不见古人与来者，唯觉孤独的我"渺沧海之一粟"，情景妙合之下，遂产生如此深切之悲痛。前三句并不写实，只是通过概念性的语言，传达诗人对悠悠天地的感慨。由于虚写，所以蕴意深远。（三）修辞方面，用类字"不见"两次，以强化茫茫悠悠的意象，引出踽踽郁郁的心情来。首二句，看似寻常自然，其实是脱胎于阮籍《咏怀诗》的"去者余不及，来者吾不留"，这种用典有神无迹，最可取法。

（张高评）

李 颀（公元六九〇——七五一年）

李颀的诗，有一种特别雄厚的声音，也有一种特别深浓的感情，读来教人心神震荡。前人批评他的诗说："发调既清，修辞亦秀，杂歌咸善，玄理最长。"几乎将声调、修辞、题材、内涵各方面都称赞齐了。现在最流传于人口的几首诗，大都为七言古诗，尤其是一些描写音乐方面的，无论是塞外胡部的觱篥歌，还是中州雅乐的琴歌，经他一描写，无不妙艺绝伦。尤其他喜欢以风景来状音乐，把听觉转化成视觉，这种特殊的构思极为新颖。

李颀是云南东川人，迁居颍阳，开元二十三年进士及第，曾任新乡县尉。平时仰慕神仙，秉性疏简，不耐世务，所以官阶不高。但在诗歌上自有其成就，后代评论家说他"往往高于众作"，就凭赢得了这一点，已经足以不朽了。

古　意（049）

　　男儿事长征，少小幽燕客。〔陌〕赌胜马蹄下，由来轻七尺①。杀人莫敢前，须如猬毛磔②。黄云陇底白云飞③，〔微〕未得报恩不得归。辽东小妇年十五，〔麌〕惯弹琵琶解歌舞。今为羌笛出塞声④，使我三军泪如雨。

　　李颀的边塞诗，在唐代诗人中首倡非战思想，最激烈而著名的诗句，如《古从军行》："年年战骨埋荒外，空见葡萄入汉家。"诵之令人恻然。其他如《古塞下曲》《塞下曲》二首及本诗，也都有浓厚的非战思想。

　　本诗明写从军乐，却暗寓征戍之苦。全诗可分为二段，前八句叙男儿的意气豪侠，后四句写征夫的思归之情。"男儿事长征，少小幽燕客"，足见少小即长征幽燕，戍守边塞至今，也不知经历了多少岁月，过的都是戎马关山的生活，要不是听到辽东少妇演奏的"羌笛出塞声"，勾起了乡愁，恐怕"梦里不知身是客"的军士还大有人在哩！

　　"赌胜马蹄下，由来轻七尺。杀人莫敢前，须如猬毛磔。黄云陇底白云飞，未得报恩不得归"六句，描写男儿的豪侠勇猛，除"由来""未得"两句用说明法外，其他四句都用表现法，"赌胜"句写其使气逞能，"杀人"句写其所向无敌，"须如"句写其仪表威武，"黄云"句写其身手矫健。这种诉诸客观的表达方式，最能寓新颖的情趣于具体的意象中，使情趣与意象相切合，见到意象便感到情趣。"由来轻七尺"，则涉身其中，代人发言，不仅失之抽象论理，而

---

　　① 七尺——成人的身体长度，此指生命。

　　② 须如猬毛磔——猬，音wèi，像鼠，浑身有刺毛。磔，音zhé，开张的样子。这是说胡须像猬毛那样攒起。

　　③ 黄云句——黄云般的田亩，马匹像白云般飞驰而去。

　　④ 羌笛——西羌的笛，三孔。

且主观色彩颇浓。因此，为了确保诗中景物的真实生动，最好用表现法。表现法的趣味在"隐"，说明法在"显"，一味地隐容易流于晦昧，所以本诗用"轻七尺"点破以救其弊，就好像杜甫《少年行》诗以"粗豪甚"点醒一样。虽然"大道不言"，毕竟"不言又不足以明道"呀！

前段描述男儿的豪侠勇猛，恰好与后段辽东少妇的轻歌妙舞相映成趣，不仅阳刚与阴柔对比成趣，而且柔能克刚，产生绝妙的讽谕效果。这位"惯弹琵琶解歌舞"的"辽东少妇"，只"轻拢慢撚抹复挑"地"为羌笛出塞声"，便使"征人尽望乡"，"使我三军泪如雨"。可见所谓"未得报恩不得归"，不过是诗人的诡辞而已。"不得归"是实情，至于把不得归的理由说成"未得报恩"，那就是讳饰的门面话了。前半段句句说"从军乐"，后半段却"踢倒当场傀儡，辟开立地乾坤"，语语表现"从军苦"。这种阳予阴夺、明扬暗抑、正言若反的手法，既饶事外曲致，更见温柔敦厚之教，最得风人之旨。

本诗在体式方面五七言相杂，五言六句，七言亦六句，这种长短错综的体式，本无一定之法，大致上"以浩落感慨之致卷舒其间，行乎不得不行，止乎不得不止，因自然之波澜以为波澜"（《师友诗传录》），就可以了。本诗前半杂出六句五言诗，朴拙自然，主要是为了下面六句七言诗"振荡其势，回旋其姿"的。就古诗而言，五言诗安恬，七言诗挥霍；五言尚质，七言尚文；五言主亲，七言主尊（刘熙载《诗概》）。所以五七杂言诗多先出五言，后出七言，既有相形之美，又有伸足之效，本诗就是如此。

在韵律方面，本诗前六句用入声陌韵，表现迫切而直截的意味；七八两句用平声"微"韵，表现平陈往来的意象；末四句用上声"麌"韵，表现缠绵而沉重的心情。大抵古诗的转韵，跟情感有很大的关系，黄永武先生曾论及古诗乐府的转韵问题，他说："转韵与否，最主要的还是与诗内的情节气氛有关系，气氛有时宽平，有时幽适，有时激越，有时惊愕，用转韵的乐府诗来逐段配合，自有神妙的效果。"（《中国诗学·鉴赏篇·作品的诗境——从谐律上欣赏》）本诗就是一个例证。

（张高评）

送陈章甫（050）

四月南风大麦黄，〔阳〕枣花未落桐叶长。青山朝别暮还见，嘶马出门思旧乡。陈侯立身何坦荡①，〔养〕虬须虎眉仍大颡②。腹中贮书一万卷③，不肯低头在草莽④。东门酤酒饮我曹，〔豪〕心轻万事如鸿毛⑤。醉卧不知白日暮，有时空望孤云高。长河浪头连天黑，〔职〕津吏停舟渡不得⑥。郑国游人未及家⑦，洛阳行子空叹息⑧。闻道故林相识多⑨，〔歌〕罢官昨日今如何？

这是一首送朋友罢官归去的诗，情调上应该是悲恻徘徊才对；但是本诗读

---

① 坦荡——《论语·述而》："君子坦荡荡。"《晋书·阮籍传》："其外坦荡，而内淳至。"

② 虬须句——《三国志·魏书·崔琰传》曰："虬须直视，若有所瞋。"《太平御览》人事部六引《帝王世纪》曰："文王虎眉。"虬，音qiú，是蟠曲的意思。仍通乃，有并且意。颡，音sǎng，是面额。

③ 腹中句——《世说新语·排调篇》曰："郝隆七月七日出日中仰卧，人问其故，答曰：我晒书。"《事文类聚》前集天时部引作"晒我腹中书"。

④ 草莽——《孟子·万章下》曰："在野曰草莽之臣。"

⑤ 心轻句——司马子长《报任少卿书》曰："人固有一死，死有重于泰山，或轻于鸿毛，用之所趣异也。"

⑥ 津吏——《列女传》："赵简子南击楚，至河津，津吏醉卧不能渡，简子怒，将杀之，津吏之女乃持楫而前曰：'妾父知君王将渡，恐值风波，故祷河神，不胜杯酌余沥，醉于此，君命诛之，愿以微躯易父之死。'"《晋书·元帝纪》曰："帝至河阳，为津吏所止。"津吏，管理渡头的小官。

⑦ 郑国句——春秋郑国都新郑，即今河南新郑市，唐属河南道郑州。陈章甫或系郑人。

⑧ 洛阳行子——唐河南道河南为东京，亦曰东都，治河南、洛阳二县。作者自比为洛阳行子。

⑨ 故林——潘岳《西征赋》："问休牛之故林。"谢灵运《晚出西射堂》诗："羁雌恋旧侣，迷鸟怀故林。"故林是故乡。

来仍然是相当壮阔，这是由于作者有一种浑厚磅礴的声气，像黄钟大吕，一发声就堂堂皇皇，给人壮逸的感觉。

"四月南风大麦黄，枣花未落桐叶长"，这二句诗，前人评为"奇景涌出"。因为在同样的四月天，举列三种具有季节代表性的植物，枣树的花已开过，桐树的叶儿正长，麦的穗实金黄。有花有叶有实，似重复却有别，参差不齐的生长万象，各具情态与面目，都同时在一样的南风里摆动，景象很奇妙。

"青山朝别暮还见，嘶马出门思旧乡"，这二句的意思是倒装的。第四句点明"出门"，才知道上面三句都是出门时所见，枣花桐叶，一花一木，都隐含着离情，而青山更是难别，走了整天，虽渐行渐小，但远望还在视野中。这种"看山跑死马"的空间缓慢的移动感，加上马嘶声声，撩起了归心，已把浓郁的离别气氛形成了。

"陈侯立身何坦荡，虬须虎眉仍大颡"，是把回乡的主角陈章甫加以描写，说他平日立身处世，性格是坦荡荡的君子。他的相貌是须像龙，眉像虎，兼有一幅宽广的面额。"虬须虎眉仍大颡"，用三个名词折叠在一起，称为"三叠句法"，不仅使所绘的相貌有了具体的描出，同时也使句子劲健有力。

"腹中贮书一万卷，不肯低头在草莽"，雄赳赳的相貌，加上万卷罗胸的文采，这样文武全备的一表人才，自然是不肯低头沦落在草野榛莽之中的。然而现在却必须归向草野乡间去，内心自然愤愤不平，这意思刚要吐出，又忽然刹住。

"东门酤酒饮我曹，心轻万事如鸿毛。醉卧不知白日暮，有时空望孤云高。"在东门外酤酒共饮，没有表现愤世嫉俗的样子，反倒是十分豪爽洒脱，看世事得失都像鸿毛一样，轻微不足道，证明前面所说陈侯立身的坦荡。饮醉了不知何时日暮，有时则怅望着天空高处的孤云。这孤云是一种暗喻，象征着人品学问的高洁与磊落不羁的性情，证明前面所说读书万卷与不肯低头的志趣。

"长河浪头连天黑，津吏停舟渡不得。郑国游人未及家，洛阳行子空叹息。"前面写"青山朝别暮还见"与"东门酤酒饮我曹"，都隐含着依依不舍的离情，到"长河浪头连天黑"，离情已强化成一种关心风波难行的同情。同时，意思又转深了一层，出山成名固然不容易，归山隐居也不太容易，人生的旅途都有其难行的历程，所以归向郑国的你，还没到家吧？而屏营徘徊于洛阳的我徒然在作游子的叹息。只须一句关合，主客双方的情感变得很一致了。

"闻道故林相识多，罢官昨日今如何？"这里以"故林"来呼应前面的"旧乡"，字面变换而不重复。故林相识虽多，但自昨日罢官以后，今天对你的态度，会和以前你做官时一样吗？你虽然把万事看作鸿毛，但是旧识的朋友会不会也像你那样，绝不势利眼呢？结尾用不确定的问句，十分警拔，暗寓着强烈的人情冷暖的感慨。结句刘大澄译为"此时罢官心情，谅能自得慰解"，是说他心情既坦荡，自可应付荣枯寒暖的人情。近人据刘说译为："昨日你罢官回家，应该觉得很舒服吧？"就谬以千里了。

本诗是七言平仄换韵的古诗，这种体裁，格律甚宽，自由不拘，本诗以四句分一段，一段用平声阳韵，一段用仄声养韵，再一段用平声豪韵，再一段又用仄声职韵。大抵押平声韵时，其第三句末字用仄，押仄声韵时，第三句末字用平，但也不算是定式，像本诗的"卷"字，在仄韵的第三句末字仍用仄，也不拘。全诗句尾叠用三仄三平的情形很普遍，三仄用在难过悲抑时，三平用在加强语气时，吟唱起来，情感的起伏与声调的抑扬配合得很好。结尾叠用歌韵，歌韵近乎浩叹的声音，"多""何"使叹息引长，留下了余韵。

（黄永武）

琴　歌（051）

主人有酒欢今夕，〔陌〕请奏鸣琴广陵客。①月照城头乌半飞，〔微〕霜凄万木风入衣。铜炉华烛烛增辉，初弹渌水后

---

① 广陵客——《广陵散》是琴曲名，晋嵇康独擅此，声调绝伦。嵇康临刑东市时，索琴弹之，曰："广陵散于今绝矣！"这里是借用为善弹琴的人。

楚妃①。一声已动物皆静，四座无言星欲稀。清淮奉使千余里②，〔纸〕敢告云山从此始③。

这首诗在时间上的结构是成单一直线进行的，为求进行速度的加快，在起首二句用"夕""客"两个仄声陌韵字作韵脚，自成一组，叫作"促起式"；在结尾二句又用"里""始"两个上声纸韵字作韵脚，叫作"促收式"，都有助于急促遒劲的效果。中间六句，用了"飞""衣""蝉""妃""稀"五个平声微韵字为韵脚，韵脚密集，不稍宽缓，使节奏速度变得畅旺而有力。

全诗在时间上的进行程序，喻守真曾加以说明："首两句用饮酒陪起弹琴，'月照'二句，是写未弹以前的夜景。'华烛'两句是写初弹。'一声'两句是写弹时的情形，末二句是写听到琴声之后，忽然触动乡情。一触动乡情，想归隐于云山，这念头从现在延伸到预想中的将来。"

"琴歌"原本是一种古调，殷璠在《河岳英灵集》中就称赞李颀"杂歌咸善"，大概他这种新而亮的声音很适合写七言的歌行。这首《琴歌》在描写琴音之前，对于时间及景物交待得很仔细，起首五句对各种感官都运用到了，如"主人有酒欢今夕"，用醇酒诉诸味觉；"请奏鸣琴广陵客"，用鸣琴诉诸听觉；"月照城头乌半飞"，用黑白的色泽诉诸视觉；"霜凄万木风入衣"，用寒冷的温度诉诸触觉；下面又以"铜炉"的香烟诉诸嗅觉。在像是不经意的设计中，已动用了全身感官的感受，使读者有一种亲身临场的氛围。

---

① 初弹句——渌水、楚妃都是琴曲名，嵇康《琴赋》有"初涉渌水"句，晋石崇有《楚妃叹序》。《乐府诗集》："齐明王歌辞七曲，王融应司徒教而作也。一曰明王曲，二曰圣君曲，三曰渌水曲。"庾信《春赋》："阳春渌水之曲，对凤回鸾之舞。"马融《长笛赋》："上拟法于韶箾南籥，中取度于白雪渌水，下采制于延露巴人。"《歌录》："石崇《楚妃叹序》曰，歌辞莫知其所由，楚之贤妃，能立德著勋，垂名于后，惟樊姬焉，故今叹咏之声，永世不绝。"陆机《吴趋行》："楚妃且勿叹，齐娥且莫讴。"都指有名的琴曲而言。

② 清淮——李颀曾为新乡尉，新乡今河南新乡市，地近淮水。

③ 敢告句——指遨游云山，辞官归隐。

"初弹渌水后楚妃"，才开始演奏了二曲，一声既动，万物都静下来凝听，四座的客人没有一丝声息，天上的星星也好像稀少了许多。"一声已动物皆静"，用动静对比，含有一些冲突与曲折，句子造得很妙；"四座无言星欲稀"，由听觉意象转变为视觉意象，用夜空来描绘声音，这种联想极为神奇。这种技巧，在李颀诗中是常用的，像下一首"空山百鸟散还合，万里浮云阴且晴"，描写声音时，忽然转变成一幅乍明乍晦的风景，联想的天地极宽，使人感到意外的可喜可愕。

结尾说：自己奉命在淮水附近任职，离家千余里，我敢说听了今夜的弹琴，使我怀念家乡，淡泊名利，开始筹划隐逸于云山的打算了。以归逸的志趣作结，有人说太牵强，其实这仍在说明琴声感人之深。同时"敢告"二字，回应着第一句"主人"二字，宾主应对，整个结构才完整。

（黄永武）

听董大弹胡笳弄兼寄语房给事 [①] （052）

蔡女昔造胡笳声 [②]，一弹一十有八拍。〔陌〕胡人落泪沾边草，汉使断肠对归客。古戍苍苍烽火寒 [③]，大荒阴沉飞雪白 [④]。

---

① 胡笳弄——相传蔡文姬在胡，感笳之音，作《胡笳十八拍》。其事本不可信。按《唐史》，董庭兰善鼓琴，为房琯（天宝五载，琯摄给事中）门客，曾以琴写胡笳声，为胡笳弄。题中"弄"字一本在"寄语"二字下。按："弄"是琴曲的别名，应在"胡笳"下。

② 蔡女句——蔡琰字文姬，汉末为胡人掳去，作《胡笳十八拍》，笳似觱篥而无孔，像箫，卷芦叶吹之。

③ 烽火——在墩上烧起来，给远方传递警号用，白天冒烟，夜间冒火。《史记·司马相如列传》："烽举燧燔。"索隐："韦昭曰：烽，束草置之长木之端，如挈皋，见敌则烧举之。燧者积薪，有难则焚之。烽主昼，燧主夜。"

④ 大荒句——《山海经·大荒西经》："大荒之中有山，名曰大荒之山。日月所入，是谓大荒之野。"《文心雕龙》："天高气清，阴沉之志远。霰雪无垠，矜肃之虑深。"

先拂商弦后角羽①，四郊秋叶惊摵摵②。董夫子，通神明③，〔庚〕深松窃听来妖精④。言迟更速皆应手，将往复旋如有情。空山百鸟散还合，万里浮云阴且晴。嘶酸雏雁失群夜，断绝胡儿恋母声。川为静其波，鸟亦罢其鸣。乌珠部落家乡远⑤，逻娑沙尘哀怨生⑥。幽音变调忽飘洒，〔马〕长风吹林雨堕瓦⑦；迸泉飒飒飞木末⑧，野鹿呦呦走堂下⑨。长安城连东掖垣⑩，〔元〕凤凰

---

① 先拂句——《三礼图》："琴第一弦为宫，次为商，次为角，次为羽，次为徵，次为少宫，次为少商，共七弦。"《列子》："郑师文从师襄游，柱指钩弦，三年不成章。师襄曰：'子可以归矣。'师文曰：'且小假之以观其后。'无几何，复见师襄，曰：'子之琴何如？'曰：'得之矣，请尝试之。'于是当春而叩商弦，以召南吕，凉风忽至，草木成实。及秋而叩角弦，以激夹钟，温风徐回，草木发荣。当夏而叩羽弦，以召黄钟，霜雪交下，川池暴沍。及冬而叩徵弦，以激蕤宾，阳光炽烈，坚冰立散。师襄乃抚心高蹈曰：'微矣，子之弹也，虽师旷、邹衍无以加之。'"

② 摵摵——卢谌诗："摵摵芳叶零"。摵，音 sè，落叶的声音。

③ 董夫子，通神明——《晋书·束皙传》："束先生，通神明。"董夫子，对董大的尊称。

④ 深松句——是说琴声可以感召鬼物。

⑤ 乌珠部落——旧蒙古地，民国时期属察哈尔，系锡林郭勒盟五部之一。

⑥ 逻娑——逻娑读若罗沙，一作逻些，唐时吐蕃的都城，今西藏的拉萨。

⑦ 长风句——形容变调后的声音如风雨变化，一方面也是用师旷的典故。《韩非子·十过》："平公曰：'清角可得而闻乎？'师旷曰：'不可。昔黄帝合鬼神于泰山之上，驾象车而六蛟龙，毕方并鎋，蚩尤居前，风伯进扫，雨师洒道，虎狼在前，鬼神在后，腾蛇伏地，凤凰覆上，大合鬼神，作为清角。今吾君德薄，不足听之，听之将恐有败。'平公曰：'寡人老矣，所好者音也，愿遂听之。'师旷不得已而鼓之，一奏之，有玄云从西北方起，再奏之，大风至，大雨随之，裂帏幕，破俎豆，隳廊瓦。坐者散走，平公恐惧伏于廊室之间。晋国大旱，赤地三年。"

⑧ 木末——屈原《九歌》："采薜荔兮水中，搴芙蓉兮木末。"《说文》："木上曰末。"即树梢。

⑨ 野鹿句——《诗·小雅·鹿鸣》："呦呦鹿鸣，食野之苹。"按自"幽音"至"堂下"，皆形容琴的声音。

⑩ 长安句——《汉书·地理志》："京兆县长安，高帝五年置，惠帝元年初城，六年成。"长安在陕西西安府长安县，唐代的都城。《唐书·权德舆传》："左右掖垣，承天子诰命。"禁中有东西两掖垣，是禁墙，给事中属于门下省，省在东掖。

池对青琐门 ①。高才脱略名与利 ②，〔寘〕日夕望君抱琴至。

　　本诗是一首"三五七杂言"的诗，以七言为主，中间杂有五言和三言，句型有了长短，诗的节奏变化更趋活泼。平仄换韵的七古诗，平仄的限制已很宽，掺杂近体诗的律句也无妨。长短的杂言平仄更自由，换韵的间隔距离也可以随意，所以长短杂言体的诗，格律方面几乎全无限制。

　　用琴来演奏"胡笳弄"，这声音的特色很难摹述。全诗就凭着联想，用实际的字面，从各方面来比喻，来烘托：琴声有时像"四郊秋叶惊摵摵"，有时像"空山百鸟散还合"；笳声停止时，像"川为静其波，鸟亦罢其鸣"；琴声变调飘洒时，像"长风吹林雨堕瓦，迸泉飒飒飞木末，野鹿呦呦走堂下"，都能以实事摹虚状，使抽象的琴声，借着比拟而化为有形质的画面。其中将模拟的胡笳声，唤起了塞外"嘶酸雏雁""胡儿恋母""乌珠部落""逻娑沙尘"等联想，字面的内涵统一而谐和，充分显示出异地的风物与情调。

　　摹声的联想中，插入"万里浮云阴且晴"七字，更加神奇。我在《中国诗学·设计篇》中曾对这七个字特别欣赏："由胡笳声联想到雏雁失群与胡儿恋母的呻吟，已很别致；联想到空山百鸟的合散，更是新颖。而在这三句状声的诗句间，突然插入这七字，由听觉的意象转变成一幅色彩乍明乍晦的万里长空，用风景来描绘声音，将听觉的感受转移为视觉的感受，将时间的艺术转移成空间的艺术，将音乐画成图画，这种联想十分特殊，所以这七字在全诗中非常突出。虽说在古代的传说中，早有师旷鼓清角而使风云飞扬的记载，但这句诗的联想法，仍教人感到意外与新奇。"

———————————

　　① 凤凰句——《晋书·荀勖传》："勖久在中书，专管机事。及失之，甚罔罔怅怅。或有贺之者，勖曰：'夺我凤凰池，诸君贺我耶？'"中书省在枢近，号称凤凰池。《汉官仪》："黄门郎每日暮向青琐门拜。"《宫阁簿》："青琐门在南宫。"《汉书·元后传》，"师古注：'青琐者，刻为连环文而青涂之也。'"

　　② 脱略——脱离不受拘束的意思，江淹《恨赋》："脱略公卿，跌宕文史。"

本诗起首先叙述胡笳曲调传入汉家的来历，曲调一弹就连续十八拍，每拍的情节与旋律，都使胡人也听了落泪，若留在塞外的汉使，对着归国的行客，更会为之肠断。接着就描写胡笳所唤起的塞上情景，发生悲切的联想，那古老的戍楼映照在苍苍的烽火里，十分寒冷。那荒芜的大漠天色阴沉，只见白雪纷飞。雪的白与天色的昏黑、微弱的烽火明灭等，均构成了凄切悲凉的气氛。

接着描写这位董大董夫子弹胡笳弄的手法很高妙，仿佛能改变室外的季候，更像引来了窃听的妖精。"言迟更速"，"将往复旋"，都用带着矛盾的语法，表示多端的演奏技巧。接着一连串琴声的联想，十分出奇。结尾说房琯给事住的门下省东掖垣连着长安的城墙，中书省的凤凰池正对着天子的青琐门，是富贵功名最集中的地带，董大原是你的门客，但是相信在富贵人中怀有高才的你，一定会将名利都看开，抱琴而来，所以日夜都在这儿跂望着你。

（黄永武）

听安万善吹觱篥歌① (053)

南山截竹为觱篥，〔质〕此乐本自龟兹出②。流传汉地曲转奇，〔支〕凉州胡人为我吹③。傍邻闻者多叹息，远客思乡皆泪

---

① 安万善——凉州胡人。觱篥，觱，音bì，觱篥，胡人的乐器，截竹成管，用芦为头，九孔，形如喇叭，角音，其声悲。

② 龟兹——音 qiū cí，汉时西域国名，今新疆库车、沙雅二县地。《汉书·西域传》："龟兹国王治延城，去长安七千四百八十里。"《逸史》："李暮，开元中吹笛为第一部，尝会镜湖，吹《凉州》，至曲中，坐客有独孤生者曰：'公声调杂夷乐，得无有龟兹之侣乎？'李生大骇，起拜曰：'丈人神绝，某师实龟兹人也。'"

③ 凉州——《晋书·地理志》："汉改周之雍州为凉州，盖以地处西方，常寒凉也。"《唐书·礼乐志》："天宝乐曲皆以边地名，若凉州、伊州、甘州之类。凉州曲，本西凉所制也。"

垂。世人能听不能赏，〔养〕长飙风中自来往①。枯桑老柏寒飕飀②，〔尤〕九雏鸣凤乱啾啾③。龙吟虎啸一时发，万籁百泉相与秋。忽然更作渔阳掺④，〔赚〕黄云萧条白日暗。变调如闻杨柳春⑤，〔真〕上林繁花照眼新⑥。岁夜高堂列明烛⑦，〔沃〕美酒一杯声一曲。

本诗先介绍乐器的素材，乐器及曲调的来源，演奏者的身份，以及有哪些听众。这一场简单的音乐演奏会，开场前先将缘由介绍一番，面面俱到，并不觉得琐屑。

从"世人能听不能赏"一句开始，转入了更深一层的描写，来证明"流传汉地曲转奇"是如何的"奇"法。所谓世人能听，就是只限于"闻者叹息""思乡泪垂"而已，只知道觱篥的声调悲怆，而还不能欣赏其音律节奏的神妙，所以诗人就用许多具象的景物来摹写声音的美妙。

这些具象的事物，不外是自然界、植物、动物三者的不停转换：先是描写

---

① 飙——《说文》："飙，扶摇风也。"《尔雅·释天》："扶摇谓之猋。"注："暴风从下上也。"集韵："飙通作猋。"

② 飕飀——左思《吴都赋》："与风飘飏，飏浏飕飀。"《名画记》："烟霞翳薄，风雨飕飀"。《玉篇》："飕飀，风声也。"

③ 九雏句——《晋书·穆帝纪》："穆帝升平四年二月，凤凰将九雏见于丰城。"古乐府："凤凰鸣啾啾，一母将九雏。"《荀子·解蔽》："凤鸟啾啾，其翼若竿，其声若箫。"

④ 渔阳掺——《后汉书·祢衡传》："曹操闻衡善击鼓，乃召为鼓吏，因大会宾客，阅试音节。……衡方为渔阳掺挝，蹀躞而前，容态有异，声节悲壮。"注："挝，击鼓杖也。掺挝是击鼓之法。"惠栋曰："杨文公《谈苑》载祢衡鼓歌云：边城晏开渔阳掺，黄尘萧萧白日暗。"徐错云："掺，音七鉴反，三挝鼓也。以其三挝鼓，故因谓之掺。"掺，音 càn。

⑤ 杨柳春——《技录》："折杨柳古曲名也。"王褒诗："堂歌杨柳曲，巷饮榴花樽。"

⑥ 上林——司马相如《上林赋》："独不闻天子之上林乎？"注："上林苑。"

⑦ 岁夜——除夕。

觱篥的声音，吹出了长飙风，风中的枯桑老柏，寒叶飕飕；又有九雏鸣凤，鸣声啾啾，是由自然物引发了动植物的声音。再写龙吟虎啸，而使万籁百泉都渗入了秋声，则又由动物回复到自然界。变成了渔阳掺，又以"黄云萧条白日暗"的风景来绘下声音，复又指向了自然界。再变调成了杨柳春，又以"上林繁花照眼新"的植物精神来象征声音，又回到了植物界。同时"白日暗"与"照眼新"二句，都完全是视觉的意象，用视觉上光线色泽的明暗来表现歌调的抑扬，是李颀最擅长的手法。

我在说诗的色彩设计一文中说过，黄云萧条白日黯，这是阴暗的色彩，应该是在描写一种低沉的音调。"渔阳掺"既是一种甚悲的鼓声，《谈苑》载祢衡鼓歌："边城晏开渔阳掺，黄尘萧萧白日暗。"则渔阳掺联想为阴暗的色彩，其由来有自。至于上林繁花照眼新，是十分明亮的色彩，应该是在描写一种尖锐的高音，这变调的杨柳春，可能是指羯鼓中太簇角曲的"大春杨柳"，所用龟兹羯鼓状如漆桶，下承以牙床，用两杖击之，其声焦杀鸣烈，唐玄宗曾取羯鼓拟击《春光好》（太簇宫曲）一曲，柳杏皆为之发折（并见《唐音癸签》）。后来李商隐也作诗："羯鼓声高众乐停。"可见杨柳春是羯鼓曲，真是尖锐的高音，所以联想的色彩如此明艳。由杨柳春是一种尖锐高音，与渔阳掺相对照，称为变调，可见渔阳掺是一种低沉的音调。高音产生白色明亮的感觉，低音产生黑色暗淡的感觉，都符合"色彩音乐"的原理。

结尾以"岁夜高堂列明烛，美酒一杯声一曲"二句描写奏乐的场景，这十四个字里包括了时空人物，并兼顾了视听色与美味，时间是在岁夜除夕，地点是在高堂上，陈列的有明烛、美酒，这美妙的光与味，伴着觱篥美妙的声音。

（黄永武）

孟浩然

夜归鹿门歌 ①（054）

山寺鸣钟昼已昏，〔元〕渔梁渡头争渡喧 ②。人随沙岸向江村，余亦乘舟归鹿门。鹿门月照开烟树，〔御〕忽到庞公栖隐处 ③。岩扉松径长寂寥 ④，惟有幽人自来去！

全诗前半写"喧闹"，后半写"寂静"，是一首由喧哗归向静寂、由众人归于孤独的诗。因此在时间上由喧闹的黄昏归向静寂的月夜，在韵脚上也是由句句用韵，连用"昏""喧""村""门"的密集韵脚，归向较为疏朗的韵脚。而且在争渡喧哗时用平声韵，独归幽寂时用仄声韵，音响与色泽都是配合着由喧动渐趋宁静而予以巧妙的设计。

诗中说：山中寺院里钟声鸣奏着，白昼已到了黄昏的光景。在渔梁渡头，许多人争先恐后地要渡过去，声音很喧闹。这些人渡过了河，便向江边的村落走去，我也坐着船回到鹿门山。鹿门山上的月光照射着含烟的树木，不多时，我就到了庞公隐居的地方。那里以岩石为门，更有松林夹道，是一直很冷落的地方，只有隐逸的幽人独自在来来去去。

① 鹿门——山名，在今湖北襄阳市东南三十里。（见《大清一统志》）
② 渔梁——渔梁或系地名，则当作鱼梁，《水经注》沔水中有鱼梁洲，亦庞德公所居住处。
③ 庞公——即庞德公。《后汉书·逸民传》："庞公者，襄阳人也。居岘山之南，未尝入城府。荆州刺史刘表数延请，不能屈，后遂携妻子登鹿门山，采药不返。"
④ 岩扉松径——岩壁当门，松林夹道。

起首二句写钟声、船橹声、渡人说话声，远远的村野黄昏时的阵阵喧闹，写得很嘈杂，因为山野的人很早入眠，交往亦少，只有黄昏时在渡头相遇，是一天最空闲、最热闹、最兴奋的交谈时刻。后来岑参《巴南舟中即事》诗："渡口欲黄昏，归人争渡喧。"就是模仿本诗的。经过一阵热闹后，各自散去，孟浩然则乘舟夜归鹿门，对月下的烟树、岩石为门柱等栖隐的寂寥，特别有所感触。于是提出三国时的隐士庞德公来，心理上将隐逸的高士作为认同的对象，就成为一种安慰与解脱，于是在现实的挫败变得无足轻重，而幽人来去的寂寥，无形中变得神圣高贵起来。

自从苏东坡说"孟浩然之诗，韵高而才短"，所以后人乃有才情短小的宜学孟诗的说法。像施补华在《岘佣说诗》中道："孟公边幅太窘，然如《夜归鹿门》一首，清幽绝妙。才力小者学步此种，参之李东川派，亦可名家。"其实李颀与孟浩然气调都极高朗，能与李杜一争短长，不见得才力小的人就学得像。严羽说孟浩然的诗讽咏既久，自有金石宫商之声，可见他的韵节不易追摹，只是他喜欢捕捉宁静中的一角小景，语平气缓，不成长篇，自然没有风卷江海之势。但是这种"淡然有余"的妙处，往往出自他的性情，与才力的大小不一定有什么关系。

（黄永武）

李 白

庐山谣^① 寄卢侍御虚舟^②（055）

我本楚狂人^③，凤歌笑孔丘^④。〔尤〕手持绿玉杖，朝别黄鹤楼^⑤。五岳寻仙不辞远^⑥，一生好入名山游。庐山秀出南斗傍，〔阳〕屏风九叠云锦张^⑦，影落明湖青黛光。金阙前开二峰长^⑧，银河倒挂三石梁^⑨。香炉瀑布遥相望^⑩，回崖沓嶂凌苍苍。翠影红霞映朝日，鸟飞不到吴天长。登高壮观天地间，〔删〕大江茫

---

① 庐山谣——庐山，在今江西庐山市西北。汉时有匡俗兄弟七人，皆好道术，结庐于此，后皆成仙，故名庐山，又称匡庐山。谣，徒歌。

② 卢虚舟——范阳人，官殿中侍御史，为人质方而清。

③ 楚狂——《论语》："楚狂接舆歌而过孔子曰：'凤兮凤兮，何德之衰！'"《正义》：接舆，楚人，姓陆名通，字接舆，佯狂不仕，时人谓之"楚狂"。

④ 凤歌——见《论语·微子》《庄子·人间世》。

⑤ 手持绿玉杖二句——绿玉杖，神仙所用之杖。黄鹤楼，故址在今湖北武汉市武昌区黄鹤矶上。费文祎登仙，常乘黄鹤，在此憩驾，楼因此得名。

⑥ 五岳——东岳泰山在山东，西岳华山在陕西，南岳衡山在湖南，北岳恒山在山西，中岳嵩山在河南。

⑦ 屏风句——庐山五老峰的东北为九叠云屏，也称屏风叠，其下为九叠谷。云锦，云彩如锦，比喻山光。

⑧ 金阙句——庐山西南有石门山，状若双阙（就是门），二峰就是香炉峰和双剑峰。

⑨ 银河句——银河，指瀑布，即下三叠泉。三叠泉在九叠屏之左，水势三折而下，如银河之挂石梁，与太白诗句正相吻合。

⑩ 香炉句——香炉峰在庐山西南，圆耸像香炉，旁有瀑布。

茫去不还。黄云万里动风色，白波九道流雪山①。好为庐山谣，兴因庐山发。〔月〕闲窥石镜清我心②，谢公行处苍苔没③。早服还丹无世情④，〔庚〕琴心三叠道初成⑤。遥见仙人彩云里，手把芙蓉朝玉京⑥。先期汗漫九垓上，愿接卢敖游太清⑦。

　　李白的思想主流是道家兼纵横家，也含有儒家的影响。本诗作于肃宗上元元年（公元六七四年），即获赦之次年，作者六十岁，与卢虚舟同游庐山后所作。此时李白既遭挫折，又值暮年，所以求仙学道之想更为殷切了。前人批评本诗"壮阔称题"，"笔下殊有仙气"，大抵写神仙笔触总要超迈疏宕的缘故吧？李白才华的纵横，风格的阳刚雄伟，在这首诗里表现得淋漓尽致。

　　全诗可分为四段：首六句为第一段，叙述自己喜好游山与学仙，是作诗的缘起。"庐山秀出南斗傍"至"鸟飞不到吴天长"九句为第二段，写庐山佳胜，是从下望上取景。"登高壮观天地间"至"谢公行处苍苔没"八句，也是正写庐山的景胜，却换个角度，自上临下状其高旷，写得十分壮阔。"早服还丹无世情"至"愿接卢敖游太清"六句为第四段，结出寄卢侍御本题来，不仅照应起处，而且提笔另起，章法便不板。本诗旨在借歌咏庐山的秀绝幽奇，来寄托

---

　　① 白波句——《禹贡》注："江（长江）于此州（九江）界分为九道。"雪山，长江卷起的白浪。

　　② 闲窥句——庐山东有石镜峰，有一圆石，悬崖，明净照见人形。

　　③ 谢公行处——晋谢灵运《入彭蠡湖口》诗："攀崖照石镜。"可知谢灵运曾游庐山。

　　④ 还丹——道家炼丹，烧丹成水银，再炼水银成丹，所以叫还丹。

　　⑤ 琴心句——《黄庭内景经》："琴心三叠舞胎仙。"梁丘子注："琴，和也，叠，积也，存三丹田，使和积如一。"可见这是道家修炼的术语，意思是使心神宁静。

　　⑥ 玉京——《枕中书》："元始天王在天中心之上，名曰玉京。"

　　⑦ 先期二句——《淮南子》："卢敖游乎北海，至于蒙毂，见一士，欲与为友，士笑曰：'吾与汗漫期于九垓之外，吾不可以久驻。'举臂竦身，遂入云中。"汗漫，不可知的意思。九垓，九天之外。太清，三天之一。卢敖，燕人，秦始皇召以为博士，使求神仙，亡而不返。

自己洒脱豪迈的心思，"不切而切，切而不觉其切"，正是咏物诗之胜境。虽然如此，本诗前后脉络仍自一贯，能放能收。

本诗正写庐山处凡十三句，取景先从下望上，再自上临下，镜头转换间，一时天光云影，山景水色，天上人间，茫茫难分，但觉一种清灵秀逸之气透出纸背。李白在本诗中的写景，分别使用譬喻、示现、对比、衬托等技巧，把庐山的胜景写得历历如见。用譬喻法者，如形容高峻说"秀出南斗傍"，言美丽展布则说"云锦张"，状山形曰"金阙"，述瀑布曰"银河"，描摹江涛飞卷则谓"流雪山"，皆形容得惟妙惟肖。用示现法者，如言山影曰"影落明湖青黛光""翠影红霞映朝日"，言崖岸峰峦则曰"回崖沓嶂凌苍苍"，言高峻旷远则说"鸟飞不到吴天长""大江茫茫去不还，黄云万里动风色，白波九道流雪山"等，都能把景物说得如闻如见。至于"香炉瀑布遥相望""谢公行处苍苔没"，则是写景中应有的对比和陪衬手法。

缤纷绚烂的色彩设计，也形成了本诗的特色，如绿玉杖、黄鹤楼、云锦、明湖、青黛光、金阙、银河、苍苍、翠影、红霞、茫茫、黄云、白波、雪山、苍苔、彩云，等等，目不暇接地浮现在读者眼前。李白在这首诗中全以神运，所以酣畅丰腴，气韵流动疏宕，所谓"胸次含宏，神思超越，下笔殊有气"是也。显然的，李诗的疏宕洒脱、元气淋漓，跟杜诗的雄深雅健、凝练沉浑是不同的两种风格。

由于李白的诗"清水出芙蓉，天然去雕饰"，所以读者往往忽略了李白的学养。其实，知识活用，融会到作品，便如水中之味，空中之音，光中之色，无迹可寻。就以本诗的使事用典来说，诗旨在学道求仙，所以首四句用"楚狂""凤歌""绿玉杖""黄鹤楼"诸典为总冒，末段则用石镜清心、服还丹、无世情、琴心三叠、遥见仙人、把芙蓉朝玉京、期汗漫九垓上、接卢敖游太清等语，在在都切地、切人、切时、切事，不可谓李白之学养不深厚。方弘静曾说："太白读书匡山，十年不下山。"李白《上安州裴长史书》则自称："五岁诵六甲，十岁观百家，轩辕以来，颇得闻矣。常横经籍诗书，制作不倦，迄于今三十春矣。"可见王琦所谓李杜之诗"一以天分胜，一以学力胜"，并非中肯之论，失之以偏概全。

以句式变化而言，首四句五言，以下连写七言十五句，又接五言二句，再续以七言八句迄终，长短变化，极错综之妙。在用韵方面，首用"尤"韵，以表感慨盘旋之意。其次用"阳"韵，以状高明开朗美大之景观。次用"删"韵，以示宽平壮阔之境。次用"月"韵为转接，就显得跳脱之妙。末用"庚"韵，颇能象征其振厉奋飞的学仙心态。陆时雍《诗镜总论》称："太白七句，想落意外，局自变生，真所谓驱走风云，鞭挞海岳。其殆天授，非人力也。"这种特色，又不仅句式和押韵如此而已。

起句所谓"我本楚狂人，凤歌笑孔丘"，这是太白为文造情的狂放之言。其实，他肯定孔子、推崇孔子的诗句更多，如"君看我才能，何似鲁仲尼""西过获麟台，为我吊孔丘""仲尼且不敬，况乃寻常人""孔圣犹闻伤凤麟，董龙更是何鸡狗""时命或大缪，仲尼将奈何"。李白的怀才不遇，与孔子的抱道不行，处境是相同的，所以他在文章中也一再肯定孔子的地位，所谓"礼乐大坏，仲尼不作，王道其昏乎"，"仲尼，大圣人也，宰中都，而四方取则"，可见太白对孔子是敬重而欣赏的。

（张高评）

梦游天姥吟留别① （056）

海客谈瀛洲②，〔尤〕烟涛微茫信难求。越人语天姥，〔麌〕云

---

① 题目一作"别东鲁诸公"。姥，音 mǔ。天姥山在浙江新昌县东五十里，是括苍山脉的余支。道书列为第十六洞天福地。吟，诗体之名。

② 瀛洲——《史记·秦始皇本纪》："齐人徐市具书言海中有三神山，名曰蓬莱、方丈、瀛洲，仙人居之。"《十洲记》："瀛洲，在东海中，对会稽去西岸七十万里。上生神芝仙草，洲上多仙家。"

霞明灭或可睹。天姥连天向天横，〔庚〕势拔五岳掩赤城①。天台四万八千丈②，对此欲倒东南倾。我欲因之梦吴越③，〔月〕一夜飞渡镜湖月。湖月照我影，送我至剡溪④。〔齐〕谢公宿处今尚在⑤，渌水荡漾清猿啼。脚著谢公屐⑥，身登青云梯⑦。半壁见海日，空中闻天鸡⑧。千岩万壑路不定，〔径〕迷花倚石忽已暝。熊咆龙吟殷岩泉⑨，〔先〕慄深林兮惊层巅。云青青兮欲雨，水澹澹兮生烟。列缺霹雳，丘峦崩摧；洞天石扉，〔灰〕訇然中开⑩。青冥浩荡不见底，日月照耀金银台⑪。霓为衣兮风为马，〔马〕云之君兮纷纷而来下⑫。虎鼓瑟兮鸾回车，〔麻〕仙之人兮列如麻。忽魂悸以魄动，恍惊起而长嗟。惟觉时之枕席，

---

① 赤城——赤城山在浙江天台县北六里，土色皆赤，状似云霞，故名。

② 天台——天台主峰在浙江天台县，晋葛洪炼丹得道处，因上应台宿，故名天台。

③ 吴越——此偏指越，为中国语文双义仄用之法。

④ 剡溪——剡，音 shàn，剡溪，曹娥江的上源，在浙江省嵊州市南。

⑤ 谢公宿处——晋谢灵运诗，有"暝投剡中宿，明登天姥岑"句。

⑥ 谢公屐——《晋书·谢灵运传》："寻山涉岭，必造幽峻，岩障数十里，莫不备登。登蹑常着木屐，上山则去其前齿，下山则去其后齿。"

⑦ 身登青云梯——是说山岭高峻，一级级上入青云，仿佛登梯一般。按灵运亦有"共登青云梯"诗句。

⑧ 空中闻天鸡——《述异记》:桃都山有大树，曰桃都，日初出照此木，天鸡则鸣，天下之鸡皆随之而鸣。

⑨ 熊咆句——咆，音 páo，怒喊声。殷，振动的意思，此是用熊咆龙吟形容岩泉的响声。

⑩ 列缺霹雳四句——扬雄《校猎赋》:"霹雳列缺。"霹雳，雷声。列缺，天隙电光。訇，音 hōng，大声。

⑪ 金银台——神仙所居之处。

⑫ 云之君——即《楚辞》中的云中君，云神，名丰隆。

失向来之烟霞①。世间行乐亦如此②，〔纸〕古来万事东流水。别君去矣何时还？〔删〕且放白鹿青崖间，须行即骑访名山③。安能摧眉折腰事权贵④，使我不得开心颜？

这是一首梦游名山的奇特诗篇，作于天宝四载李白将离东鲁，南下越中时。虽写梦境，却自然真切。沈德潜谓："托言梦游，穷形尽相，以极洞天之奇幻。诗境虽奇，脉理极细。"陈沆则认为本诗是"太白被放以后，回首蓬莱宫殿，有若梦游，故托天姥以寄意"，因此符同屈原远游的旨趣。

本诗可分为四段，"海客谈瀛洲"至"对此欲倒东南倾"八句为第一段，以瀛洲陪衬天姥，再借五岳、赤城、天台诸山来衬托天姥的高耸。"我欲因之梦吴越"至"日月照耀金银台"二十二句为第二段，描述梦中所闻所见的天姥山景象。"霓为衣兮风为马"至"失向来之烟霞"八句为第三段，写梦中逢遇列仙，接着写惊悸而梦醒。"世间行乐亦如此"至"使我不得开心颜"七句为第四段，写梦醒后之警悟，见世事皆如梦境般的虚幻，并点明留别之意。

我们在听诗或读诗时发现，韵脚的声响特别突出，因此它对情绪的影响应是最大的。那么，韵脚的疏密与转换，对于引导情绪的起伏必然有显著的功能。黄永武先生研究诗的音响，发现"韵脚的疏密与转换，能烘托出不同的情节气氛"，曾以本诗为例，详加剖论：

起首四句，用了两个"促起式"的短韵，"洲""求""姥""睹"，句句押韵，造成一股迅疾之势，很快地引出了主题。

接着是隔句用韵，气势便稍缓，由于转韵的七言古风，第一句总以入韵为

---

① 烟霞——此泛指梦中景物。

② 世间句——谓尘世的欢乐，实际也像梦境般虚幻。此即李白所谓"浮生若梦，为欢几何"之意。

③ 须行句——须，等待。谓等到游览时就骑上白鹿。

④ 安能句——摧眉，犹蹙眉。折腰，弯腰。皆委屈之意。

原则，所以四句中有"横""城""倾"三个韵脚。这四句的目的是借五岳、赤城、天台来衬托天姥的高耸，所以一面用"横""城""倾"等庚韵字，来与高大的情境谐合，一面在"天姥连天向天横"句中，重出了三个"天"字，读来佶曲聱牙，也正象征着天姥艰涩难攀的形势。

再接下来的二句，用了两个入声月韵的韵脚，这二句是描写很快地入梦，很快地飞渡，所以韵脚很轻。李白在另一首《宣州谢脁楼饯别校书叔云》诗中，先用了四句极响的"留""忧""楼"，末段再用四句极响的"流""愁""舟"，这些尤韵字感慨最深，但中间的四句"蓬莱文章建安骨，中间小谢又清发。俱怀逸兴壮思飞，欲上青天揽日月"，转写逸兴清发、飞天揽月时，亦用轻约的月韵，可见李白颇善用月韵，月韵与入梦轻飞的情节是谐合的。

接下来一连八句，都是隔句用韵，表现出舒缓的心境，用"溪""啼""梯""鸡"等齐韵字，有一种细腻滑动的感觉，而所写正是梦入天姥以后，尽是青云绿水，悦目娱耳的景象，这时用隔句押齐韵的方法，与顺适徐行、细审慢赏的情节非常谐合。

这种平顺的滑动没有多久，至"千岩万壑路不定，迷花倚石忽已暝"，换押"定""暝"两个去声韵，表现出停滞、迷惑的意味。这蒙昧迷惑也很短暂，突然声响大作，令人吃惊："熊咆龙吟殷岩泉"，连着七个平声；"慄深林兮惊层巅"，连着六个平声；"云青青兮欲雨"，连着四个平声；"水澹澹兮生烟"，连着三个平声，这三个平声用在句末，是"三平落脚"的音节。这种平声字数递减，而句子字数递缩的音响效果，却似银泉奔进、泻入深谷一样，先是泉势奔涌，隆隆作声，继而潺潺汩汩，音响稍弱。

"泉""颠""烟"的平声韵脚后面，并没有转作仄声韵，紧接着六句又是"推""开""台"的平声韵脚，而"丘峦崩摧""訇然中开"，都用"平平平平"的特殊音响，原来奔泉之后，还有霹雳奔摧，还有石扉乍开，都是惊天动地的声响。这儿虽用隔句押韵，但改用四字短句，这种"仄仄仄仄，平平平平，仄平仄平，平平平平"的音响，予人以魂惊魄动的感觉，这节奏也正符合了惊悸时心脏不规则跳动的声音。

再下面二句"青冥浩荡不见底，日月照耀金银台"，以七言隔句押韵，节奏稍缓，心情稍定，但却给另一幅瑰丽的景象慑住了，于是接着用两个激动的上声韵"马""下"，因为忽然见到群仙御风纷纷而下，既惊且喜，不知如何形容才好，李白就将"霓为衣兮风为马"用六个平声字连着，而"云之君兮纷纷而来下"，竟用八个平声字连着，这特长的九字句，正具体地象征着当时繁盛的景象，那"纷纷"的群仙，一定是太多太多了！

再下面六句中，用了"车""麻""嗟""霞"四个麻韵字为韵脚，二句一韵，写出由惊喜交集的梦境醒来，自可喜可愕的仙境入人间，乃是迷乱之后重获的片刻宁静。这里用麻韵字，麻韵（歌类）字有向外铺陈及舒散的意味，这种缓缓的韵脚，一面展示出彩色缤纷的幻象，一面显示回到幻梦之外的平凡孤寂的枕席上，长长地吁着气。

但是这片刻的宁静，倏忽便消失了。想到世间一切的欢乐荣华，不过是梦幻泡影，都是如露如电如风如逝水，所以又激动起来，接着用两个猛烈的上声韵"此""水"，来表达诗人孤绝愤慨的心情。

下面冒出一句"别君去矣何时还"，这句诗是畸零句，畸零句必须入韵，这"还""间""山""颜"，五句中具备了四个韵脚，情感就显得激动，语句也很遒劲，"还""间""山""颜"等删韵字，近乎浩叹的声音。"安能摧眉折腰事权贵"的九字长句不押韵，穿插在激动浩叹的音响里，一口气快读九个字，必然很激越。这种激越的情绪，由于这凸出的九字句破坏了诗行的平衡结构，得以充分地表达。

从这首梦游天姥诗中，同时也可以看出转韵与情节气氛的关联。唐诗的转韵，大别分为两种：一种是不规则而随意换韵的，像李白这首梦游天姥诗即是，押韵没有规则，可以自由任意变换，因此与诗中情节气氛的配合比较容易掌握。另一种是换韵的距离以及韵脚的声调都有规则可循，其规则大致是以四句或八句一换韵，换韵时通常又以平韵仄韵相间递用为原则，诗人们大抵喜在标明主旨时用平声韵，在迂徐曼衍时用仄声韵。

大体说来，古诗中一韵到底的，情感的变化少，波澜也少，前人说它像"平芜一望"，节促而意短。但古诗中二句一转韵，又觉得太局促。若照通常规则的排列，四句一转韵或八句一转韵，多寡虽停匀，但往往由于"韵意双转"的关系，时有略嫌刻板的弊病。能像李白这首梦游天姥诗那样，做到"行所不得不行，转所不得不转"，短长、疾徐、疏密、多寡、轻重，都能随着情感景物而自由变化不同，才能活泼地显示出匠心经营之处。(《中国诗学·设计篇·谈诗的音响》)

这首诗在描写梦境上，可谓极纵横驰骋之幻想，神奇瑰丽之形容，仙山景观之变化多姿，令人如见其形，如闻其响：日月照耀，烟霞浮荡，峰峦隐现，泉涧轰鸣，忽而丘峦崩摧，洞天中开，列仙如麻，簇拥着云中君自天而降，鼓瑟回车，仪仗甚盛。李白丰富多姿，善于描写神仙题材和动感的能力，在本诗中发挥得淋漓尽致。读者仿佛置身于其间，共神人遨游飞腾，在夺目变化的颜色和声光中上升下降急转。这要归功于李白善于运用悬想的示现手法，才能将音色的纷呈、金光的闪烁、烟霞的氤氲、列仙的并降，描写得历历如绘，如见如闻。此诗的变化多端，可以媲美《离骚》《远游》。

疑真似幻，迷离恍惚，是梦的象征，也是李白处理这首诗的手法。从"一夜飞渡镜湖月"以下，都是写梦中所经历的奇景异响，与他诗描写游山风景者不同。分明是梦中情境，却又极真切自然。唯其中"谢公宿处""半壁海日"属于现实，可谓句句写梦境，而又语语皆山景。最后转到梦醒，用"惟觉时之枕席，失向来之烟霞"两句，坐实确是梦游，将所有景物一扫而空，带引读者返回现实世界。作者因梦游推开，见世事都是虚幻，由于一幻一真的对比，也使读者惘然若失。这种急转直下的笔法，笔力真有千钧之势。

李白生性浪漫，浪漫的作风表现在作品上，便是常常利用夸张手法，以增加作品慑人的力量和气势。如本诗"天台四万八千丈，对此欲倒东南倾"，就是一个利用数字夸张的例子。按陶弘景《真诰》《云笈七签》都说天台高一万八千丈而已，经李白一夸张，即多了三万丈。本来"万"字、"八"字、"丈"字的音响，都极弘壮嘹亮，读之可以帮助我们借听觉感官去体验天台山的巍峨高耸，现在又平白夸张了数字，不但增加了空间的幅度，也强化了诗的气势。李诗在其他地方，也可见到他夸张的癖好，如"斗酒十千恣欢谑"（《将进酒》）、"圣君三万六千日"（《阳春歌》）、"百年三万六千日"（《襄阳歌》）、"尔来四万八千岁"（《蜀道难》）、"天子九九八十一万岁"（《上云乐》）、"大笑亿千场"（《短歌行》）。其他有关数量与形状之夸张，可参考黄国彬先生著《论李白的诗》。

在句式及体裁方面，有四言八句，五言四句，六言六句，七言二十五句，九言二句，极长短变综之能事，尽抑扬顿挫之姿致。诗体为吟，最适于咨嗟咏叹悲爱深思，与题意相切合。李白在本诗中，除用古诗句法外，又用带有"兮"字之骚体，尤其如"忽魂悸以魄动"以下四句，最像辞赋的语句。可谓光怪陆离，无奇不有，百家腾跃，终入环内。沈德潜所谓"太白七古，想落天外，局自变生，大江无风，涛浪自涌，白云从空，随风变灭"，差可比拟。

（张高评）

金陵酒肆留别（057）

风吹柳花满店香，吴姬压酒劝客尝①。金陵子弟来相送，欲行不行各尽觞②。请君试问东流水，别意与之谁短长？〔平声阳韵〕

这首诗为李白将离金陵东游扬州时留赠友人之作，短调急节，情景俱胜，立意遣词，表现了李白洒脱狂放的"文星酒星"形象。钟惺批评本诗说："不须多，亦不须深，写得情出。"李白的确是写情圣手。试看他的《春思》《关山

---

① 压酒——压，音 hé，压酒，意思是将酒和合起来，即现在的合调酒；或说新酒初熟，压糟取汁。罗隐诗："夜槽压酒银满船。"则压不读 hé 亦可。

② 欲行不行各尽觞——要走的人和不走的人，各自喝干杯中的酒。曹植乐府："别易会难，各尽杯觞。"子弟，指年轻人。

月》《子夜歌》《长干行》《长相思》《怨情》《玉阶怨》诸诗即可知。

第一句写出留别的时间，是风吹柳花的美丽春天，次句写饯别地点，是吴地的酒肆。这两句描绘花香酒香之馥郁，令人悠然神往，是写景。三四两句是叙述，说出送别者是金陵的年轻人，为表留别之情，主客各尽兴而饮。末二语以反诘作收，情意深婉，似尽不尽，颇有余味。

时值丽春，美酒满觞，又有吴姬劝尝，自当流连徘徊，尽兴而饮才是，但这是留别之会，不是接风洗尘之宴，所以这丽春与美酒，适足以增添别意的浓烈而已。良辰美景与离愁别绪相对照，由于反向的张力作用，遂使得别意更浓，离情更烈。这种设计，与杜诗"柳条弄色不忍见，梅花满枝堪断肠"有异曲同工之妙。

李白善于写离情，像本诗末二句，萧士赟认为"此乃真太白妙处，当潜心焉"。李后主词"问君能有几多愁？恰似一江春水向东流"就是从此脱化而出的。李白写友情，像《赠汪伦》《送友人》《白云歌》《峨眉山月歌》《黄鹤楼送孟浩然之广陵》等诗，也都写得极好。

前人欣赏本诗，皆极叹服用"压"字之妙。《潜溪诗眼》说："好句要须好字，如李太白诗吴姬压酒唤客尝，见新酒初熟，江南风物之美，工在'压'字。"可见李诗并非不下炼字功夫，只是炼就之后无迹可寻罢了。

（张高评）

宣州谢朓楼 ① 饯别校书叔云 ②（058）

弃我去者昨日之日不可留，〔尤〕乱我心者今日之日多烦

---

① 宣州谢朓楼——宣州即今安徽宣城市。齐谢朓（字玄晖，阳夏人）为宣城太守时，郡治后有高斋，一名北楼。后人因称为谢公楼，唐刺史独孤霖改为叠障楼。

② 校书叔云——校书，官名，叔云，李白族叔李云，曾任秘书省校书郎。《文苑英华》本作"陪侍御叔华登楼歌"，华是李华，天宝时监察御史。

忧。长风万里送秋雁，对此可以酣高楼。蓬莱文章建安骨①，〔月〕中间小谢又清发②。俱怀逸兴壮思飞，欲上青天揽日月。抽刀断水水更流，〔尤〕举杯销愁愁更愁。人生在世不称意，明朝散发弄扁舟③。

这首诗的旨趣十分晦昧，所以诸家人各异词，莫衷一是，王夫之就曾说它"兴比超忽"。有以为旨在怜惜李云在世不称意者，有以为自伤怀才不遇者。由于本诗的比兴意象多用富于概括性的句子，增加了语言的歧义，所以难有确诂，只知它是登楼有感之作就可以了。

本诗可以分成三小段，首四句为第一段，以岁月如流，烦忧不断，兴起饯别之意。"蓬莱文章"以下四句为第二段，言宾主俱怀俊才，有惺惺相惜之意。"抽刀断水"以下四句为第三段，抒写感慨，点明题旨，并以送别作结。

本诗在结构上使用突接，故句意十分紧凑而壮健。叙事未了，即以另一端直起突接，转叙他事，虽感突兀，却能脱略冗杂和庸俗。黄永武先生曾以本诗为例剖析道：

王夫之评本诗说"兴比超忽"（《唐诗评选》），方东树评本诗说："起二句

---

① 蓬莱文章建安骨——蓬莱，海中神山，为仙府，藏幽经秘录，此指叔云掌校典籍。建安，汉献帝年号。那时曹操、曹植和孔融、王粲、陈琳、徐幹、刘桢、应玚、阮瑀等建安七子，皆善诗赋，以曹氏父子为首。其诗称"建安体"，风骨道上，最饶古气。见严羽《沧浪诗话》。

② 中间小谢又清发——《南齐书·谢朓传》曰："朓字玄晖，少好学，有美名，文章清丽。"此诗之小谢指玄晖也。杜牧之《自宣州赴官入京路逢裴坦判官归宣州因题赠》诗曰："敬亭山下百顷竹，中有诗人小谢城。"小谢亦指玄晖可证。或以惠连当之，虽本钟嵘《诗品》，然按之此诗则不合。这两句诗意，唐汝询《唐诗解》谓："你李云校书蓬莱宫，文有建安风骨；我李白若小谢，诗亦清发多奇。"

③ 明朝散发弄扁舟——古人束发，散发表示闲适自在、无拘无束之意。《后汉书·袁闳传》曰："延熹末，党事将作，闳遂散发绝世。"《史记·货殖列传》曰："范蠡既雪会稽之耻，乃乘扁舟浮于江湖，变名易姓，适齐为鸱夷子皮。"扁舟，小舟。

发兴无端，长风二句落入，如此落法，非寻常所知。"（《昭昧詹言》）所说超忽无端，正指本诗忽起忽落，恣肆奇横。吴北江更指首句说："破空而来，不可端倪。"指第三句说："再用破空之句作接，非太白雄才，那得有此奇横？"又指抽刀句说："抽刀句再断。"而翁覃溪说："蓬莱句从中突起，横亘而出。"依诸家所说，本诗的长风句、蓬莱句、抽刀句都是取突接的方式，既飘忽，又紧峭，像风雨骤至，有"恣肆奇横"的美。（《中国诗学·鉴赏篇·作品的诗境》）

这首诗的紧凑壮健，固然是结构美的表现，更是李白洒脱奔放性情的反映。以诗中浮现的意象来说，像"长风万里""酣高楼""怀逸兴""壮思飞""上青天""揽日月""抽刀断水""散发弄扁舟"，都含有明快奔放、高逸超迈、不可羁束的态势，可见诗文的风格多少可以征见作家的性情。再就节奏而言，首句十一字，连用九个仄声字，正表现出"一腔郁勃牢落的情绪"。第二句即用三平声来救转，于是起势便豪迈奔放，如风雨之骤至了。当然，这跟他以文为诗，一泻千里，势不可当也有关系。黄永武先生曾分析本诗的用韵，谓李白先用了四句极响的"留""忧""楼"，末段再用四句极响的"流""愁""舟"，这些尤韵感慨最深。但中间四句转写逸兴清发，飞天揽月时，亦用轻约的"月"韵，"月"韵与入梦轻飞的情节是谐合的（《中国诗学·设计篇·谈诗的音响》）。可见就音响而言，也颇能象征作者阔大高远、超凡脱俗的襟抱。

在修辞方面，屡用比喻，不避犯重，使用翻叠，形成了本诗的特色。用譬喻者，如"长风万里送秋雁"，以秋雁比叔云；"蓬莱文章建安骨"，以比拟叔云；"中间小谢又清发"，则用来自况；"欲上青天揽日月"，则以文章高华，与日月争光相期许。李白作诗不拘一格，因为以文为诗，所以不避同字，如一二句，以及"抽刀断水水更流，举杯销愁愁更愁"二句，后两句则又兼用当句翻叠之手法，使原意之上又复叠一层新意，不仅情致清新，含意也层折有味。

另外，诗中太白以谢朓自比，可见对他十分心折。太白有感于"自从建安来，绮丽不足珍"，所以对谢朓诗的警道丽密十分低首称服。诗篇中有"我吟谢朓诗上语"三山怀谢朓""临风怀谢公""谢亭离别处，风景每生愁""独酌谁可征，玄晖难再得""解道澄江净如练，令人长忆谢玄晖"等语句，可见王士禛所说太白"一生低首谢宣城"的话是不错的。或以为本诗的"小谢"是指谢惠连，因辨之如上。

（张高评）

岑　参

白雪歌送武判官归京^①（059）

北风卷地白草折^②，〔屑〕胡天八月即飞雪。忽如一夜春风来，〔灰〕千树万树梨花开^③。散入珠帘湿罗幕^④，〔药〕狐裘不暖

---

① 判官——《新唐书·百官志》："节度使观察使皆有判官，掌书记。"

② 白草——《汉书·西域传》："鄯善国多白草。"孟康曰："白草，草之白者。"师古曰："白草，似莠而细，无芒，其干熟时正白色，牛马所嗜也。"

③ 千树句——萧子显《燕歌行》："洛阳梨花落如雪。"

④ 罗幕——谢惠连《雪赋》："终开帘而入隙。"陆机《君子有所思行》："兰室接罗幕。"

锦衾薄①。将军角弓不得控②，都护铁衣冷犹着③。瀚海阑干百丈冰④，〔蒸〕愁云黪淡万里凝。中军置酒饮归客，〔陌〕胡琴琵琶与羌笛。〔锡〕纷纷暮雪下辕门⑤，〔元〕风掣红旗冻不翻⑥。轮台东门送君去⑦〔御〕去时雪满天山路⑧；〔遇〕山回路转不见君，雪上空留马行处。〔御〕

---

① 狐裘句——《诗经·桧风·羔裘》："羔裘逍遥，狐裘以朝。"《诗经·唐风·葛生》："角枕粲兮，锦衾烂兮。"

② 将军句——《诗·小雅·角弓》毛传曰："角弓，以角饰弓也。"拉弓叫控。

③ 都护铁衣——都护，官名，汉宣帝时置西域都护，管理西域三十六国，唐时置安东、安西、安南、安北、单于、北庭六大都护。铁衣，就是甲。《汉书·郑吉传》曰："吉既破车师，降日逐，威震西域，遂并护车师以西北道，故号都护。都护之置自吉始焉。"《唐六典》三十曰："大都护府，大都护一人，从二品；副大都护一人，从三品；副都护二人，正四品。上都护副都护之职掌，抚慰诸蕃，宁辑外寇，觇候奸谲，征讨携离。"《唐会要》卷七十三曰："贞观十四年于西州置安西都护府，治交河城。显庆三年，移安西都护府于龟兹国。"（唐龟兹国今新疆库车县地）又《古木兰诗》曰："寒光透铁衣。"

④ 瀚海阑干——瀚海是沙漠北的地名，《史记·卫将军骠骑列传》曰："登临瀚海。"索隐引崔浩曰："北海名。"又引《广志》曰："在沙漠北。"阑干是纵横的意思，《文选·吴都赋》刘渊林注："阑干犹纵横也。"

⑤ 辕门——将两辆车子架起来，使车前的辕木交叉，插上旐旗，就成军营的大门，叫辕门。

⑥ 风掣句——黄鹤曰："天宝九载五月，诸卫与诸节度所用绯色旗旛，并改为赤。"虞茂世《出塞》诗曰："霜旗冻不翻。"

⑦ 轮台——在汉唐时为西域县名，今新疆轮台县。

⑧ 天山——《汉书·武帝纪》曰："天汉二年夏五月，贰师将军三万骑出酒泉，与右贤王战于天山。"注："晋灼曰，在西域，近蒲类国，去长安八千余里。"《元和郡县志》曰："陇右道伊州伊吾县（今新疆哈密以南），天山一名白山，一名折罗漫山，在州北一百二十里。冬夏有雪，出好木及金铁，匈奴谓之天山，过之者皆下马拜焉。"（《太平寰宇记》一百五十三引《西河旧事》同）《大清一统志》（四百十八之一）曰："天山一名祁连山，一名雪山，一名白山，一名折罗漫山，西域中干以天山为总名，东西六千余里。"

本诗的主题是为白雪作歌，以白雪歌描写雪，兼写送别武判官回去的种种情景，所以全诗着重在写雪的早、雪的猛、雪的冷、雪的冰、雪的冻、雪的厚。而武判官在雪前饮酒，在雪上留印，整首诗从一片白色开始，又结束在茫茫无涯的一片白色中。送别者仍留在茫茫银海里，远行者也没入茫茫银海中去，全诗只在写景，但去者留者互相道别的情绪，自然洋溢满纸。

诗中说：阵阵北风卷地而来，塞外的白草都已枯折。胡地的天气，八月就飞着雪花，忽然像吹来了春风，一夜之间，教千树万树都开满了梨花（以上是写雪降得早、雪降得猛）。那雪花散进珠帘来，弄湿了罗幕，使罗幕内的人感到狐裘也不够保暖，锦衾也嫌单薄了。使得将军那饰有角质雕花的弓，也因手冻而拉不开，那都护身上的铁衣，虽冷却还穿着（以上是写雪后的冷）。这时沙漠一带纵横地结成了百丈的冰条，惨淡的愁云，凝结住整个万里的长空（以上是写雪后的冰寒）。就在这冰天雪地中送武判官回去，主帅在中军安置了酒席，为归客饯行，奏鸣着各种塞外的乐器，有胡琴、琵琶，还有羌笛。黄昏时营门前雪片纷纷降下，湿的红旗被冻成一块冰布，风吹过去，竟牵掣不动（以上是写雪的僵冻）。在天寒地冻里，送你从轮台东门回去，回去时大雪掩盖了天山的道路，山回路转，不久就望不见你的背影了，只有在雪上还空留着马蹄的行迹（以上是写雪的厚，让雪上的蹄痕留下了不尽的遐思）。

欣赏岑参的七言古诗，最应注意他不同凡响的铿锵音节。胡应麟曾说："古诗自有音节，唐人李杜外，惟嘉州最合。"对岑嘉州诗中的音节极为推崇。下面试将他诗中音响与情景的谐合作简单的分析，已颇为令人讶异。

一开始白草枯折，八月飞雪，配合这枯寂苍白的色调，用入声屑韵为韵脚，极为调和。当死寂的景况中，忽然翻出奇想，用"春风来""梨花开"等接连三个平声的古诗特有音节三平落脚配上响亮的韵脚"来""开"，造成了悦目惊喜的动人效果。到了"湿罗幕""锦衾薄""冷犹着"，都以短促内敛的入声药韵，配合那瑟缩的寒气。至于"百丈冰""万里凝"，又用以"独发鼻音"为尾音的平声为韵脚，加强了胶着凝结的意味，使这雄厚的音响，与天寒地冻的大幅场景配合得很恰当。接着又以"客""笛"等入声陌锡韵合用（据夏侯詠《四声韵略》陌与锡是同韵的），这迫蹙的入声与迫蹙的离情很谐合。再接着用"门""翻"等平声为韵脚，使离愁转趋高昂，暮雪纷纷，旗冻不翻，一种呆滞而无可如何的表情，借着悲壮的雪景侧写出来。这里连接着使用二句一转韵，由于转韵的出句必须入韵，所以形成句句押韵、二句一转的急迫气氛。如此一扬一抑，一抑一扬，音响中颠倒传情，使宴席间行酒听歌时无心作乐的复杂心情表现得很生动。末尾忽又改用清远的去声作结，这去声的清远情调，与故人远去、邈不可见的情景也配合得绝妙。

本来七言古诗如果是平仄换韵的，中间参杂律句是无妨的（古诗先有，当时并不能预知律句而予以避免），但是本诗中除"纷纷暮雪下辕门""风掣红旗冻不翻""去时雪满天山路"三句外，都是标准的古诗音节，这与王维的七言换韵古诗《桃源行》大不相同，王维的《桃源行》中只杂有"世中遥望空云山"一个古句，其余都是律句。所以王维是古诗中的革新派，后来白居易、元稹都学王维的。而岑参是标准的仿古派，以西汉柏梁诗为模仿的对象，由是知道为什么后人推许岑诗是古诗中的"正声"了。这些标准的古诗音节，读来磊落奇俊，教人心神一快，所以岑参诗中音响的美，是特别须要留意的。

全诗在修辞技巧上引人入胜的地方有三处，一是"忽如一夜春风来，千树万树梨花开"，这是令人眼前一亮、心神大振的奇妙设计。前人都用雪去形容梨花，用梨花去形容雪的则很少。写作"千树万树梨花开"，运思也很新颖，加以上面一句假想为"忽如一夜春风来"，更是奇想，正在说八月飞雪，忽如来了一夜春风，这种联想带有矛盾逆折的意味，倍增情趣。方东树说它"奇情逸发，令人心情一快"，便是被一个意外的联想所刺激，使得人耳目一新。再则是"胡琴琵琶与羌笛"一句叠用了三件乐器，奏响起四面番音，而七字之中有六字是实体的名词，由于实物密集，句调也特别雄健，王夫之赞美这句诗有"神采惊飞"的效果，大概是由于名词字密集而音调又古拙的缘故。还有一处就是结尾四句中，"送君去"与"去时"，两个"去"字顶真着；"天山路"与"山回路转"，"山"与"路"也近于顶真回环的句式，使语气节节相生，蝉联直下。四句中又重出"君"字、"雪"字，一会儿指着"君"，一会儿指着

"雪"，每个送行者都在喃喃地说："君……雪……君……雪……"临别时那群人指顾嗟叹的情景，被一连串重出的字眼给写活了。

（黄永武）

轮台歌奉送封大夫出师西征 ①（060）

　　轮台城头夜吹角 ②，〔觉〕轮台城北旄头落 ③。羽书昨夜过渠黎 ④，〔齐〕单于已在金山西 ⑤。戍楼西望烟尘黑，〔职〕汉兵屯在轮台北。上将拥旄西出征，〔庚〕平明吹笛大军行。四边伐鼓雪海涌，〔肿〕三军大呼阴山动 ⑥。〔董〕虏塞兵气连云屯，〔元〕战场白骨缠草根。剑河风急雪片阔，〔曷〕沙口石冻马蹄脱。亚相勤王甘苦辛 ⑦，〔真〕誓将报主静边尘。古来青史谁不见 ⑧？今见功名胜古人。〔二句一换韵〕

　　把这首诗读一遍，首先令人印象深刻的是它的韵脚和节奏。二句一换韵，

---

　　① 封大夫——封常清，猗氏人，时官安西四镇节度副大使，知节度事，见《唐书》本传。按岑参曾从封常清屯兵于轮台，所以封大夫当是封常清。

　　② 角——军中乐器，长五尺，形如竹筒，或用竹木制，或用皮制。

　　③ 旄头落——旄头即髦头，《史记·天官书》以髦头即胡星。胡星摇动若跳跃，则胡兵大起，若星不见，亦是兵忧之象。《晋书》作旄头。旄头落指胡兵入侵。

　　④ 羽书句——羽书，就是用木简做书信的檄，用以征召。再如有急事，加以鸟羽，叫作羽书。渠黎，今新疆轮台县西南，汉西域三十六国之一。

　　⑤ 金山——即今阿尔泰山。蒙古人称"金"为"阿尔泰"。

　　⑥ 阴山——昆仑山的北支，起于河套，绵亘于内蒙古、河北、辽宁，匈奴常借此来侵略边疆。

　　⑦ 亚相勤王——汉代御史大夫职位次于宰相，世称亚相。勤王是说尽力于王事。

　　⑧ 青史——古以竹简记事，剖竹为简的过程叫杀青，后因称史册叫青史。

韵气极短促而险峭，平韵换仄，仄韵换平，入声韵又用得多，听起来滴滴答答，已模拟出马蹄历落的奔跑声。前人早已体会出这种妙处，如唐陈彝说本诗转了八次韵，像"赤骥过九折坂，履险若平，足不一蹶"。而本诗的内容也正是写大军西征，胡马奔集，所以诗的内涵和诗的外貌，已有了一致而动人的配合。结尾四句一韵，韵味悠长，是深致预祝之意，让结尾处显得悠扬不尽。

起首六句从新疆的边塞戍地写起，轮台城头夜晚吹着号角，轮台城北的髦头星也隐没不见了，边地紧张的气氛，与天上不祥的预兆，一开始就扣住了心弦。果然紧急的羽书传过了渠黎，报告匈奴的首领已到阿尔泰山的西边。从戍楼西望，通过警备的烽火烟尘，一齐燃起，乌黑蔽日，而早有戒备的汉兵已经屯守在轮台的北方，在整旅迎敌了。这六句中，地名人名，兵器星象，磊磊落落地，由于实字用得极多，使句子显得强硬警动；又由于气势极盛，所以六句中"轮台"出现了三次，北方西方各出现两次，都不让人觉得重复。

从上将出征，左右拥持着旌旗写起，才进入题目。前面把险恶的氛围造成，然后主角出现，却十分勇猛快捷，上将西征，一切有板有眼。平明准时奏乐前进，笛声壮勇而和乐，四面击鼓，雪海如涌，三军大呼，阴山也震动。这四句的句末各用"征""行""涌""动"四个动词，辅助着军行的气势，产生了风发泉涌的力量。

然而胡人也不弱，兵气干霄，兵马有如屯云；战场上的草根中，缠满了白骨；回鹘北方六百里的剑河，寒风很急，云片壮阔；西北边塞外的沙口，石头能冻脱马蹄。这种困难，反给准备立功的封大夫以一显身手的机会。所以接着说：封大夫尽力于王事，甘心克服一切艰辛，立誓以扫靖边尘来报效主上。古来的青史上伟大的记载谁不曾读过，今天却见你的功名要胜过古人了。末尾以颂扬作结，使胡敌的强劲与古人的勋业，都变成了烘托，把封大夫颂扬得很崇高，字面也十分雄壮豪放。

本诗就内容来分，是歌颂战争的。中国是一个爱好和平的民族，讴颂战争的作品原本很少，唐代因为是南北融混的新兴民族，和《诗经·秦风》中表现的秦民族一样，新兴而有活力，带着向外扩张的豪气，所以唐代的边塞诗不少。无疑的，岑参是唐代的男高音中最宏亮的一个。

自然，本诗的音乐性是最堪玩赏的，全诗几乎句句入韵，显示出紧促的节拍，只有"古来青史谁不见"一句不入韵，结尾处四句押三韵，使声调稍为舒缓，产生回荡不尽的余韵。再则全诗的"旄头落""烟尘黑"及"马蹄脱"等六句，都是危急险要处，用入声为韵脚，有助于形成迫蹙危难的气氛。岑参是一位擅长把握音响特性而深明诗律的诗人，胡应麟说他最合古诗的音节，《唐才子传》中说他诗调最高，唐代罕见，都不是虚誉。想岑参在鞍马烽尘间往来十几年，城障塞堡，都切身生活过、驻守过，他的历练使他的诗慷慨悲壮，奇气溢出，这是有代价得来的，绝不是白首于书堆中的诗人所能希冀到的。

（黄永武）

走马川行奉送封大夫出师西征①（061）

君不见走马川行雪海边，〔先〕平沙莽莽黄入天。轮台九月风夜吼，〔有〕一川碎石大如斗，随风满地石乱走。匈奴草黄马正肥，〔微〕金山西见烟尘飞②。汉家大将西出师，〔支〕将军金甲夜不脱。〔曷〕半夜军行戈相拨，风头如刀面如割。马毛带雪汗气蒸，〔蒸〕五花连钱旋作冰③，幕中草檄砚水凝④。虏骑闻之应

---

① 封大夫——即封常清，曾任安西副大都护，持节充伊西节度等使。岑参尝从封常清屯兵轮台。

② 金山——即今阿尔泰山。

③ 五花句——五花、连钱，均马名。旋，就是马身的旋毛。杜甫诗："五花散作云满身。"是马之毛色作五花文者为五花马，毛色深浅斑驳者为连钱骢。

④ 草檄——为檄文起草。

胆慑，〔叶〕料知短兵不敢接，军师西门伫献捷 [①]。〔三句一换韵〕

岑参的诗，诗律健整，杜甫称赞他每篇均堪讽诵，胡应麟则以为唐人除李白、杜甫外，只有岑参的诗最合音节。可见岑参必然精于音律，所用诗的韵脚，一定寓有深意。从上列一诗的韵脚去仔细研讨，非但是句句用韵，三句一转，表现出势险节短的情调，也非仅是平韵换仄，仄韵换平，一抑一扬，参差历落，烘托出有苦有甘的艰辛历程而已。试再往深处去看——

第一行的两句，以"边""天"为韵脚，是真类的字（古诗的音节有时很古，可以用古韵类去测定），刘师培《正名隅论》说真类的字有"抽引上穿"及"联引"的意思，用在走马川行上，人向西征，仰视塞云，黄沙茫茫直连到天上！用真类字为韵脚，与这时的情节非常谐适，而"边""天"等韵脚，自有广袤辽阔的含义。若借重当时的音值来说明，边、天韵的中古拟音是 -iuɛn 与 iɛn（拟音据董同龢《中国语音史》，下同），这些元音使舌头在高下前后间移动较长，而以上舌鼻音为尾音，在这儿能产生空旷回音的效果。加以第一句特别以十个字为一句，句子的长度，也暗示出走马川行旷远的路程。严格地说，第一句该是共长十七字，因为"君不见"三字作冒头，问你见不见黄沙弥天，而不是见不见走马川行。

第二行以"吼""斗""走"为韵脚，是侯类的字，刘氏说侯类的字含"曲折有棱"的意思，本诗写行进的路途中多石多风，艰险屈曲，这走马川行时的塞上风物，与侯类字的韵脚颇合适，而吼、斗、走韵的中古拟音是 -u，这合口的高元音在这儿能辅助行进困难的气氛。

第三行以"肥""飞""师"为韵脚，是脂类的字，刘氏说脂类的字有"由此施彼"及"平陈"的意思，这时写的是大将誓师西征，伐鼓启行，汉旗飘扬，誓扫胡尘，用脂类字为韵脚与情境是一致的。肥、飞韵的中古拟音

① 献捷——《左传·成公二年》："王命伐之,则有献捷。"是王命的征伐,古时班师凯旋时有献捷的典礼。

是 -jâi，师是 -jõi，由三个元音构成，高元音略降低而即升高，音响略侈而又弇，升降不大而较久，能辅助平陈前去的感觉。

第四行以"脱""拨""割"为韵脚，是元类的字，刘氏以为与真类字含义相近，都有联引上进的意义，只是第一行用真类平声韵，可以显示前进的浩荡，这里用元类入声韵，可以显示前进的不畅快。诗中写金甲不脱，风如刀割，当然举步维艰，这情境用元类入声曷、末韵是调和的。因为脱、拨、割韵的中古拟音是 -at，舌在低处后方，刚欲前移，音声已毕，以舌尖塞音 t 把气流塞住，颇有欲进不能的感觉。这种以口舌发音的动作来象征情境，是中国训诂学中"声义同源"理论的基本依据，口腔器官的肌肉，往往用一种模拟动作姿态的活动来表示各种情意。

第五行以"蒸""冰""凝"为韵脚，是蒸类的字，刘氏说蒸类字有"进而益上""凌踰"的意义，配合汗气上蒸、旋毛冰凝，也颇合适。蒸、冰、凝的中古拟音是 -jen，以独发鼻音为尾音，加强了胶着凝结的意味。在这结尾的前一段，正要表现一个突破困境的姿态，利用这三个平声韵脚的雄厚力量，凝聚成一股强固的力量。

结尾一行以"慑""接""捷"为韵脚，是谈类的入声韵，刘氏说谈类字有"隐暗狭小"的意义，慑、接、捷等入声叶韵的字，大都和"小"的音义有密切关联，以慑、接来表现胆小后退，以捷来表现迅捷轻巧，也很切合。慑、接、捷韵的中古拟音是 -jæp，当舌头由前高而降至次低的位置，极短促地用一个双唇塞音将气流塞住，颇有助于狭小意义的形成。在上一行"蒸""冰""凝"平声的昂扬声势之后，接着"慑"接"捷"入声的短促音调，一强一弱，一虚一实，一进一退，两相奏鸣，一种横扫席卷的形势，已在音响中被充分地强调出来了。

（黄永武）

杜 甫

韦讽录事宅观曹将军画马图 ① （062）

国初已来画鞍马，神妙独数江都王 ②。〔阳〕将军得名三十载，人间又见真乘黄 ③。曾貌先帝照夜白 ④，〔陌〕龙池十日飞霹雳 ⑤。〔锡〕内府殷红玛瑙盘，婕妤传诏才人索 ⑥。〔药〕盘赐将军拜舞归，〔微〕轻纨细绮相追飞 ⑦。贵戚权门得笔迹，始觉屏障生光辉。昔日太宗拳毛𬴊 ⑧，〔麻〕近时郭家狮子花 ⑨。今之新图有二马，复令识者久叹嗟。此皆骑战一敌万，缟素漠漠开风沙。其余七匹亦殊绝，〔屑〕迥若寒空动烟雪。霜蹄蹴踏长楸间 ⑩，马官

---

① 韦讽居成都时，为阆中录事，为人有清节。曹将军，指曹霸，注见第 047 首，杜甫赠曹霸的《丹青行》。

② 江都王——《名画记》："江都王绪，太宗犹子。多才艺，善书，画鞍马擅名。"

③ 乘黄——神马，《管子》："地出乘黄。"相传乘黄是龙翼马身，黄帝成仙时所乘。

④ 照夜白——名马，见第 047 首注。

⑤ 龙池十日飞霹雳——龙池在南内南熏殿北。龙与马相通，飞霹雳是指所画的马太逼真龙马，所以感动了龙池中的龙，随风雷飞出。

⑥ 婕妤句——婕，音 jié，妤，音 yú。婕妤、才人，都是宫中女官。婕妤共九人，正三品；才人七人，正四品。

⑦ 轻纨句——纨绮是细致的绢，追飞是求画的人拿着绢追索的样子。

⑧ 拳毛𬴊——𬴊，音 guā，太宗六马之一，黄马黑喙。拳，通"蜷"。

⑨ 狮子花——马名，就是九花虬。代宗曾以御马九花虬赠郭子仪，即狮子花。

⑩ 长楸——古时道旁种楸，故叫长楸。

厮养森成列 ①。可怜九马争神骏，〔震〕顾视清高气深稳。〔阮〕借问苦心爱者谁？后有韦讽前支遁 ②。忆昔巡幸新丰宫 ③，〔东〕翠华拂天来向东 ④；腾骧磊落三万匹，皆与此图筋骨同。自从献宝朝河宗 ⑤，无复射蛟江水中 ⑥。君不见金粟堆前松柏里 ⑦，龙媒去尽鸟呼风 ⑧。

　　杜甫晚年写的马诗，与国家的时事每多关合，马的盛衰关联着国力的盛衰。这种想法自有其传统的渊源，早在《易经》晋卦象辞中，有"康侯用锡马蕃庶"句，以马匹蕃多赞美建侯安康的社会情况；《诗经·鄘风·定之方中》，举"骒牝三千"的数字，显示出国家殷富的实力。杜甫上承这个传统，在《韦讽录事宅观曹将军画马图》中，以马的多少代表国家的盛衰。

　　本诗所写的是画中的马，然而是从画马之中显出真的马，又从真马的盛衰来感叹画的马。杜甫在处理马的出现次序时，用了参差累进的方法：先在曹将军的画笔下，铺着一匹白色的纨绮，接着在观众眼前跑出一匹马"照夜白"，挟着霹雳的声响，随即收去；继又跑出两匹马"拳毛䯄"与"狮子花"，神采

---

① 马官厮养——马官，是管马的官。厮养，是指养马劳役的兵士。

② 支遁——即支道林，《世说新语·言语》："支道林常养数匹马，或言道人畜马不韵。支曰：'贫道重其神骏耳。'"

③ 新丰宫——在长安骊山下。

④ 翠华——大旗，用翠羽饰于旗上。此借代皇帝车驾。

⑤ 自从句——河伯都居之地是河宗氏，穆天子西征，河伯与天子披图视典，用观天子之宝器。穆王视图，乃导以西迈。这里用穆天子传的故事，并用楚州寺尼献宝镇灾事，来比喻玄宗的死。

⑥ 射蛟——汉武帝元封五年，自浔阳浮江，亲射蛟江中。无复射蛟，讳言玄宗已死。

⑦ 金粟堆——玄宗葬于今陕西蒲城县金粟山，号泰陵。

⑧ 龙媒——《汉书·礼乐志》引汉武帝《天马歌》："天马徕兮龙之媒。"注："言天马者乃神龙之类。"

夺目，风沙为开；接着又跑出另外的七匹马，再让人同时观赏前后的九匹马，都是清高深稳，具有"国士"的神情；最后竟跑出一万匹来，翠华拂天，腾骧百里，教人目不暇给。结尾忽然"龙媒去尽"，一匹也不见了，似乎从画布上一齐抹去，重又回复缟素空白的色泽，这种处理神马出没的手法，令人无从捉控，奇幻极了。

本诗又从"国初以来"的太宗时，说到"金粟堆前"的明皇墓园，时间上包括整个有唐以来国势的盛衰。当年唐太宗时的拳毛骦，近年郭子仪家的狮子花，都是一以敌万的良驹，马的勇健，奠立了唐室的繁荣基础，而明皇的照夜白，乃至巡幸时腾骧磊落的三万匹，马的众盛，象征着唐室盛壮的巅峰年代，那时内府用玛瑙盘盛装御赐的宝物，婕妤才人执着纨绮，追着曹霸，请求他画马。当年不但真马盛极，画马也风行一时，真马蕃息且受宠，画马者也得到特殊的荣宠。结尾落得"龙媒去尽鸟呼风"，写神骏无存，只剩墓前松柏萧萧，野鸟呼风。仅能从流落成都的曹霸笔下去缅怀追忆，这样千里马既不见了，画千里马的画家更是潦倒穷困。从马的衰微中侧写肃宗代宗以还国破民弊，遂使盛衰之感前后对照，十分凄凉。

（黄永武）

古柏行①（063）

孔明庙前有老柏②，〔陌〕柯如青铜根如石。霜皮溜雨四十

---

① 古柏行——柏在重庆夔州，即奉节县。武侯庙，赵次公曰："成都先主庙，武侯祠堂附焉。夔州则先主庙武侯庙各别。今咏柏专是孔明庙而已，岂非夔州柏乎？"行，古诗体裁之一。

② 孔明庙——孔明，姓诸葛，名亮，瑯琊人，隐于隆中，蜀汉先主刘备三顾草庐，请他出山，亮感其诚意，始出，佐先主成帝业，为丞相。后辅后主刘禅，封武乡侯。亮志在恢复中原，常出师北伐，后以病死军中，谥忠武。庙在今重庆奉节县八阵台下。杜甫《夔州歌十绝句》："武侯祠堂不可忘，中有松柏参天长。"

围，黛色参天二千尺。云来气接巫峡长，月出寒通雪山白①。君臣已与时际会，树木犹为人爱惜②。忆昨路绕锦亭东③，〔东〕先主武侯同閟宫④。崔嵬枝干郊原古⑤，窈窕丹青户牖空⑥。落落盘踞虽得地，冥冥孤高多烈风。扶持自是神明力，正直原因造化功。大厦如倾要梁栋⑦，〔送〕万牛回首丘山重。不露文章世已惊⑧，未辞翦伐谁能送⑨？苦心岂免容蝼蚁⑩，香叶终经宿鸾凤⑪。志士幽人莫怨嗟，古来材大难为用。

杜甫一生，忧时忧国，死而后已，身虽流落江湖，但为庙堂运筹，竭尽心思，吐为诗篇，血泪斑斑，与孔明实具同一种心情、同一种襟抱，于是把孔明看成是理想的化身，歌之咏之赞之叹之，本诗就是一个实例。王右仲曾说："公生平极赞孔明，盖窃比之意，孔明材大而不尽其用，公尝自比稷契，而人莫之用，故篇中结出'材大难用'，此作诗本旨发兴于古柏者也。"怀着对孔明的最大敬意，在诗中极力赞美孔明的怀抱，不正可以代吐胸中不遇的块垒吗？

---

① 云来二句——形容古柏高耸阴森气象，可以气接巫峡，寒通雪山。

② 君臣二句——上句是说先主与武侯相得，如鱼得水。下句言老柏至今依然无恙。

③ 锦亭——杜甫成都草堂之亭，近锦江，故云。

④ 先生句——閟，音 bì，幽深闲静的意思。按《成都记》：先主庙西院即武侯庙，庙前有双大柏，古峭可爱，人云诸葛手植。

⑤ 崔嵬——嵬，音 wéi，崔嵬，高大的样子。

⑥ 窈窕丹青——窈窕，深远貌。丹青，此指庙内所漆绘。

⑦ 大厦句——《文中子》："大厦之倾，非一木所支。"这是比喻汉运已终，武侯也难以为力。

⑧ 不露文章——指古柏缺乏花叶之美，喻人之不以浮华炫露者。

⑨ 未辞翦伐——《诗经·召南·甘棠》："蔽芾甘棠，勿翦勿伐。"周代人民爱护召伯甘棠，思其人而爱其树。

⑩ 苦心——柏心味苦。

⑪ 香叶句——谢承《后汉书》："方储种松柏，鸾栖其上。"

这是一首咏物诗，作于代宗大历元年（公元七六六年），"主旨在以古柏的孤高，比喻武侯的忠贞。虽句句咏古柏，但句句是说武侯"（喻守真《唐诗三百首详析》）。就题材来说，咏物诗很难写得好，因为咏物诗不能太切题，又不能不切题，"太切题，则黏皮带骨；不切题，则捕风捉影，须在不即不离之间"（《履园谭诗》）。一般而言，咏物诗有两法：一是将自己安放在里面，一是使自己站立在旁边，前者是兴法、比法，后者是赋法。本诗在体物工细，客观写生处，是赋法；在托物伸志，借题发挥处，则是比法、兴法了。所谓不即不离，本诗有之。

本诗每八句一转韵，在在皆韵意双转。易言之，转韵处往往就是古诗的段落处，所以本诗可分为三段，首八句咏夔州孔明庙之古柏作衬托，中间八句分写成都先主庙及夔州孔明庙之古柏，末八句咏柏寄慨，而以材大难用作结。首段用直起法，前四句实写古柏之形貌，五六七八句虚写古柏之精神。"云来""月出"两句引出次段成都古柏，"君臣""树木"二句则遥逗末段之意。次段抚今追昔，以成都古柏与夔州古柏相形，前四句写成都古柏，后四句写夔州古柏。末段因咏古柏，显出自负气概，暗与"君臣际会"遥相反对。"大厦"四句伏下"材大难用"，"容蝼蚁""宿鸾凤"云云，是为"志士幽人"的品格作写照。正喻夹写，言近旨远，寄托遥深，极沉郁顿挫之致。

诗题是古柏，在客观的咏状写生方面，作者利用譬喻、夸张、示现、用典、叠字、对比诸法，来浮现古柏的意象。如"柯如青铜根如石"，是形容古柏枝干之青与根柢之坚；"霜皮溜雨""黛色"是形容树皮之苍白与润滑及树叶的青翠，或诉诸视觉，或诉诸触觉，很能使意象显豁，都是很好的譬喻法。写树干之粗曰"四十围"，写树身之高曰"参天"，曰"二千尺"，都是夸张的说法，只是在形容古柏的高大而已，不必太拘泥于数字，孟子所谓"不以辞害意，以意逆志"，正应该持这种看法。"云来气接巫峡长，月出寒通雪山白"，把古柏高大耸峙阴森的气象写得生动传神、历历在目，这是示现法，"君臣已与时际会，树木犹为人爱惜"，这是脱化"甘棠遗爱"的典故，以揭明全诗的作意。"落落盘踞虽得地，冥冥孤高多烈风"，则以叠字来描摹古柏的孤高挺拔，得天独厚。另外，本诗尚有一特殊处，就是以对比法烘托出夔州古柏的卓荦挺立，"忆昨"以下四句，写成都庙柏的"崔嵬"，以便与夔州古柏的"落落""孤高"相形相较，以见夔州古柏的得天独厚，自有神助。其中写成都庙柏一段，也是借郊原的古老和户牖的空旷，烘托出丞相祠堂的幽深肃穆。

在主观的托物伸志方面，交互运用象征、联想、双关、譬喻诸法，来表现自己怀才莫展之憾。"大厦如倾要梁栋，万牛回首丘山重"，大厦如果倾倒原要栋梁支持，可是古柏重如丘山，万牛也难搬运去做梁栋，这是实写"材大难用"。"不露文章世已惊，未辞剪伐谁能送"，字面写古柏，骨子里却是指人才，将古来英雄豪杰不炫才扬己、道大莫容的心情娓娓道出，能令志士幽人同声哀叹。"苦心岂免容蝼蚁，香叶终经宿鸾凤"，说古柏虽然心苦，仍不免被蝼蚁所侵蚀，但其余芳却为鸾凤所留恋，小人的媒孽诬枉，有什么关系呢？只要能得到贤人君子的钦慕景仰，也就不枉此生了。结语的"材大难为用"，不仅呼应全篇，更与古柏语意双关。以上大多使用暗示与隐喻手法，以达到艺术效果的。

本诗的开合顿挫，流美中不失凝重，也是特色之一。尤其是对仗，利用时空的大幅度移动，增加了句与句之间的张力，形成了无数的顿挫，如"霜皮""黛色"两句，"云来""月出"两句，"君臣""树木"两句，"崔嵬""窈窕"两句，"落落""冥冥"两句，"扶持""正直"两句，"不露""未辞"两句，"苦心""香叶"两句，皆音节谐和，对仗工整，占全诗句数三分之二，张力或在空间，或在时间，或时空交综，或在读者的心理作急升陡降而形成张力，这就是顿挫。整齐既多于散调，而气仍疏宕者，固由于笔妙，更因为多作开合，所以圆活如此。"君臣"四句，夹叙夹议；"忆昨"句用宕笔作开拓势，以为对比；"扶持"二句以顿挫作开合；"大厦"句突峰起棱又一开，忽借人双写；"志士"二句承上指明作收阖。开合顿挫之际，遂见凄凉沉痛之致。

本诗"云来""月出"二句，今存影钞宋绍兴间刊王洙编本《杜工部集》卷四，及《文苑英华》卷三百三十七，都位在"爱惜"之下，仇兆鳌《杜诗详注》依刘辰翁说，乃将"君臣""树木"二句，移置于"云来""月出"二句之下，这是依据文意脉络来改定的，自然可信（详参《中国诗学·考据篇·诗歌辨伪法——钞刻倒乙》）。方东树《昭昧詹言》不信误倒，竟妄赞其倒装取劲之妙，未免穿凿失考。

（张高评）

寄韩谏议[①]（064）

今我不乐思岳阳[②]，身欲奋飞病在床。美人娟娟隔秋水[③]，濯足洞庭望八荒。鸿飞冥冥日月白，青枫叶赤天雨霜。玉京群帝集北斗[④]，或骑麒麟翳凤凰[⑤]。芙蓉旌旗烟雾落，影动倒景摇潇湘。星宫之君醉琼浆，羽人稀少不在旁[⑥]。似闻昨者赤松子[⑦]，恐是汉代韩张良[⑧]。昔随刘氏定长安，帷幄未改神惨伤[⑨]。

---

① 谏议——官名，掌谏议得失。韩谏议，不详其名。黄鹤曰："依梁氏编在大历元年秋，姑仍之。"

② 岳阳——今湖南岳阳。韩谏议大概是楚人。

③ 美人句——美人比喻君子，这里指理想目标。娟娟，美好貌。《诗经·秦风·蒹葭》："蒹葭苍苍，白露为霜。所谓伊人，在水一方。"伊人，犹美人。

④ 北斗——《晋书·天文志》：北斗七星在太微北，人君之象，号令之主。

⑤ 或骑句——《集仙录》：群仙毕集，位高者乘鸾，次乘麒麟。翳，掩蔽，以身掩凤，引申为跨乘其上之意。一曰语助词。

⑥ 羽人——飞仙。旧注以为指韩已去位。

⑦ 赤松子——仙人名号。神农时为雨师，常至西王母石室，随风雨上下。见《汉书·张良传》注。

⑧ 张良——字子房，先世为韩相，后佐刘邦定天下，封留侯。后习辟谷术，从赤松子游。

⑨ 帷幄——《汉书·高帝纪》："夫运筹帷幄之中，决胜千里之外，吾不如子房。"帷幄本是军营的帐幕，引申为决策的场所。

国家成败吾岂敢，色难腥腐餐枫香①。周南留滞古所惜②，南极老人应寿昌③。美人胡为隔秋水，焉得置之贡玉堂④？〔平声阳韵〕

此诗的作意，向来缺乏确解。黄永武先生依据蘅塘退士在《唐诗三百首》中的原批，补充发明了他的看法，他说：

杜甫的诗，向以写实著称，甚至有人嫌它"铺序太实"，所以他的"佳人"诗，也被解释作"实有是人"，但他的《寄韩谏议》一诗，乃是充满着浪漫的想象。

诗中的美人，有人以为是指李泌，有人以为即是指韩谏议，也有人以为本诗应该与《诗经》"蒹葭秋水"篇用同一种眼光去欣赏，它是直承着屈宋香草美人的遗风。我以为第三种看法很有见地。本诗写得如此渺茫恍惚、无穷无际，不确定是指谁，才显得风神澹荡，不可凑泊。

诗中写：诗人面对着有缺陷的现实，如卧病的肢体，但意欲奋飞的心志，一直在作出尘之想，想飞到美人的身旁。天仙羽人，还比不上美人的高雅；麒麟旌旗，也写不完诗人的向往。诗人心目中最高的成就，或如赤松子的成道，或如汉张良的成功，这两个毕生以赴的理想目标，或为己，或为人，都可以用"美人幻象"来取代。原来追求女性美与追求事业美、道行美，已凝合成一体。现在功业不成，却像太史公留滞在周南；道行未就，只希望南极老人能寿昌。

① 国家二句——《神仙传》："壶公数试费长房，继令啖溺，臭恶非常，房色难之。"色难，有难色，不愿之意。枫香，道家用来合药，所以可"餐"。这两句意思说，国家的成败吾岂敢坐视，但是又怕看这样醍醐尘浊的世界，所以不如洁身退去，寻仙访道。

② 周南留滞——《史记·太史公自序》注："古之周南，今之洛阳。"太史公司马谈曾因病留滞周南，不能参与封禅大典，引为终生遗憾。

③ 南极句——《史记·天官书》："狼比地有大星，曰南极老人。"《封禅书》寿星祠注，索隐曰："寿星，盖南极老人星也，祠之以祈福寿。"《晋书·天文志》："老人一星在弧南，一曰南极。常以秋分之旦见于丙，秋分之夕没于丁，见则治平，主寿昌。"

④ 玉堂——即玉殿，在未央宫。此处指朝廷。

在现实的世界中，诗人是年华老去，鸿图莫展，对现实是这般无奈，但并不因个人的失败而放弃美好的理想；也只有放弃了理想，才是个人真正的失败。所以诗的结尾写爱心长存，恋恋不忘，总期盼"美人"不要被秋水隔住，有一天能展现她的光华在理想的玉堂上。个人已矣，但"为天下人"的爱心却永远炽热如斯！（《中国诗学·思想篇·古典诗中的美人幻象》）

案：《诗经·秦风·蒹葭》一诗，写得极缠绵，极惝怳，萧疏旷远，情趣极佳，论者以为"感慨情深，在悲秋怀人之外，可思不可言，为国风第一篇飘渺文字"。杜甫的诗崇尚写实，至号为诗史，但像《寄韩谏议》这样神思飘出云物之外的浪漫诗篇，也是有的，如《戏题王宰画山水图歌》《一百五日夜对月》《天河》诸篇，都跟屈原、李白一般飞升，进入了神话世界。当然，他不像李白古风的繁富多变，更不像屈原《离骚》的瑰玮磅礴，也不像《九歌》的优美婉约，风格是不同的，杜甫只是一味的"上接混茫"。所以，黄先生的论说是很可采信的。

黄先生研究古典诗歌，发现了一个传统——美人幻象，那些美人大抵是抽象理想的化身。"那美人的幻象，往往被描绘在重重阻隔之外，疑幻疑真之中，似近实远，是超乎现实的空灵世界，桃花源一般地，成为一个永远令人企求而又无法触及的幻境"（《古典诗中的美人幻象》）。这"美人"既是这般的灵光闪烁，悬绝无涯，因此，诗中常用时、空、人、物的远隔，来表现这迷离惝怳的世界。《蒹葭》《离骚》《九歌》如此，其他有关描写"美人"的诗篇如此，本诗当然也不例外。

空间是诗歌的舞台，人物是舞台的内容，以空间人物为经，以时间为纬，就完成了诗歌的舞台设计雏形。在本诗中，场景之多（即名词多）已到了移步换景的境界，由在床而岳阳，而秋水，而洞庭，而八荒，而冥冥，而日月，而玉京，而北斗，而潇湘，而星宫，而长安，而汝南，而周南，而秋水，而玉堂，象征追寻美人时，那种"上穷碧落下黄泉"，"上天入地求之遍"，跋山涉水、上下求索、竭尽心力的积极精神。在积极寻访美人的心路历程中，他遇到了许多"人物"，像群帝、星宫之君、羽人、赤松子、张良、刘邦、壶公、费长房、司马谈、南极老人，或为神人，或为仙人，或为道人，或为帝王，或为良相，或为奇士，或为史家，不一而足，最令人遗憾的就是美人始终是"隔秋水"的。作者横绝千山万水，用生命的至诚去跋涉追寻，虽然落了空，但他仍不放弃他的理想，还是朝夕企盼他的美人不要被秋水隔住，期盼她能够"贡玉堂"。这种精神的升华，无异是一项庄严而神圣的美感。时间方面的跳动设计，由"今"而"昨"，而汉初，而东汉，而汉武，再回到现今，配合着求索的历程作上下游移，也颇能表现追求者的心态。另外，禽兽如鸿、凤凰、麒麟，花木如青枫、芙蓉，景物如雨、霜、烟、雾、旌旗、琼浆，颜色如白、青、赤，味道如腥、腐、香，也都依诗取兴，引类譬喻，足可媲美《离骚》的香草美人与恶禽臭物之象征。作者在本诗中想象之奔腾飞跃，出阴入阳，探胜访幽，与屈原相比，曾不多让。

在结构上，本诗可分为四段。首段六句，叙说自己怀念美人的心情。第二段六句，从"玉京群帝"到"不在旁"，借天仙羽人之有得有失，跟美人的高雅作对比，以见诗人向往美人之忱。第三段自"似闻昨者"到"餐枫香"六句，申明美人幻象的实际，是女性美、事业美、道行美的凝合体。末四句为第四段，写爱心长存，恋恋不忘。追求过程中的各种心情状态，杜甫常常拈出一两字表示之，由"不乐而思"，到"身欲奋飞"而"病"，这种现实的挫折感，是娟娟美人所以长"隔秋水"的缘故，因此写在前面作个总冒。基于主观客观的因素限制，诗人只得借驰骋想象，用卧游的方式，去索求他的美人。"隔"字是他对美人的全部感受，为了打破这种隔阂，他用尽心力去望，去飞，也试着去集斗、骑麟、乘凤，但他失败了，花落、旗偃、烟消、雾散、影动、景摇，就是一败涂地的象征，他只得跟星宫之君那样"醉琼浆"了。这时，他很想避世学道，可是诗人又摆脱不了对这世界同情的执着，他怎么能够不"悯人悲天，忧时伤国"呢？有如此淑世的襟抱，怪不得他始终"色难腥腐餐枫香"了。而今一事无成，如史谈之留滞周南；道行未就，只希望能像南极老人那样寿昌。果能天假我年，使得道成业就，那时可行可藏，才是理想的实现哩！到那时，"美人"就不会再"隔秋水"了。

在用韵方面，本诗押平声阳韵，一韵到底，不换韵，有一气呵成之妙。依据刘师培的研究，阳类、东类的字，多有"高明美大"之意，本诗押阳韵字，以表现追求美人的愿望，可见杜甫"随情押韵"秘诀之一斑。

（张高评）

观公孙大娘弟子舞剑器行 [①] 并序（065）

大历二年十月十九日，夔府别驾元持宅，见临颍李十二娘舞剑器，壮其蔚跂[②]，问其所师，曰："余公孙大娘弟子也。"开元三载，余尚童稚，记于郾城观公孙氏舞器浑脱[③]，浏漓顿挫，独出冠时。自高头宜春梨园二伎坊内人，泊外供奉[④]，晓是舞者，圣文神武皇帝初，公孙一人而已。玉貌锦衣，况余白首，今兹弟子，亦匪盛颜。既辨其由来，知波澜莫二。抚事慷慨，聊为剑器行。昔者吴人张旭，善草书书帖[⑤]，数尝于邺县见公孙大娘舞西河剑器，自此草书长进，豪荡感激，即公孙可知矣。

　　昔有佳人公孙氏，一舞剑器动四方。〔阳〕观者如山色沮丧[⑥]，天地为之久低昂。㸌如羿射九日落[⑦]，矫如群帝骖龙

---

① 剑器——古代武舞的曲名，其舞用女伎雄妆，空手而舞。

② 蔚跂——舞态变幻矫捷的样子。跂，音 qí。

③ 浑脱——舞曲名。武舞之一，自西域传入。

④ 泊外句——泊，音 jì，及也。外供奉，指不居宫内，设在宫外左右教坊，随时入宫承应的男女伎人。

⑤ 张旭——苏州人，嗜酒，大醉下笔或以头濡墨，自视为神，世号张颠。自言始见公主担夫争道而得笔法，又观公孙舞剑器而得其神。

⑥ 观者——《礼记·射义》曰："盖观者如堵墙。"

⑦ 㸌如句——㸌，音 huò，火光，光耀。《淮南子·本经训》："尧之时十日并出，焦禾稼，杀草木，尧乃使羿上射十日，万民皆喜。"案高诱注曰："十日并出，射去其九。"

翔①。来如雷霆收震怒，罢如江海凝清光。绛唇珠袖两寂寞②，晚有弟子传芬芳。临颍美人在白帝③，妙舞此曲神扬扬。与余问答既有以，感时抚事增惋伤。先帝侍女八千人，公孙剑器初第一。〔质〕五十年间似反掌④，风尘澒洞昏王室⑤。梨园子弟散如烟⑥，女乐余姿映寒日。金粟堆南木已拱⑦，瞿塘石城草萧瑟⑧。玳筵急管曲复终⑨，乐极哀来月东出⑩。老夫不知其所往，

---

① 矫如句——《楚辞·九歌·云中君》曰："龙驾兮帝服，聊翱翔兮周章。"蔡曰："夏侯玄赋：又如东方群帝兮，腾龙驾而翱翔。"

② 绛唇——鲍明远《芜城赋》曰："玉貌绛唇。"指美人鲜红的嘴唇。

③ 白帝——《华阳国志·巴志》曰："鱼复县郡治，公孙述更名白帝。"《水经·江水注》曰："江水又东径（经）鱼复县故城南，故鱼国也。公孙述名之为白帝，取其王色。山城周回二百八十步。"《大清一统志》曰："四川夔州府，白帝故城在奉节县东，公孙述所筑。"

④ 反掌——是说时间过得快，像手掌一反。

⑤ 澒洞——相连的意思。澒，音 hòng，风尘澒洞，是指安禄山造反，天下大乱。

⑥ 梨园弟子——开元二年，明皇选坐部伎子弟，教于梨园，声调有误的，帝必觉察加以纠正，号称皇帝梨园弟子。

⑦ 金粟堆句——金粟堆，已见《韦讽录事宅观曹将军画马图》注。木已拱，言墓木已长得能拱抱。《左传·僖公三十二年》：秦穆公使人谓蹇叔曰："尔何知？中寿，尔墓之木拱矣。"

⑧ 瞿塘石城——《水经·江水注》曰："江水又东，迳广溪峡，斯乃三峡之首也。其间三十里，颓岩依木，厥势殆交。中有瞿塘、黄龛二滩。夏水回复，沿溯所忌。"《大清一统志》曰："瞿塘峡在奉节县东十三里，即广溪峡也。"《华阳国志·巴志》曰："巴东郡朐忍县西二百九十里，山有大小石城。"《大清一统志》："夔州府，石城山在云阳县东二里。"案：此诗石城当即指白帝城，城据白帝山上，《寰宇记》："山南东道夔州奉节县引盛弘之《荆州记》曰：巴东郡峡上北岸有一山，孤特甚峭，巴东郡据以为城。"故云石城。

⑨ 玳筵句——玳筵，指饰有玳瑁之筵席。江总持《乐府·今日乐相乐》曰："玳筵欢趣密。"急管，节奏急促的音乐。鲍明远《代白纻曲》曰："催弦急管为君舞。"

⑩ 乐极哀来——魏文帝《与朝歌令吴质书》曰："乐往哀来。"李善注引《列女传》："陶荅子妻曰，乐极必哀。"（今《贤明传》脱此文）

足茧荒山转愁疾 ①。

　　这首诗在写舞艺妍妙的舞女师徒二人，怀着这种冠于一时的舞蹈特技剑器舞，经历了五十年，薪尽火传，仍慎守不失。杜甫在六岁时（开元五载，诗序中的三载应是五载）随家人寄居河南郾城时，曾看过公孙大娘舞剑器；五十年后，又在白帝城看公孙大娘的弟子李十二娘舞剑器。从这两个舞女的沧桑经历中，看出开元天宝间五十年的治乱兴衰，所以诗序说，抚事慷慨，感触良多。

　　本诗的要旨是在"从小人物看大时代"，所以眼前虽是在观赏李十二娘的舞技，脑子里却是在回忆公孙大娘的绝技；表面上好像偏重写公孙大娘，骨子里却是眷恋着那位"圣文神武皇帝"唐玄宗。层层剥落，核心中原来是在怀念故君。因此序里提"圣文神武皇帝"，诗中也呼"先帝"，和诸葛亮在《出师表》中叠呼"先帝、先帝"一样地忠心耿耿。

　　诗是从五十年前写起，那时的公孙大娘正值青春年华，玉貌锦衣，对观众极具吸引力。当她一舞剑器，便四方轰动，引来了如山一般围观的人潮，有些人惊慑于她的绝技而沮丧失色。仿佛天地也随着她低昂旋转，教人久久不能平息这种动荡的幻觉。她往下击落，耀耀明亮得像后羿射下了九个太阳；她往上腾起，矫捷得像东方群帝驾着龙马翱翔；她的舞势起来时，像一阵雷霆又立即收住震怒；她的舞姿停止时，像整个滚动的江海，忽然凝止住清光。连用四句文法一样的排句描写公孙大娘高低起止不同的舞姿，不嫌其详，总合上面一共用了八句描写这位老师，剑器的绝技已经是叹为观止了。剑器舞据桂馥的考证是手持一丈余的彩帛，两头打结，舞急时像流星飞动。近人据四川出土的古砖，上有手持短棒的剑器舞图，似不如桂说切近。

　　从"绛唇珠袖两寂寞"开始，写逝者或已埋没，存者亦在漂泊，绛唇何在？珠袖孤冷，所以说两皆寂寞。幸好晚年传授的弟子，还在传播她芬芳的名

---

① 足茧——《汉书·叙传》颜注曰："茧，足下伤起形如茧也。"指走路多足起厚皮。

声与绝技。杜甫在对李十二娘舞艺的描写时，感伤的成分太重，只用"神扬扬"三字写她的妙舞，其余都在感慨临颍的美人，老了还在白帝城飘荡。然而描写老师用六句，描写弟子只用三字，六句不觉多，三字不觉少，一个垂老飘零的舞娘，自然不必和青春偶像时代的公孙氏去比较，能得到老师的"神"已经很不错了，这种借宾形主的写法，是压低眼前实有的人物，借以衬托出记忆中完美的英雄。

"与余问答既有以"一句，总结了上文，并把往事的回味与眼前的人物结合起来，总括五十年在几分钟的问答中了。"感时抚事增惋伤"，又开启出下文的感慨，直奔向全诗的重点来："先帝侍女八千人，公孙剑器初第一。"是由公孙氏牵出先帝，提笔一呼"先帝"以后，整首诗的速度也开始逐渐加快，韵脚由平声转为急促的入声，显现出弦急柱促的呜咽音调。

在先帝八千名侍女中，公孙氏的剑器舞应数第一，但是五十年来，局势变化得太快，风尘不息，战祸相连，使王室蒙上昏沉的阴影，梨园子弟像轻烟般散了，女乐之中，只有这位舞娘的余姿还照映在寒日里。从这"余姿"二字，与上文"寂寞"二字，以及诗中"绛唇"序中"玉貌"四字，是用鲍照的《芜城赋》，都可以肯定这时的公孙大娘是已经去世了。

杜甫一面看到剑器舞，一面又想到金粟山南边的玄宗陵墓，墓木已成拱了，而流落在瞿塘峡附近白帝城的旧臣与老舞娘，还在萧瑟的秋草中讨生活。想着想着，玳筵前教人快乐的剑器舞曲在急管中结束了，回忆往事的悲哀却袭上心头。夜深月起，对着茫茫的冷月荒草，行止顿失其所，我这老夫真不知道该走向哪边去才好，脚已起茧，而荒山无穷，苍茫一片，怎不教人愁煞急煞！结尾是就先帝去世以后，梨园的老弟子和先帝的旧臣子悲凉的命运相同，由怜人而怜己，但其中仍蕴含着一片对先帝缠绵无尽的忠爱。

（黄永武）

元 结

石鱼湖上醉歌并序（066）

漫叟以公田米酿酒①，因休暇则载酒于湖上，时取一醉。欢醉中，据湖岸，引臂向鱼取酒②，使舫载之，遍饮坐者。意疑倚巴丘，酌于君山之上③，诸子环洞庭而坐，酒舫泛泛然，触波涛而往来者，乃作歌以咏之。

石鱼湖④，似洞庭，〔青〕夏水欲满君山青。山为樽，水为沼⑤，〔筱〕酒徒历历坐洲岛⑥。〔皓〕长风连日作大浪，〔漾〕不能废人运酒舫⑦。我持长瓢坐巴丘，〔尤〕酌饮四座以散愁。

本诗看似为石鱼湖作歌，其实是借歌以抒襟抱。史称元次山轻官爵、淡名利，见天下之扰攘，颇有归隐之意。《全唐诗话续编》称他"流浪其性情，诞

① 漫叟——元结的别号。
② 引臂向鱼——引臂，伸臂，鱼，指石鱼。
③ 巴丘君山——巴丘又名巴陵，洞庭湖边山名。君山一名洞庭山，在洞庭湖中，相传为舜妃湘君游止处，故又名湘山。
④ 石鱼湖——元结《石鱼湖上作》诗序："漫泉南上有独石在水中，状如游鱼。鱼凹处修之可以赐（同贮）酒。水涯四匝，多欹石相连，石上堪人坐。水能浮小舫载酒，又能绕石鱼洄流，乃命湖曰石鱼湖，镌铭于湖上，显示来者，又作诗以歌之。"按石鱼湖在湖南道县东。元结又有诗："吾爱石鱼湖，石鱼在湖里。鱼背有酒樽，绕鱼是湖水。"
⑤ 樽沼——樽，酒器。沼，池塘。
⑥ 历历坐洲岛——历历，一个个。洲，水中可居之地。
⑦ 废人运酒舫——废人，阻止人。舫，船。

漫其所为，使人知无所存有，无所将待"，看他取别号为浪士、漫郎、漫叟、聱叟，可以想见元结的为人。

这首诗先叙石鱼湖的风景，次叙此等胜境值得游赏留连，纵然长风大浪也不致败兴。末以逍遥之情作收，表现了他的归隐之意。歌之为体，长句短句随意，本诗就以三字句和七字句组成，见错综变化之美。

起首拿洞庭湖比石鱼湖，君山比石鱼，有《庄子·秋水》"因其所大而大之，则万物莫不大；因其所小而小之，则万物莫不小；知稊米之为天地也，毫末之为丘山也"的旨趣。末二句以巴丘比石鱼湖中另一大石，取意亦同。比拟法可说构成本诗的基本手法，尤其在模山范水方面，除前述三者外，"山为樽，水为沼"也是比拟，以山为酒樽，以水为酒池，是"因其所小而小之，则万物莫不小"的意思。有这种逍遥旷达，当然能无入而不自得。佛家所谓"纳须弥于芥子"，一粒砂中一世界，本诗确有此妙。

"长风连日作大浪，不能废人运酒舫。"这是元结与友朋的饮酒行乐，是日日行乐、风雨无阻的。前人以为这两句比喻世乱，下句有"鸟自高飞，罗当奈何"的意思，未免穿凿附会，不切实际。本诗以"愁"字作收，作者"人生在世不称意"，因此想借酒浇愁，这是可以想见的。归隐之意，亦依稀从背面透出。

本诗虽短短十句，却连换五次韵，首用青韵，次用筱韵，次用皓韵，次用漾韵，末用尤韵。可见清人叶燮《原诗》所谓"写怀投赠之作，自宜一韵，方见首尾联属"，并非持平之论。换韵与否，主要是跟诗内的情节气氛有关，像本诗的气氛是幽适，所以押"青"韵，以状其高明美大；押"筱"韵，以状其飘洒倜傥；押"漾"韵，以状其欢乐开朗；押"尤"韵，以状其隐密敛缩。用换韵来逐段配合，自有意在言外的神妙效果。

（张高评）

韩 愈 (公元七六八——八二四年)

字退之，邓州南阳人，昌黎乃其郡望。德宗贞元八年进士，历官监察御史。因上书言事，贬阳山令。宪宗元和时裴度讨淮西，表为行军司马。元和十四年任刑部侍郎，因谏迎佛骨，谪为潮州刺史。穆宗立，为兵部侍郎转吏部，卒谥为"文"。有《昌黎先生集》。昌黎诗奇崛险怪，别开境界，履险如夷，有时又硬语盘空，用写散文的气势来作诗。他又喜欢押用险韵，未免露出斧凿痕迹，所以沈括说他的诗"乃押韵之文耳，虽健美富瞻，而格不近诗"。其卓绝处，"笔力强，造语奇，取境阔，蓄势远，用法变化而深严"（《昭昧詹言》）。五七古气势磅礴，波澜壮阔，笔力奇纵，足与李杜相颉颃。七绝萧散疏宕，写景体物，生趣盎然。论者说他的诗上接杜诗，下开宋派，在诗史上有相当地位。

山 石 (067)

山石荦确行径微①，黄昏到寺蝙蝠飞。升堂坐阶新雨足，芭蕉叶大栀子肥②。僧言古壁佛画好，以火来照所见稀。铺床拂席置羹饭，疏粝亦足饱我饥③。夜深静卧百虫绝，清月出岭光入扉。天明独去无道路④，出入高下穷烟霏⑤。山红涧碧纷烂

---

① 山石句——荦，音 luò。确，音 què。荦确，山石不平的样子。微，狭窄。

② 栀子——栀，音 zhī，也叫山栀，高丈余，夏开黄花，其实椭圆，色黄，可作染料。盛开曰肥。

③ 疏粝——粗糙的饭食。粝，音 lì，粗米。

④ 无道路——指晓色迷茫中看不清道路，也有信步走去，行不由径之意。

⑤ 出入句——出入高下，在高高低低的山路上进进出出。穷烟霏，看尽烟霏，即走遍山路。烟霏，泛指云雾。

熳^①，时见松枥皆十围^②。当流赤足踏涧石，水声激激风生衣。人生如此自可乐，岂必局束为人靰^③。嗟哉吾党二三子^④，安得至老不更归。〔平声微韵〕

　　诗题为"山石"，是以首句二字为题，与内容不相关，旧诗命题常常如此。依方世举《韩昌黎诗集编年笺注》，此诗是德宗贞元十七年七月游惠林寺，归洛阳后补作。就内容而言，它是一篇游记，而叙写简妙清峻，辞奇意幽，如画如记，悠然淡然，俨然是以古文笔法作诗。

　　记事有序，写景如画，经营自然有法，是本诗的三大特色。此诗以时间为线索，写由"黄昏"，经"深夜"，到"天明"，这段时间内游山寺之所见所闻所感。全诗可分五段：首四句，写黄昏入寺所见景物。"僧言"以下四句为第二段，叙山僧款待的殷勤。"夜深"两句写留宿之所见所闻，为第三段。"天明"以下六句，写日出后一路所见所闻，为第四段。"人生"以下四句写此游之观感，为第五段。

　　在写景方面，前人说本诗"无意不刻，无语不僻"，"直书即目，无意求工，而文自至"，"不事雕琢，自见精彩"，实在不是过誉之言。我们看本诗的结构，除了第二段与末段一叙事一抒论外，其他大抵写景浓丽鲜活，有声有色，备见精彩。尤其是开头四句，写雨后黄昏之古寺景色，生动真切，清峻有气势，简练而又不失自然。元遗山《论诗绝句》曾拿来跟秦少游《春日》诗相较，"始知渠是女郎诗"。两诗的意境迥别，固然是判定优劣的标准，而实字的多寡，密度的大小，更是评诗的试金石。黄永武先生曾对本诗首四句的密度作过析论，他说：

---

　　① 山红句——山红涧碧，山花嫣红涧水澄碧。纷烂熳，光泽繁艳。
　　② 枥——音 lì，同栎。高二三丈，花黄褐色，实即橡实，也可作染料。
　　③ 局束为人靰——靰音 jī，同羁，马笼头。局束，拘束。
　　④ 吾党二三子——指与作者志趣投合的几个人。

方东树说它"一句一样，如展画图，触目通层在眼，何等笔力"，这是由于一句之中常含三物，而各句所写三物又好像互不关涉，互不重复，用最经济的笔墨写出了最多的事物。所含事物，一句中层折就多，若能使一句中负载的意义达到最大的极限，才是密度大的好句子。(《中国诗学·鉴赏篇·读者的悟境》)

拿此尺度去衡量《春日》"有情芍药含春泪，无力蔷薇卧晚枝"，除了富有神韵及阴柔美之外，密度显然是小了些。

"夜深"二句及"天明"六句，写宿寺出寺之景，也很有可观。或写声音，如"夜深静卧百虫绝"，写万籁俱寂情形，"当流赤足踏涧石，水声激激风生衣"，写踏涧石声、水流声、风吹衣声，声声入耳，令人作出尘之想。或写景观，如"清月出岭光入扉"，写从黑夜转到黎明的景象，刻画入微。"天明独去无道路，出入高下穷烟霏"，写雨后明中带晦的景象，十分传神。"时见松枥皆十围"，也许有《庄子》"此木以不材终其天年"的寓意。或写色彩，如"山红涧碧纷烂熳"，把山花涧水写得如此活泼有情。方东树指出，"天明"六句，无异于一幅山中早行图，可见其写景之卓绝，已到了诗中有画的胜境。而且，以上各句每句所含的事物（实字）亦极多，所以密度也极大。方东树以为韩愈此作，从杜甫《寄韩谏议》学来，虽不必然，但实字的丰多，造成层折多、含蕴富，却是两诗共同的特色。

在经营篇章方面，更为诗家所赞赏，有说它"取径无处不断，无意不转"的，有称它"全以劲笔撑空而出，若句句提笔者"，有赞美它"浓淡相间，纯任自然"，有叹赏它"情景如见，句法高古"者，都是有见之言。由于名词多、实字众，时时见移步换景之妙，所以层折多，张力大，气势遒健。写景状物多浓丽，叙事写怀用淡语，故有相生之妙。追述昔游，夹叙夹写夹议，不劳雕琢，自见精彩，故曰高古。

全首诗的联络照应，尤在不经意处。起首四句已统摄全诗之景，"芭蕉"句也承上"新雨足"来。"天明"二句分别遥应"荦确""黄昏"之意，"山红"二句则遥应"芭蕉叶大栀子肥"，"当流赤足踏"应上"升堂坐阶"，"水声激激"回顾"新雨足",都在有意无意间,故曰自然。"僧言"以下六句有三层次,句句不脱僧寺,语语不离夜景。"人生如此自可乐,岂必局促为人靰"二语为本诗的主旨。末二句"嗟哉"云云,方东树曾盛夸如此作结,真是"匪夷所思,奇险不测",不过也有人以为这两句是后人妄加的"蛇足"之笔,见仁见智,"欣赏"真是谈何容易啊!

　　本诗押平声"微"韵,不换韵,不转韵,一韵到底。

(张高评)

八月十五夜赠张功曹①（068）

　　纤云四卷天无河,〔歌〕清风吹空月舒波。沙平水息声影绝,一杯相属君当歌②。君歌声酸辞且苦,〔麌〕不能听终泪如雨。洞庭连天九疑高③,〔豪〕蛟龙出没猩鼯号④。十生九死到官所,幽居默默如藏逃。下床畏蛇食畏药⑤,海气湿蛰熏腥臊。昨者州前捶大鼓,嗣皇继圣登夔皋⑥。赦书一日行千里,〔纸〕

---

　　① 张功曹——即张署,字公撰,河间人。时与韩愈及李方叔三人同遭贬谪,以贞元二十一年（公元八〇五年）二月赦自南方,俱徙掾江陵,至是俟命郴州而作是诗。功曹,系参与军事主管文官簿书的官。

　　② 属——音 zhǔ,劝酒。

　　③ 九疑——山名,在湖南宁远县南,亦作九嶷。《汉书·武帝纪》:"望祀虞舜于九疑。"注:"九疑山半在苍梧,半在零陵,其山九峰,形势相似,故名九疑山。"

　　④ 猩鼯——猩猩状如獾,声像小儿啼。鼯,音 wú,状如小狐,像蝙蝠,有翅能飞,声如人呼。

　　⑤ 下床句——南方多蛇,又多毒蛊,所以饮食起居常须留心。药,即蛊毒。

　　⑥ 嗣皇句——德宗贞元二十一年正月顺宗即位,二月甲子大赦。及八月宪宗即位,改二十一年为永贞元年,自八月五日以前天下死罪降从流,流以下递减一等。夔,音 kuí。皋,音 gāo。夔,尧时的臣子。皋即皋陶,舜时的司法官。

罪从大辟皆除死①。迁者追回流者还，〔删〕涤瑕荡垢清朝班②。州家申名使家抑③，坎坷只得移荆蛮④。判司卑官不堪说⑤，未免捶楚尘埃间⑥。同时辈流多上道，天路幽险难追攀⑦。君歌且休听我歌，〔歌〕我歌今与君殊科⑧。一年明月今宵多⑨，人生由命非由他，有酒不饮奈明何⑩。

贞元十九年，韩愈与张署同任监察御史，值天旱，二人即以言官之责向德宗进谏数千言，极论宫市等之弊，遂触忤德宗。韩愈贬为阳山令，张署贬临武令。两年后顺宗即位，大赦天下，乃离阳山至郴州待命，因湖南观察使杨凭的阻挠，未能调任。八月，顺宗因病传位宪宗，又颁大赦，始得改官江陵。此诗是在郴州时作，由于初因直谏遭贬，后又受抑于杨凭，身处客馆，又值中秋，乃强作宽心，自劝自解。

韩愈是位古文大家，所以他常以写古文的气势作诗，致有"以文为诗"之讥。这是因为他的笔力放恣横纵，神奇变化，读者不能窥其究竟，故有是说。与其说这是他诗篇的缺点，倒不如说是他的特色。前首《山石》如此，本诗亦

---

① 大辟——死刑。

② 涤瑕句——此句意谓革除积弊，清理朝政。

③ 州家句——州家，指郴州。申名，意思是将名字报告上去。使家，指湖南观察使杨凭。抑，谓压住不报。

④ 坎坷句——坎坷，困顿失意。湖南之北，古为荆蛮的地方。

⑤ 判司——按永贞元年，韩愈为江陵府法曹参军，张署为功曹参军，那时虽没有到任，但是官职已定，所以称判司。

⑥ 捶楚——捶，音 chuí，捶楚，鞭打。唐制，参军簿尉有过，即受笞杖之刑。

⑦ 天路——指进身朝廷之途。

⑧ 殊科——不同的意思。此句别本作"我今与君岂殊科"。

⑨ 多——值得赞美，因今日是中秋。

⑩ 奈明何——谓如何对得起明月。

然。因此，方东树说本诗的特色，纯粹是"一篇古文章法"，未为无见。

本诗结构可分为三段。首四句为第一段，写中秋赏月，对酒当歌情景。"君歌声酸辞且苦"以下，至"天路幽险难追攀"凡二十句，详述迁谪量移之苦，又可分为四节，"君歌"二句是总提，以下三节是分疏："洞庭"以下六句，叙到官所的悲苦；"昨者"八句，写获赦的原因与情形；"判司"四句，写张署被谪赦回之苦。这是第二段。"君歌且休"以下五句忽作转笔，自劝自解，翻叠前说。全诗高朗雄秀，情韵兼美，怨而不乱，有小雅之风。

首三句写景，造语简净利落，极有层次，捕捉中秋月夜天上、人间、空中三个层面景象，使人如见如闻。由于秋月皎洁，所以银河不显；由于烟霏云敛，天高气爽，所以能洞察明月正舒展光波；因为秋天萧条，山川寂寥，所以在人间呈现的图案是"沙平水息声影绝"。秋天是飘零的季节，是令人感伤的时令，这两位朋友既"同是天涯沦落人"，自然要对酒当歌，以遣闷解忧了。

翁方纲曾批评本诗是"韩诗七古之最有停蓄顿折者"。所谓"顿折"，又名顿挫，是抑扬法的一种，由于其法先扬后抑，为了与抑扬法区别，所以别称顿挫。善用顿挫，可使文章气势遒劲。方东树曾言："顿挫之说，如所云有往必收，无垂不缩；将军欲以巧服人，盘马弯弓惜不发，此惟杜韩最绝。"试看本诗，首段言对酒当歌，一扬；五六两句言歌酸辞苦，不能卒听，是一抑；"洞庭"以下六句极言到任之悲苦，再抑；"昨者"八句写获赦，否极泰来，是扬法；"坎坷"四句叙赦回之苦，是抑法；"君歌且休"五句故作旷达语，是揄扬之法。如此扬抑、抑扬、抑扬，而后诗境能开拓转折，气势飞动，笔外有神。因为用一二语顿住，所以作起势，用一二语挫住，可以作止势，如此则有停蓄之气，潜气内转而后生发，自然有气有势。诗文有流宕忘返，平顺挨接之病者，最宜用顿挫法救治。而且末段翻叠声酸辞苦之意，非但情趣清深，含意也层折有味。

对比衬托是诗词常用的手法之一，这种方法的变化运用，在本诗中或名避实就虚，或叫运实于虚，或称反客为主，或曰借宾形主，名称虽不同，内容则一。起首写中秋夜饮，对酒当歌，收结自劝自解，认命旷达，这起结两段，略写韩愈的"达观"心态，于文是"主"，却不是"正意"。中间写哀写苦，似乎是在为张署抱不平之鸣，其实作者跟张署遭遇相同，同病相怜，写张署的哀苦，不正是写自己谪迁的哀苦吗？将"宾"的遭遇写得如此详细周到，却轻描淡写，甚或弃置不谈"主"的遭遇，这种喧宾夺主的手法，正是用"宾"来衬托出"主"意，既不伤直露，又饶事外曲致，最有含蓄之美。

声律方面，本诗纯是古调，无一联入律，音调陡峭悲凉，有楚骚之遗韵。尤其用韵，首用平声歌韵，次用上声麌韵，再换为平声豪韵，再转为上声纸韵，再押平声删韵，临了复用起处原韵歌韵，极尽变化之能事，有一唱三叹之遗音。蒋抱玄所谓"用韵殊变化，首尾极轻清之致，是以圆巧胜者，集中亦不多见"，确是精到之论。其中韵脚平仄交杂，是作者情绪纷乱与矛盾的投影与象征，这是以声模情，随情押韵的最好例证。

清叶燮《原诗》曾说："举韩愈之一篇一句，无处不可见其骨相棱嶒，俯视一切。进则不能容于朝，退又不肯独善于野，疾恶甚严，爱才若渴，此韩愈之面目也。"读罢本诗，当可相信这几句话说得深刻。

（张高评）

谒衡岳庙遂宿岳寺题门楼①（069）

五岳祭秩皆三公②，四方环镇嵩当中③。火维地荒足妖怪④，

————————

① 衡岳庙——湖南衡山为五岳中的南岳，主峰在衡山县西北。《明一统志》："衡岳寺在衡山县集贤峰。"《陔馀丛考》："衡岳之庙，四门皆有侍郎神，惟北门主兵，朝廷每有兵事，则前期差官致祭。"

② 五岳句——《衡山县志》："南岳秩视三公，唐加王爵，宋崇帝号，明洪武中改曰南岳衡山之神。"秩指爵位。祭秩，指祭时的典礼。三公，西汉以大司马、大司徒、大司空为三公，是当时政府中最高的军政长官。

③ 嵩——中岳嵩山，在河南登封市北。

④ 火维地荒——南方属火，衡主南岳，所以说"火维"。地荒，荒远的地方。

天假神柄专其雄。喷云泄雾藏半腹，虽有绝顶谁能穷。我来正逢秋雨节，阴气晦昧无清风。潜心默祷若有应，岂非正直能感通①。须臾静扫众峰出，仰见突兀撑青空。紫盖连延接天柱，石廪腾掷堆祝融②。森然魄动下马拜，松柏一径趋灵宫。粉墙丹柱动光彩，鬼物图画填青红。升阶伛偻荐脯酒③，欲以菲薄明其衷。庙令老人识神意，睢盱侦伺能鞠躬④。手持杯珓导我掷⑤，云此最吉余难同。窜逐蛮荒幸不死，衣食才足甘长终。侯王将相望久绝，神纵欲福难为功。夜投佛寺上高阁，星月掩映云曈昽⑥。猿鸣钟动不知曙，杲杲寒日生于东⑦。〔平声东韵〕

这首诗作于永贞元年，这时韩愈从贬所阳山北归，路过衡山，专诚拜谒。诗中叙述他致祭南岳衡山，占卜休咎，感怀身世及投宿寺庙的情形。诗中表现了他"恻怛之忧，正直之操"，清沈德潜批评此诗，于"横空盘硬语，妥帖力排奡"（韩愈《荐士》诗），可当之而无愧。其跌宕质健，而又不失规矩森严，为韩愈七言古诗中的压卷之作。

全诗可分为四段，首六句极写南岳衡山的卓绝不凡，起势便雄杰雅健，笔有余力。"我来正逢秋雨节"至"石廪腾掷堆祝融"八句为第二段，写因祷而开

---

① 正直——指岳神。《左传·庄公三十二年》："神，聪明正直而壹者也。"

② 紫盖二句——紫盖、天柱、石廪、祝融，都是衡山的高峰，其中以紫盖峰最高。腾掷，犹言腾踊，形容山势逶迤上延之状。

③ 升阶句——伛偻，音 yǔ lǚ，曲背俯身的样子。脯，音 fǔ，干的肉类。

④ 睢盱——音 suī xū，瞪着眼睛的样子。

⑤ 珓——音 jiào，古时杯珓用玉雕制，用以占卜吉凶。

⑥ 曈昽——隐约不明的样子。

⑦ 杲杲——杲，音 gǎo，太阳出来时的亮光。

霎，故能仰观众峰景象，开阖排荡，化堆垛为烟云。"森然魄动下马拜"至"神纵欲福难为功"十四句为第三段，为全诗中心，描写庙景，叙祭拜，抒发情怀，无非借以解嘲破闷，可以想见韩文公高心劲气、风骨嶙峋之一斑，尤其是抒怀四句，最为全诗警处。"夜投佛寺上高阁"以下四句为第四段，以投宿佛寺作结。

本诗以诙诡之趣、闲适之情、正言若反之词，写其愤懑牢骚，穷通休咎，别有诗趣。如"潜心默祷若有应，岂非正直能感通"，则不必真有应，而不应之时多；"侯王将相望久绝，神纵欲福难为功"，富贵不淫，贫贱不移，威武不屈之节操，隐然可以想见。正言庄词，却出以嬉笑谐谑之语，就连精诚开云、鞠躬掷玟，也都是游戏跌宕之词，不是正言。此时作者正贬谪南方，抑郁之情不得抒发，故将之升华于诗中，以宣泄其志情。今看本诗色彩明暗之设计，隐约可以展现作者情绪波动之一斑：初登衡岳，为阴晦迷蒙之景象；继谒寺庙，则见青、紫、粉、丹、红五彩缤纷，光明璀璨于前，虽无限美好，却暂时色相；最后又回归于朦胧掩映，寒日生东。作者为遣怀破闷而登览衡岳，既登览而愁忧俱消，宠辱皆忘；游毕休憩，则又懊恼伤怀，爽然自失了。这种象征意义是显然可见的。

状写衡岳神貌，用烘托法衬出，三公、嵩岳地妖、天神、云喷、雾泄，在在都在表现衡山的突兀高绝，卓尔不凡。若直说便无趣，烘托才有味，这是借实形主的手法。宾可多，主无二；宾意写得出色，就更显出主旨的精神来。另外，描写登谒衡岳，则纯用虚实相生法，"五岳祭秩"以下四句都是虚写衡山，"喷云"句实写，"虽有"句又虚写；"须臾静扫"两句是虚笔，"紫盖连延"四句写四峰是实笔，下接"森然魄动"句，再虚写四峰的高峻。如此虚实相生相涵，则诗境灵活不板，颇富海市蜃楼之观，最是古诗神境。

大抵本诗开头是以议为叙，中间夹叙夹写，其次抒情，而以情景交融作收。其中"潜心默祷"，含蕴下文"手持杯玟"六句；"紫盖连延"二句，承上"绝顶"；"夜投佛寺"句，点题中"岳寺"；"云朦胧"句，应上秋雨阴晦；"杲杲寒日"，反照阴气，呼应"静扫"句。

在声律方面，范晞文《对床夜话》曾称本诗工于押韵。顾嗣立《寒厅诗话》

说："七古终篇一韵者，韩诗十居八九。"因为终篇一韵者，全在笔力能举，藏直叙于纵横中，则不患错乱，又不觉其平芜。韩诗避虚走实，任力而不任巧，所以终篇一韵成了他的特色。就句式而言，一韵到底者绝不可杂以律句，因为古诗以音节为顿挫，而音节生于平仄，若平仄不合，音节句调就缺乏顿挫之致了。

就平仄而言，本诗对句俱用三平及平仄平脚，不参杂变调，七言平韵到底，当以此为正调。清李锳《诗法易简录》剖析本诗之平仄说："王渔阳所谓出句以二五为节，对句以三平为式，正指此种。"又说："出句以二五为节，谓第二字宜平，第五字宜仄也。此诗出句第五字，唯喷云句'藏'字，我来句'秋'字用平，余俱用仄。第二字，唯紫盖句、庙令句、窜逐句用仄，余俱用平，观其合于正调之多，可知渔洋非臆说矣。对句以三平为式，谓第五六七字连三平也，下连三平则第四字必仄，否则连四平五平，非三平矣。若第四字用平，则第六字变用仄以调剂之，自无四平五平之弊，其第五字则必以平为正调。此诗对句第五字通首皆用平声，规矩森严，初学所宜取法。"对于七古的平仄音节作如此详密之分析，很值得参考。

（张高评）

石鼓歌①（070）

张生手持石鼓文②，劝我试作石鼓歌。少陵无人谪仙死，

---

① 石鼓——欧阳修《集古录》："岐阳石鼓初不见称于前世,至唐人始盛称之。韦应物以为周文王之鼓，宣王刻诗，韩退之直以为宣王之鼓，在今凤翔孔子庙中，其文可见者四百六十五。"黄永武先生谓："石鼓之作殆在秦襄公作北园以后，当在襄公十年前后，《诗经·秦风·驷驖》云：'游于北园，四马既闲。'地理时事与句法均与石鼓同。"（见黄永武《许慎之经学》）

② 张生句——张生旧说以为张籍。钱仲联集释订正为张彻，韩愈本年《李花》诗有"夜领张彻投卢仝"可证。石鼓文可见的，其略曰："我车既攻，我马既同。"又曰："我车既好，我马既驹。君子负猎，负猎负游。麋鹿速速，君子之求。"又曰："其鱼维何？维鲔维鲤。何以橐之？维杨与柳。"由此可知石鼓文为颂扬那时渔猎之事。

才薄将奈石鼓何。周纲陵夷四海沸①，宣王愤起挥天戈②。大开明堂受朝贺③，诸侯剑佩鸣相磨。蒐于岐阳骋雄俊④，万里禽兽皆遮罗。镌功勒成告万世，凿石作鼓隳嵯峨⑤。从臣才艺咸第一⑥，拣选撰刻留山阿。雨淋日炙野火燎，鬼物守护烦㧑呵⑦。公从何处得纸本，毫发尽备无差讹。辞严义密读难晓，字体不类隶与蝌⑧。年深岂免有缺画，快剑斫断生蛟鼍。鸾翔凤翥众仙下⑨，珊瑚碧树交枝柯。金绳铁索锁钮壮，古鼎跃水龙腾梭⑩。陋儒编诗不收入，二雅褊迫无委蛇⑪。孔子西行不到秦，

---

① 陵夷——是说衰败像丘陵一般渐渐平下去。

② 宣王——名靖，嗣厉王即位。周公、召公辅佐他行政，效法文、武、成、康，诸侯复来朝周。

③ 明堂——天子施行政治的地方。

④ 蒐——音 sōu，春天去打猎叫蒐。打猎是古代的军事演习。

⑤ 凿石句——石鼓高二尺，广径一尺余，共有十个，其形像鼓。大概古代召集民众必用鼓，后人因此削石成鼓形，刻辞纪功。此句意谓为作石鼓而凿破高峻的山石。隳，音 huī，破坏的意思。

⑥ 从臣——指宣王时的仲山甫、尹吉甫、方叔、召虎等臣子。

⑦ 㧑呵——㧑，同挥。呵，呵斥。

⑧ 隶与蝌——秦程邈作隶书，以便隶人书写。周时古文头粗尾细，晋人谓之科斗文。科斗即蝌蚪。

⑨ 鸾翔凤翥——是形容字体的美妙如鸾凤飞舞。翥，音 zhù，飞。

⑩ 古鼎句——《水经注》：周显王四十二年，九鼎沦没泗渊。秦始皇时派人入水求之，龙齿啮断绳索而不得出。《晋书·陶侃传》："侃少时渔于雷泽，网得一织梭，以挂于壁，有顷雷雨，自化为龙而去。"此句或说是形容字体的遒劲，但似含有磨灭漫漶之意。

⑪ 二雅句——雅指《诗经》的大小雅，其中很多称颂周宣王征伐的事。褊，狭小，迫，局促，是说二雅不载石鼓文。《庄子·达生》："委蛇，其大若毂，其长若辕，紫衣而朱冠……见之者殆乎霸。"意为取小遗大。蛇，应读作 tuó，才叶韵。

掎摭星宿遗羲娥①。嗟余好古生苦晚，对此涕泪双滂沱。忆昔初蒙博士征，其年始改称元和②。故人从军在右辅③，为我度量掘臼科④。濯冠沐浴告祭酒⑤，如此至宝存岂多。毡包席裹可立致⑥，十鼓只载数骆驼⑦。荐诸太庙比郜鼎⑧，光价岂止百倍过。圣恩若许留太学，诸生讲解得切磋。观经鸿都尚填咽⑨，坐见举国来奔波。剜苔剔藓露节角，安置妥帖平不颇⑩。大厦深檐与盖覆，经历久远期无佗⑪。中朝大官老于事，讵肯感激徒媕婀⑫。牧童敲火牛砺角，谁复着手为摩挲。日销月铄就埋没，六年西顾空吟哦。羲之俗书趁姿媚，数纸尚可博白鹅⑬。继周

---

① 掎摭句——掎，音 jǐ，摭，音 zhí，掎摭，取引之意。羲，羲和，指日；娥，嫦娥，指月。这句意思是只取了星宿（xiù），反将日月忘了。

② 其年——按《唐书》本传，韩愈在宪宗元和初召为国子博士。

③ 故人句——故人，或以郑馀庆曾为国子祭酒，但无从军右辅的事情。右辅即右扶风，今凤翔。

④ 为我句——度量，设计。臼科，坑穴，就是埋没石鼓的地方。

⑤ 濯冠句——濯冠沐浴，表示诚敬。祭酒，《礼》："食必祭先，饮酒亦然，以席中一人当祭耳。"后因以为学官名，首席之意，唐为国子监主管官。

⑥ 毡包句——这句是说石鼓文的拓本轻便，可立刻取到。

⑦ 十鼓句——此句是说要取十个石鼓，也只要用几匹骆驼去装运来。

⑧ 郜鼎——《左传·桓公二年》：夏四月，取郜大鼎于宋，戊申，纳于太庙。

⑨ 观经句——汉灵帝光和元年始置鸿都门学士。又熹平四年，诏诸儒正五经文字，命蔡邕为古文篆隶三体书之，刻石于太学门外，碑始立，其觐见及摹写者，车乘填塞街陌。此处就并用两事。

⑩ 颇——不平的样子。

⑪ 佗——同"他"。

⑫ 媕婀——犹疑不决的意思。媕，音 ān，婀，同婀，音 ē。

⑬ 数纸句——王羲之字逸少，书多不讲偏旁，所谓俗书趁姿媚者也。善书，爱鹅，为山阴道士写《道德经》，换鹅而归。

八代争战罢^①，无人收拾理则那^②？今方太平日无事，柄任儒术崇丘轲^③。安能以此上论列，愿借辩口如悬河^④。石鼓之歌止于此，呜呼吾意其蹉跎^⑤。〔平声歌韵〕

石鼓文是我国现存最早的石刻文字，刻在十块鼓形石上，书体为大篆（籀文），内容为记述畋猎的情形。制作时代，或以为周宣王时物，实为秦襄公十年前后刻石（见第 168 页注①）。石鼓出土后，韩愈曾建议把它搬运到太学作为研究，可惜未被采纳，所以篇末感慨系之，由此可见韩愈保存古物之苦心。

本诗可分为五段。首四句写作歌缘起，词意谦退，颇似杜诗风韵。"周纲陵夷四海沸"至"鬼物守护烦挐呵"十二句为第二段，叙周宣蒐狩，镌功勒石，详述石鼓文来历。"公从何处得纸本"至"掎摭星宿遗羲娥"十四句，写石鼓拓本之精与文字之古，是正面描写石鼓，为第三段。"嗟余好古生苦晚"至"经历久远期无佗"二十句为第四段，建议移鼓于太学，以供研究，纯从空中着笔以生波澜，无此即嫌平直。自"中朝大官老于事"至"呜呼吾意其蹉跎"为第五段，感慨移鼓之议不被采纳，恐怕无人收拾石鼓，是以慨叹作结。

除韩愈外，杜甫、韦应物、苏轼也都写过吟咏石鼓的诗。东坡石鼓诗飞动奇纵，有不可一世之概，但刻意逞才，又贪用典故，故不如韩愈此诗之气体肃穆沉重。清朱彝尊批评本诗说："大约以苍劲胜，力量自有余，然气一直下，微嫌乏藻润转折之妙。"沈德潜也说："典重和平，与题相称。一韵到底，每易平衍，虽意议层出，终之涛澜漭漫之观。"程学恂更以为："此殊无甚深意，非韩诗之至者，特取其体势宏敞，音韵铿訇耳。"与杜甫《李潮八分小篆歌》相

---

① 八代——一般指汉、魏、晋、宋、齐、梁、陈、隋。此泛指秦汉以来诸朝。
② 那——哪有此理。
③ 丘轲——孔子名丘，孟子名轲。
④ 悬河——喻有辩才。《晋书·郭象传》："王衍每云，听象语如悬河泻水，注而不竭。"
⑤ 蹉跎——白费心机的意思。是说六年来错过了时机，不能偿他搜求石鼓宝藏起来的愿望。

较，杜诗停蓄抽放，文法纵横，高古奇妙，故最佳。

诸家称韩愈的诗有健美富赡、雄奇瑰玮之观，除得力于他擅长镕铸经传外，更由于他时时以实字健句。篇中实字密集，意义自然丰繁，诗句自然凝练壮健。以本诗而言，"凿石作鼓隳嵯峨""雨淋日炙野火燎""鸾翔凤翥众仙下""珊瑚碧树交枝柯""金绳铁索锁钮壮""古鼎跃水龙腾梭""剜苔剔藓露节角"等，皆一句而含三物。至于一句而有二实字者，更所在多有。宋吴沆《环溪诗话》称本诗"韵语皆叠，每句之中，少者两物，多者三物以至四物，几乎皆是一律。惟其叠语故句健，是以为好诗也"，吴氏所谓的叠语，其实就是实字。

本诗在描写石鼓文的字体方面，运用了多样的此喻，很是壮观："快剑斫断生蛟鼍。鸾翔凤翥众仙下，珊瑚碧树交枝柯。金绳铁索锁钮壮，古鼎跃水龙腾梭。"则石鼓文的矫健多姿、秀美遒劲、灵活飞扬，历历如在目前。前人批评这五句诗说："雄浑光怪，句奇语重，镇得住纸，此之谓大手笔。"洵非溢美之言。

"陋儒编诗不收入，二雅褊迫无委蛇。孔子西行不到秦，掎摭星宿遗羲娥"，这四句是滑稽夸饰语，旨在提高石鼓文的地位，千万别认真执着看。第四段建议石鼓文移置太学，从"毡包席裹可立致"至"经历久远期无佗"十二句是示现法，这种悬想把不闻不见的景象说得历历如绘，最有助于浮显意象。篇中极言石鼓文之不可多得，应加珍视爱重，却不直说，因举四事陪衬：石鼓文拓本、郜鼎、熹平石经、羲之俗书；前三事是正衬，后一事是反衬，如此对比映衬，回互激射，遂使文气极遒劲，旨趣极凸显。

《石鼓歌》中有四句："镌功勒成告万世，凿石作鼓隳嵯峨。从臣才艺咸第一，拣选撰刻留山阿。"有人以为这是韩愈在比拟自己作《平淮西碑》。只要我们考察作这首《石鼓歌》及平淮西的年代，即可了解这四句诗是不该作为"退之自况"的。樊汝霖考订"此歌元和六年作"，方成珪也认为："诗中叙初征博士在元和元年，以不能遂其留太学之志，而云六年西顾空吟哦，则正六年未迁职方时作也。"而韩愈受命作《平淮西碑》，在元和十三年春，则瞠乎其后了。《石鼓歌》中并无退之自况的意味，由此可见。（说本黄永武先生《中国诗学·鉴赏篇·作者的心境》）

清翁方纲以本诗作为"平声正调，长篇一韵到底之正式"。昌黎所谓"气盛则言之短长与声之高下皆宜"，观此诗可见一斑。清李锳《诗法易简录》曾对本诗之音节有所论列，如"少陵无人谪仙死"，第五字仄，在此处最劲。起首四句，"三石鼓字叠作音节，流走圆和"。"周纲"句第二字平，提起通篇之势，声调大振。"宣王愤起挥天戈"，三平脚正调，音节乃响。"孔子西行不到秦"，第二字仄，略作变调，末用平脚，以顿宕其节。"对此涕泗双滂沱"，以三平正调顿住。"忆昔初蒙博士征"，平脚振起后半篇，为中间提唱之笔，音节最响。"圣恩若许留太学"第五字平，亦因前后数联对句第五字连用仄声之势而圆和之。"呜呼吾意其蹉跎"，以三平正调收，用呜呼二字作顿宕，于健劲中带出跌宕圆和之致，回应起首四句作收。论古诗之平仄音节，堪称独到而可取。

（张高评）

柳宗元

渔　翁（071）

渔翁夜傍西岩宿①，〔屋〕晓汲清湘然楚竹②。烟销日出不见人，欸乃一声山水绿③。〔沃〕回看天际下中流④，岩上无心云相逐⑤。〔屋〕

---

① 西岩——即作者《始得西山宴游记》中的西山，在湖南永州西湘江外。
② 晓汲句——湘水至清，故曰清湘。楚，永州古属楚地。然，同燃，燃楚竹，烧竹煮水。
③ 欸乃——是摇船时橹或桨发出的声音。或说是舟子摇船时应橹的歌声。欸，音 ǎi。
④ 天际——天边。
⑤ 岩上句——陶潜《归去来辞》："云无心以出岫。"故此句应在云字一逗，为上五下二句。

诗题是咏渔翁，其实是借江上风光，寄托作者旷达的胸怀。全诗用灵活的手法描写眼中事物快速的变化，奇趣神韵，独步千古。前人批评本诗"气清而飘逸"，是不错的。

本诗的镜头可说一句一转换：渔翁由"宿西岩"，而"汲清湘"，而"然楚竹"，而"人不见"，而"下中流"；湖光山色也由"山水绿"，到"云相逐"。时间由"夜"而"晓"，而"日出"；空间也从"西岩"转到"清湘"，再转到湖中"山水"，再转向"天际"，最后落回"岩上"。设色布景，已到了移步换景的境界。柳宗元善写山水之情，古文如此，诗歌亦然。

苏东坡批评此诗说："诗以奇趣为宗，反常合道为趣，熟味此诗有奇趣。"所谓"有奇趣"，可说全在一个"绿"字。这个"绿"字，与王安石"春风又绿江南岸"之"绿"字同妙，皆是着一字而境界全出，意象俱活。黄永武先生也认为：

柳宗元的那首《渔翁》诗，其中极受宋人赞赏的二句"烟销日出不见人，欸乃一声山水绿"，它的技巧是从画面上消失了渔舟，却从画面外响起渔人相应的呼声。这呼声与山水的绿色，一并投向读者的听觉与视觉里来。"山水绿"三字与上文是用突接的方式，给人感觉是一片绿光突然闪亮，所以更有奇趣。（黄永武先生《中国诗学·设计篇·谈意象的浮现》）

诗末两句"回看天际下中流，岩上无心云相逐"，是写景，也是抒情。东坡曾谓此两句"虽不必亦可"，宋严羽《沧浪诗话》附和东坡之意，谓"删去后二句，使子厚复生，亦必心服"。明李东阳《麓堂诗话》持反对之论说："若止用前四句，则与晚唐何异？"是从一代的诗风立论，中唐诗必不同于晚唐，何况每位作者自有其风格，任意割裂，将失其天全。再说，这两句正是本诗旨趣之所寄，形容一种逍遥自在、从容自得的心境。这一情景交融的境界，正是作者借景抒情手法的表现，所以不可轻言删削。

（张高评）

白居易（公元七七二——八四六年）

　　字乐天，下邽人，或作太原人。贞元中进士，曾任校书郎、赞善大夫等职，后因言事贬江州司马。后再起用，历官杭、苏二州刺史，迁刑部侍郎，晚年自号香山居士。其诗多至三千篇，四十岁以前所作讽谕诗多规讽得失，忠君爱国之情很像少陵的作风。不过四十岁以后多闲适抒情之作，比较来得平易近人。他是新乐府运动的创始者，主张"文章合为时而著，歌诗合为事而作"，是社会写实派诗人，更是叙事诗的高手。薛雪《一瓢诗话》称其诗"言浅而思深，意微而词显，至于属对精警，使事严切，章法变化，条理井然"。早年与元稹友善，诗亦齐名。晚年与刘禹锡酬唱甚密，时称刘白。清赵翼《瓯北诗话》称白诗"眼前景，口头诗，不须雕琢，自能沁人心脾，耐人咀嚼"。著有《白氏长庆集》七十一卷。黄永武先生曾谓白诗中矛盾最多，如谋国与谋身矛盾，骨鲠忠忱与享受放荡相矛盾，隐居与禄仕相矛盾，成仙与富贵矛盾，绝欲与纵欲矛盾，信佛与炼丹矛盾，长生与贪欢矛盾，多情与寡情矛盾，故白氏其实赋有灵与肉二元性之性格。

长恨歌 [1]（072）

汉皇重色思倾国 [2]，〔职〕御宇多年求不得。杨家有女初长

---

　　[1] 长恨歌——陈鸿《长恨歌传》云："元和元年冬十二月，太原白乐天自校书郎尉于盩厔，鸿与琅琊王质夫家于是邑。暇日相携游仙游寺，话及此事（玄宗与杨贵妃事），相与感叹。质夫举酒于乐天前曰：'夫希代之事，非遇出世之才润色之，则与时消灭，不闻于世。乐天深于诗多于情者也，试为歌之如何？'乐天因为《长恨歌》。"题名即取诗末"天长地久有时尽，此恨绵绵无绝期"意。

　　[2] 汉皇句——唐人诗中，多称唐帝为汉皇，这是为了有所顾忌。汉李延年歌："北方有佳人，绝世而独立。一顾倾人城，再顾倾人国。"

成①，养在深闺人未识。天生丽质难自弃，一朝选在君王侧②。回眸一笑百媚生，六宫粉黛无颜色③。春寒赐浴华清池④，〔支〕温泉水滑洗凝脂；侍儿扶起娇无力，始是新承恩泽时。云鬓花颜金步摇⑤，〔萧〕芙蓉帐暖度春宵；春宵苦短日高起，从此君王不早朝。承欢侍宴无闲暇，〔祃〕春从春游夜专夜⑥。后宫佳丽三千人，〔真〕三千宠爱在一身。金屋妆成娇侍夜⑦，玉楼宴罢醉和春。姊妹弟兄皆列土⑧，〔麌〕可怜光彩生门户。遂令天下父母心，不重生男重生女⑨。骊宫高处入青云⑩，〔文〕仙乐风飘处处闻。缓歌慢舞凝丝竹⑪，〔屋〕尽日君王看不足。〔沃〕渔

---

① 杨家有女——杨贵妃系蜀州司户杨玄琰的女儿，名玉环，号太真。

② 一朝句——玄宗开元二十四年惠妃死后，后宫数千人，没有一个称心。有人奏称玄琰的女儿姿色很美丽，召见的时候，玄宗大喜。

③ 粉黛——此代称妇女。粉，用来敷面。黛，音 dài，是用来画眉的。

④ 华清池——天宝六年，易温泉宫名为华清宫，治汤井为华清池。池在今陕西临潼区南骊山上。

⑤ 步摇——首饰的一种，上有垂珠，行走时就摇动。

⑥ 春从句——此句是说无论何时总是一同游玩，不论哪夜总是一人专房。

⑦ 金屋——汉武帝小时候，长公主抱着问他：“你要娶妻吗？”回答说：“要的。”长公主就指他女儿阿娇说：“他好吗？”武帝笑道：“倘得阿娇，当用金子造的屋藏起来。”

⑧ 兄弟句——杨贵妃有姊三人，大姊封韩国夫人，三姊封虢国夫人，八姊封秦国夫人。妃父玄琰赠齐国公，母封凉国夫人。从兄铦为鸿胪卿，锜为侍御史。从祖兄钊赐名国忠，授金吾兵曹参军。

⑨ 不重句——贵妃姊妹兄弟富比王室，恩泽势力过于大长公主，可以自由出入宫禁，京师中百官都又羡又恨。当时就有一种歌谣：“生女勿悲酸，生男勿喜欢。”又歌：“男不封侯女作妃，看女却为门上楣。”或作“生男勿喜女勿悲，君今看女作门楣”。

⑩ 骊宫——就是华清宫。

⑪ 凝丝竹——喻歌舞能紧扣音乐声。

阳鼙鼓动地来①，惊破霓裳羽衣曲②。九重城阙烟尘生，〔庚〕千乘万骑西南行③。翠华摇摇行复止④，〔纸〕西出都门百余里。六军不发无奈何⑤，宛转娥眉马前死⑥。花钿委地无人收，〔尤〕翠翘金雀玉搔头⑦。君王掩面救不得⑧，回看血泪相和流。黄埃散漫风萧索，〔药〕云栈萦纡登剑阁⑨。峨嵋山下少人行⑩，旌旗无光日色薄。蜀江水碧蜀山青，〔青〕圣主朝朝暮暮情。〔庚〕行宫见月伤心色，夜雨闻铃肠断声⑪。天旋日转回龙驭⑫，〔御〕到此

---

① 渔阳句——天宝十四载冬十一月，安禄山以讨伐杨氏为名，反于范阳，引兵南侵，附和的有卢龙、密云、汲、邺、渔阳等郡。渔阳，今天津蓟州区、北京平谷区等地。

② 霓裳羽衣曲——《唐书·礼乐志》："河西节度使杨敬述献霓裳羽衣曲十二遍。"按系舞曲。

③ 千骑句——天宝十五载，禄山破潼关，杨国忠首倡玄宗逃到四川之议，玄宗乃命大将军陈元礼领六军及马九万余匹出发。早上，玄宗独与贵妃姊妹、皇子妃、皇孙和亲近宦官出延秋门，向西南而去。

④ 翠华——天子的旗用翠羽装饰，所以叫翠华。

⑤ 六军句——玄宗一行人到了马嵬驿（在陕西兴平市西，离长安百余里），将士又饿又疲乏，都恨祸从杨国忠兄妹引起，六军就停顿不肯前进，军士故意诬说国忠与胡虏谋反，随将他杀了。

⑥ 宛转句——国忠既死，陈元礼奏玄宗说："国忠谋反，贵妃也不应再在左右，请陛下割恩断爱，一同正法。"玄宗无奈，使宦官高力士牵贵妃到佛堂，用白练缢死。

⑦ 花钿二句——都是妇女的首饰。这两句应读作花钿、翠翘、金雀、玉搔头委地无人收。

⑧ 君王句——贵妃牵出时，玄宗反袂掩面，不忍见其死。

⑨ 云栈句——云栈就是很高峻的栈道。栈道是在山岩险绝的所在，凿了洞，架起木板，铺作通路。剑阁，在今四川剑阁县，因有大小剑山得名。

⑩ 峨嵋山——在四川峨眉山市西南。

⑪ 夜雨句——《太真外传》："上至斜谷口，蜀霖雨弥旬，于栈道中闻铃声，隔山相应；因采其声为《雨淋铃》曲以寄恨焉。"铃，栈道铁索上所挂铃铛，以便行人闻铃声前后照应。

⑫ 龙驭——是天子的车骑。肃宗至德二年九月，郭子仪收复西京，十二月玄宗还京，那时玄宗已经传位给肃宗了，所以说"天旋日转"。

蹰躇不能去。马嵬坡下泥土中，不见玉颜空死处。君臣相顾尽沾衣，〔微〕东望都门信马归。归来池苑皆依旧，〔宥〕太液芙蓉未央柳①。〔有〕芙蓉如面柳如眉，〔支〕对此如何不泪垂。春风桃李花开日，秋雨梧桐叶落时。西宫南内多秋草②，〔皓〕落叶满阶红不扫。梨园弟子白发新，椒房阿监青娥老③。夕殿萤飞思悄然，〔先〕孤灯挑尽未成眠。迟迟钟鼓初长夜，耿耿星河欲曙天。鸳鸯瓦冷霜华重，〔宋〕翡翠衾寒谁与共。悠悠生死别经年，魂魄不曾来入梦。〔送〕临邛道士鸿都客④，〔陌〕能以精诚致魂魄。为感君王辗转思，遂教方士殷勤觅。排空驭气奔如电，〔霰〕升天入地求之遍。上穷碧落下黄泉⑤，两处茫茫皆不见。忽闻海上有仙山，〔删〕山在虚无缥缈间。楼阁玲珑五云起，〔纸〕其中绰约多仙子。中有一人字太真，雪肤花貌参差是⑥。金阙西厢叩玉扃⑦，〔青〕转教小玉报双成⑧。〔庚〕闻道汉

① 太液句——汉武帝作大池，渐台二十余丈，名曰太液池。汉萧何作未央宫，故址在今长安西北十里。

② 西宫南内——西宫，甘露殿。南内，兴庆宫。

③ 椒房句——椒房，皇后所居，以椒和泥涂壁，取其温而芳。阿监，宫监。青娥，宫婢。

④ 临邛句——邛，音 qióng，临邛，今四川邛崃市。《后汉书·灵帝纪》："光和元年，始置鸿都门学士。"

⑤ 碧落黄泉——道家称天空叫碧落。《度人经》："东方第一天，有碧遍满，是云碧落。"黄泉，即地下。

⑥ 参差——有不相上下的意思，差读作 cī。

⑦ 扃——音 jiōng，门闩。

⑧ 转教句——小玉，吴王夫差的女儿。《汉武帝内传》："王母命侍女董双成吹云和之笙。"双成，此处指太真侍女。报，就是通报。

家天子使，九华帐里梦魂惊。揽衣推枕起徘徊，〔灰〕珠箔银屏迤逦开①。云鬓半偏新睡觉，花冠不整下堂来。风吹仙袂飘飘举，〔语〕犹似霓裳羽衣舞。〔麌〕玉容寂寞泪阑干②，梨花一枝春带雨。含情凝睇谢君王③，〔阳〕一别音容两渺茫。昭阳殿里恩爱绝④，蓬莱宫中日月长。回头下望人寰处，〔御〕不见长安见尘雾。惟将旧物表深情，钿合金钗寄将去⑤。钗留一股合一扇，〔霰〕钗擘黄金合分钿。但教心似金钿坚，天上人间会相见。临别殷勤重寄词，〔支〕词中有誓两心知。七月七日长生殿⑥，夜半无人私语时⑦。在天愿作比翼鸟，在地愿为连理枝⑧。天长地久有时尽，此恨绵绵无绝期⑨。

此诗作于宪宗元和元年（公元八〇六年），当时白居易三十五岁。《长恨歌》白氏曾自许为压卷之杰构，也为当时及后代人所激赏，而且是流播最广的作品。唐玄宗和杨贵妃的爱情故事，向为人们津津乐道，于是诗人根据民间传

---

① 珠箔句——箔，帘。屏，屏风。迤逦读作 yǐ lǐ，曲折连绵的样子。

② 阑干——是借喻涕泪的纵横。

③ 睇——音 dì，微微地看。

④ 昭阳殿——汉时宫名，本汉代赵飞然姊妹得宠时所居宫殿，此处指贵妃生时所居。

⑤ 钿合金钗——明皇与贵妃定情的晚上，明皇给贵妃金钗和钿合。钿合，金饰的盒子。

⑥ 长生殿——天宝元年十月造长生殿，名为集仙台，以祀神。

⑦ 夜半句——陈鸿《长恨歌传》："天宝十载，避暑骊山宫。秋七月，牵牛织女相见之夕，夜始半，妃独侍上，凭肩而立，因仰天感牛女事，密相誓心，愿世世为夫妇。言毕，执手各呜咽。"

⑧ 比翼鸟——《尔雅·释地》："南方有比翼鸟，其名为鹣鹣。"比翼鸟雌雄不比不飞，常以喻夫妇。枝干相连的树为连理枝。

⑨ 绵绵——长远不断。

说和史实，透过自己丰富的情感和想象，加以充实渲染，就成了一首咏史兼叙事、饶有浪漫色彩的长诗。白氏的《长恨歌》跟陈鸿的《长恨歌传》，是一不可分离之共同体，《长恨歌》"文备众体"，"可以见诗笔"，而《长恨歌》真正的收结（即议论与作诗之缘起），却见于《长恨歌传》中。所以这一歌一传，当比观会通，欣赏或研究才会更深入。（详参陈寅恪著《元白诗笺证稿·长恨歌》）

这首长篇叙事诗，以明皇太真恋爱故事为底，再穿插附益汉武帝李夫人故事，脱胎转化而成。陈传所云"如汉武帝李夫人"者，其证一。白氏《李夫人》诗所谓"又不见泰陵一掬泪，马嵬坡下念杨妃。纵令妍姿艳质化为土，此恨长在无销期"，其证二。而且，白歌陈传的后半部，畅述人天生死形魂离合之际写得最好，主要得力于上半段言人世开宗明义"汉皇重色思倾国"一句埋伏得法，暗启仙境下半段之全部情事，"文思贯彻钩结如是精妙"（陈寅恪语），其证三。所以，读《长恨歌》宜参读白氏新乐府《李夫人》篇，始能全解诗旨。

乐天之诗，情致曲尽，沁人心脾，因物赋形，叙事圆神，《长恨歌》虽是早期之作，尚可窥见一斑。全文可分十段："汉皇重色思倾国"至"六宫粉黛无颜色"八句为第一段，叙述杨妃的出身和姿色，暗伏长恨之根。"春寒赐浴华清池"至"不重生男重生女"十八句为第二段，写杨妃的承恩专宠，并述及后宫的冷落，外戚的光彩，社会的观感。"骊宫高处入青云"到"惊破霓裳羽衣曲"六句为第三段，写杨妃能歌善舞，而以"渔阳鼙鼓"两句承上起下，作为全篇的过脉，乐极生悲，已兆长恨之端。"九重城阙烟尘生"到"回看血泪相和流"十句为第四段，写安史乱起，明皇出奔，杨妃惨死，写长恨之始。"黄埃散漫风萧索"到"夜雨闻铃肠断声"八句为第五段，此叙明皇入蜀的艰苦，随处所遇无非长恨。"天旋日转回龙驭"到"魂魄不曾来入梦"二十四句为第六段，写明皇从四川归长安，触景伤情，无处无时不长恨。"临邛道士鸿都客"到"雪肤花貌参差是"十四句为第七段，叙述临邛道士殷勤寻访太真，写来层次分明。"金阙西厢叩玉扃"到"梨花一枝春带雨"十二句为第八段，叙道士寻到太真，并借道士眼中写出杨妃的服饰容貌以及心理状态。"含情凝睇谢君王"至"天上人间会相见"十二句为第九段，太真托道士致意于明皇，只要彼此情意坚贞，将来总有相逢之日。"临别殷勤重寄词"到"此恨绵绵无绝期"为第十段，叙出隐誓以作证，并盼望两人能生生世世形影不离，末二句点出"长恨"题旨。

这首诗的主题意识近人颇多争辩，综要言之，它在政治上是讽刺的，在爱情上却是颂扬的。诗一开始就点出"汉皇重色"，自然是以揭露并谴责唐玄宗"不爱江山爱美人"的荒淫生活为主，但结尾又拈出"此恨绵绵"，当然也含有赞美、同情和怜悯玄宗对爱情忠贞之意。玄宗的纵情误国，必然造成爱情的悲剧，纵情误国必须贬刺，对爱坚贞则当褒扬。上半部的谴责，适足为下半部的同情增强力量。这种错综矛盾的旨趣，使作品达到了忠于历史和符合大众意愿的要求。这首诗历千岁之久至于今日，仍熟诵于赤县神州及鸡林海外"王公妾妇牛童马走之口"，就是这个缘故。

本诗以喜剧开始，却以悲剧收场，文势如峰峦层出，波涛叠涌，文境则高潮迭起，顿挫生姿。前二十句写得宠极乐，以"缓歌慢舞凝丝竹，尽日君王看不足"为欢乐的极点。"渔阳鼙鼓动地来"四句，接写乐极生悲，宴安鸩毒。以下则续写君王的无奈、杨妃的惨死，又写君王的触景伤怀，悠思难忘，而以"悠悠生死别经年，魂魄不曾来入梦"为明皇失意绝望之最高点。于是穷极则变，提笔另写道士"致魂魄"，殷勤寻觅杨妃，以求慰解君王之辗转相思，这无异是绝望中的一线生机。可是上下求索的结果，却是"茫茫皆不见"，希望又跌回谷底成为绝望。绝望之余，"忽闻海上有仙山"，愿望又有了生机，原来杨妃就在仙山中。"太真"是找到了，可是仙界跟人间毕竟永隔，不能面会，又令人为之心灰意冷。于是别出心裁，太真对明皇许下了佳期后约"天上人间会相见"，又充满了等待的喜悦。虽然如此，这种相逢将是一种虚无缥缈的梦想罢了，今生今世的相见，在现实条件中永远是不可能的，所以诗以"此恨绵绵无绝期"作结。情节的设计，真有"山重水复疑无路，柳暗花明又一村"之妙。

《长恨歌》在艺术上的成就极高，技巧手法可得而言者，有下列各端。

第一，善于描情写神。写形图貌易，描情写神难，因为前者具体，后者抽象。在描写具体的形象方面，本诗常借重听闻、视见、触感来呈露意象，如描绘杨妃的妆扮服饰，"云鬓花颜金步摇"，"花钿委地无人收，翠翘金雀玉搔头"，是从明皇眼中看出。"云髻半偏新睡觉，花冠不整下堂来。风吹仙袂飘飘举，犹似霓裳羽衣舞。玉容寂寞泪阑干，梨花一枝春带雨"，太真的服饰和容貌是从道士眼中看出。"仙乐风飘处处闻"，"缓歌慢舞凝丝竹"，"渔阳鼙鼓"，"霓裳羽衣"，"夜雨闻铃"，"秋雨梧桐"，"迟迟钟鼓"，这些都是诉诸听闻的感官意象。又有诉诸触觉者，如水滑、凝脂、帐暖、瓦冷、衾寒，等等，都是借各种感官的辅助，使意象鲜明逼真的。《长恨歌》在表现人物的情志与个性方面，更能气韵生动，惟妙惟肖，如"回眸一笑百媚生，六宫粉黛无颜色"，写玄宗初见杨妃时，姿色令人心醉情迷的情形。"侍儿扶起娇无力"，浮现了娇慵无比、媚力四射的美态。"东望都门信马归"，呈露明皇内心的黯然神伤和失魂落魄。"九华帐里梦魂惊"，表现太真的心湖起了震荡。"揽衣推枕起徘徊"，写太真惊喜之余的矛盾。"珠箔银屏迤逦开"，写情志熬煎之后，决定相见。"云髻半偏""花冠不整"两句，描写太真决定一见后的急遽匆忙，可媲美《左传》写"剑及屦及"的笔法（宣公十四年）。"风吹仙袂"二句，重现当年舞姿的美妙情韵。"玉容寂寞泪阑干"，显示了太真内在的寂寞和忧伤。这些都是穷神尽相，情态俱出的描写。

第二，工于借景抒情。王夫之曾说："一切景语，皆情语也。"所以摹景以写心，最能使词旨深浑，妙境无穷。《长恨歌》中时见借景物之描写来刻画人物的思想感情与心理状态的例子，如"黄埃散漫风萧索，云栈萦纡登剑阁。峨嵋山下少人行，旌旗无光日色薄"，以外在景色来展示明皇蒙尘时狼狈落寞凄清孤单的心情。"蜀江水碧蜀山青，圣主朝朝暮暮情。行宫见月伤心色，夜雨闻铃肠断声"，以水碧山青，比况明皇爱情之深长永恒，又以月色铃声的视听效果表现明皇的悲痛心境。"归来池苑皆依旧，太液芙蓉未央柳。芙蓉如面柳如眉，对此如何不泪垂"，写出明皇触景伤情，怀念杨妃的美貌。"夕殿萤飞思悄然，孤灯挑尽未成眠"，写出明皇冷落孤寂、彻夜相思的情怀。"西宫南内多秋草，落叶满阶红不扫。梨园子弟白发新，椒房阿监青娥老"，反映内心之忧伤，感慨韶光易逝、年华似水。这些都是"情与景会，景与情合"，情景交融的例子，既呈露了秾丽的景，更表现了沉郁的情。

第三，造语平易浅近。宋张戒《岁寒堂诗话》曾说，"状难写之景，如在目前"，"道得人心中事"，是白乐天长处，"然情意失于太详，景物失于太露，遂成浅近，略无余蕴，此其所短处"。事理都是相对的，所以平易浅近是乐天长处，也是短处。《长恨歌》同为文人学士妇人女子所乐诵，此其故。《唐宋诗举要》所谓"以流易之体，极富赡之思，非独俗士夺魄，亦使胜流倾心"，雅俗共赏，正是本诗的特色之一。全诗一百二十句，八百四十言，除用"倾国""金屋""小玉""双成"四个典故外，全篇不再用典故装饰，篇末又选用了通俗文学中的爱情誓言"在天愿作比翼鸟，在地愿为连理枝"来丰富语言的内容，增强文字的感染与共鸣。

第四，设色华丽，而叙事简赅。《长恨歌》描写帝王与贵妃的爱情，所以设色华丽，有富贵之气，如金步摇、金屋、金雀、金阙、金钗、金钿、黄金、玉楼、玉搔头、玉颜、玉扃、翠华、银屏、粉黛、雪肤、云鬓、云髻，另外尚有水碧、山青、落红、白发、黄埃、黄泉等，多能以色彩浮现意象，烘托气氛。但叙述史实方面，词句则多概括而凝练，如写战祸之起，只"渔阳鼙鼓动地来，惊破霓裳羽衣曲"二句；写战乱平息，只"天旋日转回龙驭"一句而已。若不经百分洗刷压缩锻炼，哪能如此简括练达？与描写人物心态之详尽完备，不厌其烦，一篇之中，实在不可同日而语。

第五，修饰词句，使其"言浅而思深，意微而词显"。修辞手法如：

（一）对比法。"回眸一笑百媚生"，"三千宠爱在一身"，为当句数字悬殊之对比。"夕殿萤飞"四句之孤单冷寂，与第三段"春宵苦短"四句、"金屋妆成"二句的浓情蜜意相对比，见人、事、时、地、物之不同，自然愁苦憾恨无限。"渔阳鼙鼓"与"霓裳羽衣"，是一刚一柔，急迫与从容、惊天动地与缓歌柔声等的强烈对比，收到了晴天霹雳、惊心动魄的艺术效果。尤其后半篇言

"天上"，与前半篇叙"人间"相对比，不仅见天人永隔，悲喜交集，更自然烘托出"此恨绵绵"的旨趣来。

（二）联想法。情感可以改造空间，另创一个诗的空间，所以地点往往与考据家不同。沈括《梦溪笔谈》就曾讥谯白居易《长恨歌》"峨嵋山下少人行"之句，以为峨嵋山"在嘉州，与幸蜀路全无交涉"，以为明皇由长安到成都，不应经过峨嵋山下。但诗人的想象是极灵敏的，只要与蜀地有关，就可以举峨嵋山，举峨嵋山来代表蜀山蜀水，比实举一个知名度很低的地点，更具鲜明的效果（黄永武先生《中国诗学·鉴赏篇·作品的诗境》）。同理，邵博《闻见后录》与陈寅恪《元白诗笺证稿》讥笑"孤灯挑尽未成眠"为"书生之见"，以为乐天不知"富贵人烧蜡烛而不点油灯"。其实这是"情感改造事理"的例子，为了表达绝对孤独的意象，所以出此渲染的、联想的手法。陈寅恪《长恨歌笺证》还对"七月七日长生殿"句，提出时间和空间失误的问题，以为七月七日玄宗与杨妃绝无在华清宫之理，且"华清宫之长生殿为祀神之斋宫，神道清严，不可阑入儿女猥杂"。其实，这也是情感改造时空的例子，为烘托爱情誓言的气氛，故择七夕佳节；为请神明为鉴，故拈出长生殿，如此将更见誓约之真诚与永恒。这些都是经作者丰富的想象，而形成变化任意、趣味盎然的新诗境，是纯粹一个艺术而美感的诗境，与现实迥异。"诗有别趣，非关理也"，这是一个例子。

（三）象征法。缘理性的关联与社会之约定，运用具体之意象，以表达抽象之观念与情事者，谓之象征。白氏在《长恨歌》中曾多次使用，如以芙蓉和梨花来比喻杨妃在天上与人间不同的美貌，芙蓉象征杨妃生命的娇艳富贵，芙蓉的粉红，显示了尘世的热望和热情，所以她必然是惹人爱怜的；梨花则象征太真在仙界的凄凉落寞，梨花的雪白，则显现了天上的寂清和生命的苍白。另外，诗中又以"翠华摇摇"象征唐室的危殆，"旌旗无光"象征皇权的没落，"天旋地转"象征局势挽回，唐室中兴，"钗擘黄金合分钿"象征天上人间，长相分离；而"鸳鸯瓦""翡翠衾""比翼鸟""连理枝"，则象征并双关爱情永恒，形影不离。使景物的美好与感情的难堪，产生了情景冲突的张力。

（四）借代法。本诗架构，由汉武故事附益而成，已如上述，因此诗中多借汉说唐，以汉武帝借代唐玄宗，李夫人借代杨贵妃。一方面固然有为尊者讳恶之义，一方面也惧怕文字罹祸，所以其词微而显，得风人之体如此。另外，以鼙鼓借代战事，以烟尘借代战火，翠华、龙驭借代皇帝车驾，峨眉借代美貌妇女，则纯粹是修辞艺术，与讳饰无关。

（五）譬喻法。像"芙蓉如面柳如眉""蜀江水碧蜀山青，圣主朝朝暮暮情""排空驭气奔如电""风吹仙袂飘飘举，犹似霓裳羽衣舞""梨花一枝春带雨""但教心似金钿坚"，都是"以其所知，喻其所不知，而使人知之"的譬喻法。

（六）双声叠韵，音响优美。双声叠韵的布置，可以增加音调的宛转铿锵。白氏在《长恨歌》中曾广加运用，如萧索、萦纡、踌躇、鸳鸯、玲珑、参差、连理是双声联绵字。宛转、翡翠、辗转、殷勤、飘渺、徘徊、迤逦、比翼等则是叠韵连绵字。这些字的运用，增强了诗的音乐性。

（七）叠字之胜境，能以声摹境。本诗中的叠字不少，如处处、摇摇、迟迟、耿耿、悠悠、朝朝、暮暮、茫茫、飘飘、绵绵等，皆可使语气完足，意义完整，又可使声调动听，使诗歌具有悦美的音乐性。

（八）顶真手法，勾牵锁连，使结构紧凑。如"芙蓉帐暖度春宵"下，紧承"春宵苦短日高起"；"后宫佳丽三千人"下，顶承"三千宠爱在一身"；"东望都门信马归"下，承接"归来池苑皆依旧"；"太液芙蓉未央柳"下，顶接"芙蓉如面柳如眉"；"魂魄不曾来入梦"以下，衔续道士"能以精诚致魂魄"；"钿合金钗寄将去"下，紧接"钗留一股合一扇，钗擘黄金合分钿"。这些例子，都是以前句的结尾作为后句的开端，前后顶接，最能使语气蝉联衔交，令文意紧凑密致，与电影艺术"蒙太奇"剪接技巧有共通处。

另外，如"春从春游夜专夜""蜀江水碧蜀山青"之犯重，音节复沓，摹情入妙。"行宫见月伤心色，夜雨闻铃肠断声"之倒装，笔力健劲，奇峭生动。"六宫粉黛无颜色""天长地久有时尽"之夸张，惊耳动心，意象跃现。乃至于"惊破霓裳羽衣曲"之双关，言外有意，浑成入妙（陈寅恪先生谓"破"字不仅含有破散或破坏之意，且又为乐舞术语，用之更觉浑成耳）。这些都得力于修辞的技巧，语言才如此优美，形象才如此鲜明，音节才如此流畅，作品的可读性未尝不由于此。

《长恨歌》中，有"马嵬坡下泥土中，不见玉颜空死处"之句。"不见"二字引人遐想，所以日本民间古来即传说贵妃未死，而东渡日本。近人俞平伯也以为贵妃不曾死，可能由宫人代死的，对于新旧《唐书》记载缢死贵妃在路祠下，抱着怀疑的态度。于是又有人根据李义山的《马嵬》诗"海外徒闻更九州，他生未卜此生休"，配上《长恨歌》中"忽闻海外有仙山"等等，遐想贵妃流落在国外，或沦落在风尘。又有人根据李义山的《碧城》三首，以为贵妃是住在隐秘华丽的道观中。我们若根据作品系年的观点来判断，李义山离天宝之乱已经时日悬远，他的《马嵬》诗原本是受白居易的影响，与其把后代李义山的想象，作为认真的实据，甚至去曲解白居易的诗，那为什么不相信与贵妃同时而写实的杜甫？贵妃死于公元七五六年，杜甫在下一年就作了《哀江头》诗，其中明说："明眸皓齿今何在？血污游魂归不得。清渭东流剑阁深，去住彼此无消息。"清渭是贵妃死处，剑阁是明皇住处，去住是死生的意思，"血污游魂"已写得确然无疑是死，绝无可作歪曲解释的余地。而白诗的"空死处"，空是徒然的意思，玉颜不见，徒然见到她的死处，说得也很肯定。后代考据家异想天开，是比不上当时人的亲闻亲见的。（黄永武先生《中国诗学·思想篇·谈诗的完全鉴赏——作品的系年》）

《长恨歌》是乐天的得意之作，曾说过"一篇长恨有风情"的话。除了陈鸿《长恨歌传》外，影响后代文学最有名的有元白朴的《唐明皇秋夜梧桐雨》，关汉卿的《唐明皇启瘗哭香囊》，清洪昇的《长生殿》等，可见《长恨歌》在文学上的价值了。

（张高评）

琵琶行并序（073）

元和十年，余左迁九江郡司马①。明年秋，送客湓浦口，闻舟中夜弹琵琶者。听其音，铮铮然有京都声。问其人，本长安倡女，尝学琵琶于穆、曹二善才②。年长色衰，委身为贾人妇。遂命酒，使快弹数曲。曲罢悯然，自叙少小时欢乐事，今漂沦憔悴，转徙于江湖间。余出官二年，恬然自安，感斯人言，是夕始觉有迁谪意，因为长句，歌以赠之，凡六百一十六言，命曰《琵琶行》。

浔阳江头夜送客③，〔陌〕枫叶荻花秋瑟瑟。主人下马客在船，〔先〕举酒欲饮无管弦。醉不成欢惨将别，〔屑〕别时茫茫江浸月。〔月〕忽闻水上琵琶声，主人忘归客不发。寻声暗问弹者谁，〔支〕琵琶声停欲语迟。移船相近邀相见，〔霰〕添酒回镫重开宴④。千呼万唤始出来，犹抱琵琶半遮面。转轴拨弦三两声⑤，〔庚〕未成曲调先有情。弦弦掩抑声声思，〔寘〕似诉平生不得志。低眉信手续续弹，说尽心中无限事。轻拢慢撚抹复挑⑥，〔萧〕初为霓裳后六幺⑦。大弦嘈嘈如急雨，〔语〕小弦切切

---

① 左迁九江郡司马——贬官叫左迁。司马，州刺史之副职，此时已成安置贬斥之官的闲职。作者《江州司马厅记》所谓"州民康，非司马功；郡政坏，非司马罪；无言责，无事忧"，可见州司马的处境。

② 善才——唐人对琵琶师傅的称呼。

③ 浔阳江——长江在江西九江为浔阳江。

④ 镫——同燈（灯）。

⑤ 转轴——琵琶上端有四轴，用来缚弦，旋转时可以使弦线宽紧如意。

⑥ 拢撚抹挑——都是弹琵琶的指法。拢，抚弦；撚，揉弦；抹，顺手下拨；挑，反手回拨。

⑦ 霓裳六幺——霓裳是唐玄宗所制的《霓裳羽衣曲》。六幺本名《录要》，《琵琶录》："乐工进曲录出要者，名《录要》，误为《绿腰》、《六幺》。"

如私语。嘈嘈切切错杂弹,〔寒〕大珠小珠落玉盘。间关莺语花底滑①,幽咽泉流水下滩。水泉冷涩弦凝绝,〔屑〕凝绝不通声渐歇。别有幽愁暗恨生,〔庚〕此时无声胜有声。银瓶乍破水浆迸,铁骑突出刀枪鸣。曲终收拨当心画,〔陌〕四弦一声如裂帛。东船西舫悄无言,惟见江心秋月白。沉吟放拨插弦中,〔东〕整顿衣裳起敛容。自言本是京城女,〔语〕家在虾蟆陵下住②。〔遇〕十三学得琵琶成,名属教坊第一部。〔麌〕曲罢常教善才服,妆成每被秋娘妒③。〔遇〕五陵年少争缠头④,一曲红绡不知数。钿头银篦击节碎⑤,血色罗裙翻酒污。今年欢笑复明年,秋月春风等闲度。弟走从军阿姨死,暮去朝来颜色故。门前冷落车马稀,老大嫁作商人妇。〔有〕商人重利轻别离,前月浮梁买茶去⑥。〔御〕去来江口守空船,〔先〕绕船明月江水寒。〔寒〕夜深忽梦少年事,梦啼妆泪红阑干。我闻琵琶已叹息,〔职〕又闻此语重唧唧。同是天涯沦落人,相逢何必曾相识。我从去年辞帝京,〔庚〕谪居卧病浔阳城。浔阳地僻无

---

① 间关——鸟鸣声。

② 虾蟆陵——在长安东南,曲江附近,当时歌女聚居之处。旧说以为董仲舒墓,其门人经过皆下马,故谓之下马陵,后讹作虾蟆陵。

③ 秋娘——唐代长安最负盛名之歌妓。

④ 五陵句——五陵,其地颇多豪富。年少,年轻人。缠头是指赏赐歌人乐工的钱帛。《旧唐书·郭子仪传》:“鱼朝恩出钱三十万,置宴于子仪第,朝恩出罗锦三百匹为子仪缠头之费。”

⑤ 钿头句——钿,首饰;篦,用来理发。击节,就是打拍子。

⑥ 浮梁——今江西县名,景德镇治。

音乐，终岁不闻丝竹声。住近湓江地低湿^①，黄芦苦竹绕宅生。其间旦暮闻何物，杜鹃啼血猿哀鸣。春江花朝秋月夜，往往取酒还独倾。岂无山歌与村笛，呕哑嘲哳难为听^②。今夜闻君琵琶语，如听仙乐耳暂明。莫辞更坐弹一曲，为君翻作琵琶行^③。感我此语良久立，〔缉〕却坐促弦弦转急。凄凄不似向前声，满座重闻皆掩泣。座中泣下谁最多，江州司马青衫湿^④。

《琵琶行》作于元和十一年，当时白居易四十五岁，贬谪江州司马。由于十年夏天，宰相武元衡遭刺致死，白氏上书奏论，要求捕贼雪耻。有人抨击他诤谏越权，更有人说："其母堕井死，乐天作《赏花》及《新井》诗，怡畅闲适，甚伤名教。"于是白居易被贬为江州刺史，随即又改授江州司马，不让他治理州郡。其实这是奸人的构陷罗织，所谓欲加之罪，何患无辞？五代高彦休的《唐阙史》为之辩白甚明，可以参考。

《琵琶行》就是在乐天贬官江州司马时，因琵琶女之感今伤昔而引起自身的迁谪之意，由于政治失意的哀怨，遂有天涯沦落之同感。宋洪迈《容斋随笔》之《容斋三笔》《容斋五笔》曾怀疑诗中故事的真实性，认为只是乐天借词以抒其天涯沦落之感而已。其实在《琵琶行》之前，白氏曾写过五言的《夜闻歌者》，诗意大致与《琵琶行》相似，可见本诗并非完全出于虚构，是"事物牵于外，情理动于中，随感遇而形于叹咏"之作，是白乐天与琵琶女之间同病相怜，惺惺相惜，移情外射，主宾俱化的真实情感杰作。

全诗可分为六段。"浔阳江头夜送客"到"别时茫茫江浸月"六句为第一

---

① 湓江——源出江西瑞昌市清湓山，东经故九江县城下，又名湓浦港，北流入长江。

② 嘲哳——音 zhāo zhā，形容声音杂乱刺耳。

③ 翻——按曲调翻成歌辞。

④ 青衫——唐官员品级最低的服色。

段，写江头送客，是交代事件的缘起。"忽闻水上琵琶声"到"犹抱琵琶半遮面"八句，写主客双方欲别还留，是为了听琵琶声，看琵琶女。"转轴拨弦三两声"到"惟见江心秋月白"二十四句，是描绘琵琶女弹奏琵琶的姿势和手法，也表现了琵琶旋律的各类特色，此为第三段。"沉吟放拨插弦中"至"梦啼妆泪红阑干"二十四句为第四段，叙述琵琶女自说身世，由学艺成名，而受人赏识，而年老色衰，而门庭冷落，而嫁作商人妇，写来如泣如诉，如怨如慕。"我闻琵琶已叹息"至"江州司马青衫湿"二十六句为第五段，叙述谪迁境遇，抒写伤感情怀，谓浔阳没有音乐，因此苦闷，愈见今日听琵琶为难得。

唐宣宗《吊白乐天诗》，有"童子解吟长恨曲，胡儿能唱琵琶篇"之句，可见两诗相提并论，由来已久。清赵翼曾推崇《长恨歌》与《琵琶行》，谓"即无全集，而二诗已自不朽"。《长恨歌》在艺术上的价值已详前篇，今试论《琵琶行》的艺术成就。

《琵琶行》在文学上的最大成就，应该是在描写形容音乐的旋律方面，用浓墨重彩绘影绘声，使得旋律的高下疾徐感同亲受，颇极顿挫抑扬之妙。如第三段所写"转轴拨弦三两声""低眉信手续续弹""轻拢慢撚抹复挑""曲终收拨当心画"各句，描绘弹奏琵琶的态势和指法，有次序，有表情，刻画细腻，入木三分。尤其是形容琵琶的旋律方面，更是千古罕有其匹，如以"大弦嘈嘈如急雨"形容发音的激烈，以"小弦切切如私语"形容音乐的轻婉优美，以"大珠小珠落玉盘"形容琵琶旋律的清明响亮，以"间关莺语花底滑"形容音乐的流利圆润，以"幽咽泉流水下滩"形容音乐的幽抑顿挫，以"水泉冷涩弦凝绝"形容乐声的低沉微细，又以"银瓶乍破水浆迸，铁骑突出刀枪鸣"形容声音的高昂激越，以"四弦一声如裂帛"形容声音的清脆蹈厉。音乐旋律本是极抽象玄妙的艺术，白氏在本诗中，运用明喻和暗喻技巧，将之化虚为实，令读者感受亲切，如闻其声，描写音乐造诣之湛深，与李欣同称妙艺绝伦。

音乐在本诗之中富有宣泄与沟通的双重功用，所以能使诗中的人物由孤独趋向结合（参颜元叔撰《音乐的宣泄与沟通》，《中央月刊》五卷十二期）。《琵琶行》开始，由于缺乏管弦，所以主客间为孤独与隔绝所笼罩。等到"忽闻水上琵琶声"之后，"主人忘归客不发"，使得离愁别绪消失，而结合之意萌生。接着从"寻声暗问弹者谁"至"移船相近邀相见"，描述音乐使他们从孤独走向结合，由闭塞化成沟通，自郁积转为宣泄。由于本诗是借琵琶女晚景的凄凉来反映作者宦途的坎坷的，换言之，是借他人之酒杯，以浇消自己胸中之块垒的，所以一开始，白氏便把琵琶音乐作为自我宣泄的工具，如"未成曲调先有情""似诉平生不得志""说尽心中无限事""别有幽愁暗恨生"等句，可说都是自我情绪宣泄的表现。从"轻拢慢撚抹复挑"到"四弦一声如裂帛"十六句，描写音乐的宣泄作用，达到舒畅清朗、宾主尽欢的境界。而琵琶女自述身世一段，也是借着音乐沟通了心灵，才使她毫无顾忌，倾吐遭遇。且白氏贬官浔阳后，由于"终岁不闻丝竹声"，所以心灵孤独寂寞，等到"今夜闻君琵琶语，如听仙乐耳暂明"，情绪才算得以完全宣泄，心灵才算得到完全沟通。由此可知，《琵琶行》的写作技巧，是"以抒情来驱遣事实，以描写来达到抒情"，并且以抒情为中心，使叙事、描写和抒情三者之间融成一片，可谓叙事诗的标准法式。

　　叙事诗的写法不能平铺直叙，必须起伏有势，也不能罗列堆砌，必须知所剪裁去取。本诗在琵琶演奏的描写方面不厌其详，用了二十四句，末段琵琶女再弹，只两句"凄凄不似向前声，满座重闻皆掩泣"，前详后略，善于剪裁。而且叙述"座中泣下谁最多，江州司马青衫湿"，宾主分明，含蓄有味，又不失旨趣所在。白居易在《琵琶行》叙事诗中，除以描写音乐见长外，又以写景来表达抒情，如"枫叶荻花秋瑟瑟"的凄凉萧索景象，表现了离愁别绪的气氛。"别时茫茫江浸月"的闷藏昏晦，正是心绪惆怅郁抑的投影。"惟见江心秋月白"的明朗清晰画面，则是情感宣泄舒畅的表征。"绕船明月江水寒"，则是呈露了琵琶女内心的孤寂和寒凉。"黄芦苦竹绕宅生"，则象征遭遇的困穷和心灵的苦闷。"杜鹃啼血猿哀鸣"，则能令人怀归，动人哀思。这种借景抒情、情景交融的手法，很有象征的意味，是抒情的绝佳手法。

　　另外，本诗设色鲜明，如银瓶、秋月白、红绡、银篦、血色罗裙、明月、红阑干、黄芦、青衫，以及枫叶之红，荻花之白，也多反映了感情的层面，这是诉诸视觉的形象语，与描写音乐各诗句之诉诸听觉，同具有浮现意象的功效。

在修辞方面，富于艺术性可资谈助者亦极多，择要言之如——

（一）对比法：第三段琵琶女自述身世，以昔日的欢乐荣华与今日的憔悴落寞相对比，盛衰相形，令人有无限今昔之感。从"本是京城女"，到"名属教坊第一部"，到"教善才服"，"被秋娘妒"，到"一曲红绡不知数"，这是往日青春的欢笑和灿烂。盛极则衰，物极必反，这是自然之理，于是琵琶女的人生，在"暮去朝来颜色故"中，而"门前冷落车马稀"，而"老大嫁作商人妇"，而"去来江口守空船"，青春不再，美人迟暮，回首前尘，真令人神伤气短。这今昔的对比，作者用"夜深忽梦少年事，梦啼妆泪红阑干"两句来概括，更见天涯沦落的苦况。

（二）映衬法：第三段写琵琶女身世之不得志，映衬第四段自己宦途之失意。所谓"浔阳地僻无音乐，终岁不闻丝竹声"，"其间旦暮闻何物？杜鹃啼血猿哀鸣"，"岂无山歌与村笛，呕哑嘲哳难为听"，"今夜闻君琵琶语，如听仙乐耳暂明"，这些句子，一面为琵琶作衬笔，一面反映出环境萧条，谪居孤独。这种"强此弱彼"的"尊题"法，是映衬法的正则，最能使意象交相映发，倍加明显。

（三）叠字：如瑟瑟、茫茫、弦弦、声声、续续、嘈嘈、切切、唧唧、往往、凄凄等，或使语气完足，意义完整，或以声摹境，娓娓可听，皆白氏之擅长。

（四）双声叠韵：如琵琶、间关、转轴、掩抑、幽咽、击节、沦落，万唤、生平、慢捻、幽愁、沉吟、虾蟆、阑干等，不仅能调和音节，也颇能浮现事义物态的情状。

（五）顶真法：如"醉不成欢惨将别，别时茫茫江浸月"，"大弦嘈嘈如急雨，小弦切切如私语。嘈嘈切切错杂弹"，"幽咽泉流水下滩。水泉冷涩弦凝绝，凝绝不通声渐歇"，"老大嫁作商人妇。商人重利轻别离"，"前月浮梁买茶去。去来江口守空船"，"谪居卧病浔阳城。浔阳地僻无音乐"，"却坐促弦弦转急"，如此句法，最能使脉络贯串，结构紧凑，蝉联一气。

（六）实字健句：如"枫叶荻花秋瑟瑟""添酒回镫重开宴""轻拢慢撚抹复挑""钿头银篦击节碎""暮去朝来颜色故""门前冷落车马稀""绕船明月江水寒""梦啼妆泪红阑干""春江花朝秋月夜"，每句中至少含三个实字（名词），即最少说得三件事物，诗句自然凝练壮健，语意自然丰富繁多。

（七）翻叠句法：情致清新，层折有味，如"此时无声胜有声"，描写琵琶演奏中的休止符，即所谓"大道不言，大乐稀音"之意，犹绘画之空白，演说之停顿，文章之无字句处，都饶"以无胜有"之境。这句诗是当句翻叠的手法，形式上很接近矛盾语法，而将正反往复之意浓缩在一句之中，最能增大诗的密度。因为这是类似矛盾语句，所以清人沈德潜在《唐诗别裁》中有"既无声矣，下二句如何接出"的疑问。其实，前句有"水泉冷涩弦凝绝，凝绝不通声渐歇"之语，"声渐歇"就是"无声"；声渐歇之后，下句接续"银瓶乍破""铁骑突出"之声，如何说不可接出？沈氏谓宋本作"无声复有声"，姑不论是否古本，就诗意而言，直木无文，淡乎寡味，无甚于此。看作翻叠句法，则见灵思妙巧了。一字之别，优劣立判有如此者。

（八）炼字光彩："幽咽泉流水下滩"句，段玉裁《经韵楼集》主张"当作泉流冰下难"，以为"故下文接以冰泉冷涩。难与滑对，难者滑之反也。莺语花底，泉流冰下，形容涩滑二境，可谓工绝"。陈寅恪《琵琶行笺证》衍伸其说，引本集与元稹诗互证，得知"段氏之说，其正确可以无疑"。金性尧《唐诗三百首新注》则认为，此句"流泉"与"水"重复，但意义上还是可解。用"水下滩"，尚能形容乐声如流水之经沙滩那样幽咽，是听的人从听觉直接得来。"冰下难"并不能产生听觉，只是意识上的联想，且下"水泉冷涩"也承上文，可见还是以"水下滩"较能传神入妙。又像"如听仙乐耳暂明"，着一"暂"字，反衬出琵琶女长久之衰谢与白居易命途坎坷之长久悲哀。这"暂"字用得十分妥切与警醒，诗意都从背面烘托见出。

（九）另外，描写女性的羞涩，说"千呼万唤始出来，犹抱琵琶半遮面"；侧写音乐的感人，说"主人忘归客不发""东船西舫悄无言""满座重闻皆掩泣"。写音乐的共鸣和惺惺的相怜惜，说"同是天涯沦落人，相逢何必曾相识"，此二语是全篇点睛之笔，由此进窥诗旨，可谓捷径。

本诗总共换韵十九次，两句一韵者八，四句一韵者八，六句一韵者一，十六句一韵者一，十八句一韵者一。大致上是随情押韵，强调感情，而且其疏密与转换，能烘托出不同的情节气氛，颇能象征琵琶声"嘈嘈切切错杂弹，大珠小珠落玉盘"旋律的美妙。

（张高评）

李商隐（公元八一三——八五八年）

字义山，自号玉谿生，怀州河南人。义山自幼受学于令狐楚，及楚卒，子令狐绹仍多方奖掖，故于开成二年登进士第。时王茂元镇河阳，义山任职掌书记，遂娶茂元女为妻。当时王茂元不与令狐同党，故令狐怨义山背恩，谢绝不与往来，此段政治恩怨，在义山诗中处处可见其痕迹。因事关权显，故吐句多掩抑纡回，凄迷无迹，借香草美人以抒慨，非真多风流韵语也。故其仕宦不显达，历佐幕府，终于东川节度使判官、检校工部员外郎。义山诗虽缛丽，然寄托深微，多寓忠愤，尚风人之旨。王安石以为"唐人学杜而得其藩篱者，惟义山一人"。到了宋时，杨大年辈承他的体格，别成西昆体。诗与杜牧、温庭筠并称，七古以辞胜，七律沉赡博丽，精整绵密，于晚唐独推擅场。绝句另辟蹊径，自成一家，于沉着深婉之中见一唱三叹之妙。朱竹垞谓诗至义山始称才子，可见后人之推崇。

韩　碑[①]（074）

　　元和天子神武姿，彼何人哉轩与羲。誓将上雪列圣耻[②]，坐法宫中期四夷。淮西有贼五十载[③]，封狼生貙貙生罴[④]。不据山河据平地，长戈利矛日可麾[⑤]。帝得圣相相曰度，贼斫不死神扶持[⑥]。腰悬相印作都统[⑦]，阴风惨澹天王旗。愬武古通作牙爪[⑧]，仪曹外郎载笔随[⑨]。行军司马智且勇[⑩]，十四万众犹虎貔。

---

　　① 韩碑——唐宪宗时，宰相裴度为淮西宣慰处置等使，韩愈为行军司马，淮蔡平，随度还朝，奉诏撰《平淮西碑》。公以吴元济之平，由度能固天子意，卒擒之，多归度功。而李愬恃以入蔡功居第一，愬妻唐安公主女也，出入禁中，诉碑不实。帝诏断其文，更命翰林学士段文昌为之。首句之"元和天子"即指唐宪宗。

　　② 彼何人哉二句——黄帝姓公孙，名轩辕，太昊帝伏羲氏，风姓，古代圣主，借喻宪宗的神圣。"誓将"句，指自玄宗至顺宗因藩镇叛乱皇帝出奔等大事。宪宗即位后，即平定诸乱事。

　　③ 淮西句——韩愈碑文云："蔡帅之不廷授，于今五十年，传三姓四将。"按自肃宗宝应初以李忠臣镇蔡州，大历末为军中所逐，历李希烈、陈仙奇、吴少诚、吴少阳、吴元济等，据有淮西凡五十余年。至元和九年，彰义军节度使吴少阳卒，其子元济匿丧不报，自领军务。十年正月，吴元济反，夏五月遣御史中丞裴度宣慰淮西行营。

　　④ 封狼句——封狼，大狼。貙，音 chū，似狸，虎属。罴，音 pí，人熊。比喻淮西诸帅如野兽之残暴不驯。

　　⑤ 长戈利矛日可麾——《淮南子·览冥训》："鲁阳公与韩遘难。战酣，日暮，授戈而麾之，日为之反三舍。"此处形容其跋扈。

　　⑥ 贼斫句——裴度字中立，河东闻喜人。元和六年知制诰。久之，进官御史中丞并刑部侍郎。王承宗、李师道谋缓征蔡之兵，使盗刺京师用事大臣，已害宰相武元衡，又击度，伤骨，得不死。帝怒曰："度得全，天也。"即拜中书侍郎同平章事。斫，音 zhuó，刺杀。

　　⑦ 腰悬句——裴度除拜相外，又兼彰义军节度，淮西宣慰招讨处置使。度因韩宏领都统，乃上还招讨以避宏，然实行都统事。见《唐书》本传。

　　⑧ 愬武古通——指裴度手下大将李愬、韩公武、李道古、李文通。

　　⑨ 仪曹外郎——仪曹郎、员外郎，任军中书记。

　　⑩ 行军司马——韩愈充行军司马，其职务为备军中咨询。

入蔡缚贼献太庙①，功无与让恩不訾②。帝曰汝度功第一，汝从事愈宜为辞。愈拜稽首蹈且舞，金石刻画臣能为。古者世称大手笔③，此事不系于职司。当仁自古有不让④，言讫屡颔天子颐⑤。公退斋戒坐小阁，濡染大笔何淋漓。点窜尧典舜典字⑥，涂改清庙生民诗⑦。文成破体书在纸⑧，清晨再拜铺丹墀。表曰臣愈昧死上，咏神圣功书之碑。碑高三丈字如斗，负以灵鳌蟠以螭⑨。句奇语重喻者少，谗之天子言其私⑩。长绳百尺拽碑倒，粗沙大石相磨治。公之斯文若元气，先时已入人肝脾。汤盘孔鼎有述作⑪，今无其器存其辞。呜呼圣王及圣相，相与烜赫流淳熙⑫。公之斯文不示后，曷与三五相攀追。愿书万本

---

① 入蔡缚贼——韩碑："十月壬申李愬用所得贼将自文城，因天大雪，疾驰百二十里，用夜半到蔡，破其门，取元济以献，尽得其属人卒。辛巳，丞相度入蔡。……斩元济于京师。"

② 不訾——不可估量的意思。訾，音 zī，同赀。

③ 大手笔——指撰作有关国家大事文告的名家。

④ 当仁不让——《论语·卫灵公》："当仁不让于师。"

⑤ 颔颐——就是点头称善。颐，下巴。

⑥ 尧典舜典——《书经》篇名，指韩碑笔法有仿效尧典舜典处。

⑦ 清庙生民——《诗经》篇名，指碑后所系的颂风格有似《诗经》。

⑧ 破体——是指行书的一种。

⑨ 灵鳌蟠螭——灵鳌，指载石碑的龟。螭，音 chī，没有角的龙。蟠螭，指碑的两旁所雕刻的龙。

⑩ 谗之句——指李愬妻入宫向宪宗陈述碑文不实处。

⑪ 汤盘孔鼎句——汤盘，指商汤沐浴盘刻的铭戒。孔鼎，指孔氏正考父鼎的刻文。此句比喻碑石虽毁，文章不灭。此处以汤盘孔鼎比韩碑。

⑫ 相与句——相与，相互。烜赫，显耀。淳熙，强烈的光泽恩德。

诵万遍,口角流沫右手胝①。传之七十有二代②,以为封禅玉检明堂基③。〔平声支韵〕

元和十三年,韩愈奉诏撰《平淮西碑》,由于文中对裴度的地位稍微强调了些,因而引起李愬的不平。平情而论,蔡州之役,李愬确实立下大功,但裴度的政治号召及指挥若定,功劳更在李愬之上。《唐书·李愬传》曾有详备之记载,《旧唐书》对裴度的战功也给予高度的评价。再说,韩碑中既未抹杀李愬雪夜破敌之勇,也没有特别铺张裴度之功,只是客观地写实。所以李商隐在本诗中推崇韩碑,十分同意韩愈的看法。

本诗歌咏韩愈撰《平淮西碑》的始末,极力推崇韩文公文章的典雅及价值,是叙事诗的一种。全诗分为五段:首四句为第一段,写宪宗的英明果断。"淮西有贼五十载"到"功无与让恩不訾"十四句为第二段,写淮西贼人的跋扈及宰相裴度的领兵讨伐。"帝曰汝度功第一"到"负以灵鳌蟠以螭"十八句为第三段,叙韩愈敬谨恭撰《平淮西碑》文,为全文中心所在。"句奇语重喻者少"到"今无其器存其辞"八句为第四段,叙碑文虽遭谗毁坏,终难掩其文章之美。"呜呼圣王及圣相"到"以为封禅玉检明堂基"八句为第五段,以感怀作结,并说出自己的愿望。

李义山的诗往往字字锻炼,用事婉约,较多近体,即作七古亦以辞胜。唯本诗雄健古茂,情意深厚,不类平日所作。由于本诗注重文字技巧,而义山初写诗是从学韩愈入手的,所以论者以为本诗有韩愈"横空盘硬语"的特

---

① 胝——音 zhī,手上厚茧。

② 传之句——《汉书·郊祀志》:"管仲曰,古者封泰山禅梁父者七十二家。"

③ 封禅句——古时君主易姓即位时,必封泰山,禅梁父,秦汉时很重视这种典礼。按在泰山上筑土为坛以祭天,报天之功,叫作封。在泰山下小山上除地,报地之功,叫作禅。玉检,封禅书的封套。明堂,天子颁布政教、接见诸侯、举行祭祀的场所。以上两句诗意是说:也像上古那样传递下去,并可为封禅时明堂的基石。

色。清人贺裳就说："《韩碑》诗亦甚肖韩。"近人张尔田也说："虽力学韩体，变化未纯，恐是少作。"由于此诗"意则正正堂堂，辞则鹰扬凤翔，在尔时如景星庆云，偶然一见"，把它看作是义山诗的另一风格是可以的，不必看成模韩之作。

这首叙事诗，在宾主、轻重、详略之间，颇见剪裁之美。诗题歌咏韩碑，自然应以韩愈的文章为主，侧重而详核地多加叙述。至于平蔡之事，在诗中只是宾，所以只能轻描略写，几笔带过。诗中带叙平蔡之事，只有第二段的十四句。以下文字，则全是推崇《平淮西碑》文之典雅及价值，对韩碑之遭谗而毁坏抱持极端的不平。可见宾位只能用轻笔零星笔安顿，应该剪裁，以免伤于浮冗而喧宾夺主，主位则当用重笔工笔铺叙提振，篇章必如此设计，才见精彩。

裴度的战功与韩愈的手笔，可谓相得益彰，合称双璧。宋葛立方《韵语阳秋》就曾说："裴度平淮西，绝世之功也；韩愈《平淮西碑》，绝世之文也。非度之功，不足当愈之文；非愈之文，不足以当度之功。"段文昌改作之文虽亦明顺，但跟韩愈碑相较则瞠乎其后，对手配称之难，可见一斑。宋代陈珦磨去段文，仍立韩碑，可见公道真理自在人心。《平淮西碑》典雅有元气，所以李义山在本诗中的遣词造句也十分古朴茂美，如此才可与《平淮西碑》之文字相配称，也是尊题宜有之事理。

本篇以古文笔法入诗，摹仿典谟训诰之体，故见古茂雄健之风格。其中前两段叙事，第三段描写，第四段叙议夹写，第五段纯粹议论。叙事能择精语详，描写能曲绘神貌，夹叙处见气焰与精神，议论处见波澜之动荡，这些都是本诗可取之处。另外，本诗在文字修辞技巧上也颇多可采——

（一）用譬喻法：如以"轩与羲"比喻宪宗的神圣英明，以"虎貔"比喻十四万大军的威猛，以"如斗"比喻韩碑字体之粗大，以"元气"比喻《平淮西碑》之不朽，又以"汤盘孔鼎"比喻《平淮西碑》文字必将万古流芳。

（二）实字法：如"封狼生貙貙生罴"一句有四实字，"长戈利矛日可麾"一句有三实字，"帝得圣相相曰度"一句有四实字，"愬武古通作牙爪"一句有五实字，都能使语劲句健。

（三）顶真法：如"封狼生貙貙生罴""帝得圣相相曰度""咏神圣功书之碑，碑高三丈字如斗"，则能使脉络相贯，文气蝉联。

（四）拟物法：如以"封狼生貙貙生罴"比拟武臣之残暴与代代相承。

（五）用典：如用"长戈利矛日可麾"之典，比喻贼兵之反叛作乱，气势凌人。用"尧典舜典字""清庙生民诗"之典，一以表示韩碑系颂记功业之作，二以点明韩碑文字的雄深雅健，盖从诗书化用而来。用典之含蕴丰富，由此可见。

（六）类句："公之斯文"连说两遍，可以贯文气，醒诗旨。

（七）呼告：如"帝曰汝度"云云，"呜呼圣王及圣相"云云，备见亲切与警醒。

（八）犯重：同一字词重复使用而不避免，这是作诗的禁忌，但本诗却有许多这种词句，如"封狼生貙貙生罴"，连用两个"生"字；"不据山河据平地"，连用两个"据"字；前云"无与让"，后说"当仁自古有不让"，一意二用；前云"大手笔"，后云"大笔"，犯重；"圣王""圣相"，连用二"圣"字；"万本""万遍"连用二"万"字，都是不避重出。犯重，增浓了本诗的古质韵味。再加上"帝曰汝度功第一"及"表曰臣愈昧死上"等古文句法，则本诗的古雅朴茂呼之欲出。

在音律方面，诗中多用三平调。"封狼生貙"句为七平声，"帝得圣相"句、"入蔡缚贼"句、"愈拜稽首"句均为七仄声。而"彼何人哉"句，"坐法宫中"句，"汝从事愈"句，"咏神圣功"句，均为一三三句法，此乃诗体中仅见者。清李锳《诗法易简录》评本诗："以文笔为诗，其中七平七仄之句不必拘守常调，而有大气以运之，句法笔力，兼能入古，音节转见雅劲，直追昌黎，当与《石鼓歌》并读。"其实，本诗除文字技巧的表现尚可称道外，并无高远意境，李氏拿它跟《石鼓歌》并论，未免溢美。

（张高评）

肆 七古乐府 十六首

王　维

老将行（075）

　　少年十五二十时，〔支〕步行夺得胡马骑①。射杀山中白额虎②，肯数邺下黄须儿③。一身转战三千里，一剑曾当百万师。汉兵奋迅如霹雳，虏骑崩腾畏蒺藜④。卫青不败由天幸⑤，李广

----

　　① 步行夺得胡马骑——《汉书·李广传》："胡骑得广，广佯死，睨其旁有一胡儿骑善马，广暂腾而上胡儿马，鞭马南驰数十里。"参阅《史记·李将军列传》。

　　② 白额虎——相传为虎中最凶猛的一种。《晋书·周处传》："处少不修细行，为人所恶。父老叹曰：'三害未除，何乐之有。'处曰：'何谓也？'曰：'南山白额猛兽，长桥下蛟，并子为三矣。'处乃入山射杀兽，投水杀蛟。"

　　③ 肯数句——肯数，岂可只推。曹彰字子文，曹操次子，少善射，膂力过人。数从征伐，所向皆破。太祖在长安召彰，彰归功诸将，太祖喜，持彰须曰："黄须儿竟大奇也。"见《三国志·魏书·任城威王传》。

　　④ 蒺藜——战地所用的障碍物。《尔雅翼》："军旅以铁作茨，布敌路，谓之铁蒺藜。"为今日军中拒马之原始。

　　⑤ 卫青句——卫青，汉平阳人。凡七次出击匈奴，斩首五万余级，未尝一败，因而被看作"天幸"。

无功缘数奇①。自从弃置便衰朽，〔有〕世事蹉跎成白首。昔时飞箭无全目②，今日垂杨生左肘③。路旁时卖故侯瓜④，门前学种先生柳⑤。苍茫古木连穷巷，寥落寒山对虚牖。誓令疏勒出飞泉⑥，不似颍川空使酒⑦。贺兰山下阵如云⑧，〔文〕羽檄交驰日夕闻⑨。节使三河募年少⑩，诏书五道出将军⑪。试拂铁衣如雪色，聊持宝剑动星文。愿得燕弓射大将⑫，耻将越甲鸣吾君⑬。莫嫌

① 李广句——《史记·李将军列传》："李将军广者，陇西成纪人，从大将军出击匈奴，诸将多以功为侯，而广军无功。大将军青亦阴受上诫，以为李广老，数奇，毋令当单于，恐不得所欲。"按奇读作jī，不遇。数，命运。

② 昔时句——《帝王世纪》："帝羿有穷氏从吴贺北游，贺使羿射雀左目，羿引弓误中右目，俯首而愧。"此处形容其射艺之精湛。

③ 今日句——《庄子·至乐》："支离叔与滑介叔观于冥伯之丘，昆仑之虚，黄帝之所休，俄而柳生其左肘。"柳即瘤，指疮节。

④ 故侯瓜——《史记·萧相国世家》："召平者故秦东陵侯，秦破为布衣。贫，种瓜于长安城东，瓜美，故世俗谓之东陵瓜。"

⑤ 先生柳——晋陶潜著《五柳先生传》以自况，有云："宅边有五柳树，因以为号焉。"

⑥ 疏勒飞泉——《后汉书·耿恭传》："恭以疏勒城旁有涧水，引兵据之，匈奴雍绝涧水。恭穿井不得水，向井再拜，水泉奔出。"

⑦ 颍川使酒——《史记·魏其武安侯列传》："灌夫，颍阴人。为人刚直使酒，不好面谀。"使酒，恃酒逞意气。

⑧ 贺兰山——在今宁夏中部，唐代常为战地。

⑨ 羽檄——用以征召天下兵，檄以木简为书，长尺二寸，如有急事，则加插鸟羽，表示速递。

⑩ 三河——汉称河南、河东、河内三郡为三河，相当今河南一带。

⑪ 诏书句——《汉书·常惠传》："五将军分道出。"谓诏令众将军分五道出兵。

⑫ 星文、燕弓——星文，指剑上所嵌的七星文彩。《列子》："纪昌乃以燕角之弧、朔逢之簳射之。"燕弓以坚劲闻名。

⑬ 越甲鸣吾君——《说苑·立节》：越甲至齐，雍门子狄请死之，曰："昔王田于囿，左毂鸣，王曰：'工师之罪也。'车右曰：'臣不见工师之乘而见其鸣吾君也。'遂刎颈而死。今越甲至，其鸣吾君也，岂左毂之下哉！"遂刎颈而死。鸣，惊动之意。

旧日云中守①，犹堪一战立功勋。

王维生当开元天宝唐室用兵频繁之际，所以他的作品里有不少边塞诗，时时流露出正义感、爱国心以及豪迈的壮情。本诗描写一位沙场老将，身经百战，而赏薄不侯，有功弃置，竟蹉跎白首，虽然他的心情仍然像"老骥伏枥，志在千里；烈士暮年，壮心不已"。在当时，像这样怀才不遇的老将必定不少，所以这首诗有其实际上的意义。唐汝询以为本诗是作者自况，可以聊备一说。

就诗的内容来看，本诗是借一位曾经建功立业、满怀报国思想的老将晚年的沮丧失意，来讽刺当政者的冷漠无情，有功不赏。全诗共分为三段，"少年十五二十时"到"李广无功缘数奇"十句为第一段，叙述老将少年时的英勇，运用李广、周处、曹彰、卫青等人的英雄事迹，来渲染老将少年时之武勇。"自从弃置便衰朽"到"不似颍川空使酒"十句为第二段，写老将虽弃置不用，但雄心未泯，也运用了六个典故，彼此相形。"苍茫古木连穷巷，寥落寒山对虚牖"，景中有情，是一篇主旨所在。"贺兰山下阵如云"到"犹堪一战立功勋"十句为第三段，是希望老将的复起，能以"燕弓射大将"，"一战立功勋"。本诗凡三换韵脚，段落的起讫因之为标准，大致是随情押韵的。

在艺术表现上，作者吸收了乐府诗叙事的优点，就题生情，借古来名将的史实赋予全诗故事的色彩，再通过圆美熟练的文字技巧表达出来，于是成为一语调铿锵，笔力高举，风格豪放，雄姿飒爽，步伐整齐的诗篇。本诗最大的特色，是广泛地用典使事，以表现将军的英勇和运数的不遇，含蓄蕴藉，层折有味，意象十分突出。计运用李广夺骑、周处杀虎、曹彰有功不伐、卫青天幸不败、李广数奇无功、后羿射艺精湛、支离左肘生柳、召平东陵种瓜、陶潜门前

---

① 云中守——《史记·张释之冯唐列传》：魏尚为云中太守，深得军心，匈奴不敢犯其境。后因所缴敌首差六级被削爵。其后冯唐在文帝前为他抱不平，文帝乃命冯唐持节赦魏尚罪，复其官职。

植柳、耿恭疏勒涌泉、灌夫使酒骂座、诏书五将分道、伍员七星宝剑、幽燕兽角良弓、雍门子狄殉国、魏尚削爵复职等十六事，其中如夺骑、杀虎、不伐、天幸、精射、涌泉、分道、星文、燕弓、云中守，为正向积极的英武，至于像数奇、生柳、种瓜、植柳、使酒、鸣君，是负向消极的弃置形象。无论是积极的英武得意，还是消极的弃置失意，在本诗中都是修辞学上比拟法的运用。善用此法，不仅言有尽而意无穷，而且能使意象更加明显生动。

本诗另一特色，就是对仗工巧流利，如"山中白额虎"对"邺下黄须儿"，"三千里"对"百万师"，"霹雳"对"蒺藜"，"不败由天幸"对"无功缘数奇"，"弃置"对"蹉跎"，"昔时飞箭无全目"对"今日垂杨生左肘"，"卖故侯瓜"对"种先生柳"，"苍茫古木连穷巷"对"寥落寒山对虚牖"，"飞泉"对"使酒"，"三河"对"五道"，"铁衣"对"宝剑"，"燕弓"对"越甲"，只有三组句子不作对偶。在避忌对偶太多的古诗来说，是个很特殊的例子。因为本诗的声调平仄不跟律诗与排律相犯，所以我们仍认为它是古风。清沈德潜十分赏识本诗的对仗，认为"此种诗纯以对仗胜，学诗者不能从李杜入右丞常侍，自有门径可寻"，这评价是公允的。

另外在结构上，可以分成过去、现在、将来三部分，各有不同的遭遇，也就各押不同的韵脚，大致符合"随情押韵"的原则。依刘师培《正名隅论》之说，"支"类字多有"由此施彼""平陈"之意，本诗述将军过去的英武押支韵，正可用来表现他虽"转战三千里""曾当百万师"，却像李广一样，"数奇"而"无功"。有韵的字多有"曲折有棱""稳密敛缩"之意，次段押有韵，正传达出将军现在弃置不用、衰朽落寞的景况。文韵字多有"抽引上穿""联引"之意，末段押"文"韵，正呈露出将军希望有朝一日复起立功，报效君国的心愿。诗中以过去跟现在对比，以浮现李唐报施甚疏、有功不赏之微旨来。又以现在跟将来对比，以映发出老将"壮心不已"的尽其在我之精神来。

另外，本诗用了许多双声叠韵的词汇，如奋迅、霹雳、崩腾、蒺藜、弃置、蹉跎、苍茫、古木、寒山都是叠韵的词汇，射杀、转战、寥落则是双声的词汇，大量出现，可带给诗歌优美的音响。

清施补华说："摩诘七古格整而气敛，虽纵横变化不及李杜，然使事典雅，属对工稳，极可为后人学步。"读了本诗后，颇有同感。

（张高评）

桃源行^①（076）

　　渔舟逐水爱山春，〔真〕两岸桃花夹古津。坐看红树不知远，行尽青溪忽值人。山口潜行始隈隩^②，〔屋〕山开旷望旋平陆^③。遥看一处攒云树^④，近入千家散花竹。樵客初传汉姓名，居人未改秦衣服。居人共住武陵源，〔元〕还从物外起田园^⑤。

---

　　① 桃源行——原注："时年十九。"《乐府诗集》（卷九十）新乐府辞乐府杂题有此诗。陶渊明《桃花源记》曰："晋太元中，武陵人捕鱼为业，缘溪行，忘路之远近。忽逢桃花林，夹岸数百步，中无杂树，芳草鲜美，落英缤纷，渔人甚异之。复前行，欲穷其林。林尽水源，便得一山，山有小口，仿佛若有光，便舍船从口入。初极狭，才通人，复行数十步，豁然开朗，土地平旷，屋舍俨然，有良田美池桑竹之属，阡陌交通，鸡犬相闻。其中往来种作，男女衣着，悉如外人。黄发垂髫，并怡然自乐。见渔人，乃大惊，问所从来，具答之。便要还家，设酒杀鸡作食。村中闻有此人，咸来问讯。自云先世避秦时乱，率妻子邑人来此绝境，不复出焉，遂与外人间隔。问今是何世，乃不知有汉，无论魏晋。此人一一为具言所闻，皆叹惋。余人各复延至其家，皆出酒食，停数日辞去。此中人语云：不足为外人道也。既出，得其船，便扶向路，处处志之。及郡下，诣太守，说如此。太守即遣人随其往，寻向所志，遂迷，不复得路。南阳刘子骥，高尚士也，闻之，欣然规往。未果，寻病终，后遂无问津者。"行，诗歌体裁之一。

　　② 隈隩——山水弯曲的地方。隈，音 wēi，隩，音 ào。

　　③ 山开句——旷望，旷野在望。旋，忽然间。

　　④ 攒云树——云树相连。攒，音 cuán，聚集。

　　⑤ 物外——世外，别一个世界。

月明松下房栊静①，日出云中鸡犬喧。惊闻俗客争来集②，〔缉〕竞引还家问都邑。平明闾巷扫花开③，薄暮渔樵乘水入。初因避地去人间，〔删〕及至成仙遂不还。峡里谁知有人事，世中遥望空云山。不疑灵境难闻见，〔霰〕尘心未尽思乡县④。出洞无论隔山水，辞家终拟长游衍⑤。自谓经过旧不迷，安知峰壑今来变。当时只记入山深，〔侵〕青溪几度到云林。春来遍是桃花水，不辨仙源何处寻。

　　唐宋以来，歌咏桃花源的诗很多，清王士祯特别推崇王维、韩愈、王安石三家。韩王所作虽然可取，但和王维此诗相较，"便如努力挽强，不免面赤耳热"。本诗的佳处，便是从容自然，诚如沈德潜所谓："顺文叙事，自出意见，而夷犹容与，令人味之不尽。"

　　王维古诗的特色之一，是"能道人心中事，而不露筋骨"（张戒《岁寒堂诗话》），本诗演述桃花源故事，信有此妙。全诗分为五段，"渔舟逐水爱山春"到"行尽青溪忽值人"四句为第一段，是全诗的楔子。"山口潜行始隈隩"到"居人未改秦衣服"六句为第二段，写渔人始入桃源仙境。"居人共住武陵源"到"薄暮渔樵乘水入"八句为第三段，写桃花源中的景色和人物。"初因避地去人间"到"世中遥望空云山"四句为第四段，强调仙境非人间可比。"不疑灵境难闻见"到"不辨仙源何处寻"十句为第五段，写渔人还家后

①　房栊——窗户。栊，音 lóng。
②　俗客——指渔人。因桃源中人以仙境自居，故指渔人为俗客。
③　闾巷扫花开——闾巷，街巷。扫花，古以扫花径表示迎客的诚意。开，开门。
④　不疑二句——谓本来不疑仙境之难以闻见，如今居然亲身经历了，只是尘心未尽，还是带着思家之念而离去。灵境，即仙境。
⑤　游衍——犹游历，流连不去。

迷不复得路情形。

王维七古以属对工稳见称，除上所评《老将行》外，本诗也是一个例子。如"坐看红树不知远"对"行尽青溪忽值人"，"遥看一处攒云树"对"近入千家散花竹"，"樵客初传汉姓名"对"居人未改秦衣服"，"月明松下房栊静"对"日出云中鸡犬喧"，"平明闾巷扫花开"对"薄暮渔樵乘水入"，"峡里谁知有人事"对"世中遥望空云山"，"出洞无论隔山水"对"辞家终拟长游衍"，"自谓经过旧不迷"对"安知峰壑今来变"，备见流利工巧，溜美中见凝重之致。散调中有整齐步式，增厚了古诗不少韵味。

本诗前三段大抵演绎陶渊明《桃花源记》故事，后两段则自出意见，以桃源为仙境。演绎陶作，大抵师其意而不师其辞，不过一些诗境中的景色和风物，当然得袭取《桃花源记》，这是作诗尊题的起码要求，否则就成了散漫无归。如渔舟逐水、两岸桃花、红树、青溪、平旷、云树、花竹、古津、秦衣服、武陵源、物外田园、鸡犬喧、竞引还家，闾巷扫花、渔樵乘水，皆俨然武陵桃源之风土民情，写来自然有味。这三段描绘渔人闯入桃花源，诗中就以全知全能的叙述观点，借着武陵渔人的耳目，带引读者去看去听，其中除了"樵客初传汉姓名""日出云中鸡犬喧""惊闻俗客争来集"侧重写听觉之外，其他各句几乎都写视觉意象。而且句式的安排一动一静，一远一近，一虚一实，错综变化，把桃源仙境写得历历如绘，宛在目前。后两段认定桃花源为仙境，所以第三段先有"物外""俗客"之称，后两段亦有"成仙""灵境""尘心""仙源"之名，写仙境便处处有仙气，如此才算切题。

王维的诗，苏东坡说他"诗中有画，画中有诗"，读了本诗前三段之描绘桃源仙境，定知此语不虚。尤其是"遥看一处攒云树，近入千家散花竹""月明松下房栊静，日出云中鸡犬喧""平明闾巷扫花开，薄暮渔樵乘水入"，写人间仙境景象，令人飘飘然有凌云出尘之想。末段写仙凡咫尺，出以迷离惝恍，犹夷容与之词。句式的安排，一句仙，一句凡，一句信，一句疑，虚实相生，仙凡交出，最能传达出仙界虚无飘渺、可望而不可即的神采来。尤其"不疑灵境难闻见，尘心未尽思乡县"两句，及"自谓经过旧不迷，安知峰壑今来变"

两句，用翻叠句法，其他各句用一纵一擒、一开一合句法，都能使词句回环生趣，层折有味，使如真似幻的桃源仙境意象浮现，令人咀嚼不尽。

至于桃花源其事之虚实有无，实在是千古疑案，王维、刘禹锡、韩愈等，皆以为仙家，苏东坡、王安石等则以为避秦人后。其实，桃花源只是陶渊明的寓言，非真有其事。渊明身遭世变，不愿屈身于暴力政治之下，故托言避秦，而自辟一理想之世界，如乌托邦、君子国、醉乡之类，不意后之读者竟为之悠然神往。如此子虚乌有之地，纷纷置辩，实在没有意思，宋洪迈《容斋随笔》之《三笔》言之最明。说诗者尤其不当如此拘泥，否则就诗趣全无了。

音律方面，本诗共换韵七次，依序为真韵、屋韵、元韵、缉韵、删韵、霰韵、侵韵。由于沿承初唐体制，所以本诗及其他两首入选七古，中间都不免参杂律句，诗风使然，不足为奇。

（张高评）

洛阳女儿行^①（077）

洛阳女儿对门居，〔鱼〕才可容颜十五余^②。良人玉勒乘骢马^③，侍女金盘脍鲤鱼^④。画阁朱楼尽相望，〔漾〕红桃绿柳垂檐向。罗帏送上七香车^⑤，宝扇迎归九华帐^⑥。狂夫富贵在青

---

① 洛阳女儿行——原注："时年十八。" 这也是乐府中新乐府词。梁武帝《河中之水歌》云："河中之水向东流，洛阳女儿名莫愁。莫愁十三能织绮，十四采桑南陌头。十五嫁为卢家妇，十六生儿字阿侯。"

② 才可句——才可，恰好。十五余，十五六岁。

③ 良人句——良人即夫婿。玉勒是玉制的马勒头。骢马，青白杂毛的马。

④ 脍鲤鱼——鲤鱼片。辛延年《羽林郎》诗："就我求珍肴，金盘脍鲤鱼。"

⑤ 罗帏句——罗帏，丝织的帘帐。七香车，七种香木为车，指华贵的车子。

⑥ 宝扇句——宝扇，古代贵妇出行时遮蔽之具，用鸟羽编成。九华帐，鲜艳的花罗帐。

春，〔真〕意气骄奢剧季伦①。自怜碧玉亲教舞②，不惜珊瑚持与人。春窗曙灭九微火，〔霽〕九微片片飞花琐③。戏罢曾无理曲时④，妆成只是熏香坐。城中相识尽繁华，〔麻〕日夜经过赵李家⑤。谁怜越女颜如玉，贫贱江头自浣纱⑥。

这首诗表面在歌咏洛阳女儿的豪奢骄贵，用意却在讽刺浮华奢靡之不当，正言若反，意在言外，极妙。且当时洛阳豪贵人家生活之情形，由此可见一斑，也是研究当时民情风俗的可信资料。

全诗分为三段："洛阳女儿对门居"到"宝扇迎归九华帐"八句为第一段，写洛阳女儿生活的富丽骄贵。"狂夫富贵在青春"到"妆成只是熏香坐"八句为第二段，写女子丈夫的豪阔奢侈及洛阳女儿的娇媚无聊。"城中相识尽繁华"到"贫贱江头自浣纱"四句为第三段，叙写洛阳女儿所交尽富贵，而以西施出身之微贱反衬作结。

本诗的主角是洛阳女儿，诗中用八句正面描绘她的形象，"洛阳女儿对门居，才可容颜十五余""罗帏送上七香车，宝扇迎归九华帐""戏罢曾无理曲时，妆成只是熏香坐""城中相识尽繁华，日夜经过赵李家"，把她的籍贯、年

---

① 意气句——晋石崇字季伦，财产丰积，室宇宏丽，曾与贵戚王恺、羊琇等比阔。晋武帝曾赐王恺高二尺的珊瑚树，世所罕有。恺以示崇，崇以铁如意击碎。恺厉声相责，崇乃命人搬来六七株三四尺高之珊瑚树偿还他。见《世说新语》。剧，戏弄。意谓可轻视石崇。

② 碧玉——宋汝南王妾名，梁元帝《采莲赋》曰："碧玉小家女，来嫁汝南王。"这里借代洛阳女儿。

③ 春窗、九微二句——写通宵欢娱，直到清晓才灭灯火。九微，灯名，《汉武内传》："燃九光九微之灯以待王母。"片片，指灯花。花琐，指雕花的连环形窗格。

④ 戏罢句——溺于嬉戏，连练习曲子的功夫都没有。曾无，从无。理，温习。

⑤ 赵李家——指赵飞燕及李平二女宠的家，这里泛指贵戚之家。阮籍《咏怀诗》："西游咸阳中，赵李相经过。"

⑥ 越女——指西施。越，在今浙东一带。西施原为若耶溪的浣纱女。参见前诗《西施咏》。

龄、车服、妆扮、生活、志趣、交游等，清晰地勾勒显现出来。除此之外各句都是宾笔，是用来烘托主角的身份与性情的，如写丈夫凡五句，"良人玉勒乘骢马"，"狂夫富贵在青春，意气骄奢剧季伦。自怜碧玉亲教舞，不惜珊瑚持与人"。夫妻本为一体，荣辱与共，写丈夫的豪奢，即呈露出妻子之富贵来。写夫妻生活者二句："春窗曙灭九微火，九微片片飞花琐。"通宵欢娱，幸福美满不言可喻。其他写侍女、阁楼、桃柳，也都饶有富贵气象。这叫作借宾形主法或烘云托月法。

旁写、侧写的宾笔固然是为了浮现主角意象，而对面作反衬亦然，末联以浣纱江头时候的西施作陪衬，贫贱寒微与富贵荣华相较，便映发出"贱日岂殊众，贵来方悟稀""人生富贵何所望，恨不嫁与东家王"的讽谕诗趣来。因为诗中的洛阳女儿本也出身寒微，后来才像刘碧玉一样，嫁得一位乘龙快婿，才骤然成为贵妇的。诗中极尽铺写排场之能事，遣词布景，在在都有豪华富贵景象，如玉勒骢马、金盘鲤鱼、画阁朱楼、红桃绿柳、罗帏、七香车、宝扇、九华帐、富贵、青春、骄奢、教舞、珊瑚、春窗、花琐、九微火、熏香、繁华、赵李家、颜如玉等，渲染得诗境一片豪华之气咄咄逼人。如此，才算切人切物切事。

修辞方面，对仗工稳流利，如"良人玉勒乘骢马"对"侍女金盘脍鲤鱼"，"画阁朱楼"对"红桃绿柳"，"罗帏送上七香车"对"宝扇迎归九华帐"，"自怜碧玉亲教舞"对"不惜珊瑚持与人"，"戏罢曾无理曲时"对"妆成只是熏香坐"，散调中见排偶，疏宕中而不失凝重，音调遂有错综变化之美。其次是借代法的运用，兼有亲切而含蓄之美，如称夫婿为"良人""狂夫"，以"赵李"借代贵戚之家等是。又用比拟法，以碧玉越女比寒微，以季伦、七香车、九华帐、九微火比富豪，意象显豁。"春窗曙灭九微火，九微片片飞花琐"则是顶真句法，可以增强语意的紧凑，脉络的贯串。末两句以反诘生情作结，使得情韵不匮，悠然有余。含蓄层折，自然胜直陈说明多多。"春窗""九微"两句写欢娱，"妆成只是熏香坐"一句写寂寞无聊，也都极蕴藉秀出，耐人寻味。

本诗每四句押一韵，凡五换韵，依次为鱼韵、漾韵、真韵、哿韵、麻韵。诗中也多杂有律句，但因平仄不杂排律，所以仍看作古风。

（张高评）

李 颀

古从军行^①（078）

白日登山望烽火^②，黄昏饮马傍交河^③。〔歌〕行人刁斗风砂暗^④，公主琵琶幽怨多^⑤。野营万里无城郭，〔药〕雨雪纷纷连

---

① 古从军行——《乐府诗集》（卷三十二）相和歌辞平调曲有《从军行》，题解曰："《古今乐录》曰，从军行，王僧虔云，荀录所载左延年《苦哉》一篇今不传。《乐府解题》曰：从军行皆军旅苦辛之词。广题曰，左延年词云：苦哉边地人，一岁三从军。三子到敦煌，二子诣陇西。五子远斗去，五妇皆怀身。陈伏知道又有《从军五更转》。"

② 烽火——《后汉书·光武帝纪下》李贤注曰："边方备警急，作高土台，台上作桔皋，桔皋头有兜零，以薪草置其中，常低之，有寇即燃火举之以相告曰烽。"烽火又名狼烟，或云以燃烧狼粪为主，其烟凝聚直上云霄不去，数十里外皆可望见。

③ 交河——《汉书·西域传》曰："车师前国王治交河城，河水分流绕城下，故号交河，去长安八千一百五十里。"《元和郡县志》曰："陇右道西州交河县：本汉车师前王庭也。贞观十四年于此置交河县，交河出县北天山，水分流于城下，因以为名。"在今新疆吐鲁番以西。

④ 刁斗——军中用作敲更的东西。《史记·李将军列传》曰："不击刁斗以自卫。"集解孟康曰："以铜作镬器，受一斗，昼炊饮食，夜击持行，名曰刁斗。"

⑤ 琵琶——《文选·石季伦〈王明君词〉序》曰："昔公主嫁乌孙，令琵琶马上作乐，以慰其道路之思。"《宋书·乐志一》引傅玄《琵琶赋》曰："汉遣乌孙公主嫁昆弥，念其行道思慕，故使工人裁筝筑，为马上之乐，欲从方俗语，故名曰琵琶，取其易传于外国也。"

大漠①。胡雁哀鸣夜夜飞，胡儿眼泪双双落。闻道玉门犹被遮②，〔麻〕应将性命逐轻车③。年年战骨埋荒外，空见蒲萄入汉家④。

　　本诗将塞外的苦况写得十分具体，教人读来如身历其境，主要是由于作者各种感官的效果发挥了功能，视觉、味觉、嗅觉、触觉、听觉，都发挥其敏锐的收视作用。"白日登山望烽火"，颇有穷尽目力所及的动态；"黄昏饮马傍交河"，自白天直到黄昏，马疲人劳，牵马饮河，人也饥渴了；"行人刁斗风砂暗"，行人的刁斗，夜晚用来敲更，白天用来炊煮，这时是在昏暗刺骨的风砂中作晚餐，军中奏起了琵琶，与当年中国公主下嫁时一样，在马上奏响琵琶，作为道路的安慰，却引来太多的幽怨。起首四句，已将全身的感官都写到了。

　　再随着起首的四句往远方看，往远方想，在野地扎营，一望万里，连城郭都没有，雨雪纷纷，直连到大漠地平线的尽头。在那边，胡雁哀鸣，夜夜向南飞，胡儿的眼泪，双双滴落。听说玉门关那边又被胡尘笼罩，自然应该不顾性命，追逐在轻捷的兵车左右，去打败敌人，只是年年都使战争的白骨埋向塞外的荒土，徒然赢得一些塞外的葡萄入贡于汉家罢了。诗末是以厌战的口吻作

　　① 大漠——《后汉书·窦宪传》曰："遂登燕然山，令班固作铭曰：经碛卤，绝大漠。"注曰："沙土曰漠。"

　　② 玉门——《汉书·西域传》曰："东西六千里，南北千余里，东则接汉，阨以玉门、阳关。"《元和郡县志》曰："陇右道沙州寿昌县，玉门故关在县西北一百一十七里，谓之北道，西趋车师前庭及疏勒，此西域之门户也。"《大清一统志》曰："甘肃安西厅：古玉门关在沙州卫西。"案：今改玉门市。

　　③ 轻车——《周礼·春官·车仆》："掌轻车之萃。"郑注曰："轻车，所用以驰敌致师之车也。"战车都以轻捷的为主。

　　④ 蒲萄——《汉书·西域传》曰："大宛左右以蒲萄为酒，宛贵人立蝉封为王，遣子入侍，岁献天马二匹，汉使采蒲萄种归。"又"汉使采蒲陶目宿种归，天子以天马多，又外国使来众，益种蒲陶目宿，离宫馆旁极望焉"。蒲陶亦作蒲桃，又作葡萄。

结，劝诫胡人慎勿入侵，也劝诫汉人勿贪开边。诗中不写征人落泪，偏写胡儿落泪，不写刁斗惊心，偏写胡乐幽怨，都从另一方面去设想，显得诗意转深了一层。年年输出白骨，换来了一些葡萄，这代价也就太大了。

（黄永武）

李 白

蜀道难^①（079）

　　噫吁嚱，危乎高哉！蜀道之难，难于上青天！〔先〕蚕丛及鱼凫^②，开国何茫然。尔来四万八千岁，乃不与秦塞通人烟^③。西当太白有鸟道^④，可以横绝峨眉巅^⑤。地崩山摧壮士死，

---

　　① 蜀道难——此在乐府中系相和歌词的瑟调曲，叙说四川地方道路的险阻，梁陈间已有人拟作，并不创自李白。

　　② 蚕丛及鱼凫——扬雄《蜀王本纪》："蜀王之兄名蚕丛、柏灌、鱼凫、蒲泽、开明。是时人民椎髻，哤言不晓文字，未有礼乐。从开明上至蚕丛，积三万四千岁。"

　　③ 乃不句——《成都记》："秦惠王讨灭蜀王杜宇，封公子通为蜀侯。惠王二十七年，以李冰为守，蜀人始通中国。"前此则不通中国。"不"字据敦煌本增。

　　④ 西当句——太白山在陕西眉县东南，当入蜀之冲。鸟道是说连山高峻，甚少低缺处，唯飞鸟过此，以为径路。极言人迹所不能到。

　　⑤ 峨眉巅——峨眉山在今四川省峨眉山市西南。

然后天梯石栈方钩连①。上有六龙回日之高标②，下有冲波逆折之回川。黄鹤之飞尚不得过，猿猱欲度愁攀援。青泥何盘盘③，〔寒〕百步九折萦岩峦。扪参历井仰胁息④，以手抚膺坐长叹⑤。问君西游何时还？〔删〕畏途巉岩不可攀。但见悲鸟号古木，雄飞雌从绕林间。又闻子规啼夜月，愁空山。蜀道之难难于上青天，使人听此凋朱颜。连峰去天不盈尺，〔陌〕枯松倒挂倚绝壁。飞湍瀑流争喧豗⑥，〔灰〕砯崖转石万壑雷⑦。其险也如此，嗟尔远道之人胡为乎来哉？剑阁峥嵘而崔嵬⑧，一夫当关，万夫莫开。所守或匪亲⑨，化为狼与豺。〔佳〕朝避猛虎，

---

① 天梯石栈——《华阳国志》："秦惠王知蜀王好色，许嫁五女于蜀，蜀遣五丁迎之。还到梓潼，见一大蛇入穴中，五人相助，大呼拽蛇，山崩，压杀五丁及五女，而山分为五岭。"五丁即力士，五丁开道后，方有天梯石栈，天梯石栈指高峻的栈道。按《郡国志》：褒城县斜谷及褒谷一带，宋有栈阁二千九百八十九间，元有栈阁二千八百九十二间。

② 上有句——今本作"上有六龙回日之高标"，敦煌本、《文苑英华》及《乐府诗集》均作"上有横河断海之浮云"。

③ 青泥何盘盘——青泥岭在兴州（今陕西略阳县），上多云雨，行者屡逢泥淖，为入蜀的通路。盘盘是形容道路的曲折险阻。

④ 扪参句——参、井，两星名，此句是说仰视天上的星，似乎离人很近，可以用手去摸。胁息，是说仰首上望致透不过气来。

⑤ 膺——胸口。

⑥ 喧豗——水石相撞的声响。豗，音 huī。

⑦ 砯——音 pīng，水击石上的声音。

⑧ 崔嵬——崔，音 cuī，嵬，音 wéi。山势高大的样子。

⑨ 所守句——把守重要的关口，应用亲信的将士。这典故是用《史记·高祖本纪》田肯劝刘邦的话，非亲子弟，不要封为秦或齐的王。《文选·张孟阳剑阁铭》："一人荷戟，万夫趑趄，形胜之地，匪亲勿居。"

夕避长蛇，〔麻〕磨牙吮血，杀人如麻。锦城虽云乐①，不如早还家。蜀道之难难于上青天，侧身西望长咨嗟。

这首诗，如果分行并列，一看就是高低不平的山路：

噫吁嚱，危乎高哉！	3	4	7
蜀道之难，难于上青天！	4	5	9
蚕丛及鱼凫，开国何茫然。	5	5	10
尔来四万八千岁，乃不与秦塞通人烟。	7	8	15
西当太白有鸟道，可以横绝峨眉巅。	7	7	14
地崩山摧壮士死，然后天梯石栈相钩连。	7	9	16
上有六龙回日之高标，下有冲波逆折之回川。	9	9	18
黄鹤之飞尚不得过，猿猱欲度愁攀援。	8	7	15
青泥何盘盘，百步九折萦岩峦。	5	7	12
扪参历井仰胁息，以手抚膺坐长叹。	7	7	14
问君西游何时还？畏途巉岩不可攀。	7	7	14
但见悲鸟号古木，雄飞雌从绕林间。	7	7	14
又闻子规啼夜月，愁空山。	7	3	10
蜀道之难难于上青天，使人听此凋朱颜。	9	7	16
连峰去天不盈尺，枯松倒挂倚绝壁。	7	7	14
飞湍瀑流争喧豗，砯崖转石万壑雷。	7	7	14
其险也如此，嗟尔远道之人胡为乎来哉？	5	11	16
剑阁峥嵘而崔嵬，一夫当关，万夫莫开。	7	8	15
所守或匪亲，化为狼与豺。	5	5	10

---

① 锦城——成都在蜀时，是城官处，号锦里城，所以成都别名锦官城，故城在县南十里。锦城二句敦煌本是没有的。

朝避猛虎，夕避长蛇。	4	4	8
磨牙吮血，杀人如麻。	4	4	8
锦城虽云乐，不如早还家。	5	5	10
蜀道之难难于上青天，侧身西望长咨嗟。	9	7	16

全诗写蜀道的高峻、危险，难以攀援，用句法的参差来作为象征，这字数长短错落的句子相间地排列，正显现出蜀道中"地无三尺平"的景象。

起首"噫—吁—嚱—危乎—高哉"这七个字在发声上极不顺口，盘盘折折，断断续续，这种"声势"已将山势的高峻危险写将出来。接着是"蜀道之难，难于上青天"这个九字长句，也正代表着蜀道的长远迂回。而这九字句中，以两个"难"字顶接着，更强化了艰难的意味。

其后由二句十字，累增为十五字十四字，又累增为二句十六字，又累增至二句十八字，其后降为十五字、十二字、十四字，旋陟旋降，崎岖不平。其中偶尔有一些规律的七言诗行，是从规律中表现着森然的严肃。但规律的七言诗行中又常转韵，以见变化不同，如"尺""壁"为入声陌韵，"压""雷"为平声灰韵，偶杂入声仄韵，给听觉上带来惕厉警戒的感觉，唤起注意。

其后用十一字的长句，深深地吐出了叹息，再后面，大概是感情特别激动，句型的长短又与前面不同，句型较短，节拍更紧，自七言八言，而降至五言四言，结尾再重复"蜀道之难难于上青天"九言长句以为收束。使诗行中隐约可听见"难……难……"的喘息声。

全诗句型的变化面目最多，一样是九言七言、八言七言配合成句，前半用"七、九""八、七"组成，后半则用"九、七""七、八"组成。一样是十字合成二句，有用"五、五"的，有用"七、三"的。众多的变化，无非在象征崎岖不平的蜀道。

以上是我在《中国诗学·设计篇》中对句型进行分析时，特别举本诗作实例。至于本诗的主旨是什么呢？据王琦的研究，诗中有"所守匪亲，化为豺狼"的句子，又有蚕丛开国、剑阁难行等语，应是指安禄山造反，天子正计划逃往蜀地，当时众议纷纷，都认为不适宜住蜀地避难。古时一往蜀地，难有收复河山的希望。李白作本诗要旨在反对天子幸蜀，所以"问君西游何时还"，君字乃指唐明皇，唐明皇不听众议，仓促奔蜀，结果不幸言中，收复失土是肃宗的事了。至是"锦城虽云乐，不如早还家"二句，敦煌本中是没有的，如果是明皇蒙尘奔蜀，"乐"从何来？寇盗未平，如何要他"早还家"？所以有了这二句，反而与当时的情事不合了。

（黄永武）

将进酒^①（080）

　　君不见黄河之水天上来^②，〔灰〕奔流到海不复回。君不见高堂明镜悲白发，〔月〕朝如青丝暮成雪。人生得意须尽欢，莫使金樽空对月。天生我材必有用，千金散尽还复来。〔灰〕烹羊宰牛且为乐，会须一饮三百杯^③。岑夫子^④，丹丘生^⑤，〔庚〕将近酒，杯莫停。〔青〕与君歌一曲，请君为我倾耳听。钟鼓馔玉不足贵^⑥，但愿长醉不愿醒。古来圣贤皆寂寞，唯有饮者留其名。〔庚〕陈王昔时宴平乐^⑦，〔药〕斗酒十千恣欢谑。主人何为言

---

①　将进酒——此系乐府鼓吹曲辞中汉铙歌二十二曲之一，此篇太白大略以饮酒放歌为主。敦煌残卷诗题作"惜罇空"。将，请。

②　黄河——源出青海。天上来，极言其发于高远处。

③　会须句——会须，务必如此。后汉时，袁绍征辟郑玄，会者三百余人，郑康成一饮三百杯。

④　岑夫子——指岑参，杜甫诗有云："岑生多新语，性亦嗜醇酎。"或云即李白集中之岑征君。

⑤　丹丘生——指元丹丘，太白有《题嵩山逸人元丹丘山居诗序》。其人学道谈玄，李白称为逸人。

⑥　钟鼓馔玉——古时大宴会，常鸣钟伐鼓作乐。馔玉是说肴馔的珍美，可比于玉。

⑦　陈王句——魏曹植封陈王。平乐，观名。曹植《名都篇》："归来宴平乐，美酒斗十千。"

少钱，径须沽取对君酌。五花马，千金裘^①，〔尤〕呼儿将出换美酒^②，与尔同销万古愁。

太白最擅长于乐府，这是由于他才思横溢，无所发抒，欲借此以逞笔力，所以集中乐府多达一百五十首。这首诗作于天宝十一年嵩山元丹丘处，通篇主意，在劝人及时行乐，尽兴饮酒。诗中表现的思想既虚无消沉，又豪放自负，这是李诗的特色之一。借乐府旧题以抒写怀抱，这是李诗的特色之二。

全诗可分为三段：首六句为第一段，言人寿几何，当及时行乐，"人生得意须尽欢，莫使金樽空对月"，是一篇之主旨与警策。"天生我材必有用"至"唯有饮者留其名"十四句为第二段，叙述饮酒尽欢之可贵。"陈王昔时宴平乐"至"与尔同销万古愁"八句为第三段，伸足饮者留名之意，而以旷达作结。通篇元气淋漓，笔势豪健，摆脱鄙近，得意外之趣。

在其他诗中，太白对生命和宇宙曾有深入的透视，所谓"且乐生前一杯酒，何须身后千载名""三万六千日，夜夜秉烛游""人生且行乐，何必组与珪""当代不乐饮，虚名安用哉""君若不饮酒，昔人安在哉"，这些都是对"天地者万物之逆旅，光阴者百代之过客"的诠释罢了。既然生命有限，就应该及时行乐尽欢，尽欢的最佳途径就是饮酒，于是形成了太白的饮酒哲学。黄永武先生对太白这种"现实的征逐"曾有申说：

道家的杨朱主张人不要被寿、名、位、货所困，样样求适志，解开外界重重的"阈塞"，去寻求享乐。李白诗中主张散千金，去虚名，纵酒轻狂，注重眼前的欢乐，凡此都在替杨朱思想作鼓吹。……要后世的虚名不如要当代的美酒，所以主张有酒尽量开怀畅饮，有牛羊不必吝啬烹宰，金樽空对着月亮是一种辜负，一种浪费，乘着美丽的月光，就该醉倒在高台上。李白的思想与行径

---

① 五花马，千金裘——五花马，谓马之毛色作五花文者，杜甫《高都护骢马行》："五花散作云满身。"其状可见。《史记·孟尝君列传》："孟尝君有一狐白裘，直千金，天下无双。"

② 将——执持的意思。

实在很颓废，不过也很难说他这样做算是获得还是损失，算是痛苦还是快乐。（《中国诗学·思想篇·李白的野性美》）

因此，不但自己尽兴豪饮，也劝朋友饮酒，像本诗劝岑夫子、丹丘生共饮，更嘲笑那些不好杯中物的朋友，像嘲王历阳不肯饮酒，就是个例子。

太白的诗号称"清水出芙蓉，天然去雕饰"，这不过说他遣词自然，迹近天工而已，并非说他不重修饰词句。像本诗他就用了许多修辞技巧，如频频使用呼告，警醒激切，连用两个"君不见"，固是提醒人语，而直呼"岑夫子""丹丘生"，三呼"君"字，也是呼唤其人而告之，不仅气势为之一振，感情的真挚也扣动了读者的心弦。其次是夸张手法，如"黄河之水天上来"，状其发源地之高；"朝如青丝暮成雪"，形容年华飞逝之速；"一饮三百杯"，言其酒量之豪；"万古愁"，表现其愁思之悠悠不断。其他如"千金散尽""斗酒十千""千金裘"，也都是夸饰的说法。这是太白浪漫精神的发扬，利用这种手法，往往能增加作品震慑的力量和气势。夸张本身，就含有比喻的意味。把抽象的事物说得具体些，往往得用比喻，除前所举夸张的例子外，"钟鼓馔玉"就是比喻，将富贵人家饮食情形具象化了。又如黄河之水"奔流到海不复回"，也把岁月如流、人死不可复生的意象表达得很显豁。本诗也使用对比烘托法，富贵玉食，圣贤寂寞，所以衬托出恣意尽欢，饮者留名的旨趣来，不是非议富贵，贬驳圣贤。"陈王昔时宴平乐"两句，为"饮者留名"作证，且作为有钱饮酒之例，以便与下文"少钱"对比，以兴起倾囊所有，沽酒对酌，"同销万古愁"之意。太白作诗虽多发语自然，但也不乏实字健句之例，如"清风明月不用一钱买，玉山自倒非人推"，及本诗"高堂明镜悲白发，朝如青丝暮成雪"，两句中都含五事，所以笔势特别矫健。当然谈到广泛运用，而成密度极大的雄健诗风，那只好让杜甫专美了。

清人王琦在校勘李白诗时，已发现本诗"天生我材必有用"句，有"天生我身必有财""天生吾徒有俊材""天生我材必有开"等异文。今见敦煌发现唐人手抄残卷，诗题作"惜罇空"，句子作"天生吾徒有俊才"。李白的诗在唐代传抄时最为普及，唐人写本也最接近作者年代，理应较为可信。若敦煌本作

"天生吾徒有俊才"是对的，那这句诗应解作天才挥洒者的自负，而不应解作意气凌云的乐观进取。才差了几个字，解诗者便不能据此说李白能"把握当下的确实性及人格价值"。（说本黄永武先生《中国诗学·考据篇·自序》）

本诗长短错杂，夹叙夹议，三言六句，五言一句，七言十九句，十言二句，可谓以长短句为章法者，是太白"以文为诗"的又一杰作。章法联络方面，"不足贵"应"千金散尽"，"恣欢谑"应"须尽欢""且为乐"，"五花马，千金裘"反映"少钱"，"留名"对衬"寂寞"。篇末以跌宕生情作收，写放逸之情，以唤起警切之韵味，有悠然不尽的余韵。

（张高评）

行路难三首^①（081 ~ 083）

金樽清酒斗十千，〔先〕玉盘珍羞直万钱^②。停杯投箸不能食，拔剑四顾心茫然^③。欲渡黄河冰塞川，将登太行雪满山^④。闲来垂钓碧溪上，忽复乘舟梦日边^⑤。行路难，行路难，多歧路，今安在？〔贿〕长风破浪会有时^⑥，直挂云帆济沧海。

---

① 行路难——《乐府古题要解》："行路难，备言世路艰难及离别伤悲之意，多以君不见为首。"萧士赟曰："行路难者，古乐府道路六曲之一。"太白这三首诗都是为了辞官还家放浪江湖而作，时当天宝三载（公元七四四年）遭谗离都后。

② 玉盘句——羞同馐。珍羞，好的菜肴。直，通值。

③ 停杯二句——箸，音 zhù，同箸，就是筷子。晋何曾性豪奢，日食万钱，犹曰无下箸处。鲍照诗："对案不能食，拔剑击柱长叹息。"古诗："四顾何茫然。"

④ 太行——山名，在长城黄河之间的山统叫太行山脉，主峰在山西省晋城市南。

⑤ 闲来二句——传说姜太公未遇文王时，曾在磻溪垂钓。《宋书》："伊挚将应汤命，梦乘船过日月之旁。"又晋明帝曰："只闻人自长安来，不闻人自日边来。"后人遂以日边为帝都。

⑥ 长风破浪——《宋书·宗悫传》："宗悫少时，叔父炳问其志，悫曰：'愿乘长风破万里浪。'"

大道如青天^①，我独不得出。〔质〕羞逐长安社中儿，赤鸡白狗赌梨栗^②。弹剑作歌奏苦声，〔庚〕曳裾王门不称情^③。淮阴市井笑韩信^④，汉朝公卿忌贾生^⑤。君不见昔时燕家重郭隗^⑥，〔灰〕拥篲折节无嫌猜。剧辛乐毅感恩分^⑦，输肝剖胆效英才。昭王白骨萦蔓草，谁人更扫黄金台^⑧？行路难，归去来！

有耳莫洗颍川水^⑨，有口莫食首阳蕨^⑩。〔月〕含光混世贵

---

① 大道如青天——是说世道之大，犹如青天。

② 赤鸡白狗——即斗鸡走狗，是古时的一种赌博。

③ 弹剑、曳裾二句——《史记·孟尝君列传》，冯谖客孟尝君，曾多次弹铗而歌，对生活表示不满。《汉书》，邹阳曰："饰固陋之心，则何王之门不可曳长裾乎？"裾，长裙。曳裾，出入公侯之门。两句诗意说：寄人篱下的生活，不能称心如意。

④ 笑韩信——《史记·淮阴侯列传》，韩信，淮阴人，市中少年众辱之，使出胯下，信熟视之，俯出胯下匍伏。

⑤ 忌贾生——贾谊，洛阳人，汉文帝召为博士，时贾谊只有二十多岁。他请帝易正朔，改服色，制法度，兴礼乐。朝中绛、灌等均忌之，时进谗言，于是出为长沙王太傅。作者借此二事以诉说自己受到的轻蔑和排挤。

⑥ 燕重郭隗——《史记》，燕昭王于破燕之后即位，卑身厚币以招贤者。郭隗曰："王必欲致士，请自隗始。况贤于隗者，岂远千里哉？"于是昭王为隗改筑宫而师事之。乐毅自魏往，邹衍自齐往，剧辛自赵往。

⑦ 拥篲二句——邹衍至燕，昭王拥篲（扫帚，扫除尘埃，表示敬意）先驱。折节，屈折肢节的样子。剧辛，赵人。乐毅，魏人，昭王拜为上将军，率诸侯兵攻下齐七十余城，号昌国君。

⑧ 黄金台——在易水东南，燕昭王置千金于台上，以延天下贤士。"君不见"以下六句，感叹自己遇不到像燕昭王那样英明的君主，不能施展才华。

⑨ 耳洗颍水——《高士传》："许由耕于中岳，颍水之阳，箕山之下。尧召为九州长，由不欲闻之，洗耳于颍水之滨。"

⑩ 食首阳蕨——《史记·伯夷列传》，伯夷、叔齐闻周武王伐纣，叩马而谏。武王已平殷乱，天下宗周，隐于首阳山（在今河南偃师），采薇蕨而食。终饿死，不食周粟。

无名，何用孤高比云月。吾观自古贤达人，〔真〕功成不退皆殒身。子胥既弃吴江上①，屈原终投湘水滨②。陆机雄才岂自保③，〔皓〕李斯税驾苦不早④。华亭鹤唳讵可闻，上蔡苍鹰何足道。君不见吴中张翰称达生，〔庚〕秋风忽忆江东行⑤。且乐生前一杯酒，何须身后千载名。

　　这三首诗，是借乐府旧题以抒写世路崎岖、宦途艰险的感慨。诗中充满了抑郁不平的情绪和进退两难的矛盾心理。第一首还存有用世的雄心壮志，第二首感伤知音之难遇；第三首则有鉴于富贵功名之不能长保，心灰意懒之余，遂有终老醉乡之念。从这些诗中，可以窥见太白旷达的人生观。

　　第一首诗可分为三段：前四句为第一段，写奉养富厚下的失落感。"欲渡黄河冰塞川"四句为第二段，写人生遇合无常，叹其道不行。"行路难"以下六句为第三段，重申世途多舛，并以挂帆浮海作结。

──────────

　　① 子胥弃吴江——《吴越春秋》，伍子胥（名员）谏吴王不听，吴王赐属镂之剑，子胥伏剑而死。吴王取其尸，盛以鸱夷之器（皮袋），投于江中。
　　② 屈原投湘水——屈原，楚大夫，名平，字灵均。怀王重其才，靳尚辈进谗言于王，遂被放逐。原乃作《离骚》《渔父》诸篇以见志，于五月五日自沉于汨罗江而死。
　　③ 陆机雄才——《晋书》："成都王颖起兵讨长沙王，以陆机为后将军，河北大都督，督王粹牵秀等诸军，战于鹿苑，机军大败。宦官孟玖谮机有异志，颖怒，使秀收机，机临刑神色自若，叹曰：'华亭鹤唳，岂可复闻乎？'"华亭，今江苏松江地，机兄弟曾游于此。
　　④ 李斯税驾——李斯，上蔡人，说秦始皇，为丞相，尝曰："斯乃上蔡布衣，上不知其驽下，遂擢至此。当今人臣之位无居臣上者，可谓富贵极矣。物极则衰，吾未知所税驾（解驾车之马而休息）也。"后以赵高之谮，得罪弃市，临刑谓其子："吾欲与汝牵黄犬臂苍鹰出上蔡东门，不可得矣。"税，同"脱"。
　　⑤ 张翰秋风——晋张翰，字季鹰，吴人。齐王冏辟为大司马东曹掾，翰因见秋风起，乃思吴中菰菜莼羹鲈鱼脍，曰："人生贵适志，何能羁宦千里以要名爵乎？"遂命驾而归。后冏败，人皆谓之见机。或谓之曰："卿乃可纵适一时，独不为身名耶？"答曰："使我有身后名，不如即时一杯酒。"时人称其旷达。

李白飞扬跋扈，既狂且野的性情，往往不安于现实的生活，所以黄河太行山不能登越飞渡，他就在梦中完成了飞越超渡。纵恣不羁的性格，造就了他横溢的豪情。黄永武先生对此曾有所论说：

这首以世路艰难为题材的诗，配合李白拔剑四顾的豪情，吹唱起来，十分悲愤激宕。用豪情去打破财货俭约的限制，面对美酒佳肴，散金千万，倒还容易，但想用豪情去打破自然山川的限制，冀能逍遥地渡黄河，登太行，则很困难。泰山太行象征着个人理想的境地，冰川雪天象征着小人阻碍的重重，为此而停杯投箸，拔剑四顾。他相信没有哪一样限制不能突破，不能征服。尽管在现实的环境中，他好像已被击败，闲散地只好去垂钓，但在睡梦中，被压抑的豪迈意识一再地申张，仍然雄心万丈地乘舟到了日边。世路艰难，歧路又多，但征服环境阻碍的雄伟心志永不摧沮，终会有乘长风破巨浪的日子，直挂云帆，渡过那茫茫的沧海。这份豪情，这份自负，正是他睥睨一切的原动力。（《中国诗学·思想篇·李白的野性美》）

太白诗的起句大多开门见山，如快刀劈下，唯《行路难》三首不同，大多前半笔势和缓，节奏从容，然后渐急渐快，至结束处，遂有峻绝不可当之势，《梦游天姥吟留别》亦然。另外，本诗在修辞上除用"斗十千""直万钱"作夸张外，又以"实字健句"，"金樽清酒斗十千，玉盘珍羞直万钱"，"欲渡黄河冰塞川，将登太行雪满山"，都是两句中各用了六个实物，不仅诗意丰繁，而且语劲句健，笔力非凡。又用了象征手法，"欲渡黄河冰塞川，将登太行雪满山"，黄河太行，象征个人理想的世界；冰川雪山，象征小人阻碍的重重。同时用了三个典故，有神无迹："闲来垂钓碧溪上"，用吕尚垂钓渭滨故事；"乘舟梦日边"，用伊尹作梦应命故事；"长风破浪"，则用宗悫答问志向故事。三者都说明了一项事实：人生遇合，多出于偶然，要适逢其会，才有功成名就之望。可见使事用典，太白也是个中高手，看下面二首自可明白。

第二首诗也分为三段，前四句为第一段，言自己郁郁不得志，是由于不愿随波逐流。"弹剑作歌奏苦声"以下四句为第二段，举出冯谖、邹阳、韩信、贾谊四位不得志的人来映衬。"君不见昔时燕家重郭隗"以下八句为第三段，又举出郭隗、邹衍、剧辛、乐毅四人之见知于燕昭王，以反衬自己的怀才不遇，并以归隐作结。

对比映衬的设计运用，是本诗的特色之一，列举冯谖、邹阳、韩信、贾谊四人，是正面衬托自己的不得志，列举郭隗、邹衍、剧辛、乐毅四人，是反面衬托知音之难遇。正反对比陪衬，古事和现实相较，遂使自己怀才不遇之意象交相映发，信加醒朗。这种手法叫作烘云托月法，又叫借宾形主法。至于用宾之法，不是与主相类就是与主相反，相类者用来正映，相反的用来反映，反正虽不同，未有不与主相映者。譬如作画之借景生情，意不在景而在写其人之情；又如烘云托月，意不在云，而固在于月。宾可多，主无二，这是不变的法则。

本诗用了八个典故，第三首诗用了七个典故，似乎不像"清水出芙蓉，天然去雕饰"的谪仙作品，可是我们考察太白诗集，像《酬殷明佐见赠五云裘歌》《历阳壮士勤将军名思齐歌》《赠潘侍御论钱少阳》《赠宣城赵太守悦》《秦女卷衣》《北上行》《枯鱼过河泣》等诗，就大量征引典故、历史、异闻、传说、神话等素材。尤其是《早秋赠裴十七仲堪》《赠张公洲革处士》《发白马》三首诗，就征引了《庄子》《列子》《史记》《汉书》的资料，这和他平易疏宕的诗风迥不相同，是比较罕见而特殊的一面。

第三首诗也分三段，首四句为第一段，写许由、伯夷之孤高，不免怪僻。"吾观自古贤达人"至"上蔡苍鹰何足道"八句为第二段，写伍员、屈原、陆机、李斯之留恋爵位，未免愚昧。"君不见"以下四句为第三段，以张翰的旷达作结，并表达终老醉乡的意愿。

本诗举出不慕富贵的许由、伯夷，跟贪慕富贵的伍子胥、屈原、陆机、李斯，这正反两极端的人物，非愚则怪，都是太白极不以为然的。只有张翰的洞烛机先，尘视富贵的旷达，才是太白所心仪取法的。所以本诗中宾主的设计，是以六宾陪一主，这正是"宾可多，主无二"的例证，借宾形主法的运用，此可以为定式之一。

由于酒可暂时消愁，酒可安慰寂寞的心灵，所以嗜酒成癖，就成了太白热情、豪放与旷达的泉源。本诗末二句就说："且乐生前一杯酒，何须身后千载名。"正是感慨"行路难"，对诗旨作了呼应。第二首诗慨叹的怀才不遇，固然是一种悲哀与无奈，本诗却又进一步说，纵然是时运际会，也同样是"行路难"。为求解脱，嗜酒就成了他的标志，诗中随处可见这位酒中仙的自白："人生得意须尽欢，莫使金樽空对月"，"但使主人能醉客，不知何处是他乡"，"三杯通大道，一斗合自然。但得酒中趣，勿为醒者传"，"愁来饮酒二千石，寒灰重暖生阳春"，"穷愁千万端，美酒三百杯。愁多酒虽少，酒倾愁不来。所以知酒圣，酒酣心自开"。杜甫杂言赠李白云："敏捷诗千首，飘零酒一杯。"可见太白的嗜酒主要在感慨"行路难"哪！

这三章诗，三首如一首，其中自有脉络线索可寻，如"渡黄河""登太行""挂帆济海""不得出""归去来""功成不退""江东行"等，都与"行路"二字密切相应。有了这些线索的连系，所以就直觉到三诗如一诗了。

（张高评）

长相思^①二首（084～085）

长相思，在长安。络纬秋啼金井阑^②，微霜凄凄簟色寒。

---

① 长相思——萧士赟曰："乐府怨思二十五曲，其一曰长相思。"郭茂倩《乐府诗集》曰："客从远方来，遗我一书札。上言长相思，下言久离别。"李陵诗："行人难久留，各言长相思。"苏武诗："生当复来归，死当长相思。"长者久远之辞，言行人久戍，寄书以遗所思也。古诗又曰："客从远方来，遗我一端绮。文采双鸳鸯，裁为合欢被。着以长相思，缘以结不解。"谓被中着绵，以致相思绵绵之意，故曰长相思也。又有千里思，与此相类。长相思六朝始以名篇，如陈后主之《长相思》《久相忆》，徐陵之《长相思》《望归难》，江总之《长相思》《久离别》诸作，并以长相思发端。太白此篇，正拟其格。此题合两篇为一，太白诗集前者在卷三，后者在卷六。
② 络纬句——吴均诗："络纬井边啼。"《古今注》："莎鸡，一名促织，一名络纬，一名蟋蟀。促织，谓其鸣声如急织。络纬，谓其鸣声如纺绩也。"《尔雅翼》："莎鸡以六月振羽作声，连夜札札不止，其声如纺丝之声，故一名梭鸡，一名络纬，今俗人谓之络丝娘。"或古今注称谓不同。又吴均《行路难》："唯闻哑哑城上乌，玉栏金井牵辘轳。"按金井阑者，井上的阑干。古乐府多有玉床金井之词，盖言其木石美丽，如金玉华贵的栏杆。

孤灯不明思欲绝，卷帷望月空长叹。美人如花隔云端^①，上有青冥之长天^②，下有渌水之波澜^③。天长地远魂飞苦，梦魂不到关山难。长相思，摧心肝^④。〔平声寒韵〕

　　"长相思，在长安"，短短的六个字中，有意重出两个"长"字，接着是"长叹""长天""天长"，加上结尾的"长相思"，共用了六个长字，吟诵起来，只听见字里行间是"长……长……长"，诉说不完的长相思。

　　这一阵子的相思，是先由听觉引起的，听到蟋蟀带来了秋讯，从睡梦中被惊醒；然后诉之触觉，感到簟上有微霜凄凄的寒意；再用触觉转到视觉上来，眼前的孤灯不明，帷外的秋月倒很明亮。这时全身的感官都浸没在秋意深浓中，心灵显得特别脆弱与敏感，不期而然地触痛了内心隐藏已久的爱情。

　　"美人！"这突然爆发出来的呐喊，由于长期的相思，在想象中美化了的美人，花一样美，被高高地抬举到了云端，成为沉思追慕的标杆。如花的美人既遥隔在云端，中间还有重重的阻隔，上有青冥之长天，下有渌水之波澜，这"上有……下有……"的句法，并不像诗，倒像喜用铺张的汉赋，但由于这种重复铺张的句法，反而加深了阻碍重重的印象。那阻碍与愿望发生了冲突，使相思掀起了新的高潮。

　　尽管天长路远，魂魄飞得再劳苦也不怕，只怕关山大多，梦中迷路，难以到你那边去。身体既被分隔得辽远，魂梦又无法到你的左右，这一阵相思，真令心肝摧伤。

　　这首诗也被收录在清末发现的敦煌《唐人诗选》残卷中，全首异文不多，

---

　　① 美人句——枚乘诗："美人在云端，天路隔无期。"
　　② 青冥——《楚辞·九章·悲回风》："据青冥而揽虹兮，遂倏忽而扪天。"萧士赟曰："青冥，云也。"
　　③ 渌水——渌，音 lù，水清的意思。
　　④ 摧心肝——欧阳建《临终诗》："上负慈母恩，痛酷摧心肝。"

但"微霜凄凄簟色寒",作"微霜凄凄簟上寒";又"梦魂不到关山难",作"梦行不到关山难"。色字作上,魂字作行,好像意义上没有很大的出入,其实这两个字却影响到这位相思者是否曾上床睡过,因为"簟上寒"是从触觉去领受,"簟色寒"则是从视觉去领受。以触觉领受则暗示人曾睡在床上,所以已感到簟上的寒冷;以视觉领受则暗示人还没有睡,只看到簟色有了凉意。所以"簟上寒"所写的是人已睡而为蟋蟀鸣醒,然后燃灯夜思,卷帷望月,动作的连续性交代得明白而生动。

上文既是作"簟上寒",则下文就该作"梦行不到","梦行不到"是用沈休文诗"梦中不识路,何以慰相思"的意思,取张敏梦中往寻高惠,往往半途迷路的故事。所以"梦行不到"是表示已经睡过,与"簟上寒"表示曾经睡过,诗意上下正相呼应。可见敦煌本作"簟上"与"梦行",较目前通行的字句要好得多了。

再则本诗在句数及韵脚上也很别致,从"长相思"起,到"长相思"止,两个"思"字不入韵,在一顺读下时,显得很突出。诗中"绝"字为入声,"苦"字为去声,不曾入韵,其余为平声寒韵,天字为先韵,古诗中寒先二韵唐人通押。全诗七言句共九句,两句一连,剩下"美人如花隔云端"是畸零句,依据古诗的规则,畸零句必须入韵,所以九句用了七个韵脚字,若除去"端"字,上下各四句七言,都是第三句不用韵而用仄声,句型也是很有规律。

本诗还有一个特色,就是虚字用了不少,色彩也描绘得很浓艳,明白画出的有阑的金色、高天的青色、波澜的绿色,以及美人如花的红粉色。虚字多用会使气调软弱,色彩浓艳会使风格卑近,然而在李白写来,依然是格调遒上,风度古雅,难怪王夫之在《唐诗评选》中要叹为观止了。古人曾经说过,雉鸡因为色彩浓艳所以飞不高,鹰隼可以飞得很高却没有色羽,能够色彩浓丽而高飞入云的,那只有凤凰——李白大概是诗中的凤凰吧?

(黄永武)

日色欲尽花含烟，月明如素愁不眠。赵瑟初停凤凰柱①，蜀琴欲奏鸳鸯弦②。此曲有意无人传，愿随春风寄燕然③。忆君迢迢隔青天，昔时横波目④，今作流泪泉。不信妾肠断，归来看取明镜前。〔平声先韵〕

前面一首"长相思，在长安"的长相思是写男思女，这首长相思所写为女思男，以致后人附会为"男女赠答，一唱一和，意款情长"。这种附会并没有证据足以支持，两诗之间未必有什么关系。

在敦煌所见《唐人诗选》残卷中，只选录"长相思，在长安"一首，但如《白纻词》三首、《飞龙引》二首、《前有樽酒行》二首等，都是数首并录，假如《长相思》二首是一赠一答，原本联在一起，唐人选录时应该二首并录的。再则查日本静嘉堂所藏宋刻本《李太白文集》，《长相思》两首一在卷三，一在卷六，明代郭云鹏的刻本也分在卷三卷六，清人合抄在一起，才引起今人的附会。其实两首诗的句型格调既不相同，所思的两地又不相当，所咏也不在一时，一首在秋时，一首在春时，没有必要解释为一赠一答。

诗意写一位闺中寂寞的美人，以奏瑟来排解寂寞，从日色欲尽、花含烟雾的黄昏，弹到月明如白绢的夜晚，心中愁闷，仍无睡意。想换一种乐器再弹一会儿，赵瑟上的凤凰柱教人相思，蜀琴上的鸳鸯弦也一样教人相思。奏不完的

---

① 赵瑟凤凰柱——吴均诗："赵瑟凤凰柱，吴醵金罍尊。"杨齐贤曰："《西京杂记》，赵后有宝琴曰凤凰，皆以金玉隐起为龙螭鸾凤列女之状。"赵女善鼓瑟，瑟柱刻有凤凰等。

② 蜀琴鸳鸯弦——鲍照诗："蜀琴抽白雪。"杨齐贤曰："《蜀都赋》，巴姬弹弦。鸳鸯弦，以雌雄也。或曰：成都雷氏善琢琴，故曰蜀琴。"鸳鸯弦，有成匹求偶的意思。

③ 燕然——《汉书·匈奴传》："贰师引兵还至速邪乌燕然山。"颜师古注曰："速邪乌，地名，燕然山在其中。"《后汉书·窦宪传》："燕然山去塞三千里余。温犊须、日逐等八十一部率众降，宪军遂登燕然山，刻石勒功，纪汉威德，令班固作铭。"燕然山，在今蒙古杭爱山。

④ 横波目——王筠诗："愁萦翠羽眉，泪满横波目。"傅毅《舞赋》："目流睇而横波。"李善注："横波言目斜视，如水之横流也。"

相思曲，却传播不到良人那儿去，只愿随着春风把情意遥寄到蒙古燕然山那边。想着良人是迢迢地远离在青天的那一涯，唉！从前流秋波的眼睛，现在已变成不停流泪的泉源。假如你还不信我已经肝肠痛断，请回来时在明镜前看一看就可以明白了。

本诗最大的特色，是时间空间的转换极灵活。日色欲尽写时间，花含烟写空间；月明如素写空间，愁不眠又写时间；"初停""欲奏"表出连续的时间，"赵瑟""蜀琴"表示不同的空间；"无人传""寄燕然"表出了空间，"春风"又表出了时间；"忆君"写时间，"迢迢隔青天"则写空间。"昔时""今作"直到"归来"，写过去、现在，直到不可知的未来，表出了漫长的时间历程，而空间中亦随着变化，由灵活美丽的横波目，变成哀伤不尽的流泪泉，再由肝肠伤断，变成一副怎样难以猜测的面孔，只有请你亲自到明镜前去看取才会明白。最后一幅图画是悬疑于未来，不须展现，只作撒娇式的顿足赌咒，不信请君自己来看，以退为进，真教人怜煞。全诗时间空间的转换融合，十分成功。

本诗写女思男，时间在春天，上一首写男思女，时间在秋天。古人以为春天阳气初动，妇女最易感动，秋天阴气初动，男士最易伤情，所以女子怀春，壮士悲秋，是天地间相感的自然原理，可知二首《长相思》诗安排的季节是很恰当的。而春日的黄昏与不眠的夜晚，更足令孤独的闺妇感到春色恼人。

诗中"凤凰柱""鸳鸯弦"的双关语用得也很好，不仅使后面所写的"君"与"妾"双方有了预示，也使景物的美好与感情的难堪产生了情景冲突的效果。

"横波目"与"流泪泉"都是水波一类的东西，写在一起，统一而调和，用作今昔不同的对照，一喜一悲的场面自然不言可喻。横波目与流泪泉，可能是自己用镜照见的，至于将来在明镜中照出来是个什么样子，就更难说。如此描写，使空闺寂寞，顾影自怜的情状，有了具体的表现。所以这明镜一照，非但红颜已从镜中照出，自言自语，只有镜中人可以对话的孤寂景况，也从言外曲曲传述出来。

再则全诗的景物是朦胧的，神情是恍惚的，起首是残日烟花，夜月微风，接着是赵瑟蜀琴，从视觉转向听觉上去，助成了凝思出神的气氛。中间又以遥寄燕然、翘望青天，从听觉转回视觉上来，表现出由凝思而醒悟，重回现实中来的悲哀。结尾全以视觉写出，然而视觉都是朦胧的，听觉都是微渺的，这些惑官上的含糊性，促使相思的心理活动凸显出来。全诗只是一个怨妇静止在月下的单一场景，初停欲奏，也偏重描写心理，并没有什么动作性，但李白能把它表现得富有戏剧性。

（黄永武）

高 适（公元七〇六——七六五年）

字达夫，一字仲武，渤海蓨（今河北景县）人，举有道科。曾为哥舒翰掌书记，安史乱后入朝为谏议大夫，历官西川节度使、刑部侍郎、散骑常侍，封渤海县侯。卒时追赠为礼部尚书，谥曰忠。有《高常侍集》十卷。《旧唐书》说："有唐以来，诗人之达者，唯适一人而已。"其诗气骨琅然，词锋峻上，多咏边塞之作，格调极高，往往于苍茫悲壮的气韵中，饱孕着忠君爱国的情怀，气象浑健，豪雄遒劲。像《燕歌行》《古大梁行》《邯郸少年行》《别韦参军》诸诗，即其个人性格体现之代表作。其诗以七言歌行见长，纯任自然，音节浏亮，与岑参风格接近，合称高岑。

燕歌行并序 ①（086）

开元二十六年，客有从元戎出塞而还者，作《燕歌行》以示适，感征戍之事，因而和焉。

---

① 燕歌行——此系乐府中相和歌词的平调曲。燕，地名，今河北等地。歌辞多歌咏东北边地征情，抒发征夫思妇的哀情离恨。序中所谓"元戎"即御史大夫张守珪。

汉家烟尘在东北①，〔职〕汉将辞家破残贼。男儿本自重横行②，天子非常赐颜色③。摐金伐鼓下榆关④，〔删〕旌旗逶迤碣石间⑤。校尉羽书飞瀚海⑥，单于猎火照狼山⑦。山川萧条极边土，〔麌〕胡骑凭陵杂风雨。战士军前半死生，美人帐下犹歌舞。大漠穷秋塞草衰，〔支〕孤城落日斗兵稀〔微〕。身当恩遇常轻敌，力尽关山未解围。铁衣远戍辛勤久，〔有〕玉箸应啼别离后⑧。少妇城南欲断肠，征人蓟北空回首⑨。边风飘飘那可度，绝域苍茫更何有。杀气三时作阵云⑩，寒声一夜传刁斗⑪。相看

———————

① 汉家烟尘——汉家，此借汉指唐。烟尘，尘土和烽烟相接，泛指边警。
② 横行——驰骋沙场之意。《史记·季布栾布列传》："将军樊哙曰：'臣愿得千万众横行匈奴中。'"
③ 非常赐颜色——非常，犹言破格。赐颜色，犹赏脸。
④ 摐金句——摐，音 chuāng，撞击的意思。金，就是锣。伐，击。下，犹出兵。榆关，即今山海关，唐时为东北军事要镇。
⑤ 逶迤碣石——逶迤，宛延不绝。碣石，山名，在今河北昌黎县之北。这里泛指北方的山间海边。
⑥ 校尉句——校尉，位次于将军的武官，指当时驻边塞的长官。羽书，紧急军书，上插鸟羽，以示加速。瀚海，大沙漠。
⑦ 猎火、狼山——猎火，猎有驰逐追捕之义，这里疑指出战时的火炬。又，古或以会猎喻战争。狼山，在河北保定。一说狼山即狼居胥山，在内蒙古五原县西北，汉霍去病曾击败匈奴于此。
⑧ 玉箸句——玉箸，指泪流下像玉制的筷子。此句谓战士想象他们的妻子，必为思念丈夫远征而流泪。
⑨ 蓟——音 jì，唐为蓟州，今天津蓟州区。
⑩ 三时——春夏秋三个农忙季节，谓一年中最重要的时节都耗在战争中了。一说指一天中的早午晚。
⑪ 刁斗——军中打更用的铜器，形似锅，白天作炊具，能容一斗。

白刃血纷纷，〔斗〕死节从来岂顾勋①。君不见沙场争战苦，至今犹忆李将军②。

高适的诗风与岑参相近，都是擅长描写边塞的诗人。他的诗歌格调高远，富于苍凉的情韵，特别是长篇诗歌，尤其精彩，像本诗就是边塞诗中的杰作。本诗在描写边塞景色、战争场面、征夫心态及少妇情怀方面，都极凸显成功，引人入胜，兼有气势雄浑与细腻动人的风格。

全诗共分为四段："汉家烟尘在东北"到"单于猎火照狼山"八句为第一段，从奉命出征写到边塞的军容，着眼处在"辞家破贼"。"山川萧条极边土"到"力尽关山未解围"八句为第二段，写边塞的荒凉及忠愤军士作战之艰苦，着眼处在"身当恩遇常轻敌"。"铁衣远戍辛勤久"到"寒声一夜传刁斗"八句为第三段，写征夫思妇久别之苦痛及边塞氛围的紧张。"相看白刃血纷纷"到"至今犹忆李将军"四句为第四段，赞扬军士视死如归的爱国情操，并以李将军之威武使匈奴不敢窥边作为反结。

高适的边塞诗词浅意深，雄浑豪放。如本诗描绘边塞风物，一则云"山川萧条极边土，胡骑凭陵杂风雨"，再则云"大漠穷秋塞草衰，孤城落日斗兵稀"，三则曰"边风飘飘那可度，绝域苍茫更何有"，四则曰"相看白刃血纷纷"，把边塞烟尘满目、沙场争战辛苦的情形，历历如绘地呈现在读者眼前。描写战争场面，则如"扰金伐鼓下榆关，旌旗逶迤碣石间""校尉羽书飞瀚海，单于猎火照狼山""杀气三时作阵云，寒声一夜传刁斗"，战争之激烈、

---

① 死节句——意谓战士的为国捐躯，难道是为了得到功勋？

② 李将军——《史记·李将军列传》："广居右北平（汉置郡名，地当今河北北部及其与辽宁省、内蒙古的交界地带）匈奴闻之，号曰汉之飞将军，避之，数岁不敢入右北平。"又云："士卒不尽饮，广不近水；士卒不尽食，广不尝食。"由于李广能与士卒同甘苦，共患难，所以士卒皆乐为所用。本句含意，在慨叹当时边塞缺少像李广这般的良将。李将军一说指李牧，李牧善养士，能得士之死力，见《史记·廉颇蔺相如列传》。

军容之壮盛、敌贼之顽强、士卒之英勇苦辛，也都生动有致，跃然纸上。至于"男儿本自重横行""战士军前半死生""身当恩遇常轻敌，力尽关山未解围""铁衣远戍辛勤久""征人蓟北空回首""死节从来岂顾勋"各句，则写尽征夫雄迈高亢，视死如归，任劳任怨，而又思乡情切的心态。写少妇情怀只一句"少妇城南欲断肠"，却备极幽怨缠绵之情致。

本诗的另一个特色，是以对比的陪衬手法使主题意象交相映发，倍加显明。如本诗的主旨在"忆李将军"，怀念李将军的能与士卒同甘共苦，破敌致胜。为什么不爱今将却忆古人呢？只因为当今边将不得其人，未能抚循士卒，所以才弄得边塞战役"力尽关山未解围"，"铁衣远戍辛勤久"。作者为了揭发边塞将领的荒淫昏庸，同情沙场的争战苦楚，于是连续使用数个对比手法，将之烘托表现出来。首先是运用苦乐的对比，"战士军前半死生，美人帐下犹歌舞"，写出塞征戍之时，一边是战士出生入死的战斗，一边是将领们花天酒地的享乐。以这两种强烈的刺激作尖锐的对比，使边将们不知恤养士卒的种种，借着这样高度概括性的诗句，从侧面勾画出来，所以吴汝纶说："二句最为沉至。"（说本黄永武先生《中国诗学·设计篇·谈意象的浮现——对比的陪衬》）其次是儿女情长与英雄气短的对比，是沉雄与凄恻的对比，"铁衣远戍辛勤久，玉箸应啼别离后。少妇城南欲断肠，征人蓟北空回首"，长久征伐，给士兵与家属带来了骨肉亲人间生离死别的精神苦痛，这个道义上的责任，当然得由荒淫无能而又轻敌的边将负其全责。另外，城南少妇的断肠，也跟帐下美人的歌舞作反衬，一悲苦，一欢乐，也都跟边将有关。作者不直斥边将的骄兵轻敌，不恤士卒，却极力从侧面摹写战士、美人、少妇之作为与心态。因为只要将宾位写得透彻明达，便反映出主位十分精神来。本诗的反衬法，吴乔《围炉诗话》叫作"四宾主法"，其实不过借宾形主之法而已。

其次是修辞艺术，择要而言，有下列各项：

（一）对仗工巧流利。如"男儿本自重横行，天子非常赐颜色"，"校尉羽书飞瀚海，单于猎火照狼山"，"战士军前半死生，美人帐下犹歌舞"，"大漠穷秋塞草衰，孤城落日斗兵稀"，"身当恩遇常轻敌，力尽关山未解围"，"铁衣远戍辛勤久，玉箸应啼别离后"，"少妇城南欲断肠，征人蓟北空回首"，"边风飘飘那可度，绝域苍茫更何有"，"杀气三时作阵云，寒声一夜传刁斗"，将近五分之三的句子都作对仗。沈德潜认为，"七言古中时带整句，局势方不散漫"，就是指散调中有对偶说的。这样的对偶，可以加强对比的效果。

（二）实字健句。如"拟金伐鼓下榆关"有三实字，"校尉羽书飞瀚海"有四实字，"山川萧条极边土，胡骑凭陵杂风雨""大漠穷秋塞草衰，孤城落日斗兵稀""少妇城南欲断肠，征人蓟北空回首"各句，都含有三个实字，加强了语劲句健的力量，使得作品十分精练。

（三）倒装取劲，悬想示现。如"少妇城南欲断肠，征人蓟北空回首"，上句是征人悬想之词，看前句是"玉箸应啼别离后"，自然可知。征夫不说自己"欲断肠"，却推说自家妻子在家乡"欲断肠"，这种"想当然尔"的移情作用，最有含蓄之美及磅礴的气势。而且，这两句是经过倒装的句式，很觉奇峭生动，笔力豪迈健劲。

（四）反诘生情。如"边风飘飘那可度，绝域苍茫更何有"，"死节从来岂顾勋"，都是以反问语气产生饱满情趣，令人味之不尽的。

（五）选字遣词，贴切题文。如"东北""榆关""碣石""瀚海""狼山""蓟北"等词，都是贴切"燕"字，使全诗的结构愈见精彩缜密与和谐。

再就音律而言，本诗凡六换韵，大致依据"韵随意转"的原则，所以气畅言宣，平仄谐和。而且大量使用叠韵连绵词，如烟尘、横行、逶迤、萧条、凭陵、关山、辛勤、断肠、飘飘、苍茫等，增加了声韵铿锵悦耳的音乐性。

（张高评）

杜 甫

兵车行^①（087）

车辚辚^②，马萧萧^③，〔萧〕行人弓箭各在腰。爷娘妻子走相送，尘埃不见咸阳桥^④。牵衣顿足拦道哭，哭声直上干云霄。道旁过者问行人，〔真〕行人但云点行频^⑤。或从十五北防河^⑥，便至四十西营田^⑦。〔先〕去时里正与裹头^⑧，归来头白还戍边。边庭流血成海水，〔纸〕武皇开边意未已^⑨。君不闻汉家山东二百州^⑩，千村万落生荆杞。纵有健妇把锄犁，〔齐〕禾生

---

① 兵车行——此系乐府中新乐府词，大概多咏边塞征战之事。

② 辚辚——车行声，辚，音 lín。

③ 萧萧——马鸣声。

④ 咸阳桥——在咸阳西南渭水上，秦汉时名便桥，为唐代长安通西域必经的要道。

⑤ 点行——仇兆鳌注引师氏曰："点行，汉史谓之更行，以丁籍点照上下更换差役。"按即现代的征召军人。

⑥ 防河——开元十五年，因吐蕃侵扰黄河以西各地，于是征召陇右、关中、朔方诸军十余万人，集合各地防秋，至冬初始罢，所以说防河。

⑦ 营田——《唐书·食货志》："开军府以捍要冲，因隙地置营田，有警则以兵若夫千人助收。"按即屯田之制，无事种田，有事出战。"十五""四十"是指年纪而言。

⑧ 里正——唐制，凡百户为一里，里置正一人。按即今之保甲长。

⑨ 武皇——不敢直言，故托汉以讽。唐时诗人多称唐明皇为武皇。

⑩ 山东二百州——山东谓太行山以东之地，今河北省地。据《十道四蕃志》："关以东七道，凡二百一十七州。"

陇亩无东西。况复秦兵耐苦战①，被驱不异犬与鸡。长者虽有问，〔问〕役夫敢申恨？〔愿〕且如今年冬，未休关西卒②。〔质〕县官急索租，租税从何出？信知生男恶，反是生女好。〔皓〕生女犹得嫁比邻，生男埋没随百草。君不见青海头③，〔尤〕古来白骨无人收。新鬼烦怨旧鬼哭，天阴雨湿声啾啾④。

这首反对开边征战的诗，是为唐玄宗天宝六载穷兵吐蕃而作。王嗣奭《杜臆》曾有详细说明："按《唐鉴》，天宝六载，帝欲使王忠嗣攻吐蕃石堡城，忠嗣上言：'石堡险固，吐蕃举国守之，非杀数万人不能克，恐所得不如所亡，不如俟衅取之。'帝不快，将军董延光自请取石堡，拔之，士卒死者数万，果如忠嗣之言，所以有'边城流血'等语。"王氏取证史书，原委详悉，由史书明白了时事，再来读《兵车行》全诗，就觉得关节开解、通畅无疑了。（说本黄永武先生《中国诗学·考据篇·诗歌笺注法》）

全诗可分为三段：自"车辚辚，马萧萧"至"哭声直上干云霄"七句为第一段，夹叙夹写，言送别征夫之悲苦情状，是诗人眼中所见景象，但写行色匆匆，不言所为何来，如风起潮涌，使人目眩神摇。"道旁过者问行人"至"被驱不异犬与鸡"十四句为第二段，叙写昔日征夫连年征战开边，征妇在家代耕，农村残破情形，为"圣人不仁，以百姓为刍狗"作一见证。"长者虽有问"至"天阴雨湿声啾啾"十四句为第三段，叙写今日行役之苦、催租之急，生男不如生女好，绘出一幅民不聊生的惨状图。通篇以苦役为主，中间夹写凋敝，

① 秦兵——即关中之兵，坚劲耐战。

② 关西卒——也就是关中之兵。

③ 青海头——《旧唐书》云：吐谷浑有青海（今青海省的青海），周围八九百里，高宗时为吐蕃所并，开元中王君㚟、张忠亮、王忠嗣等先后破吐蕃，皆在青海。天宝六载，唐玄宗用兵吐蕃，唐军大败，死亡数万。

④ 啾啾——呜咽声。啾，音 jiū。

抚今追昔，讽谕黩武穷兵之不当，很有三百篇的遗风。

本诗以人哭起，以鬼哭住，照应在有意无意间，章法最奇。第二段逗出"点行频"三字，为一诗之眼。又揭出"开边未已"四字，见作诗之旨。其中以"君不闻""君不见"二语交相呼应。又以"戍卒未休"应上"开边未已"，"租税何出"应上"村落荆杞"，"生男"四句遥应首段"爷娘妻子相送"，"青海鬼哭"照应"拦道哭声"。写得满目萧条，苍凉凄惨，如见其人，如闻其声。

在章节的设计上，本诗有两大特色——

第一，是设为役夫问答之词，以表现明皇因穷兵黩武，致使民不聊生的微旨。诗中将所欲叙述之事理，假借说者口中直接道出，不仅晤对如面，别饶风情，而且人物自己说话，来历分明，足资考信。这种亲口道说，不另起波澜的"借言记事法"，最能使情境逼真，意象浮现。

第二，是安排今昔对比之苦，以讽谏明皇"开边未已"，非议穷兵黩武。次段所述征战之苦是往事，末段所言征战之苦乃今事，也是本事，用意在此，故先出次段作比。今昔之对比，"欲人主鉴既往而悯将来，假征人之苦语，转黩武之侈心"（《读杜心解》）。两相对比，而旨趣全出。又结与起对看，见眼中之行人，或许是异日之鬼魂，悲惨之至。

修辞方面：一、用叠字，"辚辚"象车行声，"萧萧"象马鸣声，"啾啾"象鬼叫声或呜咽声，都能达到以声模情的胜境。二、用提应，"点行频"为提，"防河""营田""戍边"为应，分疏"点行频"。三、用示现，久远用"君不闻"，新近用"君不见"，虽有传闻与亲见之殊，而使得不闻不见之景象历历如绘，唤醒激切，则具同样的艺术效果。其他"健妇把锄"两句用反衬法，"秦兵耐战"两句是层递法。前"点行频"，一小顿，"长者虽有问，役夫敢申恨"，又作一折，而且"虽"字"敢"字，描情委曲详尽。

杜甫是位懂得"随情押韵"的能手，如本诗，前面三分之二用七言句，后面三分之一自"长者虽有问，役夫敢申恨"以下，忽然以五言居多，原来这是"因为役夫申恨之词，意苦而声自促"（喻守真《唐诗三百首详析》）。这样将句型的长短与感情配合，自然情韵曼妙。本诗在转韵处尤其显得磊落顿挫、曲折条畅。于情随韵转之秘，黄永武先生曾有精微要妙之分析，以"边庭流血成海水，武皇开边意未已。君不闻汉家山东二百州，千村万落生荆杞"为例，他说：

> 这四句由平声韵忽换用猛烈的上声韵，就是因为那位行人说到这里，感情更为激动愤慨的缘故。假如改押入声韵，便不响亮（参见《杜诗的韵律和体裁》）。萧氏所说十分精到，这"水"字、"已"字、"杞"字，读音拉长时，音调极高，费力极多，用以写情绪高昂，"流血开边"等费力的事，甚为谐合。若改用入声为韵脚，便造成吞咽悲抑的气氛，与诗中的辞气转向于率直指陈时的"君不见""君不闻"是不调和的。（《中国诗学·鉴赏篇·作品的诗境》）

思想感情与口吻的谐合，由此可见一斑。

吴闿生批评本诗说："将行军苦况先行写足，以下再入叙事，则通首逆振有势。汉家二句束上起下，纵有二句再开。信知四句跌宕已极，沉痛之致，五言中三别三吏多如此。"所言章法，也有可参考的地方。

（张高评）

丽人行 ①（088）

　　三月三日天气新 ②，长安水边多丽人 ③。态浓意远淑且真，肌理细腻骨肉匀。绣罗衣裳照暮春，蹙金孔雀银麒麟 ④。头上

---

① 丽人行——此系乐府中之杂曲歌词。旧注以为此刺诸杨游宴曲江也。

② 三月三日——三月三日为上巳，俗多踏青修禊以辟除不祥。

③ 浓远淑真——谓"浓如红桃裛露，远如翠竹笼烟，淑如端日祥云，真如澄川朗月，一句中写出绝世丰神"。此句意谓丽人姿色浓艳，神情高雅，表现出文雅而又自然的模样来。

④ 蹙金句——衣服上用金银线绣出孔雀、麒麟等物。

何所有？翠微匎叶垂鬓唇①。背后何所见？珠压腰衱稳称身②。就中云幕椒房亲③，赐名大国虢与秦④。紫驼之峰出翠釜⑤，水精之盘行素鳞⑥。犀筋厌饫久未下⑦，鸾刀缕切空纷纶⑧。黄门飞鞚不动尘⑨，御厨络绎送八珍⑩。箫鼓哀吟感鬼神，宾从杂遝实要津⑪。后来鞍马何逡巡⑫，当轩下马入锦茵。杨花雪落覆白蘋⑬，

---

① 翠微句——翠，即翡翠，微一本作"为"。匎，音è，匎叶，妇人发髻上的花饰。鬓唇，即发边。

② 腰衱——就是长裙，衱，音jié。

③ 云幕椒房——云幕，铺设帐幕像云雾。椒房，本指皇后，此指杨贵妃的家族，即外戚。

④ 虢与秦——《旧唐书·杨贵妃传》："有姊三人，皆有才貌，玄宗并封国夫人之号，长曰大姨，封韩国，三姨封虢国，八姨封秦国。并承恩泽，出入宫掖，势倾天下。"

⑤ 紫驼句——即橐驼，其背有高出之峰，味甚美。翠釜即翡翠之釜。

⑥ 水精句——水精，即水晶。用水精的盘子盛白色的鱼。

⑦ 犀筋厌饫——犀筋，用犀牛角饰制的筷子。饫，音yù，吃饱之意。

⑧ 鸾刀句——这两句是说任你用刀切得很细的珍贵肴馔，他们已吃得厌腻了，竟不能下筷。鸾刀，有鸾铃的刀。纷纶，忙乱之意。

⑨ 黄门句——黄门，就是宦官。鞚，音kòng，马的勒头。《明皇杂录》载虢国夫人出入宫廷，常乘紫骢，使小黄门为御者。

⑩ 八珍——八种珍贵的东西。照《周礼》所载，指淳熬、淳母、炮豚、炮牂、捣珍、渍珍、熬珍、肝膋。

⑪ 杂遝实要津——遝，音tà，通沓。杂遝，多的意思。要津，就是要路，意思是重要的官职。

⑫ 逡巡——逡，音qūn，行不进之意。

⑬ 杨花句——《唐音癸签》卷二十二："杨花入水化为萍（见《广韵》），《尔雅翼》：'萍之大者曰蘋，根生水底，不若小浮萍无根漂浮。'国忠实张易之之子，冒姓杨，与虢国通（奸），是无根之杨花落而覆有根之白蘋也。"又按南北朝魏太后逼通杨华，华惧祸，降梁，太后思之，作《杨白花歌》，有"春风一夜入闺闼，杨花飘荡落南家。……春去秋来双燕子，愿衔杨花入窠里"之句。少陵用此典故以讥杨氏。

青鸟飞去衔红巾^①。炙手可热势绝伦^②，慎莫近前丞相瞋^③。〔平声真韵，几每句用韵〕

这首诗作于马嵬之变前两年，即天宝十三载，意在讽刺诸杨游宴曲江，及讥斥虢国夫人与杨国忠的骄淫渎伦乱礼。正如沈德潜所说："微指椒房，直言丞相，大意本君子偕老（旧说以为刺卫君夫人之淫乱）之诗，而讽刺意较露。"浦起龙也说："无一刺讥语，描摹处语语刺讥；无一慨叹声，点逗处声声慨叹。"本诗是诗史，也是讽刺艺术的经典之作。

全诗可分为三段，"三月三日天气新"至"珠压腰衱稳称身"十句为第一段，泛写曲江水边游春诸女的美丽，一二句叙事，点出时间地点，三四句写神态与体貌之美，五、六、七、八、九、十六句写服饰之丽。"就中云幕椒房亲"至"宾从杂遝实要津"十句为第二段，描写杨氏姊妹的浮华奢侈，专就饮食车马音乐宾从方面着笔衬托。"后来鞍马何逡巡"至"慎莫近前丞相瞋"六句为第三段，描写杨国忠声势之显赫，鞍马逡巡写扈从之盛，当轩下马写意气之骄，杨花白蘋写国忠兄妹之淫乱，青鸟红巾写使者之暗递消息，末句以反跌法结出丞相的骄恣。通首皆先叙后点，"就中"两句结杨氏姊妹，"炙手"二句结杨国忠，章法可学。

渲染烘托是杜甫经营本诗的重要手法之一，前半以游女的美好姣丽烘托诸杨的游冶淫逸，中间则以饮食之丰、车马之忙、音乐之盛、宾从之多，烘托诸杨的浮华奢侈。全诗则以"椒房"为主，"丞相"为客，直斥丞相，正所以讽刺椒房（杨贵妃），这就是借宾形主法的运用。

---

① 青鸟——《史记·司马相如列传》："幸有三足乌之使。"注："三足乌，青鸟也，主为西王母取食，在昆墟之北。"后借以喻使者，这句是说青鸟为杨氏传递消息。

② 炙手可热——《唐语林》，会昌中，语曰："杨郑段薛，炙手可热。"此指杨氏的气焰熏天。

③ 丞相瞋——天宝十一载李林甫死，以杨国忠为右丞相，兼领四十余使，十二载加司空。瞋，音 chēn，同"嗔"，瞪目怒视的样子。

直书其事而善恶自见，为《春秋》《左传》《史记》诸史书所采用，杜甫作品号称诗史，也常运用。如本诗，前半竭力形容杨氏姊妹之游冶淫泆，后半叙述国忠的气焰逼人，绝不作一语议论评断，便使人得之于言外，可谓善于讽刺，仇兆鳌所谓"此诗极铺扬而意含讽刺，故富丽中特有清刚之气"。这种铺述得体、气脉条畅的诗风，是从古乐府脱化出来的。精于形容状貌，更是本诗特色之一，如"态浓意远"二句之状神貌体态，"绣罗衣裳"六句之状服饰富丽，"紫驼之峰"二句之状馔食丰侈，"犀箸厌饫"二句之状暴殄天物，"后来鞍马"二句之状贵倨气象，"杨花""青鸟"二句之状渎伦乱礼，"炙手可热"二句之状骄纵专恣，可谓"能状难写之景，如在目前；含不尽之意，见于言外"了。

在修辞方面，描绘服饰之盛，设问、排比、示现三法同用并出。杨慎《升庵诗话》谓古本"珠压腰衱稳称身"下有"足下何所著？红渠罗袜穿镫银"二句，若果然如此，则"头上何所有""背后何所见""足下何所著"三句为设问，"翠微"云云，"珠压"云云，"红渠"云云，则是答问。而此答问，把服饰之盛写得历历在目，则是示现法了。另外，"杨花雪落覆白蘋，青鸟飞去衔红巾"二句，历来注家都以为在可解与不可解之间，这种隐语秀绝，妙不伤雅，是诗人温厚处。因为歌咏当时事，不得不隐晦其词。如果有所刺讥抑损之言辞，就应该为尊者讳，这是合于春秋书法的。

本诗押平声真韵，几乎每句押韵。清李锳《诗法易简录》对本诗的音律节奏曾有精到的说明：首六句皆押韵，故三四五句第五字皆用仄以变动之。第六句必须用三平脚镇住，方放出下文两五字句不用韵摇曳之势。"就中"句必须入韵，音节方谐。"紫驼之峰"二句，用两之字句，以疏宕其气。"犀箸厌饫"两句之出句皆不入韵，则是为了变动疏通其气之故。"黄门飞鞚"句再叠入韵，音节骀宕。以下句句用韵，与起六句相应。"后来鞍马何逡巡"，第二句必平，是音节提倡处；第五字必平，是音节和畅处。"杨花""青鸟"二句，忽入比体作对偶句，音节入妙。由此可见，古诗也不是没有格律的，只是较接近自然的音节罢了。

李氏又以为，本诗"就中云幕"句所以必须用韵者，主要作用在"承上二联五字句排宕之势而顿挫之也，且与前后句句用韵处相映带"。杜甫深深懂得"随情押韵"，曾自称"晚年渐于诗律细"，熟读深思其诗篇，于音节之秘自能有所领悟。

（张高评）

哀江头①（089）

少陵野老吞声哭②，〔沃〕春日潜行曲江曲③。江头宫殿锁千门，细柳新蒲为谁绿。忆昔霓旌下南苑④，苑中万物生颜色。〔职〕昭阳殿里第一人⑤，同辇随君侍君侧⑥。辇前才人带弓箭⑦，

---

① 哀江头——此系乐府中的新乐府辞。黄叔似曰："此至德二载春日公陷贼中作。"黄白山曰："诗意本哀贵妃，不敢斥言，故借江头行幸处标为题目耳。"杨伦曰："此公在贼中时观江水江花哀思而作，因帝与贵妃尝游幸曲江，故以江头为名。"

② 少陵野老——少陵（许后之陵）在今陕西西安杜陵（汉宣帝之陵）东南，杜甫家居陵西，因自号杜陵布衣，或少陵野老。

③ 曲江——池名，本为长安名胜众多的地带。下曲字是"在水一曲"的意思，曲，方也，旁也。《剧谈录》（卷下）曰："曲江池本秦世隑洲。开元中疏凿，遂为胜境，其南有紫云楼、芙蓉苑，其东有杏园、慈恩寺。花卉环周，烟水明媚，都人游玩，盛于中和、上巳之节。彩幄翠帱，匝于堤岸，鲜车健马，比肩击毂。入夏则菰蒲葱翠，柳阴四合，碧波红渠，湛然可爱。"《太平寰宇记》曰："关西道雍州长安县，曲江池，汉武帝所造，名为宜春苑。其水曲折，有似广陵之江，故名之。"

④ 霓旌南苑——霓旌，是说旗张像五彩的霓虹。《文选·高唐赋》曰："霓为旌。"《上林赋》曰："拖霓旌。"注引张揖曰："析羽毛，染以五采，缀以缕为旌，有似虹霓之气也。"赵曰："曲江南即芙蓉苑，今云南苑是也。"

⑤ 昭阳殿——《汉书·外戚传》曰："赵飞燕立为皇后，宠少衰，女弟绝幸，为昭仪，居昭阳殿。"钱曰："李白《宫中行乐》词，宫中谁第一？飞燕在昭阳。亦指贵妃也。"

⑥ 同辇——《汉书·外戚传》曰："成帝游于后庭，尝欲与倢伃同辇载。"这里是指贵妃与皇帝同车。

⑦ 才人——《新唐书·百官志》曰："内官才人七人，正四品。"才人是宫中女官。

白马嚼啮黄金勒①。翻身向天仰射云，一箭正坠双飞翼。明眸皓齿今何在？血污游魂归不得②。清渭东流剑阁深，去住彼此无消息③。人生有情泪沾臆，江水江花岂终极。黄昏胡骑尘满城，欲往城南望城北。

全诗以"吞声哭"的哭声起，以"泪沾臆"的哭泣终，中间追叙一段贵妃游宴的盛事。这时正是沦陷后的长安，到了新的春天，杜甫潜行于曲江头，江头的宫殿与江畔的蒲柳还和往日一样，但物是人非，所以在未写宫殿之前，先写一片哭声；回忆一段盛况以后，面对萧条的景象，更禁不住又一阵哭声。这是故宫黍离之悲，这是感时爱国的热泪。

作本诗时，杜甫是四十六岁，自称少陵野老，在江畔潜行，忍不住吞声而哭。全诗就用这"哭"字为韵部，以入声屋沃韵一韵到底。入声有吞声哀咽的作用，这种音响，加强了全诗如泣如诉的悲戚气氛。像"春日潜行曲江曲"，一句之中，还用了三个入声字，前人评本诗为"苦音急调，千古魂销"，和全诗用入声的设计有密切的关系。

曲江是往日繁华的游乐处，现在称为"潜行"，可见满城皆贼，空寂无人。江头的宫殿虽巍峨，千门却锁着，江头的细柳新蒲又成一片绿色，但是主人不在，新蒲细柳是为谁而绿呢？由于物是人非，免不了追忆往昔，皇上在霓虹旌旗的簇拥中莅临南苑（即芙蓉苑），苑中的万物因此而生光出色。下句用"苑"

---

① 黄金勒——《明皇杂录》（卷下）曰："上幸华清宫，贵妃姊妹各购名马，以黄金为衔勒，组绣为障泥，同入禁中，观者如堵。"

② 血污句——曹子建《洛神赋》曰："皓齿内鲜。"又曰："明眸善睐。"《国史补》（卷上）曰："玄宗幸蜀，至马嵬驿，命高力士缢贵妃于佛堂前梨树下。"

③ 去住句——钱谦益曰："玄宗由便桥渡渭，自咸阳望马嵬而西，入大散关、河地、剑阁以达成都。"仇兆鳌曰："马嵬驿在京兆府兴平县，渭水自陇西而来，经过兴平，盖杨妃藁葬渭滨，上皇巡行剑阁，是去住东西两无消息也。"

字顶真上文，使节奏较为明快，这段甜蜜的回忆是和起首缓慢呜咽的节奏不同。那昭阳殿中最受宠爱的杨贵妃，和皇帝同坐一辆御车，侍随在君王的左右。"同辇随君侍君侧"，一句之中重出两个"君"字，加深了宛转君王之前、随侍君王左右的感觉。贵妃既是昭阳殿里第一人，则当年的细柳新蒲是为谁而绿，也就有了解答。那时辇前的内官才人，是四品的女官，带着弓箭，骑着白马，用黄金做成了马的衔勒，翻转身来向天射箭，箭往云中去，一箭正射下了双飞的鸟。

就在"双飞翼"坠下的片刻，哀声命绝，鲜血洒地，这时突然接上"明眸皓齿今何在？血污游魂归不得"二句，由"今"字绾合"昔"，由"鸟"引接为"人"，突然引接为贵妃哀声命绝、鲜血洒地的场面，明眸皓齿在一阵飞鸟哀鸣声中，转变成为血污的游魂。这种诗行段落之间、意象之间，利用形声义某一点共通性作为媒介，使两个并不连续的意象相互引接，是今日电影中常用的"转位"技巧。本诗中的暗示与巧接，已有了这种类似的设计，可说是千古诗心相通的例证。高步瀛欣赏说："一箭句叙苑中射猎，已暗中关合贵妃死马嵬事，何等灵妙。"高氏指出的"暗中关合"，正近似今人喜用的转位技巧，把两个不同的意象，突然有了统一的秩序。

从明眸皓齿句起，又字字含有哭声了。澄清的渭水向东流去（其实渭水是浊的，泾水才是清的，汉代以后，往往错用），贵妃就葬在渭水滨。剑阁深险地耸立在西南，而明皇正往西南去。谁是离去了的，谁是住下来的？彼此二者都没有消息相通。唉！人生原是有感情的，泪珠禁不住要沾湿胸臆，哪里能像江水一样不停地东流、江花一样无穷地开放，一点也不管人间沧桑！江水呼应着"清渭东流"，江花呼应着"细柳新蒲为谁绿"，以人的"有情"，转出江水江花的"无情"，读来悱恻缠绵，教人寻味不尽。

结尾"黄昏胡骑尘满城，欲往城南望城北"，胡尘满城，四向张望，诗人真是心迷目乱。同时起首时说是"潜行"，到这时张望仓皇，使"潜行"二字的概念有了具体的行动来表演了。"欲往城南"，是因为杜甫暂居于城南，"望城北"是向北方啼哭的意思。依据长安的地图，城北有宫阙，暗示着忠臣眷念旧阙，再三回顾的意思。杜甫另一首《悲陈陶》诗作于同一时期，有云"都人回面向北啼，日夜更望官军至"，则向北遥望，还不只是眺望长安近处的千门宫殿而已，更是在企望远方即位于灵武的太子了，灵武行在，正在长安的北方。

这首七言乐府诗，音调方面有很特殊的地方，因为七言古诗若押仄韵，出句的末字一般都得用平声字，而本诗的"苑""箭""在""臆"四处，每间隔一句，就用仄声为末字，换句话说，每四句一组之中，只有第三句末字是平声，其余皆仄声。《麓堂诗话》中批评本诗："音调起伏顿挫，独为矫健，似别出一格。回视纯用平字者，便觉萎弱无生气。"批评得不错，还可以进一步补充说明的，就是这众多的仄声，是将"吞声哭"的情调辅助得很强烈，很成功。

（黄永武）

哀王孙①（090）

长安城头头白乌②，夜飞延秋门上呼③。又向人家啄大屋，屋底达官走避胡④。金鞭断折九马死⑤，骨肉不得同驰驱⑥。腰下

---

① 哀王孙——此系乐府中新乐府词。天宝十五载六月十二日凌晨玄宗奔蜀，王孙均不及扈从，流落于沦陷区。

② 头白乌——《三国典略》："侯景篡位，令饰朱雀门，其日有白头乌万计集于门楼。童谣曰：'白头乌，拂朱雀，还与吴。'"这里是将侯景比喻安禄山之反。

③ 延秋门——即长安苑西门。玄宗天宝十五载六月，潼关不守，京师大骇。乙未凌晨，自延秋门出。

④ 达官走避胡——为天子避讳，只称达官。禄山本胡人，故云避胡。《礼记·檀弓》注："受命于君者，名达于上，谓之达官。"

⑤ 九马——《西京杂记》："文帝从代还，有良马九匹。"

⑥ 骨肉句——《唐鉴》："杨国忠首倡幸蜀之策，帝然之。甲午既夕，命陈玄礼整比六军，选厩马九百余，外人皆莫知也。乙未黎明，帝独与贵妃姊妹、王子、妃主、皇孙、杨国忠、陈玄礼及亲近宦官宫人出延秋门。妃主王孙之在外者，皆委之而去。"

宝玦青珊瑚①，可怜王孙泣路隅。问之不肯道姓名，但道困苦乞为奴。已经百日窜荆棘，身上无有完肌肤。高帝子孙尽隆准②，龙种自与常人殊③。豺狼在邑龙在野④，王孙善保千金躯。不敢长语临交衢⑤，且为王孙立斯须⑥。昨夜东风吹血腥，东来橐驼满旧都⑦。朔方健儿好身手，昔何勇锐今何愚⑧。窃闻天子已传位⑨，圣德北服南单于⑩。花门剺面请雪耻⑪，慎勿出口他人狙⑫。哀哉王孙慎勿疏，五陵佳气无时无⑬。〔平声虞韵〕

---

① 玦——音 jué，半环为玦，是一种玉佩。

② 隆准——隆，高耸貌。准，音 zhǔn，鼻头。《史记·高祖本纪》："高祖为人，隆准而龙颜。"

③ 龙种——帝王的子孙叫龙种。

④ 豺狼句——豺狼在室，指安禄山据长安。龙在野，指玄宗奔蜀。

⑤ 交衢——《尔雅·释宫》："四达谓之衢。"

⑥ 斯须——斯须，暂时之意。《乐记》郑注曰："斯须犹须臾也。"

⑦ 东来句——安禄山攻陷两京，以橐驼运御府珍宝于范阳。长安时为禄山所占，所以说旧都。

⑧ 朔方健儿二句——那时哥舒翰将河陇朔方兵及蕃兵共二十万拒贼于潼关，败绩。昔哥舒翰御吐蕃，号为天下精兵。守潼关时势不宜出战，因杨国忠疑哥舒翰图己，促之出战，翰痛哭出战，遂大败。

⑨ 窃闻句——天宝十五载八月癸巳，明皇禅位，皇太子即皇帝位于灵武（今宁夏灵武）。

⑩ 圣德句——《后汉书·光武帝纪》："匈奴薁鞬日逐王比自立为南单于。"此指肃宗即位。八月，回纥、吐蕃遣使至，请和亲，愿助国讨贼，皆宴赐遣之。南单于即回纥也。

⑪ 花门句——花门乃回纥以花门自号。剺面，即梨面，谓割其面皮，示诚恼而来归顺。

⑫ 慎勿句——《史记·苏秦列传》，说赵肃侯曰："愿君慎勿出于口。"《史记·留侯世家》索隐曰："狙，伺伏也，狙之伺物必伏而候之。"狙，音 jū，指暗中袭击。

⑬ 五陵佳气——《唐书·本纪》："高祖葬献陵，太宗葬昭陵，高宗葬乾陵，中宗葬定陵，睿宗葬桥陵。"五陵是祖先陵墓所在，佳气指风水气象。《后汉书·光武帝纪》曰："苏伯阿为王莽使，至南阳，遥望见春陵郭。喟曰：气佳哉，郁郁葱葱然。"无时无，谓随时都有中兴的希望。

第一句押"乌"字，第二句押"呼"字，结尾的出句有"哀哉"字，全诗的首尾两端，是故意安排了"乌呼哀哉"四字，使悲伤的语调笼罩全局。整诗的韵脚选用虞鱼韵，虞鱼韵的韵母以 u 为主，这种呜呜的声音像哭泣，加以出句也常押韵，如"乌""瑚""衢""疏"都是出句押韵处，使韵脚增多而更显得密集，加浓了"呜呜"难过的气氛。

本诗第一段是六句，后人都以起首四句分一段，是不曾细察杜诗用韵的妙处。本诗除起首用"促起式"，二句连着押韵，结尾也用"促收式"二句连着押韵外，中间每段起首的出句下都入韵，所以"腰下宝玦青珊瑚"与"不敢长语临交衢"都是每一段的开头，以特别的押韵及三平落脚为区别，意思也并与前面顺接而下。而且每一段的结尾都用三平落脚的调子，使调高句响，因此第一段是以"骨肉不得同驰驱"为结束。第二段连用"完肌肤""常人殊""千金躯"等三平调为段落，第三段连用"今何愚""南单于""他人狙"等三平调为段落，加上第一段末的"同驰驱"，与"促起式"末的"无时无"，以及出句亦入韵处的"青珊瑚""临交衢"等三平调，共用三平落脚的节奏凡十次。前人批评本诗"非笔力万钧，不能有此"，大概多用三平调，在增强笔力方面，能切实发挥强化节奏的效果。

全诗是以一只不祥的"头白乌"所引起，头白乌飞到长安的西门延秋门上作不祥的啼呼，于是明皇就从这西门出奔到蜀地去。头白乌又去飞啄长安权贵们的大屋，于是屋底的达官们就纷纷走避胡虏。达官们走避还可以明说，明皇出奔就只能暗说，这是曲笔回护天子出奔的丑事，诗人的避讳很得体，也很忠厚。

起首对安禄山的造反也不用正面写，只写白头乌飞上门，用《南史》贼臣侯景篡位时白头乌飞集朱雀门为典故，用作比况。本诗是作于沦陷区中，在贼徒的威胁下敢这样写，足征杜甫的骨气与胆量。"又向人家啄大屋"句，写得极鄙俗，故意让开头处像童谣体，来模拟古代许多有关白头乌的童谣。

天子与达官在仓皇出奔时极为紧急，金鞭为之折断，九马为之疲毙，而连皇室亲生的骨肉都不能一同奔驰逃难。这里把委弃骨肉的无情举动，托之于金鞭折断与九马累死，也是在替君上回护，目的在写王孙。先由达官写起，由达官而引出王孙，当王孙这主角出现时，第一段才结束。

第二段完全写王孙的衣着狼狈的形貌，从腰下的宝玦青珊瑚写起，先由佩玉认识其身份，同时，宝玉委诸草莽，把下面"可怜"二字有了具体的暗示。这位王孙正在路隅哭泣，掩面低泣，所以不先写他的面目，而只好先写束装。等到一问一答不肯说出姓名，只求为人奴仆以解决其困苦的现状，这样经过了问答，才细察他的身体，见他身无完肤，在荆棘中逃窜已百日了。

最后才注视王孙的面部，特别注视他的鼻子。因为帝王的子孙都是隆准高鼻，相貌堂堂，龙子龙孙自然与常人的相貌不同。杜甫对这人物的描写次序，是由束装外表，逐渐进展到肌肤与隆鼻，先作概观，后作细描，远看衣裳，近看眉目。这是对一个陌生人观察的自然次序，王孙奔驰困辱的情状也一并道出。同时，只凭青珊瑚断定他是王孙，他还可以推说不是，待到凭天生的隆准断定他是王孙，他就无法再推。这样一位猜说、一位否认，一个真心、一个疑心的情状，可以想见当时贼徒搜捕皇孙妃主，刿心刑戮，恐怖得连自己姓名也不敢透露的情状。杜甫接着举出高帝与龙种，用议论的方式抬高这位流浪者的身价，在沦陷区中骂叛贼是"豺狼"，教王孙特别珍重千金的躯体，慎待官军的收复，这些都是杜甫满腔忠忱的充分流露。

第三段是既知流浪者的身份为王孙，就不敢在十字路口与王孙作长谈，怕王孙暴露身份而遇害。但仍要陪王孙说话，再立片刻，给予安慰，是不怕自己受累，忠臣的心意，诚诚挚挚。然后痛恨地说，自从昨夜东风吹来了血腥，从东方洛阳安禄山那边派来载运珍宝的骆驼队，已排满了长安。唉！在潼关战败的哥舒翰部队，当年是北方的健儿，身手勇锐，现在为什么这样愚拙，卒使潼关失守，安禄山的手下猖獗地直趋长安？但是我私底下已听说天子已经传位了，新天子的圣德，感化了北方的南单于回纥，在回纥的花门地方，割面皮来宣誓效忠，愿意协助讨贼雪耻。杜甫把这个最紧要、最不准流传的消息，用简短的三句话说出，这就是所谓"不敢长言"。仓促中所说的要紧话，从"窃闻"以下三句，一句指明皇，一句指肃宗，一句指回纥，急急地扼要地说出，刚说出，忽然截住，立刻叮咛一句"慎勿出口他人狙"。大凡流传得最快的话，往往会被加上这句叮咛："我告诉你的话，你可千万不能说出来呀，别人会害你的！"描写秘密违禁的传言，真是口吻宛然，情态齐出。

结尾"哀哉王孙慎勿疏"，又呼"王孙"，全诗呼"王孙"四次，有的明呼，有的暗想，这里用"哀哉王孙"，是声音带着呜咽了。上句有"慎勿"字，这句又叠用"慎勿"字，嘱而又嘱，反复叮咛，而在路边草间窃窃私语的情状，教人如闻其声，如见其人。最后说"五陵佳气无时无"，在两度小心嘱咐之后，才吐出一句快心的希望语，说唐代帝王的陵墓，气象仍好，未来的前程正十分光明。这也给前面要求王孙"善保千金躯"的嘱咐有一个交待：慎言谨行，一定会有作为；叛贼逆匪，都是不长久的。杜甫对于国家的中兴，充满着信心。

（黄永武）

唐诗
三百首
鉴赏

黄永武　张高评　——　编著

九州出版社
JIUZHOUPRESS

伍 五言律诗

八十首

杜审言（公元六四六——七○五年）

字必简，巩县人，新旧《唐书》作襄阳人。登进士第后为洛阳丞，武后时为膳部员外郎，中宗时为修文馆直学士。必简系杜甫之祖，少陵曾有"诗是吾家事"之句，可见必简对于诗学的造诣很深。他恃才高以傲世，不容于人，曾经对人说："吾文章当得屈宋作衙官，吾笔当得王羲之北面。"自负如此。诗与沈佺期、宋之问齐名。五律五排，高华雄整，格律谨严，对杜甫影响颇大。有《杜审言集》，存诗四十三首。

和晋陵陆丞早春游望①（091）

独有宦游人，偏惊物候新。
云霞出海曙②，梅柳渡江春。
淑气催黄鸟③，晴光转绿蘋④。

---

① 和晋陵陆丞——和，以诗相酬答。晋陵，今属江苏常州。陆丞即陆丞相，名元方，字希仲，吴人，武后时为相。一说为陆姓丞，丞，县令下的佐官。

② 曙——音 shǔ，早上的阳光。

③ 淑气催黄鸟——淑气，就是春天温和的气候。黄鸟，即黄鹂，亦叫仓庚，就是黄莺。《诗经·小雅·绵蛮》："绵蛮黄鸟。"陆元恪《毛诗疏》："故里语曰，黄栗留，看我麦黄葚熟，亦是应节趋时之鸟也。"

④ 晴光转绿蘋——这是根据梁江淹"江南二月春，东风转绿蘋"脱化而成的诗句。蘋，水草名，浮萍大者为蘋。

忽闻歌古调①，**归思欲沾襟**。〔平声真韵襟字通叶〕

明代人编选唐诗，往往举杜审言的这首诗列为五律第一，杨慎、胡应麟等诗评家都说这种评选是正确的。杜审言的诗不多，现存仅四十三首，所以能赢得如此高的评价，一定有其缘故。他的孙儿杜甫，推崇杜审言的诗说："吾祖诗冠古。"（《赠蜀僧闾丘师兄》）引以为荣，并骄傲地对儿子宗武说："诗是吾家事。"（《宗武生日》）将这种传统的文学家风，标榜得十分显赫。

这首作于初唐的"早春游望"诗，从紧切题目、严密结构及讲究音律上，都对整个唐代的近体诗发生重大的影响，换句话说，它是一首具有指导作用的示范诗。

先就紧切题目来看，三四句写早春，五六句写游望，是全诗用力描写的景物部分；一二句写游望前的心理，七八句写游望后的心情，是全诗附带描写的感情部分。景物是实的，感情是虚的，虚实各占了诗的一半，而全诗的流程是由情而着物，再由物而生情，做到了情景相生。

就紧密结构来说，第一句十分警拔，节省了不少冗语俗套。由第一句的"宦游"，开出了三四句的"出海""渡江"；由第二句的"物候"，开出了五六句，物是黄鸟绿蘋，候是淑气晴光。而第七句的"忽闻"是由于第二句的"偏惊"才显得惊心动魄，第八句的"归思"是由于第一句的"宦游"才不至于虚荡无根，八句都是联锁着的。

再进一步看，物候新的"新"字，正表现在下面四句中：曙是初曙，春是早春，催是始催，转是才转。而云霞梅柳也是物候的一部分，所以"物候新"几乎是题旨的总纲纽。

单就中间四句来说，由三句的"曙"引来了六句的"晴光"，由四句的"春"引来了五句的"淑气"。有"梅柳"下句的"黄鸟"才有着落，有"江"

① 古调——古时的音调，指陆丞的原唱。

下句的"绿蘋"才有根源。句意回环抱合，十分严密。

"云霞出海曙"是向上望、向远望，"梅柳渡江春"是向下望、向近望。黄鸟诉之于听觉，绿蘋诉之于视觉，这些视听的感受，动荡着宦游人的耳目，丽景如此，而宦游不定，以致一闻古调，百感交集，禁不住归思涌生，泪下沾巾了。"古调"是指陆丞的原作，一面暗含着赞誉，一面收归到题目，都恰到好处。

再从讲究音律方面看，清代的董文涣已指出，本诗是将律诗句末四声递用的技巧，推衍成句中皆备四声的精微音律。所谓"句末四声递用"是指律诗的一三五七的最后一字，最好递用平上去入，本诗"人"为平声，"曙"为去声，"鸟"为上声，"调"字处最好用入声，若不能用入声，也不能用上声，免得两个上声的句脚并在一起，"调"为去声，第七句和第三句末尾都是去声，由于中间隔了第五句，影响不大，是可以的。

所谓"句中皆备四声"则尤加精微，如"独有宦游人"为"入上去平平"，五字中兼备了平上去入四声。"云霞出海曙"为平平入上去也是一样，"淑气催黄鸟"为入去平平上，"忽闻歌古调"为入平平上去，都兼备了四声。其余各句，有些必须要有三个平声字的，像"偏惊物候新""晴光转绿蘋"等，其余两个仄声字，"物候"是入去递用，"转绿"是上入递用，也没有重复使用的。至于"梅柳渡江春"与"归思欲沾襟"，由于首句可平可仄，若用了平声，则其余二仄声字仍是递用的，如"柳渡"是上去，"思欲"是去入，没有一句重复两个去声或上声。

由于以上的阐述，使我们获得了一个深刻的印象，那就是本诗的内容及外貌都是经过了千锤百炼，可以说精密惊人。难怪杜审言对自己的作品也很自负，据《唐诗纪事》上记载，杜审言在临死的时候，对大诗人宋之问、武平一说："我活着的时候，把你们压制得太久了，现在将死，大可告慰于诸君，只是恨不能见到一位接替我的诗人。"话说得真狂，但实在有他无人能及的独到之处，所幸他的孙儿杜甫继承了诗学家风，发扬光大，足以告慰杜审言了。

（黄永武）

唐玄宗（公元六八五——七六二年）

姓李名隆基，唐第六代君主，祖籍陇西。天宝十五载，安禄山反，陷潼关，玄宗逃奔到四川，其子肃宗（名亨）即位于灵武，尊为太上皇，在位四十三年，卒谥曰至道大圣大明孝皇帝，故世称明皇。玄宗爱好音乐，讲究声律，自度新曲，并亲自教导梨园子弟，唐诗之发扬鼎盛，实得力于他的倡导。

经鲁祭孔子而叹之①（092）

夫子何为者②？栖栖一代中③。
地犹鄹氏邑④，宅即鲁王宫⑤。
叹凤嗟身否⑥，伤麟怨道穷⑦。

---

① 孔子名丘，字仲尼，春秋时鲁人，生于周灵王二十一年八月二十七日，卒于周敬王四十一年（公元前五五一——前四七九年）。生有圣德，空怀济世之理想，而诸侯莫能用。于是删诗书，订礼乐，赞周易，修春秋，教育弟子三千，成学者七十二人，后世奉为儒教之祖，称为至圣先师，历代加封为"大成至圣先师文宣王"，祭祀不绝。

② 夫子——本为通称，不过《论语》中诸弟子所称之夫子多指孔子而言，因此后人多称师长为夫子。

③ 栖栖——《论语·宪问》："丘何为是栖栖者与？"栖栖，忙碌不安的意思。这是指孔子周游列国而言。

④ 鄹氏邑——鄹，同邹，音 zōu，孔子父叔梁纥曾做鄹邑的大夫，地当今山东邹城。

⑤ 宅即句——孔子宅在今山东曲阜市的阙里。孔安国《尚书序》："鲁恭王坏孔子旧宅，以广其居，升堂闻金石丝竹之声，乃不坏宅。"依此，大概玄宗那时亲到孔子宅中祭奠。

⑥ 叹凤——《论语》："子曰：凤鸟不至，河不出图，吾已矣夫！"传说凤至象征圣人出而受瑞，今既不至，故孔子遂有不得亲见圣人之叹。否，音 pǐ，不顺。

⑦ 伤麟——《春秋》："哀公十有四年春，西狩获麟。"孔子曰："吾道穷矣。"自后孔子即绝笔，不著《春秋》。旧说以麒麟为祥瑞之兽，今麟出而死，故孔子叹其道穷。《孔丛子》载叔孙氏之歌曰："唐虞世兮麟凤游，今非其时兮来何求，麟兮麟兮我心忧。"

今看两楹奠^①，当与梦时同。〔平声东韵〕

孔子一生际遇，所在多变，诚非一言可尽，如此大题目，将从何着手？看本诗立意使用抽样取影之法，选取其一，使其余都到。孔子之道，当从何处赞叹？本诗采"宽题窄作"之法，只就其栖遑不遇一端立言，即由此而诠释夫子一生之行为，且因以表现其个性与精神。沈德潜称此诗"运意高"，纪昀谓其"唱歌取神最妙"，就是这个道理。

据《新唐书·玄宗纪》："开元十三年十一月庚寅，封于泰山。丙申，幸孔子宅，遣使以太牢祭其墓。"或因此而作此诗。全诗紧贴题目运化，首联写孔子，颔联写经鲁，颈联写叹之，末联写祭，句句关顾题文，句句见出感叹，最为切题有神，可谓典雅工整之作。且八句分写叹字，又作两组铺写，首联颈联写叹惜，颔联末联写叹美，形成有节奏的复沓，读之如闻唏嘘嗟叹之音，饶有一唱三叹之致。《新唐书》但言玄宗于开元十三年亲祭孔子而已，并未明言因而作诗，故有学者怀疑这首诗应是"至德二载，肃宗发精骑三千，奉迎上皇玄宗还西京"时所作（章燮注疏）。若此说可信，则本诗不仅咏史而已，又富于明皇的身世之感，大有同病相怜，惺惺相惜之意。抚今追昔，前圣后王相较，令人怅惘扼腕。

全诗今昔交感，象征孔子遭遇的变化多端。首联抚今追昔，如闻叹息之声；颔联借时空之交综变化，来表现物是人非的伤感；颈联用典贴切工整，以叹惜孔子生前的不遇；末联复借孔子本身故实，以叹美孔子身后的逢遇。在一句一感叹中，道尽否塞穷通，今昔荣枯的变化，不由得不令人感慨万千。"今看"句与"叹凤""伤麟"二句相对，似隐含自叹之意，可见谓本诗作于上皇晚年，不可谓无理。

---

① 两楹奠——楹，音 yíng，是厅堂的柱子。《礼记·檀弓》："'余（指孔子）畴昔之夜，梦坐奠于两楹之间。夫明王不兴，而天下其孰能宗余？余殆将死也。'盖寝疾七日而没。"这是孔子自己叹生前没人尊崇他，梦中却殡在两楹之间坐享，预感自己将不久于人世。玄宗引用孔子的本事，正切当时祭奠的情形。

本诗为上二下三句法，每联出句的末字为上入上去声调，合乎四声递用法则，所以声调流利可诵。"叹凤嗟身否，伤麟怨道穷"二句，有人以为"叹嗟伤怨，用字重复，不可为训"，其实，二句是用同义字之重出，以强化"不遇"的意象，使"叹"之神韵层出回荡，不能算是病字。此处用凤与麟的神话，都是拟人化的联想，凤是圣人出的祥征，麟是仁德化的吉兆，用典隶事惬适，可省却无数笔力，同时也增加了许多让读者理解的情趣，这是值得一提的。

（张高评）

张九龄

望月怀远（093）

海上生明月，天涯共此时①。

情人怨遥夜，竟夕起相思。

灭烛怜光满②，披衣觉露滋。

不堪盈手赠③，还寝梦佳期④。〔平声支韵〕

---

① 海上二句——意谓这时远在天边的情人，一定和我一样在望月。

② 灭烛句——灭烛，意即熄灭烛光。怜，有爱玩意。梁简文帝《夜夜曲》："愁人夜独长，灭烛卧兰房。只恐多情月，旋来照妾床。"谢灵运《怨晓月赋》："卧洞房兮当何悦，灭华烛兮弄素月。"

③ 不堪句——陶通明答齐高帝诏问山中何有诗曰："山中何所有？岭上多白云。只可自怡悦，不堪持赠君。"陆士衡拟古诗《明月何皎皎》曰："照之有余辉，揽之不盈手。"盈手赠，满手捧着月亮送给他。

④ 梦佳期——在梦中得到相会的佳期。

望着月亮，最易想起同一个月亮所照着的远方，全诗第一句先提起了月，下面所写都是从月光所引起的。海上升起了明月，想到在不同天涯的人，每临此刻，都有同一种情怀。月是这样善于导引有情的人去思念远方，对着遥遥的长空，整夕兴起了相思。这二、三、四各句把月光下怀远的情态，写得很凄迷、很哀怨。由于三、四两句是凭虚落笔，纯然是一种空灵的描写，所以五、六两句就落实地写"烛""光""衣""露"，用实物来呈现具体的意象。说为了怜爱这美好的满月，就把烛光熄灭，让月光更加皎洁；觉得夜气渐凉，想披上衣巾，才发觉衣巾早被露水沾湿了。尽管月光盈手，但是不能持着盈掬的月光远赠给你，只有回去就寝，希望在梦中和你有美好的相会。第五、六、七句又都写望月，第八句再扣住题目中的怀远。分析起来，一、五、六、七句写望月，二、三、四、八句写怀远，命意与结构是交综而匀称的。

"海上生明月"这句诗，好像很通俗平常，但是神力十足，作为第一句，更像是突然冒生出来的景象，不是常人所能做的，接着"天涯共此时"也极神伟，主要是这二句诗不但勾勒出一个广大浩博的空间，同时也表现了时间。这明月上升的短暂片刻，带给人无穷的幽思与一片苍茫的感觉。

"情人怨遥夜，竟夕起相思"，这情人二字，是借着男女恋人比喻君臣或好友，自来中国的诗歌中假托男女恋情来描述各种亲密的人际关系，这样旨意不确定，反而有助于情味的深浓。前人形容本诗是"五律中的离骚"，就是指本诗是假托情人来表现层次较高的境界。"情人怨遥夜"一句是"拗句"，五言平起出句"平平平仄仄"的第四字如拗作平，则第三字必须用仄以救转，就像"遥"字拗作平，必须用仄声"怨"字来救转。同时，这一联的对仗也不太讲究工整，那是由于初唐时期律诗还不如后来那么严格，这种似对非对的格调，显得很古雅。

"灭烛怜光满，披衣觉露滋"，这二句诗所以成为全诗的高潮，实在是由于这二句诗中是包含着矛盾冲突的意味。为了"怜光"，反而灭烛，烛也是一种光，灭了烛反而光满；为了露冷就去"披衣"，衣是用来遮挡露水的，披了衣反而觉得露水的浓重。这二句以直觉看来似乎是矛盾的句子，却给人意外的惊愕与喜悦。

"不堪盈手赠"是翻叠前人的意思，陆机说月光"揽之不盈手"，而本诗却说月光已盈手，但不能拿出来赠送给远方的你，所以佳期只有求之于寝梦之中。还寝求梦，是"望月"的结束，却是"怀远"的再开始。梦中的天地无限，留下了不尽的余韵。"还寝梦佳期""灭烛怜光满"，都是以委婉的痴情感人，比"竟夕起相思"那样直率地吐露，更觉动人心曲。

（黄永武）

宋之问（公元六五六——七一二年）

字延清，一名少连，虢州弘农人。武后时分直内散，转尚方监丞，后附张易之党，贬官泷州参军，后为修文馆学士。睿宗立，以之问曾附张易之，配徙钦州，后赐死于谪所。其诗以律诗见长，间工五古，与沈佺期齐名，承齐梁之后，属对精密，又加靡丽，约句准篇，如锦绣成文，当时学者奉为宗匠，语曰："苏李居前，沈宋比肩。"号为沈宋。

题大庾岭北驿①（094）

阳月南飞雁②，传闻至此回③。

----

① 大庾岭北驿——大庾岭在广东省南雄市北,岭上多梅,亦名梅岭。驿,就是古时用快马传递文书的驿站。

② 阳月——夏历十月。《尔雅》："十月为阳。"

③ 传闻句——《方舆胜览》："回雁峰在衡阳之南,雁至此不过,遇春而回。"鸿雁在九十月间南来,故曰随阳鸟。

我行殊未已，何日复归来。

江静潮初落，林昏瘴不开^①。

明朝望乡处，应见陇头梅^②。〔平声灰韵〕

　　这首诗是宋之问贬徙钦州途中所作。行旅之无奈、游子之感怀，借着比兴手法，作时空之分设对映，遂使全诗一气旋折，神味无穷。

　　听说鸿雁南飞到衡山，便要回转北归，如今大庾岭又远在衡山之南，是南飞雁所不肯飞到的地方，而自己的行程却一直没有停息，愈行愈远离回雁峰，不知什么时候才能归来。雁南飞而知所回，己南行却未知所止，显然人不如鸟。迁谪的心情，再加上落寞愁怨，内心的悲苦可以想见。颈联承第三句"我行殊未已"，描写征途跋山涉水之一斑，以此见他乡风物之异，振动出旅途荒寂无聊之感。"江静"句写水路，以喻己之不能回；"林昏"句写陆路，以状己之不得归。皆是眼前景物，却对得异样工整精致，已达情景交融的境界。末联结出题面，曰"明朝"，曰"应见"，总是悬想口气，可见此时宋氏尚未到大庾岭。由于南飞雁知所回止的反讽，以及他乡风景殊异的刺激，引发作者望乡情切，所以才会有盼想明朝登高岭眺望乡关的念头。末联收句说，待登上大庾岭高处，应该可以看到陇头的梅花开放了。因为有了陇头梅，就可以折梅赠人，慰解乡思。过了大庾岭，此去迢迢茫茫，恐怕已无物可表寸心了，词意凄凉伤感之至。作者另有一首五律《度大庾岭》，立意相似，可以参看。

　　本诗为上二下三句法，颔联为流水对，自然有致，颈联则对仗工稳，不失凄美。全诗起承转合，章法明显，可悟诗心。全诗时空交综变化，孤寂凄凉之情亦随之转化。阳月、何日、明朝、是时，含过去、现在、未来之漫长时光；

────────────

　　① 瘴——山中一种湿热蒸郁的毒气。

　　② 陇头梅——大庾岭地处亚热带，所以梅花早开，所谓"十月先开岭上梅"。又《荆州记》：陆凯自江南寄梅花一枝与范晔，并赠诗"折梅逢驿使，寄与陇头人。江南无所有，聊赠一枝春"。按"陇"字据沈德潜云疑作"岭"。相较之下，作"陇头梅"意更切相思。

"传闻"句到"我行"句，是空间的延伸，由回雁峰展伸到无穷无尽的前程。颈联末联，一则景中有情，一则叙事中见抒情，交综融会一片，上下蝉联一气。用典之巧，写景之工，亦足为法式。

（张高评）

王 勃（公元六四九——六七六年）

字子安，龙门人，王通之孙。麟德（高宗年号）初，年未及冠即登第。初为沛王修撰，后以事出府，补虢州参军。犯死罪，遇赦革职。父为交趾令，勃往省视，渡海溺水，惊悸成疾，卒年只二十八岁。有《王子安集》二十卷。勃与杨炯、卢照邻、骆宾王齐名，号"初唐四杰"。其诗以高华著称，大多对仗工丽，上下蝉联，未脱六朝余习。杜少陵诗云："王杨卢骆当时体，轻薄为文哂未休。尔曹身与名俱灭，不废江河万古流。"即此可以定论初唐之诗品。其七言歌行与五律词采绚丽，音节铿锵，绝句亦独饶胜境，尤以五绝为唐初之擅场。

送杜少府之任蜀州 [①]（095）

城阙辅三秦 [②]，风烟望五津 [③]。

———————————

① 蜀州——今四川崇州市，一本作蜀川，指川西岷江流域一带，唐属剑南道。少府，即县尉之别称。

② 城阙句——城阙指长安。项羽灭秦，分关内地为三，封秦三降将雍王、翟王、塞王，号曰三秦，相当于今陕西一带。辅，夹辅之意。

③ 五津——《华阳国志》："其大江自湔堰下至犍为有五津，始曰白华津，二曰万里津，三曰江首津，四曰涉头津，五曰江南津。"

与君离别意，同是宦游人 ①。
海内存知己，天涯若比邻 ②。
无为在歧路，儿女共沾巾 ③。〔平声真韵〕

　　这首诗为送别之作，却不流于悲酸愁叹语调；有开合顿挫之致，又不失气脉流通之妙；而且一洗六朝以来绮丽之习，纯以质朴雄浑、横溢奔放取胜，可说是唐人律诗的正格，也是王勃得意之杰作。尤其挚友真情，升华别离的伤感，而为豪爽的劝慰，精神气魄，自有其积极的意义。

　　城阙辅三秦，是王勃与杜少府相别之所；风烟望五津，是少府将上任之地。长安的城阙，足以拥卫三秦的土地，从浩渺的风烟中看去，依稀可见蜀州的五津，可见三秦和五津虽是两个地方，但风烟相接，彼此仍可声气相通，是远而不远，兴起不必伤别之意。颈联承不必伤别之暗示，说明所以有离别之情，实在是由于"同是宦游人"，别中送别，因此感触独深，十分重视离别。五六句随而一转，推进一层，说别离之后，你我虽分在两地，但四海之内，还有你这个好朋友，虽极遥远的地方，也如同近处的邻居一样，天涯咫尺，灵犀相通，是以不必伤心，就不得不分别而宽解之，此一层是轻视别离之意。末联合上三层意思，转而相慰藉，情意豁达浑转，说你我不必在歧路上，学儿女伤别之态，泪湿沾巾。总结前三联之意，逼出"无为"二字，自然而有力。

　　本诗极尽开阖顿挫之妙：一二句暗示毋庸伤别，是开；三四句表明重视离别，是阖；五六句轻视别离而作旷达语，再开；七八句转相慰藉，又开。如水之逆风，风之逆水，一往一来，激而成文，最为有致。且首联对仗严整，气象

――――――――――

　　① 宦游人——在外做官的人。

　　② 海内二句——谓得一知己，千里同心。天涯，指极远之地。比怜，近邻。曹植《赠白马王彪》："丈夫志四海，万里犹比邻。"

　　③ 儿女共沾巾——《后汉书·来歙传》，歙叱盖延曰："反效儿女子涕泣乎？"曹子建《赠白马王彪》诗曰："忧思成疾疢，无乃儿女仁。"沾巾，流泪多而沾湿衣襟。

壮阔，故颈联以散调排宕之；严整见其精细，散调见其流利；散整相配，虚实互用，最见技巧。

全诗之妙，更妙在诗人以情感改造空间，在送别知己之际，诗人确信城阙可以"辅"三秦，风烟可以"望"五津，甚至天涯可以若比邻，这不是实境，而是诗境。这新创的空间，境界十分壮阔，和现实有段距离，这距离愈是跳出常理，愈超越凡人的想象之外，则愈是一个富于美感的诗境。"海内存知己，天涯若比邻"之所以成为千古传诵的名句，理由在此。

至于末联用典之推陈出新，浑融无迹，全诗之起承转合，一气贯注，犹其余事。

（张高评）

骆宾王（公元六三二？——六八四年？）

义乌人。初为道士，高宗末为长安主簿，因赃罪下狱，除临海丞，武后时弃官。徐敬业举义，宾王为草檄文，斥武后罪状。敬业败，亡命不知所终。有《骆丞集》四卷。为"初唐四杰"之一，辞采华赡，格律谨严。工七言歌行与五律，五绝亦富声气。所作诗赋，惯以数字相对，号算博士。所作宫体诗，全然齐梁格调。然就事业与才识而论，骆氏当为四杰之冠。

在狱咏蝉并序（096）

余禁所禁垣西，是法厅事也①，有古槐数株焉。虽生意可知，同殷仲文之

---

① 禁所——囚所。《唐书》本传云："武后时，数上疏言事，下除临海丞，鞅鞅不得志，弃官去。"被诬下狱事在高宗仪凤三年。

古树①；而听讼斯在，即周召伯之甘棠②。每至夕照低阴，秋蝉疏引，发声幽息，有切尝闻。岂人心异于曩时，将虫响悲于前听？嗟乎！声以动容，德以象贤，故洁其身也，禀君子达人之高行；蜕其皮也，有仙都羽化之灵姿。候时而来，顺阴阳之数；应节为变，审藏用之机。有目斯开，不以道昏而昧其视；有翼自薄，不以俗厚而易其真。吟乔树之微风，韵姿天纵；饮高秋之坠露，清畏人知。仆失路艰虞，遭时徽纆③。不哀伤而自怨，未摇落而先衰。闻蟪蛄之流声，悟平反之已奏④；见螳螂之抱影，怯危机之未安。感而缀诗，贻诸知己。庶情沿物应，哀弱羽之飘零；道寄人知，悯余声之寂寞。非谓文墨，取代幽忧云耳。

西陆蝉声唱⑤，南冠客思深⑥。

不堪玄鬓影⑦，来对白头吟⑧。

露重飞难进，风多响易沉⑨。

---

① 虽生意可知二句——桓玄篡位，殷仲文抗表待罪，乞归不许，顾府中老槐树叹曰："槐树婆娑，无复生意。"

② 而听讼斯在二句——《诗经·召南·甘棠》："蔽芾甘棠，勿翦勿伐，召伯所茇。"相传周召伯巡行，听民间之讼，即在甘棠下断案而不烦劳百姓。故后人相戒不翦伐此树。

③ 徽纆——绑囚犯之绳索，此处作被囚禁解。《易·坎》："系用徽纆。"

④ 平反——昭雪疑狱。

⑤ 西陆——《隋书·天文志》："日循黄道东行，行西陆谓之秋。"西陆，指秋天。

⑥ 南冠——《左传·成公九年》，晋侯观于军府，见钟仪，问之曰："南冠而絷者谁也？"有司对曰："郑人所献楚囚也。"南冠，指囚徒。

⑦ 玄鬓影——《古今注》："魏文帝宫人莫琼树始制为蝉鬓，望之缥缈如蝉。"此喻正当盛年。"不堪"一作"那堪"。

⑧ 白头吟——《西京杂记》："司马相如将聘茂陵人女为妾，卓文君作《白头吟》以自绝，相如乃止。"

⑨ 露重二句——"露重"句，喻武则天之专政。"风多"句，喻佞倖之得势横行。张见赜《赋新题得寒树晚蝉疏》诗曰："叶回飞难住，枝残影共空。声疏饮露后，唱绝断弦中。"沈休文《听鸣蝉应诏》诗曰："叶密形易扬，风回响难住。"

无人信高洁，谁为表予心。〔平声侵韵〕

据清陈熙晋（西桥）《续补唐书骆侍御传》的考证，高宗仪凤三年（公元六七八年），骆氏任侍御史，因讽谏得罪，被诬以赃罪下狱，此诗即作于此时。沈德潜以为此诗作于徐敬业兵败后，然骆氏在兵败后亡命，未闻有下狱之事，可见沈说不确。在确定了这首诗的写作年代后，诗中所谓的"玄鬓影""白头吟""露重""风多""高洁"云云，才能够指称真确，否则就成了指甲为乙，牵强附会了。

这是一首咏物诗。咏物诗或见物兴感，或借物自况，或借物寓意，必须诗中有人，尤须诗中有我，要有寄托、有远情，才能做到即物达情，貌切神合，有题外之味。蝉，是一种很神圣高洁的昆虫，所以历来骚人墨客都喜欢歌咏它，以抒写自己的襟抱，陆士龙《寒蝉赋序》称蝉有文、清、廉、俭、信、容六德，本诗序文，作者亦标榜蝉有高洁、仙姿、顺数、审机、明视、存真、清畏、吟风、饮露等九德。崇德象贤，最可寄托襟抱，传达远情，本诗句句贴切秋蝉，却语语关涉作者心境，写来十分空灵无迹。盖咏物诗就题言是赋的手法，就内容而论却是比兴的诗法，个人处境不同，同一咏蝉，也就有不同的心声。前人称虞世南"居高声自远，非是藉秋风"是清华人语，李商隐"本以高难饱，徒劳恨费声"是牢骚人语，骆宾王"露重飞难进，风多响易沉"是患难人语。三者相较，当推骆宾王之作最为高浑绝伦。咏物贵在有感而发，将我融入题内，如此则灵动有神。

本诗次句点明"在狱"，首句指示时令为秋，景物为蝉声唱，以兴起通首的咏蝉自况。起首两句就对仗，十分工致稳帖，骆氏家在浙江义乌，今系狱长安，故用南冠与西陆对，令人服其巧思妙笔。颈联于句法流转中又不失工巧雕琢，第三句承首句，玄鬓影本指蝉之黑色翅膀，今以喻己正当盛年，时骆氏约三十八岁；第四句承次句，借用卓文君作《白头吟》事，以感伤自己行事清直却遭诬谤之冤。被囚已使人不堪，何况是含冤被囚，又何况是作客北地，秋蝉吟啭的时候在狱，更何况是正当盛年而为囚徒？是以闻蝉声而愁思益深，百感交集，所以说："那堪玄鬓影，来对白头吟。"面对此情此景，怎能忍受那双翼如黑发的秋蝉，对着我这蒙受冤诬的人啼叫呢？颔联以露重喻武后之专政，风多比佞臣之在位，见小人道长，君子道消，并以咏叹蝉之"飞难进""响易沉"，而深伤自己的含冤难伸，语意十分沉痛。前四句雕琢不露斧痕，用典行若无事；五六句则比物联类，诗中有我，蝉因露重难飞，像自己谗深而莫白，蝉因风多沉响，就像自己毁多而杜口一般。如此取譬，最含蓄蕴藉，而又状溢目前。如此之作，胸有寄托，笔有远情，自然典雅精神兼善。至于末联，则忠愤之气奔迸而出，将我跳出题外，大声疾呼说："无人信高洁，谁为表予心。"由于露重风多，所以蝉的高洁无人肯信，己之高洁亦无人肯听，既然如此，谁人能替我表明心迹呢？以推开法作结，笔调再换，直截有力，最有无限性之美，宕出远神，余韵不绝。

本诗一句写闻，二句写见，三句写见，四句写闻，五句写见，六句写闻，有了这些感官意象的辅助，使得意象更为鲜明逼真。而咏蝉自喻，首联分说，颔颈两联皆合写，尾联又分开来写，层次井然，颇有离合相生之致。全诗对仗精工，格律严谨，内容精彩，是初唐五律的杰作。

（张高评）

沈佺期（公元六五六——七一三年）

字云卿，内黄人，高宗上元间擢进士第，后为通事舍人，转考功郎、给事中。旋坐交结张易之流贬驩州，后召拜起居郎兼修文馆直学士。中宗神龙中为中书舍人、太子詹事。沈诗工于七言，曾以诗赠张燕公，公曰："沈三兄诗清丽，须让居第一也。"由是诗名大振。沈诗于音韵婉和、属对精微外，又加靡丽，回忌声病，讲究格律，遂成近体，为文学界所宗尚。故唐代律诗之体制，至沈宋而完全成立，高棅所谓"沈宋之新声，苏张之大手笔，此初唐之渐盛也"。前人论沈宋，要皆轻薄其人品，而肯定他们律诗的学术地位。

杂诗三首选一（097）

闻道黄龙戍①，频年不解兵。

可怜闺里月，长在汉家营。

少妇今春意，良人昨夜情。

谁能将旗鼓②，一为取龙城③。〔平声庚韵〕

诗题名杂诗，大致与无题诗相类，都是确有所指，而又吞吐蕴藉的感兴之作。本诗借征妇之闺怨表现非战的思想，以儿女之情怀叙征戍的苦辛，以阴柔带出阳刚，以少妇托出征夫，取景抒情，堪称精妙。沈佺期的近体诗，多有"吞吐含芳，安详合度"的风格，本诗即其典型。

本诗除颈联外，都是"二句一气"，也就是一意分作两句说，虽缜密不足，而疏荡有余，最见安恬。全诗借少妇痴情之所闻所见所思立意，而以无奈之期望作结。首联写所闻，连年征战，何时休兵呢？含蓄中有许多失望与怨恨。颔联写所见兼所忆，闺里月本是团栾之月，现在却久照汉家营中，营中之月原是离别之月，竟长照着征人，因恨此身非月，可以长在汉家营，照临征夫，这是少妇望月所引起的痴情联想。其实天下月亮只有一个，照临闺中，亦照临汉营，理性经过情感的改造，遂有此痴心妄想，空间由闺里延展到汉营，时间由

---

① 黄龙戍——《宋书》:冯跋治黄龙城，所以叫黄龙戍，城在今辽宁开原市北。戍，防守也。

② 将旗鼓——即进军开战之意。旗鼓为军队之耳目，多由大将所建。

③ 龙城——《史记·匈奴列传》曰:"五月大会茏城。"索隐曰:"《汉书》作龙城。"崔浩曰:"西方胡皆事龙神，故名大会处为龙城。"龙城本匈奴祭天处，此泛指胡人之都城。

今夜逆溯到过去，感情亦由少妇春思之无限，推想汉营中的良人也应是离情难任。这种想当然尔的口吻，最是痴心人的写照。二句虽含容浑厚，其中自有一段幽凄之苦，溢于言表。尾联一气转折，承上作收，于无可奈何中，偏想得出奇如意：谁能为将，拔取龙城，就可解黄龙之兵，归乡共赏团圆之月了。末二句真是夫妇共同的愿望，于凄怨中仍不失积极的精神。这问题就在于"谁能"，有人能，则不日团圆；无人能，则少妇之愁怨将无已时，团圆亦遥遥无期。全诗由失望而想望，由想望而希望，再由希望而瞻望，起伏往复，委婉多姿。末联以问语作收，使痴心怨情在悠悠不尽的时空里回荡，这种无限性的意境，最有"曲终江上之致"。

三四句为流水对，好像脱口而出，毫不费力，其实"看似寻常最奇崛，成如容易却艰辛"，这种流水对最佳。全诗时空交综变化，情景互相辉映，伏应转接浑然无迹，风格之高，即盛唐人亦难以企及。

（张高评）

王　湾（约公元七二二年前后在世）

洛阳人，开元年间进士及第，任荥阳主簿。与学士綦毋潜契切，词翰早著，为天下所称。中年往来吴楚间，多所著述，词章华美，为时人所称誉。曾奉使登终南山，官分校秘书，终洛阳尉。其诗今收录在《全唐诗》者只一卷十首。

次北固山下①（098）

客路青山下，行舟绿水前。

潮平两岸阔，风正一帆悬。

海日生残夜②，江春入旧年③。

乡书何处达，归雁洛阳边④。〔平声先韵〕

　　这首诗，《河岳英灵集》作"江南意"，是借旅途的景物生情，以排遣客思乡愁之作。唯《英灵集》所载，除海日江春一联相同外，其他多有不同，"潮平"句"阔"作"失"，纪昀称"失"字有斧凿痕，况唐人不甚用此字，其余可以不论。

　　全诗写冬末江行途中所见所感，取景不离乎江上风物，旅途在青山绿水之间，语句精警，音节响亮，饶有清新刚健之气。一二三四句写北固山下之江景，五六七八句即景生情，而又情景交融。首联用对起法，确定旅程在北固山与长江之间，取景由远而近。颔联对偶工丽，取景由低而高：青山绿水已伏一春字，故此潮是春潮，此风是春风；潮满长江，故见其平；水涨及岸，故见其阔；春风和畅，故见其正；孤舟独行，故惟悬一帆。此情此景，虽能纵一苇之所如，却是渺沧海之一粟。于是在孤独寂寞中，夜已残而江日生，知作客生涯又是一日；年未终而江春到，见羁旅他乡又复一年。在外日久，感伤蹉跎岁月之意，表现得淋漓尽致。海日江春两句，纯是锻炼功夫，《英灵集》美为"诗

----

　　① 北固山——山在江苏镇江市丹徒区北长江沿岸，三面临水，与金山、焦山合称京口三山。次，停歇，或客旅小驻。

　　② 残夜——指夜已尽，天将明之时。

　　③ 海日二句——谓海天空阔，五更已见日出；江乡温暖，腊底早入立春。

　　④ 归雁——《汉书·苏武传》："天子射上林中，得雁，足有系帛书，言武等在某泽中。"后用来指书信或鸿雁传书之故事。此句是说希望鸿雁能带信回乡（作者为洛阳人）。

人以来少有此句"，张说更手题政事堂，每示能文，令为楷式。其实江中日早，残冬立春，本寻常意思，一经锤炼，便成警策，可见作诗炼句锻字的重要性。尾联承旅次而转入客怀，于百无聊赖之际，想到雁可传书；鸿雁果真能将乡书传到洛阳，则可慰解归思了。以摇曳远神作收，悬想虽不切实际，但也慰情聊胜于无了。诗愈是无理，就愈见可爱，大概这就是诗喜欢翻空，不喜坐实求真的缘故吧。

　　颔联纯粹写景，神来之笔，不可凑泊，平、阔、正、悬四字为诗眼，响确警拔，精神百倍。颈联"海日生残夜，江春入旧年"所以邀人赏服，则是由于句法倒装，像高岩的逆松、急滩的回澜，极能增强声势，豪迈笔力。想要使诗句劲健生动，可以奉此为法式。

（张高评）

王　维

辋川闲居赠裴秀才迪 [①]（099）

> 寒山转苍翠，秋水日潺湲 [②]。
> 倚杖柴门外，临风听暮蝉。
> 渡头余落日，墟里上孤烟 [③]。

────────────

　　① 辋川——摩诘晚年得宋之问别墅，在蓝田辋川，其地有奇胜，如鹿柴、华子冈，欹湖、竹里馆、柳浪、茱萸沜、辛夷坞。与裴迪游其中，赋诗相酬为乐。秀才，此泛称士子。

　　② 潺湲——水徐流声。音 chán yuán。

　　③ 墟里句——墟里，村落。孤烟，炊烟。陶潜《归园田居》："依依墟里烟。"

复值接舆醉^①，狂歌五柳前^②。〔平声先韵〕

这首诗描绘辋川秋日风景人物之可爱，诚如苏东坡所谓"诗中有画，画中有诗"。而显露意象，借助于视觉听觉之辅助，使读者感受到"耳得之而为声，目遇之而成色"的立体动态景象。

第一句写见，第二句写闻。山景到了秋天，大多寒凉萧瑟，此山却转觉苍翠；水到了秋天，也多干涸无声，此水却日闻潺湲之音，可见风景佳胜之一斑。第三句又写见，第四句又写闻，就所见所闻，表现闲适之情。五六句再写见，从上"暮"字生出，"渡头"句寓水，"墟里"句寓山，与首联脉络相通，写景细腻尽致，好整以暇之至。七句又写见，八句再写闻，以接舆比裴迪，以陶潜比自己。人物之疏狂可爱如此，恰与辋川风物之优闲雅适相称，野趣自然冲澹。能即景生情，是投赠诗之佳作。

一二句对仗工稳，前句写高处，后句写低处；三四句当对却不成对，谓之蜂腰格（首联不必对，本诗却相对，谓之偷春格），倚杖句就近处写，临风句就远处写。也有人主张将本诗的首联与颔联调换，如此则平仄格律既不失粘，在意义上也比较自然，可聊备一说。五六句写生曲肖，"渡头"句就低平处着笔，"墟里"句就高远处落墨，一落一上之间，写尽从容闲暇神理。前六句写景如画，末两句写人如生，如此人物，优游于如此图画中，画面遂呈和谐灵动的气息。

（张高评）

① 接舆——姓陆名通，字接舆，春秋楚人，因见时政混乱，乃佯狂不仕，人称楚狂。《论语·微子》，楚狂接舆歌而过孔子曰："凤兮凤兮，何德之衰。"此处比况裴迪。

② 狂歌句——五柳指陶渊明。渊明有《五柳先生传》之作，自传也。此处借比自己。

酬张少府①（100）

晚年惟好静，万事不关心。

自顾无长策，空知返旧林②。

松风吹解带，山月照弹琴。

君问穷通理③，渔歌入浦深。〔平声侵韵〕

这首诗所述，是王维晚年心境的自白，尤其是后四句，读来禅趣盎然，"天然入妙，得大自在"。诗情画意，寄于言外，细加品味，神韵自见。

前四句直抒胸臆，纯写情，王维晚年退居辋川，乐游山水，偏好清静适意，所以说"万事不关心"。颔联承首联说，虽曾有经国济民之志，却苦于缺乏伟大的策略，因此只得归隐山林，以求适志。可见晚年之所以好静，是由于壮岁之不见用于世，既无长策，只得"返旧林"；既"返旧林"，只得"万事不关心"，只得"好静"。这种"用之则行，舍之则藏"的襟抱，正是王维思想变迁的轨迹。第四句着一"知"字，见其不执迷于宦途，虚灵清明；用"旧林"二字，有游子返乡，能入能出之神理。上四句诗，自然不见雕琢，其结构词句，却又不失交综呼应之美。

后四句写景，情景交融，颈联描写隐居之乐，以呼应上"好静"二字：宽解衣带，以迎松风，一切羁绊束缚都无；弹琴山中，明月来照，何等清美快适？"返旧林"之乐乐陶陶，"万事不关心"之乐乐融融，这种好静的隐居乐趣，可以说，"虽南面王乐，不以易此"。在王维看来，出仕庙堂，并不就是"通"，退处江湖，不见得是"穷"，穷通的真正意义，在于个人的感受。尾联

---

① 酬张少府——酬，指以诗相赠答。少府，官名，即县尉，掌缉捕盗贼。

② 空知句——空，徒然。旧林，指故居。

③ 穷通理——指人生困穷或通达的道理。

就张少府所问，即景悟情，故作玄解，说穷通之理，难以奉答，惟请聆听深浦渔歌，便可彻悟，意在劝张少府达观知命，学渔樵作风，不要因一时的穷通而患得患失。结语以不答答之，含蓄蕴藉，兴象超远，作法十分特出。

"静"字是全诗的主意，"不关心""无长策""返旧林"，都从"静"字生出。松风吹带，山月照琴，渔歌深浦，也都是静中之乐事。此种手法，即是《文心雕龙》所谓"脉注""绮交"之实例。诗文涣散无章者，颇可取法其缜密与归一。

（张高评）

送梓州李使君 ① （101）

万壑树参天，千山响杜鹃。
山中一夜雨，树杪百重泉。
汉女输橦布 ②，巴人讼芋田 ③。
文翁翻教授 ④，不敢倚先贤。〔平声先韵〕

前人欣赏此诗，有说"使人客气尘心都尽"者，有说"兴来神来，天然入妙，不可凑泊"者，有以为"妙处岂复画师之所能到"者，亦有赏其工于发

---

① 梓州使君——梓州，唐蜀剑南道，今四川三台县。使君，刺史之称，唐代刺史相当于后世之知府，又奉命出使之官员亦可称之。

② 橦布——左思《蜀都赋》："布有橦华。"注："橦华树，其华柔毳，可绩为布。"橦布，橦木花织成的布。

③ 讼芋田——《华阳国志》："汶山郡都安县有大芋如蹲鸱也。"讼芋田，当是指巴人常为农作物发生讼案。

④ 文翁——《汉书·循吏传》："文翁为蜀郡守，见蜀地僻陋，欲诱进之，乃选郡县小吏开敏有材者遣诣京师，受业博士。又修起学宫，招下县子弟为学宫弟子。由是大化，蜀地学于京师者，比齐鲁焉。"末二句言文翁教化至今已衰，当更翻新以振起之，不敢倚先贤成绩而泰然无为也。

端、工于用意、工于达意者，焦点都集中在前四句。前四句固然挺拔流动，后四句亦精心结撰，特相形失色而已。在一首诗中，巧拙奇常总要相配为用，才更显得超逸秀出。

这是一首投赠诗，故所作当切合投赠之人、事、地，才算切题有致。前四句写景一气贯注，切合梓州山林之胜，而欲写山之高，便借树高来衬托，林树参天，俯临万壑，杜鹃啼声，响遍千山，一句写见，二句写声，已勾勒出梓州山林之胜境。三句承二句，四句承一句，于参天之树杪，见百重之泉水，高岩幽壑之密布，可想而知。树杪之有百重之泉，则是由于千山下了一夜之雨使然，而杜鹃响遍了千山，应在夜雨之后，百重泉之间。画幽壑、鸣禽、山雨、林泉之景，能使读者极视听之娱，自非寻常画工所能到。短短二十字，诗家许为"龙跳虎卧之笔""高调摩云之作"，诀妙只是状溢目前，只是刺激我们眼耳等感官意象，去作更真切的体认，而使意象鲜明活现而已。

颈联写巴蜀风尚，是切事，汉族女子拿橦布完纳租税，巴蜀土著却常为芋田而争执兴讼，叙民生经济只两句，即写尽风俗。输布讼田，要合乎情理法，正有待于教化，故结语以文翁化蜀相勉，是极贴切之影射，谓文翁教化至今已衰，李使君既为梓州刺史，则当去旧翻新，振衰起敝，依倚先贤文翁化蜀之典式，这是据赵注以"不敢"为"敢不"之误的说法。若依原文，则应解为：文翁的教化已成往事，李使君此行应另布新猷，不要倚赖先贤的成绩。不管如何说，这两句都是勉励李使君的话。

上四句诗，依次安放树、山、山、树等字，复沓连用，使人不觉，最见轻妙浑然。"树杪百重泉"句，示现景象，状溢目前，极富真实感。依文苑英华本"一夜雨"作"一半雨"，钱谦益也主张"作一半雨尤佳"，又有作"一丈雨"者。其实都是后人妄改，当作"一夜雨"较为传神，因为雨下一夜，泉水才见百重，若作"一半雨"或"一丈雨"，则前后不相连属，遑论佳妙？此诗叙写巴蜀风物俗尚，佳处在首四句，而不在写巴蜀情景之第五、六句，不刻求切题，而自然句句相关涉，所以不同凡响。尾联是切人贴题而言，如此方不落空。

（张高评）

过香积寺^①（102）

> 不知香积寺，数里入云峰。
>
> 古木无人径，深山何处钟。
>
> 泉声咽危石，日色冷青松。
>
> 薄暮空潭曲，安禅制毒龙^②。〔平声冬韵〕

　　作文有借宾形主之法，作画有对面渲染之法，皆避开正面，侧面落笔，而更见姿态。本诗咏香积寺，不从寺庙正面描写，却纯从寺外幽景摹绘，就是这种手法。

　　本诗为表现香积寺的幽深，首先拈出"不知"二字作张本，题前盘绕，以开拓上四句，兼以点明题文"过"字。素闻香积寺之名，却未到过香积寺，不知香积寺在山中何处，于是寻幽访胜，以探究竟。走入山中数里路，但见云深不知处，接着是古木参天，杳无人迹，仍不见香积寺所在。忽闻深山重峦中，隐隐约约传来钟声，到底钟声从何处传来？仍不能确知。行行重行行，终于走近寺旁，聆听泉水在岩石间的回流声，感受阳光由于松林葱茏而转生的寒凉。前六句未尝正面描摹寺景，皆就香积寺的外围环境勾勒几笔，而寺之幽静深僻，不难想见，此种烘云托月的手法，最足矜式，刘熙载《诗概》所谓"山之精神写不出，以烟霞写之；春之精神写不出，以草树写之"。写景诗必须写景之精神，而表现精神，端在气象，王维这首诗很有这个特色。尾联才正写香积寺，引《涅槃经》作比喻，既避平板，又有蕴藉之美。

　　本诗三句写见，四句写闻，五句又写闻，六句再写见，借听觉、视觉之感

---

　　① 香积寺——寺在陕西西安市南。

　　② 安禅制毒龙——《涅槃经》："但我住处有一毒龙，其性暴急，恐相危害。"《大灌顶神咒经》："安禅于空潭之曲。"案：毒龙喻一切妄想。谓愿安禅于此间，以制机心妄想。

官强化示现意象。尤其是第六句，将视觉"日色"与触觉"冷"交综运用，将色彩转化成温度，于是寺庙之幽深就更跃然如现了。"深山何处钟"句，诗中有画，而画家绘不出此诗境。"咽""冷"二字是诗眼，前人欣赏此诗，特别称赞这两字，以为"下一咽字，则幽静之状恍然；着一冷字，则深僻之景若见"，固然不错。因为句法第三字用实字最有力，而三四句最末字用"迳""钟"，尤见密度，意义丰富，诗味浓厚，笔力密集，达到字少意多的效果。可见作诗多用名词实字，可使语劲句健，内容充实。末联用佛经故事比喻作结，十分贴切，亦可见王维思想之一斑。同时，本诗措词选字都切合题目，如云峰、古木、深山、危石、青松、空潭、安禅、毒龙等，无不古拙有味，跟寺院的气氛相当谐合。选字摛文，如此信达，的确难能可贵。

常建《题破山寺后禅院》咏寺中静趣，本诗咏寺外幽景，都不从正位（本寺）落笔，而皆各臻其妙。描景写物，此中可参悟不少笔法。

（张高评）

山居秋暝① （103）

空山新雨后，天气晚来秋。
明月松间照，清泉石上流。
竹喧归浣女，莲动下渔舟。
随意春芳歇②，王孙自可留③。〔平声尤韵〕

---

① 秋暝——秋晚。

② 随意句——随意，纯任自然，任由它去。春芳歇，指春草凋落。

③ 王孙自可留——刘安《招隐士》："王孙兮归来，山中兮不可以久留。"此反用其意，谓春芳虽歇，王孙尚可留玩其秋景。王孙，作者自比。

这首诗的命意，着重在"秋晚"二字。王维山水诗有个特色，就是字面热闹，而境界恬静，这就是一般人所谓的"禅趣"。所谓"等闲拈出便超然"，也算是王维诗的另一特色。

首句就空间上说，写"山居"，次句就时间上说，拈出"秋暝"。三四承首句"新雨后"，与五六句皆挥写"暝"字，七八句翻用成典，以反衬"秋"字。依题写作，不即不离，意思似淡，趣味则长。

山居本空寂恬静，在一阵新雨过后，秋气盎然的暮色中，明月、清泉、浣女、渔舟，点缀着画面，使得寂静的气氛，转化成有声音，有色彩，跳动鼓舞，极富于生命喜悦感的启示。情境如此生机蓬勃，欣欣向荣，难怪诗人要说：任随春芳去消歇吧，这里的秋景很美，闲游的王孙自可逗留在此啊！诗中的"王孙"，显然是作者自况。

一二句扣题叙写，三句写见，是往上看，四句写闻，是低头听；五句写陆路，"竹喧"写闻，"归浣女"写见；六句写水路，"莲动"写见，"下渔舟"写闻。字面写得如此热闹，却是跟幽静的诗境相反而相成，对立又统一。俯仰见闻对照穿插，陆路水路分句描写，笔意清润，写景真切，的确是"诗中有画，画中有诗"，平淡自在，浑然天成。明月清泉二句，极其天真大雅，寻常口语，道出常见景物，却颇富禅味。末联反用《招隐士》语，以翻叠出山居之可怀。使用翻叠手法，可使情致清新，含意层折有致，这又是一例。

若要苛求这首诗的缺点，也不是没有，就是中二联不宜纯粹写景，前人曾评这首诗："写景太多，非其至者。"说虽不错，然此正是王诗的特色之一——工于摹景，不必看作缺点，也是可以的，不过这是不足仿效的。

（张高评）

终南别业①（104）

> 中岁颇好道，晚家南山陲②。
> 兴来每独往，胜事空自知③。
> 行到水穷处，坐看云起时。
> 偶然值林叟④，谈笑无还期⑤。〔平声支韵〕

这首诗平仄皆粘，不合格律，应属古风式的律诗。但因中间两联对仗，一般都看作律诗，实在值得商榷，《王维诗集》赵殿成笺注本独认为是古诗，很有见地。虽然诗评家以为"此等作律诗读，则体格极高，若在古诗，则非其至者"，但首联对句用四平脚，颔联对句作古句，都不合常规，可见它仍是古诗，因为五古并不废除排比对偶啊！

本诗以"好道"为主脑，极写其隐居的闲适之情。首联言隐居的缘起，中年已存好道之心，不能如愿，到晚年移居南山，才完遂好道的心愿。中二联写独往、独到、独看，兴致一来，每每独自寻幽，称心快意之事，只有自己领会知晓，颇有自得其乐，不求人知的隐居胸怀。"行到水穷处，坐看云起时"，一片化机，颇富禅味悟趣，沈德潜以为"悟入上乘"（《题〈息影斋诗钞〉序》），表现出"随遇皆道，触处可悟"（《传灯录》卷十）。道是无所不在的，水穷处、云起时，要皆道之所存，大有绝处逢生，否极泰来之悟境。此中行所无事，有一片化机在，偶然遇到了村中老叟，也谈笑风生，忘了归期。一切尽而不尽，

---

① 别业——别墅。诗题一作"初至山中"。

② 中岁二句——中岁，中年。南山即终南山。陲，山麓。谓至晚年移家南山，始实现好道之愿。

③ 胜事——指快意之事。

④ 值林叟——值，指相遇。林叟，指山林中之野老。

⑤ 无还期——指无一定之时间。

无为而为，全是好道人气象。

欣赏此诗，当品味其悟境，师法其一气呵成，揣摩其一唱三叹之妙，以及由绚烂归于平淡之致。宋胡仔《苕溪渔隐丛话》前集引《后湖集》批评此诗说："造意之妙，至与造物相表里，岂直诗中有画哉？观其诗知其蝉蜕尘埃之中，浮游万物之表者也。"诗者志之所之，观其诗，可以知其为人，狷急人之作风，不能尽变为澄澹，豪迈人之笔性，不能尽变为谨严，诗文风格足以征见性情，由此益信。

（张高评）

归嵩山作（105）

清川带长薄①，车马去闲闲②。

流水如有意，暮禽相与还。

荒城临古渡，落日满秋山。

迢递嵩高下③，归来且闭关。〔平声删韵〕

本诗写辞官归隐之情，虽处处写景，却处处含情，是情景交融的代表作。盖景以情合，情以景生，然景多则患堆垛，情多则病暗弱，唯有情景兼描，才能意味深长。

清清的川水，映带着一片草泽，这是水中的景物；辞官归隐，车马也觉悠闲自得，这是岸上的景况。"流水如有意"，承上"清川"，写水上，寓含急流勇退，一去不返之意；"暮禽相与还"，承上"长薄"，写陆上，寓含倦鸟知还，

---

① 长薄——即草泽。草木交错叫薄。

② 闲闲——从容自得貌。

③ 迢递——远貌。

返璞归真之情。这水、鸟都是衬托"归"字。诗语双关衬托，最有韵致，耐人寻味者，往往在此。"荒城临古渡，落日满秋山"，前句应上"长薄"，写水路，见古朴凄凉之景；后句应上"暮"字，写陆路，见满眼迟暮之容，于是悲悯感生，益觉归隐宜速。末联写其归隐后之心志：姑且闭门谢客，不再与闻世事，以达成其不远千里归隐嵩山之夙愿。本诗到最末一句，才归结到题目上来。

前六句分别就水陆两方面取景，皆从切实入手，故不走入流易。所谓"闲适之趣，澹泊之味，不求工而未尝不工者"，此诗有之。王维诗风的词秀调雅，自然幽深，亦可由此体悟一二。

黄永武先生曾就本诗之"迢递"二字加以欣赏："'迢递'二字都是舌音定纽字，定纽字有不少是含有'稚小'的意味，迢递又可以写成迢遰，如果要推寻'迢递'在本诗中的意义，迢遰才接近本字。遰字特计切，也是舌音定纽字，是'远望悬绝'的意思，远望悬绝就渺小。且曲学家认为舌音字有和平的感觉，'稚小''渺小远去'大抵与'和平'的意味为调和。王维写这首归隐闲适的诗，以'迢递'这个舌音双声字来表现渐去渐远渐小，表现心境闲适平和的气氛，与题旨十分贴切。"（《中国诗学·设计篇》）黄先生从音响上欣赏诗，是一种崭新的欣赏途径，有语言的理论根据，非徒托空言、自由心证者可比，很值得后学循此发扬光大。

（张高评）

终南山（106）

太乙近天都①，连山到海隅②。

白云回望合，青霭入看无。

---

① 太乙句——终南山又名太乙山，见《汉书·地理志》《五经要义》。天都，就是京都，一说指天帝之都。

② 连山到海隅——形容山脉绵亘不断，直到海边。首二句言山之高远。

分野中峰变 ①，阴晴众壑殊。

欲投人处宿，隔水问樵夫。〔平声虞韵〕

这是一首咏物诗，极力刻画终南山的神貌，布局谨严，设色华致，壮阔中不失细腻，余笔间留有遗韵。高情远致，复与造物相表里，王维堪称万古写景派之宗。

首句"太乙近天都"，写其高峻，二句"连山到海隅"，写其广远。终南山再高峻，也不致"峻极于天"；终南山再绵亘，也不会连接到海边。这种"无理的夸张"，本是诗人为了强调山之高远，而以情感改造的空间，这既经改造的空间与现实有段距离，"距离可以产生美感"，这美感无疑就是诗境的化身了。

颔联承首句，具体摹写山之高耸，白云句写后顾，青霭句写前看，后顾则白云才开即合，前看则青霭似有实无，这是由于山高，挺出于云霭之上所造成的景象。首联写景阔大，此联则十分细致。颈联顶承描写终南山的广大，是正写，与颔联之侧写手法有别。由于山势广大，不是一星之分野所能概括，所以中峰所隔，分野即变，而且各山谷间阴晴也不一致。中二联之色调，有白有青，有明有暗，真是幽玄奥妙，变幻无端。作诗宜重气象，有气象才有精神，故写景诗必写景之精神，表现精神端在气象，如此方能天然入妙。

末联与前之写景不同，笔锋一转，借着投宿问樵夫之故，点明山远而人少，则终南山之深幽与远隔尘世，自在笔墨之外。纪昀说王维的诗"清而远"，由此可见梗概。

此诗另有一巧妙的布局，太乙是星名，天都原也是星名，为了比物联类之故，所以摆在一起，同时表示终南山在长安附近。刚好五句的"分野"也跟星辰有关系，《周礼·春官·保章氏》所谓"以星土辨九州之地，所封封域，皆有

---

① 分野——古时以星宿的所临来分划原野，叫作分野。这里是说终南山脉所占地域的广大。

分星"，所以三者都用星名，本是期求神气贯注，脉络一串之故。由此可见诗人选词经营用心之一斑。

另外，《围炉诗话》《古今诗话》以及《全唐诗话》，都认为这首诗有"讥切时宰"之意："太乙近天都，连山到海隅"，言势焰盘据朝野；"白云回望合，青霭入看无"，言徒有其表；"分野中峰变，阴晴众壑殊"，言恩泽偏倚；"欲投人处宿，隔水问樵夫"，言畏祸之深。言之凿凿，不妨作如是之欣赏。因为咏物诗大多有所寄托，始有远韵，而其诀窍，则在不即不离之间，所以说这首诗意在"讥时"，也未尝不可。不过，有人认为如此说诗，纯属附会，这是见仁见智的问题，不拟在此讨论。

（张高评）

汉江临泛 ①（107）

楚塞三湘接 ②，荆门九派通 ③。

江流天地外，山色有无中。

郡邑浮前浦，波澜动远空。

襄阳好风日 ④，留醉与山翁 ⑤。〔平声东韵〕

---

① 汉江临泛——汉江即东汉水，源出甘肃嶓冢山，流经湖北，入长江。临泛，一作"临眺"。

② 楚塞三湘——楚塞，今湖北省境。三湘，今湖南省境。《寰宇记》以湖南的湘潭、湘乡、湘阴为三湘。《长沙府志》则以潇湘、漓湘、蒸湘三水为三湘。

③ 荆门九派——荆门，山名，在湖北省荆门市。水的支流为派。这是说荆门山附近汉水支流之多。

④ 襄阳——襄阳在今湖北襄阳市，汉水流经其东，即诗人临泛处。

⑤ 山翁——山翁指晋山简。《晋书·山简传》："简镇襄阳，惟酒是耽。诸习氏荆土豪族，有佳园池，简每出嬉游，多之池上，置酒辄醉，名之曰高阳池。"又《襄阳记》："汉侍中习郁于岘山南，依范蠡养鱼法作鱼池，池边有高堤，种竹及长楸芙蓉，菱芡覆水，是游宴名处也。山简每临此池，未尝不大醉而还，曰：此是我高阳池也。"

题文"临泛"，《瀛奎律髓》作"临眺"。今考察诗意，本是描写作者泛览汉江所见，故赵殿成注本及《全唐诗》本都作"临泛"，今从之。

本诗在结构上很富于交综之美。首联写荆楚的形势，从远处大处落墨，楚地的边界和三湘接壤，荆门山有九条支流通汉水后注入长江，二句就水陆相配实写，气象阔大。颔联撇开第一句，单承第二句，三句承"九派"，写长江滚滚，远近于天地之外，见得水势十分浩阔；四句承"荆门"，写山色茫茫，远望若有若无，见得山势十分飘渺。颔联虚写"泛"字，笔力雄警，是全诗最警策所在，历来传诵不绝。且天与地，有与无，作当句对，堪称工巧。

颈联承颔联铺写，实写"泛"字，也是水陆分写，"郡邑浮前浦"承山色句，写水势弥漫，郡邑似浮在水上；"波澜动远空"承江流句，写江浪腾涌，摇动远空。如此颠倒参差以相应，前人谓之"错应格"。颈联虽再接再厉实写"泛"字，可惜不见其佳。纪昀评其"五六撑不起，六句尤少味，复衍二句故也"。因为"郡邑"句复说水势的浩荡，却不及"江流"句之自然雄浑；"波澜"句亦复说水势之阔大，却病在太熟。可见复衍为诗家之忌，不可重蹈。尾联即景生情作收，说襄阳有此佳美之风光景色，原是留给像山简那样豪放的人酣醉的，作者要跟山简一般，留连沉醉其中。比喻不即不离，诗句雄伟有气力。

本诗写景有一特色，就是遵循自远而近、由大至小的程序，自三湘而九派，而江流，而山色，而浮浦，而波澜，而风日，而山翁，一一对照，自生临泛时远近不同的趣味。尤其第四句，写得虚无飘渺，十分生动，欧阳修《平山堂长短句》："平山栏槛倚晴空，山色有无中。"权德舆《晚渡扬子江》诗："远岫有无中，片帆烟水上。"显然都是套用王维本诗之佳句。

再看本诗动词的位置，也极变化之能事，一二两句在最末字，三句在第二字，四句分别在三四字，五六两句安在第三字，第八句则安放在一三字，其错落有致，与泛览汉江之风日同情，也算是情景交融之一例。至于本诗末联出句"襄阳好风日"，"好"字拗作仄，属单拗，仍是合律，所以下句可以不救，但第一字必平。从拗救上去欣赏声律的美妙，也是很可玩味的。

（张高评）

常 建

题破山寺后禅院 [①]（108）

清晨入古寺，初日照高林。

曲径通幽处，禅房花木深 [②]。

山光悦鸟性，潭影空人心。

万籁此俱寂 [③]，惟闻钟磬音。〔平声侵韵〕

　　这是一首题壁诗，前人评价很高，曲径禅房二句，欧阳修自谓学之未能，山光潭影二句，黄庭坚称其名句，胡应麟则谓中四句为"五言律之入禅者"。求其所以卓荦，乃是由于造意取胜，因此才能达到"兴象深微，笔笔超妙"的境界。

　　本诗写清晨时分后禅院幽深寂静的景象。全诗不过四十字，读后令人尘心俗虑洗涤殆尽。除首联点题外，其他六句愈写愈静。首句点明时间是清晨，地点是破山古寺。第二句承上写古寺风景，因为时间是清晨，所以日是初日；由于寺古，所以林木也高大，已埋伏下文"幽深"之意。首联十字一意，自然浑成，前人谓之"十字对"，颔联却不对，如本诗者，前人谓之"偷春格"，又称作"蜂腰"，是律诗中的变格。

---

　　① 破山寺——在江苏常熟虞山北麓。始建于南朝齐时，唐咸通（懿宗年号）九年赐额破山兴福寺。

　　② 禅房——就是僧房。

　　③ 籁——音 lài，自然物的声响。

颔联平看后禅院，写曲径通幽，禅房花木，景象便觉清幽深邃，弯曲的小路，通往幽静的地方，僧人的禅房外，广生扶疏的花木。五六句续写所见，山光句写仰视，潭影句写俯看，淡沱的山色中，山鸟自在飞翔鸣啭，澄潭倒影，反照我相，虚空明澈，令人俗念荡然。"悦性"二字极写幽深，"空潭"二字极写澄静，着一"悦"字、"空"字，见传神之笔。颈联二句虽写景，而深寓禅理，不落色相，所以胡应麟说本诗"入禅"。另外，五六两句在修辞上使用倒装句法，笔力遂觉遒劲生动，若写成"鸟性悦山光，人心空潭影"，就淡乎寡味了。"倒装的字句，可以增加诗的强度"，欲知其详，可参阅黄永武先生《中国诗学·设计篇》。

颔联、颈联带领读者借着视觉去体味禅院的幽深静穆，尾联再就听觉摹写，强调后禅院的寂阒，此时山空境静，万籁俱寂，只有禅院钟磬声悠然入耳，衬托得诗境格外清静幽绝。静中写动，其静乃益形真切，这叫作烘云托月之法。

再以声律来说，本诗首句"清晨入古寺"及颈联出句"山光悦鸟性"，连下三仄，本可不救，但颈联对句"潭影空人心"下三平以救之，遂与古诗三平落地相同，不合诗律了。所以沈德潜说是"此入古句法"，是带些古诗的作法的。末联出句"万籁此俱寂"，第四字孤平，故落句"磬"字以仄声救转。另外，"曲径通幽处"，唐常建诗刻作"一径遇幽处"（见《藏海诗话》），可见唐人作拗句，上句拗，下句亦拗，故对"禅房花木深"，深、通皆拗。"拗救的音节，非但能使声调新美，还能使诗风特别强劲"，充分表现出音律节奏之美感来（详情可参阅黄永武先生《中国诗学·鉴赏篇／设计篇》）。

（张高评）

刘长卿（公元七〇九——七八五？年）

字文房。他的诗简远而蕴藉，清秀而深稳，权德舆称他为"五言长城"，可见他的五言诗造诣高绝。大抵说来，他工于铸意，喜用最常见的字面写出雅畅的妙意，虽经过苦心炼饰，却不露丝毫雕刻的痕迹。读他的诗，骨韵天然，宛如面语，必须细细品玩，才觉察在字字浅近之中，却句句远离浮俗。

刘长卿是河间人，幼时在嵩山读书，后来移居鄱阳最久，所以他的笔下充满着江南水乡的情调。开元二十一年他二十五岁时中进士，由于他的个性刚直，常得罪权贵，遭到几度迁谪，并曾系于姑苏狱，贬为潘州南巴尉，终于随州刺史。他的诗虽不曾因此而过分凄惋，但远贬流离的思乡题材是诗中的主调。除外，诗多写幽寒孤寂之境，又善以白描法写荒村水乡。于上元、宝应间诗名最著。

他生于公元七〇九年，比杜甫还大三岁。就年代而论，他应该是盛唐诗人，但就风格言，他长于近体，应属中唐。管世铭在《读雪山房唐诗钞》中所列大历十才子，就以刘长卿为首。刘长卿自己也极自负，曾经说："今人称前有沈、宋、王、杜，后有钱、郎、刘、李，李嘉祐、郎士元何得与余齐称也？"（见范摅《云溪友议》）所以他题诗署名，只写"长卿"，不写姓，认为天下没人不知道他的名。

新年作（109）

乡心新岁切，天畔独潸然①。
老至居人下，春归在客先。

---

① 潸然——下泪的样子。潸，音 shān，《诗经·小雅·大东》："潸然出涕。"

岭猿同旦暮，江柳共风烟。

已似长沙傅①，从今又几年。〔平声先韵〕

《吟谱》上说："刘长卿最得骚人之兴，专主情景。"已指出刘诗在情景的布置调配上是极为重视的。像本诗三四两句着重于情，就少用名词字，使句子流动，但情中仍然含有景；五六两句着重于景，就多用名词字，使句板重，但景中也饱含着情。起首与结尾都在写情，然而天涯新岁的谪居景象，都巧密而浑成地写了出来。

刘长卿曾被贬为潘州南巴尉，谪居到偏远的南方，节候与风物都与中原不同，对身处异乡的失意者而言，旦暮岭猿的哀鸣，诉诸耳闻，特别惊心；风烟江柳的迷濛，诉诸目见，格外伤神。再加上"新岁""老至""春归"等时间性迟暮的感触，以及"天畔""乡心"，远谪为"长沙傅"等空间性的遥隔感，处处都增强了无奈的愁情。

诗中写：思乡的愁情随着新岁的来临而转为迫切，我只能独自在天涯流泪。年华老去，还屈于下位，受命于他人。作客的我还不曾归去，而春天倒又先归来了。我留滞在南巴，与岭上的鸣猿一同度过旦暮。遥远的天际，江柳与风烟迷濛一片，我的遭遇已经像远贬到长沙的贾谊，从今以后，还要流浪几年呢？

起首四句，意义是层层累进的："乡心"临到新岁时很迫切，在遥远的天畔时当然更迫切，天畔又孤独时尤其迫切，天畔孤独而又冉冉老矣就尤加迫切；老了还居人之下，听人使唤差遣，就更想回乡了。然而春归而客未归，这时迫切的心情又当如何？含义的层次不断层递累进，所以读到"老至居人下，

---

① 长沙傅——贾谊在汉文帝召以为博士时才二十几岁，每次听诏令议论，诸老先生还未能回答，贾谊就一齐加以回答。而大家都推崇他的能力，文帝喜欢他的才能，越级升迁，一年中由博士升至大中大夫，并将任以公卿的位子。绛、灌等忌其才，多方阻挠。后文帝亦疏远他，使他出任为长沙王太傅，三年后又为梁怀王太傅。怀王堕马死，贾谊自伤没有尽到太傅的责任，哭泣岁余，亦死。

春归在客先"时，没有不被这二句诗所感动的。这一联也因此而特别有名，道来像是不甚费力，但句中都有三折。前人批评说"费无限思索乃得之"，又说"虽不新奇，甚能炼饰"，又说他"工于铸意"，这评语，都可举这一联作为代表。

（黄永武）

送李中丞归汉阳别业①（110）

流落征南将，曾驱十万师。

罢归无旧业，老去恋明时②。

独立三边静③，轻生一剑知④。

茫茫江汉上，日暮欲何之。〔平声支韵〕

整首诗在叙述一位将军的身世：过去如何勇猛，现在如何流浪，以及将来如何彷徨。但是时间进行的连续性是被切断的，一会儿想到过去，将现在切断，继而又想到未来，又将现在切断。这样将过去与未来穿插在现在的时空中，相互映照，使这位豪气十足的征南将，年华老去，功业不彰，一片赤诚，得不到应有的酬偿，令人深深惋惜。

在时间上运用今昔交叉的同时，空间也大小远近不断地张缩变化。由一身流落的小，相对着十万军队的大，然后又回到罢归老去孤零零的场面，接着又

---

① 中丞归汉阳别业——中丞，官名，唐制所以佐御史大夫。汉阳今属湖北武汉，汉水入长江处。别业，别墅。诗题一作"送李中丞之襄州"。

② 明时——圣明治平之时。

③ 三边——三边指边塞，唐时指幽、并、凉三州地，其地皆在边疆。远在汉高祖时，三边一直是叛乱的地方，后汉灵帝时，三边亦常为鲜卑所寇掠。

④ 轻生句——谓为报国而献身之心，唯有随身宝剑知道。

以三边的开阔，相对着一剑的飘零。在单薄的孤剑之后，又展开一幅茫茫无穷的江汉景色，把空间扩展到无垠。这种随时注意用庞大的背景来与个人的流落渺小作衬托的空间设计，对比的效果是很好的。

将军与美人，都是最怕让人看到白头的。这位李中丞已是退职的老将，当年远征南方，曾驱使过十万大军，现在却流离落拓，要回到汉阳的住处去了。他退伍归来，旧时的技业已生疏，早已无力适任，身经百战的他，老来对于升平的岁月特别珍惜。他年轻时，只要倚马在边疆独立，幽州、并州、凉州三面的边塞都安静地不敢蠢动。他那种出入敌阵、轻生无畏的忠勇作风，恐怕只有随身的宝剑知道得最直接、最详尽。但是今天在茫茫的长江汉水上，在日暮时竟不知道该往何处走去。结尾的日暮彷徨，呼应着起首"流落"二字，同时将时空引入无穷的境地，产生了不绝的余韵。

前人对刘长卿诗缺点的批评，就是说他用意常雷同，所谓"大抵十首以上，语意稍同"（高仲武评）。如这里所选的几首诗中，本诗以"罢归"对"老去"，上一首也以"老至"对"春归"；在结尾处，本诗用"江汉茫茫"作结，而他首或用"惆怅的长江"，或用"相思的汀洲"作结束，可见作者思路的习惯性特别显著，词汇也常见重复。不过，单凭这点批评他"思钝才窄"，是过分苛刻的。

（黄永武）

秋日登吴公台上寺远眺 ①（111）

古台摇落后，秋入望乡心 ②。

---

① 吴公台——自注："寺即陈将吴明彻战场。"吴公台，在江苏扬州市。本为南朝宋沈庆之攻竟陵王诞所筑的弩台。后来陈将吴明彻围北齐东广州刺史敬子猷，加以增筑，以射城内，因称吴公台。

② 秋入——秋，秋意。"入"一本作"日"。

野寺来人少，云峰隔水深。

夕阳依旧垒①，寒磬满空林②。

惆怅南朝事③，长江独至今。〔平声侵韵〕

　　全诗把诗题扣得很紧，第一句点出古台，第二句说明是秋日所登，第三句指明台上的寺，第四句以下都是远眺时的所见所闻。这些景物中，所见的"旧垒"，补充说明"寺即陈将吴明彻战场"，所闻的"寒磬"又回应着"寺"，结尾"惆怅南朝事"五字，就把筑台的吴公、增筑的陈将等一并包括在内。"长江独至今"一句，不仅点明了吴公台的位置，同时将个人的"望乡心"扩大为古今共有的惆怅，思想的层面因扩大而提高。南朝的奢华而今安在？将许多人事沧桑转首成空的感慨，随着长江的无尽而荡漾不绝。所以这是一首叙题细密的诗，也是一首余韵袅袅的诗。

　　本诗的主题在怀古，喻守真以为怀古的诗，除写当前的景物外，尚须注意到当地的故事，使此诗不能移到别处去，使人一望而知是说的此地，不是他处。本诗中持着"古台""旧垒""南朝"等词，见的台是南朝的台，垒是吴公的垒，如此一为敲实，就移易不到别处去了。本诗除喻氏所说的优点外，就是全诗只写淡淡的景色，却有浓浓的深情，反复吟唱，滋味愈出。方回曾说："长卿诗细淡而不显焕，观者当缓缓味之，不可造次一观而已也。"正指出长卿诗特别耐读的特色。

　　"野寺来人少，云峰隔水深"，用人对水，在字面上是隔得很远的"宽对"，而"来人"与"隔水"，在空间性上原本也相隔甚远，但正因"隔水深"，所以"来人少"，这宽对之间，却有着连带的因果关系。"夕阳依旧垒，寒磬满空

---

　　① 垒——就是堡垒，筑垒土石的防御工程。

　　② 磬——是僧寺所用的乐器。

　　③ 南朝——东晋之后，据有中国南方的地域的有宋、齐、梁、陈各朝，是为南朝。此句应宋陈时吴公台故事。

林",十字之中，古今时空都面面写到，一股抚今追昔的愁绪已隐隐透出。结尾用景截情，用长江截住惆怅的旧事，茹咽不说，反使惆怅的愁绪随着江水而曼衍悠扬，无穷无尽了。

（黄永武）

寻南溪常道士（112）

一路经行处，莓苔见屐痕①。

白云依静渚，芳草闭闲门。

过雨看松色，随山到水源。

溪花与禅意，相对亦忘言②。〔平声元韵〕

这首诗完全用白话语气写的，可以说它很平易近人，但并不浅俗，浅的是字面，意思并不浅。细看他的对仗或起结，都极工巧，像"过雨看松色，随山到水源"，似对非对间，已将一路上"寻去"的景色写出。不过它巧得不显眼，能做到"巧不伤雅"，保持唐诗的高格调。

全诗构思的脉络，喻守真氏剖析得很好，他说本诗题眼在一"寻"字，就得从寻字着想，首二句是一路寻来，三句是远望，四句是近看，是寻到了道士隐居之处，而道士不在，用"闭门"来表示。五六句是道士既不遇，看松寻源，亦有别趣，这是推开一层的说法。其中"静渚""水源"又将题中"南溪"点逗得非常熨帖，末句以见溪花的自放而悟禅理的无为，将寻不见的意义尽情结出。

---

① 莓苔句——莓苔，苔是一种隐花植物，多生于石上。屐痕，就是足迹。屐，音 jī，屐就是鞋。屐痕，补足题中"寻"字。

② 忘言——陶潜《饮酒》诗："此中有真意，欲辩已忘言。"《晋书·山涛传》："山涛与嵇康、吕安善，后遇阮籍，便为竹林之交，著忘言之契。"此言溪花是象，禅理是意，所谓得意可以忘象。花禅本不相涉，而一经连合，别生妙意。

这样说来，虽然不遇，却得别趣，也正是禅的妙意。因为溪花是象，禅理是意，得意可以忘象。就像朋友相访，见面晤谈是象，两心相感才是意，两心莫逆，言词原本是多余的了。诗中"禅意"二字，也就附带说明被寻访者的身份，是怎样的人。

本诗还有一个特点，就是只写一路上的景色，因为所访的道士既不在，只好走走停停，近观远赏，以一路上的景物来填写。"白云依静渚"，暗示没有主角；"芳草闭闲门"，明写主人不在。"过雨看松色，随山到水源"，都隐含着访人不遇，寂寞徒劳的意思。章燮说："句句以不见道士意为主，偏写出所见者，如此热闹。"道士虽没有访见，山水云雨，莓苔芳草，再加松色与溪花，所见的丽景十分热闹，好像不是一无所获。然而从开头"莓苔见屐痕"起，已伏下了人踪罕至的寂寞感。如果不是溪花禅意，相对忘言，恐怕很难有人忍受得了这样的孤清与寂寞。

（黄永武）

饯别王十一南游 ^①（113）

望君烟水阔，挥手泪沾巾。

飞鸟没何处，青山空向人。

长江一帆远，落日五湖春 ^②。

---

① 王十一——十一系行辈之称，非名字。唐人相呼，多以大排行之第号为代号。王十一，名未详。

② 五湖——五湖指江浙间的太湖。《国语·越语下》韦昭注："五湖，今太湖也。"《水经·沔水注》："范蠡灭吴，返至五湖而辞越，斯乃太湖之兼摄通称也。"《苏州图经》："太湖接苏、常、湖、秀四州界，范蠡泛五湖，当在此。一说洞庭、应泽、青草、云梦、巴丘亦曰五湖。"

谁见汀洲上①，相思愁白蘋②。〔平声真韵〕

全诗不用一些典故，完全白描，字句也浅显易解，但绝不落俗套，也绝不是一般粗率简直的作品所能比拟。浅显而不简直，其中大有功夫。

整首诗意都是从"烟水"边"望"出来的，望着你我初别，不断挥手，泪水沾湿了罗巾。你像飞鸟一样，将不知没向何处；飞鸟一会儿就消失，只有青山依旧，徒然向着孤单的人儿。我望那一帆在长江上愈行愈远，而五湖的春色在落日里尤加绮丽。分别以后，那位一直在汀洲上，望着白蘋而相思发愁的人，该是谁呢？整首诗由"烟水"二字发展出来，那些白蘋、汀洲、五湖、长江乃至青山飞鸟，远远近近罗列在眼前，这些词汇都是统一而调和的。再则由首句"阔"字发展出来的"没""空""远"等同类的意思，将空荡荡的孤独相思之情，浓凝成一片弥漫不散的愁雾了。

"白蘋"二字是全诗的结束，乃是视力回收以后的焦点。一开始望烟水，然后望飞鸟，望青山，终至穷尽目力之所能及，望长江的远帆，望五湖的落日，直到望不见你消失于天际，才把视力收回来凝视在汀洲的白蘋上。这白蘋的白色，有一股凄清的哀戚感，在色调与心理的配合上是很成功的。

"飞鸟没何处，青山空向人"一联，和他的另一副名联"孤城向水闭，独鸟背人飞"的用意相近，在用字上尽量求浅，在用意上则力求蕴藉，王夫之评为"寂而不苦，未伤风骨"，道出了这种命意遣词的原则。而方回批评刘长卿的诗"思致幽缓"，认为不及贾岛的"深峭"，也不似张籍的"明白"，又说他虽有"委曲之意"，但"颇欠骨力"（见《瀛奎律髓》卷四十七）。方氏的批评不很妥帖，纪晓岚就反驳说，骨力并不是狭义的"生硬语"，刘诗的本色正是要避免生硬语，而是从浅近之中去求悠远，这才难能。

（黄永武）

---

① 汀洲——指水中高阜。
② 白蘋——水草之一，花白色。鲍照《送别王宣城》诗："既逢青春献，复值白蘋生。"

孟浩然

临洞庭上张丞相 ^①（114）

八月湖水平，涵虚混太清 ^②。
气蒸云梦泽 ^③，波撼岳阳城 ^④。
欲济无舟楫，端居耻圣明 ^⑤。
坐观垂钓者，徒有羡鱼情 ^⑥。〔平声庚韵〕

"八月湖水平"这种仄仄平仄平的格律，在律诗中是十分罕见的。后来见到敦煌发现的九首孟浩然诗，本诗只有前面四句，题目是"洞庭湖作"，猜想四句与八句的不同，与诗题有着密切的关联，可能孟诗最早只作了四句，全部写景，所以题目是"洞庭湖作"。后来自觉四句写得不错，要把它送给张丞相，才续作四句，用后面增添的四句来寄意，并改诗题为"临洞庭湖上张丞相"，因此全诗上半四句写临洞庭，下半四句写上张丞相，可以截然分割。如果这种猜测没错，那么首句"仄仄平仄平"的特殊句律，可能是因古绝句增添为律诗

① 洞庭——即湖南的洞庭湖，一本作岳阳楼。张丞相指张说，各家注解误为张九龄。张说做丞相时，孟浩然三十三岁。

② 涵虚句——《文选·吴都赋》："回曜灵于太清。"刘渊林注："太清谓天也。"意思是水光接天。涵虚，水气弥漫。

③ 云梦——古时大泽名，地当今湖北省东南部，安陆市南五十里。

④ 岳阳城——即今湖南岳阳城，濒临洞庭湖。

⑤ 端居句——端居，平居的意思。圣明，指天子。意谓隐居于江湖，愧对贤明的君王。

⑥ 羡鱼情——《淮南子·说林训》："临河而羡鱼，不如归家织网。"《汉书·董仲舒传》，古人有言曰："临渊羡鱼，不如退而结网。"意谓羡慕他人，无补于事，总须实地去做。

时所遗留下来的。当时律诗格律未严整，也就保存了这种句法。孟浩然另有一首"二月湖水清，家家春鸟鸣"的诗，首句格律和"八月湖水平"一样，细查它的诗题，原来也有"晚春"与"春中喜王九相寻"两种不同的版本，也许情形与本诗相同，先做成前四句绝句，题为"晚春"，后来喜王九相寻，再增补后面的四句。

本诗起首已十分高浑，三四句"气蒸云梦泽，波撼岳阳城"更觉雄阔，形容洞庭云梦，与献给丞相这样的大人物，都需要壮阔雄丽的气魄才能相称。前人对这一联赞叹最多，殷璠许为"高唱"，曾季狸赞为"雄壮"，何世璂则说："蒸字、撼字，何等响，何等确，何等警拔也。"的确，由于蒸撼这两个动词的夸张形容，造成了伟大的气势与空前的震撼。

"欲济无舟楫，端居耻圣明"，是说渡大川，希望有舟楫的援引，邦有道，不愿意默守着贫贱，加以题目增补"上张丞相"，当然是请张说丞相汲引推荐的意思。钟惺根据"欲济"，证明孟浩然"有用世之想"，唐汝询根据"徒有"二字，证明孟浩然"不欲用世"，这种讨论显然是多余而费辞的。"坐观垂钓者，徒有羡鱼情"，坐观旁人垂钓，自己也生出羡鱼结网的心情，当然是愿意用世才对。张说做同中书门下三品是在开元九年，孟浩然那时在三十三岁左右，正是他努力为学以求出仕的年代，当时还没有"不欲用世"的念头。坊间的译本误以张丞相为张九龄，其实张九龄为相在开元二十一年，孟浩然已四十五岁，那时孟的心情已大有改变，次年韩朝宗想引荐他，他因为与故人剧饮，竟不愿赴京师。则张九龄任相时，孟可能已有了"不欲用世"的念头了。而又据《岳阳风土记》的记载："岳阳楼，城西门楼也，唐中书令张说除守此州，每与才士登楼赋诗，自尔名著。"可见诗题中的张丞相一定是张说。

上张说丞相求汲引，他把原本四句续为八句，另成一诗，当然是对早先的四句甚为满意。这四句诗把洞庭景物的壮阔写得很警拔，不过这儿所写的山水，还是停留在为写景而写景，把山水作为描写的对象，而不是含有真趣；把山水作为人物活动的背景，而不是心神融合。因此所描写的只是山水动人的形貌，而不是万物流露的情性，所自矜的只是偶得的机巧，而不是有什么玄悟。到了他晚年写《过故人庄》诗，境界才更高了一层。

（黄永武）

秦中寄远上人 ① （115）

一丘常欲卧 ②，三径苦无资 ③。

北土非吾愿 ④，东林怀我师 ⑤。

黄金然桂尽 ⑥，壮志逐年衰。

日夕凉风至 ⑦，闻蝉但益悲。〔平声支韵〕

　　孟浩然的诗，多以浑涵澹远的气体取胜，如果以奇字隽语的尺度去衡量，便不能认识孟诗的面目（黄永武先生《诗心》语），这首诗便是一个例子。"清空自在，淡淡有余"，就是孟诗的风格。

　　全诗写孟浩然的苦况，欲隐无地，欲仕无由，出处相妨，进退维谷。依据

---

　　① 秦中——指陕西长安。上人，佛言若菩萨一心行阿耨菩提，心不散乱，是名上人，通指僧人。远，系上人之名。

　　② 一丘——《晋书·谢鲲传》："明帝问曰：'论者以君方庾亮，自谓何如？'答曰：'端委庙堂，使百僚准则，鲲不如亮。一丘一壑，自谓过之。'"此指志在隐居林泉。

　　③ 三径——《晋书·陶渊明传》："潜谓亲朋曰：'聊欲弦歌，以为三径之资，可乎？'执事者闻之，以为彭泽令。"按三径指退隐家园，陶渊明《归去来兮辞》："三径就荒，松菊犹存。"

　　④ 北土——指秦中，即京城。

　　⑤ 东林——晋桓伊为高僧慧远于庐山东立房殿，是为东林寺，见《高僧传》。慧远为著名高僧，与远上人之名恰同，故借用以表慕念。

　　⑥ 黄金然桂尽——《战国策》："楚国之食贵于玉，薪贵于桂。"此喻处境贫困，而又怀才不遇。然，同燃。

　　⑦ 凉风——《尔雅·释天》："北风谓之凉风。"

这个诗意，整首诗作了以下的叙述：平生志向在于归隐山林，可是却苦于缺乏钱财来辟建林园。为了要实现退隐的愿望，只好委屈自己留京求仕。然而在进诵"不才明主弃，多病故人疏"放还后，宦途多舛，欲仕无门，所以绝望地说："北土非吾愿。"在两事无一遂的情况下，作者内心充满了矛盾，备尝了趋避冲突的煎熬。全诗在得失趋避的消长中，表现出极大的张力。这种为着退隐而求仕，又因失路而思归隐的历程，很有反讽的趣味，作者那种"当路谁相假，知音世所稀。只应守寂寞，还掩故园扉"的幽怨，此处只以"东林怀我师"一句淡淡抒发之，其神情之悄然，就可以想见了。"黄金"句写旅况之萧条潦倒，"壮志"句写志气之短减不振，一是就物质条件实写苦况，一是就心理状态虚写苦况，心物交梗，内外交瘁，可谓苦不堪言。一时的穷苦潦倒实在算不了什么，但是客居的萧条，加上仕途的不遇，则令人气短了。客旅仕途的失意或许还能忍受，但一想到韶光易逝，时不我与，而壮志锐减，不复当年，则又爽然若失了。苦况一层紧似一层，句意如连环紧扣，表现出浓稠的黯然神伤气息，鞭逼得苦况十分具体。更何况是在北风其凉的季节里、黄昏夕阳的景色中，忍闻寒蝉之凄切，此情此景，真是令人黯然神伤，凄楚欲绝。诗写到这儿，作者无垠无边的悲苦，都借着蝉声之悠悠传达出来。而孟浩然之高抗有节，不随流俗，也隐约表露出来了。

全诗另一胜处，就是融会了三个典故，十分稳帖高妙，而又语意双关。晋慧远与陶渊明相友善，孟浩然与远上人亦相友善，且浩然与渊明又皆素有退隐之志，故诗中用"三径"与"东林"的典故，以比拟远上人和作者自己。"然桂"句系用苏秦游宦不遇的典故，来影射自己的左支右绌。善于用典，能使文意产生曲折，引发读者深入去体味，一经会心，便使原本有限的文字，添增了无限的意蕴。

诗题依四部丛刊本《孟浩然集》，无"远"字，《全唐诗》本"秦中"下有"感秋"二字。且《全唐诗》校本以为崔国辅诗，并无实据。今仍依旧说，认为孟浩然诗。

（张高评）

宿桐庐江寄广陵旧游①（116）

> 山暝听猿愁，沧江急夜流。
>
> 风鸣两岸叶，月照一孤舟。
>
> 建德非吾土②，维扬忆旧游③。
>
> 还将两行泪，遥寄海西头④。〔平声尤韵〕

前人对本诗开头四句特别欣赏，有所谓"二十字可作十五六层，而一气贯注无斧凿痕迹"者。说它无斧凿痕迹，句子自然炼成，是容易体味的，至于说这二十字中有"十五六层"，就不知是如何推演出来的。大概"愁"是前四句的核心，这愁因"听猿"而愁，愁的深度进了一层；在山中听猿而愁，又进一层；山中临晚听猿而愁，又进一层；在江中听，在江中急流中听，再进二层；至于风鸣助长了猿啼，夹岸的树叶使四周黝深，两岸夹山，回声凄厉，更助长了猿啼的凄愁，那么这愁似乎再进几层了。有没有十五六层就难说，而层次节节升高却是事实，以致一气贯注，特别健举，并使旅况寥落的愁情，景况齐在目前，是前四句的成功处。

由"孤舟"的"孤"，引出下面"建德非吾土，维扬忆旧游"来。建德桐庐一带，奇山异水，风景虽美，由于孤舟独宿，"虽信美而非吾土"，而想起旧游知交都在扬州一带。扬州是古代的广陵，一面扣住题目，一面把"孤""愁"的由来有了明确的交代。

"还将两行泪，遥寄海西头"，是上面六句的总结。由于山暝猿声愁苦，由

---

① 桐庐江、广陵——钱塘江在桐庐境，亦称桐庐江，又称桐江。广陵，今江苏扬州市。

② 建德句——建德，今浙江市名，濒钱塘江，唐属睦州。非吾土，是说虽好也不是我的故乡，王粲《登楼赋》："虽信美而非吾土兮。"

③ 维扬——即今扬州江都区，旧为扬州府治。《尚书·禹贡》："淮海惟扬州。"

④ 海西头——广陵在东海以西，隋炀帝《泛龙舟》歌："借问扬州在何处，淮南江北海西头。"

于月照一叶孤舟，由于遥忆维扬的旧游，这三点都是"两行泪"的由来，而沧江的夜流正急，泪水随流水而去，才有"遥寄海西头"的想法。隋炀帝《泛龙舟》歌："借问扬州在何处，淮南江北海西头。"可知海西头正指广陵旧游处。结处能将上文一齐作归结，并且写得情深语挚，构思方面相当不错。

本诗的小缺点是"两岸叶"已用"两"字，"两行泪"又用"两"字，不但"两"字重出，并且均居第三字，在句法上也有重复的感觉。

（黄永武）

早寒江上有怀（117）

　　木落雁南度①，北风江上寒。
　　我家襄水曲②，遥隔楚云端。
　　乡泪客中尽③，孤帆天际看。
　　迷津欲有问④，平海夕漫漫⑤。〔平声寒韵〕

　　题目中"江上"二字，是全诗的核心枢纽，明活字本与百家本没有"江上"二字，坊间的《唐诗三百首》也就省略这二字。其实这二字省略不得，因为全诗都扣着"江上"二字，一二句写明在江上所望见，三四句当然是江上所遥望，五六句写孤帆天际，也是在江上遥望所见，结尾"平海夕漫漫"仍在江上遥望。八句都从"江上"辐射而出，结构是很严密的。

---

① 木落句——汉武帝《秋风辞》："草木黄落兮雁南归。"木叶飘落，鸿雁南飞。
② 我家句——孟浩然家在今湖北襄阳。《元和郡县志》："山南道襄州襄阳县，在襄水之阳，故以为名。南漳县，襄水出县北一百一十里白石山。"
③ 乡泪——是思乡的泪点。谢玄晖《休沐重还丹阳道中》诗："乡泪尽沾衣。"
④ 迷津——在渡口迷路，不辨方位。津，渡口。释宝志《十二时颂》："若著物，入迷津。"
⑤ 平海——犹言平洋，水大而无巨波。江总持《别南海宾化侯》诗："平海若无流。"

起首不以"我家襄水曲"开头，而立即以木落江寒的眼前即景开头，截省了许多冗杂，显得十分精警。所以黄培芳称赞说："何等起手。"(《评三昧集》)俞陛云称赞说："起句飘空而来，非特得势，且情韵悠然。"都对起笔突兀所造成的精神饱满境界表示特别欣赏。

起句"木落雁南度"，"南度"有作"初度"的，初度虽能切住题目"早"字，但气象不如南度好。三四句以"我家襄水曲"对"遥隔楚云端"，这一联是流水对，并且似对非对，自然天成，构成了一幅伫颈凝望的游子图，由是引来了第五句的乡泪。在俗手作来，一定会把乡泪安置在结尾，而本诗却在乡泪下再引出归帆迷津，一片惘然无所适从的景象，比流泪更为动人。"平海夕漫漫"表现出空间的遥远与时间的迟晚，这种时空的悠然无垠，产生了怅触不尽的余韵。

（黄永武）

留别王维（118）

寂寂竟何待，朝朝空自归。

欲寻芳草去，惜与故人违①。

当路谁相假②，知音世所稀③。

只应守寂寞，还掩故园扉④。〔平声微韵〕

诗中实体的名词字用得非常少，给人一种"清空旋折"的感觉。内心怨诽

---

① 违——分离。

② 假——同借，此处作假以辞色，加以吹嘘栽培的意思。当路指当权者，《孟子·公孙丑上》："夫子当路于齐。"注："当路，居要地也。"

③ 知音——相传春秋时钟子期能听出伯牙琴中的曲意，伯牙许为知音。

④ 还掩故园扉——言返回故居，杜门不仕。

之情不隐讳掩饰，当着知心的朋友，坦率地将失望的意思说出来，给人一种絮絮不休、长亭话别的印象。这次回返故园，完全是长才未展，不是什么脱略名利、淡泊忘世，这样真切明白地说，使愤世的话不觉卑下，反而真挚感人。

大意是说在京城求宦未成，决定归去，所以用自问的句式开头，在这孤清寂寞里，究竟还在等待什么呢？每天在外闲走一回，然后空荡荡地回来。我想还是决定回归田野去寻芳草吧，只可惜就要与老友们分别了。在朝当权执政的人，谁肯借助一臂之力？世上知音的人像你王维的，实在太少，我只好回去，掩上故园的门扉，守着寂寞，那是目前唯一应该做的事。诗中"只应"二字，反映出那种心不甘情不愿的无奈表情，却含茹不说，反说"只应"如此。在临歧别友时，反教人觉得扼腕兴叹，无计可以慰留。

全诗不避"寂"字的前后重出，以"寂寂"开头，以"寂寞"结束。中间对友情、宦情，有过热烈的期盼，也有过失望，几番挣扎，不甘心也只好去寻萋萋的芳草，以隐逸度终生，无奈地返进寂寞故园的柴扉。

"寂寂竟何待"是拗三字为仄，形成仄仄仄平仄的逼蹙气氛，使一开头就造成不平静的抑止激动的气氛，再以下句第三字用"空"字救回。这"空"字经过拗救音节的安排，读起来特别响，特别突出！下接两联都是流水对，自然天成，毫不觉得是用力雕琢过的。

在唐代，仕宦的进路，必须有人提拔引荐，即使是科举考试前，也须获得当路者的青睐，此外帝王的赏识也极重要。据《新唐书·文艺传》的记载，孟浩然曾有机会为玄宗所召见，玄宗命他吟诗，他吟了《岁暮归南山》诗："北阙休上书，南山归敝庐。不才明主弃，多病故人疏。"他原想展露诗才，没想到诗的内容触犯了忌讳，玄宗听后很不高兴，责斥他说："朕未曾弃人，自是卿不求进，奈何反有此作？"皇帝嫌他把"不遇"的责任加在"明主"身上，就命令放归南山，因此终身无法显贵。后代的学者认为本诗就是被玄宗放还时作的，孟浩然游京师时是四十岁，应试不第，后返襄阳，本诗是作于四十岁后不久，将离京师时吟成的。

（黄永武）

宴梅道士山房 ①（119）

　　林卧愁春尽，搴帷览物华。

　　忽逢青鸟使②，邀入赤松家③。

　　丹灶初开火④，仙桃正发花。

　　童颜若可驻，何惜醉流霞⑤。〔平声麻韵〕

　　本诗近似游仙诗，属于感时伤怀之作，内容以"愁"字为核心，以及时行乐为解愁之方法，用典使事，处处切合道士身份。诗的结构，直联承接，意串句连，十分紧凑。诗题若依《全唐诗》本，则"宴"上有"清明日"三字，点明时间是暮春三月，春光将尽之时，所以才会使人"愁春尽"。

　　诗意是说，高卧在山林内，忧愁着春光就要消逝，为了多少记取点春天的气息，于是手揭帘帷，赏览窗外的景物。一见春光如此烂漫，不觉人为物移，索性步出门外，游赏景致。出其不意的，在玩赏物华的途中，巧遇好友梅道士，承蒙他的诚意，邀我到他的山房作客。待进入山房内，只见炼丹的炉灶刚生着火，山房外的仙桃正开着花朵。世外的物华，是那么容易因春去而尽，远不如山房内外的仙丹仙桃象征着永恒与长生。此时，梅道士正款待着孟浩然，孟氏遂异想天开地以为，果真靠仙人的妙术，可以使容颜不老、青春永驻的话，那么我们不妨多饮几杯流霞仙酒，何必去吝惜它而不酣醉呢？

---

　　① 山房——此指道士之房舍。诗题依《全唐诗》本"宴"上有"清明日"三字。

　　② 青鸟使——《史记·司马相如列传》："亦幸有三足乌为之使。"注："三足乌，青鸟也，主为西王母取食。"此处借指梅道士。

　　③ 赤松——赤松子，古仙人。《列仙传》："赤松子，神农时雨师。"此处也指梅道士。

　　④ 丹灶——道士炼丹药的灶。

　　⑤ 流霞——仙酒名。《论衡·道虚篇》："口饥欲食，仙人辄饮我以流霞一杯，每饮一杯，辄数月不饥。"李商隐《武夷山》诗："只得流霞酒一杯。"

这首诗的结构，有叙事，如二、三、四句；有抒情，如一、七、八句；有写景，如五、六两句。第一句写山林内，第二句写山林外，三、四两句写山林道中，第五句写山房内，六句写山房外，七、八两句写山房中，兼切题文之"宴"字。全诗循着内、外、中，内、外、中的程序写作，而将空间作巧妙的移换，前后井然有序，切题发挥，词无虚发，由林卧到山房，同时好像也将春愁排解了。其实，童颜不可驻，所以流霞醉酒也失去了意义，作者的春愁，仍旧排遣不了。这种"含蓄生情"的笔法，最能使诗境留下悠然不尽的余韵。

本诗的用典使词，十分切人切地切事。诗题咏的是道士，所以诗中用青鸟、赤松、丹灶、仙桃、童颜、流霞等，既点出道士的身份，也增加了词面的曲折与蕴藉。同时诗中具备各种色彩，如青、赤、丹，一望可知；而林是绿的，火是红的，仙桃色赤黄（据《酉阳杂俎》），童颜色红赤，流霞虽是酒名，很容易让人联想到酒后"流"露在脸上的彩"霞"。由此看来，这首诗的词面，可说是惊红骇绿，绚烂雅丽极了。这种色调，跟三月春光之烂漫十分相配。

另外，本诗动词的位置也有许多变化，一、二句在第三字，三、四句在第二字，五、六句安放在第三字，七句置于末字，八句又跳回在第三字，流动变化有味。至于声律方面，末联出句"童颜若可驻"作下三仄，可以不救。如果一、三、五、七句的末字能上去入三声递用，则音调更加清朗，可惜独缺入声字，这是美中不足之处。

（张高评）

与诸子登岘山 ①（120）

人事有代谢，往来成古今。

江山留胜迹，我辈复登临。

---

① 岘山——山在湖北襄阳南九里，一名岘首山。

水落渔梁浅①，天寒梦泽深②。

羊公碑尚在③，读罢泪沾襟。〔平声侵韵〕

这是一首吊古感今的登临诗，俞陛云《诗境浅说》批评本诗说："凡登临怀古之作，无能出其范围。句法一气挥洒，若鹰隼摩空而下，盘折中有劲疾之势，洵推杰作。"这种评价，大致是公允的。

本诗的特色之一，是能灵活化用典故，将当年羊祜登临岘首山所慨然叹息者，不着痕迹地一一融入诗中，使人不觉。其次，本诗单句的末字，上去入三声齐全，谢字去声，迹字入声，浅字上声，在字去声，讲究声律，能使诗歌音韵铿锵，有抑扬顿挫之美。另外，首句"人事有代谢"，二、四两字均是仄声，所以落句的第三字要用平声救转，是谓"双拗"，拗救得法，则妥帖中隐然有劲直之风，极富于节奏之美。

全诗的命意，以"代谢"为核心，起势突兀不凡，凭空落笔，若不着题，令人惊绝。全诗大意是说，人间之事，消长盛衰，交替轮换，寒往暑来，便形成了古今。这是天道运行的法则，任谁也无可奈何。人事虽无常，江山却依旧不改，人事代谢，一切都归虚无，唯有江山能刻留下名胜古迹，供后人凭吊与怀想。今天我们有机会登临岘首山，想想当年羊祜说过的话，的确让人发"思古之幽情"，悲慨无限。其实，不只是人事有代谢，仔细体察，江山又何尝没有代谢？你往远看，秋水涸落，渔梁洲浅现了出来；天寒水清，云梦泽深沉难测。你再就近瞧瞧，晋羊祜堕泪碑还在，但羊公早已不在人间了。读罢堕泪碑上的

---

① 渔梁——即渔梁洲。孟诗《夜归鹿门歌》云："渔梁渡头争渡喧。"其地在襄阳。

② 梦泽——即云梦泽，此处似应泛指湖泊。

③ 羊公碑——《晋书·羊祜传》："祜性乐山水，每造岘山，尝叹曰：'自有宇宙，便有此山，由来贤达胜士，登此远望，如我与卿者多矣，皆湮灭无闻，使人悲伤。'"祜卒后，襄阳百姓于岘山立碑，望其碑者，莫不流涕，杜预因名为"堕泪碑"。按羊祜字叔子，晋武帝时镇襄阳，轻裘缓带，身不披甲，与吴陆抗对境。务修德，吴人怀之。及卒，民为立碑岘山。

文字，想到人事的代谢、生命的消长，要皆如此，不觉泪湿沾襟，悲慨无穷。

本诗的结构，以古今为骨干，前四句写怀古，寄慨苍凉，一气呵成。一、二两句点明题旨，感慨悲凉，第三句写古，四句写今，语有抱负，笔势自然清逸，写来毫不着力。五、六两句写景有代谢，就远望所见描写，全诗只此两句状写景物。第七句就眼前所见叙说，睹碑思人，人亡而碑在，切"古今"之意来说。末句用典贴切自然，亦回应前四句古今代谢之意。刘辰翁说本诗"起得高古，略无粉色，而情境俱称，悲慨胜于形容"，自是知道之论。

（张高评）

过故人庄（121）

故人具鸡黍①，邀我至田家。

绿树村边合，青山郭外斜。

开轩面场圃②，把酒话桑麻。

待到重阳日③，还来就菊花④。〔平声麻韵〕

鉴赏　这首诗是作者晚年的作品。壮年时，作者心计争竞，好勇豪情，到了晚年，"弃轩冕，卧松云"，心境闲适恬淡，由这首诗，可以看出其端倪。黄永

---

① 具鸡黍——具，备办。《后汉书》，范式与张劭为友，式约二年后访劭。后期方至，劭告其母，请杀鸡为黍待之。至其日，果到。

② 开轩句——开轩，开窗。场圃，犹田园。

③ 重阳日——九为阳数，九月九日日月并应，故名重阳，亦叫重九，有登高、饮菊花酒之俗。《艺文类聚·岁时部》引魏文帝与钟繇书曰："岁往月来，忽复九月九日。九为阳数，而日月并应，俗嘉其名，以为宜于长久，故以享宴高会。至于芳菊，纷然独荣……谨奉一束，以助彭祖之术。"

④ 就菊花——就，相亲近的意思，指菊花开时再来探望。

武先生欣赏这首诗说："在清浅的言辞中，深含着静远的乐趣。全诗化村陌为圣洁，赋家常以真趣，一树一花，无不为灵光所闪亮。在澹远清亮的襟抱中，自然呈现出'立万象于胸怀'的神气。与早年写洞庭湖诗的趣味，正有着不同层次的境界。"（《中国诗学·思想篇》）黄先生从作者的性情谈到孟诗的风格，有助于我们欣赏这首诗。

本诗纯用白描手法，摹写田家闲适风光，句句自然冲澹，了无刻画之迹。钟惺《评诗归》云："浩然诗当于清浅中寻其静远之趣。"纪昀也说："孟诗清而切。"这首诗就是表现这种风格与意境的。俞守真剖析本诗的作法说："未说'过'，先叙'邀'，既说'至'，却叙'望'，到庄之后，还留后约，一路写去，纯任自然，这是本诗的结构方法。"说得十分真切明白。一、二两句"未说过，先叙邀"的写法，前人叫作"对面起法"，可以避免呆板，而表现活泼。中间两联写途中所见田园景象，绿树句写近景，"合"字状树密而多，青山句写远景，"斜"字形容山曲而远；开轩句写已至庄上，把酒句写宴饮的情形，句句不离田庄风味。尾联抒情，余留后约，可见此番相聚之乐，有意犹未尽之兴。孟浩然的诗，有一处与王维相同，两人都擅长全首写景，却留情思在末句，只轻轻一点，全诗便余韵荡漾。这是他家所不敢尝试的，因为中间四句全写景，实在很难出色，往往会失之繁杂。

再就炼字来说，"合"字、"斜"字，都能曲尽其神。尤其"就"字，更是精练十足的诗眼。明杨慎《升庵诗话》载："刻本脱一'就'字，有拟补者，或作'醉'，或作'赏'，或作'泛'，或作'对'，皆不同。后得善本'就'字，乃知其妙。"这个"就"字用的十分曼妙，诗意是说，故人即使不来邀我，我自会前往，就君庄中饮菊花酒。只一"就"字，传达出宾主尽欢，意犹未尽神理，十分美妙。其实，在孟氏之前，诗人早用"就"字传神了，如崔颢"玉壶清酒就君来"，李郢诗"片帆归去就鲈鱼"，乐府"就我求清酒""就我求珍肴"之句，甚至《国语》已有"处士就闲燕"之文，可见"就"字之神妙前人已道破，不过也都各具姿致，不可轩轾。

（张高评）

岁暮归南山① （122）

北阙休上书，南山归敝庐②。

不才明主弃，多病故人疏。

白发催年老，青阳逼岁除③。

永怀愁不寐，松月夜窗虚。〔平声鱼韵〕

　　《唐摭言》卷十一载，孟浩然与王维相友善，一日，维待召金銮殿，召浩然商较风雅。忽然玄宗驾到，浩然惊愕伏床下，维不敢隐，因以奏闻。帝令出，并命吟其诗，浩然即自诵"北阙休上书，南山归敝庐。不才明主弃，多病故人疏"诗句，玄宗听了，非常不悦道："胡说，你不来求官，如何说我弃你？"因此放还，终不录用（《新唐书·文艺传》也有类似的记载）。这"转喉触讳"之事，恐系出于附会。浩然不得意于仕途，遂归回故庐，这是实情；好事者于是持本诗从后附会之，以代鸣其怀才不遇之牢骚，这也有可能，《旧唐书》就没有这种记载。

　　本诗以"愁"字为主，抚今追昔，状写不遇之愁。全诗大意是说，别到京都那边上奏书了，还是归隐到南山的破茅屋里去吧。由于我才疏学浅，所以圣明的皇上弃置不用我，再因为时常生病，老朋友也逐渐疏远了。皇恩既绝，友朋又疏，两头都落空，仕途只得坎坷了。如果青春盛年，有的是机会可以把握，如今白发频生，催人老去，转眼春天又到，迫除了旧年，岁月不饶人，"壮志逐年衰"，想是愈来愈不能有为了。今生遭遇如此，令人愁怨在心，长久不能释怀。心境既无法平静下来，于是辗转难眠。面对空荡荡的窗外，无可奈

---

① 南山——即终南山。

② 敝庐——破旧的老房子。

③ 青阳——指春天。《尔雅·释天》："春为青阳。"

何的愁苦无法排解，知我心者，天地间大概只有那松间的明月吧？

本诗的结构，首联叙事，颔联说理，用的都是因果句法，一句是因，二句是果，不才、多病是因，明主弃、故人疏是果。颔联写追昔，颈联写抚今。颈联情景交融，尾联以"愁"字收合之，意味悠长，娓娓不尽。

李白《赠孟浩然》诗："红颜弃轩冕，白首卧松云。"诗意正与本诗相映发。

首句第四字"上"拗作上声，故下句第三字"归"字用平声救转。

（张高评）

李 白

赠孟浩然（123）

> 吾爱孟夫子，风流天下闻。
> 红颜弃轩冕①，白首卧松云。
> 醉月频中圣②，迷花不事君③。

---

① 红颜句——红颜借代年少，并不专用于妇女。轩，车，冕，冠，轩冕借代官爵。

② 中圣——《三国志·魏书·徐邈传》："时科禁酒，而邈私饮至于沉醉，校事赵达问以曹事，邈曰：'中圣人。'"盖平日醉客谓酒清者为圣人，浊者为贤人。中，此处读作 zhòng。中圣，就是喝醉了酒的隐语。频，时常。又按《新唐书·孟浩然传》："采访使韩朝宗约浩然偕至京师，欲荐诸朝。会故人至，剧饮欢甚。或曰：'君与韩公有期。'浩然叱曰：'业已饮，遑恤他。'卒不赴。朝宗怒，辞行，浩然不悔也。"诗中即隐指此事。

③ 迷花——迷花，隐用《桃花源记》事，指喜爱隐居。《易·蛊》："不事王侯，高尚其事。"

高山安可仰①，徒此揖清芬②。〔平声文韵〕

李白的诗集中古诗最多，五律次多（有七十余首）。这是由于李诗情趣超旷，落笔天纵，古体较易驰骋他的天才之故。五律之中，常"以飞动票姚之势，运旷远奇逸之思"，所以工整的很少，往往寓古体单行之气于偶俪之中，只注重炼意与炼气，不重视炼词炼字，他是不屑束缚于格律、对偶与雕绘之中的。（黄永武先生《诗心》）

杜甫曾品评李白的诗说："白也诗无敌，飘然思不群。清新庾开府，俊逸鲍参军。"这启示我们，欣赏李白的诗，应该从清新俊逸，自然高畅的气势上去体认，这首《赠孟浩然》可为代表。全诗以"风流"为主意，中间两联具体绘出浩然个性，少弃轩冕，老卧松云，醉月中圣，迷花不仕，都是风流景象，疏宕中自有精练之气。尾联宕开一笔写，将浩然品格推崇备至，以为不可企及，而深惜他不遇之意，隐然现于言外。全诗一气舒卷，而不失质健豪迈，自是太白本色。

三、四两句修辞，皆用借代手法，红颜借代年少，轩冕借代官爵，白首借代年老，松云借代隐居，使得意象十分具体明显。尤其出奇使用"中圣"这个僻典，而不用寻常的"中酒"，这是有缘故的。其一，韩朝宗约同孟浩然进京，欲荐诸朝，而浩然与友人剧饮不赴，与徐邈"中圣人"事相类。其二，中圣虽与中酒意相仿佛，然用"中酒"只能平写其醉态，"中圣"则兼能曲绘其品格。其三，用"中圣"与下句"事君"相对，更见工巧。可知一般说李白不重视锻炼字句，并不尽然。只可说李诗的妙处，是不刻意苦思与雕琢，这只是妙手偶得的例子罢了。我们再看本诗的第三、六两句，前用"弃轩冕"，后用"不事君"，意嫌犯重，这大概就是所谓"天仙之辞"的特色吧。

————————

① 高山句——《史记·孔子世家》："太史公曰，高山仰止，景行行止。"喻品望极高，如山一般。

② 揖清芬——揖，同抱，清芬谓浩然有清美芬芳之德。

在声律方面，首句第四字孤平，故次句第三字作平声以救转之，是孤平拗救的实例。

（张高评）

渡荆门送别^①（124）

> 渡远荆门外，来从楚国游^②。
> 山随平野尽，江入大荒流^③。
> 月下飞天镜，云生结海楼^④。
> 仍怜故乡水，万里送行舟。〔平声尤韵〕

关于本诗题目，前人有许多意见，沈德潜认为"诗中无送别意，题中二字可删"，唐汝询也怀疑"送别"二字是衍文。如果我们根据末联说李白送别友人，或者说江水为李白送别，不是也可以吗，何必太过拘泥呢？

这首诗是开元十四年（公元七二六年）李白刚刚出蜀东下，在长江途中所作，当时是怀着"仗剑去国，辞亲远游"的心情的。本诗气象雄阔，语意倜傥，自是太白本色。明王夫之说此诗"得象外于环中"，是非常贴切的。

"渡远荆门外，来从楚国游"，指出送别地点，并暗示远自蜀来，万里行舟之具象。中间两联写景，颔联"山随平野尽，江入大荒流"，是舟行江上所见昼景，十分雄阔，写山势随平原的出现而完尽，江水从茫茫大地中奔流过去。

---

① 荆门——即荆门山，《水经》云："江水束楚荆门、虎牙之间。"荆门山在今湖北宜都市西山，长江之南，上合下开若门。虎牙山在江北。

② 楚国——春秋时楚之辖境，相当今湖北湖南一带。

③ 大荒——犹言大地。一说大荒，海外。

④ 海楼——即海市蜃楼,因海上空气下层比上层密度大,光线折射,在空中变幻出城市、楼台等景观。旧说以为蜃吁气所致，实误。

谢朓诗有"大江日夜流"之句，但写江流，若以凝练相较，实不如李诗之"江入大荒流"。杜甫有《旅夜书怀》诗，其中佳句"星垂平野阔，月涌大江流"，与李诗字数相若，描写之对象亦类似，但李白只写出平野与大荒的气派，杜甫却在江山之外，更表现出星月争辉的精神；李诗只作平面的大地描绘，杜甫则作立体空间的雕画，两相比较，杜诗比李诗尤具密度（黄永武先生《中国诗学·设计篇》）。胡应麟《诗薮》，也认为杜诗骨力过之，王琦注引丁龙友说："李是昼景，杜是夜景；李是行舟暂视，杜是停舟细观，未可概论。"描绘的时机与角度不同，动静与诗境各具其妙，实在难判高下。清翁方纲《石洲诗话》认为："此等句皆适与手会，无意相合，固不必相为依傍，亦不容区分优劣也。"可说是持平之论。

"月下飞天镜，云生结海楼"，是江中所见，写江天之高旷。月下句写夜月，云生句写晓云，说月影倒映江中，好像天镜从高空飞来；晓云腾升，恍如结成无数的海市蜃楼，极写江水之辽阔，历一昼夜，尚未渡竟。尾联抒情，另起一意，切着题目"送别"，环抱上六句作为收束，说我仍旧怜爱这流自蜀地的故乡水——长江，万里之外，犹能护送着离人逐舟而去，自己却不得不怅然而别。李白是蜀人，故称长江为故乡水。"万里"字呼应首句"远"字。尾联写离别中的离别，更令人黯然神伤，无可奈何。

在声律方面，末联出句"仍怜故乡水"，第四字本宜用仄，今却用平，故将第三字本宜用平，改为用仄。易言之，三、四两字之平仄互换，这也是拗救之一法。

（张高评）

送友人（125）

青山横北郭，白水绕东城。

此地一为别，孤蓬万里征①。

浮云游子意，落日故人情②。

挥手自兹去，萧萧班马鸣③。〔平声庚韵〕

这是一首送别诗，其中有色调，有声音，时间由现在延伸到未来，空间也从"此地"推展到"万里"，离情之依依，跟随着提升到极限。清沈德潜《唐诗别裁》评本诗说："苏李赠言多唏嘘语，而无蹶蹙声，知古人之意在不尽矣，太白犹不失斯旨。"这是赞美本诗，说它表现的情意十分宛转蕴藉，富于"言有尽而意无穷"的特色。

"青山横北郭，白水绕东城"，首联写景，点明送别的地方。青山句写高处景色，一"横"字写尽山性，白水句写低处景色，一"绕"字亦写尽水性。青山隐隐，横亘于城北，白水悠悠，萦绕东城，此时离愁横亘于心田，别绪萦绕于脑海，拂之不去，释之不能。

"此地一为别，孤蓬万里征"，"此地"承上联青山白水句，进一步想象将来，所谓"以未别之时，先说已别之后"（章燮注），情景融会，设想曼妙。其实，本诗不仅以今日与未来对映，更以此地与他处对映，将眼前情景推拓到后来，这种时空的游移对映，使得送别之意抉进一层，更能呈现出一幅绝美的诗境。同时，因为本诗首联对仗整齐，所以三四句必须用散调的借对法承接，以避免平熟之病，这叫作"缓脉急受"之法，如此则句法更觉劲健了。如果颔联仍作严整之对，则句调凝重，神气索然，故势不得不用流走之笔。诗意说，你我在此地离别后，你就孑然一身，如同无根的蓬草一般，率自逐风飘转，远向

---

① 孤蓬——蓬草枯后断根，随风飞扬，称为飞蓬。此处喻远行的征人。

② 浮云落日二句——王崎注："浮云一往而无定迹，故以比游子之情；落日衔山而不遽去，故以比故人之情。"古诗曰："浮云蔽白日，游子不顾返。"陈后主乐府曰："自君之出矣，尘网暗罗帷。思君如落日，无有暂还时。"

③ 萧萧句——萧萧，马鸣声。班，别也。

万里之外飘泊。这里用"孤蓬"与"万里"作当句对，大小轻重悬殊，在一片无垠的征途上，"孤"字的精神特别显示出来。这样一对比，前途之茫茫，聚散之依依，也就不言可喻了。

"浮云游子意，落日故人情"，写飘飘无定，依依不舍情景。笔势劲健有力，纯用比拟句法：以浮云的无定，比游子的飘泊，以落日之难挽，喻自己之心情，一写朋友，一写自己，情景兼描，面面俱到。尾联"挥手自兹去，萧萧班马鸣"，日本森大来评为"一结乃有萧散之致，而绝无跼蹐之态，此太白之所以为太白"（《唐诗选评释》卷三）。尾联寓惜别之情于萧萧马鸣之中，曲折有味，含意不尽。不直写两人之离愁别绪，却特意描写班马鸣啸离别之声。抛开正面不写写反面，本面不写写对面旁面，是为旁敲侧敲之法，最有姿致。

本诗一气浑成，了无些许做作之迹。即以用典而言，亦皆贴切自然。如"孤蓬"一词，本鲍照《芜城赋》"孤蓬自振"语，以况客游，兼勉客志。"浮云"一词，本《古诗十九首》之一"浮云蔽白日，游子不顾返"，以写游子之飘泊无定。"落日"一词，盖本陈后主乐府"思君如落日，无有暂还时"，以写离情之难挽。第八句则化用《诗经·小雅·车攻》"萧萧马鸣"及《左传·襄公十八年》"有班马之声"而来，以正写别时之状。虽然用典，却使人不觉。乾隆皇帝御批所谓"以大匠之运斤，自成规矩"，可谓知言。把眼前景写得有弦外之音，味外之味，令人神远的，只有李白才办得到。

在声律方面，颔联出句第四字"为"孤平，下句可以不救。末联出句第四字"兹"亦作孤平，故对句第三字用平以救转之（本宜用仄）。

（张高评）

夜泊牛渚怀古 ^①（126）

牛渚西江夜，青天无片云。

登舟望秋月，空忆谢将军^②。

余亦能高咏，斯人不可闻^③。

明朝挂帆去，枫叶落纷纷^④。〔平声文韵〕

　　唐人律诗中有通首不对偶者，如孟浩然诗"挂席东南望""水国无边际"，僧皎然《访陆鸿渐不遇》诗，以及李白"牛渚西江夜"之篇都是。王琦引赵宦光说，以为这些诗虽"无一句属对，而调则无一字不律，故调律则律，属对非律也"。杨慎《升庵诗话》则认为："五言律八句不对，乃是平仄稳贴古诗也。"这是由于"是时律诗犹未甚拘偶也"（方回《瀛奎律髓》评李白《鹦鹉洲》诗语）。由于在李孟当时，律诗的发展尚未十分讲求偶对，才有这种不对偶的律诗出现。

　　孙洙评本诗说："以谪仙之笔作律，如縶神龙于池沼中，虽勺水无波，而屈伸盘拏，出没变化，自不可遏，须从空灵一气处求之。"《唐诗三百首注疏》引田雯说，则以为"青莲作近体如古风，一气呵成，无对待之迹，有流行之乐，境地高绝"。施补华《岘佣说诗》也说这类诗"须一气挥洒，妙极自然。

---

　　① 牛渚——原注："此地即谢尚闻袁宏咏史处。"按牛渚，山名，在今安徽当涂县西北，突出长江中，名采石矶。长江自南京至今江西一段，古称为西江，牛渚在其中。

　　② 谢将军——晋谢尚字仁祖，更御桓温，历官建武、安西、建威、镇西将军。《晋书》有传。

　　③ 斯人句——《晋书·文苑传》："袁宏，字彦伯，有逸才。曾为咏史诗，是其风情所寄。少孤贫，以运租自业。谢尚时镇牛渚，秋夜乘月，率尔与左右微服泛江，会宏在舫中讽咏，遂驻听久之，遣问焉，答云：'是袁临汝郎诵诗。'即其咏史之作也。尚倾率有胜致，即迎升舟，与之谭论，申且不寐。"

　　④ 纷纷——很多。

初学人当讲究对仗，不能臻此化境"。盖李白之诗如天上云霞，卷舒无定，又如江上波浪，无风自涌，所以有像本诗通首单行的律诗，可见他的落笔天纵，是不屑束缚于格律对偶的，何况当时风气并不考究对仗呢？不过，本诗句调仍是文从字顺、音韵铿锵的。

本诗题为怀古，其实是自伤不遇之作，借题发挥，抒言胸臆，借他人酒杯，浇自己块垒，写得一气旋折，有神无迹，正如羚羊挂角，色相俱空，无迹可求。王阮亭《古诗选》曾许为"逸品"，不为无因。全诗以"忆"字为关键，时间遂有过去、现在与未来之分野，诗境能一气旋折者赖此。

"牛渚西江夜，青天无片云"，首联写景率真，不尚藻饰，切着题目"牛渚夜"，写牛渚山西江的夜景，青空万里，没有一片云彩，泊舟至此，令人发思古之幽情。次联"登舟望秋月，空忆谢将军"，写一样的秋夜、一样的月色，一样在牛渚，一样在泛舟，令人油然想念起谢尚将军爱才的雅怀来。用一"空"字，见江山依旧而人事不同，有徒然枉费之意，故曰"空忆"，一转慨叹不尽，伏下联"斯人不可闻"。这"空忆"二字是篇中诗眼，使前后联成一片，笔势生动。颈联"余亦能高咏，斯人不可闻"，写情直爽不做作，说自己也能像袁宏那样，"声既清会，辞又藻拔"地讽咏诗歌，但袁宏有谢将军聆赏，而我高咏时，却没有谢将军般的人来欣赏，难道我的"高咏"不如袁宏，以至于"斯人不可闻"？一番"不惜歌者苦，但伤知音稀"的感慨跃然纸上，"亦"字精细，使典故与诗情化合为一。尾联"明朝挂帆去，枫叶落纷纷"，状失望落寞之怀，纷乱空虚之感，别从题外着笔，若即若离，有一种弦外之音。月夜既不遇知音，明朝正可挂帆速去，到那时，两岸枫叶纷纷飘落，必定更触动愁思吧？正是"心绪逢摇落，秋声不可闻"。尾联纯粹是悬想之词，富言外之意，不但呼应时令"秋"字，更写因叶落而感秋之情。

（张高评）

听蜀僧濬弹琴（127）

蜀僧抱绿绮①，西下峨眉峰。

为我一挥手，如听万壑松②。

客心洗流水③，余响入霜钟④。

不觉碧山暮，秋云暗几重。〔平声冬韵〕

这是一首描写琴声的诗，具体描绘出琴音感人之情状。音乐旋律本是十分抽象、不易形容的艺术，全诗就凭着联想，用实际的词面，作多方的比拟和烘托，于是意象浮现，历历如绘。高步瀛评本诗说："一气挥洒，中有凝炼之笔，便不流入轻滑。"金性尧《唐诗三百首新注》也说："李白五律，往往于一气不断中给人以行云流水之思，此诗即其一。"其实，我们除了就流畅与凝练欣赏本诗外，还可以就比喻、渲染、倒装、用典、层次等方面去品味此诗之美。

"蜀僧抱绿绮，西下峨眉峰"，点明蜀、僧、琴之题文。因为僧濬是蜀地人，所以抱着的是一张绿绮琴。李善《文选注》引傅玄《琴赋序》曰："司马相如有绿绮，名器也。"司马相如也是蜀地人，故写名琴即用"绿绮"为典故，以便与"蜀僧""峨眉峰"相配成文。起首两句，写蜀僧抱名琴，下名山，绘出其出身与气势，可以想象这位情僧气宇之不凡，所谓"未成曲调先有情"，差堪比拟。

---

① 绿绮——琴名。李善注引傅玄《琴赋序》曰："司马相如有绿绮，蔡邕有焦尾，皆名器也。"

② 为我、如听二句——嵇康《琴赋》："伯牙挥手，钟期听声。"又琴曲有《风入松》。

③ 客心句——即用伯牙弹琴，如流水高山之音事。

④ 霜钟——《山海经》："丰山有九钟耳，是知霜鸣。"郭璞注："霜降则钟鸣，故言知也。"按霜降则金气应也。此言琴声引起寺钟之共鸣。

"为我一挥手，如听万壑松"，此联真如张璪画松，双管齐下，上句写弹琴，下句写听琴。前四句写得层次井然，有行云流水之妙。"挥手"写弹琴的动作，是灵活生动的形容，不是板相静态的刻画。琴曲有《风入松》，这里描写琴音，以"万壑松"来比喻，是添华活用。就字面上看，"风入松"则产生松涛，"万壑松"则将形成清越澎湃之声势，借此以比拟琴音的宏壮悠远，句法动荡有势，意象十分具体。同时用典能脱略变化，切合情境，颇堪仿效。

　　"客心洗流水，余响入霜钟"，正写琴音之美妙，羁旅心怀聆赏了这琴音，客愁都被这"洋洋兮若江河"的旋律洗涤清净；琴声余音袅袅，清晰可闻，融入霜夜应和的钟声里，不时在耳际回荡着。前句写流水知音，后句写霜钟知应，都隐含有共鸣之意。蜀僧弹琴，作者听琴，借着美妙的旋律，彼此心灵有了沟通与共鸣。蜀僧善弹，作者善听，所以这里用"洗流水"与"入霜钟"来比拟知音。颈联写得十分精练，客心句采倒装手法，使得此句以实领虚，劲健新奇之至。余响句写得细腻有神，"入"字有融会交流之意，正与共鸣、知音之意象吻合。而且使用流水与霜钟典故，行所无事，使人不觉，正非常人所可企及。

　　尾联"不觉碧山暮，秋云暗几重"，以侧面烘托法描写琴音之妙，写琴音弹竟，作者听毕后所产生的回响。不知不觉中，碧绿的山野已笼罩暮色，秋云也为之暗沉，不知又堆起了多少层。这是写听之久、听之醉的神理，堪与"孔子在齐闻韶，三月不知肉味"相媲美。

　　声律方面，本诗一、二、三、五、七各句，拗乱甚多，不合格律。前人说诗，以为"五律有清空一气，不可以炼句炼字求者，最为高格，所谓羚羊挂角，无迹可求"。王维"中岁颇好道"，李白"牛渚西江月""蜀僧抱绿绮"是也。

（张高评）

韦应物

淮上喜会梁州故人 [①]（128）

江汉曾为客，相逢每醉还。

浮云一别后，流水十年间。

欢笑情如旧，萧疏鬓已斑。

何因不归去，淮上对秋山。〔平声删韵〕

这首诗在时间上是从过去追叙到现在，再由现在推想到将来。过去在水上相会，现在在水上相逢，未来我们仍在水上对着秋山吗？全诗用"水"贯穿，扣紧了题目"淮上"，因地制宜，随着流水而吐出过去未来的许多感慨。流水滚滚，不舍昼夜，"流水十年间"代表着时间的流失、青春的流失，及欢笑旧情的流失。

这诗用倒溯的笔法，追溯到十年以前：我们同在江汉一带作客，每次相逢，都尽情畅饮，不醉无归。后来像天上的浮云那样，一旦飘散离别，时光就像流水一样，忽忽竟过了十年。虽然今天相遇时，欢谈笑语，旧情仍美好如昔，但是两鬓萧疏的发丝，却已斑白稀疏了。我们为什么还不回家乡去，要在这淮水上对着发愁的秋山呢？起首六句都在写"喜会故人"，到七八句收归到"淮上"二字，诗题中的每一个字都有了着落。

全诗读来没有板重滞涩的感觉，因为诗中所用的实体名词字不多，再加上

---

① 淮上、梁州——淮上，淮水之上。梁州，旧为战国时魏都大梁，按即今河南开封市。韦应物曾在梁州游历过，所以有"江汉曾为客"句。

"浮云一别后，流水十年间"，一联流水对，一意贯串而下，表面所写是眼前的景，而人事的沧桑、生涯的飘泊、宦业的浮沉，多少感慨情事，都寓于其中。全诗一气旋折，八句读来像一句，十分明快。谢榛称赞本诗"多用虚字，辞达有味"，正指出了本诗的优点。

（黄永武）

赋得暮雨送李曹^①（129）

楚江微雨里^②，建业暮钟时^③。

漠漠帆来重，冥冥鸟去迟。

海门深不见^④，浦树远含滋^⑤。

相送情无限，沾襟比散丝^⑥。〔平声支韵〕

全诗以"雨"与"暮"二字为重点，用两股交综的手法组合成本诗。第一句明白地说雨，第二句明白地说暮，第三句因帆湿而重，是暗中写雨，第四句写天色冥冥，是侧面写暮，第五句"海门深不见"是写暮色沉沉，第六句"浦树远含滋"是写雨后的青翠，都紧扣着暮雨二字作的。结尾把诗题中"送李曹"的意思点出，并以泪丝比雨丝，仍关合着雨意，文意与题目都切得很紧，没有一句散漫的骈枝。

———————

① 赋得——"赋得"二字，是当时科举时题目中语,相当于"咏"。此题咏的是"暮雨"，故云"赋得暮雨"。后世试帖诗的题目常用此二字。

② 楚江——指长江。《李太白诗集》注："大江自三峡以下直至濡须口，皆楚境,故称楚江。"

③ 建业——孙权徙都秣陵，改称建业，即今南京城。

④ 海门——指长江入海之处。《唐书·地理志》："京江口外有海门。"京江即长江。

⑤ 浦树句——浦，指浦口。滋，滋润之意。

⑥ 散丝——密雨如丝，以比落泪。张协《杂诗》："密雨如散丝。"

长江在微雨濛濛中，建业城正响起了傍晚的钟声。船帆湿了，低垂下来，有一种很重的感觉，暮色中羽毛尽湿的鸟儿迟缓地飞着。海门那边暮色深浓，几乎看不见了，对岸浦口的树，远远地含着滋润的新翠。我在此时此刻送你，离情无限，沾湿衣襟的泪水，和雨丝一样四散飘洒着。结尾将自然景色与个人心境作了情境一致的比况，使弥天的暮雨都渗入离别者的愁情中。

用"漠漠帆来重"来写雨湿，是"体物入情"的技巧。梁简文帝曾写"湿花枝觉重"，花枝湿了比平时低重。岑参写"江帆暮雨低"，郑锡写"孤帆暮雨低"，都将帆篷雨湿低垂的景象表现得很微妙。

（黄永武）

岑　参

寄左省杜拾遗^①（130）

联步趋丹陛^②，分曹限紫微^③。

---

① 《旧唐书·职官志》："门下省，龙朔中改为东台，故称左省。"又《新唐书·百官志》："门下省左拾遗六人，掌供奉讽谏。"又《杜甫传》："至德二载，亡走凤翔，上谒，拜左拾遗。"左拾遗为从八品上的官职，职位不高，但能在皇帝面前论列是非。杜甫曾有诗唱和，题为"奉答岑参补阙见赠"："窈窕清禁闼，罢朝归不同。君随丞相后，我往日华东。冉冉柳枝碧，娟娟花蕊红。故人得佳句，独赠白头翁。"

② 丹陛——为天子阶陛，薛玄卿《隋高祖颂》曰："趋事紫宸，驱驰丹陛。"

③ 分曹句——《新唐书·百官志》："开元元年，改中书省曰紫微省。"岑参在中书省，居右署，杜甫在门下省，居左署，所以说是"分曹"。限于职属不同，分在东西二阁。

晓随天仗入 ①，暮惹御香归 ②。

白发悲花落，青云羡鸟飞 ③。

圣朝无阙事，自觉谏书稀。〔平声微韵〕

　　本诗当由任职中书省的岑参寄给在门下省任左拾遗官职的杜甫，描写上下班时的情景，并寓有一些酸溜溜的感慨。一开始四句中，接连用了许多宫中的景物与设备，"丹陛"是天子座前红色的阶台，"紫微"是中书省的别称，"天仗"是朝会时的仪仗队，"御香"是指宫殿中陈设的黛炉香案。这些描写，有的颜色高贵，有的地处机要，有的威仪雄壮，有的气味瑞祥，把宫中的景象写得十分肃穆庄严。

　　起首四句中，又刻意地用了极多的动词。联步而趋，写整齐紧张的动态；分曹以限，写左省右署分行排队，有秩序的静态。"随"仗而"入"，写上班时的准时与认真；"惹"香而"归"，写下班时的从容自得。四句用了八个动词，这八个动词环绕着四个宫殿名词回旋，把一天中上朝退朝、左省右署的活动镜头记录得很详细。这是用语法结构的形式来辅助内容表现的一例。

　　"白发悲花落，青云羡鸟飞"，这一联中，白发与花落都是自悲老大，自伤迟暮。青云与鸟飞，是羡慕别人得志。各句之中是采情景一致的方式，一联之间又采反衬的映照法，所以很警拔。有人以为白发句是岑参自悲，青云句在羡慕杜甫，这说法是不对的。因为这诗应作于肃宗至德二载，公元七五七年，当时杜甫四十六岁，岑参四十三岁，岑参比杜甫还年轻，不会自夸白头，反说杜

────────────────

　　① 天仗——是指天子朝会时的仪仗。《雍录》卷三："东西二阁在宣政殿东西两序分立，朔望御紫宸，则宣政所立之仗听唤而入，先东立者随东仗入自东阁，先西立者随西仗入自西阁。"

　　② 御香——是指御殿的芳香。

　　③ 青云句——扬子云《解嘲》："当涂者升青云。"陆士衡《赴洛》诗："仰瞻凌霄鸟，羡尔归飞翼。"

甫是青云得志的。较为合理的解释是，白发悲花落，是指杜甫白头才拜拾遗一职，而岑参也在四十岁以后仍未受到大用，只做补阙而已。唐人四十岁以后都已经称老，所以这两句诗实在是两人同病相怜，而青云羡鸟飞是指新进的少年得意人物，这样两相反衬，不必多发牢骚，使白头沉屈于下僚的感触，作了无声而强烈的抗议。

结尾"圣朝无阙事，自觉谏书稀"，从字面上看，是在颂扬肃宗当时朝廷圣明，没有阙失的事需要谏诤，所以谏书自然就稀少了。杜甫任左拾遗，岑参任右补阙，补阙是补朝廷的阙失，拾遗是拾君王的遗漏，他们都是言官，监察谏诤是他们本分内的职责。后人黄彻不明白岑参的意思，误以为岑参在劝杜甫少谏诤、多阿谀，胡震亨也说句中有语病。其实肃宗初立，安史之乱还没讨平，朝野骚扰，遗阙的事正多着，这二句诗字面上是颂扬得体，骨子里实在是满腔忠爱的义愤。吴乔在《围炉诗话》中说它是"反言以见意"，是说对了。诗中茹咽不说，实在是有太多的话要说，试看杜确在《岑嘉州诗集序》中说："入为右补阙，频上封章，指述权佞，改为起居郎。"可见岑参是一位不畏权佞，挺身而出，宁可贬官的人。而杜甫任左拾遗，就职不到半月，就发生直言谏救房琯而险些牺牲性命的忠义事迹。这样看来，岑参与杜甫都是为了公义而不顾自身安危的臣子，所以"圣朝无阙事，自觉谏书稀"二句，必然使这二位知己之间互作会心的微笑。吴乔作"反言以见意"，是很有根据的。

（黄永武）

杜 甫

月 夜（131）

今夜鄜州月^①，闺中只独看。

遥怜小儿女^②，未解忆长安。

香雾云鬟湿^③，清辉玉臂寒。

何时倚虚幌^④，双照泪痕干。〔平声寒韵〕

　　这首诗是杜甫在难民俘虏营里作的。杜甫刚渡过兵荒马乱的劫难，又涉过山洪泛滥的水灾，把家人暂时安顿在鄜州附近的羌村，自己想往灵武去拜谒新即位的肃宗，不料途中被胡羯兵拦截，押送至长安，在长安时挂念家人，做了这首《月夜》诗。

　　一开始不写长安的月光，偏写鄜州的月光；不写自己独看着月光，偏写妻子看着月光。又写小儿女们还不懂得望月忆长安，所以妻子只能独看。妻子独看了，香雾浸湿了她的云鬟，清辉使她的玉臂冰冷。啊！何时能一同倚着虚空的帷幔，让月光照干泪痕呢？

---

　　① 鄜州——鄜，音 fū，今陕西富县。当时杜甫身在长安，是被贼徒所俘，而家中妻儿都在鄜州。

　　② 小儿女——指宗文、宗武等，宗文生于公元七五〇年，至此肃宗至德元年，为虚岁七岁，宗武生于公元七五三年，为虚岁四岁，其他女儿年龄亦小。

　　③ 云鬟——是指美发如云，梁章隐《咏素馨花》诗："盘向绿云鬟。"

　　④ 虚幌——幌，音 huǎng，《玉篇》："幌，帷幔也。"江淹《王征君微养疾》诗："炼药瞩虚幌。"

起首四句，命意转折而有层次。原本是杜甫在想家，是第一层意思；写作家人想我，是第二层；是我猜想家人在想我，是第三层；我猜想到小儿女们还不懂得想我，是第四层。这首诗应作于天宝十五年（公元七五六年），杜甫四十五岁。杜甫约在三十岁时与司农少卿杨怡的女儿结婚，三十九岁时生长子宗文，四十二岁时生次子宗武，当时宗文才七岁，宗武才四岁，还有两个女儿，经常窜身在蓬蒿之中，过着饥饿的生活。他们幼小无知，更令做父母的心疼。杜甫被羁押在长安的日子，全家生活的重担，就要让妻子去挑负，这时杜甫的心情必然如火焚刀刺。

　　然而杜甫遇到这种愁苦枯寂的题材，却用了并不枯寂的词汇，"香雾云鬟""清辉玉臂"，还相当华丽，就像画古木寒鸦，反倒要加倍有情致。当然，写自己妻子的诗最难写，词汇用多了觉得肉麻过分，词汇用少了觉得情分不够，要它既有味又恰当是很难的。

　　本诗有一个特点，就是全诗每一样描写的情景，都是从月光下照出来的。闺中独看从月下照出，小儿女对着月还不懂忆长安，至于湿了的云鬟、发冰的玉臂，都从月光下照见了的。即使是预想着的将来，并肩倚着虚幌，使泪痕能有照干的时候，也是设计在月光下的，所以题目才叫"月夜"。

　　再则全诗的脉络，是以"独"字贯穿全首，独看鄜州月，已把独字点出，儿女未解忆，所以只独看，也是写独，云鬟湿时只有一人，玉臂寒也正在孤独。今日倚虚幌、见泪痕，都是独，只有希望将来能"双照"，"双照"正与目前的"独看"作对比，仍是在烘托着"独"字。

　　杜甫的律诗有一个惯法，就是"二必开，七必阖"，本诗的第二句开出了下文，三四句是由"只独看"引起的，五六句是由"闺中"推演得来。到了第七句"倚虚幌"来收结"闺中"的种种，第八句的"双照"结应着"独看"。整首诗的结构非常清楚，从"今夜"到"何时"，由于时间的不确定，不免有前途茫茫的感觉。

　　本诗在格律上也特别，如"遥怜小儿女"句用"平平仄平仄"，"何时倚虚幌"句也用"平平仄平仄"，都是用拗句；五言平起出句"平平平仄仄"，第四字拗作平，第三字必须用仄，杜甫正是这样用的。拗救的句法中有一个秘密，就是在调整平仄音响的同时，各字位序的重要性会被强调出来，像"小"字、"儿"字，均被加强，使"小"字的幼弱可怜、"儿"字的情有所钟，特别显著。另外"倚"字、"虚"字也被加强，更强调出孤独无依的气氛。

至于用"未解忆"来反面表出父亲忆念之深，用"泪痕干"来反面表示现在泪痕不干，都从言外传情，也是值得一提的技巧。

（黄永武）

春　望^①（132）

国破山河在^②，城春草木深。
感时花溅泪，恨别鸟惊心^③。
烽火连三月^④，家书抵万金。
白头搔更短，浑欲不胜簪^⑤。〔平声侵韵〕

"国破山河在"，是指国家已经残破，而山河还在，有物是人非的感觉；再进一步说，只破剩了山河，可见"国无余物"了。"城春草木深"，是名城到了春天，只见草木深深，有春色依旧、物换人移的感觉；再进一步说，城头草木深深，则不免有"城少遗民"的感叹。

---

① 春望——春日眺望，有感于心。这时当在至德二年三月，杜甫陷于长安。
② 国破——指长安沦陷于安禄山。
③ 恨别句——参阅杜甫《忆幼子》诗："骥子春犹隔，莺歌暖正繁。别离惊节换，聪慧与谁论。"四句浓缩成一句，即为"恨别鸟惊心"，说见《中国诗学·设计篇》。
④ 烽火——本指边地烧狼烟，报警于烽火台，引申为战乱。
⑤ 白头、浑欲二句——白发因搔抓而更短，竟致不能簪梳。鲍明远《行路难》："白发零落不胜簪。"

第三四句"感时花溅泪，恨别鸟惊心"，与上二句结构很相似，我在《中国诗学·设计篇》中曾分析这诗的前四句，大抵都以"二截式"构成的，司马光曾欣赏本诗说："古人为诗，贵于意在言外，使人思而得之……如山河在，明无余物矣；草木深，明无人矣；花鸟平时可娱之物，见之而泣，闻之而悲，则时可知矣。"（《温公续诗话》）司马氏举本诗为例，说明"意在言外"的可贵，但他还不曾拈出本诗所以能含蕴许多意思在言外，使用"二截"的句法是本诗的特殊技巧。"国破"下接"山河在"，多少矛盾的意味；"城春"下接"草木深"，这"春"字中多少兼摄着动词的意味，其作用像上句的"破"字一样，不然联不起来。这二句中本该都有一个"而"字来连接，但被省略了。至于"感伤时事的时候即使对着花儿也会落泪""怨恨离别的缘故再度听到春天的鸟鸣而惊心"，将这么多意思压缩成十个字，在"感时"下接着"花溅泪"，在"恨别"下接着"鸟惊心"，溅泪的仍是感时的人而不是花，惊心的是恨别的人而不是鸟，语词上并不直接连贯，但意义仍能曲折相通。

　　"烽火连三月"这句诗，自来最为难解，因为"连三月"的时间不容易和时事相合。有人以为是从天宝十四载十一月安禄山造反算起，到次年正月为三月（见赵注），当然不对。那时长安不曾失陷，杜甫与家人都在奉先，与诗中所说都不合。又有人以为上年之春寇警已不绝，今年之春，仍见烽火，连三月是"连逢两个三月"（见《读杜心解》），解得不合中国人习惯的句法语法。又有人以为是至德正月至三月，战事不停，贼围不辍，所以烽火连三月"的是实录"（见《杜诗阐》）。那么至德正月以前，烽火也不曾停，又如何解释呢？又有人说三月就是指当时的季春三月（见黄鹤注及仇注），把"连"字劈开也不很恰当。其实这句诗只是一种举例，说烽火只要连着三月，家书就足以抵万金了，何况烽火早不啻三月，家书尤其可贵。

　　"白头搔更短，浑欲不胜簪"，这二句诗中，不仅是自叹年老而已，白头伤时，愈搔愈短，短得"不胜簪"了。这冠簪不胜，是对沦陷区的功名富贵作严正的拒绝。当时两京中，投降于叛贼，在贼庭中簪绂富贵的人很多，而杜甫只有时时引领望家人，引领望天子，用搔头的举动挽合了春望的"望"字——原来这春望的"望"字所描绘出来的眼光，蕴含着多少忠爱与爱情。

（黄永武）

春宿左省①（133）

花隐掖垣暮②，啾啾栖鸟过。

星临万户动，月傍九霄多。

不寝听金钥③，因风想玉珂④。

明朝有封事⑤，数问夜如何⑥。〔平声歌韵〕

　　杜甫的官职虽然不高，但是勤王报国的心意，真是至性过人。这是杜甫在长安门下省中夜宿时写的诗，他一生中只有很短的时间参与国政，却十分恭谨忠勤，为了"明朝有封事"，从上一天黄昏就来省中夜宿。黄昏时该睡未睡，遂由日暮而至星临，再由星临而至月上，还是该睡未睡，一直在分神细听那门户有没有开动的声音，想象着破晓时分车马启动的声音。他把封事看得太重要了，紧张地保持着耳目的警觉，以至于屡屡自动地警醒，整夜只作假寐，频频

---

　　① 这是乾元元年春天杜甫担任左拾遗时所作。黄叔似曰："公为左拾遗，属门下省，在东，故曰左省，亦曰左掖。"

　　② 掖垣——即偏殿的短墙，左省在东，亦曰左掖。刘公幹《赠徐幹》诗："隔此西掖垣。"

　　③ 金钥——午门锁钥的声音。

　　④ 玉珂——马勒饰曰珂。张茂先《轻薄篇》："乘马鸣玉珂。"《唐书·车服志》："凡车之制，三品以上珂九子，四品七子，五品五子。"官位高，则马铃愈响。前句恐君门开，此句恐朝臣集。想，是疑的意思。

　　⑤ 封事——臣下将上书，或有奏状，虑有宣泄，则囊封以进，谓之"封事"。唐制，左拾遗六人，从八品上，掌供奉讽谏，大则廷议，小则上封事。

　　⑥ 夜如何——《诗经·小雅·庭燎》："夜如何其。"

探问夜色如何，唯恐误了早朝要上的奏章。全诗只须忠实地录下自暮至夜、自夜至旦的见闻与动作，已将诗人敬业爱国的心态具体地活现在纸上了。

就全诗的结构而言，第一句点出"春"字，但有"暮"字，也暗引入"宿"字，下面七句都切准"宿"字。左省夜宿本是非常森严的，但本诗用花鸟妆点，妙写出一片华郁的景象。日暮鸟返，是该睡的时候了，却还不曾睡；星临月上，是半夜的时分了，看着看着，还不曾睡。"月傍九霄多"，"多"字将月上写到中天，写出一段极长的时间，而且时间的次序井然，所以这"多"字用得极妙。"不寝"二字是全篇的关键，夜深正睡不着，何况又听到门钥的声音、马珂的声音，听着听着，已是将拂晓的时分了。从黄昏到天亮，"不寝"二字贯穿了全首。

杜甫精诚爱国的心意，也在这"不寝"中写出。其实杜甫自去年五月担任左拾遗起，不到半月，就因疏救房琯而触怒君上，幸好张镐救他，仍使就朝列。至八月初一，放还鄜州省家。十月肃宗回京，杜甫亦于十二月赶回长安，到本年春天，在长安左省做这首诗。至六月杜甫因坐罪与房琯为同党，贬出去做华州司功参军。尽管杜甫的宦途很低微坎坷，但是他那爱君欲谏之心，以及犯颜直说、不替自身打算的道德勇气，是令人钦佩的。

（黄永武）

至德二载，甫自京金光门出^①，间道归凤翔^②。乾元初，从左拾遗移华州掾，与亲故别，因出此门，有悲往事（134）

此道昔归顺，西郊胡正繁^③。

---

① 金光门——长安外城有三座门，中间为金光门。

② 间道句——间道，偏僻的小路。凤翔在今陕西，肃宗时一度改名为西京。

③ 此道、西郊二句——指至德二载投奔凤翔行在，经由此门。远注："归顺，肃宗在凤翔而公归之也。"胡，指安禄山之兵。

至今犹破胆，应有未招魂。

近侍归京邑①，移官岂至尊②。

无才日衰老，驻马望千门③。〔平声元韵〕

杜甫的诗，"辞气豪迈而风调清深，属对律切而脱弃凡近"（元稹评语），悲壮苍凉，沉郁顿挫，体裁明密，有法可寻。所为诗歌，要皆匡时忧国之作。前人评其秉性忠爱，一饭未尝忘君，所谓"温柔敦厚，诗教也"，杜诗有之。

这是一首述怀诗，描述至德二载（公元七五七年）杜甫身陷长安，曾于四月中冒险逃出金光门，到凤翔投奔肃宗，即授以左拾遗之官。次年，宰相房琯战败去职，杜甫上书辩护，忤上，北海太守贺兰进明又进谗言，甫遂贬为华州司功参军，再次道经金光门，从此不复回长安。全诗自伤遭遇，虽不能无怨，然皆发乎情、止乎忠，一片惓惓忠爱之心，留别亲故之意，自在言外。顾宸谓此诗"有介子从龙之感，而词意归于厚，所谓诗可以怨也"。杜甫人君交友之大义、生平出处之大节，可以想见，风骚之遗意，可以体悟一二。

诗意是说，前年我投奔凤翔行在时，曾从金光门经过，那时长安西郊的安禄山部队正繁乱得很，烧杀掠夺，一片荒凉景象。这种兵荒马乱的情形，如今回忆起来，还令我胆战心惊。想叛军窃据下的长安城，在臣民神魂惊散之余，必定有许多被战乱吓得失魂落魄的人。想当初我出金光门，投奔皇上，当左拾遗近侍的官，以为可以回到京都里来，"致君尧舜上，再使风俗淳"，不料未满一年，就被贬迁到华州去当司功参军，又道出金光门，这难道是圣君的旨意？我自叹德薄能鲜，而又年华老迈，今将远离君王与亲友，不觉停住马儿，恋恋

---

① 近侍句——近侍，指拜左拾遗。京邑，指华州，乃畿县，距京城长安不远。

② 移官句——移官，指移华州掾。按乾元元年房琯罢相，公坐琯党，即出为华州掾，为贺兰进明所谮也。"岂"一本作"远"。此处可解为：我之移官，岂天子之本意。

③ 千门句——千门，汉武帝作建章宫，度为千门万户，此处借代宫殿。驻马回望，盖恋君不忍去也。

不舍地望着建章宫殿的千门万户出神。

这首诗以时间的反复，强化了作者抚今追昔的慨叹，更坚定了诗圣一往情深的忠爱。前四句写前年奔窜，路过此门，后四句写今日左迁，又道经此门。门则犹是也，而年齿加长矣，而人事无常矣。至尊疏远，亲故离别，况值衰老之年？抚今追昔，实在令人不堪。虽则如此，杜甫临别之心情，却流露在"驻马望千门"上，这种恋君不忍遽去的情操，很有屈原《离骚》"乱曰"的遗意。再细加分析，首联写昔，颔联写由今忆昔，"今尚如此，当日可知"，是加倍写法。第五句写昔，第六句写今。尾联据今以揣想将来，料想归京邑、近至尊的无望。"无才日衰老"意有两层，无才是一层，日衰老又是一层，有此两层，才令人不胜其悲。

在声律方面，本诗每句末字巧于选音，符合四声递用的规律，"顺"去声，"胆"上声，"邑"入声，"老"上声，韵脚则为平声。另外首联"归"字孤平，故下句第三字作平以救之。末联出句亦单拗，均合律。杜甫精于诗律，正与其祖同。

（张高评）

月夜忆舍弟（135）

戍鼓断人行 ①，边秋一雁声。
露从今夜白，月是故乡明。
有弟皆分散 ②，无家问死生。
寄书长不达，况乃未休兵。〔平声庚韵〕

---

① 戍鼓句——乾元二年，公在秦州。是年九月，叛军史思明攻陷汴州，西进洛阳，宜未休兵。戍鼓，边境驻军所击之鼓。

② 有弟句——公有弟四人，即颖、观、丰、占，这时只有杜占同在。

杜甫的诗除了有浓厚的忠君爱国思想外，更富于父子、兄弟、夫妻伦常间真情至性的流露，固是禀性仁厚所宜有，亦半由沾溉诗书儒风使之然，此等处最能陶养性情与正义。本诗写其忆弟，手足之情，跃然纸上。

诗意说，屯兵守卫的边境上敲打着战鼓，烽火连天，在边塞茫茫的秋空里，只听到孤雁声声的哀鸣，路上再也见不到行人的足迹。从今夜起，就是一个白露为霜的季节，望月怀远，这时正是故乡天高气爽、月色最皎洁美好的时候。因为战火蔓延，所以兄弟流离星散，分居三处（秦州、河南、山东），家既残破归不得，也就无从探问他们死活的消息了。那么写封信回故乡去吧，那信又是常常寄不到的，何况目前战事尚未歇止，音讯更是难以到达了。

杜甫律诗，八句一气贯注，如钩锁连环者，是他最常用也用得最多的一种方法。如本诗重心在写"忆"字，便层次井然，首尾相应，句句不离"忆"字。首联写所闻，戍鼓雁声，暗示兵戈阻绝，音问难通，提起"忆"字，埋伏结意。颔联承二句"秋"字，正写月夜所见，对明月而忆弟，而想家，乃觉露从今夜增其白，月算故乡最可爱。这样透过听觉与视觉的感官强调，把"忆"字写得非常具体有情。颈联尾联转写忆弟，写虽有弟而皆分散，分散又皆无家可归，以致无由知其死生。于是想写信去问候，怎奈路遥岁久，老是寄不到，更何况是战争未终了呢？"未休兵"应首句"断人行"，"况"字是深一层写法。如此蝉联直下，最能使诗意联络不断，在结构上最富承接之美。

王彦辅《麈史》卷中说："子美善于用事及常语，多离析或倒句，则语峻而体健，意亦深稳，如露从今夜白，月是故乡明是也。"今夜露白，故乡月明，实在是常语、常事，但经杜甫离析白露明月，再倒装重组用之，于是露、月各成为诗句的主词，增强了劲健的笔力。其他杜诗像"风帘自上钩""风窗展书卷""风江飒飒乱帆秋"，也都将"风"字倒为句首，使原本为名词的"风"，添增了动词与形容词的意味，也增加了诗的强度。"别来头并白，相见眼终青""无风云出塞，不夜月临关"，亦皆用倒装取劲之法。造句呆板者，当用此法为救助妙方。

俞陛云《诗境浅说》特别欣赏后四句，认为后四句可分数层意思："有弟而分散，一也。诸弟而皆分散，二也。分散而皆无家，三也。生死皆不可问，四也。欲探消息，惟有寄书，五也。奈书长不达，六也。结句言何况干戈未息，则音书断绝，而生死愈不可知。"这种抽丝剥茧的赏析，对于我们欣赏杜甫忆弟的曲折心境，很有帮助。

（张高评）

天末怀李白①（136）

凉风起天末，君子意如何。

鸿雁几时到，江湖秋水多。

文章憎命达②，魑魅喜人过③。

应共冤魂语④，投诗赠汨罗⑤。〔平声歌韵〕

这首诗作于乾元二年（公元七五九年）秋，当时杜甫在秦州。由于李白在至德二载（公元七五七年）时，坐永王璘事而流放夜郎，杜甫基于友情，写下了这首怀念之作，与五古中《梦李白》二首属同一时期作品，"文人相重，末路相亲"，友情之可贵，此诗流露无遗。

---

① 天末——天的尽头，指夜郎。

② 文章句——此指太白应诏造《清平调》三章，后为高力士所谮，贵妃深恨之，从中抑止，遂被排斥，离开长安，漫游江湖。

③ 魑魅句——魑，音 chī，魅，音 mèi。魑，山神，兽形，魅，怪物。太白于至德二载坐永王璘党，长流夜郎。谓夜郎乃魑魅之地，正喜人过而吞之。对于文章、魑魅二句，朱曰："上句言文章穷而益工，反似憎命之达者。下句言小人争害君子，犹魑魅喜得人而食之，即《招魂》雄虺九首，吞人以益其心意也。"

④ 冤魂——指屈原。

⑤ 汨罗——楚三闾大夫屈原被谗而放，怀沙自沉于汨罗江，江在湖南东北部。

"凉风起天末，君子意如何"，由感秋托兴，"凉风"伏"秋"字，"天末"言其远。李白遭贬远放夜郎时，正当凉风吹起时节。想象其中凄凉景象，故关怀问道：此情此景，您有什么感触呢？未述自己感想，先问对方感触，绝妙曲折。陆士衡诗："借问欲何为，凉风起天末。"本诗全袭其语而倒转用之，可悟用古的文法。

"鸿雁几时到，江湖秋水多"，鸿雁句想其音信，江湖句虑其风波，与上联同写对景怀人。鸿雁传书，何时能带来您的讯息？秋水深阔，渡涉江湖更形艰辛了，这是诗面的意义。其实，夜郎是鸿雁飞不到的地方，水多则书信往返受阻难达。所以这两句诗，不只是希望得到他的消息、关心他在旅途中的劳苦而已，更同情他流放夜郎的遭遇。杜甫《梦李白》所谓"江南瘴疠地，逐客无消息"，就是这个意思。此处使事脱化，使得诗意十分蕴藉。

"文章憎命达，魑魅喜人过"，因悲悯李白的放逐，而伤文人之困穷与遭遇之险阻。文采斐然的人，总是命运蹭蹬，为造物所忌，以致今天你流窜到夜郎；那山精水怪都在等着你经过，以便出来吞食你。这一憎一喜之中，遂令李白了无置身之地。写得如此穷苦潦倒，益发令人担忧同情。在修辞方面，这两句诗使用一反一正之矛盾逆折语法，使得诗句十分警策，富于张力与密度。文章所以达身，反"憎命达"，魑魅所以害人，反"喜人过"，在正反相冲相激下，遂使诗意充满悲凉沉郁的气氛。

"应共冤魂语，投诗赠汨罗"，写李白文章不遇，魑魅见侵，夜郎放逐，殆与屈原同冤。世上既无人可相与言，只有沉渊汨罗的屈原冤魂算是你的知音，你大可向屈原倾吐你的心语——当你路过汨罗时，就作诗赠送给他吧。前人很欣赏本诗之用"赠"字，黄白山说："不曰吊曰赠，说得冤魂活现。"用"赠"字，是杜甫悬想李白和沉渊的屈原在同一个世界，才可以当面把诗赠送给屈原，若用"吊"字，则与冤魂隔世，不能当面活现了。

清朱彝尊说："老杜律诗，单句句脚必上去入俱全。"出句句脚上去入俱全，这是理想的型式。杜甫律诗虽不必每首如此，本诗即符合此种要求，可见其注重声调抑扬顿挫之一斑。"末"入声，"到"去声，"达"入声，"语"上声，且首句"凉风起天末"单拗，颔联出句"鸿雁几时到"第四字犯孤平，故对句"江湖秋水多"，第三字"秋"用平以救转之。于是音律协合，铿锵可诵。

仇兆鳌《杜诗详注》欣赏本诗谓："说到流离生死，千里关情，真堪声泪交下，此怀人之最惨怛者。"知人之言，千载同感。

（张高评）

奉济驿重送严公四韵①（137）

> 远送从此别，青山空复情②。
> 几时杯重把③，昨夜月同行。
> 列郡讴歌惜，三朝出入荣④。
> 江村独归处，寂寞养残生⑤。〔平声庚韵〕

这是一首送别诗，作于唐代宗宝应元年（公元七六二年），与《奉送严公入朝十韵》及《送严侍郎到绵州，同登杜使君江楼宴》两诗，皆同时期作品，皆用来送严武，故诗题曰"重送"。所谓"四韵"，其实就是律诗的化名，不一定就是排律。虽然在题目上写明韵数的往往是排律，但也可能是古风或律诗，端看格调而定，与题文无关。

严武治蜀时，对流落在蜀中的杜甫关怀备至，所以杜甫非常感激他。如今

---

① 奉济驿在四川绵竹。严公，严武，字季鹰，从玄宗入蜀，为谏议大夫。肃宗立，房琯荐为给事中。后琯以事败，坐贬巴州刺史。后迁东川节度使，以破吐蕃，官至吏部尚书。

② 远送、青山二句——谓从此别去，唯留青山空复在此，转伤离情。

③ 重——作重行解，读作平声，音 chóng。

④ 列郡、三朝句——指严公历仕玄宗、肃宗、代宗三朝，迭为将相。仇注："列郡，指东西两川。讴歌，蜀人思慕也。"

⑤ 残生——未尽的余年。

严武奉召还朝，杜甫依恋深切，诗中自然表现一种惜别情怀。黄生欣赏本诗说："上半叙送别，已是声嘶喉哽；下半说到别后情事，彼此悬绝，真欲放声大哭。送别诗至此，使人不忍卒读。"（《杜诗详注》）这首诗之所以感人，除了真情至性的流露之外，主要是以时间的无限象征情谊的深厚。当然，修辞的技巧也是不容忽视的。

诗意是说，送君千里，到此终须分别。你走了之后，驿外的青山将和上次一样，枉自多情，触人离愁。昨夜同在明月之下，杯酒饯行，此后不知何时再能相聚饮酒了。你这次奉召还朝，蜀地民众都为你歌颂，惋惜你的离任，但是你已出将入相，历经三朝，荣耀非常。如今你既卸官远去，我也将独自回到浣花溪边的草堂，过着寂寞的日子，保养我衰暮的残年。"远送从此别"写知己之别，读之酸楚万分，"寂寞养残生"写彷徨寂寞无依，使人为之泪下。

本诗在时间的设计方面有一个特色，就是以现在与过去对映，又以现在与未来对映，这种时间上的变化，将情谊之缱绻深长活绘出来。第一句写现在，第二句写未来，三、四句由过去的旧欢瞻望未来的期会，第五句写民情，第六句写严武，时间皆由过去流动到现在，七、八两句则由现在想象到未来。杜甫对严武依恋之深，正如时间之律动，无时不在。

黄永武先生欣赏本诗前四句说：

第一句淡淡着笔，骨子里却是很酸楚的，送别的题事在第一句中已经说完，第二句用"空复情"三字再勾起许多头绪来。眼前对着青山，想到把杯的来日，想到同行的前事，多少往日的事、预期的事，都纷至沓来，浮沉到眼前的一片空白里。三、四两句先说将来，再忆从前，时序上是颠倒着的，妙处也就在这颠倒间。吴瞻泰称它为"交互句"，申涵光更明白地说："三、四别绪凄然，若下句意在前，则索然矣。"（《杜诗集评》卷八引）已指出倒装句法的妙用。仇兆鳌也说："三、四言后会无期，而往事难再，语用倒挽，方见曲折。若提昨夜句在前，便直而小致矣。"（见《杜诗详注》卷十一）申氏以为倒装产生了意趣，仇氏以为倒装产生了曲折，其实倒装的句法也增加了句的强度。（《中国诗学·设计篇》）

在声律方面，本诗单句句脚也是上、去、入三声俱全。而首句"远送从此别"，第二、四两字均作仄，故对句"青山空复情"第三字作平以救上句。末联出句"江村独归处"，三、四两字本宜作平仄，今调换为仄平，是为本句自救，亦合律。

另外，本诗第一句至第六句动词都安放在句脚的位置，也算是一种特色。

（张高评）

别房太尉墓①（138）

他乡复行役，驻马别孤坟②。

近泪无干土，低空有断云。

对棋陪谢傅③，把剑觅徐君④。

惟见林花落，莺啼送客闻⑤。〔平声文韵〕

房琯是杜甫的同乡知己，曾荐杜甫入朝，晚年又视甫为"醇儒"，两人交情，真是生死如一。代宗广德元年（公元七六三年），房琯卒于阆州僧舍，杜

---

① 房太尉——房琯字次律，玄宗幸蜀，拜为相。肃宗乾元元年，因陈涛斜之败贬为邠州刺史。宝应二年进为刑部尚书，在路遇疾，广德元年八月卒于阆州僧舍。年六十七，赠太尉。葬阆中县城外。

② 孤坟——房琯长子乘，自少目盲，孽子孺复尚幼。此处说他身后萧条寂寞。

③ 谢傅——《晋书·谢安传》，苻坚率众百万次于淮肥。安为征讨大都督，命驾出山墅，与谢玄围棋赌别墅，竟却敌。卒赠太傅。

④ 徐君——《史记·吴太伯世家》，季札之初使，北过徐君，徐君好季札剑，口弗敢言。季札心知之，为使上国，未献。还至徐，徐君已死，乃解剑系徐君冢树而去。

⑤ 惟见，莺啼二句——顾修远曰："结联以闻见二字参错成韵，本谓别时不见有送客之人，送客者惟有落花啼鸟耳。考琯长子乘自少两目盲，孽子孺复尚幼，故去世未久，冢间寂寞如此。"

甫于次年由阆州赴成都，坟前哭别，想到彼此平生之交分，感慨房琯身后的寂寞，恻隐愁惨，遂不能自已。我们看杜甫对于李白、严武、房琯三人的交谊，可以想见杜甫真情至性之一斑。

"他乡复行役，驻马别孤坟"，写苦境苦情，意含三层：行役于他乡，一层；又从他乡而行役，二层；他乡复行役而又拜别孤坟，三层。任何人遇到第一种都将不堪，何况是这三种一齐逼凑过来？那是多么痛切悲悼的事。尤其是看到房琯的孤坟，想到他身后的寂寞萧疏，更令杜甫伤心欲绝。这"孤"字，已含结意"惟见"二句。金圣叹曾说："弟看唐律，其一二起时，不惟胸中早有七八，其笔下亦早自有七八，弟因悟其因有七八，故有一二也。七八如不从一二趁势，固是神观索然，然一二如不从七八讨气，直是无痛之呻吟也。"（《答周计百》）观此可悟起结之法。

"近泪无干土，低空有断云"，写痛哭愁惨情景。近泪句写低头痛哭，泪沾土湿；低空句写抬头望天，残云愁惨。上句写意中事，下句因境生意，所谓"有我之境，物皆着我之色彩"也。"低空"，平野空旷，则天空觉得低。说天际的残云也助长了愁惨的气氛，这就是移情作用，内心柔肠寸断，投射在外，浮云就成了断云。极写生死交情，令人心恻。

"对棋陪谢傅，把剑觅徐君"，出句写生前友谊，说房琯，对句写死后交情，指自己；一写生前房公之待少陵，一写身后少陵之所以感房公；一追宿昔交游之乐，一感身后知己之不再。两人过从之密与交情之生死如一，由此可见。这就是谒别孤坟、伤心落泪的缘故了。

尾联"惟见林花落，莺啼送客闻"，写冢间寂寞凄凉景象。出句写见，对句写闻，迎人者，唯见林花飞落，送客者，唯闻莺鸟频啼，独不见亲人迎送，应第二句"孤坟"。这里借着见花落与闻莺啼的感官刺激，强化了寂寞萧疏的真实感，使得意象鲜明逼真，如见如闻。同时，花落莺啼，也点明了时节是暮春三月。

仇兆鳌说本诗"上四句坟前哀愤，下四句临别留连"，浦起龙则认为下四句，主要在"分疏出所以哀泣之故"，这些话都极有见地，有助于我们从结构上欣赏本诗。

本诗一、三、五各单句句脚，照例是上去入声齐全，形成了少陵律诗之特色。首联出句"他乡复行役"，三、四字本宜作平仄，今作仄平，本句自救，属单拗，亦合律。

（张高评）

旅夜书怀^①（139）

> 细草微风岸，危樯独夜舟^②。
> 星垂平野阔，月涌大江流。
> 名岂文章著，官应老病休。
> 飘飘何所似^③，天地一沙鸥。〔平声尤韵〕

代宗永泰元年（公元七六五年）正月，杜甫请辞工部员外郎之职务，五月即率家人离开成都草堂，买舟东下，这首诗大约是船经重庆忠县一带时所作的。诗意借夜泊的景色，以抒写其身世之感怀，与李白《夜泊牛渚怀古》诗写高旷之意不同。纪昀以为本诗"通首神完气足，气象万千，可当雄浑之品"。这几句话言之未免抽象，以下就尝试用具体之文字加以剖析欣赏，也算是对纪昀的评语作一注脚。

首联"细草微风岸，危樯独夜舟"。写泊舟之地与人，起首就对仗工稳，出句写陆上风光，对句写水上景色，写的都是近景。微风轻拂着岸边的细草，一叶小舟竖起高桅樯，孤零零地在夜里停泊着。这一联点明了景、物、时、地，

---

① 黄叔似曰："当是永泰元年去成都，舟下渝、忠时作。"
② 危樯句——危樯，高耸的桅杆。独夜，孤独之夜。
③ 飘飘——不定貌。

同时，细、微、危、独四字所造成的意象，呈现出江上旅夜一片寂寥孤独之意来，为末联埋根。尤其两句各用三个实字（名词），不仅诗句显得凝练壮健，相对的，也留予读者许多想象的余地，于是意义丰富了，诗的密度也增大了。

颔联"星垂平野阔，月涌大江流"，出句写岸上夜景，对句写江上夜景，写的都是远景。天边星光垂照大地，显得平野广阔无际；大江汹涌奔流，月色起伏上下如从江中涌出。前人多欣赏这两句，以为是"雄壮语"，"句法森严"，"开襟旷远"，"警联不易得"。更以为杜甫炼得"垂"和"涌"两个响字，把星月的精神都烘托出来了：用一"垂"字，见繁星直垂天际；着一"涌"字，见高浪挟月光而起伏，炼字精警无匹。刘辰翁就说："等闲之星月，着一垂字涌字，则气象复然不同。"一本"垂"字改作"随"字，则气味索然，于此可悟炼字之法。黄生欣赏本诗，并与太白《渡荆门送别》诗作一比较，他说："太白诗，山随平野尽，江入大荒流，句法与此略同，然彼止说得江山，此则野阔星垂，江流月涌，自是四事也。"（《杜诗详注》引）黄永武先生补充了黄生的说法，他说："李杜的诗句，其字数相等，描写的对象也类似，但李白只写出平野与大荒的气派，杜甫却在江山之外，更表现出星月争辉的情形；李诗只作平面大地的描绘，杜甫则作立体空间的雕画，两相比较，杜诗比李诗尤具密度。"（《中国诗学·设计篇》）所谓"密度"，就是诗家所谓的炼意炼字，目的在求诗意的浓稠，其技巧在转折多、层次多、实字多，或运用逆折、压缩、翻叠等手法。在这一联中，杜甫浓缩字面，使字字着实，无一虚设，于是字数不增多，而意义增多，就是极富密度的一个例子。

"名岂文章著，官应老病休"，前两联皆写旅夜之景，颈联就不能再写景，于是本联借景生情，切着诗题"书怀"来写情，做到情景交融的诗境，尾联亦然。这一联的出句故作问语，以见跌宕，对句则抚躬自怪，宅心温厚，说：我的声名，难道是因文章而显著的吗？我的官职，却因为老迈多病，倒是应该请辞退休了。这两句最能看出杜甫的精神与襟抱，他志在经国济民，故曰"名岂文章著"，他的《咏怀》诗可为明证。可惜这番宏愿始终无由施展，如今既老且病，深伤境遇，故曰"官应老病休"。其实，杜甫的名气正是靠文章而著，此处如此说，原是反言以见意，使得诗意更加曲折有味。杜甫因论事触忌致仕，诗中了无此意，但言老病休，何等温柔敦厚，真不可与孟浩然同日而语。朱彝尊批评此诗措辞"中两联皆一字起头（星、月、名、官）"，以为小失检点，也算是求全之责了。

尾联"飘飘何所似，天地一沙鸥"，呼应首联"微风岸""独夜舟"，也是即景生情，以沙鸥自比，有放怀超旷之意，映带极自然，笔意极高老。而且以问答法作结，笔有余妍，引喻生情，令人神往。声名爵位暂且不必提它，但说自己此生飘泊不定，不正如天地间的一沙鸥那么微不足道么？言外有无限悲伤之意。虽然说得宽闲，而悲愤之情不难想见。天地之辽阔，与一沙鸥相对映，大小悬殊，轻重判然，令人对命运无可奈何，读之益发使人感慨无端。

（张高评）

登岳阳楼①（140）

昔闻洞庭水，今上岳阳楼。

吴楚东南坼②，乾坤日夜浮③。

亲朋无一字，老病有孤舟。

戎马关山北④，凭轩涕泗流。〔平声尤韵〕

---

① 岳阳楼——《太平寰宇记》曰："岳阳楼，唐开元四年张说自中书令为岳州刺史，常与才士登此楼，有诗百余篇，列于楼壁。"（此据古逸丛书补本，《舆地纪胜》亦引之）方虚谷回《瀛奎律髓》评孟浩然《临洞庭湖》诗曰："予登岳阳楼，此诗大书左序球门壁间，右书杜诗，后人自不敢复题也。"

② 吴楚句——坼，音 chè，分裂的意思，意谓吴楚自洞庭湖分界。

③ 乾坤——指天地，形容湖水的阔大。

④ 戎马句——指杜甫的故乡正在戎马倥偬，干戈扰攘中。时吐蕃入侵，郭子仪屯兵奉天以备战。

代宗大历三年（公元七六八年），杜甫流落到岳阳，曾作了一篇《岳阳风土记》，此诗当为同年冬天登临岳阳楼所作。这首诗大意述说登楼揽胜而自伤沦落情景。前人对本诗评价甚高，刘辰翁说本诗"气压百代，为五言雄浑之绝"，唐子西说："其气象闳放，涵蓄深远，殆与洞庭争雄。"黄鹤则认为，"虽不到洞庭者读之，可使胸次豁达"；黄生亦以为，"胸襟气象，一等相称，宜使后人搁笔"；乾隆皇帝也评论这首诗，说它"元气浑沦，不可凑泊，千古绝唱"，大致都是确切不易之论。现在我们试着来剖析此诗，探究它所以为千古绝唱之故。

首联"昔闻洞庭水，今上岳阳楼"，点起题目"岳阳楼"，开门见山，用对句起，雄厚有力。出句写闻，对句写见，由昔闻到今见，可知向往已久，说以前早就听说洞庭之水浩瀚伟壮，今日登临一望，果然名不虚传。但着一"上"字，以下六句景物感怀皆随之而来，足见其安顿之恰妙。

颔联"吴楚东南坼，乾坤日夜浮"，紧接首联写岳阳楼上所见的壮观景色，二句包举洞庭，气概非凡。出句写登临所见陆上景观，对句写登临所见水中气象。远望那吴楚的地界，从此分开，像是洞庭湖居中把两地隔成东南；又见洞庭湖水面辽阔，仿佛整个天地日夜都浮动在它上面。前人欣赏本诗，最称道这两句，几乎所有佳评都是冲着这两句说的。"坼""浮"二字，洗练精确，意象浮现，更为诸家叹赏。这两句写洞庭湖大观，的确十分开阔雄豪，高妙有力，写景之壮伟，可谓前人所无。许多认真的诗家，每疑这两句"牵强失真"，以为洞庭湖左右，在春秋时皆属楚地，不属吴地，不可说"吴楚东南坼"。又以为本诗"若无吴楚东南坼一句，则乾坤日夜浮，疑于咏海矣"（详赵翼《瓯北诗话》、日本芥焕彦章《丹丘诗话》）。其实，这两句只是极写洞庭湖连亘之广而已，诗意亦有所本。郦道元《水经·湘水注》："洞庭湖水广圆五百余里，日月若出没其中。"又《拾遗记》云："洞庭山浮于水上。"是对句所本。又洞庭湖在吴之南，楚之东，故得混言之曰东南，而《史记·赵世家》有"地坼东南"之文，是出句所本。纪昀说，颔联写吴楚，写乾坤，可见杜甫之所见所思，已不只是一个岳阳了，说得很好。《西清诗话》说："不知少陵胸中吞几云梦也。"《北江诗话》也说："未知此老胸中藏几个云梦。"都是就此诗的气势雄浑上说的。何况，老杜自道作诗，是"语不惊人死不休"的，在情景交融中，以情感改造了空间，使得这两句诗如此夸大奇警，不也很可取吗？苏东坡说："赋诗必此诗，定知非诗人。"何必太执着呢？

颈联"亲朋无一字，老病有孤舟"，因登临有感，反转叙说人事，出句承第三句，对句承第四句，自叙性情，极其落寞黯淡，可谓触景生情，因情生景，物理人情，相为融浃。试设身处地作杜甫，登楼远眺，则此意必然出现：我离乡在外，亲朋既少往来，音书也断绝了；出蜀后，我既老且病，全家都在孤舟上飘荡着。如此俯仰一世，感怀生平，才算"诗中有我"，才是杜甫诗。否则光写景雄伟，而无五六句相配，则是缺乏性情，丧失个性之文字，终非诗理。反之，若无前两句写景，只后两句抒情，即使雄健，亦终不能精工。浦起龙《读杜心解》就认为，"前联不阔，则后联之狭处不苦；后联能狭，则前联之阔境愈空"，这是说本诗诗境，颔联开阔，颈联狭暗，开合顿挫有法，有一唱三叹之妙。

尾联"戎马关山北，凭轩涕泗流"，以抒发情怀作结，写感怀世局，不觉泣下。中两联既阔狭顿异，则结语凑泊极难。本诗第七句忽转出"戎马关山北"五字，极其相称相配，末以"凭轩"二字绾合登楼，"涕泗流"三字包含亲朋、老病、戎马三意，遂令末四句一句一哭，凄凉欲绝。杜诗中沉郁的风格，正可于此稍窥端倪。

（张高评）

钱　起（公元七二二——七八〇年）

字仲文，吴兴人。天宝进士，官考功郎中，为大历十才子之一，著有《钱仲文集》。起诗体制新奇，理致清赡，温秀蕴藉，不失风人之旨，王维许以高格，与郎士元齐名，士林语曰："前有沈宋，后有钱郎。"唐人燕集祖送，必探题分韵赋诗，而江淮诸人满座，文会群贤毕集之时，钱起往往擅场，可见其诗才敏捷。

谷口书斋寄杨补阙^①（141）

泉壑带茅茨，云霞生薜帷^②。
竹怜新雨后，山爱夕阳时。
闲鹭栖常早，秋花落更迟。
家僮扫萝径^③，昨与故人期。〔平声支韵〕

通首借铺写景物之引人入胜，以达到邀约的预期效果。前六句皆写景，情思只留在尾联轻轻一点，全诗便有了余韵，这是王维与孟浩然最专擅的手法，不意钱起亦偶然得之。胡元瑞曾说："中四句言景，不善学者凑砌堆叠，多无足观。"盖景多则堆垛，砌积窒塞，淡乎寡味，若能于华丽典重之间，有雍容宽厚之态，则也未尝不可。可见全写景是很难精彩的。

诗意是说，山泉溪壑映带着一间茅屋，云气霞光从薜荔藤生成的帷篱间透出来；绿竹在新雨后渗足了水分，更觉可爱，夕阳中山色稍纵即逝，亦觉无限美好。闲逸的白鹭栖宿得很早，秋天的花朵飘零得很迟，可见这里环境的清幽绝俗，万物得时。我吩咐家里的僮仆，打扫干净松萝交覆的小径，因为我和故人已有期约，今天朋友将会光临哩！

首联"泉壑带茅茨，云霞生薜帷"，出句写书斋外景物，对句写斋中景

---

① 补阙——官名。唐制设左右补阙各二人，职掌向皇帝规谏及举荐，次级称左右拾遗。
② 薜帷——薜，音 bì，是一种常绿灌木，即药用的当归。《楚辞》："罔薜荔兮为帷。"
③ 扫萝径——萝是地衣类植物，亦名松萝。扫径，表示迎客之诚。

物，用"带"字、"生"字，将景物写得如许有情。颔联"竹怜新雨后，山爱夕阳时"，出句写雨景，对句写晴景，写出诗人对生命的喜悦，不因晴雨而或改。同时，这两句将受词"竹""山"倒装，置于主词位置，使得隐居意味十分凸显。颈联"闲鹭栖常早，秋花落更迟"，出句写鸟，对句写花，总在烘托出书斋景物的幽静曼妙。尾联"家僮扫萝径，昨与故人期"，既以"萝径"应前"薜帷"，又扣合题文"寄杨"邀约之意。

全诗写来极有层次，句法亦精工，首联对起，末联出句作"平平仄平仄"，单拗，本句自救，仍合律。

（张高评）

送僧归日本①（142）

上国随缘住②，来途若梦行。

浮天沧海远，去世法舟轻。

水月通禅寂，鱼龙听梵声③。

惟怜一灯影，万里眼中明④。〔平声庚韵〕

这是一首送别诗，送别的对象是一位僧人，所以融会佛语于叙述之中，如

---

① 日本——即今之日本国，隋开皇（文帝年号）末始与中国通。唐时曾派遣僧人至中国留学。

② 上国——指中国。《左传·定公四年》："吴为封豕长蛇，以荐食上国。"

③ 水月——佛学术语，比喻一切都像水月那样虚幻。禅，禅定之省称，指清寂凝定的心境。梵声，诵佛之声。梵，洁净之意，佛教以清净为主，故凡关于佛的均可称梵。《法华经》："梵音海潮音，胜彼世间音。"

④ 惟怜、万里二句——《维摩诘经》："有法门名无尽灯，汝等当学。无尽灯者，譬如一灯然百千灯，冥者皆明，明终不尽。……夫一菩萨开导百千众生，令发阿耨多罗三藐三菩提心，于其道意，亦不灭尽……是名无尽灯也。"此处是以舟灯喻禅灯。

随缘、若梦、法舟、水月、禅寂、梵声、灯影皆是。且诗题是送归，前半却偏写来处，后半则偏写海景。大抵拿定主意，一意挥洒，不即不离，便不难成为佳作。章燮评此诗说："前半不写送归，偏写其来处，后半不明写出送归，偏写海上夜景，送归之意，自然寓内。如此则诗境宽而不散，诗情蕴而不晦矣。"这段评语很有参考价值。

首联"上国随缘住，来途若梦行"，写当初日僧来时情景。你随着佛法因缘，到我们中国居住，来时路途茫茫，就好像梦中未觉一样。作者很巧妙地运用佛语于句中，使人不觉。世亲《唯识三十论颂》："五识随缘现。"《成唯识论》："如梦未觉，不能自知，要至觉时，方能追觉。"如此运化，才贴切作诗本意。同时出句用倒装句法，使得诗意劲健，对句用譬喻格法，使得意象鲜活具体，都是值得一提的。

颔联"浮天沧海远，去世法舟轻"，出句写其来，对句写其去。说你从沧海远处的日本来，船行于大海上，像浮于天际一般；如今你离开这里，坐上一只轻捷的传佛法小舟，就像离开尘世那样轻快。这两句的"浮天""去世"，也暗示求取佛理，弃去诸幻之意，与僧人此行目的吻合。

颈联"水月通禅寂，鱼龙听梵声"，用拟人的手法，就声音一边写海中夜景。水色月光的虚幻，可以使你心境清寂凝定而通禅，就是大海中的鱼龙，也会因你诵传佛法的梵音而感动出听，一是就寂静写，一是就声响写。中间四句，来去对写，寂响对叙，颂扬僧人，恰合身份。

尾联"惟怜一灯影，万里眼中明"，仍是写海景，归结到送别。说我最爱那舟上禅灯的光影，交相映现，生发不已，使得万里旅程上的你，眼中闪烁着智慧的光芒。这儿以舟灯喻禅灯，是双关法，"万里"遥应三句"远"字，是呼应法。且末联化用《维摩诘经》典故，有神无迹，自然浑成。

由这首诗，可窥出隋唐两代中日文化交流之一斑。

（张高评）

韩 翃（公元七三六——七九〇年）

字君平，南阳（今河南沁阳）人，天宝十三载进士，曾两为节度使幕僚。德宗时为知制诰，官终中书舍人。唐人评其诗："比兴深于长卿，筋节减于皇甫冉。"高仲武评其诗："匠意近于史。"为大历十才子之一。其实韩翃的诗婉约似轻烟，谐适如流水，其全集大抵不以警句取胜，而以调谐动听，不以巧譬炫目，而以风致动人。"春城飞花"一首受知于德宗，传为诗坛佳话。

酬程延秋夜即事见赠（143）

长簟迎风早①，空城澹月华②。
星河秋一雁，砧杵夜千家③。
节候看应晚，心期卧已赊④。
向来吟秀句，不觉已鸣鸦⑤。〔平声麻韵〕

这是一首赠答诗。程延一作程近，生平不详。"秋夜即事"是程延原诗的题目，即事写当前之事。见赠，相赠。一唱一和，都以"秋夜"为题。作者为了酬和友人诗，不觉彻夜未眠，可见彼此"心期"之深切。

前两联紧扣"秋夜"摹写，是笼起法。首联"长簟迎风早，空城澹月华"。写修长的竹席，招迎着寒风，早感觉出秋夜的凉意；空寂的城市，荡漾着一片

---

① 长簟——即竹席，一说指竹。
② 空城句——空，形容秋天的清虚景象。澹，荡漾貌。
③ 砧杵——砧，音 zhēn，捣衣石。杵，捣衣的棒。古代捣衣都在秋晚。
④ 赊——音 shē，迟。
⑤ 鸣鸦——指天将亮时的鸦啼声。

淡淡的月色，将秋天萧条清虚景象表现无遗。出句就触觉上写秋夜，对句就视觉上写秋夜。颔联"星河秋一雁，砧杵夜千家"，出句就视觉上写，对句就听觉上写，写得有声有色，状溢目前。星河、砧杵二句，尤为诗家所称赏，以为笔法隽丽，兴致繁富。"星河秋一雁"写秋雁高飞，如往银河，意境凄清。"砧杵夜千家"写时至秋夜，家家皆闻捣衣之声，意境冷落。"秋"字、"夜"字，各安放在第三字诗眼的位置，不但不觉其熟，反觉得凝练生新，音响极高。可见炼字的秘诀之一，在妙于位置之经营。能炼则能道人所不曾道，则可推陈出新。《全唐诗话》称韩翃诗"如芙蓉之出水"，本诗颔联庶几当之。

颈联"节候看应晚，心期卧已赊"，亦承上文写秋夜。上文先用触觉意象写秋夜，再转变为视觉意象状秋夜，再诉诸听觉意象之强调，于是秋夜意象令人感同亲受。本联节候句承上文秋夜，呼起下句对友人之怀想。由节候看来，应该是晚秋了，但心想跟你有期约，连睡觉也迟了。颈联综合触觉、视觉、听觉，而知节候晚，卧已赊。尾联"向来吟秀句，不觉已鸣鸦"，则又诉诸听觉，极写捧读友人佳句，不觉晨鸦鸣唱，天已破晓神理。不仅赞许友人诗句之佳妙，亦表现出友情之真挚。"已鸣鸦"呼应第六句"卧已赊"，不过白璧微瑕，在隔句连用二"已"字，有犯重之病。

（张高评）

刘眘虚（公元七〇四——七四五年）

江东人，开元十一年进士，天宝时官夏县令。"眘"，同"慎"。眘虚性高古，脱略势利，啸傲风尘，交游多山僧道侣，又深于经术，非徒词华而已。其诗超远幽夐，思雅词奇，忽有所得，便惊众听。诗在王维、孟浩然、王昌龄、常建、祖咏伯仲之间。声律婉态，往往胜人，唯气骨不逮诸公。

阙 题（144）

道由白云尽，春与青溪长。

时有落花至，远随流水香①。

闲门向山路，深柳读书堂。

幽映每白日，清辉照衣裳。〔平声阳韵〕

此诗标明"阙题"，意谓题目原缺。但俞陛云《诗境浅说》谓："唐人缺题之诗，或托兴，或寓言，意本翻空，事非征实，在读者默喻之。"章燮以为这首诗大概是作者走访隐居友人而作的，其说近似。

这首诗首联与尾联皆不合律，应是古风式的律诗。所谓律诗，需具备三个要素：其一，字数合律；其二，对仗合律；其三，平仄合律。如果只具备前两个要素，就是古风式的律诗，也称为拗律。首联出句末三字作"仄平仄"，对句末三字作"平平平"，都是古句的形式。而末联出句用四个仄声，所以对句有三个平声，这些都是古风的格式。所以尽管这首诗对仗合律、字数合律，我们仍认定它是古风式的律诗。

本诗另一特色，是八句都写景，而且两两对仗，古雅之外，更见工整。全诗以"深柳读书堂"为关键，经由此句以织绘春景，诗境十分从容自然。作者借多种景观架构春到书斋的意象，如以白云、青溪、落花、流水、闲门、向山路、深柳、读书堂、幽映、白日、清辉等，写出山屋幽绝之境，令人神往。王维、孟浩然诗的胜境，于此可以重见。

诗意是说，山路延伸到白云尽处的尘世外，无边的春色可与青溪比短长。这里常常有落花从上游漂过来，远远地跟着流水散发出一种幽香的气味，就这样，青溪借落花犹留春色，可说春意无所不在了。在这春光烂漫的诗境里，幽

---

① 时有、远随二句——此二句谓青溪借落花之相随，犹留春色。

静的门一开，便可见上山之路；深密的杨柳丛中，隐藏着一座书斋。这样幽雅秀逸的环境中，白日的清辉时常穿过柳荫而照在我的衣裳上。

　　首联拈出"春"字，颔联遂从此单承之，"落花"承上"春"字，"流水"承上"青溪"，写青溪，写春景，也写了人。出句"至"字，写诗人遥想青溪上游一片繁花灿灿春光烂漫之神情。首联用粗笔写路，写青溪，颔联用工笔特写青溪，写景，笔触一粗一细，便令章法灵活不板。颈联写书斋外山翠迎人，斋旁柳荫幽静，可见主人分明是位深山修业的隐士。前六句描述走访所见景物，景中自寓情节。尾联写山居从容自得之趣，仍然运用景语，显示自己在书斋中盘桓良久，才体验到这种清幽的环境气氛。本诗所运用的"景中自寓情节"手法，也是唐人运用景语的普遍技巧之一。

（张高评）

戴叔伦（公元七三二——七八九年）

　　字幼公，润州金坛人，官抚州刺史。赋性温雅，善举止，能清谈，无贤不肖，相接尽心。其诗体格与大历十才子接近，高仲武谓其骨气稍轻，故诗家少之。但写景抒情之作，多明净流宕，有足称者。德宗皇帝曾赋《中和节诗》遣使者宠赐，世以为荣。

江乡故人偶集客舍（145）

<blockquote>
天秋月又满，城阙夜千重①。
</blockquote>

---

　　① 城阙——指京城长安。阙，宫门前的望楼。

还作江南会，翻疑梦里逢^①。

风枝惊暗鹊，露草覆寒虫。

羁旅长堪醉^②，相留畏晓钟。〔平声东冬韵通叶〕

这是一首"他乡遇故知"的诗，意在珍惜偶集，劝君更尽一杯酒。写来层次分明，情景交融，久别倏逢之意，宛然如在目前。虽似信手偶得，亦足称佳作。

首联"天秋月又满，城阙夜千重"，出句叙时，对句叙地。又到了秋天月满的时节，秋月映照着京城的千重门户。"又"字透出长久淹留他乡之意，委婉有致。城阙句暗示自己作客长安。两句叙法井然，以引起颔联偶集之可喜可愕。

颔联"还作江南会，翻疑梦里逢"，承首联之意，如骊龙之珠，抱而不脱，切着题目"江乡故人偶集"。作者家在江南润州，在京城月明之夜，居然还能会集江南故人，"还"字曲折传出"喜出望外"神理来。由于事出意外，反而怀疑是在梦里相逢呢！"翻疑"二字与"还"相呼应，刻画出这种疑信参半的心理状态。这联用"还作""翻疑"虚字作流水对，句浅意深，有摇曳生姿之妙。

近体诗中二联，一情一景是常法。本诗颔联抒情，故颈联写景。"风枝惊暗鹊，露草覆寒虫"，出句就高处所见写，对句就低处所闻写，都是景中寓情，暗比客况乡思。出句化用曹操《短歌行》"月明星稀，乌鹊南飞，绕树三匝，无枝可依"诗意，既照应首联，又有行踪不定之感。对句亦有骆宾王《在狱咏蝉》"露重飞难进，风多响易沉"诗意，照应秋夜，且以寒虫隐喻自己身世。此二句无非说明自己漂泊无依、有言难宣、倦怠思归的情怀。秋风吹动树梢，惊动了夜宿的乌鹊，露水沾湿花草，连带也掩盖了秋虫的鸣声。寒虫指蟋蟀、

---

① 还作二句——作者原籍是润州。翻，义同"反"。

② 羁旅——犹漂泊。

蟋蟀之类，离乡背井的游子闻见这种景物，必定引发思归的念头。颈联这两句虽有许多供人索解的头绪，但说它是运用情景交融的手法所作的设计，必定是无可置疑的。

末联"羁旅长堪醉，相留畏晓钟"，写相见之难，故以长醉解客旅之愁。漂泊他乡而遇故知，珍重今日，理当以长日醉酒来排遣客愁，顺便相留多叙乡情。否则早晨的钟声响动，你我怕又要分道扬镳、天各一方了。这种"醉不成欢惨将别"，"离别不堪无限意"，在末句中表现得淋漓尽致。"相留畏晓钟"是感情改造事理的一个例子，着一"畏"字，笔力雄厚，聚散依依之意全出。"晓钟"再次回应秋夜，有此一句，全篇遂无懈可击。

首句作下二仄，仍合律，可以不救。

（张高评）

卢　纶（公元七四八——八〇〇年）

字允言，河中蒲人，避天宝乱，来客鄱阳。大历中，元载荐补阌乡尉，后官至监察御史，称疾辞去，随浑瑊镇河中，为元帅判官。有集。纶为大历十才子之一，其五言诗词情健丽，句擅风韵，集中警句，时时突过钱韩诸子，唐姚合曾推许为"诗家射雕手"之一。

送李端 [①]（146）

故关衰草遍 [②]，离别正堪悲。

---

① 李端——赵州人，大历十才子之一，仕至杭州司马。
② 故关——旧说故乡，恐非，当作古老之城关为是。

路出寒云外，人归暮雪时。

少孤为客早，多难识君迟。

掩泣空相向，风尘何所期①。〔平声支韵〕

　　这是一首送别的诗，情真语切，对仗工整。唐姚合《极玄集》中选录此诗，许为"诗家射雕手"，可见其高超。前人评卢纶诗，以为"骨力坚凝而句擅风韵，集中警句，时时突过钱韩诸子"，此诗可谓其代表作。

　　全诗以"悲"字为主，用外在凄凉萧瑟的景象以投射内心的哀伤悲惋，造成一种黯然伤别的气氛。所谓故关衰草、寒云、暮雪，无非助人添增离愁别绪而已。这是从景象以表现精神的方法，妙在不即不离之间。

　　首联"故关衰草遍，离别正堪悲"，出句点明时节为冬，对句切题写别。故关的景物，触目尽是衰草连天，客中述别，着实令人感到伤悲。那无边衰草助人凄凉不说，更何况是作客他乡，送别友人离去？"衰草"映下"暮雪"，"悲"字笼罩全诗。

　　颔联"路出寒云外，人归暮雪时"，出句写行者李端，对句写送者自己；出句写远景，对句写近景；出句写空间，对句写时间。你从归路远去，漫漫征途，远在寒云之外；我送你回来，心情孤凉，正遇日暮雪飞之时。出句是怜人，对句是自怜，是流水对。寒云、暮雪都是凄楚衰飒的象征，在此为心境衰暮的映衬，将全诗的离愁别绪强化起来。

　　颈联"少孤为客早，多难识君迟"，写自己因少年失怙，以至于很早就漂泊在外为客，况国家多难，深感相知恨晚。颔联景中寓情，此联则纯粹抒情。五六两句之"迟""早"两字，于工稳中尤见悲凉回荡气氛，读来沉郁之至。

　　尾联"掩泣空相向，风尘何所期"，李君离去之后，我朝他离去的方向，空自掩面而泣，风尘扰攘，时代纷乱，不知后会将在何时。既叹相见之晚，聚

────────

① 风尘句——风尘，指时代纷乱。此句谓风尘扰攘，不知后会何期。

日苦短，况又值扰攘之世；更不知后会将在何时何地。末句以诘问作收，一结有余态，期会既在未定之天，则悲凉亦将无有尽时。这种感情之无限性，最能感人。

（张高评）

李 益（公元七四八——八二七年）

字君虞，陇西姑臧人，宪宗时为秘书少监，官至礼部尚书。每作一诗，教坊乐人竞作为供奉之歌词。诗风与大历十才子相近，皆尚自然。七绝语意雄健，情思悱恻，开元以下作者无能出其右者。有《李君虞集》。益少有僻疾，多猜忌，防闲妻妾，过于苛酷，时称为"妒痴尚书李十郎"。

喜见外弟又言别①（147）

十年离乱后，长大一相逢。
问姓惊初见，称名忆旧容。
别来沧海事②，语罢暮天钟。
明日巴陵道③，秋山又几重。〔平声冬韵〕

---

① 外弟——姑母之子。《仪礼·丧服》："缌麻三月者。"下曰："姑之子。"郑注曰："外兄弟也。"

② 沧海——《神仙传》卷上曰："麻姑自说：'接待以来，已见东海三为桑田。向到蓬莱，又水浅于往昔，会时略半也，岂将复还为陵陆乎？'方平笑曰：'圣人皆言，海中行复扬尘也。'"此用沧海桑田事言人事变迁无定。

③ 巴陵——今湖南岳阳。

这是一首乍见还别的诗，将人人意中语、心中情表达得淋漓兴会，真挚有味，是故人相会、行旅聚散之佳作。近人彭国栋《瀍园诗话》谓："元吴师道引时天彝云：李益与卢纶为中表，此云外弟，盖指卢纶。"可聊备一说。

诗意写表兄弟俩，由于离乱之故，有十年时间没见面。这一对在离乱中长大的兄弟，在一次偶然的机会中重逢了，这是多么令人惊喜的事情！由于战乱的隔绝，再加上时间的久远，使得他们生疏得像陌路人一样。刚见面时，互通姓氏，似曾相识的陌生感令人惊讶，等你说出了名字，才联想到你旧时的容貌来。一时悲喜交集，不觉畅叙起旧怀来，谈到分别以后，十年之间，人世之剧变有如沧海桑田。谈得两情甚洽，话题自然絮絮不休，转眼间已闻晚钟敲响，夜幕也渐低垂了。明天我俩又得分手，你向巴陵道上进发，从此秋山阻绝，又不知要隔几重山了。

首句写别，次句写见，三句写初见，四句写接谈，五句写叙毕，六句写叙华；总括这六句，叙写极有次序，写的是"喜见"。末二句以写景作结，写"又别"。全诗由离乱而相逢，相逢而惊喜而话旧，相见时话别来时，将别日又念未来相逢时。反正相生，回环开合，整首诗正如沈德潜所谓"一气旋折，中唐诗中仅见者"。另外，本诗用字十分平浅率真，如家常语，致前人评此诗有以为"俚俗"者。其实，世上只有俗肠俗口，并无俗事俗语。陆时雍说得好："诗有灵襟，斯无俗趣矣；有慧口，斯无俗韵矣。"（《诗镜总论》）能道出人人意中语、胸中情，只要具有灵慧之趣，就是"俚俗"，也算是一种美啊！

末联"明日"二句，将离情作形象化的描写，让开你我，提笔写秋山，强调秋山，正所以映衬你我别情。如此描写，则能化平板为灵活，使感情逼进一步，加深一层。

（张高评）

司空曙（公元七四〇——七九〇年）

字文明，广平人。性耿介，不干权要，行为吐属，磊落有奇才，家无储粮，晏如也。德宗贞元中为水部郎中，有集。五律精练蕴藉，绝句清畅婉转，长于抒情。闲园即事，往往多高兴。诗多幽凄情调，尤工于描写离乱。为大历十才子之一。

贼平后送人北归 ^①（148）

世乱同南去，时清独北还 ^②。
他乡生白发，旧国见青山 ^③。
晓月过残垒 ^④，繁星宿故关。
寒禽与衰草，处处伴愁颜。〔平声删韵〕

安史之乱时，司空曙曾从韦皋于剑南，就是所谓"世乱同南去"。本诗是乱事平靖之后在四川所作的，离乱后的荒凉景象，诗中描写殆尽，读之使人如见如闻。

诗意是说，昔日安史之乱时，我俩一同来到蜀中，如今时局清平了，却只你一个人独自北返，我仍旧作客异地。在客居他乡的岁月里，我俩都添生了白发，想君归乡之时，世事也多变迁，唯有青山如旧时。因为急于返

---

① 贼平——指安史之乱已平。
② 时清——指时局已安定。
③ 旧国——指故乡。
④ 残垒——指乱后景象。

乡，在拂晓残月中你便起程，走过那残破的营垒，直到夕阳西沉、满天星斗时，你才投宿在古老的关城内。这样戴月披星，早行迟宿，正是归心似箭的最佳写照。你这一路回去，恐怕伴着你的，到处都是令人愁容的寒禽与衰草吧。

这首诗的结构，纯粹是用对比手法完成的，当然，这跟它首联就对起也有关系。首句写昔乱南去，次句写今清北还，首句写同，次句写独，读之使人油然而生孤独寂寞之感。三句承南去，写变，写可哀；四句承北还，写不变，写可喜。在变常哀喜的交织中，鞭逼出浓厚的离愁别绪来。五句写早行，六句写晚宿，披星戴月，归意急切，有"孔子去齐，接淅而行"之意。再以残垒故关之景，衬托晓月繁星之荒凉冷清，示现出战乱后一片凄寂景象。第七句"寒禽"写闻，"衰草"写见，作者借助听觉与视觉的强调作用，表现触物兴感的心境，妙用了形象化的文字，使得悲颜无时不在，无处不在。这种悲愁，不再是离愁，却是为世乱而愁，为时代而愁，为家国而愁，是忧国忧民的愁。在这里，我们看到诗人悲天悯人的一面。

本诗句法很特殊，八句均作"二一二"，三、四、五、六、八各句动词都安在第三字。尤其中间两联，句法更见单调呆板，缺乏顿挫生姿之妙，主要是犯了"四言一法"之病（详参明王世懋《艺圃撷余》），应该极力避免才是。

（张高评）

云阳馆与韩绅宿别 [①]（149）

故人江海别，几度隔山川。

乍见翻疑梦，相悲各问年。

---

① 云阳馆——故址在今陕西泾阳县北三十里，当时地属荒凉偏僻。韩绅，一作韩升卿。宿别，同宿后又分别。

孤灯寒照雨，深竹暗浮烟。

更有明朝恨，离杯惜共传。〔平声先韵〕

　　这是描写久别忽逢，喜出望外，乍见又别的诗。颔联两句前人公推千古绝唱，能传久别初见之神。范晞文《对床夜话》卷五云："'马上相逢久，人中欲认难'，'问姓惊初见，称名忆旧容'，'乍见翻疑梦，相悲各问年'，皆唐人会故人之诗也。久别倏逢之意，宛然在目，想而味之，情融神会，殆如直述。"前辈谓唐人行旅聚散之作最能感动人意，信非虚语。沈德潜《说诗晬语》也说，"问姓惊初见，称名忆旧容"与"乍见翻疑梦，相悲各问年"，抚衷述愫，同一情致。今试将本诗与戴叔伦《江乡故人偶集客舍》诗、李益《喜见外弟又言别》之诗参较，可以发现三诗不仅章法命意全同，即其颔联，亦皆同是千古名句。这是由于情真，故所作皆有独到，所谓同工异曲者是。

　　全诗大意说，自从在江海上跟老朋友一别之后，益感距远而念深。几次想和你见面，却因山川阻隔而未能如愿。别久而会难，真令人愁思遗憾。哪里料到今天能在此地突然跟你会见，惊喜之余，反而怀疑相逢是在梦中了。既知不是梦，悲叹之际，不觉相问彼此年岁，阔别真是久长，竟连老友年纪也忘了。今晚馆宿，孤灯茕茕，闪烁在雨夜中，倍增寒寂；绿竹深深，在一片烟雾中浮动着，助长黯淡。想到明朝又是天涯，为了排遣这离愁别恨，今晚就该更加珍惜这杯饯别的酒，再举起酒杯来痛饮吧。

　　全诗由前别叙起，第三句写今会，第四句写叙旧，五六句写馆宿，尾联悬想又别，写来曲曲折折，别情无限。首联以江海山川之具象，写距远念深、天涯咫尺之友情。颔联抚心述情，"乍见""问年"，喜出望外，如闻其声，能传久别初见之神。颈联借景以抒情，切定题中的"馆"字，刻意描写，造语工秀，为写景佳句。所谓"寒""暗"，直是诗人情绪难堪的投影。王国维所谓"以我观物，物皆着我之色彩"，王夫之云"一切景语，皆情语也"，就是这个意思。第七句"更有"云云有三层意义，别久会难，一恨，乍见不久，又一恨，合来朝相别之恨，则为三恨。有如此浓厚的新恨旧恨，情将何堪？只有借着离杯共传暂获排遣。于是悠悠愁恨压缩凝聚在离杯上，也靠离杯之共传得以化解。不过这种化解只是暂时的，也是不大有效的，"举杯浇愁愁更愁"，所以愁恨的绵绵无限，才是结语所蕴藏的含意。这种以含蓄生情作收的手法，常能留下悠然不尽的余韵，令人咀嚼不已。

不过，本诗也有美中不足之处，诗中不忘时时提及"别""隔""悲""恨""离"，失之直露，颇欠含蓄，较之戴叔伦诗之遥情远韵，委婉蕴藉，自然要略逊一筹。

（张高评）

喜外弟卢纶见宿（150）

静夜四无邻，荒居旧业贫。

雨中黄叶树，灯下白头人。

以我独沉久，愧君相见频。

平生自有分，况是蔡家亲①。〔平声真韵〕

本诗最大的特色，是善于制造诗境的气氛。俞陛云《诗境浅说》谓本诗："前半首写独处之悲，后半言相逢之喜。"写悲，便字字含悲带凄；写喜，便处处有喜声传出。全诗写卢纶不弃贫寒，常访作者，令作者十分欣慰，也表现了人性的光辉。卢纶《晚次鄂州》诗，有"旧业已随征战尽"之句，可见当时两表兄弟的处境都相当艰苦，因此更加能够相互体恤。

---

① 蔡家亲——据姚姬传曰："羊祜为蔡伯喈外孙，将进爵士，乞以赐舅子蔡袭，见《晋书》。"又《南史》，蔡兴宗甥袁顗、子昂，皆名士，不知此诗何指。别本又作"霍"，汉霍去病为卫青姊之子，因以霍家亲称表亲。

诗意说，我住的地方，四边没有邻居，一到夜间，就愈感寂静。因为家业一向贫寒，所以住在这种荒野的地方。风雨声中，树上黄叶纷纷摇落，一灯荧荧，映照我这满头白发的老人。我独自沉沦落魄已久，不奢望有人来相存问，没想到你却屡次来访，欣慰之余，真叫我惭愧。也许，我们向来就情分相投，交谊本深，何况两家是表亲，所以你才这样厚待我吧？

首联拈出"静夜""荒居"，以为颔联之写景照眼作伏，也就是所谓培养气氛。颔联"雨中黄叶树，灯下白头人"，是经过千锤百炼的名句，写摇落迟暮景象，十分凄凉。在司空曙之前，已有诗人写出相似的句式，比较之下，都远不如本诗这两句。王维诗："雨中山果落，灯下草虫鸣。"韦应物诗："窗里人将老，门前树已秋。"白居易诗："树初黄叶日，人欲白头时。"大概司空曙这两句，句式法王维，而意境兼参韦白，所以四诗虽同一机杼，而司空诗为优。求其所以为优之故，《四溟诗话》只说："善状目前之景，无限凄感，见乎言表。"说得太笼统，不具体，不能使人知其妙。前人欣赏这十个字，是有原因的。"雨中"诉诸听觉的音响，"黄叶树""白头人"诉诸视觉的色彩，"灯下"更是具象化的字眼，这十个字写得有声有色，把当时悲凉的气氛完全浮现出来。而且，这十个字含有四层意义：人对着树，这是一层；灯下人看雨中树，这是二层；白头人面对黄叶树，这是三层；加上灯下白头人，看听雨中黄叶树，这就有四层意蕴。出句写尽飘零，对句描尽老大，都是借景寓情。王夫之说："一切景语，皆情语也。"这话是很对的。

颈联"以我独沉久，愧君相见频"，出句承"雨中"句而来，对句承"灯下"句而来。此联将笔势一转，写欣慰之情。对仗多用虚字，则严整中有流动之气，富迤逦摇曳之态。谢榛欣赏这种用法，认为"虽瘦而真，虽粗而健"，这种瘦真粗健的笔法，与膏腴害骨般的浓丽精致相较，风格自然异趣。颈联一转一顿，跌出末句，以用典切题"外弟"二字作收。

全诗前四句写悲情，后四句叙喜感，以悲衬喜，反正相生，更觉喜不自胜。正反翻应取势，本来就是律诗的正格。另外，此诗脉络相贯，条理井然不紊，也是值得一提的。题目虽与李益《喜见外弟又言别》雷同，章法却相异，这是可以比较出来的。凑巧的是，这两首诗的颔联都是流传的名句，真可说是同工异曲之作了。

（张高评）

刘禹锡（公元七七二——八四二年）

字梦得，洛阳人，一作彭城人。德宗贞元九年进士，官监察御史。后坐王叔文党，贬连州刺史，历任播州、连州、夔州、和州各州刺史，入为礼部郎中，迁太子宾客。武宗会昌时，加检校礼部尚书。有《刘宾客文集》四十卷。梦得诗世称元和体，论者谓其含蓄不足，精锐有余，其气骨高道，足以压倒元白。其诗常借虫鸟以讽世，怀古诗则低徊沉着，启人遐思。大抵短章优于长篇，抒情胜于叙事。绝句则登临咏怀之作，沉郁委婉，韵味深醇。其《竹枝词》尤富民歌情调。

蜀先主庙（151）

天地英雄气，千秋尚凛然。
势分三足鼎[①]，业复五铢钱[②]。

---

① 三足鼎——《三国志·蜀书·诸葛亮传》，上疏曰："今天下三分。"孙子荆《为石仲容与孙皓书》曰："吴之先主，起自荆州……刘备震慑，亦逃巴岷。互相扇动，距捍中国，自谓三分鼎足之势，可与泰山共相终始。"三足鼎，喻魏、蜀、吴三国并立。

② 五铢钱——汉武帝行五铢钱，新莽罢之，光武帝时恢复行之。故汉末童谣云："黄牛白腹，五铢当复。"此借以谓先主能恢复汉业。

得相能开国①，生儿不象贤②。

凄凉蜀故妓，来舞魏宫前③。〔平声先韵〕

这是一首咏史诗，是作者任夔州刺史时所作的。诗表面看是咏史吊古，却有借古讽今之意。唐自安史之乱后，藩镇割据，国势陵夷，本诗或许有美刺之意。诗家称梦得诗吐辞多托讽幽远，深于怨刺，本诗就是个典型。

本诗的大意是说，蜀昭烈帝刘备禀承着天地间英雄豪杰的气概，历经千秋万世，尚觉凛然有余威。先主创业西蜀，俨然与魏、吴形成了鼎足而三之势，同时他以汉朝宗室自居，志在复兴两汉帝业。他三顾茅庐，网罗到诸葛亮当丞相，辅佐他取西川以开蜀国，可惜生儿不肖，后主不能像他一样贤明。最令人感到凄凉哀伤的，是旧日西蜀的歌妓来到魏国宫殿前歌舞，前蜀官吏都感伤堕泪，独有后主嬉笑自若，乐不思蜀。

这首诗的结构，前五句写先主刘备之"英雄气"，后三句写后主刘禅的"不象贤"；正反相生，贤与不肖对比，而阿斗的不肖益令人嘘唏，先主之贤明愈使人钦服。全诗字字精切简括，句句奇警挺拔，且用典对仗都十分警辟工整，颇有后继无人之慨。

首联"天地英雄气，千秋尚凛然"，气势豪迈，看似泛语，实则另有所指。原来他是化用《三国志》中曹操对刘备说的话，所谓"今天下英雄，唯使君与操耳"，融会典故于寻常语中，妙在有神无迹，又切合庙貌，令人读之知确是咏赞先主庙者。颔联"三足鼎"对"五铢钱"，精工稳当，方回《瀛奎律髓》

---

① 得相句——《三国志·蜀书·先主传》：章武元年，以诸葛亮为丞相。开国，谓佐先主取西川以开蜀国。

② 象贤——《三国志·蜀书·后主传》："后主讳禅，先主子也。先主殂，袭位于成都。邓艾破蜀，后主降，至洛阳，封为安乐县公。"象贤，《尚书·微子之命》："惟稽古，崇德象贤。"谓其后嗣子孙有像先圣王之贤者。

③ 凄凉、来舞二句——《三国志》裴注引《汉晋春秋》曰："司马文王与禅宴，为之作故蜀技，旁人皆为之感怆，而禅喜笑自若。"妓，女乐，实际也是俘虏。

所谓"梦得此诗用三足鼎、五铢钱，可谓精当矣"，佩服得很。主要在"五铢钱"是僻典，经他一用，遂能曲折传出志复汉室之意，所以为高。三句写创业，四句即写成功。五、六两句一褒一贬，语意率直，前人谓之爱憎格，多用在正反两意之诗。"生儿"句埋伏结意，金圣叹所谓"唐律诗若在五六，则是转调高唱，以生七八之感"，就是这种手法。七、八两句回应"不象贤"，沉着之至，令人感慨，且以具象表现后主之不肖，颇用示现之技巧。

（张高评）

张　籍（公元七六八——八三〇年）

字文昌，和州乌江人，贞元十五年进士，曾任太常寺太祝。初至长安谒韩愈，一会如平生，论心结契，才名相许，经韩愈力荐为国子博士，终国子司业。有《张司业集》八卷。其诗取材广泛，多讽谕民生疾苦，善于叙事，尤工乐府词，富清丽深婉之美。绝句清新自然，风神秀朗，五言律诗亦平淡可喜。当时朝野名士皆与游，如王建、于鹄、孟郊诸公，集中多所赠答，情爱深厚。白居易曾赠诗云："张公何为者，业文三十春。尤工乐府词，举代少其伦。"可见推崇之高。

没蕃故人① （152）

前年戍月支②，城下没全师。

---

① 没蕃——蕃指吐蕃，国土当今西藏，唐时屡入寇。没，有沦陷羁留的意思。
② 戍月支——戍，出征。月支一作月氏，音肉支。其族先居甘肃西境，汉时为匈奴所破，西走至阿姆河，臣服于大夏，为大月氏，其余留居故地为小月氏。此处借指吐蕃。

蕃汉断消息，死生长别离。

无人收废帐，归马识残旗。

欲祭疑君在，天涯哭此时 ①。〔平声支韵〕

这是一首悼念诗，悼念陷没在吐蕃之故人。张籍为社会派诗人，所作多反映民间徭役、征战、赋税之苦。这首诗诚如俞陛云《诗境浅说》所谓"吊绝塞英灵而作，苍凉沉痛，一篇哀诔文也"，同时更是一首非战思想的诗篇。唐张为《诗人主客图》，举清奇雅正主人室者十人，张籍第六，即列本诗颔联为代表。

这首诗的特色是直抒胸臆，自然真切，遣词立意，了无粉饰做作之处，只是本于心之所诚然。盖恸哭之不暇，自不能兼顾其他了。前六句所写，分明故人已死，末二句却又妙想天开，狐疑故人犹生。这种冀其幸存之想，最有柳暗花明、绝处逢生之妙。"爱之欲其生"，亦友情之常。

诗意说，前年你出征戍守吐蕃，城下一战竟然全军覆没。从此蕃汉永隔，断绝了你的消息，不管你是生是死，我们是永远生离死别了。想那战后景象，一定十分凄凉，营帐废弃在那儿，没有人代为收拾，逃归的战马依稀还认得残破的旌旗。我想望空遥祭你，又疑心你仍健在世上，面对着茫茫天涯，此刻我不觉失声恸哭。

首联分写没蕃之时与地，颔联单承二句，写因没全师而断消息，因断消息而长别离，叙事兼抒情。前四句如一串牟尼珠，串接不断，井然有序。五六两句再就"没全师"设色铺写，虽出自悬想之景况，却苍凉萧瑟，纯是战后沙场实境，看似景语，其实未尝不是寓情于景。金圣叹谓："作诗至五六，笑则始尽其乐，哭则始尽其哀。"以观此诗，其说甚是。第七句以痴心妄想表现纯真的友情，令人哀绝。宁信其生，怀疑其死，总是冀存九死一生之希望，所以不

————————

① 天涯——指作者所在之地。

敢祭吊，至于是生是死，又因断绝消息而无从得知，就算得知故人仍在世，也是"生离"不得相见，何况若是"死别"呢？总之，无论生离与死别，故人没蕃，都令人情不自禁，向着天涯恸哭。第七句之妙，有如"临去秋波那一转"，使得直致中有了曲折，此处稍加顿挫，于是通首皆灵。至于第八句，自是文势直下，宜有的结语。金圣叹曾说："唐律诗其一二起时，不惟胸中早有七八，其笔下亦早有七八；弟因悟其因有七八，故有一二。"持此以验本诗，诚然。

（张高评）

白居易

草（153）

离离原上草[①]，一岁一枯荣。
野火烧不尽，春风吹又生。
远芳侵古道，晴翠接荒城。
又送王孙去，萋萋满别情[②]。〔平声庚韵〕

诗题一作"赋得古原草送别"，是一首咏物诗。既是咏物诗，就可能寓含寄托的成分，何况欣赏本身如同创造，读者对于作品了解的层次有别，欣赏就会见仁见智，言人人殊，更何况好诗往往留给读者许多理解的头绪呢。俞陛云

---

① 离离——草长而下垂的样子。
② 萋萋——草盛貌。《楚辞·招隐士》："王孙游兮不归，春草生兮萋萋。"王孙，指游子。

《诗境浅说》谓："诵此诗者，皆以为小人去之不尽，如草之滋蔓，作者正有此意，亦未可知。然取喻本无确定，以为喻世道，则治乱循环，以为喻天心，则贞元起伏，虽严寒盛雪，而春意已萌。见智见仁，无所不可。一篇《锦瑟》，在笺者会意耳。"说得十分剀切明达。姚一苇先生文学论集，也论述"懂"这首诗的三个层次（《释懂》），可以参阅。

据《唐摭言》《尧山堂外纪》所载，本诗为白居易十六岁时所作，并有以此诗投谒长安著作郎顾况，况为之延誉之说。但根据白居易年谱，白氏十六岁时身在江南，未尝至长安，知此说乃好事者附会所致，不足凭信。或谓白氏此诗颔联盖袭用太白《望庐山瀑布水》诗"海风吹不断，江月照还空"意，然二诗句调刚柔异趣，不可并论。若以乐天此诗与刘商《柳条歌送客》诗"几回离别折欲尽，一夜春风吹又长"相较，则白诗自以语简思畅取胜。日本芥焕彦章《丹丘诗话》更叹赏此诗前四句，以为"蔼然其言，温厚和平，真佳句也"。高步瀛亦称其"情韵不匮，句亦振拔"，可说是咏物诗的佳作。

此诗借草取譬，虚实兼写。起句实赋草字，写草的生长状态。颔联单承二句而言，写荣枯循环，不惧外力，生生不息，最是全诗精警妙绝之处。颈联写草之生长繁衍景况，取样于古道荒城，并预拓尾联。末联由草绾合人事，写送别与别情。咏物诗要求"物我融洽，情寓物中，物因情见"，本诗可为取法之正格。

前四句咏草，后四句写送别。这草与送别之间本来了无关连，白氏运用艺术手法巧妙结合起来。其结合处在律诗"转"处（即五六句），草与送别之意象绾合，虚实相涵，遂具现新意。这就是黄永武先生所谓"将两个以上时空不同的独立意象，用绾合、叠映、转位等手法，连锁起来，诞生新的风韵"（《中国诗学·设计篇》），类似近代电影艺术中"蒙太奇"剪接技巧。前乎此者，江淹《别赋》已有"春草碧色，春水绿波，送君南浦，伤如之何"的巧构，王维亦有"春草明年绿，王孙归不归"之诗句，都是同样揉合两种意境，以写别情归心的。尽管对于本诗之欣赏言人人殊，要之不能超出"由草之荣枯到人的聚散"这一系列的相关意境。

"离离"以叠字传神，次句连用"一"字，不觉其复，反能曲传循环之理。颔联为流水对，在声律上为双拗，上句"火"字"不"字均为仄声，故下句第三字以"吹"救转之。五、六两句，以"侵"字、"接"字绘传草之虚神，善于体物状情。远芳晴翠与古道荒城间，是迥然不相关联的两组意象，此处用拟人化动词"侵"字、"接"字，草的动态与生意遂栩栩如生。尾联翻用《楚辞·招隐士》之意，揭出诗旨，前六句体物，此二句写情，最得咏物妙谛。

（张高评）

杜　牧（公元八〇三——八五二年）

字牧之，京兆万年人，宰相佑之孙。文宗大和二年进士，曾任弘文馆校书郎，复举贤良方正，官中书舍人，世称杜司勋或杜樊川，有《樊川文集》二十二卷。晚唐诗大多柔弱，樊川矫以拗峭，七绝精练含蓄，饶有远韵。诗情至豪迈，前人多称为小杜，以别于少陵，再配以李商隐，亦称"李杜"。杜牧容姿俊美，爱好歌舞，放旷疏直，不拘细行，风月韵事，一生皆是。然其诗情豪迈，语多惊人，明媚流转，富于色泽。后人评其诗约有四点：才气甚高，声律擅美，巧句不少，意多直达。

旅　宿（154）

旅馆无良伴，凝情自悄然①。

---

① 悄然——忧郁的样子。

寒灯思旧事，断雁警愁眠①。

远梦归侵晓，家书到隔年。

沧江好烟月②，门系钓鱼船。〔平声先韵〕

律诗发展到了晚唐李商隐以下，以杜牧为最负盛名。宋人批评杜牧的诗，说他"豪而艳，宕而丽，宕律诗中特寓拗峭，以矫时弊"，试观此诗，可谓定评。

这是一首思旧怀乡之作，前四句写"悄然"，后四句写怀思；前六句极写旅愁，就主题而言，是入乎其内，末二句抛开愁思，以景作收，是出乎其外；前六句是合，后二句是离。《诗概》所谓"诗以离合为跌宕，故莫善用远合近离。近离者，以离开上句之意为接也"。曹植《洛神赋》所谓"神光离合，乍阴乍阳"，本诗信有此妙。诗作能善用离合，则使笔不平铺，而句句跳动有致。

首联于诗法为赋，直写其事。旅居在客馆里，难道没有伴侣？只是没有知心的好友伴罢了。既乏良伴谈心，当乡愁来袭时，唯有独自忧郁的凝思了。特别是独对寒灯时，旧事往往历历浮现眼前，带愁入眠，又时时为失群的雁声所惊醒。颔联景中有情，借景衬托情，使得情景十分逼真，活绘出因思旧怀乡而坐卧不安神理。三句就所见写，四句就所闻写，善于制造气氛，呈露出五、六两句来。五句写去远，六句写来迟，五句虚写，六句实写，时空交感，虚实相成。日有所思，则夜有所梦，今梦到归乡，可见怀乡之切；一夜梦归，拂晓而其梦才到达家乡，可见离乡之远，返乡之难；日日盼望家书，而家书往往来年才到，亦足见思乡之殷与家乡之遥。时空交综相对，将客旅愁绪升高到极限，使人极端不堪。

中间两联，仔细抽绎之，当有十数层意蕴：旧事、愁眠，二层；思旧事，

---

① 断雁句——断雁，失群之雁。警，惊醒。

② 沧江——通"苍江"，指江水色苍。

警愁眠，四层；灯下思旧事，雁声警愁眠，六层；寒灯思旧事，断雁警愁眠，八层；以上八层，是颔联意蕴。梦侵晓，书来年，十层；梦归侵晓，书到来年，十二层；远梦归侵晓，家书到来年，十四层；因思旧而愁眠，十五层；因愁眠而梦归，十六层；因怀乡而盼家书，十七层；盼家书直盼到来年方至十八层。可见这二十个字，确是千锤百炼之作，意思曲折，有余不尽。

末联"沧江好烟月，门系钓鱼船"，写因离家久远，看到旅馆外的钓鱼船也觉得亲切羡慕，因为那只渔船就停泊在该家门口。抛开悄然的乡愁，以幽闲自在之景结之，更可烘托出客旅奔波跋涉之苦，则思乡之情更令人难以忍受了。沧江烟月，门系钓船，以形象性语言表现出清闲自得之情，十分具体。好烟月与远羁旅相对照，则乡愁更有排遣不尽者。作诗能多用形象性语言，则形象凝练而突出，富含韵味远神。

（张高评）

许　浑（公元七九一——八五四年）

字用晦，丹阳人。大和六年进士，为当涂、太平二县令，累官监察御史，终睦、郢二州刺史。有《丁卯集》十一卷。其诗思正气清，可谓诗中君子。格甚凝练，惜气未深厚。最工七言，绝句精练含蓄，寓讽深婉。韦庄颇推许浑，曾谓"江南才子许浑诗，字字清新句句奇"。世人熟知的警句如"山雨欲来风满楼"，即出浑手。

早秋三首选一（155）

遥夜泛清瑟，西风生翠萝。

残萤栖玉露，早雁拂金河^①。

高树晓还密，远山晴更多。

淮南一叶下^②，自觉洞庭波^③。〔平声歌韵〕

说者称美许浑的诗，说他对仗工稳，为律诗正则，故宋人称许浑七律为唐诗第一，五律犹非绝唱。许诗之气象意境及对仗无一不佳，学律诗者当以浑诗为入门（《瀛园诗话》）。

这是一首咏物诗，所咏是早秋的景物，句句便切着"早"字说。前六句都写早秋景色，末两句便用早秋典故作收。首二句借物起兴，中两联分别就低处高处、近处远处描写早秋的精神与气象，取景普遍，不偏不漏，备见布局之美。

诗意是说，长夜漫漫，时闻寂寞凄凉的秋声。西风阵阵，从青翠的藤萝里吹过来。残留的萤火栖息在洁白的露水上，早来的雁鸟振翅飞翔过天河。高大的树木，清晨看来还很浓密，远处的山峦晴朗时看来更觉得多了。淮南地方的树上只要落下一片叶子，洞庭湖里便生出秋波来了。

此诗以清瑟西风领起秋景，而以残萤、早雁、晓还密、晴更多、一叶下、洞庭波等词扣足早字，于是"早秋"题目，便字字有了着落。如此切着题文写去，自无横生枝节之病。作诗作文有顾左右而言他之病者，最宜奉为救病良方。

清章燮《唐诗三百首注疏》认为此诗有寄托："遥夜寓长夜漫漫何时旦意，西风寓叛逆之臣，翠萝比嫔妃之类，柔媚招风，以衅祸患之端也。残萤比忠愤之臣偏失其权，早雁比吐蕃之贼以致入寇。高树寓近臣还有保国之心，远山寓远臣岂无镇守之士。淮南言君王一经昏暗，必失政于权奸。洞庭波言四境不平，自起风波于世界。许公先知，故用自觉二字。"虽言之凿凿，然不必可信。

---

① 金河——即秋天的银河。金，五行之一，于季节为秋。

② 淮南句——《淮南子·说山训》："见一叶落，而知岁之将暮。"

③ 洞庭波——《屈原·九歌》："洞庭波兮木叶下。"洞庭湖，在今湖南北部。

欣赏虽类乎创造，如此执着，却大可不必。东坡云："赋诗必此诗，定知非诗人。"持此片言，可以解纷。

（张高评）

秋日赴阙题潼关驿楼^①（156）

红叶晚萧萧，长亭酒一瓢。

残云归太华^②，疏雨过中条^③。

树色随关迥^④，河声入海遥。

帝乡明日到^⑤，犹自梦渔樵。〔平声萧韵〕

这是一首题壁诗，高华雄浑，堪称许浑《丁卯集》中压卷之作。中间两联"语气的阔大，声调的铿锵，炼字的遒劲，对仗的工稳，处处和盛唐诗不相上下"（喻守真评语）。其格意直追初唐盛唐，而与前首《早秋》风格迥别。

首联"红叶晚萧萧，长亭酒一瓢"，首句点明时间是秋晚，次句写出地点在驿楼，红叶诉诸视觉，萧萧诉诸听觉，酒诉诸味觉，起首就有声有色、有香有味，这种形象性的语言，最能摇荡性灵，造成诗境的气氛。方东树《昭昧詹言》谓："起手贵突兀，要如高山坠石，不知其来，令人惊绝。"本诗首句从秋日说起，便入题意，有如仙人乘鹤，翩然自空而降，且首句即押韵，更觉神味隽永。

---

① 阙，宫门前的望楼。潼关，即今陕西潼关县。《水经注》："河在关内，南流潼激关山，因谓之潼关。"

② 太华——太华山，在陕西潼关县西南，即西岳。"华（華）"本应作"崋"，音 huà。

③ 中条——中条山，在山西永济市东南。华山与中条山夹峙黄河南北，河水即自此折而东流。

④ 迥——远。

⑤ 帝乡——指都城。

颔联"残云归太华，疏雨过中条"，所写都是潼关左右的名山，地望甚确，诗句尤工，状山川形势，十分雄浑苍茫。俞陛云《诗境浅说》称："凡作客途风景诗者，山川形势，最宜明瞭。笔气能包扫一切，而句法复宕高超，斯为上乘。许诗其佳选也。"太华山在关西，中条山在关东，在潼关驿楼皆可望见。三、四句写残云挟雨，自东而西，飞过中条，而洒落在太华山上，景象十分清新旷远，"归""过"颇能状雨云之情态与神韵。

颈联"树色随关迥，河声入海遥"，出句写所见，对句写所闻，一见一闻，已将表里山河之险示现无遗。潼关附近，地势迤逦积高，故见树色远入云中，而黄河横亘关前，浩浩荡荡，遥通沧海，写得气象万千，雄伟壮阔。

尾联"帝乡明日到，犹自梦渔樵"，写都城在望，而回首故乡，犹梦渔樵，知其淡泊荣利，不慕仕途。作者晚年隐居丁卯涧，可见末联正表露出作者雅爱林泉生活之志趣。细究其意，今之赴阙，恐怕不是出于己愿吧！

（张高评）

李商隐

落 花（157）

高阁客竟去，小园花乱飞。
参差连曲陌①，迢递送斜晖②。

---

① 参差——花影迷乱的样子。
② 迢递、斜晖——迢递，遥远。斜晖，夕阳。

肠断未忍扫，眼穿仍欲归①。

芳心向春尽②，所得是沾衣③。〔平声微韵〕

翁方纲《石洲诗话》卷二称："玉谿五律，多是绝妙古乐府，盖玉谿风流蕴藉，尤在五律也。近时程午桥补注以为花鸟诸题，多是平康北里之志，良然。"义山之诗虽尚缛丽，然寄托深微，多寓忠愤，饶风人之旨。

这是一首咏物诗，专咏落花，兼伤遭遇，全诗感慨悲凉，当是有感而发之作。咏物诗必有所咏之物，同时需有人。纯粹咏物，则乏远韵；纯粹写人，却又失其所谓咏物。必须执两用中，物我融洽，情寓物中，物因情显，如此才是上乘之作。义山此诗多用这种手法。

首联"高阁客竟去，小园花乱飞"，采用倒装句法，遂构成豪迈的笔力，增加了诗的强度。同时首句劈空而来，沉痛之至。所以何义门说："起得超忽。"纪昀说："得神在逆折而入。"其实都是倒装取劲的效果。若顺言则是小园花飞，高阁客去，平板无味莫甚于此。且着一"竟"字，作错愕语气，言外有无限哀怨之意，可见选字之妙。此处以客去兴落花，则有情景兼描、物我双融之妙。黄永武先生就音响欣赏说："由于'高阁客竟去'五个字都是浊重的牙音字，发音时由舌根与软腭接触，以节制外出的气息，这一阵气流的盘阻，像高高地储蓄着气势，使下句那擦声'飞'字的气息外达，有了更多的动力。"（《中国诗学·设计篇》）从文字本身的音响去欣赏诗歌，这是值得尝试的新途径。

颔联"参差连曲陌，迢递送斜晖"，跌深一层，单承二句"乱飞"意铺写，刻画落花的动态，细腻入微。落花乱飞，铺满了园中曲折的小径；园花飞舞，遥送着西斜的夕阳。如此描写，便使"客去"之意开拓许多。这首诗是有所寄

---

① 肠断、眼穿二句——这句意谓好不容易望到春天，不料春天仍要归去。

② 芳心——指花，也指自己看花的心意。

③ 沾衣——流泪。

托的，寄托些什么呢？黄永武先生撰有《李义山的远隔心态》一文，说明时间的晚与空间的远，是义山诗中常见的模式，"日暮天晚，象征着岁月时日的匆迫；路远天阔，象征着理想的难以达成。这日暮与路远的象征，从先秦屈原写《离骚》，已成为中国诗中一种象征的原型，义山常用这种原型来比况理想的悬隔与心情之焦急"，剖析十分鞭辟入里。"在本诗中，作者借落花象征自身之遭遇，迢递写空间的远，斜晖写时间的晚。这远与晚，表征出一段长期的酸辛，经过这种复杂时空的渲染，怜惜落花，实在是自怜自惜。落花代表一个破裂的理想，代表一度曾着火的热情所化成的灰烬。"（《中国诗学·思想篇》）

颈联"肠断未忍扫，眼穿仍欲归"，出句是惜花，对句是怨春。都是运用拟人格，物我交融，因客去而肠断，因肠断而不忍扫去落花；望眼欲穿，还在盼望逝去者之归来。张尔田说："此二句词极悲浑。"所谓"欲归"，到底欲谁归？留予读者许多想象的余地。诗中之"客"，自是义山自况，可见义山之离去，有无可奈何的苦衷，盼归之切，亦不言可喻。

尾联"芳心向春尽，所得是沾衣"，可与义山《无题》诗"春心莫共花争发，一寸相思一寸灰"意相发明。花因春尽而飘零，我心亦因花落而消尽。因客去花飞而肠断眼穿，况又值芳心春尽，对此如何不泪下沾衣？何义门评道："一结无限深情，'得'字意外巧妙。""得"字含意有春归、客去、花飞等无可挽回之"失"，正言若反，所以说"意外巧妙"。

清吴乔《围炉诗话》批评此诗说："落花起句奇绝，通篇无实语，与禅同，结亦奇。"所谓无实语，是指全诗都采双关语意，物我交融，又善用拟人手法，故有此胜境。

声律方面，首联及颈联出句均作"平仄仄仄仄"，连下四仄，故均以对句第三字用平声救转，是为双拗。这种特殊拗句是从古诗脱化来的，最能使格调高古，达到以声摹情的声情合一境界。末联出句为单拗，可以不救，余均合律。

（张高评）

蝉（158）

　　本以高难饱，徒劳恨费声。

　　五更疏欲断，一树碧无情。

　　薄宦梗犹泛 ①，故园芜已平 ②。

　　烦君最相警，我亦举家清 ③。〔平声庚韵〕

　　这首诗在章法上是极周密的，起首四句写蝉，五、六两句自写，七句又写蝉，八句再自写。"警"字承结蝉声，以"清"字承结薄宦，并以"君""我"相对牵合，作为结束，称为双结法。

　　首二句陡然而起，不见端倪，"本以高难饱，徒劳恨费声"，像奇峰突起，风雨骤至，格调已奇妙不凡，且多用虚字作为起笔，更觉别致。句意说身栖清高之地，吸风饮露，本来是无由饱餐的，又何必抱叶长鸣，徒费清声呢？表面是厌恨蝉声的徒劳，内容是说自己内心抑不住不平的牢骚。

　　我们看虞世南咏蝉的诗作"居高声自远，非是藉秋风"，骆宾王作"露重飞难进，风多响易沉"，而义山则写"本以高难饱，徒劳恨费声"，所以骆鸿凯说虞诗是"清华人语"，骆诗是"患难人语"，李诗则是"牢骚人语"，虽各据胜境，比兴不同，却都是自我怀抱的抒发。

　　下面又自第二句的"声"字，引出"五更疏欲断"，又自第一句的"高"字，引出"一树碧无情"句。句意说朝夕嘒嘒地悲鸣，到了五更，白露初凉，

---

　　① 梗泛——卢子行《听鸣蝉篇》："讵念嫖姚嗟木梗。"事见《战国策·齐策三》，苏秦曰："今者臣来，过于淄上，有土偶人与桃梗相与语。……土偶曰：'今子东国之桃梗也，刻削子以为人。降雨下，淄水至，流子而去，则子漂漂者将何如耳？'"《说苑·正谏篇》字句稍不同，但"漂漂"作"泛泛"。此句有自伤沦落意。

　　② 故园芜——陶潜《归去来兮辞》："归去来兮，田园将芜胡不归？"

　　③ 举——是全的意思。

声嘶欲断，纵有一树绿荫，亦无法保身。冯浩说这是比拟自己屡次向令狐氏陈情，表白心迹，而获不到同情与安顿，可见这四句诗虽字字写蝉，实即字字在自况。而"一树"句，朱彝尊以为"第四句更奇，令人思路断绝"，张尔田则以为"一树句传题之神，何等高浑"，都对第四句发出了激赏。

前四句既写了蝉，五、六句就宕开去直写自己；前四句用的是暗写的笔法，五、六句就作面的表出。"薄宦梗犹泛"，是说自己为了微薄的升斗俸禄，远仕他乡，像桃梗刻削成的偶像一般，将随着雨季的洪水而漂泛不定，无法自保。"故园芜已平"则是感慨：故里的田园已荒芜，何不归去呢？我们看"薄宦"二字，正是抱紧了"本以高难饱"的意思，"梗泛"二字是紧抱着"一树碧无情"的意思，前人称之为"双抱法"。

照五、六两句的意思，好像是要劝自己早作"问舍求田"之计，但结句却仍旧说明自己穷而益坚的志节。"烦君最相警，我亦举家清"，说烦你用关切的声音警惕我，但我全家也和你一样，有着清廉的操守。上句仍归到蝉，下句说我和蝉的关系，这样相对着作结，不必再生感慨，而感叹无穷了。

义山的诗，大抵都是在巧丽的后面寓藏着深远的感慨，不易让人察觉。所以杨用修曾说："世人但称义山诗巧丽，俗学只见其皮肤耳，高情远意，皆不识也。"这种评论，当然是把义山的诗推奖备至了。

（黄永武）

凉　思（159）

客去波平槛①，蝉休露满枝。
永怀当此节，倚立自移时。

---

① 客去句——指当初分别时春水方涨。槛，栏杆。

北斗兼春远^①，南陵寓使迟^②。

天涯占梦数^③，疑误有新知。〔平声支韵〕

  这是一首怀人之作，其辞如怨如慕、如泣如诉，很有凄凉之美。本诗的结构，大致是借时空的拓展与压缩，鞭逼出深远的秋怀来的。

  首联"客去波平槛，蝉休露满枝"，点出"凉"意。当初你走之时，春水方涨，平于栏杆，如今蝉声渐歇，秋露凝满枝桠。首句写春，次句写秋，将"凉"字分四层写，由春徂秋，自浅入深，极有层次。由于时间渐趋悠长，思念也随之拉长，读者的情绪也引起一种悠然不尽的远韵，产生余音袅袅的情致，这是作者对于时间设计的成功，且首句就低处写，次句就高处写，亦布景有致。

  颔联"永怀当此节，倚立自移时"，对仗流利自然，极写"思"字。因蝉鸣而忆客，因忆客而倚槛凝思；当初倚立送客是春天，如今重倚思客是秋日，物换星移，时节已由春而秋，强调时间的延展，主要在补足"思"字之意。槛则犹是也，而时节代序矣，观槛思客，令人长相思念。此种怀念，从春到秋，故曰"永"，不觉时光移换，故曰"自移时"。

  颈联"北斗兼春远，南陵寓使迟"，上句紧承"自移时"来，写入夜的情景。这两句写两地相隔之遥，是就空间方面设计着眼的。北斗指客所在之地，南陵指作者怀客之地，你所住的北斗，跟已逝的春天一样遥远。这句把时空的距离并在一处写，使怀人之意象更加突出与生动。我在南陵怀念你，你捎信的使者却迟迟不见来。空间的扩张，由南陵一直拉远到北斗，相思之情也随着空间的伸展而加浓加强，最后寄望寓使能捎书来，以排解相思之愁。这种情感的凝聚力集中在一个寓使上，布局也很特别。

---

  ① 兼春远——和已逝的春天一样远。

  ② 南陵——唐属江南道宣州，今安徽南陵县。寓使，指传书的使者。

  ③ 占梦数——占，问，卜问梦境，入梦之意。数，音shuò，屡次。

末联"天涯占梦数，疑误有新知"，是设想之词，跌进一层，烘托出"思"之意来，而且把所有的时空希望都压缩在一个"梦"字上。喻守真欣赏此诗说："结末是因思而疑，因疑而梦，因梦而占，因占而误以为别有新知，竟忘我故交。"作者在天涯极远的地方，屡次卜问梦境，误会地疑心友人已有新知而将自己忘了。这种复杂的感情以及丰富的意蕴，只借十个字就表现得淋漓尽致，不像散文那般词费，学者称"诗是一种浓缩的语言"，此语不虚。

清纪昀批《李义山集》，谓本诗"起四句一气涌出，气格殊高，尤妙于倒转下笔。若换一二作三四，则平钝语矣。五句在可能不可能间，其妙可思。结句承寓使迟来，言家在天涯，不知留滞之故，几疑有新知。"剖析精当，得其肌理。纪昀称起四句气格殊高，是由于倒装关系，使诗句间产生一种内张的动力，增强了劲健的笔力。所以作诗属文，与其顺着文理说去，远不如倒装以求奇警遒劲。

依照《玉谿生年谱会笺》，此诗作于大中元年，谓是宣城别李处士之作，风格很接近杜甫夔州以后诸作，平淡中见出骨格精神。前人谓李义山诗"神似老杜"，当于此处求之。

（张高评）

风　雨 (160)

凄凉宝剑篇①，羁泊欲穷年。
黄叶仍风雨，青楼自管弦②。
新知遭薄俗，旧好隔良缘。

---

① 凄凉句——《唐书·郭震传》："武后召与语，奇之，索所为文章，上《宝剑篇》，后览嘉叹。"《宝剑篇》表现匡国救民之抱负。凄凉表明空有壮志而乏人问津，怀才不遇之意。
② 青楼——曹植《美女篇》："青楼临大路，高门结重关。"此处当作富豪的高楼言。

心断新丰酒①，销愁斗几千②。〔平声先韵〕

这首诗根据《玉谿生年谱会笺》，推定为唐宣宗大中十一年（公元八五七年）游江东时所作，并以为诗中所云都有所指。义山不幸生于宦竖弄权、朋党倾轧之世，初交令狐绹而登进士，后却为王茂元女婿，诗中所谓新知旧好，殆是指王与令狐二人而言。二人既为敌对冤家，义山遂成无情的牺牲者，后令狐为相，不见谅义山，于是义山终生穷苦潦倒。反映在诗上，远隔孤独的流离心态，遂成了李诗中的基本情调。黄永武先生曾统计李诗中最常见的字，如远、迟、闭、锁、孤、迷、隔、绝、深、晚、断、密，等等，反复重出这些字汇，已明白地勾勒出他一生的心情。（《中国诗学·思想篇·李商隐的远隔心态》）

首联"凄凉宝剑篇，羁泊欲穷年"，"凄凉"二字是一篇之主要旨趣。本诗一开头即引郭震《宝剑篇》起兴。考郭诗末有云："非直结交游侠子，亦曾亲近英雄人。何言中路遭弃捐，零落飘沦古狱边。虽复沉埋无所用，犹能夜夜气冲天。"可见义山引此，实借以自伤沦落，故曰"凄凉"。首联诗意是说，我也能高咏像《宝剑篇》的诗文，可是徒然遭遇凄凉而已，因此终年都过着羁旅漂泊的生涯。义山有郭震之高才诗艺，然一则见赏擢高位，一则羁泊伤沦落，遭遇何止天壤？穷通否泰之对比，加深了作者怀才不遇、潦倒自怜的强度。而且"凄凉"与"宝剑篇"当句的对比，也激荡出无比的凄凉。

颔联"黄叶仍风雨，青楼自管弦"，承上联分两股写。自己身世，仍旧如风雨中的黄叶，飘泊零落；豪富之家，管弦依然嘈杂而欢乐。一悲一乐，对比鲜明，一写自己，一写他人，表现诗人的悲愤激昂。"仍"字、"自"字为诗

---

① 新丰酒——马周西游长安时，宿新丰旅店，店东很冷淡，马周便买酒一斗八升，悠然独酌。后得唐太宗征召，授监察御史。此处意谓自己不可能会像马周那样先穷后达、得到知遇了。心断，犹言绝望。

② 斗几千——王维诗："新丰美酒斗十千。"言酒价昂贵也。几千泛指酒资，非实数。斗，一本作"又"。

眼，安在第三字，非常响亮，使得悲凉延伸到无限，欢乐也持续到无限，很能强化悲乐间的对比效果。前人谓杜甫善用"自"字，以表达其寄身离乱、感时伤事之情，义山已得其真传。同时，这两句在直觉上写得有声有色，黄叶、青楼诉诸视觉，风雨、管弦诉诸听觉，有了视听两种感官的辅助，使得诗中意象更加具体化了。

　　颈联"新知遭薄俗，旧好隔良缘"，仍就首联"羁泊"二字铺写，且补充"仍风雨"之意。写虽有新知，但在风俗硗薄之今日，恐怕也难以久恃；也有些旧好，却早已因疏于往来而良缘中断。新知旧好既都如此，不可信赖，作者只得羁泊穷年了。语云："一贵一贱，交情乃见。"市道之交，自古而然，徒叹奈何。"遭"字、"隔"字，伏下联"愁"字。此联直露，喷薄而出，盖悲忿已极。

　　尾联"心断新丰酒，销愁斗几千"，写百无聊赖、借酒浇愁之绝望心态。说自己不可能会像马周那样得到知遇了，对着这新丰美酒，使我怅望肠断，为了排遣惘然愁绪，只得买酒浇愁，哪管他一斗酒要费好几千钱呢？李诗中最常见的字，也出现在这首诗中，那就是"隔"字、"断"字。前一首诗《凉思》，也出现了"远"字"迟"字，这些都可见李义山远隔孤独的流离心态。风雨般的愁思，再加上羁泊的生涯，作者最后将之压缩在一个"酒"字上，企图借酒排遣，如此设计令人有难以忍受之感，同时也增大了诗的强度。

　　全诗除"羁""黄""心"三个字不合律可以不论外，其余也都合律。且诗中连用好几个入声字，如泊、欲、叶、薄、俗，与平声相配，最容易形成抑扬顿挫之节奏，正可用来表达诗人抑郁不得志的情怀。声调节奏与感情的关系，由此可窥其端倪。

（张高评）

北青萝（161）

　　残阳西入崦①，茅屋访孤僧。

　　落叶人何在，寒云路几层。

　　独敲初夜磬，闲倚一枝藤②。

　　世界微尘里③，吾宁爱与憎④。〔平声蒸韵〕

　　这是一首访僧悟道的诗。此诗的特色是布局单纯而又多样统一，能为主题制造出清空的气氛。

　　首联"残阳西入崦，茅屋访孤僧"，出句点出时间，次句写出地点。这两句是叙事，叙述在日落时分，前往茅屋拜访一位孤僧。"残阳西入崦"写的是日暮景色（晚），这"晚"与"孤"也是义山诗中的常用字，流露出他的远隔心态。

　　颔联"落叶人何在，寒云路几层"，间接点出时空，落叶是秋声，寒云是秋景，出句就所闻写，对句就所见写。谓只听到落叶飒飒的声响，却不知人在何处，只见寒云笼罩山路，不知隔了几层。这两句是远望不见孤僧，故下联乃趋前相访。落叶句暗用韦应物"落叶满空山"意，寒云句亦袭用贾岛"云深不知处"意，但皆能夺胎换骨，异曲同工。

　　颈联"独敲初夜磬，闲倚一枝藤"，出句写所闻，对句写所见，当是初闻磬，后见杖，终得晤见。"独敲""一枝"应上"孤僧"，"初夜"应上"残阳"，

――――――――――

　　① 入崦——谓太阳下山。崦，音 yān，《山海经》："鸟鼠同穴山西南曰崦嵫，下有虞泉，日所入处。"

　　② 一枝藤——指孤僧用的手杖。

　　③ 微尘——《法华经》："譬如有经卷，书写三千大千世界事，全在微尘中。"

　　④ 吾宁句——《楞严经》："人在世间，直微尘耳，何必拘于憎爱而苦此心也。"宁，为什么。谓何须计较爱憎于此微尘世界。

前后回应，有如铜山西崩、洛钟东应，回环映带，多样间有其统一性。我们可以借着听觉，听到孤僧入夜时独自敲着玉磬，又利用视觉，看到孤僧好整以暇地拄着一根手杖走着。纪昀评此诗，说"三四格高"，介舟则谓"五六嫌弱"，各有短长，颇足借镜。

尾联"世界微尘里，吾宁爱与憎"，则悟禅之言。《楞严经》说："人在世间，直微尘耳，何必拘于憎爱而苦此心也。"义山此诗，似本此意。孤僧结茅屋，敲夜磬，倚枝藤，心境犹可悠闲自得；然则世间一切有为法，皆直如微尘，转眼成空，又何必有爱憎存乎其间？这是义山自勉自慰之语。其实这只是暂时的看破，终其一生，仍是不断的"发愤自绝"，依旧"爱之欲其生""恶之欲其死"，又何尝有些微看透？

（张高评）

马　戴（公元七七五——？年）

字虞臣，华州人。会昌四年进士，与项斯、赵嘏同榜，俱有盛名。初苦家贫，岁入殊薄，然终日吟事，清虚自如。轩窗甚僻，结茅屋于华山玉女峰下，对名山悬瀑三十仞，往还多为隐人，后官终太学博士。有集。其诗以写景为工，征妇叹最妙。律诗在晚唐诸人之上，直追盛唐诸贤。

楚江怀古①（162）

露气寒光集，微阳下楚丘②。

———————

① 楚江——指湖南境之湘江。
② 楚丘——楚山。

猿啼洞庭树，人在木兰舟^①。

广泽生明月，苍山夹乱流。

云中君不见，竟夕自悲秋^②。〔平声尤韵〕

这是一首怀古诗，章燮《唐诗三百首注疏》指为唐明皇故事，然诗中并无明文。就收句看来，只是借云中君以寄托想象而已，谓其恋阙怀人，自伤不遇，皆无不可，在读者兴会而已。

俞陛云《诗境浅说》称："唐人五律，多高华雄厚之作，此诗以清微婉约出之，如仙人乘莲叶轻舟，凌波而下也。"前人欣赏本诗，多称美颔联两句，如杨慎《升庵诗话》卷十谓："马戴蓟门怀古（当作楚江怀古），雅有古调，至如'猿啼洞庭树，人在木兰舟'，虽柳吴兴无以过也。晚唐有此，亦希声乎。"王士禛《渔洋诗话》卷上亦云："尝见皇甫少玄百泉兄弟论诗，五言以'猿啼洞庭树，人在木兰舟'为极则，二句乃晚唐马戴诗。"可谓推崇备至了。

首联"露气寒光集，微阳下楚丘"，写远眺所见薄暮景色，露气已集，露点未浓，殆是已凉未寒天气，微阳是傍晚时分，这些都点出时间。楚丘与下句之洞庭，都切着怀古的地点。作者既身至楚江，时值夕阳欲下、水阔山苍的秋晚，想楚人多才，又当晚唐，最易撩人怀古幽情。

颔联"猿啼洞庭树，人在木兰舟"，出句写闻，对句也写闻，都是近景，而镜头转换，由远而近，猿在洞庭树上悲啼，我在木兰舟上愁听。三、四两句纯出自然，绝无斧凿之痕，风格高逸，情致独绝，短短十字，伤秋怀远之思自在言外。以形象言，木兰有微香，刻木兰树为舟，自然带有华贵清香之气息，人在其上，自然感染芬芳之气。如此气氛，面对猿猴之悲啼，对映之下，很有

---

① 木兰舟——木兰，小乔木，有微香。《述异记》："木兰川在浔阳江中，多木兰树，鲁般刻为舟。"

② 云中君——古仙人，即湘君，湘水之神。屈原有《湘君》篇，注指舜妃娥皇。尚有湘夫人，则指女英。

反讽的效果，也增加了悲秋的神韵。另外，这两句也具备了声、色、香等意象，令人有立体的实临感受。

颈联"广泽生明月，苍山夹乱流"，写楚江所见之景，出句写水，对句写山，出句取景由下而上，对句取景自上而下，写"因水阔，故明月早生，因山多，故乱流夹泻"（俞陛云《诗境浅说》）。在广阔的湖面上，升起了一轮明月；在苍暗的山峦里奔泻着乱奔的溪流。明月清辉照临下土，是静谧的景象；苍山乱流奔泻向前，是动态的演示。这一静一动之间，构成了对比效果。因明月生而望月怀人，又因乱流奔泻而感逝者如斯，伏下文"悲秋"之意。第六句"夹"字为诗眼，凝练之至，音响也极为嘹亮。按于文在左右曰夹，乱流奔泻于群山万壑之间，故曰夹。此处着一"夹"字，"乱流"之意象遂得烘托凸出。

末联"云中君不见，竟夕自悲秋"，收句说明怀古之意。云中君此处代表其理想或期望，理想成空，期望成了泡影，故曰不见，事既不遂，因此终夜抱恨自悲。"悲秋"有美人迟暮之意，烈士暮年，往往壮心不已，然岁不我与，只落得悲秋满怀罢了。这种无可奈何，在理想破灭之后，更加来得强烈，所以说"竟夕自悲秋"。

第七句"云中君不见"，句法为上三下二，与全诗之作上二下三者不同，读来颇觉拗口突出，可说是以出奇制胜，以突出不凡而达到受词强调之作用。

（张高评）

灞上秋居[①]（163）

灞原风雨定，晚见雁行频。
落叶他乡树，寒灯独夜人。
空园白露滴，孤壁野僧邻。

---

① 灞上——古地名，即霸上，在今陕西西安市东，因地处霸水西高原上得名。

寄卧郊扉久[①]，何年致此身。〔平声真韵〕

这是一首秋怀诗，诗中充满了寂寞寥落之感，写客旅之愁，有动人性灵的佳句。

首联"灞原风雨定，晚见雁行频"，首句点出地点为灞原，二句点出时间为秋晚。秋风秋雨，恼煞旅人，而风雨一过，却见雁行不断，更激起游子怀归之思，不能自已，极写游子百无聊赖，久望长空，故雁飞成行而时时望见。

颔联"落叶他乡树，寒灯独夜人"，写凄凉寂寞之旅况，"落叶而在他乡，寒灯而在独夜"，在在都令人悲不自胜。这十个字有数层意蕴：树中叶，灯下人，是一层；落叶树，寒灯人，是一层；落叶而在故乡，寒灯而对数人，又是一层；若是在他乡见树叶飘落，寒灯而寂夜独守，则凄寂景况，将使人不堪忍受。俞陛云称此种笔法叫"两层夹写法"，谓"凡用两层夹写法，则气厚而力透，不仅用之写客感也"，并以为颔联两句与"乱山残雪夜，孤烛异乡人"造语有异曲同工之妙，都是景中有情，情景交融。

颈联"空园白露滴，孤壁野僧邻"，出句承第三句，对句承第四句，纯粹写景，以增强孤寂之形象。"空园"是虚写，"白露滴"是实写，"孤壁"是虚写，"野僧邻"是实写，虚实相发，使得孤寂的意象历历浮现在目。露滴必发微响，静中微动，更能衬托出寂静的神态来，这是运用声响的形象语言效果。同理，第三句之落叶亦诉诸听觉，寒灯则视觉外又兼有触觉之感受，这些具象语言，都是使诗句灵动的酵素。

尾联"醉卧郊扉久，何年致此身"，写不遇的感慨，以诘问语作收，颇有遥情远韵，但是如此作结与全篇的气氛不谐和，因此不可为训。

本诗在时间安排上颇见用心，自风雨定而晚，而夜，而白露滴，时间的渐长也象征了客愁的滋衍与加长，很能表现出秋居的况味。

（张高评）

---

① 郊扉——犹言郊居。扉，本指门。

温庭筠（公元八一二──八七〇年）

  《唐书》作廷筠，本名岐，字飞卿，太原人。累举不第，宣宗大中末授方山尉。徐商镇襄阳，往依之，曾署巡官，终于国子助教。有《温飞卿集》。飞卿才思艳丽，工于小赋，"能逐弦吹之音，为恻艳之词"。落笔迅捷，每多富贵韵致。作赋凡八叉手而八韵成（叉手是叉手胸前示敬，是古人行礼的一种动作），时号"温八叉"。吴乔云："飞卿之才，能瑰丽而不能澹远，能尖新而不能雅正，能矜饰而不能自然。"批评略嫌过分，其五言律尤多警句，七言律实自动人。

送人东游（164）

<blockquote>
荒戍落黄叶①，浩然离故关。
高风汉阳渡，初日郢门山②。
江上几人在，天涯孤棹还。
何当重相见，尊酒慰离颜③。〔平声删韵〕
</blockquote>

  这是一首送别的诗，就温庭筠的诗风来说，算是脱去秾艳之习的作品，可惜浑厚不足而雄俊有余，起虽得势而不能澹远。晚唐诗之逊于盛唐，诗风固然也。

  首联"荒戍落黄叶，浩然离故关"，首句点明时间，次句说出地点。这荒

---

  ① 荒戍——荒远的防地营垒。

  ② 郢门山——即荆门山。郢，昔为楚都，今湖北江陵县。

  ③ 何当、尊酒二句——何当，犹何时。尊酒，犹杯酒。尊同樽，酒器。

远的戍地，正纷纷地飘着黄叶，这时你毅然决然地离开了故乡，想要到东方去。首句景中有情，黄叶离枝，正象征着游子离乡，别绪逢摇落，更加深了离愁的悲感。俞陛云认为"此等发端情景兼写，调高而韵逸，最为得势"，高步瀛也以为"起得势"，都是深味有得之言。

颔联"高风汉阳渡，初日郢门山"，写得雄健高浑，直逼初唐盛唐。这两句写船行之速，都是悬想之景，意谓你若在汉阳渡乘船，则帆挂高风东去，至日初出时，便可抵达郢门山了。这两句诗没有动词，"高风""汉阳渡""初日""郢门山"都是名词（实字）。诗句中多名词，则可提供读者许多想象的余地，增多了许多自由衍伸的天空，于是诗意就繁富丰赡，而笔力也显得凝练壮健了。温庭筠脍炙人口的《商山早行》诗，颔联两句"鸡声茅店月，人迹板桥霜"，不也是运用此种手法写的吗？五言中用地名而兼风景者，下三字为实字，上二字以风景衬之，此类甚多，可参俞陛云《诗境浅说》所举。

颈联"江上几人在，天涯孤棹还"，出句是伤己，对句是怀人。自你走了之后，寂寂江上还剩几个故人呢？江面风波险恶，我日望天际，等待着你孤舟平安返航。这联写的是望其早回，也是悬想之词。

末联"何当重相见，尊酒慰离颜"，写预定后约，杯酒相慰，就题收束，了无余意。如此作结，颇觉平弱乏力，可谓美中不足。前人论诗，很重结句，严羽《沧浪诗话》说："对句好可得，结句好难得。"谢榛《四溟诗话》也说："起句当如爆竹，骤响易彻，结句当如撞钟，清音有余。"黄永武先生曾归纳前人收结之法为十一项，一以含蓄生情，二以省文生情，三以痴语生情，四以引喻生情，五以跌宕生情，六以婉转生情，七以缺憾生情，八以翻迭生情，九以主观推测生情，十以夸张来耸动读者的耳目，十一以反诘生情（详参《诗心》），很值得取法与借镜。

（张高评）

张　乔（约公元八八〇年前后在世）

池州人，懿宗咸通中进士。黄巢乱作，隐于九华山以终。诗句清雅，笔致秀逸，音节优美，犹有中唐格调。初京兆府解试月中桂诗，张乔作"根非生下土，叶不坠秋风"，遂擅场以为第一。

书边事（165）

调角断清秋，征人倚戍楼①。
春风对青冢②，白日落梁州③。
大漠无兵阻，穷边有客游④。
蕃情似此水，长愿向南流⑤。〔平声尤韵〕

本诗描写游塞时所见所感，布局随着"客游"的脚步展开，景物由小而大，空间自近而远，全诗清新雅正，的是张乔诗风。

首联"调角断清秋，征人倚戍楼"，首句写所闻，次句点地。在这清秋时节，吹角响遍了塞外，守边的士卒闲倚在戍楼上瞭望。听到调角，知道身在边塞，看到征人闲倚戍楼，知道目前边境无事。其中"断"字、"倚"字是诗眼，

①　戍楼——犹现在防御敌人的堡垒。
②　青冢——即昭君墓，在今内蒙古呼和浩特市南二十里。塞外草多白，只有昭君冢上草独青，所以称青冢。
③　梁州——古九州之一，当今陕西西南部。此处似应泛指边塞地域。
④　穷边——犹绝塞。
⑤　蕃情二句——喻蕃人之长欲南附。作者另有《再书边事》诗，云："羌戎不识干戈老，须贺当时圣主明。"亦是此意。

着一"断"字，能传出调角响彻塞漠之神（断有占尽笼罩之意）；着一"倚"字，士卒之悠闲整暇，边境之无事苟安，可以想见。

颔联"春风对青冢，白日落梁州"，出句写近景，对句写远景，都是登楼所见。时间虽已清秋，但明妃香冢上却还蒙受着春风，青草依然；远望则白日西沉，云天低尽处，约略是甘梁大野。诗中的"青冢""梁州"不一定是指登临所望，只不过借此表明此诗作于边塞而已，不可拘泥用典。

颈联"大漠无兵阻，穷边有客游"，转笔写自身。出句应首句"断"字，对句应次句"倚"字，声气相通，如响斯应，结构自然紧凑。由于大漠无干戈之事，所以唯有调角占尽清秋的空间；又因为"大漠无兵阻"，所以征人才能闲倚戍楼，游客才能作穷边之壮游。意相补足，浑然一体。

末联"蕃情似此水，长愿向南流"，以所感作收，见作者忠爱君国之情。由于边塞地势高耸，故其地之水长向南国而流。末联借眼前之景起兴，谓但愿蕃人向化，若此水之向南流。此与"不作边城将，谁知恩遇深"，同见诗人忠爱之思。作者另有《再书边事》诗云："羌戎不识干戈老，须贺当时圣主明。"也是同样的寓意。喻守真《唐诗三百首详析》，别从整顿边疆的感慨去欣赏说："广大沙漠，无兵卒防守，蕃人自易南侵。边疆重地，竟可任人游历，意中指摘当局疏于防御。所以结句即直说蕃情似水长向南流，即谓蕃人无日不图南侵也。"如此解释亦无不可，本来欣赏就如同创造一般，人各为心，见仁见智啊！

本诗的景物安排次第，由调角而戍楼，而青冢，而梁州，而大漠，景物由小之大，空间亦由近而远，很有层次。

（张高评）

崔 涂（公元八五四——？年）

字礼山，江南人。僖宗光启三年（公元八八七年）进士。壮客巴蜀，老游龙山，故其诗多旅愁之作。五律沉着凝练，托兴深婉，犹有中唐之风。其《春夕》旅怀诗"胡蝶梦中家万里，子规枝上月三更"颇为世所诵。

除夜有作（166）

迢递三巴路①，羁危万里身。

乱山残雪夜，孤烛异乡人。

渐与骨肉远，转于僮仆亲②。

那堪正飘泊，明日岁华新。〔平声真韵〕

崔涂壮年时客居巴蜀，晚年游龙山，故其诗多旅愁之作。这是一首客中值除夕之夜感怀之作，苦情苦境，说尽无余，而一气斡旋，有如口谈，得张籍诗之三昧。

首联"迢递三巴路，羁危万里身"，首句点地，次句点人，迢递有远望悬绝之意。"蜀道之难，难于上青天"，而三巴路又为蜀道中极难极危之路途，"一年将尽夜"，崔涂这"万里未归人"正客居在巴蜀，所以次句说"羁危万里身"。"危"字就首句进一步点破，"羁"字强调当句"万里身"之意。除夕是个团圆夜，作者却仍客居他乡，尤有甚者，仍羁旅在距家乡江南万里之外的巴

---

① 迢递句——迢递，遥远貌。三巴指今四川省。《华阳国志》："献帝建安六年，改永宁为巴郡，以固陵为巴东，安汉为巴西，是为三巴。"是蜀路之极危险者。

② 转于——反与。

蜀行路既难且危的三巴路上，怎不令人愁苦？这两句起首即对，写得气象十分阔大。

颔联"乱山残雪夜，孤烛异乡人"，写除夕情景，凄凉异常，与马戴《灞上秋居》诗颔联"落叶他乡树，寒灯独夜人"同工异曲，都是经过锤炼的名句，绝非妙手偶得之作。出句承"迢递路"（也可说承"危"字），对句承"万里身"，这十字有十层意义：人过除夕夜，平凡而可乐，这是一层；人在故乡，过着下雪的除夕夜，这也没什么，只是有点寒意罢了，这是一层；异乡人对着残雪的除夕夜，不免就有残缺凄凉之感了，这另是一层；烛影摇晃下，异乡人在除夕夜对着远山残雪，这又是一层诗境；异乡人孤独面对幢幢烛影，置身于乱山丛峦残雪的除夕夜，则此情此景，谁能忍受？锤炼诗句如此，则密度高，层次多，含蕴富。尤其"烛"字正切除夕，移他处即不配称（若非除夕，寻常人家都点油灯，唯富贵人家点烛）。这联是用加一倍写法，也就是用"两层夹写法"，情景兼写，"乱"字、"残"字、"孤"字固是写景，何尝不是作者内在感情的反照呢？

颈联"渐与骨肉远，转于僮仆亲"，写客居感怀，自然亲切有味。由于飘泊异地，年尽路遥，所以与骨肉逐渐疏远，反而与僮仆日益亲近。因为骨肉虽亲，却远在乱山残雪万里之外，僮仆本疏，但因随侍在侧，在举目无亲之余，只得认疏作亲，也算是替雪中的除夕添了一点温暖。这两句跟贾岛《渡桑干》诗意境相似："客舍并州已十霜，归心日夜忆咸阳。无端更渡桑干水，却望并州是故乡。"皆是无理而妙者。王维《宿郑州》诗"他乡绝俦侣，孤客亲僮仆"，已先道得此妙，然王诗浑含，崔诗真率，各有胜境，不可轩轾。

尾联"那堪正飘泊，明日岁华新"，用"那堪"跌出题意"除夕"与"飘泊"。不开门见山点明题旨，却留待作收时方揭露，此种手法，如蕉心倒卷，叶叶心心皆有余情，颇能引人入胜，循序渐进欣赏，方悟其妙。若掉尾作首，则索然无味了。

与这首诗同格调的，有戴叔伦的《除夜宿石头驿》诗："旅馆谁相问，寒灯独可亲。一年将尽夜，万里未归人。寥落悲前事，支离笑此身。愁颜与衰鬓，明日又逢春。"明唐汝询比较两诗优劣说："首联足敌，第三联似胜戴，孤烛尤浑厚，然论切题，戴终胜崔。"唐氏之论，可供参考，不必即以为是。

本诗在声律方面，颈联出句二、四字作仄，故对句"僮"字作平声以救转，末联出句第四字本宜仄而今用平，故同句第三字宜平而用仄以自救，这样就都合律了。

（张高评）

孤　雁（167）

几行归塞尽，念尔独何之。

暮雨相呼失，寒塘欲下迟。

渚云低暗度，关月冷相随。

未必逢矰缴①，孤飞自可疑。〔平声支韵〕

这是一首咏物诗，名为咏孤雁，实则是作者自道羁旅苦况。崔涂飘泊凄凉之作，《全唐诗话》载其《春夕》旅怀诗云："水流花谢两无情，送尽东风过楚城。胡蝶梦中家万里，子规枝上月三更。故园书动经年绝，华发春唯满镜生。自是不归归便得，五湖烟景有谁争。"《蜀城春》诗："天涯憔悴身，一望一沾巾。在处有芳草，满城无故人。怀才皆得路，失计自伤春。清镜不堪照，鬓毛愁更新。"极写旅途流落之状，可与《孤雁》诗相印证。

本诗句句切写雁，尤其能扣紧"孤"字描摹，且又用孤雁比拟自己，诗律

---

① 矰缴——《史记·留侯世家》："鸿鹄高飞，一举千里。羽翮已就，横绝四海。横绝四海，当可奈何。虽有矰缴，尚安所施。"《淮南子·修务训》："雁御芦而飞，以避矰缴。"《战国策·楚策注》："矰，弋射矢。缴，生丝系矢而射也。"缴，音 zhuó，系在箭上的生丝。或以矰缴喻伤人之物。

极工细。首联"几行归塞尽，念尔独何之"，切写"孤"字，首句"几行归塞尽"衬托第二句，是为借宾形主之法，能传孤字之神。同飞的几行雁子全已回到塞上了，你单独一只要飞往哪里去呢？雁飞辄呈"人"字排列有序，故此处以几行指雁群，是借代格。离群羁留的孤雁，不知将何所之，用反诘生情之法概括题目，带动下文，灵活而紧凑。前途茫茫之感，直袭孤雁。

颔联"暮雨相呼失，寒塘欲下迟"，写雁飞情形，二句都是为雁设想。一阵暮雨过后，冲散了雁伴，待要呼唤时，已感失群，于是离群的孤雁盘旋空中，孤踪自怯，几次想下寒塘投宿，又不敢下。出句追述当时相失之由，对句写出孤雁仓皇犹豫之态。纪昀评此两句说："相呼则不孤矣，三句有病。寒塘句不言孤而是孤，不言雁而是雁，此为句外传神。"纪氏错会第三句之意，乃有此语。其实这是孤雁自觉离群时所作的呼唤，此时"几行"已"归塞尽"了。俞陛云以为作者替雁着想，如庄周之身化蝶，故入情入理，妙入毫颠。前人评中两联诗，说含有二十层意蕴，主要是作者能设身处地去揣摩描绘，何况又切自己的身世之感，无异"夫子自道"。写孤雁的洁身自爱，不怕冒风险，不肯同流合污，是写物，更是写人，寓意遥深，故写来入木三分，曲折尽致。暮雨相失后，迟迟不敢下寒塘栖息，则其惊慌孤寂已到极点。作者写情凄绝，状物也栩栩如生。

颈联"渚云低暗度，关月冷相随"，写孤雁之无依，出句从"寒塘"递下，对句自"暮雨"翻来。洲渚暗度，关山月冷，雁影相随，写孤雁之苦况，历历在目。而写飞途中相随者唯有渚云关月，仍是进一步形容雁之孤单无依手法。本联的"低"字"冷"字，颔联的"失"字"迟"字，都是历经锤炼的诗眼，能传出孤雁的心声及动作之神理，文约意丰，刻画妙肖，可谓着一字而尽得风流了。

末联"未必逢矰缴，孤飞自可疑"，拓开一笔写，点出"孤"字，说孤飞虽不一定逢弋者而丧生，但失群而独来独往，毕竟值得疑惧。末句暗喻游子畏惧旅途之不测，故托孤雁以自比。可见本诗是以赋而兼比的手法写成的，委婉曲折，不可多得。

元杨载《诗法家数》载咏物诗之作法云："咏物之诗，要托物以伸意。要二句咏状写生，忌极雕巧。第一联须合直说题目，明白物之出处方是。第二联合咏物之体。第三联合说物之用，或说意，或议论，或说人事，或用事，或将外物体证。第四联就题外生意，或就本意结之。"所说方法，很可供创作或欣赏咏物诗的参考。

（张高评）

杜荀鹤（公元八四六——九〇七年）

字彦之，自号九华山人，池州人。出身寒微，昭宗大顺二年第一名进士。作诗以"诗旨未能忘救物"自期，多描绘离乱，讥刺暴敛之作。其诗以宫词第一，诗风明白平易，或失之浅率。著有《唐风集》二卷。

春宫怨（168）

早被婵娟误，欲妆临镜慵①。

承恩不在貌，教妾若为容。

风暖鸟声碎，日高花影重。

年年越溪女②，相忆采芙蓉③。〔平声冬韵〕

---

① 早被二句——婵娟，形态美好貌。误，贻误。慵，懒惰。

② 越溪女——指西施在越溪浣纱时的女伴。《方舆览胜》："若耶溪一名越溪，西施采莲于此。"

③ 采芙蓉——古诗："涉江采芙蓉，兰泽多芳草。"芙蓉，指荷花。

看此诗题面，纯粹为宫怨而作。其实，本诗固为宫人写怨，然"哀窈窕而感贤才，作者亦以自况。失意文人望君门如万里，与寂寞宫花同其幽怨已"（俞陛云《诗境浅说》），所以诗中充满了怀才不遇之感以及无人赏识之叹。

这首宫怨诗，欧阳修《六一诗话》及吴聿《观林诗话》皆以为周朴诗。宋胡仔《苕溪渔隐丛话》卷二十三则断为杜荀鹤之作，引《幕府燕闲录》云："杜荀鹤诗鄙俚近俗，惟宫词为唐第一，云'早被婵娟误'云云，故谚曰，'杜诗三百首，妙在一联中'，'风暖鸟声碎，日高花影重'是也。"他如魏泰《临汉隐居诗话》、宋佚名《竹庄诗话》、元方回《瀛奎律髓》、明何孟春《余冬诗话》等，并以为此诗乃杜荀鹤所作无疑。

首联"早被婵娟误，欲妆临镜慵"，当初因貌美而被选入宫中，结果却得不到宠幸，因此连临镜梳妆打扮也慵懒了。因貌美而入选宫中，却不因貌美而受宠，这是一种翻叠。早因婵娟而入选，是一种希望与期待；后遭冷落，始自觉为婵娟所误，则别是一种失望与怅惘。此种矛盾与冲突表现在外，就成了"欲妆临镜慵"的消极与自暴自弃。而且越是"欲妆临镜慵"，不在婵娟上下功夫，就可能越加失宠，遂成了恶性循环的后果。这两句夺胎于《诗经》"岂无膏沐，谁适为容"的精义。

颔联"承恩不在貌，教妾若为容"，出句承第一句，化隐衷为明言；对句承第二句，翻叠"士为知己者用，女为悦己者容"之意。后宫佳丽三千，燕瘦环肥，各自争宠取怜，专工心术，则自己婵娟之貌，无所用施。因此觉悟到，能承受皇上恩泽的宫女，并不在于貌美；既然如此，那么，我到底为了谁去饰容取宠呢？无穷怨字，见于言外。颔联这两句，都是将前人的旧语翻叠使用，于是原意之上又复叠了一层新意，不但情致清新，含意也层折有味，最能增加诗的密度。

颈联"风暖鸟声碎，日高花影重"，这是本诗最脍炙人口的两句，出句写闻，对句写见，都是切着"春"字来说的，写宫女无聊寂寞，借春光以自遣的情形。春风送暖之际，鸟啼声声，繁碎入耳，这是诉诸触觉与听觉的形象。日高亭午之时，花影浓密，交映重叠，这是诉诸视觉的具象语言。鸟声碎，花影重，见作者体会入微。用"碎"字、"重"字，见作者体物之工。

末联"年年越溪女，相忆采芙蓉"，从对面着笔，写出怨情，十分微婉多姿。说倒是当年的越溪女伴，还在深情地怀念着和我同采芙蓉时的快乐。不说自己怨恨，却偏说女伴悠闲，推开自己"被婵娟误"的感伤，却去忆越溪女的采芙蓉快乐，是背面渲染法，也是拓开一层写法。

这首诗也可从才士不遇方面去欣赏它。元方回《瀛奎律髓》就说道："譬之事君而不遇者，初亦恃才，而卒为才所误，愈欲自炫，而愈不见知。盖宠不在貌，则难乎其容矣，女为悦己者容是也。风景如此，不思从平生贫贱之交可乎？"清王士禛《五代诗话》也同意方回的看法，从这方面去理解欣赏也未尝不可。

明王世贞《全唐诗说》则认为："杜荀鹤'承恩不在貌，教妾若为容'，五言律也，然去后四句作绝乃佳。"则是以为前两联可独立成一绝句诗，这又是另一种欣赏方式。

（张高评）

韦　庄（公元八三六——九一〇年）

字端己，杜陵人，韦应物四世孙。庄应举时正黄巢犯阙，兵火交作，遂著《秦归吟》，直陈乱中景象，公卿多讶之，号为"秦妇吟秀才"。今敦煌残卷中，尚存秦妇吟一诗。乱平后，昭宗乾宁时举进士，授校书耶。后依蜀王建，仕至吏部侍郎同平章事。工词，与温庭筠并称，有《浣花集》十卷。其七绝诗色泽明淡相谐，音节嘹亮，多个人哀音，加以举目有山河之异，流离漂泛，寓目缘情，不免多伤时之作。

章台夜思 ①（169）

> 清瑟怨遥夜，绕弦风雨哀。
>
> 孤灯闻楚角，残月下章台。
>
> 芳草已云暮，故人殊未来。
>
> 乡书不可寄 ②，秋雁又南回。〔平声灰韵〕

俞陛云《诗境浅说》谓："五律中有高唱入云，风华掩映，而见意不多者，韦诗其上选也。"韦庄之诗大抵重在句雕字琢，而义乏闳深，这首《章台夜思》却不同凡响，纯是体近雅正、寄兴遥深之作。

本诗前四句写"夜"，一层深于一层，后四句写"思"，意分三层写，一种无可奈何之恨，全包含在此四十字之中。

首联"清瑟怨遥夜，绕弦风雨哀"，借凄清的瑟音起兴，以兴起内心的哀感。在这漫漫长夜中，凄清的瑟音，流露着幽怨的旋律；那旋律萦绕瑟弦传出，仿佛凄风苦雨般地哀鸣。由于内心的哀怨，"由我观物，物皆着我之色彩"，投射在外，于是瑟清夜遥，弦音如风雨般地号泣了。不借夜景寓情，却移情于瑟音，写哀怨之情，十分曲折。

颔联"孤灯闻楚角，残月下章台"，出句写明闻，对句写暗见，出句是悬想故人，对句是实写自己。在这令人哀怨的长夜里，在江南的故人，大概独坐孤灯下，忍听着楚角的悲凉吧。而我却在残月西堕之时，独下章台，怀想着他。地虽不同，而孤苦寂寞竟是一样的。楚角与残月最能引人怀思，这种怀思诉诸听觉与视觉，尤其感到深刻而无奈，就加强诗境效果而言，这是十分成功的形象语言。从"怨遥夜"到"下章台"，时间历经一整夜，空间则自室内延

---

① 章台——故址在陕西西安市长安区西南，汉时为冶游之地。

② 乡书——指家书。作者另有《寄江南诸弟》诗，中云："万里逢归雁，乡书忍泪封。"

展到户外，可以想见"竟夕起相思"的苦况。

颈联"芳草已云暮，故人殊未来"，出句写春芳已歇，对句写交情远隔，迟暮之感令人不能自已，不遇之慨使人望月远思。这十个字写"思"的两个层次，出句借芳草之具象以写芳华之逝去，以虚拟实，盖源于《离骚》"日月忽其不淹兮，春与秋其代序；惟草木之摇落兮，恐美人之迟暮"之旨。对句之"殊"字是隔绝的意思，上承"楚"字，下伏"乡书不可寄"之意。

末联"乡书不可寄，秋雁又南回"，写得一片空灵，含情无限。出句写"思"的第三层，所谓"乡书"，是指远在楚地的故人寄回故乡长安的信，是就故人一边说的。末句补充说明"不可寄"之故，因为秋雁又向南方回翔了。《沧浪诗话》说："诗有别趣，非关理也。"客观地说，秋雁南回与乡书不可寄之间扯不上任何关系，但在诗中，凭着作者主观的色彩，硬编派乡书不达之故为秋雁南回，这种"无理而愈妙"的诗，往往有它的别趣，通常是不宜以常理去欣赏它的。

就全诗而言，前半之佳处在神韵悠长，后半之胜处在笔势老健，句句切题，章法分明。

（张高评）

僧皎然（公元七三四——七九九年）

俗姓谢，名清昼，长城人，晋谢灵运十世孙。与陆羽同居杼山妙喜寺，有《杼山集》十卷。其诗清淡自然，多写幽境。曾著《诗式》五卷，强调高玄，崇尚"貌逸神王，杳不可羁"，对后代诗话影响极大。

寻陆鸿渐不遇 [①]（170）

> 移家虽带郭，野径入桑麻。
>
> 近种篱边菊，秋来未著花。
>
> 叩门无犬吠，欲去问西家。
>
> 报道山中去，归来每日斜。〔平声麻韵〕

明杨慎《升庵诗话》称："五言律八句不对，太白浩然集有之，乃是平仄稳贴古诗也。僧皎然有《访陆鸿渐不遇》一首，虽不及李白之雄丽，亦清致可喜。"唐人作诗受了律体的影响，喜欢在古风中杂以律句，因此就写成了平仄合律、字数合律但对仗不合律的作品，像本诗即是，李白的《夜泊牛渚怀古》诗也是这种格调，颇有振笔畅气，清空如话之美。

首联"移家虽带郭，野径入桑麻"，写的是远景，首句写寻访陆羽之家，其家搬到近城郭的乡间，这是作者此行拜访的地点。次句写途中所见，走进荒野小径，满眼是桑麻蒙茸。可见陆羽所居，是何等幽静偏僻。

颔联"近种篱边菊，秋来未著花"，写将到所见景物。"篱边菊"用陶潜"采菊东篱下"之诗意，隐见所访者是位闲雅的栖逸高士。"未著花"补足"近种"之意，由于近种，所以如今尚未开花。写来十分自然晓畅，别有韵味。

颈联"叩门无犬吠，欲去问西家"，写已到其家门，却无人在家。前二联写"寻"，处处是寻访口吻；后两联写"不遇"，句句是不遇神理。叩门既无犬吠，自然是人已外出不在家了；既来访，却不遇，虽不遇，却又不甘心平白折回，故又前去请问西边邻家，希望能有所遇。

---

① 陆鸿渐——鸿渐名羽，一名疾，字季疵，复州竟陵人。肃宗上元初更隐苕溪，号桑苎翁。诏拜太子文学，不就。著有《茶经》三篇，言茶之原、之法、之具尤备，天下益知饮茶矣。时鬻茶者至陶羽形置炀突间，祀为茶神。

末联"报道山中去，归来每日斜"，进一步写出此行终不遇之状况。第五句写不遇，第六句希望能遇，第七句所写又似乎可遇，第八句所叙则知终不可遇了，写来十分曲折有致。再说，此诗之潇洒出尘，每在章外无字句处，此有待读者进一步体味了。

　　作者另有一首五律，诗意也是访陆鸿渐，也不讲对仗。皎然所作《诗式》曾说："取境之时，须至难至险，始见奇句，成篇之后，观其气貌，有似等闲，不思而得，此高手也。"此种"看似寻常最奇崛，成如容易却艰辛"的诗论，我们看了他这首不斤斤于对偶琢句的作品之后，很觉得亲切有味。

（张高评）

陆 七言律诗 五十首

崔　颢（公元？——七五四年）

汴州人。一生苦吟咏，所谓"苦吟诗瘦"是崔颢的典故。开元十一年（公元七二三年）进士，官终尚书司勋员外郎。早岁诗体浮艳，多闲情轻薄之作，娶妻择美者，稍不惬即弃之，凡易三四。又好赌博喝酒，不拘礼节。后游边塞，风格一变为雄浑自然，风骨清劲。天宝十三载（公元七五四年）卒。

行经华阴 [①]（171）

岧峣太华俯咸京 [②]，天外三峰削不成 [③]。

武帝祠前云欲散 [④]，仙人掌上雨初晴 [⑤]。

---

① 华阴——今陕西华阴，因在华山之北，故名。

② 岧峣句——岧峣，音 tiáo yáo，山高貌。咸京，即咸阳，秦汉建都于此，故称咸京。

③ 天外句——《广舆记》："太华石壁直上如削成，最著者曰莲花、玉女、明星三峰。"天外，喻高远。

④ 武帝祠——指巨灵祠。《华山志》："巨灵，九元祖也。汉武帝观仙掌于县内，特立巨灵祠。"

⑤ 仙人掌——《水经注》引《国语》云："华岳本一山当河，河水过而曲行。河神巨灵手荡脚踏，开而为两（即太华、少华），今掌足之迹仍存华岩。"武帝所观仙掌即此。又按王涯《太华山仙掌辩》："西岳太华之首峰有五崖，自下远望，偶为掌形。"

河山北枕秦关险①，驿路西连汉畤平②。

借问路旁名利客，何如此处学长生。〔平声庚韵〕

这首诗写行经华阴时所见景象，看似写景，其实是借景劝讽。此诗与《黄鹤楼》诗皆以风骨凛然取胜，然论对仗与平仄，本诗自胜《黄鹤楼》，若论气魄意境，则本诗不如《黄鹤楼》远甚。不过，本诗雄浑壮阔处也是值得称道的。

首句是入乎其中写太华之高峻，次句是出乎其外写太华之岧峣。首句着一"俯"字，反衬此山仰之弥高之神态，"咸京"为第七句"名利客"照眼作伏。次句刻画"俯"字的姿态，反用《广舆记》之意，最妙。太华三峰如削成，今反云削不成，可见此山之峻极于天，非人工所及，不言可喻。金圣叹选批唐才子诗谓："'削不成'与'俯咸京'六字，皆是先生脱尽金粉章句，别舒元化手眼，真为盖代大文。"推崇叹赏可谓备至了。

三、四两句承上"三峰"句，写云散雨晴时所见。巨灵祠、仙人掌峰是太华附近的胜景，平时雨湿云聚，不易见其真面目，今日"云欲散""雨初晴"之际，才知其中山岚秀气，在在可观。这一联写景，气象雄丽，于初唐盛唐作品堪称首屈一指。首句涉身其中写景，次句则跳出局外，写极远地方的镜头，三、四句又将镜头拉近，五、六句再把镜头距离转换，朝向远处的北方与西方，最有变化之美。

五、六两句写景开阔，秦关汉畤当时虽险要，然时移代变，到今日一切富贵荣华尽归乌有，实在不如天外三峰之永恒长存。这一联只为引出第七句，讥讽路旁之名利客，不须复至咸京。上句用概括法，下句用特提法，承"俯咸京"，极写太华形胜之雄伟，第六句"驿路"暗点题意。此诗手法，真是大开大阖。

① 秦关——指秦函谷关，战国时秦所置，故名。
② 畤——音 zhì，古时帝王祭天地五帝的基地。

尾联以"路旁"两字扣切题文"行经"，并即景抒情，从汲汲名利，转出不如入山学道之意。此意不从自己直说，却反向旁人讽劝，这叫"反结法"，最能产生十足的情趣，有将尽不尽的余味。末句暗用仙人茅濛入华山修道，乘云驾鹤升天故事，用典自切华山，非率尔操觚者可比。有末联二句之意，则前六句之写景，便句句有归宿、有着落。《文心雕龙》所谓"绮交""脉注"，本诗便是一个好例子。

在声律方面，本诗虽不能句句皆平、上、去、入四声递用，然已得十之八九，所以声调铿锵悦耳。

（张高评）

黄鹤楼^①（172）

昔人已乘黄鹤去，此地空余黄鹤楼。

黄鹤一去不复返，白云千载空悠悠。

晴川历历汉阳树^②，芳草萋萋鹦鹉洲^③。

日暮乡关何处是，烟波江上使人愁。〔平声尤韵〕

宋严羽《沧浪诗话》曾推赞本诗，以为"唐人七律诗，当以崔颢《黄鹤楼》诗为第一"。据《唐才子传》载，李白登黄鹤楼，见本诗，遂搁笔叹赏，谓："眼前有景道不得，崔颢题诗在上头。"其后李白作《登金陵凤凰台》《鹦

---

① 黄鹤楼——故址在今湖北武汉市武昌区，民国初已毁于火。按《太平寰宇记》："昔费祎登仙，每乘黄鹤于此憩驾，故号为黄鹤楼。"仙人或以为是荀瓌、王子安。

② 晴川句——历历，分明貌。汉阳，今属湖北省武汉市，在武昌之西，汉水北面。

③ 芳草句——萋萋，草盛貌。鹦鹉洲在武汉市汉阳区。汉黄祖为江夏太守，大会宾客，有献鹦鹉于此洲，故名。又《海录碎事》："黄祖杀祢衡，埋于沙洲之上，后人因号其洲为鹦鹉洲，以衡尝为《鹦鹉赋》故也。"

鹉洲》诸作，即模拟崔颢本诗而成者。崔颢终生作诗不多，却凭此诗令太白搁笔，可见诗作贵精妙，不在繁多，一诗士林争诵，即足不朽。

这是一首题壁诗，就眼前景物生发，以写吊古怀乡之情，妙在自然宏丽，风骨凛然。沈德潜《唐诗别裁》批评本诗说："意得象先，神行语外，纵笔写去，遂擅千古之奇。"元方回《瀛奎律髓》阐释说："此千古擅名之作，只是以文笔行之，一气转折。五六虽断写景，而气亦直下喷溢，收亦然，所以可贵。"俞陛云《诗境浅说》谓本诗之佳处有二：一是神气流注，格高意超；一是托想空灵，寄情高远。这些评语都很值得体味与参考。

本诗前半虚写，虚实相生，实乃律诗之通法。以前半首而言，只第二句写黄鹤楼，其他三句则皆写昔人，首句写昔人，三句想昔人，四句望昔人。鹤去楼空，仙人不在，唯见天边白云悠悠千载而已。妙在从"黄鹤楼"三字着想，遂以浩浩大笔，叠写三"黄鹤"字，除次句明点"楼"外，其他二句都借以拖逗出"仙人"来，若隐若现，最得离合之法。一本首句作"昔人已乘白云去"，金圣叹选批唐才子诗曾驳之曰："使昔人若乘白云，则此楼何故乃名黄鹤？此亦理之最浅显者。至于四之忽陪白云，正妙于有意无意，有谓无谓。若起手未写黄鹤，先已写一白云，则是黄鹤白云，两两对峙……且白云既是昔人乘去，至今尚见悠悠，世则岂有千载白云耶？"（李锳《诗法易简录》说略同）起句云乘鹤，故下云"空余"，若作白云，则有突如其来之病，不见文字安顿恰妙之美了。同时，本诗正以叠用三"黄鹤"，连用三叠字"悠悠""历历""萋萋"，二"人"、二"去"、二"空"字为奇，岂可因板陋之见而妄改传世之奇文？

前半虚写，写的是昔人，后半实写，写的是今人，都不曾写到"楼"。知本诗曾不略写到"楼"，则知后人有欲"搥碎黄鹤楼"者，便是枉费心神。而李白《江夏赠韦南陵冰》所谓"我且为君槌碎黄鹤楼，君亦为吾倒却鹦鹉洲"，《醉后答丁十八以诗讥余捶碎黄鹤楼》诗所谓"黄鹤高楼已捶碎"云云，不过是狂放豪快之语，亦曾无一语关涉到崔颢《黄鹤楼》诗。

后半写景，纯就本地风光抒写自家怀抱，所以作品有灵魂，有个性。否则黄鹤楼前，"江矶峻险，夏口高危，瞰临沔汉，应接要冲"，可以捕捉入诗的景象，何只限于崔诗所云晴川芳草、日暮烟波而已？虽无数好景当前，却苦缺乏特殊之襟抱，所以自李白以下，登黄鹤楼者皆不敢题诗，以此。五、六两句实写楼中所见，晴川芳草，都是隔江远望景物。七、八两句更将镜头拉远到烟波之外的乡关，时间也安排在日暮，这日暮途远的原型运用安在尾联，使得恋阙怀乡之意十分饱满。前半望云思仙之怅恨已觉苍茫百端，后半目断乡关却不知何处，更觉渺茫无际，生我愁思。前后之间，妙在若不相牵连，其实其间如烟笼水，如月笼沙，若断若续而脉络潜通。同时，五、六两句预为"乡关何处"作翻叠，是以近景翻远景，遂使文趣回环重叠，层折有味。运用此一手法，最能使意象历历浮现。

就音响节奏而言，"昔人已乘黄鹤去，此地空余黄鹤楼"，出句首字可不论，拗第六字作仄，则下句第五字用平声"黄"字以救之。三、四两句"黄鹤一去不复返，白云千载空悠悠"，似对非对，律间出古，上句连用六仄，下句连用五平，然音节依然浏亮，并不拗口。五、六两句"晴川历历汉阳树，芳草萋萋鹦鹉洲"，"阳"字孤平，故"鹦"字宜仄而用平以救之。黄永武先生曾论及五、六两句的音响说："'晴川'是齿音字，'历历'是舌音字，'汉阳'是喉音字，不同的五音乃是两两相连地错综着，读起来有一种愈来愈响的声势。因为齿音不如舌音宏大，舌音又不如喉音宏大，连着读下，使那历历的汉阳树，随着愈来愈响的声势，有一种愈来愈清晰、愈来愈逼临眼睫的感觉。下句'芳草萋萋鹦鹉洲'，由于'草萋萋'三个齿音字连着，给人的感觉又自不同，远眺细小的芳草，但觉凄迷历乱，远不及上句那样给人显豁的视觉感受。"（《中国诗学·设计篇·谈诗的音响》）黄先生别从音响与兴会的谐合去赏析本诗，是一种十分新颖而可取的欣赏方式，很富于启示性。总之，本诗气格超然，高唱入云，不为律诗所缚，纯以韵胜，品之自有余味。

（张高评）

王 维

奉和圣制从蓬莱向兴庆阁道中留春雨中春望之作应制①（173）

渭水自萦秦塞曲，黄山旧绕汉宫斜②。

銮舆迥出千门柳③，阁道回看上苑花。

云里帝城双凤阙④，雨中春树万人家。

为乘阳气行时令⑤，不是宸游玩物华⑥。〔平声麻韵〕

这是一首应制诗，是侍从皇帝时奉命应和之作。沈德潜《唐诗别裁》推重此诗，以为"应制诗应以此篇为第一"，因为"唐时五言以试士，七言以应制，限以声律，而又得失谀美之念先存于中，揣摩主司之好尚，迎合君上之意旨，宜其言之难工也"（《说诗晬语》）。这种馆阁体虽然很难工巧，但本诗却写得雄秀整丽、清雅流动，很有华贵气象，所以卓绝。

首二句以山水双起，画定了蓬莱宫、兴庆宫的方位，也为本次的宸游布置

---

① 圣制——皇帝所作的诗。蓬莱宫，即唐大明宫，宫在长安城东南角，又号南内。隆庆坊有明皇为诸王时故宅，开元二年为隆庆宫，后避明皇隆基名讳，改名兴庆。开元二十年，筑夹城通芙蓉园，自大明宫夹东罗城复道（即阁道），又可达曲江。见《雍录》。阁道，高楼间架空的通道。

② 黄山——黄麓山，在兴平市北，亦名黄山。

③ 銮舆句——銮舆，天子的乘舆。迥出，远出。千门，指宫内的千门万户。

④ 双凤阙——建章宫圆阙，有金凤在阙上，故号凤阙。此处泛指皇宫中的楼观。

⑤ 为乘句——《汉书·律历志》："阳气动物，于时为春。"又《礼记》："立春之日，亲率三公九卿诸侯大夫以迎春于东郊。"

⑥ 不是句——宸游，指皇帝出游。宸，北辰所居，指皇帝。物华，美好的景物。

了无数山围水抱的场景。渭水自萦，黄山旧远，点明此处本秦汉形胜地，如今江山留此胜迹，供我君臣之登临。秦塞汉宫，何等冠冕，曲对斜，景象十分恰合。三、四句切扣题面写，三句着一"迥"字，见天子威仪之盛，四句着一"回"字，见春景之烂漫绝殊。用"迥出""回看"，景物如见，措词之精确，后人难及。

五、六两句承上"回看"，"云里"句写仰观，"雨中"句写俯瞰。此联不过写从阁道仰观双凤阙，俯瞰万人家而已。"云里帝城"，"雨中春树"，都是衬笔，有用来烘托出气氛的效果。这两句写景取象，十分雍容华贵，诗中有画，宛如亲见，其远近高低布置之妙，可谓功参造化了。吴乔《围炉诗话》评此联说："大句笼罩，气象万千。"可谓定评。本诗前六句皆写景，后两句则"寓规于颂"，章法高绝，命意超拔。赵殿成注王诗谓："结句言天子之出，本为阳气畅达顺天道而巡游，以行时令，非为赏玩物华。因事进规，深得诗人温厚之旨，可为应制体之式。"大抵唐人应制诗俱尚虚美之词，唯独此联有规讽之意，颇有曲终雅奏、婉而成章之美。由于本诗八句全对，典丽精工，足为法准，所以七律全对之格，皆以此篇为定式。

方回《瀛奎律髓》称王维之诗"以兴象超远，浑然元气，为后人所莫及；高华精警，极声色之宗，而不落人间声色，所以可贵"，细读此诗，可知此言不虚。

（张高评）

和贾至舍人早朝大明宫之作^①（174）

> 绛帻鸡人报晓筹^②，尚衣方进翠云裘^③。
>
> 九天阊阖开宫殿^④，万国衣冠拜冕旒^⑤。
>
> 日色才临仙掌动^⑥，香烟欲傍衮龙浮^⑦。
>
> 朝罢须裁五色诏^⑧，佩声归到凤池头^⑨。〔平声尤韵〕

　　这是一首唱和诗，作于乾元元年戊戌之春。本诗但和其意，不步原韵。贾至《早朝大明宫呈两省僚友》诗："银烛朝天紫陌长，禁城春色晓苍苍。千条弱柳垂青琐，百啭流莺绕建章。剑佩声随玉墀步，衣冠身惹御炉香。共沐恩波凤池里，朝朝染翰侍君王。"时王维与贾至皆任中书舍人，岑参、杜甫分任

---

　　① 贾至，字幼邻，擢明经第，从玄宗幸蜀，拜起居舍人，知诏诰，历中书舍人。《唐六典》卷九曰："中书省，中书舍人六人，正五品上，掌侍奉进奏，参议表章，凡诏旨制敕及玺书册命，皆按典故起草进画，既下则署而行之。"《唐六典》卷七曰："大明宫在禁苑之东南，西接宫城之东北隅。南面五门，正南曰丹凤门，东曰望仙门，次曰延政门，西曰建福门，次曰兴安门。兴庆宫在皇城之东南，东距外郭城东垣。"贾幼邻《早朝大明宫呈两省僚友》诗曰："银烛朝天紫陌长，禁城春色晓苍苍。千条弱柳垂青琐，百啭流莺绕建章。剑佩声随玉墀步，衣冠身惹御炉香。共沐恩波凤池里，朝朝染翰侍君王。"岑嘉州、杜子美亦皆有和诗。

　　② 鸡人——《汉官仪》："宫中夜漏未明，三刻鸡鸣，卫士候于朱雀门外，着绛帻（红布包头像鸡冠）专传鸡唱。"鸡人，《周礼》官名。《唐书·百官志》："司门郎中、员外郎各一人……昼题时刻，夜题更筹。"晓筹，即更筹，夜间计时的竹签。

　　③ 尚衣——官名，掌供天子冕服。

　　④ 阊阖——宫殿的正门。

　　⑤ 冕旒——《礼记·礼器》："天子之冕（冠也），朱绿藻，十有二旒。"旒，音 liú，冠前下垂的缀珠。

　　⑥ 仙掌——即障扇，宫中仪仗之一，用以蔽日障风。

　　⑦ 香烟句——香烟，御炉的烟。衮龙，天子所穿绣龙的礼服。

　　⑧ 五色诏——诏，天子的诏书，用五色纸，故叫五色诏。

　　⑨ 佩声句——佩声，即佩玉的声音。凤池，凤凰池之简称，中书省所在地。

门下拾遗与补阙，所以贾诗分呈两省僚友，于是王、岑、杜三人皆有和作。杜甫之诗谓："五夜漏声催晓箭，九重春色醉仙桃。旌旗日暖龙蛇动，宫殿风微燕雀高。朝罢香烟携满袖，诗成珠玉在挥毫。欲知世掌丝纶美，池上于今有凤毛。"岑参所和诗见于本书内，不赘。四人之诗俱伟丽可喜，"右丞正大，嘉州明秀，有鲁卫之目，贾作平平，杜作无朝之正位，不存可也"（《唐诗别裁》）。施补华《岘佣说诗》也说："和贾至诗，究以岑参为第一。"又说："摩诘九天阊阖失之廓落，少陵九重春色醉仙桃更不妥矣。"这些评论，可以参考。

本诗前半写早朝，后半写两省，全依贾至诗原样，从天子一边写起，继写百官朝拜，而归结到贾舍人身上，表现出和诗之意。此诗宫商迭奏，音韵铿锵，博大昌明，巍巍乎有帝王之气象，高棅《唐诗品汇》以王维、李顾为七律之正宗，实在不是徒然的。

本诗的时间从鸡人报晓到百官朝罢，空间则从九天阊阖到左右两省，时空的交会，构成了早朝的意象。一、二句写"早"字，只是闲笔，第三句写天子自内而外出御，四句写百官自外而内朝拜，内外交见，形成绝妙的百官朝觐图。五句"日色才临"写朝光满殿，翻上"早"字；六句"香烟欲傍"写天子驾退，翻上"朝"字。上句写宫外，下句写宫中，描绘朝见之景如见。日本森大来评释说："旭日曈曈，炉烟缭绕，冕旒雍容，袍笏离披。其熙熙皥皥之景象，无不曲尽。"的确，中间两联所写是很有绘画性的。七八两句急接"朝罢"，见出和贾本意来。

这首诗的最大特色是实字（名词）很多，达十四个。实字既密集，则所写的事物必多，便容易造成意象的重叠与浮现。森大来评释以为："此篇都以色部字面，组织一篇。"如绛帻、翠云裘固带有鲜艳色彩，而宫殿、冕旒、仙掌之日，衮龙之烟，也无不带有色相。故结处以"五色"字点"诏"，又以"凤池"之"凤"字所具有之光彩焕发意义产生具象，使人能想象早朝的闲雅与宫廷之瑰丽。本篇除以色彩渲染气氛外，更借实字来烘托景物，如以翠云裘、冕旒、衮龙三实字衬托出天子尊贵之形象，以鸡人、尚衣、万国衣冠、仙掌等实字状朝仪之盛，以阊阖、宫殿、凤池夸美宫廷之富丽堂皇，再以绛帻、香烟、五色诏、佩声等实字，有香、有色、有声之感官强调，绘出了朝中的庄严与和平。不过，也有人批评本诗说："以绛帻、翠裘、衣冠、冕旒、衮龙等字用在八句之中，前人犹病其太杂。"（清王应奎《柳南续笔》）这种堆砌，也的确是一病。其他如"衣"字犯重，"衮龙浮"亦嫌复衍，末句又微拗，这些都是美中不足之处。前人评王维此作"为唐律之冠冕"，未免誉之太过。

（张高评）

酬郭给事①（175）

洞门高阁霭余晖②，桃李阴阴柳絮飞。
禁里疏钟官舍晚③，省中啼鸟吏人稀。
晨摇玉佩趋金殿，夕奉天书拜琐闱④。
强欲从君无那老，将因卧病解朝衣⑤。〔平声微韵〕

这是一首描写宫廷景象的酬和诗，大概郭给事有诗相赠，所以王维作此诗以酬答之。王维七律，号称开元、天宝诸作之正宗，此篇之精深华妙，信非他人所能及，尤其写景分明如画，清腴有味，更见王维诗的特色。

前四句以宫外馆内之清寂闲静，反衬五、六两句郭给事之劳碌黾勉，并引出尾联作者的感慨。首联就宫外写所见，从暮景落笔写"余晖"，却从"洞门高阁"着手，实即"返景入深林，复照青苔上"的激射笔法，杜甫"返照入

---

① 郭给事——名承嘏，字复卿。
② 洞门句——洞门，重重相对而彼此相通的门。霭，聚集。
③ 禁里——《三辅黄图》："汉宫中谓之禁中，谓宫中门阁有禁，非侍卫通籍之臣，不得妄入。"
④ 琐闱——即青琐门。或曰有雕饰的门称琐闱，此指宫门。
⑤ 解朝衣——即致仕，辞职。

江翻石壁"诗境差可比拟。余晖从洞门穿入，倒照高阁，桃李成荫，而柳絮款飞，正是日暮春尽所见景色。颔联就馆内写所闻，禁里疏钟隐隐，省中啼鸟啾啾，正是官舍向晚、吏人退散时分，而郭给事仍劳瘁未息。章燮《唐诗三百首注疏》以为前四句有比兴，谓首联喻郭给事官高位尊，门生显达，颔联喻郭给事居官清廉闲静，故吏人稀少，恐是穿凿附会，难以凭信。

五、六两句写郭给事勤力黾勉，忠于职守。五句就入朝写，六句就退朝写，一日之奉职，但写其晨趋而夕拜，则其余可知，这是一种"概余"的手法，选取诗材的艺术。尾联抒写所感，谓虽想勉强追随您晨趋夕拜，无奈老病不堪，只得解朝衣致仕。王维能体认到自己"官应老病休"，与杜甫同具有温柔敦厚的诗风。

金圣叹选批唐才子诗以前四句为王维自况语，言官居清要，百事都捐。若果如其说，则所以酬郭给事者独颈联十四字，主客轻重，失之不伦。何况以自己之清闲旷放，遂鄙视他人之劳劬黾勉，王维本心绝不如此，今不从。

（张高评）

积雨辋川庄作 [①]（176）

积雨空林烟火迟 [②]，蒸藜炊黍饷东菑 [③]。

漠漠水田飞白鹭，阴阴夏木啭黄鹂。

山中习静观朝槿，松下清斋折露葵 [④]。

[①] 积雨，久雨。辋川庄，见前五言律诗《辋川闲居赠裴秀才迪》注。诗题一本作"秋归辋川庄作"。

[②] 积雨句——因久雨林野润湿，故烟火缓升。

[③] 蒸藜句——藜，指菜；黍，指饭。谓烧了饭菜，送到田里给农人吃。菑，音 zī，田亩也。

[④] 山中、松下二句——槿，一种早开晚谢的花。清斋，素食。葵，野菜之一种。

野老与人争席罢^①，海鸥何事更相疑^②。〔平声支韵〕

这首诗前半写积雨之景，后半写归隐之情，表现了"澹雅幽寂"的诗境。王维晚年生活的写照，也可从本诗颈联中窥知一二。

前人说本诗，多认为前四句"闲闲写景"，金圣叹选批唐才子诗很不以为然，认为"若必争之曰写景，则藜黍既迟，苦饥正切，而主翁顾方看鹭听鹂，吾殊不知此为何等诗，又为何等人之所作也"，因而肯定本诗前半是写王维醇厚痛恻的心地，后半是写王维闲适自得的心情。金氏的见解很可信据，因为唯有如此解说，首联颔联才能通贯一气，前半后半才算浑然一体。

本诗之命脉在"积雨"二字，"因久雨，致炊迟；因炊迟，致饷晚；因饷晚，致农饥"，所以前四句只在精写一个"迟"字。三、四承次句"馌彼南亩"之意，写身在田野之所见所闻。三句诉诸视觉，就低处写所见；四句诉诸听觉，就高处写所闻。"漠漠"状水田之广阔，"阴阴"绘夏木之深浓。谓家人烧好饭菜，送到田野来，准备给下田力作的人享用。而水田无际，但见白鹭飞翔，夏木阴蔽，唯闻黄鹂鸣啭，我那胼胝枵腹的劳人，却不知竟在何处。三、四两句景中有情，尤见作者温厚恕道的心地。

诗家评读本诗，大多着意欣赏颔联的两组叠字，诚如宋叶梦得《石林诗话》所谓"此两句好处，正在添'漠漠''阴阴'四字"。黄永武先生曾就此加以赏析说：

前人都很欣赏这四个叠字，如郭彦深说："漠漠阴阴，用叠字之法，不独

---

① 野老句——《列子·黄帝篇》："杨朱蹴然变容曰：'敬闻命矣。'其往也，舍迎将家，公执席，妻执巾栉，舍者避席，炀者避灶。其反也，舍者与之争席矣。"野老，自称，争席指争位，意谓我既致仕而归，已与世无争了。

② 海鸥句——海鸥，水鸟。《列子·黄帝篇》："海上之人有好鸥鸟者，每旦之海上，从鸥鸟游，鸥鸟之至者百住而不止。其父曰：'吾闻鸥鸟皆从汝游，汝取来，吾玩之。'明日之海上，鸥鸟舞而不下也。"谓鸥鸟疑其有机心也。

摹景入神，而音调抑扬，气格整暇，悉在四字中。"翁方纲也说："右丞此句，精神全在漠漠阴阴字上。"前人只说这些叠字用得好，还说不出所以好的缘故。其实"漠漠"是明纽唇音字，有着宽泛不明的意味；"阴阴"是影纽喉音字，有着阴暗的意味。前者写水田辽阔的远景，后者写夏木荫翳的近景，可说各极其妙。而积雨沉沉、烟火弥漫的村野风物，都隐隐约约地藏匿在这四字里，至于闲适的心境、静观的乐趣，无一不能从这四个叠字中体味出来。(《中国诗学·设计篇·谈诗的音响》)

从音响上去欣赏叠字的胜境，道出了声音与情境谐和无间的奥秘。

由于王维在本诗中的两组叠字安顿得宜，"精神兴致全见于两言"，所以招来中唐诗人李嘉祐的抄袭，而成"水田飞白鹭，夏木啭黄鹂"之五言诗，可谓画虎不成，买椟还珠。唐李肇《国史补》以为王维袭取李诗，实在大谬不然，沈德潜《唐诗别裁》论得好："俗说谓'水田飞白鹭，夏木啭黄鹂'乃李嘉祐句，右丞袭用之，不知本句之妙，全在漠漠阴阴，去上二字，乃死句也。况王在李前，安得云王袭李耶？"有了这四字，积雨的郊野景象才算如见如闻，历历活现。

五、六两句写归隐山庄后的闲适。深居山中，望槿花的朝开夕落，遂悟人生荣枯无常，因而修养了宁静的心性；筑室松下，折露葵以烹羹充膳，可以备四时之馔，所以过惯了清斋的淡泊。《旧唐书·王维传》说："维弟兄俱奉佛，居常疏食，不茹荤血，晚年长斋，不衣文采。"颈联所述，正是作者晚年生活的自我写照。尾联就"习静清斋"申说，谓自己既已归隐田园，也就与世无争，将随海鸥以忘机，请有心人不必相疑。吴闿生推测，"此时当有嫉之者，故收句及之"，这推测很近情理。由于要把难说的事说得让读者可以意会，一向兴象自然、不假雕饰的王维，也用了两句典故，这种"实事虚用"法，自然能表现出含蓄神妙的韵致来！

（张高评）

祖　咏（约公元七四一年前后在世）

洛阳人，开元十二年（公元七二四年）进士。张说在并州时，引为驾部员外郎。殷璠评其诗："翦刻省静，用思尤苦，气虽不高，调颇凌俗，足称为才子也。"少年时与王维为吟诗之密友，晚年移家归隐汝坟间别墅，以渔樵自终。有诗一卷，今存三十六首。

望蓟门①（177）

燕台一去客心惊②，笳鼓喧喧汉将营。

万里寒光生积雪，三边曙色动危旌③。

沙场烽火侵胡月，海畔云山拥蓟城。

少小虽非投笔吏④，论功还欲请长缨⑤。〔平声庚韵〕

---

① 蓟门——今北京的城门。蓟，音 jì。据《双槐岁钞》，"京都十景，其一曰'蓟门烟树'"，即此。

② 燕台——北京大兴区旧有燕昭王为郭隗所筑的黄金台，故称北京为燕台。《述异记》卷下曰："燕昭王为郭隗筑台，今在幽州燕王故城中。"《大清一统志》："顺天府，黄金台在大兴县东南。"

③ 三边——《史记·律书》曰："高祖有天下，三边外畔。"《小学绀珠》曰："三边，幽、并、凉三州。"

④ 投笔吏——《后汉书·班超传》曰："常为官佣书以供养，久劳苦，尝辍业投笔叹曰：'大丈夫无他志略，犹当效傅介子、张骞立功异域，以取封侯，安能久事笔砚间乎？'"后以功封定远侯。

⑤ 请长缨——《汉书·终军传》曰："军自请愿受长缨，必羁南越王而致之阙下。"缨是绳。终军后为南越相所杀，年仅二十余。

诗题中有"望"字，于是整首诗都从望字写出，望见了壮士去后的燕台，望见了当年汉将的营寨，望见了边邑的旌旗，望见了沙场的烽火上接胡月，望见了海畔的云山拥近蓟城。前面六句都是边隅所望见的景象，这景象都令客心惊起。因为这雄伟的山川形胜之地，让人联想到古来开边的英雄，与如今随时可能动荡不安的时事，一种报国御侮的心志，不禁跃然惊起。所以结尾掉转作结，说小时候虽不能像班超那样投笔从戎，立功于异域，但为国立功的意愿，一直想效法终军那样，请求君王发给一条长缨，去把蕃王缚送到宫阙下来。

这首诗分析起来有几个特色。第一是中间四句全部写景。七律的颔联与腹联，大都以一联景、一联情调配为原则，或者情景交融在各联中，而本诗则四句全写景，情则在首尾表出，在结构上比较罕见。

第二是本诗虽然着重在写空间横面的风景，却连带地牵引出时间纵面的历史。山川地理是实存的，历史人物则靠想象来勾出。在本诗中，想起了燕昭王为郭隗筑台，郭隗、乐毅一去，燕国就被秦国所灭；又想起南征北讨的汉高祖，他击败了燕王臧荼，刚刚统一天下，幽、并、凉三边又起兵叛乱；又想起班超，想起终军。从壮丽的山河边邑，想到许多英雄人物，激起自己澄清天下的报国意志。

第三是本诗所写的景物，都能从静物中生出动态，曙色动危旌的"动"，烽火侵胡月的"侵"，云山拥蓟城的"拥"，即令原本安静的景物，也变得风云际会、扑扑欲动，因而姿态横生。四句景物中，因为说"危旌"，就牵引出第五句沙场的烽火，因为说"万里"，就牵引出第六句海畔的云山，承接得很紧密。而五、六两句实体名词字又很多，使句子雄健有力。这种气势，使中间四句将四个动词呆板地都用在第五字的重复语法，不觉得太重复。

祖咏是一个有名的才子，但个人的遭遇却"流落不偶"，张说在并州时，引他为驾部员外郎，这诗也许就在那时作的。他地位不高，又常贫病，但个人得失贵贱事小，一位秉赋忠爱的诗人，每当看到关塞的形势，想到青史上的人物，吊古感今，一定会触发他强烈的爱国心。

（黄永武）

李 颀

送魏万之京 ① （178）

朝闻游子唱离歌，昨夜微霜初度河。

鸿雁不堪愁里听，云山况是客中过。

关城曙色催寒近，御苑砧声向晚多。

莫是长安行乐处，空令岁月易蹉跎②。〔平声歌韵〕

早晨听到游子已唱起了离歌，这一句已把送游子的题目点出。昨夜微霜渡河而来，是从西北而东南，今晨游子渡河而去，却将从东南而向西北，二重意思，反向交互，却用最经济的手法炼句入妙。这二句已把临别的时、空、情、景，样样写到。

"鸿雁不堪愁里听，云山况是客中过"，是就眼前的视听感触作深一层的描写：微霜中的鸿雁，渡河时的云山，在游子眼中倍觉离情深浓。但这一联的造句法，层次很细密，"鸿雁"是一层，"听鸿雁"是二层，"愁里听鸿雁"是三层，"不堪愁里听鸿雁"是四层；同样的，"云山"是一层，"过云山"是二层，"客中过云山"是三层，"况是客中过云山"是四层，层层加强，所以高步瀛称赞这一联"情韵缠绵"。

---

① 魏万——山东博平人。隐居王屋山，自号王屋山人。李太白有《送王屋山人魏万还王屋》诗。万后改名颢，曾游天台，还广陵时见李白，有赠李白诗曰："君抱碧海珠，我怀蓝田玉。各称希代宝，万里遥相烛。"是李白的知音，也是相当自负的诗人。

② 蹉跎——《说文》新附曰："蹉跎，失时也。"

"关城曙色催寒近，御苑砧声向晚多"，一面以"曙色""向晚"呼应起首的"朝闻""昨夜"，一面仍承接前四句所写眼见、耳闻及皮肤触觉三方面的感受，予以强化，来预想一路上的辛苦。"关城近"三字写空间，"曙色"写时间，加上"催寒"则时空情景兼备；"御苑"是空间，"向晚"写时间，加上"砧声多"，也是将时空情景面面写到。而"近"字有将关城渐渐移近来的感觉，"多"字有接近通都大邑人口渐渐稠密的暗示，对题目中"之京"二字，有了很动人的表出。

结尾勉励他能立身成名，这意思也是承接上文而自然地生出来的，因为一路上风霜凄紧、关河日暮，就联想到一年易逝，一日易暮，因此劝勉他不要耽乐于长安的繁华，而使岁月空蹉跎。快乐的日子容易打发，应酬游戏，也最耗费青春岁月，劝他不要失时无成，尽到了良友规勉的责任。王世懋说："李颀七言律最响亮整肃。"可举本诗为七律的代表。孙涛以为本诗极"婉"，并说"可独步千载"，是李颀的诗，确有其独到之处。

（黄永武）

刘长卿

江州重别薛六柳八二员外 [①] （179）

生涯岂料承优诏 [②]，世事空知学醉歌。

---

　　① 江州——今江西九江。薛六、柳八，六、八均系行辈，名未详。
　　② 承优诏——按此时长卿正贬谪，故曲说"承优诏"。

江上月明胡雁过^①，淮南木落楚山多^②。

寄身且喜沧洲近^③，顾影无如白发何^④。

今日龙钟人共老^⑤，愧君犹遣慎风波^⑥。〔平声歌韵〕

　　起首二句就对仗得很工整，"世事空知学醉歌"，已经是牢骚满腹，但"生涯岂料承优诏"，却将贬谪的命令称为"优诏"，这倒不是什么"诗人忠厚之处"，而是朝廷的忌讳，必须顾忌。用"优诏"二字，与下面"且喜沧洲近"的"喜"字一样，实在寓有反讽的意味，这样更能宣泄出内心的悲愤不平。

　　诗中说，一生中哪能料到会承受皇帝"优厚"的诏令，把我贬谪到广东的潘州去？对于世上的事情，应该只知道学习醉后狂欢就可以了。这话大概是在埋怨头脑清醒、是非分明的人，已不能适应当今的社会吧？现在江上的月光这般明亮，胡雁阵阵掠过；淮南一带的树叶已脱落，可以望见更多的楚山。我只身飘零，将寄身何处？且喜广东已接近沧海。顾影自怜，奈何已白发丛生。现在我们三个都是龙钟的老人，还蒙你们在送别时一再叮咛我，要我小心世上的风波，真感到十分惭愧。结尾把来日无多，却到老学不乖的意思写得很生动，而刘长卿那刚拗的个性，也可以从侧面勾画出来。

　　刘长卿的七律，第三四两句写景最为出色，这些人人能遇到的素材，经他一点化，完全不落套语，反成绝美的诗境。像"江上月明胡雁过"，不仅使月

---

　　① 胡雁——指北方来的雁。鲍照《拟古诗》："河畔草未黄，胡雁已矫翼。"

　　② 楚山——颜延之《北使洛》诗："振楫发吴州，秣马陵楚山。"

　　③ 沧洲——谢朓《之宣城出新林浦向板桥》诗："既欢怀禄情，复协沧洲趣。"注："沧洲，隐者所居。"

　　④ 顾影——《晋书·何晏传》："粉白不去手，行步自顾影。"顾影是回看自己的身影，本诗或指镜中的影子。

　　⑤ 龙钟——《广韵》："龙钟，竹名。世言龙钟，谓其年老者如竹之枝叶摇曳，不自禁持。"

　　⑥ 愧君句——风波，《楚辞·九章·哀郢》："顺风波以从流兮，焉洋洋而为客。"遣，教。此句谓，到老还让你教导要谨慎世上的风波。

色雁影有了立体的表现，更将声光遍布在辽阔空旷的江上。而"淮南木落楚山多"，使秋山秋木远近有序地表出了空间的深度。这两句诗，使上下远近充塞着浓浓的秋思。

"沧洲近"对"白发何"，词性上不很精准。他的《饯别王十一南游》诗"飞鸟没何处，青山空向人"，以"处"对"人"，也不很工致。这是刘诗专在格韵上取胜，对仗往往出其不意，妙从天外来，不断断于工整。方回批评他的诗说："此公诗淡而有味，但时不偶。"淡而有味最难，对仗不偶的确是他的特点。

就结构音响而言，"且喜沧洲近"是承第一句"优诏"而来，说明了"优诏"的内容；"无如白发何"是承第二句"醉歌"而来，说明劳生草草，徒然无益，不如学学醉歌。全诗采用平声歌韵，歌韵缠绵，充满了无奈悲叹的声音。

（黄永武）

长沙过贾谊宅 ①（180）

三年谪宦此栖迟，万古惟留楚客悲。

秋草独寻人去后，寒林空见日斜时。

汉文有道恩犹薄②，湘水无情吊岂知③。

寂寂江山摇落处④，怜君何事到天涯。〔平声麻韵〕

————————

① 贾谊宅——《长沙县志》："贾太傅故宅，在今长沙县西北濯锦坊之屈贾祠。"长沙古属楚国境。

② 汉文句——《汉书》本传："文帝思谊，征之至，而问鬼神之本，谊具道所以然之故，至夜半，文帝前席。"谊初为文帝召为博士，又超迁至太中大夫。后卒为大臣所忌，始出为长沙王太傅。后岁余，贾生受征见文帝，数上疏言，文帝不听。

③ 湘水句——《史记·屈原贾生列传》曰："天子乃以贾生为长沙王太傅。贾生既辞往行，闻长沙卑湿，自以寿不得长，又以适去，意不自得，及渡湘水，为赋以吊屈原。"

④ 摇落——指凋零衰落。《楚辞·九辩》曰："萧瑟兮草木摇落而变衰。"

这首是刘长卿被贬到长沙过贾谊宅时所写，字面上都是在为贾谊难过，而骨子里"怜君"都在"怜己"。诗人最常见的是一种心理上的同化作用，当他发现自己所受的痛苦与历史上被仰慕的人物的遭遇相同时，将满腹委曲为他倾吐，同时也使自己得到慰藉。

诗中说，贾谊被贬官，谪居在这儿有三年之久，已留下了千古不灭的作客楚地的悲伤映象。在秋草萧瑟中，我独自在寻找你去后的景物，在凄寒的林木中，只望见夕阳的斜晖。想起当年汉文帝算是一位有道的君主，待人的恩泽尚且如此微薄，你向那无情的湘水去吊慰屈原，他会知道你的心意吗？满眼江山寂寂，草木黄落，真可怜你，为了什么被贬到这天涯来呢？

诗中的两副联语都极出色。颔联"秋草独寻人去后"，暗用贾谊《鹏鸟赋》中的"主人将去"句，"寒林空见日斜时"暗用"庚子日斜"句，运典暗扣，使人不觉，益见匠心。同时"人去后"句压缩着时间，使数百年如顷刻；"日斜时"句变幻着空间，在茫茫脉脉的斜晖之中，仿佛旦暮可遇的样子。斜阳像一道灵光，顷刻之间，足以使千古的精神交感。

腹联"汉文有道恩犹薄，湘水无情吊岂知"是一联流水对，也是一联出人意料的宽对。句中用"有""无"相对，已使虚实动荡，而"有道"的却似"无道"，"无情"的转觉"多情"。"有道恩犹薄"句意逆折矛盾，增加了许多曲折的层次。贾谊生于汉文有道时，恩情犹薄，屈原生于楚怀王"谗谄蔽明"的时代，恩情当然更薄，至于我自己也遭人诬奏，朝廷的恩情又如何呢？有道之君尚且不能诉衷情，无情的水哪能诉心曲？这两句看来像分表两件事，但这"宽对"之间却有着密切连锁的层次关系。

结尾用萧条摇落的景象，问贾谊为何到这天涯，同时也在自问为何到这天涯。从贾谊上溯屈原，下接自身，都来到这楚地，暗暗证明了第二句"万古惟留楚客悲"的历史传统。

（黄永武）

自夏口至鹦鹉洲夕望岳阳寄源中丞^①（181）

汀洲无浪复无烟，楚客相思益渺然。

汉口夕阳斜度鸟^②，洞庭秋水远连天。

孤城背岭寒吹角，独戍临江夜泊船^③。

贾谊上书忧汉室^④，长沙谪去古今怜^⑤。〔平声先韵〕

　　前六句所写的景物，隐约中都含有"水"：汀洲的浪，夕阳下的汉口，洞庭的秋水，以及泊船的江边。这些全从水中望见的景物，却是从近而远，又从远而近，往复地序列着。从汀洲上相思，随着汉水，遥想到洞庭的秋，又从水天交际的远方，移回近处吹角的孤城，最后归宿到切身夜泊的船上。

　　从这一望一收之中，随着景物的览赏，已将诗题全部扣住，以"汀洲"点"鹦鹉洲"，"汉口"点"夏口"，以"洞庭"点出"岳阳"。同时，随着一望一收，望时还有"夕阳斜度鸟"，收时早已"临江夜泊船"，从黄昏已到夜晚，不知不觉间伫立相望得很久了。这暮色苍茫、水天混同的景色，与渺然无涯的相

---

　　① 夏口——今湖北汉口市。《大清一统志》："夏口在武昌府荆江之中，正对沔口。唐称鄂州为夏口，本在江北，自孙权取对岸名夏口，而江北之名始晦。""源"一作"元"或"阮"。中丞，御史中丞，丞相以下之要职。

　　② 汉口——《大清一统志》："汉口，在汉阳府大别山北。"

　　③ 独戍——一本作"独树"，何逊诗："天边看独树。"《围炉诗话》云："刘长卿云：'孤城背岭寒吹角，独树临江夜泊船。'一本作'独戍'，予意'独戍'为是，有戍卒处堪泊船也。及读地志，其地有独树口，乃知古人诗不可轻议。"则以独树为地名。

　　④ 贾谊句——《史记·屈原贾生列传》："文帝复封淮南厉王子四人皆为列侯。贾生谏，以为患之兴自此起矣。贾生数上疏，言诸侯或连数郡，非古之制，可稍削之，文帝不听。"

　　⑤ 长沙句——《史记·屈原贾生列传》："绛、灌、东阳侯、冯敬之属尽害之，乃短贾生曰：'雒阳之人，年少初学，专欲擅权，纷乱诸事。'于是天子后亦疏之，不用其议，乃以贾生为长沙王太傅。"贾谊一再向汉文帝上书，反被贬谪。

思之情，都悠然不尽，情景配合得十分调和。

本诗中的"楚客"是指自己，前一首的"楚客"则是指屈原，唐人习惯将屈原称作楚客，如柳宗元的诗"方同楚客怜皇树"，亦以楚客称屈原。当然前首用了楚客，这首又用楚客，前首说贾谊，这首又说贾谊，饯别王十一时用汀洲，本诗又用汀洲，这种雷同复出的情形，免不了受批评家的讥弹。

结尾"贾谊上书忧汉室，长沙谪去古今怜"。主要是借他人的怀抱热血，浇自己胸中不平的块垒，所以贾谊是不是因上书而被谪放长沙，有时不必实事求是，可能为了假托自己上书被贬，故意把贾谊的被贬推诿到上书一事去。贾谊上书时间的早晚，是根本用不着以考据史实的眼光去推究的。

（黄永武）

崔　曙（约公元七四九年前后在世）

宋州人，开元二十三年（公元七三五年）进士第一名状头（后代的状元）。少孤贫，沦落居宋州，择交于方外，苦读书，高栖少室山中。殷璠称其诗："言辞款要，情兴悲凉，送别登楼，俱堪下泪。"

九日登望仙台呈刘明府 ①（182）

汉文皇帝有高台 ②，此日登临曙色开。

---

① 望仙台——《大清一统志》："望仙台在陕西鄠县西十三里。"明府，唐人对县令的尊称。

② 汉文句——《神仙传》："河上公授文帝老子而去，失所在，帝于西山筑台望之。"

三晋云山皆北向①，二陵风雨自东来②。

关门令尹谁能识③，河上仙翁去不回。

且欲近寻彭泽宰④，陶然共醉菊花杯。〔平声灰韵〕

这是一首怀古的投赠诗，以仙人之事为经，九日及明府之事为纬，纂组成章，绾合最见自然神妙。

本诗前半写"九日登望仙台"，后半写"呈刘明府"。其间文势如走珠，一气直下，脉络贯串尤近自然。吴闿生批评本诗说："宜看其兴象高华，不在追求字面。"这见解是不错的。全诗切地、切人、切事、切时写去，尤见稳帖有法。

首句点"望仙台"，次句写"九日登"，大有不胜今昔之感。首句引吭发唱，却是"汉文皇帝"，颇见耸拔之致。次句"曙色开"，有云破月来之妙。登高台而气象开拓，情思酣畅，情景交融，提振有势。三、四句写登台所见之景，形势阔大，浑成雄豁。三晋云山，二陵风雨，昔为汉文皇帝眼中好景，今转为作者登临所望美景，这两句压缩着时间，使数百年如瞬顷，变幻着空间，虽尺寸千里而攒蹙累积，莫得遁隐。据《列仙传》称："关令尹喜望见紫气东来，知老子之过关。"则四句之"东来"，不唯写景，亦暗切紫气东来，自然引出第五句的"关门令尹"，鸳鸯绣出，金针莫度，脉络之贯串，令人叹为观止。宋范晞文《对床夜话》称："三晋云山皆北向，二陵风雨自东来，思优柔而语益健。"洵为的评。

---

① 三晋——战国时韩、赵、魏共分晋地，地当今山西省。

② 二陵——《左传·僖公三十二年》："殽有二陵焉，其南陵，夏后皋之墓也，其北陵，文王之所避风雨也。"

③ 关门句——《列仙传》："关令尹喜者，周大夫也。善内学，隐德修行，时人莫知。老子西游，知其奇，为著书授之（按即《道德经》）。后与老子俱游流沙，莫知其所终。"

④ 彭泽宰——《南史·隐逸传》："陶潜字渊明，为彭泽令，解印绶去职。尝九月九日无酒，出宅边菊丛中坐。久之，逢王弘送酒至，即便就酌，醉而后归。"

五、六两句就"望仙"二字生意，以古人不可复见，跌出七、八句呈刘明府意，且因九日而及菊花，因菊花而及陶潜，类叙有法，绝非漫然泛及者。颈联这两句既承上作转笔，又从此生出感慨，谓关门令尹既无人识得，识得河上公的人如今又不在，遂鞭逼出"望之无益"的言外之意来。河上公于本诗是主，关令尹是宾，所以用宾陪主，完全是为了题文"仙"字润色。第七句不明称刘明府，却呼为"彭泽宰"，也同样是为"九日"二字润色。尾联道出"呈刘明府"，欲与共醉菊花杯，并归结到九日。可见语气顺畅，层次井然，转接神妙，笔力有余。沈德潜《唐诗别裁》批评本诗"一气转合，就题有法"，是十分恰当的。

（张高评）

李 白

登金陵凤凰台^①（183）

凤凰台上凤凰游，凤去台空江自流。
吴宫花草埋幽径^②，晋代衣冠成古丘^③。

---

① 金陵凤凰台——今江苏南京市，战国时楚曾置金陵邑。《江南通志》云："宋元嘉十六年，有三鸟翔集山间，文彩五色，状如孔雀……时人谓之凤凰。起台于山，谓之凤凰山。"按台故址当在今南京城内之西南隅。此诗可与前崔颢《黄鹤楼》诗参看。

② 吴宫——三国吴大帝孙权迁都建业，后孙皓营新宫，大开园囿，穷极技巧。

③ 晋代衣冠——晋琅琊王睿即位于建康，是为元帝。宫城仍吴之旧，时王谢诸衣冠之族甚盛。衣冠，借代士族。

三山半落青天外①，二水中分白鹭洲②。

总为浮云能蔽日，长安不见使人愁③。〔平声尤韵〕

　　旧说以为李白看了崔颢《登黄鹤楼》诗后，便拟作了本诗，与之争胜。计有功《唐诗纪事》认为"恐不然"。沈德潜《唐诗别裁》就说："从心所造，偶然相似，必谓摹仿司勋，恐属未是。"至于崔李二诗的优劣，前人评论极多，方回说李诗与崔诗相似，"格律气势，未易甲乙"；纪昀不以为然地说："气魄远逊崔诗，云未易甲乙，误也。"刘后村则谓："太白此诗，较之崔作，所谓棋逢敌手。"田子艺则说："机杼一轴，天锦灿然，各用叠字，而章法尤高绝。"刘辰翁也说："开口雄伟，脱落雕饰，俱不论。若无后两句，亦不必作。出于崔颢而特胜之以此。"以上诸说，以刘辰翁之说最当。其实，"二诗皆自心而发，即景而成，意象偶同，而胜景各擅"（乾隆御批），实在很难论其优劣。至于本诗的作意，萧士赟《分类补注李太白诗》曾推测说："此诗因怀古而动怀君之思乎？抑亦自伤逢废，望帝乡而不见，乃触境而生愁乎？"也同样不容易确定。不过，本诗在怀古之中隐寓伤时之意，则是无可置疑的。

　　首联连用三"凤凰"，次句七字三顿，层折有味。崔诗也连下三"黄鹤"，而一、三句写"去"，二、四句写"空"，本诗则将"去"字、"空"字集中缩入于一句之中，不仅使次句顿挫生姿，而且因浓缩洗练，使得诗意倍增，密度增大。由于首句徙倚流走，松散自然，故次句继之以严密坚实，虚实相生，散整迭变，这本是作诗的通则。颔联二句，只是承次句"凤去台空"，极写人世沧桑之感，诗意谓："我欲寻觅吴宫，乃惟有花草埋径……然吾闻伐吴者晋也，

────────

　　① 三山——《江南通志》："三山在江宁府西南五十七里。"其山滨大江，三峰行列，南北相达。

　　② 白鹭洲——洲在江宁西三里，《建康志》："秦淮源出句容溧水两山间，合流至建康之左，分为二支，一支入城，一支绕城外，共夹一州，曰白鹭。"

　　③ 总为、长安二句——宋朱翌《猗觉寮杂记》谓本诗尾联："下句用《晋书》'举头见日，不见长安'，上句用陆贾《新语》'谗臣之蔽贤，犹浮云之蔽日'。"

因而欲觅晋代，则亦既衣冠成丘。"（金圣叹选批唐才子诗）吴宫花草，晋代衣冠，何等繁华热闹；幽径古丘，又是何等萧条寂寞——盛衰兴亡荣枯等意象紧紧相蹙于一句之中，遂形成了矛盾逆折的语法，强化了诗的张力与密度，使得诗句十分警策动人。

本诗前半写怀古，怀古人之不见；后半写感今，叹长安之不见。全诗各自顿挫，并不处处牵合顾盼，然仍潜气内转，绮交脉注，若非大家风范，实在不易臻此胜境。

五、六两句写台上眺望所见景象，"三山半落青天外"是杳杳有无中的远景，"二水中分白鹭洲"是历历在目的近景。作者所以登台，主要是为了望远，他的视线横渡白鹭洲，飞越三山外，却望不见日思夜念的"长安"，只因为浮云蔽日遮望眼哪！后半四句诗意，大致是说："竭尽目力，劳劳远望，而终亦只见金陵，不见长安。"一种寓目山河、忧国伤时之慨，别有怀抱，与崔诗之登临望乡而生客愁，气象会当有别。高步瀛《唐宋诗举要》称："太白此诗，终不及崔诗之超妙，惟结句用意似胜。"太白诗是通首混收，颢诗是扣尾掉收，而且太白爱君忧国之意，远胜崔颢乡关之念。尾联融合故事于诗中，使人不觉，用典的技巧已达出神入化之境。

清恒仁《月山诗话》谓："唐人七律压卷，严沧浪取《黄鹤楼》，何仲默取《卢家少妇》，愚谓王维之《敕赐百官樱桃》，岑参之《早朝大明宫》，李白《登金陵凤凰台》，不独可为唐律压卷，即在本集此体中，亦无第二首也。"李白本诗自有他的造诣和价值，与崔诗相较，所谓"可以雁行而不愧"者。

（张高评）

韦应物

寄李儋元锡（184）

去年花里逢君别，今日花开又一年。

世事茫茫难自料，春愁黯黯独成眠。

身多疾病思田里，邑有流亡愧俸钱①。

闻道欲来相问讯，西楼望月几回圆②。〔平声先韵〕

　　开头二句各用一个"花"字，表示二度花开，去年花开与你相逢，旋即相别，今日花开又是一年了。由花开二度，流光迅速，兴起了怀念旧友及感时自伤的情怀，又由怀旧而想到世事沧桑的感伤，复由自伤而引发思乡归田的念头，其中有人类共通的感触，也有作者独具的襟抱。全诗虚字多，实体名词少，读来极为流畅。

　　本诗的构思，方翠玉曾加以详细分析：第一、二句由眼前的景色，忆起远别的朋友，"花里""花开"指出了时令正值春天，春天是一年中最绚丽灿烂的季节，却偏逢上离别，是多么遗憾的事。由眼前盛开的花朵，想起当时的分手，也是在同样缤纷的花丛里，只是如今物是人非，令人兴起思念之情。"今日花开又一年"的"又"字，加强了时光易逝的感觉，面对时光的飞逝，诗人

---

　　① 邑有句——俸钱，指古代官员的薪金。管属的邑内有了流亡的灾民，自己拿丰厚的薪金就惭愧。

　　② 西楼句——此诗或为韦应物在苏州刺史任内作。《大清一统志》谓苏州有观风楼，在长洲子城西，龚明之《中吴纪闻》谓此楼唐时谓之西楼，白居易亦有《西楼喜雪命宴》诗。

很自然地联想到人生世事的多变。"世事茫茫难自料"，是感叹人类对于事物的兴衰聚散既无法预料，也无法改变，不觉悲从中来。第四句"春愁黯黯独成眠"，正式点出"春"字来，在花团锦簇的春天，因为远离乡里故友，纵有良辰美景，也无法排遣诗人内心的寂寞和愁闷。外界的喧闹繁华和诗人的孤独愁闷，形成极鲜明的对比，而"茫茫""黯黯"两处叠字相对，使全诗色调趋于低沉晦暗，更衬出惆怅的深浓。除了思友、伤逝的痛苦之外，作者在五、六句又道出内心忧虑的原因："身多疾病思田里，邑有流亡愧俸钱。"人在病中最需要亲友的温暖照拂，尤最易怀念起远方的故里和亲友。作者经由切身感受的痛苦，又推想到广大民众的苦难，身为父母官却无法让每一个人过安定的生活，这是诗人内心深处最大的不安。作者一面极力描写自己内心的孤寂和愁闷，一面又对人民的流离失所寄以无限的关怀和同情。这种仁民爱物的襟怀是伟大的，难怪范仲淹读了这首诗，叹为"仁人之言"。

（黄永武）

岑　参

和贾至舍人早朝大明宫之作[①]（185）

鸡鸣紫陌曙光寒[②]，莺啭皇州春色阑[③]。

---

① 参见王维《和贾至舍人早朝大明宫之作》。

② 紫陌——刘孝绰《春日从驾新亭应制》诗："纡徐出紫陌。"这里指京都的道路。

③ 皇州春色阑——皇州，指天子所在地，即京城。鲍明远《蒜山被始兴王命作》："珍宝丽皇州。"阑，有"尽""晚"的意义，谢希逸《文选·宋孝武宣贵妃诔》李善注："阑，犹晚也。"

金阙晓钟开万户，玉阶仙仗拥千官①。

花迎剑佩星初落，柳拂旌旗露未干。

独有凤凰池上客②，阳春一曲和皆难③。〔平声寒韵〕

写早朝的诗，要表现上国盛世的气象，必须写得冠冕堂皇、伟丽雄深，词汇不宜寒陋纤琐，气氛要讲究富贵尊严，这是词汇浓淡必须与诗情协调的道理。本诗所写的景象华贵自然，在描写台阁题材的诗中，应该是数一数二的作品。

前面六句切准了"早朝"二字而写，句句表现出早。六句中的前三句用听觉来感受早，从鸡鸣时的寒寂开端——鸡鸣声轻轻地唤醒了大地，到莺声百啭，渐渐地增加了热闹的声音；待到晓钟奏鸣，车行马动，万户洞开，朝臣奔集，使声音的繁多达到了极点。这些声响配上"紫陌""皇州""金阙"等豪华的词汇，将帝都早朝的空间，表现得声光俱备，动人耳目。

四、五、六句是用视觉去感受早：玉阶上天子的仪仗队排列着，上朝的千官依照仪仗的位置而分列朝班，准备引入内殿。虽是人潮接踵拥至，但是迎着剑佩的花朵，正因星光初落而吐苞新开，拂着旌旗的柳条，还因曙光熹微而露水未干。这些晶莹的星露、芬菲的花柳，以及密集的剑佩与旌旗，都表出了早，同时也点缀着朝廷富丽的景象。

前六句从鸡鸣天曙，戒慎早起，直写到殿门宏开，分班进入，早朝的景象已全部叙述。结尾二句则切合"和贾至舍人"的题意，说这壮丽的早朝景象，引发了中书舍人贾至的诗兴，他作了一首《早朝大明宫呈两省僚友》的诗。他的诗像阳春白雪一般高雅，由于曲高和寡，要让大家来唱和是很难的呀！诗中

① 仙仗——即宣政殿东西两序分立的仪仗队，《新唐书·仪卫志》："朝会之仗有五，皆带刀捉仗列于东西廊下。"百官朝班时先随仗排列，随仗入东西二阁。

② 凤凰池上客——凤凰池是中书省的代名词，曾经任职过中书省的叫作凤凰池上客。

③ 阳春句——《楚辞·宋玉对楚王问》："其为阳春白雪，国中属而和者不过数十人，是其曲弥高，其和弥寡。"

说的"凤凰池",自晋代以后已成为中书省的代名词,唐代中书省也有凤池,当时称中书舍人为"小凤",而右补阙、左拾遗都是"两省僚友",所以岑参、杜甫的和诗中都提到了凤池。

写这种题材的诗,可贵处不在抒情述感,而是在描写得体,词汇铺排得雍容华贵,使排场富有堂皇的气派,这才得体。本诗的前六句,几乎每句用了四个实体的名词字,如鸡、陌、曙光,莺、皇、州、春,金阙、钟、户,玉阶、仗、官,花、剑、佩、星,柳、旌旗、露,一共二十个华贵的名词,再加上凤凰池客与阳春曲,短短八句中,包含了如此多的名词字。实体的名词多,显得意义繁富,凝练而壮健。吴北江说它:"庄雅秾丽,唐人律诗此为正格。""秾丽"二字,就是从前面六句中每句包含三物得来的评语。实物密集,意思必然繁复而转折,转转折折,才不同于平直踏下的散文句法。本诗读来音韵铿锵,自然笔力非凡。

(黄永武)

高 适

送李少府贬峡中王少府贬长沙^①（186）

嗟君此别意何如，驻马衔杯问谪居。

---

① 少府，尉也。《唐六典》卷三十曰："奉先县尉六人，从八品下，县尉亲理庶务，分判众曹，割断追征，收率课调。"《懒真子》卷一曰："县尉呼为少府者，古官名也。汉百官表云，大司农供军国之用，少府则奉养天子，名曰禁钱，府是别藏，少者小也，故称少府，以亚大司农也。盖国朝之初，县多惟令尉，令既呼明府，故尉呼少府，以亚于县令。"《清波杂志》卷十曰："古治百里之邑，令拊其俗，尉督其奸，故令曰明府，尉曰少府。"峡中，诗云巫峡，似当指巫山县，唐山南道夔州巫山县，今重庆市治。唐江南道潭州长沙县，今湖南长沙市治。

巫峡啼猿数行泪①，衡阳归雁几封书②。

青枫江上秋帆远③，白帝城边古木疏④。

圣代即今多雨露⑤，暂时分手莫踌躇⑥。〔平声鱼韵〕

诗意说，把马儿停驻在一边，我衔着送行的酒杯，向被贬谪的你们二位慰问："唉！这一次分别，你们心里的感触是怎么样的呀？"李君要贬到峡中去，巫峡那边哀猿的啼鸣，必会引动听者几行清泪。王君要贬到长沙去，衡阳回雁峰前的归雁阵阵，能给我们带回几封信息呢？遥想长沙的青枫江上，秋空高远，巴郡的白帝城边，古木萧疏，你们内心的感触，不待回答，已可以想见的了。然而，应该记着，在这圣明的现代，君上的恩泽像广敷的雨露一样，相信不久便会召你们回来的。这次只是暂时的分手，不必踌躇不进呀！

"嗟君此别意何如，驻马衔杯问谪居"，吴北江说它"起得丰神"。黄香石把这样的起叫作"唤起法"，并说："须知不可滑易。"大概用唤起法是容易有滑易的毛病，所以第二句"驻马衔杯问谪居"，句分三层，写三个意思，便防止了一顺滑下的缺点。

---

① 巫峡句——《水经·江水注》曰："江水历峡东，迳新崩滩……其间首尾百六十里，谓之巫峡，盖因山为名也。自三峡七百里中，两岸连山，略无阙处，重岩叠嶂，隐天蔽日，自非亭午夜分，不见曦月。……故渔者歌曰：'巴东三峡巫峡长，猿鸣三声泪沾裳。'"以下四句都是指贬官谪居时所见。

② 衡阳句——衡阳，今湖南衡阳市，境有衡山，有峰曰回雁。盖南地极燠，人罕识雪，故雁至衡山而止。《舆地纪胜》曰："荆湖南路衡州，回雁峰在州城南，或曰雁不过衡阳，或曰峰势如雁之回。"徐灵期《南岳记》曰："南岳周回八百里，回雁为首，岳麓为足。"

③ 青枫江——《大清一统志》曰："湖南长沙府，双枫浦在浏阳县南三十里浏水中，一名青枫浦。"

④ 白帝威——故址在今重庆奉节县。

⑤ 圣代句——圣代，是当代的美称，雨露，指朝廷的恩泽。指二人虽被谪，不久将获恩泽赦回。

⑥ 踌躇——欲行不进貌。

章燮以为这两句饯别的句子，目的在"总起下一问字"，其实这起首两句是用了倒装的笔法，故觉丰神奕奕。两句的重点本在"问"字，但如把"问谪居"写在上句，下句再问"此别意何如"，那不仅豪悍的笔力都消失，而丰神与情趣也就谈不到了。

中间四句，由于题目是送两人贬谪，所以分承这个双扇的题目，两两分写：巫峡句写李君，衡阳句写王君；青枫江句写王君，白帝城句又写李君。啼猿归雁，含义都切着送别，而秋天高远，古木萧条，境况又和谪居者的心境相称。方回说："中四句指土俗所尚。""土俗"二字用得未必得当，但它就地取景，就景设色，信手拈来，十分贴切，这该是本诗成功的地方。喻守真说它"非但切地，并且切时切事，章法何等严密"，正指出了它的佳处。

这样把四句两两地分承，格度很容易板滞，吴北江批评说："分疏有色泽敷佐，便不枯寂。"说它虽是分别疏条，而所敷的色泽绝佳，所以不觉古板。吴氏的话虽不错，但是中间四句用了四个地名，句型又相类似，前人对此每有非议，如沈德潜说："连用四地名，究非律诗所宜。五六浑言之，斯善矣。"（见《唐诗别裁》）主张五、六两句不必再分写二人，可以浑合为说。纪晓岚也以为"平列四地名，究为碍格"。而叶燮更说："高岑五七律相似，遂为后人应酬活套作俑，如高七律一首中，叠用巫峡啼猿、衡阳归雁、青枫江、白帝城……四语一意，后人行笈中携带舆记一部，遂可吟咏九州，实高岑启之也。"（《原诗》）叶氏把高诗连用四地名，负上了开启应酬活套的罪名，以为后代那些"家有类书，便成作者"的低手，都是从这儿学会了皮毛。前人的批评过分苛刻了些，其实高适能把四句平列了四个地名，而看似写景，又景中生情，读来不觉累赘，何尝不是作者高明的地方，又何必说它碍什么格呢？

"圣代即今多雨露"，另开出一个宽慰的意思，同时劝勉二人。在律诗第七句，大都别开新意，第八句才总合前首。所以第七句必须"提振得起"，黄香石也曾谈到这一点，并举老杜的"西蜀地形天下险""鱼龙寂寞秋江冷"，都极挥斥沉顿，以为盛唐名家，绝不轻易放过第七句。末句"暂时分手莫踌躇"，一丝不带怨诽的意味，甚得诗人温柔敦厚的旨趣。纪晓岚说它"通体清老，结更和平不逼"，吴北江说它"意思沉着"，都认为结句是写得很得体的。

　　高诗的结尾，总喜欢向好的一面去推想，前首已经提及，照传统的塾师学究看来，这正是一个人穷达的朕兆。事实上，在送李、王二少府贬谪的时候，仍时时以"圣代多雨露"相勉，其乐观积极的态度，才真正是一个人穷达的关键。吴乔在《围炉诗话》中引贺黄公的话说："唐人称有唐以来，诗人之达者，惟有高适。今观其诗，豁达磊落，扫尽寒涩琐媚之态。"这样看来，诗文的风格，真能关系着诗人的命运，贾岛的寒涩，高适的豁达，不正象征他们一生穷达的命运么？因为诗文的风格正和他们为人的态度息息相关呀！

（黄永武）

杜　甫

蜀　相^①（187）

丞相祠堂何处寻，锦官城外柏森森^②。
映阶碧草自春色，隔叶黄鹂空好音。

---

　　① 蜀相——指诸葛亮，张伯成曰："此公初至成都访诸葛亮庙而赋之也。"《方舆胜览》曰："成都府，武侯庙在府城西北二里。武侯初亡，百姓遇节朔各私祭于道中，李雄为王，始为庙于少城内。桓温平蜀，夷少城，独存武侯庙。"

　　② 锦官句——锦官城，即今四川成都城，蜀汉故都城外有锦江，故名。《华阳国志·蜀志》曰："蜀郡西城，故锦官也。锦江，织锦濯其中则鲜明，他江则不好，故命曰锦里也。"《元和郡县图志》曰："剑南道成都府成都县，锦城在其县南十里，故锦官城也。"《儒林公议》曰："成都先主庙侧有诸葛武侯祠，祠前有大柏，系孔明手植，围数丈，唐相段文昌有诗刻存焉。"

三顾频繁天下计 ①，两朝开济老臣心 ②。
出师未捷身先死 ③，长使英雄泪满襟。〔平声侵韵〕

　　读这首诗，知道杜甫是隐隐中以诸葛亮的英雄志业自许的。他原不屑自甘为文士而已，在《自京赴奉先县咏怀五百字》中说："许身一何愚，窃比稷与契。"是他自许自期的话。在《咏怀古迹》中则将诸葛武侯许为伊尹、吕尚之俦，他对诸葛亮的称许，往往就是对自己的期许。他又暗示自己"构厦"之材，宜为"廊庙之具"，所以在《古柏行》中又将孔明庙前的老柏许为"大厦如倾要梁栋，万牛回首丘山重"。杜甫对自己的理想期许，往往又转化成对孔明的崇拜。孔明一生忠君爱国的志业，就是杜甫衷心向慕的志业，借着"蜀相"这类的题目，发泄心头忠愤的郁结，是杜甫诗中较常见的题材。

　　诗的前面四句，有一种空间逐渐接近、景物逐渐清晰的感觉，所以诗中的描写也由祠堂的远景写起，不但蜀相无处寻，连蜀相祠堂也无处寻，在仿佛无处着落的迷茫中，渐渐显出锦官城，以及城外森森的古柏。再走近去，看到碧草映着台阶，犹自呈现着一片春色，只隔着几片树叶的黄鹂，没有目标地唱出好听的声音。这映入眼帘、近在咫尺的草色鸟音，在俯仰之间，已兼写出游人稀少、祠庙荒凉的景色。

　　诗的后面四句，在时间性上成直线的秩序，由初出茅庐，经历两朝，而至劳瘁身死，将一生自始至终的功业心事，不偏不漏地作了最简要的概括，而且

────────────

　　① 三顾句——诸葛孔明《出师表》曰："三顾臣于草庐之中。"陆云答兄平原诗曰："黄钺授征，锡命频繁。"惠松崖曰："频繁，犹郑重也。见《玉莽传》师古注。"频繁，别本又作频烦。

　　② 两朝句——《晋书·刘琨传》曰："琨忠亮开济。"朱瀚曰："开济，谓章武开基，建兴济美。"此两朝谓武侯佐先主开基于先，辅后主济美于后也。

　　③ 出师句——《三国志·蜀书·诸葛亮传》曰："建兴十二年春，亮悉大众由斜谷出，以流马运，据武功五丈原，与司马宣王对于渭南，分兵屯田，为久驻之基，相持百余日。其年八月，亮疾病，卒于军。"

前后程序井然。"三顾频繁天下计，两朝开济老臣心"，是一联巧妙的时空对。当年先主三次访问草庐，一再询问以天下的大计，而自先主开基，后主济美，两朝以来，全靠这位老臣的一片忠心。从空间着眼的"天下计"，表现武侯匡时的雄略与才智；从时间着眼的"老臣心"，表现武侯报国的苦衷与耐力。"三顾"兼言君子出处的慎重，"开济"兼言丞相勋业的崇高。这样一位既了解全盘大局，又能秉执着一生忠挚，既能开业又能守成，鞠躬尽瘁，死而后已的人物，偏偏在出师未捷之时，身先死灭，这是最使英雄们气短的事，禁不住流下满襟的泪水。

本诗起首二句庄严凝重，三、四句的"自"字，已伏下了结局为悲剧的必然性。五、六两句提笔赞叹，结尾顿转作收，使万古以来有才无命的英雄同声一悲。这简短八句之中，具有真性情，能发大议论，抵得上一篇游记文加一篇论说文，真是十分浓缩。这种高老雄浑的笔调，确是七律的正宗。

（黄永武）

客　至①（188）

舍南舍北皆春水，但见群鸥日日来。
花径不曾缘客扫②，蓬门今始为君开③。
盘飧市远无兼味④，樽酒家贫只旧醅⑤。
肯与邻翁相对饮，隔篱呼取尽余杯⑥。〔平声灰韵〕

---

① 客至——题下作者原注："喜崔明府相过。"
② 花径句——古人以扫径表示迎贵客。
③ 蓬门——茅屋结草柴为门。
④ 盘飧句——飧，音 sūn，本指熟食，此处泛指菜肴。兼味，几种不同的食品。
⑤ 旧醅——隔年的陈酒。醅，音 pēi。
⑥ 呼取尽余杯——取，助词。余杯，余下来的酒。

这首《客至》诗，作者曾自注："喜崔明府相过。"薛广文说："按公生母崔氏，明府其舅氏也。"这恐怕是一种猜测。《金圣叹全集》就曾批评说："今看去，恐不是尊行，必是表兄弟，题曰客至，是又远分者，待他之法，客又不纯是客，亲又不纯是亲，故知其为远分表兄弟也。"金氏所疑甚是。"明府"是唐人对县令的尊称，就因为崔明府与少陵之间非亲非疏，纯属宾主关系，故题曰"客"，而第七句有"肯与邻翁"云云，态度之谦恭不苟，即暗示这层关系。

这首诗写得自然浑成，一线相接，诚如查慎行所说："自始至末，蝉联不断。七律得此，有掉臂游行之乐。"此诗前四句写客至，后四句写留客，意兴恬适，情趣盎然，词句自然朴实，不假雕饰，益见真情之流露无遗。本诗写因宾客来访而表现的喜悦之情，作于肃宗上元二年春（公元七六一年），时杜甫年五十，居于成都浣花草堂。

起有分合缓急诸法，本诗主句在中间颔联，所以是缓起法。首句写景，见浣花溪草堂之水色春光；次句由春水引来群鸥，云但见鸥来，是伏笔，以引起下联客至，景中有情。日日但见鸥来相亲，不见客来相访，绝妙烘托。第四句为主句，第三句对仗有力，此即刘熙载《艺概》所谓之"遮表法"，前藏后见，前遮后表，以强化诗文的主意来。换言之，颔联呼应第二句，用互文见意，以表现客至的喜悦。"花径不曾缘客扫"，花径今始为君扫；"蓬门今始为君开"，蓬门不曾为客开。上下交互，层层反跌，一句到题，自然得势，完全是遮表法的运用成功。

五、六两句直接第四句"客至"，写款客的真诚。由于市远，故盘飧缺乏兼味，又因为家贫，所以樽酒只有旧醅了。可以想见，当时诗人待客，是倾其家中所有，虽不丰盛，但热忱感人。语云："菜根飘香，玄酒有味。"就是指诚意待客来说的。所以今日宴席"无兼味""只旧醅"，同样也可以让宾主尽欢啊！七、八两句近接顺收，七句与六句意相连接，而尾联二句顺下，如流水句，前人谓之"透七趋八法"。末两句是绝处逢生笔法，杜甫向客人征询可否邀请邻翁来同饮，是谓峰回路转，别有洞天。

在修辞方面，"舍南舍北""日日来"，连用二"舍"字、"日"字，不见复沓，但见写真。"花径""蓬门"，见浣花草堂的雅致质朴，"蓬门"又与下文"家贫"相呼应，确是形象语。"尽余杯"的"杯"字借代"酒"，言杯字更见具体。

清人新安黄生批评本诗说："上四有空谷足音之喜，下四见村家真率之情。前借鸥鸟引端，后将邻翁陪结。一时宾主忘机，亦可见矣。"（《杜诗说》）这几句话值得参考。

（张高评）

野　望 (189)

西山白雪三城戍①，南浦清江万里桥②。
海内风尘诸弟隔③，天涯涕泪一身遥。
惟将迟暮供多病，未有涓埃答圣朝④。
跨马出郊时极目，不堪人事日萧条。〔平声萧韵〕

肃宗上元二年（公元七六一年），西山三城列兵戍守，百姓疲于征课劳役，高适曾上书论议，不获接受。朱鹤龄遂谓此诗当为此而作，故末有"不堪人事日萧条"之句。朱氏推论甚合理实，颇可信据。

《杜工部集》中以"野望"为题者多，考其命意，类多"侧足天地，触目

---

① 西山句——西山在成都西，一名雪岭。三城戍，指松、维、保三城，界于吐蕃，为蜀边要害。

② 万里桥——桥在成都南门外，架于大江上。蜀使费祎聘吴，诸葛亮祖之。祎叹曰："万里之行，始于此桥。"因以为名。见《华阳国志》。

③ 海内句——风尘，比喻战乱。诸弟，杜甫有弟四：颖、观、丰、占，杜占从他入蜀。

④ 涓埃——谓一滴水、一撮土，喻微少也。

伤心"之语。像本诗就远望所见带出所感，怀家思国，忧时伤民，很可窥见子美忠爱的人伦光辉之可爱。

本诗以对起法开头，首句写望高处所见之景，起下忧国之端，次句写低处望见之景，起下两句思家之绪。白雪皑皑的西山，为松、维、保三城的要害，新近吐蕃时时入寇，故列兵戍守住；澄江如练的南浦，江上横跨一座万里桥，令人联想起万里外的海角天涯，兄弟离散。第三句写极目远望，从桥名"万里"牵出；第四句是回首自顾，从"诸弟隔"一语化来。三四两句颇见锤炼的工夫，睽隔是一层，诸弟睽隔是一层，因风尘而诸弟睽隔是一层，因海内风尘而使得兄弟离散又是一层。荒远是一层，只身而居荒远是一层，只身涕下而居荒远是一层，只身流落到天涯荒野涕泣又是一层，层层入里，紧凑密栗，密度极大。"一二句即当一大段"，往往能造成层波叠澜的诗境。这两句极写思家之情，却又不离忧国之念，情真语挚，很能感人。

五六两句上承首句，表现忠爱不贰之忱，"惟将迟暮供多病，未有涓埃答圣朝"，只怨自己病老，不怨君上苛薄，最有温柔敦厚的诗风。试比较孟浩然的"不才明主弃，多病故人疏"，即可知晓。这时杜甫年五十，老而多病，故云"惟将迟暮供多病"，"供"是交付的意思，李长祥《杜诗编年》称赏"供"字下得妙："迟暮多病，下一供字，是化平为奇法。"第六句的"涓埃"，犹言丝毫微末，夸张中见真趣，可悟措词安字之法。第七句点题，并与一、二句遥相呼应，乃知西山南浦为出郊时极目所见景象。第八句总收全篇，篇中所慨国步维艰，天伦乖隔，皆统括于此句中，堪称大开大阖之笔。

乾隆皇帝御批本诗，许以"夐邈高耸，若凿太虚而噭万窍，流连光景者，何足以语此"。唐汝询《唐诗解》则说："子美灰心功业，但睹此人事萧条，情有不堪，不能无苍生之意。"这两家的批评都十分精当可取，有助于鉴赏本诗。

（张高评）

闻官军收河南河北^①（190）

　　剑外忽传收蓟北^②，初闻涕泪满衣裳。
　　却看妻子愁何在，漫卷诗书喜欲狂^③。
　　白日放歌须纵酒，青春作伴好还乡，
　　即从巴峡穿巫峡^④，便下襄阳向洛阳^⑤。〔平声阳韵〕

　　这是一首在时间速度上极快的诗，时间速度快，与雀跃的喜悦之情配合得正好。从剑门之外忽然传来收复蓟北的消息，当初一听到，涕泪就流满了衣裳。这种惊喜欲绝的感受，假如改写为"热泪夺眶而出""热泪纷纷而下"，速度还是嫌太慢。一听到立即反应，一反应就涕泪滂沱，立即洒满，真是其快无比。

　　官军收复了失土，回乡便有了希望，下面就用跳动而不连续的镜头，拍摄手舞足蹈的样子。先去看妻子还有什么可愁的事吗？没可愁的了；再想去收拾

----

　　① 代宗宝应元年十一月，官军破贼于洛阳，进取东都，河南平。史朝义走河北，李怀仙斩其首以献，河北平。杜甫于广德元年春天在梓州闻捷讯而作此诗。

　　② 剑外句——四川剑阁县北有剑门山，所以用来代蜀，意谓剑门以外。蓟，即蓟州，指河北。少陵原注谓："余田园在东京。"蓟北是安史叛军的根据地，蓟北收复，杜甫可以重返家园。

　　③ 却看、漫卷二句——顾修远曰："愁何在，不复愁矣。漫卷者，抛书而起也。"

　　④ 即从句——《水经·江水注》曰："江水又东，经广溪峡，斯乃三峡之首也。"又曰："江水又东……经巫峡……历峡东……经新崩滩……其间首尾百六十里，谓之巫峡，盖因山为名也。"又曰："江水又东，经西陵峡……所谓三峡，此其一也。"案：广溪峡即瞿塘峡，在重庆奉节县东，巫峡在重庆巫山县东，西陵峡在湖北宜昌市西，此即巴东三峡也。

　　⑤ 便下句——末句自注曰："余田园在东京。"顾曰："公先世为襄阳人，祖依艺为巩令，徙河南，父闲为奉天令，徙杜陵，而田园尚在洛阳。"唐山南道襄州襄阳县，今湖北襄阳市治。杜甫想象经襄阳水道重返洛阳。

书卷，干脆抛书而起，喜得如狂了。乘着阳光灿烂的日子，放怀高歌，必须纵酒痛饮；乘着美好的青春佳日，与妻儿结伴回乡去。这里所写的四句，是故意东一件、西一样：一会儿看妻子，一会儿包诗书，一会儿去饮酒，一会儿说回乡，快速跳动的镜头，一幕幕地倏忽转换，将一个老成人变得草率轻狂、狂喜而不知如何是好的神态活现了出来。同时，一个流离在剑外的难民，身无长物，除了老妻，只有几卷旧书，此外就是一缸米酒罢了。这种直赋的笔法，写得真率动人极了。我在《中国诗学·设计篇》已将这种时间的速率关系点出，可以参看。

结尾"即从巴峡穿巫峡，便下襄阳向洛阳"，两句之中用了四个地名，外加第一句的剑外与蓟北，共用了六个地名，读来不觉得累滞，反而有助于跳跃前进的节奏。就文法的观点看，这两句省略了主词，两句皆由连接词领起，除了地名，便都是动词，并且用相同的句型，让人熟悉而毫无阻碍地读下来，顺畅滑溜，像连奔带跳一样，表现出手忙脚乱的快速情状。

本诗的另一特色是虚字像连珠一样滑动着，吴瞻泰曾分析本诗说："曰忽传，曰初闻，曰却看，曰漫卷，曰即从，曰便下，皆仓卒惊喜，信笔直书，语不暇停，使人如闻其声，如见其状，此全以气胜，非徒以虚字取巧也。"（《杜诗提要》卷十一）虚字穿插得十分灵巧，有助于速率的加快，吴氏所说的"气胜"，其实就是快速的诗调。前人曾说这是杜甫"生平第一首快诗"，又说本诗"一气旋折，八句如一句"，都在说明诗调的快速，使读者也随着产生手舞足蹈的酣畅情绪了。

我在《中国诗学·鉴赏篇》中特别指出，本诗所押的阳韵，有令人欢忭兴起的效果，正与杜甫喜乐的情绪相应。因为这种宏扬嘹亮的声音有助于表达明快激腾的心情，像鼓满的意气，喷薄而出。

（黄永武）

登 楼（191）

花近高楼伤客心，万方多难此登临①。

锦江春色来天地②，玉垒浮云变古今③。

北极朝廷终不改④，西山寇盗莫相侵⑤。

可怜后主还祠庙⑥，日暮聊为梁父吟⑦。〔平声侵韵〕

　　本诗首句写"楼"，第二句写"登"，已将题目扣住。三、四句写景色，是承"登楼"而来，楼愈高，所见愈大。五六句写情事，是承"多难"而来，难愈多感触愈深。结尾借历史上的人物，写出他伤时恋主的情怀，把自己忠君爱国的怀抱也寄兴于其中。

　　"花近高楼伤客心，万方多难此登临"，全仗两句倒装取劲，使起势峻耸，

---

　　① 万方句——此诗作于广德二年的春天，吐蕃于去年冬天陷京师，至此吐蕃已遁，但全国人口仅一千六百九十万，比天宝十三年减少十分之七，所以说万方多难。

　　② 锦江——已见《蜀相》诗注。在今四川成都东南方，以濯锦得名，杜甫草堂即临近锦江。

　　③ 玉垒——《汉书·地理志》，蜀郡绵虒县，原注曰："玉垒山，湔水所出。"《文选·蜀都赋》曰："包玉垒而为宇。"刘渊林注曰："玉垒，山名也，湔水出焉，在成都西北岷山界。"《大清一统志》曰："四川成都府，玉垒山在成都府灌县西北。"

　　④ 北极句——北极即北辰，居天之中，此指京师。黄叔似曰："吐蕃去冬陷京师，郭子仪复京师，乘舆反正，故曰北极朝廷终不改。言吐蕃虽立君（吐蕃立广武郡王承宏），终不能改命也。"

　　⑤ 西山寇盗——西山寇盗指吐蕃，广德元年十二月，吐蕃又陷松、维、保三州，高适不能救。西山近于维州，所以指吐蕃是西山寇。

　　⑥ 后主祠——吴曾《漫录》："先主庙东按即后主祠。蒋堂帅蜀，以禅不能保有土宇，始去之。"此指后主虽庸下不能保蜀，犹赖武侯为之辅，而伤今之无人，少陵登楼见而生慨。

　　⑦ 梁父吟——《诸葛亮传》："亮躬耕陇亩，好为《梁父吟》。"《琴操》云："曾子耕泰山之下，天雨雪冻，旬月不得归，思其父母，作《梁山歌》。"此少陵借以讥刺，倘有亮在，汉室即可恢复。或说少陵自比诸葛亮，"梁父吟"即指此登楼之作，也可通。

意极愤懑。如果先说万方多难，再说花近高楼，突兀的气势一失掉，句子就平弱无力了。当时全国的人口比天宝十三年时减少了十分之七，而战争仍不曾停止，所以说"万方多难""伤客心"。

"万方多难"写得很壮阔，所以三、四句"锦江春色来天地，玉垒浮云变古今"，也是俯仰宇宙，语远体大，气象极为雄浑的。锦江间春去春来的时空绵延性，玉垒上云出云归的古今变幻性，在时趋世变之中，自有其永恒不变者在，所以又说"北极朝廷终不改，西山寇盗莫相侵"，说北极一般的朝廷，正如锦江的春水，源远流长，终不会改变；西山的吐蕃寇盗，只像玉垒的浮云，倏起倏灭，警告你切莫前来侵扰。

成都的先主庙，后主也从祀其中，先主庙的西院即武侯庙，因此就眼前所见，说后主还能祠庙，端仗诸葛亮的辅助，诗中仍以向诸葛亮致敬为结束。春晚日暮，见花伤心，这一种年老无成的迫促感，加上国家多难，却只能聊为《梁父吟》么？从诗的反面，可以想见杜甫到老壮心跃跃，激发出白首仍不甘沦没的沉痛。

（黄永武）

宿　府①（192）

清秋幕府井梧寒，独宿江城蜡炬残。
永夜角声悲自语，中天月色好谁看。
风尘荏苒音书断②，关塞萧条行路难③。

---

① 宿府——府指幕府。自注："时在严武幕中。"
② 风尘荏苒——喻战乱不绝。荏苒，辗转的意思。
③ 行路难——吴兢《乐府古题要解》曰："行路难，毕言世路艰难及离别伤悲之意。"

已忍伶俜十年事①，强移栖息一枝安②。〔平声寒韵〕

这首诗作于代宗广德二年（公元七六四年），当时杜甫在剑南节度使严武幕中担任参谋。根据清赵翼《瓯北诗话》记载，杜甫过不惯幕僚生活，僚属间又猜忌排挤，所以到第二年就请辞了。由本诗传达出的消息，可以看出当时他羁旅愁思的无聊心情。

本诗前半写景，而景中寓情，后半则纯粹抒写所感。首句点题，也点出了时令。"井梧寒"，秋天梧桐叶落，景象令人感到凄凉，本诗以"寒"字之触觉，加强了清秋萧瑟寒凉的气氛。次句写不寐，"蜡炬残"是一种视觉意象，象征心境的悲苦以及希望的幻灭。试想在这冷落的清秋节，孑然一身独宿江城，面对残烛而永怀不寐，情将何堪？三、四句就不寐作更细腻的描写，角声呜咽悲惨，洋溢在长夜的空中，似乎对于我的自言自语寄予无限的同情；中天月色虽皎洁可爱，但谁有心情去观赏呢？只有徒增感伤罢了。设使妻子兄弟同在，则角声悲无妨，月色好同看，又是另外一番心境了。第三句诉诸听觉，第四句诉诸视觉，合写心情的寂寞与悲凉。一写声堪断肠，一写色不忍见，悲则有之，好则无有，这其中的缘故有待五、六两句解答。讨论杜诗的节奏者，都很欣赏颔联两句，施补华说："悲字好字作一顿挫，实七律奇调。"孙洙也说："读二句，上二字略顿，神味倍永。"吟诵诗作上五下二句法读，则其中的悲凉无聊不难体悟，这是杜诗中以节奏的变化表现感情起伏的好例子。

五、六两句承三、四句申说所以然之故，战乱不断而家书杳然，关塞阻绝而归路甚难，所以闻角声而悲，见月色而叹。上句写近想，下句写远念，层次分明，安排有致。王世贞曾以"万里悲秋常作客，百年多病独登台"及本诗颈

---

① 伶俜——飘零奔波之意，俜，音 pīng。杜甫自天宝十四载安禄山造反，至作此诗，已忍受了十年的飘泊生涯。

② 强移句——用《庄子·逍遥游》"鹪鹩巢于深林，不过一枝"意，喻自己之入严幕，原是勉强求得暂时的安居。

联为杜诗句样，是很有见地。"风尘荏苒音书断，关塞萧条行路难"十四字，就像"屋漏偏遭连夜雨，行船又遇打头风"一样，一层层鞭逼着悲愁，一字字增添着凄凉。自安禄山叛乱迄今，杜甫已忍受了十年飘泊奔波的生涯，如今进入严武幕府当参谋，如鸟之安栖一枝，虽是不幸中之大幸，但这原是勉强求得暂时安居之策，实在不是理想的愿望，难怪清夜思之会辗转不寐了。

这首诗在时间上似乎只限于一整夜，其实是整个秋季的缩影，更是十年来心境的样式。时间设计上，由永夜而清秋而十年，渐渐拉长；空间设计上，由幕府而江城而关塞，逐渐扩张。时空的拉长与扩张，即意味着飘泊的延续以及归路的漫漫与无期，个人的身世之感也就不言可喻了。

（张高评）

咏怀古迹（五首选二）（193～194）

群山万壑赴荆门，生长明妃尚有村^①。
一去紫台连朔漠^②，独留青冢向黄昏^③。

---

① 生长句——王嫱本字昭君，后因避晋文帝讳（司马昭），乃改为"明"。按《大清一统志》，昭君村在湖北宜昌府兴山县南。

② 一去句——连，本作"婵"，缔结婚姻之意。紫台，指紫禁宫中。江淹《恨赋》："明妃去时，仰天太息，紫台稍远，关山无极。"朔漠，北方沙漠，匈奴所居。

③ 青冢——边地草多白，昭君坟上草独青。按青冢在今呼和浩特市南九公里大黑河南岸冲积平原上。《大清一统志》："青冢在归化城南二十里，蒙古名特木尔乌尔虎。《大同府志》：'塞草皆白，惟此冢草青，故名。'昭君死，葬黑河岸，朝暮有愁云怨雾覆冢上。"按清宋荦《筠廊偶笔》云："墓无草木，远而望之，冥濛作黛色，故云青冢。"近人张相文《塞北纪游》亦云："塞外多白沙，空气映之，凡山林村阜，无不黛色横空，若泼浓墨；昭君墓烟霭濛笼，远见数十里外，故曰青冢。"据此则草青之说实不可信，愁云怨雾云云，当亦出于附会。

画图省识春风面 ①，环珮空归月夜魂。

千载琵琶作胡语，分明怨恨曲中论 ②。〔平声元韵〕

　　诗的结尾，有转入茫茫无涯的一种手法，前人叫作"宕出远神"，或称作"实下虚成"，或形容为"曲终江上之致"，就是在收结处，引读者进入一个时空无限的境界，使读者感到余韵不绝，徘徊不去，这种无限性与自由感，很能造成美的境界。这首借昭君事迹以咏怀的诗，就有这种特性。黄永武先生曾就此欣赏本诗说：

　　起首由现在追溯到从前，结尾由从前直叙到现在，琵琶千载不绝，怨恨也千载不绝。中间四句，"一去"是怨恨的开端，"独留"是怨恨的结局。从"画图"去"省识"，"画图"被画工作了假，结果是不识春风面，这是解释造成怨恨的由来；那环珮的归魂，正是指不归的玉人，这是解释怨恨结局的无奈。五、六两句的正意，是藏在字词的反面的，如此反复跌宕，感叹丛生，结尾无须再涉议论，而只以时日的悠长、遗恨的无穷，已足以摇荡读者的性灵。全诗还有值得一提的是，第一句"群山万壑赴荆门"，是将无穷大的空间，奔赴汇聚到"明妃村"这一点上来，再由这一点，扩展向无穷的时间中去。这无限时空的换位，使明妃成了宇宙时空钟灵毓秀的一个焦点。(《中国诗学·鉴赏篇·作品的诗境》)

----

　　① 画图句——《西京杂记》："元帝后宫既多，使画工图形，按图召幸。宫人皆赂画工，昭君自恃其貌，独不与。乃恶图之，遂不得见。后匈奴来朝，求美人为阏氏（读若焉支，后也）。上以昭君行，及去召见，貌为后宫第一。帝悔之，穷按其事，画工毛延寿弃市。"浦起龙《读杜心解》谓："有识只在画图，正谓不省也。"

　　② 千载、分明二句——《琴操》曰："昭君恨帝始不见遇，心思不乐，志念乡土，乃作怨旷思惟歌，云云。单于死，子世达立。昭君谓之曰：'为胡者妻母，为秦者更娶。'世达曰：'欲作胡礼。'昭君乃吞药死，单于举葬之。胡中多白草，而此冢独青。"郭茂倩《乐府诗集》卷二十九有《王昭君》，曰："按琴曲有《昭君怨》，与此同。"怨恨，指汉之无恩，而使自己远嫁。

本诗的主题在"怨恨"二字，颔联以下四十二字皆脉注绮交于此两字中。据《后汉书》载，王昭君曾上书求归汉朝，成帝却令她依从胡俗，故本诗说她"一去紫台连朔漠，独留青冢向黄昏"。命运如此，安能不怨？怨恨所积，发为琵琶舒写，自然如怨如慕、如泣如诉，感人之余，当然流传千载了。浦起龙《读杜心解》说得好："怨恨二字，乃一诗归宿处，中四句，'一去'怨恨之始也，'独留'怨恨所结也，'画图识面'，生前失宠之怨恨，可知'环珮归魂'，死后无依之怨恨。"结句则直言怨恨，而有蕴藉摇曳之美，简直把琵琶写成了昭君的化身了。第六句也写得怨悱而不怒，深合温柔敦厚的诗风。

李重华《贞一斋诗说》以为，本诗首句若改"群山"为"千山"，"便不入调"，这是清浊不同之故。"推测李氏的用意，群为浊声，千为清声，用一个力重气沉的浊声，使声带受摩擦震动，或许更能表现群山历乱的景象。"（黄永武先生《中国诗学·设计篇·谈诗的音响》）而"紫台""青冢""黄昏""画图""春风面"，都是诉诸视觉色彩的意象，以彩色缤纷烘出一代美人来。"环珮""琵琶""胡语"，则是诉诸听觉的、富于外侵性的音响，更渲染出昭君对命运的怨恨来。可见有声有色的描写，最能引领读者进入实感的诗境，因为它最含有音乐性和绘画性啊！

王夫之《唐诗评选》批评本诗说："只是现成意思，往往点染飞动，如公输刻木为鸢，凌空而去。"沈德潜《唐诗别裁》也说："咏昭君诗，此为绝唱，余皆平平。"都是十分赞赏的话，只是说得未免抽象了些。

黄文焕谓："杜甫为审言之从孙，诗律最细，故杜甫有'诗是吾家事'句，无论五律、七律，其最要之法有二，一为一句之中，四声俱备；二为第一句、第三句、第五句、第七句之末一字，可连用两上声，或两去声，或两入声，必上去入相间。律诗备此二法，读之必声调铿锵，方尽四声之妙。"（《声调四谱图说》）见于本书所选者，如"丞相祠堂何处寻"一首，"群山万壑赴荆门"一首，"诸葛大名垂宇宙"一首，"岁暮阴阳催短景"一首，"风急天高猿啸哀"一首，其出句句末率皆平、上、去、入四声递用，可以为法。就音律而论，杜甫的诗，是众音高度和谐的组合，他"雄阔高浑，实大声宏"的主调，近人钱锺书在《谈艺录》中已列举许多，可以参看。施补华《岘佣说诗》谓："少陵七律，无才不有，无法不备。"实在是见道之言。

（张高评）

诸葛大名垂宇宙，宗臣遗像肃清高①。

三分割据纡筹策②，万古云霄一羽毛③。

伯仲之间见伊吕④，指挥若定失萧曹⑤。

运移汉祚终难复，志决身歼军务劳⑥。〔平声豪韵〕

夔州有武侯祠，杜甫游历后写了本诗，以缅怀孔明功业。杜公生平颇不以当文士为满足，常有澄清天下之志，所以每咏武侯，则为之怅憾不能自已。本诗除第二句明切题文以外，通篇都是议论，卢世㴥说："杜诗《诸将》五首，《咏怀古迹》五首，此乃七言律命脉根柢。"沈德潜也说："此议论之最高者，

---

① 宗臣——谓后世所尊仰的大臣。

② 三分句——纡，屈抑之意。谓三分已定，虽能运筹策，亦无从发展。

③ 万古句——此句意谓天下事虽不可为，但武侯之人品仍高不可及。

④ 伯仲句——伊尹佐汤，吕尚佐周。《艺文类聚·人部六》引晋张辅《名士优劣论》曰："睹孔明之忠，奸臣立节矣。殆将与伊、吕争俦，岂徒乐毅为伍哉？"

⑤ 指挥句——失，有不足道之意。《三国志·蜀书·诸葛亮传》评曰："可谓识治之良才，管、萧之亚匹矣。"子美此论更进一层。挥，或作"麾"。萧曹，指萧何、曹参。失萧曹，意谓与诸葛一比，萧曹不足道矣。

⑥ 志决句——谓诸葛亮虽意志坚决，终因军务繁艰，积劳而死。《三国志·蜀书·诸葛亮传》曰："据武功五丈原，与司马宣王对于渭南。"斐注引《魏氏春秋》曰："亮使至，问其寝食及其事之烦简，不问戎事。使对曰：'诸葛公夙兴夜寝，罚二十以上皆亲览焉，所啖食不至数升。'宣王曰：'亮将死矣。'"

后人谓诗不必着议论，非通言也。"都道出了本诗的特色。本诗可以看作是杜公的史论，议论中具见少陵论世知人的卓识。

本诗另一个特色，是以简单而灵动的比拟，替代了千言万语的形容，使人觉察到比喻之外另有一个深藏无限的世界。黄永武先生曾对此详加赏析说：

怀念诸葛武侯，正写到三分割据，可惜大功不成，下面本要说出许多惋惜与赞美，却将千言万语浓凝成"万古云霄一羽毛"七字，把怀古的景仰心情，化作鸾凤高翔、独步云霄的绮丽景象，则孔明遗像的清高、才品的杰出既形容无遗，而自身一腔血忱、心所向往的理想也隐约道出。杜甫一生忧时忧国，身虽流落在江湖，但为庙堂运筹，竭尽心思，吐为诗篇，血泪斑斑，与孔明实具同一种心情、同一种怀抱。人们并不都希望自身受到赞美，但都希望自身所致力的理想境界受到赞美——赞美孔明的怀抱，不正是吐出杜甫心中的垒块吗？把那种匡时救国的理想标举出来，比拟作"万古云霄一羽毛"，言中言外，含有多少耐人咀嚼的意味。（《中国诗学·设计篇·用心于笔墨之外》）

至于"万古云霄一羽毛"的诗境，是以空间上的大小相映衬，以表现意象的，黄先生曾加以诠释说：

俞浙说："一羽毛，如鸾凤高翔，独步云霄，无与为匹也。"（见《杜诗详注》卷十七引）云霄一羽，是空间的大小衬映，把清高的风致，表现得迥出尘表。再加上"万古"二字，更使孔明的人品功业，千古以来，杰出无匹了。（《中国诗学·鉴赏篇·作品的诗境》）

这种赏析再明确不过了，在在给予读者具体的把握，是黄先生论诗的特征，实在与一般掉弄玄虚的诗评家不同。

本诗的结构，前四句"称其大名之不朽"，后四句"惜其大功之不成"（仇兆鳌《杜诗详注》），"先表其才之挺出，后惜其志之不成"（清人黄生《杜诗说》）。作者为了表现诸葛亮"有才无命，徒垂空名"的遗憾，所以用"加倍法"蓄势，以见波澜起伏之妙：欲叙其功之不成，先写其名之不朽；欲惜其志之不遂，先写其才之挺出。用意为追进一层，用笔为再加一倍，变化生新，出人意表，最有姿致。王嗣奭《杜臆》称本诗："通篇一气呵成，宛转呼应，五十六字多少曲折，有太史公笔力。"这种笔力，实在乞灵于前后加倍法的映衬效果。

宋吴沆《环溪诗话》称，"杜诗句意，大抵皆远，一句在天，一句在地。如三分割据纡筹策，即一句在地，万古云霄一羽毛，即一句在天"，"惟其意远，故举上句，即人不能知下句"。所以杨伦说颔联"对笔奇险"，就是指立意深远来说的。杜诗能言人所不能言者，这是诀窍之一。

五、六两句论断，前句以前贤相比，后句以后生相拟，既见层次，又合孔明身份，用典十分自然而贴切。这颈联紧承"万古云霄"申说，尾联则承"三分割据"申说。第七句将汉祚的完尽归于气运，固是宿命之论，也是"缺憾还诸天地，是创格完人"的意思。

（张高评）

阁　夜^①（195）

> 岁暮阴阳催短景，天涯霜雪霁寒宵。
>
> 五更鼓角声悲壮，三峡星河影动摇^②。
>
> 野哭几家闻战伐，夷歌数处起渔樵^③。
>
> 卧龙跃马终黄土^④，人事音书漫寂寥^⑤。〔平声萧韵〕

---

① 阁——指夔州西阁。大历元年，公自云安县至夔州，秋寓于西阁，终岁居之。明年春，始自西阁迁居赤甲。

② 星河影动摇——《史记·天官书》："左旗九星在河鼓左，右旗九星在河鼓右，动摇则兵起。"

③ 夷歌——夷指蜀中白狼夷，汉明帝时作《莋都夷歌》三章以颂汉德。左思《蜀都赋》："陪以白狼，夷歌成章。"

④ 卧龙跃马句——卧龙，指诸葛亮。徐庶谓先主曰："诸葛孔明，卧龙也。"跃马，指公孙述称帝于蜀。左思《蜀都赋》："公孙跃马而称帝。"句意是说，贤愚终归同尽。

⑤ 漫——随意、任意。

诗歌的鉴赏，有众多的角度与繁复的层面。黄永武先生曾就历史性的考证、艺术性的批评以及思想性的层面去鉴赏本诗的前四句：

就历史性的考证而言，着重于推定本诗作于代宗大历元年，公元七六六年，杜甫五十五岁，冬季作于夔州。在夔州西阁夜晚作的，所以诗题为"阁夜"。再进一步，就是考察杜诗的出处，如"三峡星河影动摇"，《西清诗话》以为是出于汉武故事，是指"民劳之应"，《竹坡诗话》以为是暗用《史记·天官书》，寓有"大兵起"的意思，真是系风捕影，不免穿凿。至于艺术性的分析，则有人称誉联语"壮伟，冠绝古今"，有人叹美句中富有层次，都是点到为止，不想深入探究。其实所谓句中的层次，可用下列方法解剖：

寒——一层，冷。

霄寒——二层，晚上较冷。

霜宵寒——三层，降霜的晚上甚冷。

霜雪宵寒——四层，霜雪交加的晚上最冷。

霜雪霁寒宵——五层，霜雪融化的晚上尤冷。

天涯霜雪霁寒宵——六层，加上飘泊天涯的心理因素，更加孤独寒冷。

这夜晚的冷，再配合上句所写日短夜长，冷得更加难受：

短景——七层，夜长，难耐冷。

催短景——八层，催得夜更长，更难耐冷。

阴阳催短景——九层，阴阳迅速，夜长得真快，如何能耐这冷。

岁暮阴阳催短景——十层，岁暮冬至，夜长到极点，冷到极点。

把这二句诗用警拔的联语对在一起，如果寒冷有等级的话，可以感受到寒冷是在层层增强的。然而这还是属于艺术性的层面，至于思想性的层面，如从杜甫感受特别冷这一点加以探索，老年人难以耐冷，异乡作客的人对于寒冷敏感，这些是可以理解的。杜甫把夔州称为"天涯"，在天涯飘泊，心理上引起的孤独寒冷很值得玩味。也就是说中国人对"天涯"一词的定义与看法及其心理反应，是与整个民族文化及唐代人的心态息息相关的。(《中国诗学·思想篇·自序》)

前四句的诗意是说，岁暮冬至，催得夜长到极点，也冷到极点，何况又遇霜雪融化的晚上，只身飘泊在天涯，更加深了心理上的孤独与凄冷之感。尤其在这岁暮拂晓时节，更鼓号角交互传来，峡流倾注上撼天河，所见所闻，在在令人感到凄恻不堪。三、四两句写得十分伟丽雄杰，是眼前听见和看见的现象，宋人诗话以为暗用典故，恐是穿凿太过。

后四句的诗意是说，这时崔旰作乱，蜀中不安，从几家野哭声中，可以想见战争的讯息，试问还唱着渔歌安享渔樵之乐者，如今能有几处？想古来危乱，唯英雄豪杰可以拯济，但英雄却逃不了老死的劫难，所以号称"人中之龙"的诸葛亮与据乱称帝的公孙述，最后的结局是一样的，那就是黄土一抔，贤愚同尽。况我今日，流离老病，音问杳然，恐怕难见清平之世，只与英豪同归沦没而已。"人事音书"既已如此，只得任它寂寥了，言外有无可奈何的感慨。

本诗的结构，首联将主意分作两句写，第一句写所感，第二句写所见，是谓"分起"。颔联两句平列，直接首联，呼动结联，第三句写所闻，第四句写所见。颈联则别出一意，迂曲相接作转，以反面对正面，都是诉诸听觉的意象语。尾联再抒所感，夹议虚收，而且使用倒装句法，使得收结气势遒劲，笔有余妍。全诗两写视觉形象，三写听觉意象，再加上抒发感慨的也有三句，因此，作者在化抽象的说明为具体的图画、化静态的叙述为动态的演示方面是十分成功的，所以诗中的意象才那么鲜明而真切。

前人说杜诗者，多以"五更鼓角"一联及"锦江春色来天地，玉垒浮云变古今"二句为最雄杰无伦，声调家皆奉为圭臬。日本森大来认为这种欣赏方式，专就"脍炙人口之一联一节，加以盲称瞎赞，则此又是悠悠耳食之论"。律诗八句本是一首，犹有机体之不可分割，今摘句独赏，往往不能得其大全，必须熟玩全篇的音节才可以。李天生批评本诗说："壮采以朴气行之，非泛为声调者比。"这"朴气"，就是作者全副精神之所赴，精神通贯全篇，则气盛言宣，"言之短长，声之高下皆宜"，否则摘章摘句，声调虽响亮，也是不足贵的。

（张高评）

登　高① （196）

风急天高猿啸哀，渚清沙白鸟飞回。

无边落木萧萧下②，不尽长江滚滚来。

万里悲秋常作客，百年多病独登台。

艰难苦恨繁霜鬓，潦倒新停浊酒杯③。〔平声仄韵〕

就全诗的谋篇来说，前四句是写题目的"高"，后四句是写题目的"登"，而前四句写的是所闻所见的景色，后四句写的是百忧交集的感触。

第一句写了"风""天""猿"三个名词，第二句又写了渚、沙、鸟三件实物，都使一句中复叠了三层意思。因为一、二两句显得零碎，三、四两句便须表现得严整，因此三、四两句，各只写"落木""长江"一个对象。又因为起首两句实字极多，所以三、四两句便用"无边""不尽"等虚字。

"无边落木萧萧下，不尽长江滚滚来"，正因落木萧疏，方能望见滚滚长江，这无边与不尽，写得萧疏万里。吴沆在《环溪诗话》里引张右丞的话说："杜诗妙处，人罕能知，凡人作诗，一句只说得一件事物，多说得二件，杜诗一句能说得三件、四件、五件事物。常人作诗，但说得眼前，远不过数十里内，杜诗一句能说数百里，能说两军州，能满天下，此其所以妙。"我们看前

---

　　① 登高——《续齐谐记》曰："汝南桓景随费长房游学累年，长房谓曰：'九月九日汝家中当有灾，宜急去。令家人各作绛囊，盛茱萸以系臂，登高饮菊花酒，此祸可除。'景如言，齐家登山。夕还，见鸡犬牛羊一时暴死。长房闻之曰：'此可代也。'今世人九日登高饮酒，妇人带茱萸囊，盖始于此。"朱曰："诗有猿啸哀之句，定为夔州作。"

　　② 无边句——落木即落叶，萧萧是木叶振落的声响。《楚辞·九歌·山鬼》曰："风飒飒兮木萧萧。"

　　③ 潦倒句——潦倒粗疏，浊酒一杯，并出嵇叔夜《与山巨源绝交书》。潦倒，指困顿衰颓。少陵此时以肺疾戒酒，故曰新停。

两句诗，正是每句各说三件事的例子，而这两句又正是一句能说数百里的例子。

五、六两句接着点出了题目，而这中间四句完全白描，刘克庄说："此二联不用故事，自然高妙。"典虽不曾用，但这"万里悲秋常作客，百年多病独登台"两句中，罗大经指出有八个意思："万里，地之远也；秋，时之凄惨也；作客，羁旅也；常作客，久旅也；百年；齿暮也；多病，衰疾也；台，高迥处也；独登台，无亲朋也。十四字之间含八意，而对偶又精确。"（《鹤林玉露》卷十一）罗氏所说的八个意思，实则是八层意思。"悲秋"点出了季节的凄惨，这是第一层。但在家乡悲秋，远不及在万里外悲秋，这是第二层。那定居在万里他乡者的悲秋，又远不及飘泊无定、作客异乡者的悲秋，这是第三层。但短期旅居于万里他乡者的悲秋，又远不及久羁他乡、思归不得者的悲秋，这是第四层。久羁他乡、思归不得者的悲秋，若是年少气盛，志在四方，那么他的悲秋，又远不及百年齿暮、垂老飘泊者的悲秋，这是第五层。这久羁他乡、垂老飘泊者，若是身体康健，步履轻快，那么他的悲秋，又远不及身老多病、终年飘泊者的悲秋，这是第六层。那身老多病、终年飘泊者平日的悲伤，又远不及去登台远眺、满目萧然时的悲伤，这是第七层。垂老飘泊的人，登台远眺，若有亲朋同行，那时的悲伤，又远不及无亲无朋独自登台者的悲伤，这是第八层。用意不断地累增，在有限的字数里，这样层层累荷，到了第八层，感情已抵达饱和，且具有强烈的爆发力了。在这十四个字中，意思层层入里，竟有八层，所以胡应麟称许它是"古今七言律第一"，可说是当之无愧。

结尾两句则紧承腹联而下，因为作客日久，所以备尝艰难苦恨；因为衰年多病，所以潦倒日甚，只见白发频添，而酒杯难举，潦倒之态，至此乃一齐画出。"艰难苦恨繁霜鬓，潦倒新停浊酒杯"，句句极尽锻炼之能事，他以鬓与杯两样实物作中心，重重叠叠地加浓这两个实物所能累荷的含义：

鬓　　（代表对自身生命的珍惜）

霜鬓——老。

繁霜鬓——老得快。

苦恨繁霜鬓——内心苦恨，是老得快的原因。

艰难苦恨繁霜鬓——整个国家的艰难，才是内心苦恨的根源，难怪老得快。

　　杯　　（代表适应挫败的方法）

　　酒杯——以酒浇愁。

　　浊酒杯——浊酒写出愁而穷。

　　新停浊酒杯——浊酒犹不得饮，更穷愁。

潦倒新停浊酒杯——浊酒不得饮，愁不得浇，潦倒无奈，真是穷愁之至。

这杯光鬓影，在杜甫笔下，显得何等黯淡。而杜甫一生的艰辛及眼前的困窘，那漫长潦倒的时空景象，都借着这空杯与霜鬓，表现得甚为具体。正由于这种"一气折旋，意含百炼"的修辞技巧，读来自有一股强悍的笔力，从行句间喷薄而出。

这首诗还有一个特点是八句都是相对的，然而诵读起来并不觉得凑砌，几乎并不觉得它是句句对仗的。足见杜工部才力高，功力深，格律对仗不但不损害他诗句的辞意，反有助于音节的飞扬。《岘佣说诗》中道："通首作对，而不嫌其笨者，三四无边落木二句有疏宕之气，五六万里悲秋二句有顿挫之神耳。又首句妙在押韵，押韵则声长，不押韵则局板。"可见本诗在声律格局上特别考究。

我们再分析第一、三、五、七出句的末字，哀字平声，下字上声，客字入声，鬓字去声，分用平上去入而不相重复，可见少陵锤炼字句的细腻。胡应麟称赞他"一篇之中，句句皆律，一句之中，字字皆律"，少陵吟诗的艰辛，由此可见一斑。

（黄永武）

钱　起

赠阙下裴舍人（197）

二月黄鹂飞上林，春城紫禁晓阴阴①。
长乐钟声花外尽②，龙池柳色雨中深。
阳和不散穷途恨，霄汉长怀捧日心③。
献赋十年犹未遇④，羞将白发对华簪⑤。〔平声侵韵〕

钱起的诗，前人称其"体制新奇，理致清赡，芟宋齐之浮游，削梁陈之嫚靡，迥然独立"，虽稍嫌过誉，然谓其新奇清赡，则属确论，本诗就是清新雅赡风格的代表作。

全诗的结构，前半写舍人的受宠，后半写自己的不遇；写舍人，句句从阙下生情，写自己，字字从穷途抒发。荣枯相对，浮沉异势，映衬烘托，遂鞭逼出"穷途恨"之主意来。换言之，"穷途恨"绮交于八句，八句脉注于"穷途

---

① 紫禁——谢希逸《文选·宋孝武宣贵妃诔》曰："收华紫禁。"李善注曰："王者之宫以象紫微，故谓宫中为紫禁。"

② 长乐——《三辅黄图》卷二曰："长乐宫本秦之兴乐宫也。高皇帝始居栎阳，七年长乐宫成，徙居长安城。"《元和郡县图志》曰："京兆府长安县，汉长乐宫在县西北十四里。"此借喻唐宫，非指汉故宫也。

③ 捧日——《魏志·程昱传》裴注引《魏书》曰："昱少时常梦上泰山，两手捧日，昱私异之，以语荀彧。及兖州反，赖昱得完三城，于是彧以昱梦白太祖。太祖曰：'卿当终为吾腹心。'昱本名立，太祖乃加其上日，更名昱也。"

④ 献赋——以辞赋献于皇帝，以表忠诚。如杜甫献《三大礼赋》而任右卫率府参军。

⑤ 簪——指达官贵人的冠饰，此处借指裴舍人。

恨"三字中。

前两联写阙下春景，景中有情，多具象征之意义。首联点出时令为春天二月，地点是紫禁上林，见黄鹂之飞出幽谷迁于乔木，暗羡舍人之供职阙下春风得意，这春城紫禁晓色阴阴，不正是我郁闷无聊之心情的反照吗？颔联单承第二句之"春"字，写君门深远，无路可通的情形。长乐钟声正悠扬于花外，龙池柳色亦苍翠于雨中，三句写听觉，四句写视觉，使颔联有了音乐性及绘画性的具体形象。三、四两句向称为名句，高仲武《中兴闲气集》评为"特出意表，标准古今"，方东树《昭昧詹言》则以为"前四写阁景，气象真朴，不减摩诘"，森大来则美其"华赡而有风致，足称才笔'。其所以为名句，可见一斑。

后四句的诗意说，如今仲春二月，阳和温融，却不能散遣我穷途之恨；瞻望高空，长怀效忠君王的捧日心志，竟也事与愿违。再说，我呈献辞赋以表忠诚，已经历时十年了，也还未曾蒙受赏识。既然"九重深远，无路可通，献赋十年，至今未遇"，看样子，只得以我这迟暮的白发，去愧对舍人您得意的华簪了。第五句就时间节候写其心情，第六句就空间感受写其志向，第七句明言其"未遇"，不免刻露少含蓄，第八句道出赠舍人的本意来。

清俞陛云《诗境浅说》丁编谓："因后半首有'阳和不散穷途恨'及'献赋十年犹未遇'句，故知长乐龙池句，羡舍人之身依禁近，而伤己之以白发相对华簪，非泛言宫中花柳之景也。"这个见解很可取，窃喜译意跟他不谋而合。

依照格律，本诗自颔联以下六句有失粘的地方，如果首句平起，那么全诗音节就谐合入律了。所以一般学者都认为首联是拗粘拗对的现象，如将一、二两句对换，则平仄协调，合乎定式。

（张高评）

韩 翃

同题仙游观①（198）

仙台初见五城楼②，风物凄凄宿雨收。

山色遥连秦树晚，砧声近报汉宫秋③。

疏松影落空坛静，细草春香小洞幽。

何用别寻方外去④，人间亦自有丹邱⑤。〔平声尤韵〕

这是一首题咏诗，描写道观的恬静安适，令人心向往之。韩翃的诗在大历十才子中最称隽丽，所谓"兴致繁富，如芙蓉出水"者。品赏本诗，确有此种风格。

本诗前四句写道观之外景，后四句写道观之内景。写外景，句句从旁观者所见所闻所感生发；写内景，又句句从当局者闻见感触表现。文句工秀，婉转可诵。

---

① 仙游观——一本无"同"字。潘师正居逍遥谷，高宗尊异之，诏即其处建观，又敕于逍遥谷作门，曰仙游。

② 五城楼——《史记·孝武本纪》："方士有言，黄帝时为五城十二楼以候神人。"此处借指仙游观。

③ 砧声——砧，捣衣石。古代捣衣皆在秋晚。砧声，捣衣之声。

④ 方外——《庄子·大宗师》："孔子曰：'彼游方之外者也，而丘游方之内者也。'"方外犹言世外，指神仙居处。

⑤ 丹邱——《楚辞·远游》："仍羽人于丹邱兮，留不死之旧乡。"《拾遗记·高辛》："有丹邱千年一烧，黄河千年一清，至圣之君，以为大瑞。"注谓丹邱，昼夜常明也，意指仙境。字或作"丹丘"。

诗意说，我第一次来游仙游观，就好像在仙台上看到仙人所住的五城十二楼一样。这时夜来雨过，巧遇新晴，所以一切风物景色分外感到清绝。尤其到了向晚时分，远望山色接连着秦地的树木，近听砧声隐约传来汉宫的秋意，已使人寓目遣怀，尘虑都尽。观外风物既凄清如此，入得观来，又见松影稀疏映落在空坛上，感到无比宁静；绵密的细草还散发着春天的香味，烘托着小洞天格外幽雅。这里已经是人间仙境了，何必再舍此外求呢？

首句写所见，"五城楼"借代仙游观，这样用才切事切题，"仙台""方外""丹邱"三词的入诗亦然。用"初"字妙，可以传出乍见惊喜之情。次句写所感，呼起三、四两句，此先概说，颔联再细描。第三句写远望之景，第四句写近听之景，都是切时切地之言，这两句已将道观前后左右之景鸟瞰收摄于篇中，"晚"字、"秋"字应前"风物凄凄"。胡应麟《诗薮》非常赞赏本诗的起句，认为"气雄调逸可观"，"有不减盛唐者"，其说可信。

就时间设计来说，本诗的时间只是由"宿雨收"到"秦树晚"一天的光阴而已。但这一天，却是由"草春香"到"汉宫秋"三季景物的浓缩与抽样，看来在道观里，良辰美景是相当漫长的啊！这就是跟方内大不相同的地方了。就空间的设计而言，写的不外是仙游观内外景物的布置：远景是山色遥连秦树，近景是砧声近报汉宫；仰看是疏松影落空坛，俯视是细草春香小洞；大景是道观汉宫；小景是细草小洞，闲闲布置，错落有致。在描绘意象方面，先用视觉形象，使诗有了绘画性，再用听觉形象语，使诗充满了音乐性。次写触觉"凄凄"，嗅觉"春香"，使整首诗有了立体的实临感受，这是本诗特别之处。

吴乔《围炉诗话》批评韩翃的诗，说它"修词逞态，有风流自赏之意"，今观本诗，信然。

（张高评）

皇甫冉（公元七一六——七六九年）

字茂政，安定人，避地来丹阳。耕山钓湖，放适闲淡。十岁能属文，张九龄一见，叹为清才。天宝十五载进士，授无锡尉，大历初迁右补阙。有集。其五七律风格清逸雅丽，高仲武评其诗，以为"可以雄视潘张，平揖沈谢"。

春　思（199）

莺啼燕语报新年，马邑龙堆路几千 [①]。

家住层城临汉苑，心随明月到胡天。

机中锦字论长恨 [②]，楼上花枝笑独眠。

为问元戎窦车骑 [③]，何时返旆勒燕然 [④]。〔平声先韵〕

这是一首闺怨诗，是作者代闺妇抒写春怨的心声，含有浓厚的非战思想。沈德潜《唐诗别裁》说，本诗的命意，几乎和沈佺期的《独不见》诗相似，可是气象纤小，所以难与沈诗争席。当然，这涉及个人的才学性情，丝毫勉强不得。

---

① 马邑龙堆——《搜神记》："秦筑长城于武川塞，有马驰走其地，依以筑城，因名马邑。"故城在今山西省朔州市朔城区西北。《汉书·西域传》："楼兰国最在东陲，近汉，当白龙堆。"在今新疆天山南路。

② 机中锦字——前秦窦滔妻苏蕙，以滔别有宠姬，音问隔绝，苏悔恨自伤，因织锦成回文，题诗二百余首，计八百余字，纵横反复，皆成文章，名璇玑图，词甚凄惋。使人送至襄阳，滔览锦字，感其妙绝，因具车从迎苏氏。见《侍儿小名录》。

③ 元戎句——元戎，犹言将军。汉窦宪为车骑将军，大破匈奴，于是温犊须等八十一部来降。宪遂登燕然山，刻石勒功，纪汉威德，班师而还。

④ 何时句——旆，音 pèi，返旆，谓凯旋。燕然山，即今蒙古杭爱山。

诗意说，黄莺的歌唱和燕子的呢喃，声声告诉我新年已经来到了，我所思念的人，远在边塞的马邑和龙堆戍守，彼此隔着千里的路程。我家住在京都层城内，邻近行宫，可是我思念丈夫的一颗心，却跟随着明月飞奔到塞外去了。织布机织成的锦字，诉说着夫妇久别的怅恨；楼上的花枝讥笑我为什么不在"枝头春意闹"时凭楼赏玩，却独自一个人无聊地睡眠着。因此，我要请问军中的大元帅窦将军，我军什么时候可以凯旋，并且在燕然山麓刻石纪功呢？

这首诗的特色之一，是以一近一远、一往一复的手法，来摹写春思的缠绵不断。首句写"春"，是切近闺妇写；次句写"思"，是远就征夫言。第三句写闺妇自己，第四句将思绪拉远到征夫所在的"胡天"。五、六两句又将笔触折回，特写闺妇的春思；七、八两句再将诗笔移向胡天，说出闺妇的愿望，希望战争早日结束，丈夫能立功回来，道出了春思的正意。

颈联"机中锦字论长恨，楼上花枝笑独眠"，用对面衬托法写闺妇的春思，生动活泼，含蓄有味。不直说自己怅恨夫妻的久别不相见，却托言苏蕙的织锦回文；不直说自己因怀远思夫无情绪，而致"柳条弄色不忍见，梅花满枝堪断肠"（杜甫诗），却推说楼上花枝笑我独眠。这种背面渲染法，当然比直言说明层折有致，可惜"笑独眠"句工而近纤，终非大家气派。这是本诗的又一特色。

另外，本诗的收结以痴语反诘生情，留下了悠扬不尽的余韵。问何时返旆，既表现了纯真的性情，令人愁绝，又以无可回答也无须回答的反诘，产生一种饱满的情趣，导引读者进入一个茫茫无端的时空。返旆有日，则春愁可解，否则"燕然未勒归无计"，凯旋无期，春愁也就绵绵无绝期。这种无限性，很能让读者感到余韵不尽，往往造成凄美的诗境。

（张高评）

卢 纶

晚次鄂州 ① （200）

云开远见汉阳城，犹是孤帆一日程。

估客昼眠知浪静 ②，舟人夜语觉潮生。

三湘愁鬓逢秋色 ③，万里归心对月明。

旧业已随征战尽，更堪江上鼓鼙声 ④。〔平声庚韵〕

这是一首客中即景抒情的诗，表现叹老思乡厌战的情怀。安史之乱时，作者曾寓居鄱阳，此诗可能是南行途中所作的。

诗意说，云雾拨开时，虽江天浩漫，已可隐约远见到汉阳城郭；无奈江阔帆迟，估计行程，尚须一天才能到达。白天，从商人恬适地酣睡着，便知这时风平浪静，船身安稳；夜晚，船家相呼，加缆扣舷，众声杂作，便晓得潮水涨起来了。在这三湘之地愁闷地做客，鬓发已衰白零落得像秋天的景色一般。远在故乡万里外的一片归心，凄凉地空对着皎洁的明月。可叹我旧时的家产已随着战事损失殆尽，此刻哪里还能忍心聆听那江上传来的战鼓声呢？

本诗的结构，前半写景，景中有情；后半抒情，而情中寓景。情景交融，循环相生，兼有沉郁的情与秾丽的景，就可表现出非凡的意境。首句点题，切

---

① 鄂州——原注曰："至德中作。"唐江南道鄂州治江夏县，今湖北武汉市武昌区。

② 估客——商贾。

③ 愁鬓逢秋色——是说愁鬓承受着秋色。发鬓已衰白，故与秋意相应。

④ 鼓鼙——本指军中所用的大鼓小鼓，此借指战争。

合做客所在，领起全篇，经次句缩转，诗境遂有波折。这两句情景真切，句法亦纤徐有致。三、四两句"兴在象外，卓然名句"，天然浑成，不事雕琢，读之使人"宛若身在江船容与之中"（俞陛云《诗境浅说》丙编）。诗境有时与理性暗合，但诗人有时却故意用情感来改造理性，黄永武先生曾依据这个角度去欣赏本诗的颔联：

从波浪的动荡中衬出恬静的昼眠，又从沉静的夜眠中衬出絮聒的对话，所谓动中写静、静中写动，人的动静与浪潮的动静有着很自然的配合，所以沈德潜说这两句，读来如身在江舟间。曾季狸也说这一联"曲尽江行之景，真善写物"，因为它把江行的情景写得十分真切、十分合理，使知性、感性融为一体，潘德舆所谓"理语不必入诗中，诗境不可出理外"，正说明了诗与理的密切关系。（《中国诗学·鉴赏篇·作品的诗境》）

金圣叹批选本诗，以为前四句"写尽急归神理"，并且认为"昼眠便是不思速归之人，夜语便有可以速去之理"，可见颔联不可只作写景看。这与清薛雪在《一瓢诗话》中所说的"估客昼眠知浪静，是看他得意语；舟人夜语觉潮生，是惟我独醒语"，有相同的观点。

五、六两句写伤老思归之情，三湘是客旅之地，愁鬓是伤老之征，秋色是恼人之景，作客他乡已够使人愁闷无奈了，何况又值衰老之年，逢遇秋色摇落的时节，岂不令人愁煞？而且家在万里之外，空悬欲归之念，只能将此心托付明月，万里寄相思了。"三湘""愁鬓""秋色"，与"万里""归心""月明"之间，充满着无可奈何的愁思，在在都使人柔肠百结、黯然销魂，何况此时六者一齐袭临呢。金圣叹曾说，"唐人律诗，至五六始多感矣，感者必言'秋'，必言晚"，这是"人之自然之情，当其临时对景，则不自觉恻然其自言之者，并非有所相袭也"（《与后堂庄严法师及梅檀安庠二师》）。金氏曾举出二十四个例句，本诗颈联也是其中之一。尾联写战火所至，旧业荡然，无家可归，而连日江行，鄂州犹闻战伐之声，使得客居情怀感伤到极点，收尾切题，有遥情远韵。

本诗在时间设计上，只是"昼""夜""一日"的情景，在空间上却不断扩张，极思绪之驰骋，由近处的"鄂州""三湘"，越过辽阔的江面，抵达"汉阳城"，再飞度"万里"关山，回到作者的故乡蒲州（今山西永济市）。思乡的情思一日飞度万里到家乡，而人仍在万里之外作客，心境的可怜，是不难想象的。

（张高评）

柳宗元

登柳州城楼寄漳汀封连四州刺史 [①]（201）

> 城上高楼接大荒，海天愁思正茫茫。
> 惊风乱飐芙蓉水 [②]，密雨斜侵薜荔墙 [③]。
> 岭树重遮千里目，江流曲似九回肠 [④]。
> 共来百越文身地 [⑤]，犹自音书滞一乡。〔平声阳韵〕

---

① 柳州，今属广西柳州市。漳州，今属福建漳州。汀州，今福建长汀县。封州，今广东封开县。连州，今广东连州市。四州刺史，按顺宗永贞元年，宗元与韩泰、韩晔、刘禹锡、陈谦等以附叔文党贬官。宪宗元和十年，宗元与四人皆召至京师，又皆出为刺史，宗元为柳州，泰为漳州，晔为汀州，谦为封州，禹锡为连州。柳宗元六月到柳州，此诗为是年夏天所寄者。

② 惊风句——飐，音 zhǎn，风吹浪动叫飐。芙蓉，莲花别名。

③ 薜荔——香草，缘木而生，形似无花果，一名木连。《楚辞·离骚》："贯薜荔之落蕊。"

④ 九回肠——司马迁《报任安书》："肠一日而九回。"

⑤ 百越文身地——越，通粤。《通典》："自岭而南，是百越之地……或曰自交趾至于会稽七八千里，百越杂处。"按当今闽浙两粤各省。文身，谓身体上刺花。《史记·吴太伯世家》："太王欲立季历以及昌，于是太伯、仲雍二人乃奔荆蛮，文身断发，以避季历。"

宪宗元和十年（公元八一五年）夏六月，柳宗元谪迁到柳州，登临城楼，触目伤怀，因作此诗以寄同贬之四友。所以在性质上这是一首投赠诗，抒发情怀之际，当以含蓄不露为主。

诗意说，登上高楼，游目四顾，但见海阔天空，一望无际，这苍茫无端，令人愁思弥漫、百感交集。看那狂风吹浪，也摧折了水上的芙蓉花；骤雨打墙，并波及覆墙的薜荔藤。想我们被谗而受斥逐的怵目惊心，不也是这样的吗？想起跟我同样命运的朋友们，不觉翘首远望。但只见岭树重重千里，遮住我的视线；江流盘曲如转，好像我九回之肠。望四州虽不可到，思四州却无已时。我们左迁之州，都是古时百粤之地，断发文身的蛮夷之邦。来此蛮荒，无可相慰，若有音书往来或可慰其劳结，无奈彼此各自阻滞一方，互不相问，孤寂悲愁之情，是多么使人不堪啊！

王夫之说："一切景语，皆情语也。"本诗前六句写景，却是句句含情，正是所谓"情与景会，景与情合"——情景交融的境界。起句雄深悲壮，冠绝古今，诚如纪昀所谓："一起意境阔远，倒摄四州，有神无迹，通篇情景俱包得起。"三、四两句申足次句之意，所写虽是当地风光，却自有言外之致，"以风雨喻谗人之高张，以薜荔芙蓉喻贤人之摈斥"（俞陛云《诗境浅说》），"旧说谓借寓震撼危疑之意，好不着相"（纪昀批《瀛奎律髓》）。这种"情在词外，壮溢目前"的隐秀笔法，颇得《离骚》遗韵，最有茹远洁适之美。可见本联所写，景中寓情，寄兴遥深，不单纯描写登城所见而已。五、六两句顶承首联，一写望四州不可见，一写思诸友无已时，恋阙怀人，溢于言表，也是情景交融。收结归到寄诸友本意，"共来""犹自"二虚词，用得十分有气势、有风神，能传作者痛切之神。

前六句分水、陆两方面写，首句写陆景，次句写水景，总起全篇。颔联写近景，三句写水，四句写陆，比兴不露痕迹。颈联将镜头拉远，五句写陆景，六句写水景。这种一陆一水、一近一远的安排，很能传出"海内存知己，天涯若比邻"的诗意来。

（张高评）

刘禹锡

西塞山怀古^①（202）

　　王濬楼船下益州^②，金陵王气黯然收^③。
　　千寻铁锁沉江底^④，一片降幡出石头^⑤。
　　人世几回伤往事，山形依旧枕寒流。
　　从今四海为家日^⑥，故垒萧萧芦荻秋^⑦。〔平声尤韵〕

　　穆宗长庆四年（公元八二四年），作者在由夔州赴和州的途中作了这首诗。"江山依旧，人事全非"的感慨，充满整个诗篇。显然的，这是一首抚今追昔的诗。

――――――――――

　　① 西塞山——在湖北大冶市东九十里，一名道士洑矶。此地孙策、周瑜、桓玄、刘裕事甚多，此所怀独王濬一事。
　　② 王濬——字士治，弘农人，官至益州刺史。晋武帝谋伐吴，以濬为龙骧将军，修舟舰。濬乃作大船连舫，方百二十步，受二千余人，以木为城，起楼橹，开四出门，其上皆得驰马往来。于太康元年正月，自成都出发攻吴。
　　③ 金陵句——金陵，相传战国楚威王时，见其地有王气，因埋金以镇之，故名。黯然，伤神貌。
　　④ 千寻句——吴人于长江险碛要害之处，并以铁锁横截江面，以拒楼船。濬乃作火炬长十余丈，大数十围，灌以麻油，在船前，遇锁，燃炬烧之，须臾融液断绝，船无所碍。
　　⑤ 一片句——石头即金陵城。濬自长江顺流而下，吴军望旗而降，吴主孙皓乃备亡国之礼，面缚舆榇而降。以上俱见《晋书·王濬传》。
　　⑥ 四海为家——《汉书·高帝纪》："天子以四海为家。"四海为家，意谓天下统一。
　　⑦ 故垒——泛指六朝以来的战争遗迹。

诗意说，晋武帝讨伐东吴，命大将王濬建造大楼船，从成都顺流而下，直取吴都，金陵地方的帝王气数，便令人神伤地消灭了。当时东吴为抗拒晋兵，曾以八千尺长的锁链横截在长江险要之处，结果却被王濬烧断破坏了。吴主孙皓只得树列降旗，备亡国之礼，从石头城里走出来投降。人世间值得伤心的往事，实不止吴为晋灭，其后宋、齐、梁、陈以至唐朝，仍纷乱不已。万古不变的，只有这座西塞山，依然静静地矗立江流边，在秋水长天中，作为历史的见证。到了今日，天下已归一统，只有西塞山前的旧有营垒，在秋天的芦荻中冷落地残留着。

相传元稹、韦应物、白居易、刘禹锡四人同赋此题，刘诗先成，乐天看了说："四人共探骊龙，君已得珠，余皆鳞爪矣。"于是罢唱（《全唐诗话》卷三）。粗看此诗，前半不过说平吴事，后半不过写抚今追昔之感，何以能令元白敛手拜服？其中必有过人之处。《一瓢诗话》称本诗"气魄法律，无不精到"，《诗境浅说》谓此诗与崔颢《黄鹤楼》诗异曲同工，"一气贯注"。崔诗从黄鹤仙人着想，前四句都写仙人乘鹤事；本诗从西塞山铁锁横江着想，前四句皆写王濬平吴事，四句专咏一事，而劲气直达，这是二诗同妙之处。其实，本诗也不是句句都好，翁方纲就说："起四句洵是杰作，后四则不振矣。"（《石洲诗话》）施补华也说："五六二句平弱不称，收亦无完固之力。"（《岘佣说诗》）可见白居易谓探骊得珠，有绝唱之目，实在是溢美之论。不过大致说来，本诗还是有许多可取之处的。

首二句直起概括，如黄鹄高举，见天地广大，又如珠玉走盘，意连句圆。以王濬楼船声势之盛，反衬金陵王气运数之衰，正反翻应取势，无常之感令人黯然神伤。前两句写得严整，故三、四两句流走，承次句"黯然收"三字，极写长江地利之不足恃。"千寻"写出必不可败，"一片"绘出必不可胜神理。"千寻"极状其军容之威盛，"一片"极形其面缚出降之孤寂。"千"与"一"对比的陪衬，使得"黯然收"的意象交相映发，倍加明显。前四句专咏平吴事，论者或疑其偏枯，其实这是因尊题而作特写，正如崔颢《黄鹤楼》诗前二联一般。

第五句转笔写六朝，是极度概括的笔法，它的简练与前四句的繁复大相径庭。这一句说出"无常"，其间"若有上下千年纵横万里在其笔底"（《诗学纂闻》）。第六句一笔折到西塞山，用笔十分圆熟，见变迁中有不变者在。颈联二句韵致殊隽，与孟浩然《与诸子登岘山》同工异曲。尾联别出一意，以收束全篇，"从今"句一顿，"故垒"句一挫，顿挫作收，便有远神。另外，第六句的"枕"字，次句的"收"字，也都用得十分神妙。

全诗以盛衰相形，以透出"无常"的怀古正意来。首句写盛，次句写衰，三句写势盛，四句写气衰，五句合写盛衰无常，六句写不盛不衰之常，七句写鼎盛，八句写衰飒，两两对衬，怀古之意象遂历历浮现。方东树《昭昧詹言》称本诗"一直说去，不见艰难吃力，是其胜于诸家处，然少顿挫沉郁，又无自己在诗内，所以不及杜公"，这是求全的责备。

（张高评）

元　稹（公元七七九——八三一年）

字微之，河南人。年十五举明经，元和元年拜右拾遗，数上书言利害，当路恶之。长庆中，崔潭峻进其歌诗数千百篇，帝大悦，擢为知制诰，后拜同中书门下平章事，衣服金紫，显赫一时。有《元氏长庆集》。微之诗情致缠绵，抑扬合度，一时有才子之称。然含味不厚，文余于情，意拙语纤。盖微之与乐天同唱和，时称元白，二人千里神交，谊坚金石，唱和之多，无逾二公者，时号"元和体"。乐天新乐府多刺时事，故一时又有"元轻白俗"之论。

遣悲怀三首（203～205）

谢公最小偏怜女①，自嫁黔娄百事乖②。

顾我无衣搜荩箧③，泥他沽酒拔金钗。

野蔬充膳甘长藿④，落叶添薪仰古槐。

今日俸钱过十万，与君营奠复营斋⑤。〔平声佳韵〕

昔日戏言身后意，今朝都到眼前来。

衣裳已施行看尽⑥，针线犹存未忍开。

尚想旧情怜婢仆，也曾因梦送钱财。

诚知此恨人人有，贫贱夫妻百事哀。〔平声灰韵〕

闲坐悲君亦自悲，百年多是几多时。

① 谢公句——《晋书·列女传》："王凝之妻谢氏，字道蕴，安西将军奕之女也，聪识有才辩。"此谢公当诣谢奕。按：元稹前妻韦蕙丛既贤且美，稹未仕而韦氏卒，此以谢女比韦氏也。偏怜女，最疼爱的女儿。

② 黔娄——《高士传》："黔娄，齐人也，修身清节，以寿终。"陶潜诗："安贫守贱者，自古有黔娄。"

③ 荩箧——犹言草箧，衣箱也。

④ 泥他、野蔬二句——《通俗编》曰："《升庵外集》，俗以柔言索物曰泥，谚所谓软缠也。或作詷，亦作妮。"藿，豆叶。

⑤ 营奠营斋——设斋祭奠的意思。

⑥ 衣裳句——施，施舍与人。或云施通"弛"，遗弃之意。行看尽，眼看不多了。

邓攸无子寻知命①，潘岳悼亡犹费词②。

同穴窅冥何所望③，他生缘会更难期。

唯将终夜常开眼，报答平生未展眉。〔平声支韵〕

这是一组悼亡诗，为哀悼其妻韦氏而作，与另首《离思》诗五首之四所谓"曾经沧海难为水，除却巫山不是云"名句，皆空前绝后、人间至情至性之诗篇。孙洙评《唐诗三百首》所谓"古今悼亡诗充栋，终无能出此范围者，勿以浅近忽之"，正说中了本诗的特色与价值。

第一首诗是以示现的技巧去刻画形容，使意象达到状溢目前的效果。黄永武先生曾就此诗的实感性加以欣赏说：

这首诗追忆贫贱夫妻，辛劳备至，前六句追忆生前的生活细节，完全以动态的描绘来表出，不以静态的叙述来形容。写到"落叶添薪仰古槐"，则秋风黄叶、古槐人影的景象活现纸上，成为全诗中最令人瞩目的场景。如果只泛说生前的情爱如何、甘受贫苦时的德行如何，用静态的叙述而不用动态的表现，就不能教人如此深深地感动。(《中国诗学·鉴赏篇·作品的诗境》)

这首诗前六句极写贫苦之况，七、八两句写出富贵而不能同享，贫苦与富贵前后对照，遂将"悲怀"题意表现得淋漓尽致。首联写红颜薄命，总起"悲怀"之正意；颔联承次句之"百事乖"，举例说明生活中的不顺遂，无衣无酒，已活绘出贫家苦况，主妇之难为。颈联特写主妇的勤俭，是从侧面烘托贫苦，意象十分鲜活。尾联以贫贱夫妻不能共享富贵为憾，凄恻自在言外。

第二首诗从死后咏到生前，勾勒生前的一鳞半爪，已足可想象其余，留

---

① 邓攸无子——晋邓攸字伯道，为河东太守，永嘉末遇石勒之乱，以牛马负妻子而逃。遇贼掠其牛马，步走担其儿及其弟之子绥，度不能两全，乃弃其儿，挈绥而逃。时人义而哀之，为之语曰："天道无知，使邓伯道无儿。"

② 潘岳悼亡——晋潘岳字安仁，其妻卒，为悼亡诗三首。

③ 同穴窅冥句——《诗经·王风·大车》："死则同穴。"窅，音 yǎo，窅冥，渺茫之意。

言、遗物、真情、幻梦，取材真切，感情动人。首句虚写留言，次句实叙遗事，虚实相涵，所以诗境灵活不板。三、四两句写人亡物在，触目生悲，用"行看""未忍"两虚词作转换，现出"悲"字的风神姿态来。五、六两句写"爱屋及乌"心理，这种爱情心理的转移描写，也是侧面烘托法，可以想见生前的情浓意蜜。"怜婢仆"申足"旧情"之意，"送钱财"申足"因梦"之意，同时与第一首所写的贫苦景况相呼应。第七句作一宕笔，紧接末句，呈露出"贫贱夫妻百事哀"七字来，在中间作一锁纽，总绾前后二首诗。

第三首诗自伤身世之凄凉，实因悲君，亦以自悲。悲君红颜薄命，可悲者一；自悲无子，可悲者二；自悲丧偶，可悲者三；同穴无所望，可悲者四；再生缘难期，可悲者五。用这五者为衬托，再以"惟将"作衔接，逼出七、八两句，便显得感情奔迸，笔力矫健。诗歌中常用这种直陈的语气，将感情喷薄出来，不带一点曲折，不加一丝隐匿，就可达到"情软笔健"的效果。（参阅《中国诗学·设计篇·谈诗的强度》）黄永武先生对此诗的后四句曾加以赏析说：

由"同穴窅冥"而想到"他生缘会"，但"他生缘会"更茫然难期，于是只有想出一个痴情的方法来报答。喻守真说："跌出一个无可奈何的方法来，以终夜开眼来报答平生的未展眉。因为既悲其生前受贫贱之苦，复悲其没后未享富贵之荣，非此无以报答，其情痴，其语挚。"情痴语挚，给人极强的感悟力量。（《中国诗学·鉴赏篇·作品的诗境》）

这种感悟性的意境，是"仗着痴情的语调，在世情常理之外，唤起一种无比纯真的感触"（同上），很有助于神韵的催生，也容易唤起读者的共鸣。

另外，这首诗的颔联，"无子"偏说"寻知命"，"悼亡"却言"犹费词"，故作达观自慰之语，使正意之上再翻叠出一层反意，正反翻应，顺逆相激，不但情致清新，诗意也层折有味，同时强化了诗的密度。尾联用"终""长""平生"等字，多含有永恒之意，既代表诗人在时间上的执着，更表现彼此间缘尽情未了，一往情深，直到时空的尽头，真可谓"天长地久有时尽，此情绵绵无绝期"了。

元稹曾为韦氏作了很多首悼亡诗，总以这三首最为脍炙人口。推求其故，诚如陈寅恪先生所说："直以韦氏之不好虚荣，微之之尚未富贵，贫贱夫妻，关系纯洁，因能措意遣词，悉为真实之故。夫惟真实，遂造诣独绝欤？"（《元白诗笺证稿》）本诗纯为写实之作，可谓句句皆有来历，详情可参阅彭国栋《澹园诗话》，及所编纂《唐诗三百首诗话荟编》。

（张高评）

白居易

自河南经乱①**，关内阻饥**②**，兄弟离散，各在一处。因望月有感，聊书所怀，寄上浮梁大兄、於潜七兄、乌江十五兄，兼示符离及下邽弟妹**③。（206）

时难年荒世业空，弟兄羁旅各西东。
田园寥落干戈后，骨肉流离道路中。

---

① 河南经乱——指德宗建中年间淮西节度使李希烈等叛变事。

② 阻饥——因民生艰难而饥荒。

③ 作者大哥幼文曾任浮梁主簿，七兄曾任於潜尉，十五兄曾任乌江主簿。浮梁，今江西景德镇。於潜，今浙江临安市中部。乌江，今安徽和县。符离，今安徽宿州市东北。下邽，今陕西渭南附近，作者故乡。

吊影分为千里雁^①，辞根散作九秋蓬^②。

共看明月应垂泪，一夜乡心五处同。〔平声东韵〕

喻守真《唐诗三百首详析》说："此诗完全白描，毫不雕琢，造语寻常，含义深挚，不比写景诗可用词藻，又不比怀古诗可使故事。"扣紧题意，闲话家常，是本诗最大的特色。

诗意说，在这时势艰难、年岁荒歉的时候，家里世传的产业也荡然无存了，以至于兄弟姊妹流离失所，各奔东西，不能会面。战争过后，无人回家，故乡的田园也都荒废了，至亲骨肉也因战火的威逼，逃散在异乡的道路上。我形单影只，好像离群千里的孤雁；兄弟离散四方，又好像秋天离根的蓬草，漂泊流浪天涯。在这种心情之下，大家在天涯海角共看着明月，必定会淌下离恨之泪才是，因为一夜之中，彼此思乡的情愁，五处地方是相同的呀！

首句预述弟兄羁旅之故，句式严整，一句含三意，所以次句流散以疏其气，并紧切题文"兄弟离散，各在一处"作虚写。第三句承首句，特写田园，第四句承次句，复写骨肉，其中"寥落""流离"为舌尖边音双声字，用以摹写动荡不安而归于凄清冷落的情景，十分谐合，可以诠释"声肖乎情"的奥妙。另外，以"干戈"借代战争，以"骨肉"借代至亲，也很能传达战争的意象，仿佛至亲的神貌，使得形象如闻如见，是很成功的修辞手法。

五、六两句用比拟的手法，分别写自己的感触以及兄弟的处境。第五句写自己形单影只，离群索居，好比失群千里的孤雁；第六句写兄弟们也离乡背井，散居各地，就好像秋天离根的蓬草一般，浪迹天涯。这种"拟物"的手法，是诉诸作者的联想作用，联想彼此间类似之点，用具象表现出来，所以意

---

① 吊影句——雁行有序，所以常用作比喻兄弟姊妹。《礼》："兄之齿雁行。"吊影，形影相吊，喻孤单。

② 九秋蓬——蓬，草名，茎高尺余，叶如柳，开小白花。秋枯根拔，风卷而飞。司马彪诗："秋蓬独何辜，飘飘随风转。"九秋，秋季有九十日，故谓之九秋。

象十分鲜活生动。这联呼应申足前两联"流离""各西东"之意，以烘托出伤战乱、想家人的主旨来。七、八两句总结相思之情，是从自己一边设想，设想兄弟"千里共婵娟"之余，必定会因相思与乡愁而垂泪。这种"想当然尔"的执着，自然加深了诗中相思与乡愁的气氛。

蘅塘退士孙洙批评本诗说："一气贯注，八句如一句，与少陵闻官军作如一格律。"这两首诗都是一气呵成，一片真气流行，很有承接的美。由于句句都从肺腑流出，所以与一般流利滑轻之作不同。

（张高评）

李商隐

无　题^①（207）

昨夜星辰昨夜风，画楼西畔桂堂东。
身无彩凤双飞翼，心有灵犀一点通^②。
隔座送钩春酒暖^③，分曹射覆蜡灯红^④。

---

① 无题——是无可命题，盖意中不可明言，常托无题以寄意。此题本有二首，一首为七绝。张尔田说："无题诗格，创自玉谿。且此体只能施之七律，方可婉转动情。"
② 灵犀——犀有神异，表灵以角。角中央色白，通两头。见《异物志》及《汉书·西域传》。
③ 送钩——也称藏钩，古代腊日的一种游戏。分二组以较胜负，把钩互相传送后，藏于一人手中，令人猜。详见周处《风土记》。
④ 分曹射覆——分曹，分组。射覆，在覆器下放着东西令人猜，详见《汉书·东方朔传》。此处之分曹、射覆未必是实指，当是借喻宴会时之热闹。

嗟余听鼓应官去^①，走马兰台类转蓬^②。〔平声东韵〕

　　李义山诗集中无题诸作，大多是对内容有所忌讳，不便在题目中点明，故称"无题"。一般都以为义山的诗"藻饰太甚，比兴隐而不见"（《昭昧詹言》），尤其无题诗，更以晦涩难解见称。冯浩《玉谿生诗笺注》曾说："自来解无题诸诗者，或谓其皆属寓言，或谓其尽赋本事，各有偏见，互持莫决。余细读全集，乃知实有寄托者多，直作艳情者少，夹杂不分，令人迷乱耳。"（卷一）此题本有二首，另一首为七绝，命意相似，冯氏以为这两首诗含义非常明白，大抵是直赋艳情，并非比兴体，赵臣瑗《山满楼唐诗七律笺注》也有相同的看法。杨孟载以为"义山无题诗，皆寓言君臣遇合"，纪昀评其"殊多穿凿"，是不错的。

　　这首诗在记述过去一段艳情，时间的设计上，只是"昨夜"到"清晨"的抽样，空间也只游移于"画楼西畔"到"桂堂东"与"兰台"之际，善于织词表意如李义山者，已足够能掌握短暂使成永恒，化芥子而为大千世界了。

　　诗意说，昨夜星光下，微风习习，我正在画楼西面，想念着住在桂堂东边的你。我俩虽近在咫尺，却恍如相隔天涯，只恨我不能长出彩凤般的翅膀，跟你比翼双飞。不过稍可慰藉的是，你我的心都像通灵的犀角一般，彼此心心相印。相会时光纵然短暂，即使是遥隔座位，我们还可以玩着藏钩的游戏，互饮着暖和的春酒，分组游戏，不妨同射灯谜。那蜡烛散发着红色的光芒，添增了宴会时热闹的气氛。唉！自从与你分别以后，为了上朝，每天拂晓就要到宫门外，听那漏鼓的声音，随即骑马到兰台，身体像蓬草一般，到处飘零飞转。

　　首句写时间，次句写地点，三、四句承次句，写形虽隔而心相通，咫尺如

----

　　① 听鼓——《唐书·百官志》："宫门局，宫门郎二人，掌宫门管籥，凡夜漏尽，击漏鼓而开，漏上水一刻，击漏鼓而闭。"百官听鼓声而进朝。

　　② 兰台——即秘书省，掌图籍秘书。蘅塘退士曰："按义山释褐后，王茂元辟为掌书记，得侍御史，故用此。"

天涯，天涯又如比邻的矛盾情景，用的是"无""有"对映的"遮表"手法。五、六两句换另一种写法表现"形隔心通"，借着感情的起飞，去互传心意，描绘彼此相遇时之景象。七、八两句归结到不能聚会斯守，感慨万千。全诗设景富丽可爱，如星辰、风、画楼、桂堂、彩凤、灵犀、送钩、射覆、春酒暖、蜡灯红等等，都是描写艳情所宜有的景物，因为"景语就是情语"，善用景语，自然很容易达到情景交融的境界。清吴乔《围炉诗话》很欣赏本诗的首联，曾说："'昨夜星辰昨夜风，画楼西畔桂堂东'，乃是具文见意之法。起联以引起下文而虚做者，常道也，起联若实，次联反虚，是为定法。"提供我们可贵的起笔手法。

　　本诗的特色是广用对比以表现意象。"身无"二句客主对写，道出了时空的隔阂、"誓死靡他"的真挚。"隔座"两句乃是昨夜星辰昨夜风之事，如今物是人非，情景不再，更令人寂寞凄凉无奈。五、六两句的喧闹欣喜与七、八两句的感慨悲凉，更是强烈的对比。末句的"嗟"字，似乎就是这样逼露出来的。

（张高评）

无题二首 ① （208 ~ 209）

> 来是空言去绝踪，月斜楼上五更钟。
>
> 梦为远别啼难唤，书被催成墨未浓。
>
> 蜡照半笼金翡翠 ②，麝薰微度绣芙蓉 ③。
>
> 刘郎已恨蓬山远 ④，更隔蓬山一万重。〔平声冬韵〕

---

① 此题本有四首，其余两首一为五律，一为七古。

② 蜡照句——烛光半照绣金翡翠的衾被。

③ 麝薰句——麝香薰过绣芙蓉花的褥或帐。

④ 刘郎句——《幽明录》："汉刘晨、阮肇共入天台山，溪边有二女子，资质妙绝，遂留半年而归。"一说刘郎指汉武帝信方士言，东至海上冀遇蓬莱仙人事。

飒飒东风细雨来，芙蓉塘外有轻雷。

金蟾啮锁烧香入①，玉虎牵丝汲井回②。

贾氏窥帘韩掾少③，宓妃留枕魏王才④。

春心莫共花争发，一寸相思一寸灰。〔平声灰韵〕

　　黄永武先生站在思想批评的角度，对李义山的心态做过研究，发现"远隔孤独的流离心态，是李商隐诗中的基本情调"（《中国诗学·思想篇·李商隐的远隔心态》）。"时空的遥隔感，乃是心态焦虑的反映"（同上），就此题第一首诗来说：

　　无题诗的起首说"来是空言去绝踪"，已经引发了遥隔的愁绪，中间写"梦为远别啼难唤，书被催成墨未浓"，将焦虑的心态具体地反映在梦与生活琐事上。结尾这刘郎二句，总括上文延伫无奈的心理状态，用空间的实景将冷漠的距离比况出来，蓬山已远，更隔万重，真是远而又远，无可如何了。冯浩以为蓬山是比拟翰林仙署，由于无人提拔奖掖，到不得蓬山，还更隔蓬山万重之遥，这种绝望的空间遥隔感，使诗中的怨恨焦虑被表现得十分强烈。（同上）

　　冯浩《玉谿生诗笺注》认为这首诗有所寄托，"盖恨令狐绹之不省陈情"，张尔田《玉谿生年谱会笺》也有类似的观点，都是以利禄之念解义山之诗。朱

---

① 金蟾啮锁——像蟾形的金属香炉，有镍（同锁）纽可以悬挂。

② 玉虎牵丝——玉虎，井栏的雕饰物，借指辘轳。丝，本是汲井的索，此处双关"思"字。

③ 贾氏句——《世说新语·惑溺篇》："晋韩寿美姿容，贾充辟以为掾。贾女于青琐（门也）中见寿悦之，与之通，充秘之，以女妻寿。"

④ 宓妃句——《文选》注："宓妃，宓羲氏之女，溺死洛水为神。"又《洛神赋序》曰："魏东阿王（曹植）汉末求甄逸女既不遂，太祖（曹操）回，与五官中郎将（曹丕），植殊不平。黄初中入朝，帝示植甄后玉镂金带枕，植见之，不觉泣。时已为郭后谗死，帝仍以枕赍植。植还，将息洛水上，思甄后。忽见女来，自云：'我本托心君王，其心不遂，此枕今与君王，遂用荐枕席。'言讫，遂不复见所在。王遂作《感甄赋》，后明帝见之，改为《洛神赋》。"

偰《李商隐诗新诠》很不以为然，认为"一代才人锦绣之作，竟成为沾沾禄位，醉心利欲之解"，以为是一种执着的误会，而肯定这是一首"深情之作"。历来说义山无题诗者，率多见仁见智，冯、张二氏"寓言"之论，言之凿凿，不无可信，而陆游、杨孟载直谓无题为艳情，也不无道理。本来欣赏就无异于创作，人各为方，苏东坡说："赋诗必此诗，定知非诗人。"让诗篇保留许多理解的层面，不也是可以的吗？今姑且以艳诗的观点来欣赏这两首诗：

第一首诗写期约而不来的憾恨。首句即明斥女子负约不顾，感情直截奔进。次句写其痴情等待，明知伊不会来，仍旧痴痴地等待到拂晓时分，望穿秋水，虚度可怜宵，只在写出失望中的一线希望来。第三句写隔离与相思，伊人既仍然不见踪影，痴心妄想遂交织成噩梦。这个"远别"的梦，我很为离情依依而啼泣，但却不能唤她回来，因为它终究是一场梦啊。第四句写梦醒后急于写信，信被梦境中的别恨所催，所以墨色淡而不浓。这两句从侧面描写痴情，很能传神。五、六两句写梦醒后所见所闻的寂寞景象，烛光隐约，映照着半幅饰有金翠的被子；麝香袭人，微微地从绣花的帐子里透出来。以视觉及嗅觉的感官来强化意象，使人如见如闻。末句说，那刘郎已怨恨着蓬山的遥远，怎奈现在更加隔着一万重的蓬山呢！相思的深切与痛苦，却面对强烈的隔绝感，注定了失望的命运。

这首诗表面看来十分伤感凄美，而骨子里却是热烈而沉郁的。前人批评义山的无题诗，以为有浑漠的气味，"情景意象恍惚迷离地融成一片"，而且音节回环反复，能带人进入梦想的境界。换言之，义山的诗充满着象征的特色，我们可以经由音节韵律去感受他的情调，去理解他的诗意。另外，这首诗的末联使用连锁句法，大大增加了诗的强度，黄永武先生曾详加分析说："二句轻重有序，高下层递，用'一万重'来夸张，原本是不合常理的，但用以形容心与心之间的距离，说'更隔蓬山一万重'，则反使遭受奚落，无缘接近的怨恨，借此夸张，有了无边无垠的具体概念。"（《中国诗学·设计篇·谈诗的强度》）可见本诗所表现的爱情，正是相思、隔绝与寂寞交织而成的境界啊！

第二首诗是写相思的深沉。黄永武先生欣赏本诗，拈出绾合手法，以为此法可将不同时空的独立意象连锁起来，组合成一个有系统的强烈意象，而诞生新的风韵，就像近代电影所谓“蒙太奇”的剪接技巧一般，他说：

本诗是以“春心”“花”“相思”“灰”四个独立的镜头组成的。开头写东风细雨与轻雷，是代表“春心”的撩起。（黄季刚先生在《李义山诗偶评》中引古诗“雷隐隐，感妾心，侧耳倾听非车音”，以为“第二句略用其意”，非常正确。听到轻雷，错觉地以为是良人回来的车声，然而并非车声，失望之余，对着东风细雨，真是春心难耐了。）第二句点出了芙蓉“花”。第三句写帷帱中烧香用的香器，是指与时俱增的“灰”。（冯浩注谓“高似孙《纬略》引此句云是香器，其言镴者，盖有鼻纽。”）第四句写雕饰着玉虎的辘轳上汲井的丝索，代表“相思”。因为“丝”“思”同音，古人常用作双关，不写“绠”而写“丝”，“牵丝”是有双关的妙用。而井则象征心，唐人以井比作心的诗很多，如孟郊《烈女操》的“妾心古井水”，《济源寒食》的“莓苔井上空相忆，辘轳索断无消息”，贾岛《戏赠友人》的“心源如废井”，都是很好的证明。汲井牵丝，回回复复，一遍又一遍，正是说深心相思回绕，牵肠挂肚，千遍万遍。

这“春心”“花”“相思”“灰”等四个意象，是展现在四个方位不同的空间，不具连续性，只像是分别摄得的镜头并置着。五、六句“贾氏窥帘韩掾少，宓妃留枕魏王才”，又用了两个时间不同的场景。但贾氏窥帘仍是在写“春心”，宓妃留枕仍是在写“相思”，指向依然是一致的。等到结尾两句绾合了所有零星的片断，“春心莫共花争发，一寸相思一寸灰”，使四个毫不相涉的零星镜头，变成巧妙而相关联的东西，上下连锁，简洁明白地映现出来，产生一种完全新鲜的魅力。结尾这个“灰”字用在最后，吟唱时节拍最长，也正是“春心”“花”“相思”共同的结局、中心的焦点。贾女所以窥帘，是因为韩寿年少，而现在我却已经失去青春了；宓妃所以留枕，是因为曹植的才华，而现在我却缺乏邀人赏识的才气了。青春不再，才情磨尽，尽管你心境不老，思念不衰，一遍遍的相思只徒增一寸寸的灰烬罢了。这诗若没有末二句的点醒，读者是很难将这些零星的意象统一起来，重组成一个有活力与吸引力的生命体的。（《中国诗学·设计篇·谈意象的浮现》）

许多时空不同的意象，看来没有横的连系，但利用共同的指向，作纵线的"缩合"，并组在一起，即可产生新的意义。黄先生能看出这首诗的结构是用并置法来呈露的，这是黄先生慧眼独具的地方，也提供了读者欣赏诗的许多启示。

另外，由于本诗押的是"灰"韵，这个"去而复返，奇偶相错，前后呼应"的韵脚，让人听起来是迂曲的，以情调低回沉闷的灰韵字去表现寂寞、隔离、相思的猛烈情绪，自然能产生缠绵悱恻、一唱三叹的韵致，达到"声情合一"的境界。

（张高评）

无　题（210）

相见时难别亦难，东风无力百花残。

春蚕到死丝方尽，蜡炬成灰泪始干。

晓镜但愁云鬓改，夜吟应觉月光寒。

蓬山此去无多路①，青鸟殷勤为探看②。〔平声寒韵〕

吴乔在《西昆发微·序》中说，义山无题诸作，有"发愤自绝"的意思，多少已道出义山奋励的心理状态。黄永武先生研究李义山远隔而闭锁的心态，发现他能善用这种心态，尽情创作，提升自己，在诗歌文学中完成了自我。黄先生以本诗为例说：

"相见时难别亦难"句，从人生的离合聚散中，表现出空间的遥隔感；"东风无力百花残"句，以晚春花残表示出时间的迟暮感。在如此无奈的时空中，对外界的一切是无计相怜，漠然地任其憔悴，似乎诗人是已从焦虑而达于心力

---

① 蓬山——《汉书·郊祀志》："蓬莱、方丈、瀛洲三神山，相传在渤海中。"

② 青鸟——捎信的使者。《史记·司马相如列传》："亦幸有三足乌为之使。"

疲惫了。三、四句用"春蚕到死""蜡炬成灰"来自我比况，正说明人不但有求生的本能，也有求死的本能，固执地虐待自己、刻苦自己，只要一息尚存，决不放过自己。诗人紧执着笔，呕出肝肺，立誓要吐丝到死，燃蜡成灰，这种向外界闭锁而专心对付自己的行为，应用得当时，倒能将对外界的失望转化为对自身提升的力量。"晓镜但愁云鬓改，夜吟应觉月光寒"，又点出时间的迟与空间的远，这个被怀念的人，可能是理想的象征，却隔得如此远，我还能有多少青春时日来追求他、等待他？但是我夜吟不辍，寝食都废，相信那理想的蓬山离此也不会很远，自有青鸟会殷勤地去探看消息的。结尾用非现实的虚构方式来应付挫折，寻求满足，虚慰自己说，蓬山其实不远，青鸟其实不迟，这样用弯曲方式表现出来的白日梦，在绝望无奈之中竟显得十分凄美。(《中国诗学·思想篇·李商隐的远隔心态》)

就本诗的结构来说，是用横接手法，以避免一气直下、平顺挨接的呆板。因为借着行句间连锁的省略跳脱，可使词义趋向繁多，也增加了诗的强度。黄永武先生曾就此对本诗加以评析：

首句叙情，次句写景，看不出两句间有何种关涉，勉强地说"离恨正当春暮，安能漠然"(屈复语)，究竟不是平顺贯联的语气。冯浩说"次句毕世接不出"，就是在惊叹第二句排空而来，笔力天纵。其实本诗下面"春蚕到死"一联虽然鄙俗，接得也很唐突，给人猛地进逼的感觉。结尾"青鸟殷勤"两句，也不肯顺着上面的词气作绝望语，蓦然另辟一个希望无穷的境界。各句间承接的端倪都予省脱，显得精警而不拖沓，屈复说："结用转笔有力。"(《玉谿生诗意》)正是说横接能增加诗的强度。(《中国诗学·设计篇·谈诗的强度》)

李义山的诗寄托遥深，写情婉挚，尤其是无题诗，创造了一个美好的意境，刻画出相思相忆的婉转风情，最能博人赏爱。像这首无题诗，就有这种胜境。首句以互文见意，写出客观事实的难以及主观感情的难，正因为相见不易，所以连离别也觉得可贵了。这种翻叠手法，使诗句富含密度之外，又形成一种张力，通贯全篇。次句写无计相怜，任其憔悴，说它是两"难"交攻，情绪低落，遂觉得东风无力，百花飘零，天地无光，是可以的。说这句话象征爱情遭到恶劣环境的压力，将归无望，也可以。说男性无力解除爱情的阻力，任凭命运去摧残她，也未尝不可。这种意象的多元性，主要是由引类取譬、情景交融的象征手法促成的，所以才如此朦胧含蓄。三、四两句更将爱情的固执作客观的投影，措词流丽，比兴独到，以表现其残灭虚幻的悲哀。"丝"喻其缠绵，"泪"言其悲哀，都是双关意象，也能使诗句含蓄见姿态。

五六两句是前联"自我消耗"的另一种具体表现法，"云鬓改""月光寒"，一借视觉，一借触觉，分别诉说着年华的消逝以及孤寂的悲愁。"晓""暮"暗示着朝朝暮暮时间的连续状态，大有"碧海青天夜夜心"般永生永世的悲愁和孤寂。第七句写出空间的隔绝感，绝望中尚有一线希望，那就是第八句所说的，盼望对方多寄信来或常来探望。虽然这种希望与期待非常渺茫，但也算是慰情聊胜于无了。因为末联运用两个神话意象，所以说纵然有希望，也很觉渺茫。本诗内容凄美，音节沉郁，情感热烈，结构统一，得力于义山工于比兴，妙于象征，如春蚕、丝、蜡炬、灰、百花、云鬓，这些都是容易幻化的意象；东风、晓镜、月光，是心境最佳的投影场；青鸟、蓬山，又是虚幻不实的意象。这些意象都统摄于希望与等待的渺茫中，所以表现出低徊要眇、朦胧含蓄的诗境来。

无题二首（211～212）

凤尾香罗薄几重①，碧文圆顶夜深缝②。
扇裁月魄羞难掩③，车走雷声语未通。

---

① 凤尾香罗——绣有凤尾文的香罗，即凤纹罗。

② 碧文句——程泰之《演繁露》："唐人婚礼多用百子帐，卷柳为圈以相连琐，百开百阖，大抵如今尖顶圆亭子，而用青毡通冒四隅上下，以便移置。"义山殆指此。

③ 扇裁句——班婕妤《怨歌行》："裁成合欢扇，团团似明月。"又谢芳姿《白团扇歌》亦云："白团扇，憔悴非昔容，羞与郎相见。"

曾是寂寥金烬暗①，断无消息石榴红②。

斑骓只系垂杨岸③，何处西南待好风。〔平声东韵〕

重帏深下莫愁堂④，卧后清宵细细长。

神女生涯原是梦⑤，小姑居处本无郎⑥。

风波不信菱枝弱，月露谁教桂叶香。

直道相思了无益，未妨惆怅是清狂⑦。〔平声阳韵〕

李义山的诗，擅长以秾丽的文词表现悲凉的情感。他在诗中所呈现的爱情境界，大多是寂寞的无聊、远隔的悲哀，以及相思的激情（参阅张淑香《李义山诗析论》），可说是"情愈深而境愈穷"，这两首无题诗所表现的正是如此。

第一首艳情诗主要描写隔绝的悲哀。在整首诗的结构上，是先凭空设想对方生活，其次回忆当初邂逅情景，再写出别后心情，末以悬想将来作结。时间的动作完整而连续，十足表达了义山人生中某一时期爱情心态的片段。

首联即点出隔绝的悲哀。我想，在这夜深人静的时候，她一定织好了薄薄数层的凤尾花纹香罗，赶缝着碧色花纹圆顶的百子帐吧？一、二句用示现手法写出因对方行将出嫁而造成的隔绝。三、四句就此而回想当初匆匆相遇时若即

---

① 金烬暗——指烛已灭。

② 石榴红——指五月。《群芳谱·石榴花》："石榴，一名丹若，叶绿，狭而长，梗红，五月开花，有大红、粉红、黄、白四色。"

③ 斑骓——杂色的马。骓，音 zhuī。

④ 莫愁——《乐府古题要解》："石城有女子名莫愁，善歌谣。"

⑤ 神女——宋玉《神女赋序》："楚襄王与宋玉游于云梦之浦，使玉赋高唐之事。其夜王寝，果梦与神女遇，其状甚丽。"

⑥ 小姑句——古乐府《清溪小姑曲》："开门白水，侧近桥梁。小姑所居，独处无郎。"

⑦ 直道句——直道，即使、就说。清狂，旧说以为不狂之狂，犹今所谓痴情。

若离的情景，她拿明月般的团扇遮面时，仍掩饰不住内心的娇羞之态；哪知就这么含羞一见，她就匆匆乘车离去，连话也没说一句。这种迷离恼恍，若即若离，正是李诗"浑漠"的特色之一，也是遥隔心态的呈现。五、六两句写别后的落寞感受，朝夕沉思想望，至于烛花已残，彻夜不眠；荏苒之间，又是五月石榴花开的季节，却始终没有一点你的消息。写因隔绝所造成的期待、寂寞与凄清，借"金烬暗""石榴花"的形象语言作客观的投影，遂使得意象历历浮现。相思既已成灰，好音又告绝望，我们的诗人并不就此甘休，结尾便用"非现实的虚构方式来应付挫折，寻求满足"（黄永武先生语），他安慰自己说："我所乘的斑骓马就系在种着垂杨的堤岸上，从什么地方可以趁着好风之便，到西南方去找你呢？"七、八两句用这种曲折的方式，来表现作者的幻想与白日梦，在绝望无奈中显得十分凄美。由此可见，李义山跟其他诗人的不同处，就在于他遭受挫折，却仍能"发愤自绝"（清吴乔语），这是很富于积极奋斗的人生意义的。

第二首诗写自伤不遇的感慨，黄永武先生研究李义山诗，以为他的"远隔心态，是由孤独引起的心理疲劳"。就本诗而言，义山已自供出心理疲劳所形成的忧郁惆怅：

第一句将自己深深地闭锁在重帏中，第二句将自己抛在不眠的永夜里。他的思念与回想，是从这深闭而迟晚的时空架构上出发的。回想自己的心仍如清溪小姑一样，坚贞纯一，独处无郎。但每每想表露自己的坚贞忠诚，却屡次被视作神女的自媒，遭人奚落，困窘含羞，到头来只像梦一样落空，"只剩下孤独失望的我躺在深远的莫愁堂里"。到了五、六两句，更是调高声悲，说那狂吹的风波好像不相信飘浮的菱枝原是孱弱不支似的，不断地让它承担狂风大波的冲击，你不相信菱枝的负担是很有限的吗？唉，不要怪我为什么一再地接受这种打击，因为谁教月露不断地使桂叶散着清香，令我为了对这种真香的爱慕与忠诚，明知承受不了持久而沉重的挫折而却甘心自诒伊戚？五、六两句几乎用了生命的全力，写得声嘶力竭；七、八两句一反常态，竟以木然的表情，面对挫折的情境漠不关心似的，表示冷淡退让。这是因为明知挫折情境压力过大，反抗无效，个人是如此无助绝望，失去信心与勇气，只好惆怅清狂，动时或躁郁清狂，静时或抑郁惆怅，情绪很不稳定，这正是义山心理疲劳的最佳自供。(《中国诗学·思想篇·李商隐的远隔心态》)

这就是造成他的诗中充满着疲惫忧郁而又热情的声音的缘故了。李义山的律诗，有他常用的"惯法"，纪昀曾说它"五六提笔振起，七八冷语作收，义山惯法"(评义山《南朝》诗)。黄永武先生据本诗以印证纪氏的体会，大致不差。他说：

无题诗大都是借用男女的怨慕来"自伤不逢"，本首也不例外。起首写香闺的幽深难眠，这"莫愁堂"的"莫愁"，可以是人名，可以是以人名为堂名，正是借用"莫愁"的歧义，来作"愁多不寐"的反讽。重帏深下，暗示出绝望，清宵在枕上滑过去，那时间和思念变成具体有形貌的东西——细细长——计数着失眠的永夜。回想我的心仍如清溪小姑一样，坚贞纯一，独处无郎，但在权阀之间往来奔波，看来像神女的生涯，遭人奚落，含羞难掩，到头来只像梦一样的落空罢了。这前面四句无非在写用情之专，以致景况寂寥。到五、六两句，声情转为激越昂扬起来，说那狂吹的风波好像不相信飘浮的菱枝是孱弱不支似的，不断地让它承担狂风大波的冲击，你不相信它的负担也会有个限度的吗？唉，不要怪我为什么甘心一再地承受这种打击，因为谁教月露不断地使桂叶散着清香，使我为了这种爱慕，这种信仰，甘心承受相思的磨折呀！借着相思爱慕，说出他对旧恩难忘，对令狐氏用情的专一。五、六两句表面看来是上下不接续的"宽对"，含意似乎很暧昧，这种暧昧，使无关的东西瞬间寻求连结，滋生许多可能沟通的理解头绪，反使繁复的句义趋向饱和。五、六两句将全诗提笔振起，然后七、八两句冷冷地叹说相思的无益：看来在权阀的争斗中，自己是被牺牲定了，何妨惆怅，何妨清狂？空闺无侣，这一生也只有空抱痴情的份儿了。结尾用冷语作收，写下了沉沦的悲愤与绝望。(《中国诗学·鉴赏篇·读者的悟境》)

如果我们能多多了解几位大家的诗法，往往可以认识整个中国诗史上众多诗人们锻句炼意的匠心，即器求道，其则不远。

在节奏音律方面，首句第三字、第三句第一字平仄不合，可以不论。而第

四、第八句的第一字该平而用仄，第三字宜仄反用平，则是本句自救的拗句。这种"役声顺情"的做法，是有其情感上的需要的。

（张高评）

筹笔驿^①（213）

猿鸟犹疑畏简书^②，风云常为护储胥^③。
徒令上将挥神笔，终见降王走传车^④。
管乐有才真不忝^⑤，关张无命欲何如^⑥。
他年锦里经祠庙^⑦，梁父吟成恨有余^⑧。〔平声鱼韵〕

这是一首咏史诗，咏的是诸葛孔明。一般而言，咏史必须做到"吟咏古事则形象生动，抒写怀抱则余音慷慨"的夹叙夹议标准，才算佳作。所以突出的咏史诗，很多是"借题撽抱"的讽喻诗。李义山的咏史诗十余首，继承了杜甫

---

① 筹笔驿——驿在四川广元市北，相传诸葛武侯出兵伐魏，尝驻军筹划于此。

② 简书——《诗经·小雅·出车》："岂不怀归？畏此简书。"注："邻国有急，则以简书相戒命。"犹今军队中的动员令或戒严令。

③ 储胥——军中的藩篱。

④ 终见句——降王，指后主刘禅。走传车，魏元帝景元四年（公元二六三年），邓艾伐蜀，后主出降，全家东迁洛阳，出降时也经过筹笔驿。后主坐着驿马车出降，隐含讽喻意。

⑤ 管乐句——不忝，尤言不愧。《三国志·蜀书·诸葛亮传》："每自比于管仲（齐相）乐毅（燕将），时人莫之许也。惟博陵崔州平、颍川徐庶元直与亮友善，谓为信然。"

⑥ 关张句——关羽字云长，河东解人。先主西定益州，拜羽督荆州事。司马懿劝孙权蹑羽后，曹公从之，羽引军还，权已据江陵，遣将逆击羽，斩羽及子平于临沮。张飞字翼德，涿郡人。先主伐吴，飞率兵万人自阆中会江州，临发，其帐下将张达、范疆杀飞，持其首奔孙权。

⑦ 锦里——《华阳国志》："锦江，濯锦其中则鲜明，故命曰锦里。"

⑧ 梁父吟——见前七律杜甫《登楼》诗注⑦。

的风格，进一步把感时和论史结合起来，带有深刻的讽喻意味，不过却能在隐微的责备中流露出无限的兴感，充满着个人的色彩，这种"咏史与咏怀古迹融成一气"的特色，形成了义山艺术上的风格，由本诗及下面一首《隋宫》，可见一斑。

本诗的骨干在于末句的"恨"字。起首二句写出诸葛孔明生前的威望、身后的余烈，令人觉得孔明英灵犹在，其他六句都是脉注绮交于"恨有余"之意上。详细地说，首句横空写来，说时至今日，猿鸟仍畏惧简书，风云常护持壁垒，这是孔明严明忠谊的风烈能动物感神所致。三、四句慨叹有刘禅这种扶不起的暗王，枉费诸葛将军挥动神笔筹划，最后还是看着后主坐着传车出降。第三句点题"筹笔"，呼起"恨"字，第四句转向题后立论，宕出远神，也反醒了诗题"驿"字。五、六句极写有才无命的遗憾，说纵然孔明不愧有管仲、乐毅的才干，可是关羽、张飞接连被杀，光靠孔明独撑危局，又有什么办法斡旋呢？这两句属对亲切，议论卓绝，用擒纵法作跌宕，颇富风神。末两句说，往年曾谒锦里的武侯祠，想起他隐居时吟咏《梁父吟》的抱负不曾得到舒展，实在令人遗憾。"锦里""祠庙"与"驿"字相映衬，"梁父吟成"为"筹笔"二字作衬托，逼露出"有才无命"的憾恨来。如此作结，以缺憾生情，笔则拓向题外，意则回顾题中，用法最为严密。推敲末两句的意思，隐约可以看出作者的自况来，实在是有心之言啊！

这首诗的沉郁顿挫、一唱三叹处，深得杜甫咏史的笔意。沈德潜《唐诗别裁》批评本诗："瓣香在老杜，故能神完气足，边幅不窘。"实在是有见之言。纪昀批义山本诗说："起二句极力推尊，三四忽然一贬，四句殆自相矛盾。盖由意中先有五六两句，故敢如此离奇用笔，见若横绝，乃稳绝也。"其实，这是"加倍法"的运用。欲扬先贬抑，褒扬之不足，则加贬抑，既抑然后再褒，此即所谓加倍扬法。抑之使低，然后扬之使高，展示意象自较容易。如此则用意追进一层，用笔再加一倍，最能使诗的气势道健。方东树称此诗"语意浩然，作用神魄，真不愧杜公"，就是指这点来说的。

在用韵方面，本诗押的是鱼韵，是一组响度极大的开口洪音，很能表现本诗"强烈而无可奈何的憾恨"旨趣。张淑香《李义山诗析论》曾详加探论说：

"'书''胥''车'是上平调，而'如''余'是下平调，故前半的韵脚比较高音，后半则比较低音。前半写武侯之徒劳与憾恨，而深藏诗人自己强烈的感叹与惋惜，所以韵脚比较高音；而后面则是对于武侯落空的一种无可奈何的悲哀与叹息，所以转用长而低沉的'如''余'押韵，在声音效果上，乃有无尽之意。把'欲何如''恨有余'声如其情地传达出来。韵脚在此诗中表现了转折、点明与抒发的作用。"鱼韵的字适合表达幽咽沉重哀痛的情绪，这段话道破了"声情谐合""随情押韵"的微妙境界。

义山的咏史诗的另一个特色，是善于渲染景物气氛，对比今昔变迁，融合了时空因素，使咏史诗的韵味更为亲切、形象更为具体，这是他的长处。本诗如此，《隋宫》以及其他咏史诗也大多如此。

（张高评）

锦 瑟①（214）

锦瑟无端五十弦②，一弦一柱思华年③。
庄生晓梦迷蝴蝶④，望帝春心托杜鹃⑤。

---

① 《周礼·乐器图》："雅瑟二十三弦，颂瑟二十五弦，饰以宝玉者曰宝瑟，绘文如锦者曰锦瑟。"《许彦周诗话》谓《古今乐志》云："锦瑟之为器也，其弦五十，其柱如之，其声有适怨清和。"又云："感怨清和。"此诗以首二字为题，义山集中此例甚多，可看作无题诗。

② 锦瑟句——《汉书·郊祀志》："泰帝使素女鼓五十弦瑟，悲，帝禁不止，故破其瑟为二十五弦。"

③ 一弦句——柱，所以系弦。华年，盛年。

④ 庄生句——《庄子·齐物论》曰："不知周之梦为胡蝶与，胡蝶之梦为周与？"本句意谓旷达如庄生，尚为晓梦所迷。

⑤ 望帝句——《说文·隹部》雟下曰："一曰蜀王望帝婬其相妻，惭亡去，为子雟鸟，故蜀人闻子雟鸣，皆起曰：'是望帝也。'"子雟，俗作子规。《成都记》曰："望帝死，其魂化为鸟，名曰杜鹃，亦曰子规。"又云："杜宇禅位于开明（鳖灵号曰开明），升西山隐焉。时适二月，子鹃鸟鸣，故蜀人悲子鹃鸟鸣也。"本句意谓望帝将自己的心事寄托在化魂的杜鹃上。

沧海月明珠有泪^①，蓝田日暖玉生烟^②。

此情可待成追忆，只是当时已惘然^③。〔平声先韵〕

《锦瑟》诗号称义山的杰作，但一向被指为迷离惝恍、难懂难解，就像海外仙山，缥缈诡谲，可远观其华美，却不能进窥其意象。所以元好问《论诗绝句》感慨地说："望帝春心托杜鹃，佳人锦瑟怨华年。诗家总爱西昆好，只恨无人作郑笺。"王士禛也说："獭祭曾惊博奥殚，一篇锦瑟解人难。"（《戏仿元遗山〈论诗绝句〉》）因为自宋以来，解说此诗者众口异辞，断断莫定，所以元王二氏才有这样的喟叹。

黄永武先生对于本诗的旨趣与欣赏方法曾有综合性、原则性的说明，他说：

《玉谿生集》三卷本将这首诗置于第一首，《柳南随笔》引何义门的话，以为李义山自题本诗为开卷第一篇，这说法甚不可靠，不足证明义山自己对这首诗最为满意，但已足以证明后人对这首诗的推崇。然而这首诗究竟好在哪里？与其将它解析得"大体无误"，考据得"字字有据"，然后说出它的好处所在，还不如说这首诗的好处就在它能具有"博通"的趣味吧。梁任公曾坦白地承认，《锦瑟》诗如果拆开来叫他一句一句解释，他连文义也解不来，但他仍觉得美，他只能说："须知美是多方面的，美是含有神秘性的。"（《中国韵文里头所表现的情感》）梁氏这样的欣赏法，也许会被许多诗歌笺注家讪笑，但他认为本诗的美是多方面而具神秘性的，也许正道着了本诗的特点。

自宋代以来，对本诗的解释纷纷聚讼，大有"愈凿愈谬"的趋势。据民初

---

① 沧海句——《博物志》："南海外有鲛人，水居如鱼，不废绩织，其眼泣则能出珠。"

② 蓝田句——《长安志》："蓝田山在长安县东南三十里，其山产玉，亦名玉山。"《困学纪闻》卷十八曰："司空表圣云，戴容州谓诗家之景，如蓝田日暖，良玉生烟，可望而不可置于眉睫之前也。李义山玉生烟之句盖本于此。"

③ 此情、只是二句——高步瀛《唐宋诗举要》云："综义山一生所遭，皆失意之事，故不待今日追忆惘然自失，即在当时已如此也。"

时刘盼遂氏的归纳，诸家的解择大致可分成七类，或以为锦瑟是令狐楚家的青衣或妾，或以为中间四句分别写适、怨、清、和四种曲名，或以为是自伤迟暮的意思，或以为是悼念一位善弹锦瑟的人，或以为是追忆旧欢而作，或以为是悼念亡妻而作，或直谓《锦瑟》诗是不可解析的（参见《李义山锦瑟诗定诂》）。除这七类解释外，还有解为忧国诗的，解为自比文才的，解为思念侍儿锦瑟的（参见屈复《玉谿生诗意》）。这么数来，《锦瑟》诗至少已有十种以上的解释方法。王世贞以为作适、怨、清、和解则"甚通"，冯浩认为应以作悼亡诗解乃属"定论"。甚通也罢，定论也罢，如将《锦瑟》诗"定归一解"，则还有什么意味？就像把一个万花筒拆开了，失去那多方面投射的幻象，只剩下些花花绿绿可以确实辨别的碎片，岂不大失作者的原意？因为作者故意用句首二字作为题目，不特定一个描写的对象作为题目，就是存心让本诗保有容许自由揣测的天地呀！（《中国诗学·设计篇·用心于笔墨之外》）

其实，《锦瑟》诗之所以难有定解，关键在中间四句的迷离恍惚，所以王世贞说此诗"中二联是丽语，不解则涉无谓，既解则意味都尽，此以知诗之难也"（《全唐诗说》）。当然，大道不言，但是不言又不足以明道，所以我们还是试着谈一谈本诗的意旨和结构吧！

诸家虽不能确指本诗的归趣，但就诗意看，说它是一首追忆既往、自伤迟暮的诗篇，应该是可信的。诗意是说，曲调适怨清和的锦瑟，为什么要安上五十根弦线？我拨弄着瑟上的每一条弦线、每一根雁柱，都令人想起那似水流逝的盛年。旷达如庄周，尚且会因晓梦而迷蝴蝶，以致物我难分，何况我这执着迷惘痴顽的心呢？情痴若望帝，也还能将美好的心事寄托在化魂的杜鹃鸟上，可是我的一片春心又能托付给谁呢？那大海月明的时候，鲛人泣泪成珠，这情境是多么清美凄凉，历尽沧桑的我们，何尝不然？蓝田日照暖和时节，良玉将因温润而生烟，气氛温暖醉人，那令人迷恋的往事，也不过如此。难道往日的一切只能追忆，再也不能掌握了吗？只是在追忆的当时，不免令人惘然若失罢了。

本诗的架构是建立在相反相对的矛盾上的，追求、炽烈、美丽、繁华、温馨、寄托、执着，与落空、隔绝、哀愁、破灭、清冷、虚幻、迷惘对比映衬，借着矛盾逆折的冲突，使得本诗有了张力与密度。本诗采用许多美丽意象，如锦瑟、蝴蝶、春心、杜鹃、梦、烟、月明、珠泪等，十足表现了他秾丽诗风的一面。首尾写出心理的矛盾以及时间的遥远，中间连用四个神话，由于暗示与隐喻性不够明朗，所以造成像"雾失楼台，月迷津渡"那样的晦涩迷濛意象，也是义山诗的特色之一，

傅庚生《中国文学欣赏举隅》说："收音于'乌''庵'，即鱼、虞、元、寒、删、先诸韵之字，皆极沉重哀痛之音。李义山诗'庄生晓梦迷蝴蝶，望帝春心托杜鹃'，用先韵，收音于'庵'，两句之第六字'蝴''杜'，皆收音于'乌'，只就音调论，已代表一种沉哀之情感矣。"（重言与音韵）从韵脚的特色去说明情感与音调谐合的关系，很可供欣赏诗词的参考。

（张高评）

春 雨 (215)

怅卧新春白袷衣①，白门寥落意多违②。

红楼隔雨相望冷，珠箔飘灯独自归③。

远路应悲春晼晚④，残宵犹得梦依稀。

玉珰缄札何由达⑤，万里云罗一雁飞⑥。〔平声微韵〕

---

① 白袷衣——唐人闲居便服。袷，音 jiá，袷衣，即夹衫。

② 白门——即终南支峰的白阁，近瞰长安，因以号帝里，非建康之白门。

③ 珠箔——箔帘子，以珠子缀成的帘子叫珠箔。一说指雨点的飘洒。

④ 晼——音 wǎn，太阳落山的时候。

⑤ 玉珰句——玉珰，耳珰。同信札一起寄去，古人叫"侑缄"。此处在强调写信时的情意深切，不必就有玉珰相赠。

⑥ 万里句——云罗，云片如罗纹。一雁飞，此处暗用鸿雁传书的典故。

这首诗的题目跟《锦瑟》诗一样，与内容不太相关，写的是因春雨而感怀，并非专咏春雨，所以不是咏物诗，但字里行间所表现出来的寥落和惆怅，却活像春雨绵绵般地隐跃纸上。设色移步换形，写情宛转有致，是本诗引人入胜之处。

诗意说，新春来临的时候，我穿着白祫衣的闲居便服，很惆怅地躺在床上。目前我住在长安的帝里，过着失意冷清的生活，所作所为多不能顺遂。由于情绪暗淡，隔雨望着近在咫尺的红楼，居然倍觉凄冷遥远；既然屋外令人如此心冷，只好折回室中，形单影只，忍看着风卷珠帘，灯火幢幢。想起远方的你，在这春天的傍晚里，一定也在含悲带愁；我思念你的情怀，终于在夜深时分化作一场迷离的梦境，在梦中隐约地见到了你。我想写信表达对你的深切情意，只是不知道怎么寄去，无可奈何，就姑且拜托翱翔在云霞中的孤雁，替我万里传书吧。

本诗所呈现的也是义山的远隔心态。时间的晚与空间的远，是义山诗中常见的模式，黄永武先生曾就本诗加以说明：

"远路应悲春晼晚"的《春雨》诗，写他被现实挫折所击倒时"怅卧"的心绪，意态寥落，事愿多违。人与人之间的距离虽只是红楼隔雨相望，而心与心之间却孤冷遥隔得犹如千里万里。所以诗中的"远路"乃是一条遥遥的心路，诗中的"春晼晚"，双关着"青春无几，时不我与"的感伤。黄季刚以为本诗是作于滞居长安时，诗中提及的"白门"是指终南支峰的白阁，近瞰长安，是长安帝里的代名词（参见《李义山诗偶评》）。据此则可知义山这诗作于长安帝京，"白门寥落意多违"，完全是从政治事业上着眼的，所以"远路"与"春晚"，正是事业上进行长期奋斗后，感到失败与绝望的吁叹。（《中国诗学·思想篇·李商隐的远隔心态》）

是的，日暮象征着岁月时日的匆迫，路远象征着理想的难以达成。这是有抱负、有理想的人感到最无可奈何的，岂止是诗人李义山呢？黄先生从思想上作归纳式的批评，的确是条值得发扬光大的欣赏途径。

借对比来呈露旨趣，是本诗的特色之一。怅卧、白祫衣的意象与新春的气象对立，白门的形象也与"寥落意多违"相冲突。红楼、珠箔的华美如意，更跟"相望冷""独自归"的枯寂失意相矛盾。如此反衬烘托，遂使意象交相映发，浮现出寥落的情绪来。尤其是第八句，选用"万"与"一"作数字上的对比，"写在寥落的白门里独自沉思着的意趣。回思往事既多失望，预想将来日暮路远，只像在万里云罗中孤飞的鸿雁。晚霞的背景愈璀璨，孤雁的心情愈落寞，云天与前程虽辽阔，但在孤雁的眼前却愈觉彷徨。春晚已晚，还不知何去何从，这只飞雁所留下的印象是特别深刻的"（《中国诗学·设计篇·谈意象的浮现》）。可见对比的映照，很有助于意象的显映。

三四两句层次极为稠密，试为分析如下：望，望楼，望红楼，隔雨望红楼，红楼隔雨相望冷，凡五层；归，自归，独自归，飘灯独自归，珠箔飘灯独自归，又五层。如此措词，层层入里，往往能造成层波叠澜的境界，增强了诗的密度。而且这两句借"红楼隔雨""珠箔飘灯"之实境揭示，表现惆怅凄清的心绪，虚实相成，设色秾丽，铸造了情诗的美好意境。

就语意类型而言，白、雨、冷、玉是有冷凉感觉的语型，婉晚、残、梦、依稀是属于迷茫虚残的语型，而怅、寥落、隔、独、悲、一，则是表示孤愁的语型。这些语型所烘托出的意象，跟全诗所表露的寂寞、隔绝、寥落、残冷等情谊谐和一致，与促成旨趣之凸显很有关系。（参考《李义山诗析论》）

（张高评）

隋 宫[①]（216）

紫泉宫殿锁烟霞[②]，欲取芜城作帝家[③]。

---

① 隋宫——此指隋炀帝在扬州所建的江都宫、显福宫、临江宫。
② 紫泉——司马相如《上林赋》："丹水更其南，紫渊径其北。"唐避高祖讳，改渊为泉，故曰紫泉。
③ 芜城——隋时的江都，即今扬州。鲍照有《芜城赋》，即吊扬州城。

玉玺不缘归日角 ①，锦帆应是到天涯 ②。

于今腐草无萤火 ③，终古垂杨有暮鸦 ④。

地下若逢陈后主，岂宜重问后庭花 ⑤。〔平声麻韵〕

这是一首咏史诗，通篇用本事渲染、今昔对比、时空叠映等技巧，烘托出史事发生的景物气氛，造就了义山"运古入化"的咏史特色。咏史诗除杜甫外，要算义山最可取法了。

诗意说，隋炀帝平白让长安的宫殿空锁烟霞，凄清冷落，却更别下扬州，再建宫殿，想把这"芜城"作为帝王之家。设使天命不归于日角龙颜的唐王李渊，则锦帆游幸，岂止于江都而已，应可驶遍天下才是。当年隋炀帝于景阳宫征求萤火数斛，以供夜游照明，到如今这荒凉的隋宫旧址，但见腐草堆堆，再也看不到萤火虫，想必是被征得绝种了吧？如今隋朝虽然亡了，但是炀帝当年所诏种的杨柳，却终古如新地依依低垂着，晚来但闻乌啼垂杨。如果隋炀帝在九泉地下遇到了陈后主，应有愧色，怎可再向他问起后庭花的靡靡之音呢？因为他俩的荒嬉亡国，正是一丘之貉啊。

---

① 玉玺句——玉玺，传国之宝。《旧唐书·唐俭传》："高祖召访时事，俭曰：'明公日角龙庭，李氏又在图牒，天下属望……指麾可取。'"按日角，天庭（额）中骨突起如日，附会为帝王之相。

② 锦帆句——《开河记》："炀帝御龙舟，幸江都，舳舻相继，锦帆过处，香闻百里。"此言神器倘不归唐高祖，则炀帝之佚游将不止扬州也。

③ 腐草萤火——《礼记·月令》："腐草为萤。"《隋书·炀帝纪》："大业末年，帝于景华宫征求萤火，得数斛，夜出游山，放之，光遍岩谷。"

④ 垂杨暮鸦——《隋书·炀帝纪》曰："炀帝自板渚引河作街道，植以杨柳，名曰隋堤，一千三百里。"

⑤ 地下两句——陈后主名叔宝，字元秀，宠张丽华，作《玉树后庭花》舞曲。又《隋遗录》卷上："炀帝在江都，昏湎滋深，尝游吴公宅鸡台，恍惚与陈后主遇。后主舞女数十，中一人迥美，帝屡目之，后主曰：'即丽华也。'因请舞《玉树后庭花》曲。后主问曰：'龙舟之游乐乎？始谓殿下致治在尧舜之上，今日复此逸游，曩时何见罪之深耶？'帝忽寤。"

首句写隋宫之景，次句写江都之地，用"烟霞""芜城"之景语渲染气氛，与下文"腐草""垂扬""暮鸦"之取景，写来即有十足的衰飒气象，与诗的主题相谐和，取景选词对诗境的重要于此可见。首句以"锁"字绾合宫殿与烟霞之意象，化实为虚，点虚成实，全赖这个"锁"字。义山擅长使用此法造句，如"一春梦雨常飘瓦"(《重过圣女祠》)的"梦"字，也是采用这种虚实相涵的手法，所以诗境灵活不板。三、四两句不事铺张，而炀帝之荒淫已写得淋漓尽致。写无阻的逸游，只作故实的叙次，用笔便见灵动有致。"玉玺""日角"之典较冷僻，故用"锦帆""天涯"熟常字对之，可悟对仗之法。这两句都是由洛阳联想到扬州，利用空间的移置，写出炀帝狂淫荒亡，无有底极神理来，最见条畅尽事。可见江都之祸，实非偶然不幸。

五、六两句利用今昔对比，写出"江山依旧在，几度夕阳红"的感慨来。借隋宫往事表现感慨，最见运古入化之妙，句法之摇曳多姿犹其余事。金圣叹十分赞赏此联的时间词，他说："于今妙，只二字，便是冷水兜头蓦浇，终古妙，只二字，便是傀儡通身线断，直更不须腐草垂杨之十字也。"说清楚些，也不过是激赏因今昔对比而浮现的物是人非意象十分醒豁而已。七、八两句以反问作结，用意深远，言外有无限感慨、无限警醒，表现了讽谕诗的特色。高步瀛以为"结语尖刻"，纪昀以为这是"中唐别于盛唐处"，都是批评尾联有失温柔敦厚之风。《吴礼部诗话》称赞中二联为佳句，"日角、锦帆、萤火、垂杨是实事，却以他字面交蹉对之，融化自称"。义山的运古入化，的确令人叹服。

义山的咏史诗，题材多为南朝及隋代帝王失国与唐代马嵬之变中的反面人物，大概是基于同情心理以及殷鉴不远的缘故吧。而嘲讽繁华的幻灭，可说是义山咏史的基调。

本书所选七律，杜甫最多，其次为李义山，这是因为前人对李诗七律评价甚高的缘故。方东树《昭昧詹言》以为，唐人七律，杜甫、王维为两大正宗，此外，则"义山别为一派，不可不精择明辨"。李诗能兼杜、王之长，而

且 "熟读李玉谿,可除浅易鄙陋之气"(《一瓢诗话》)。所以本书从俗,七律选诗,李诗位居第二。

(张高评)

薛　逢（约公元八五三年前后在世）

字陶臣,蒲州河东人。会昌元年(公元八四一年)进士,任万年尉。累官侍御史、尚书郎,出为巴州刺史,终秘书监。有集。逢天资本高,学力亦赡,故不喜苦思,豪逸之态,长短皆猝然即成,未免失浅露俗。

宫　词（217）

十二楼中尽晓妆,望仙楼上望君王[①]。
锁衔金兽连环冷[②],水滴铜龙昼漏长[③]。
云髻罢梳还对镜,罗衣欲换更添香。
遥窥正殿帘开处,袍袴宫人扫御床[④]。〔平声阳韵〕

---

① 望仙楼——《唐书·武宗纪》:"会昌五年作望仙楼于神策军。"

② 锁衔句——指兽形的门环。章燮《唐诗三百首注疏》曰:"金兽,以黄金铸兽,连环络其项,玉锁锁其颈,御物也。"

③ 水滴句——《初学记·器物部》:"殷夔漏刻法曰,为器三重,圆皆径尺,差立于水舆踟蹰之上,为金龙口吐水,转注入踟蹰经纬之中,盖上铸金为司辰,具衣冠,以两手执箭。"

④ 遥窥二句——章燮《唐诗三百首注疏》曰:"正殿,君王之寝室也。帘开则见御床。短袍绣袴,宫女妆饰也。"袴,通"裤"。

这是一首宫怨诗，描写宫人的怨情，十分含蓄不露。这首诗的作意，说它是代悲宫女的苦闷固然可以，但一般宫怨诗纯粹写实的并不多，大多是借题发挥，别有所指，像本诗，说它在写怀才不遇的感慨，"为普天下无数高贤致慨"，不也是很确切吗？

　　诗意说，破晓时分，那些住在五城十二楼中的宫妃都已在梳妆打扮了。梳妆完毕后，都齐集望仙楼上去盼望君王的临幸。这时，宫门的锁衔着黄铜铸成的兽头，门旁的连环冷冷清清地悬挂着，铜漏壶上的龙口滴出水点，令人感到白昼的漫长和无聊。宫妃梳好了乌云般的发鬓，还一再地揽镜自照；换上了整洁的罗衣，更不忘加熏香气在上头。就这样盼过了漫长的一日，不觉到了夜暮，隐约间遥见君王的寝室卷起帘子，正有穿着彩袍绣袴的宫人在收拾床榻，深感自己远不如她们之亲近皇帝，不觉发出由衷的羡慕之情。

　　如果这首诗有所寄托，则是诉说着怀才不遇的遗憾，那么它的喻意，或许就如金圣叹所说的："言何处大山之下，大州之上，不有怀才抱道，跂足翘首，仰望简拔之人？然而高高青云，天门未辟，迟迟白日，嘉会正赊，为普天下高贤一哭也。"这是前四句的解说，后四句喻言："怀才之人，以不蒙试，则愈自淬励；抱道之人，以不见是，则转更砻错（修炼）。然而仰窥当涂，颇复有人，然知而不举，又奈之何？"（《贯华堂选批唐才子诗》）也许，这正是薛逢作这首诗的言外之意呢。

　　一、二句用典总起，大有望君之临幸难如望仙之意。这两句中"楼"字、"望"字重复出现，正传出望穿秋水，楼中日月长之神，可见这是以重出逞能。第三句以"锁衔金兽"写出寂静，以"连环冷"之触觉呈露内心寂寞的感受，第四句以"水滴铜龙"的音响传达出日长的无聊。这两句虽为写景，却是景中有情、情景交融的手法。第五句诉诸视觉色彩，写容颜之美；第六句诉诸嗅觉香味，写其妆饰之华芳。刻意修饰打扮如此，可说纯粹是"为悦己者容"，宫女望幸、贤才望举之心理，自在言外。这种通过勾勒举手投足的小动作以刻画人物的心理状态的手法，很富于艺术效果。七、八两句从侧面落墨，衬托出不遇的旨趣来。但写袍袴宫人之得近君王，即表露出自己之不得亲近君王。本诗表现怨情之法十分蕴藉，章燮说本诗"信手拈来，而深怨之情寓乎其内，此诗有温厚和平之致"，所谓怨悱而不乱，当是本诗极为可取之处。

本诗另一可取之处，就是纳须弥于芥子的技巧。时间上，只是从拂晓到向晚的短暂一日，但在望幸的宫妃心理，却有度日如年的长久；空间上，只是从楼中到正殿的咫尺距离，但在望幸的宫女感受，却有如天涯海角般的遥隔。这正是情感改造时空的例子，愈是超乎常理，跳出想象，则愈见诗境之美妙。另外，诗中凭宫妃的眼、耳、手、鼻、心，导引着读者去望，去看，去窥，去听，去触，去嗅，去想，借着这些感官的辅助，使得意象十分鲜活生动，令人有一种立体的实临感受。

（张高评）

温庭筠

利州南渡 ① (218)

澹然空水对斜晖 ②，曲岛苍茫接翠微 ③。

波上马嘶看棹去，柳边人歇待船归。

数丛沙草群鸥散，万顷江田一鹭飞。

---

① 利州——即今四川广元市。

② 澹然——水波迷濛的样子。

③ 翠微——指青翠之山气。一说近水陂陀之处叫翠微。

谁解乘舟寻范蠡，五湖烟水独忘机^①。〔平声微韵〕

这首诗，把握日暮的刹那，描绘人马急切渡江的情状，于是即景生情，归结到欲学范蠡之引退。诗中一切景物感怀，皆从一人眼中看出、心中想出，纯粹专一而有条不紊，很值得取法。至于句句扣住"水"，则又未免有点纤巧了。

首句点明渡船的时间是黄昏，这时空明的水光与落日的斜晖相映带，分不清是水光迷濛，还是斜晖脉脉，活绘出落日贴水之景。次句说出渡口的地理形势，由于天色向晚，所以曲岛苍茫之色遂与山气青缥之色接连一片，不分彼此。这两句，已极具写生之妙。三、四两句传写渡头景况，如在目前。"波上马嘶"句是人在渡船，马亦渡船，眼看渡船已离岸远去。"柳边人歇"句写岸上等船的人倚柳休息，以待渡船之回程搭载。金圣叹认为这两句写得十分"妙妙"，"写尽渡头劳人情意迫促。自古至今，无日无处、无风无雨而不如是，固不独利州南渡为然矣"。换言之，这两句的佳处是有极大的艺术概括性，相对的，它的缺失则在不能表现利州渡口独特的神貌，风格阙如，也是无可讳言的。

五、六两句补写江景，一就水边取景，一就岸上取景，与一、三句写水中之景，二、四句写岸上之景，错落有致处，同一机轴。颈联描写摆渡愈急切，人声愈喧哗，遂惊散水涯草丛中的一些鸥鸟，也干扰到岸上一只白鹭，慌向万顷江畔的水田飞去。七、八两句转过一层作感慨，说众人只知汲汲营营争渡，有谁懂得泛舟去寻找范蠡呢？只有像他那样，具有鸥鹭般的忘机之心，才能逍遥自在地遨游于五湖烟水之中啊！第七句以反诘生情，解已无人，遑论效法学样了。这一问，文情便抉进一层，曲折有致，末句暗用鸥鹭忘机的典故，既双关语意，也翻叠了五、六句"鸥散""鹭飞"的文情，使语意由平弱转为奇警，用原意陪衬出正意，使得正意更加突出，而又不失含蓄。

---

① 范蠡——字少伯，楚人，为越大夫，事越王勾践。灭吴后，遂乘轻舟以浮于五湖，莫知所终。五湖，今太湖。机，机心，旧谓鸥鹭忘机，故有双关意。参见前第176首王维《积雨辋川庄作》注。

这首诗的镜头取向也很有规则，首句是从岸上看水中之景，次句却从水中写岸上之景。第三句又从岸上看水中，第四句再将镜头投向岸上。第五句将镜头转向水边，第六句拉远到"万顷田"，再拉高缩聚到"一鹭飞"，这"万"与"一"数字的悬殊对比，使得鹭飞的意象十分显眼耀目。七、八句是将镜头由船上近处拉向无穷远的五湖烟水苍茫处，这种无限性，很能造成诗境的美妙。

就句法来说，第一、二、三、四、七这五句，动词都安在第五个字，幸好五、六两句动词置于最末，第八句放在第六字，所以在平板中还不失有变化之美，否则未免单调了些。

（张高评）

苏武庙① （219）

苏武魂销汉使前，古祠高树两茫然。

云边雁断胡天月②，陇上羊归塞草烟③。

回日楼台非甲帐④，去时冠剑是丁年⑤。

① 苏武——字子卿。汉武帝时，以中郎将使持节送匈奴使留在汉者，单于欲降之，不屈，留匈奴凡十九年。归汉，拜典属国。典属国，职掌当时边疆民族事务。

② 云边句——《汉书·苏武传》："匈奴与汉和亲，汉求武等，匈奴诡言武死。常惠教汉使谓单于，言天子射上林中，得雁，足有系帛书，言武等在某泽中。"

③ 龙上句——《汉书·苏武传》："匈奴徙武北海上无人处，使牧羝（公羊），羝乳乃得归。"

④ 甲帐——《汉书·西域传赞》："孝武之世，兴造甲乙之帐。"注："其数非一，以甲乙次第名之。"《汉武故事》："以琉璃珠玉，明月夜光，错杂天下珍宝为甲帐，其次为乙帐。"此句意谓苏武回国时武帝已死，楼台非旧。

⑤ 丁年——成丁的年龄。丁，壮夫。汉以男子二十岁为成丁。李陵《答苏武书》："丁年奉使，皓首而归。"

茂陵不见封侯印①，空向秋波哭逝川②。〔平声先韵〕

这是一首凭吊苏武的诗，诗中怜惜苏武的苦节，并讥讽汉室的恩薄。中间二联以用典为叙事，对于苏武的生平作了极为融洽的概括。而且全诗以叙事替代议论，增添了吊古的气氛。首尾两句虽出乎想象之词，亦情理兼顾，平实有致。

诗意说，当年苏武决心持汉节出使匈奴前，早就把生死置之度外了。一千年后的今天，面对苏武的古庙和高大的社树，想起他的生前死后，心里不禁感到茫然。仰看云边，断绝了鸿雁的踪影，使人想起苏武当年在匈奴，只见胡天月色，不闻大汉音讯，这种岁月是何等凄凉啊！俯瞰陇上的羊群归来，又令人怀想当年，苏武牧羊北海边，望不到故国山河，只见塞外荒草与野烟，这种处境，又是何等的困穷。苏武羁留匈奴凡十九年，当他回汉的时候，武帝已死，楼台非旧，人事已全非。想当年佩剑整冠出使匈奴时，正是壮年时期呢，十九年之后，苏武回国了，武帝已葬在茂陵，再也得不到他封侯授印之赏，这是最让苏武感到伤心的事。无可奈何的他，只能空对一泓秋水，悲哭着年华的逝去。

首句写当时情景是想象之词，总起全文，为羁留在胡十九年预占地步。如此则下接雁断胡天，牧羊北海，文势就易如走珠了。次句写身后哀荣，却以"古祠""高树"的永恒为象征，极力一赞，继又觉得这不过是"寂寞身后事"而已，乃随即踢倒当场傀儡，转一层说"两茫然"，当句翻叠层折，笔势遒健。他的所谓茫然，正是指下文苏武苦节、汉室恩薄两层意思。三、四两句，就目前的景象联想到苏武当年羁留匈奴的困境，用的是意象绾合的高妙技巧，将两个古今悬绝的辽远时空，借着雁、羊为过脉，一真一幻地叠映在一起，活像现代电影的"叠影"技巧。

---

① 茂陵句——孝武帝崩，葬茂陵。李陵《答苏武书》："闻子之归，赐不过二百万，位不过典属国，无尺土之封，加子之勤。"此言汉室赏功之薄。

② 空向句——空，枉然。逝川本岁逝去的时间，此处泛指往事。

五、六两句，用倒装逆挽的方法来写人事的更换及羁旅之久远。先说归日，再说去时，倒装次第，便能增强语势，构成豪迈劲健的笔力。前人欣赏此联，认为"五六生动"，"见跳脱之妙"，就是指此联倒装句法增加了诗的强度来说的。另外，这联的对仗上下句悉敌，天然工到，堪与李义山诗"此日六军同驻马，当时七夕笑牵牛"之精巧媲美。七、八两句用意双关，既悲苏武，亦以自悲。案温庭筠德行无取，又得罪权贵，宣宗曾谓其"徒负不羁之才，罕有适时之用"，终身未中进士，竟流落而死。温庭筠既生不逢时，故每每借题抒怀，以鸣其抑郁之志，本诗末联如此，其《过陈琳墓》诗尤其如此。

首联用昔日与今日相对映，颔联以今日与昔日糅合交综，颈联又以回日与去时相对映，尾联落实到归日。本诗利用时间的游移转换对映交综，使得诗情意态交相映带呈现，浮现出苏武之品格与遭遇的意象来。

（张高评）

秦韬玉 （约公元八九〇年前后在世）

字仲明，京兆人。僖宗中和二年（公元八八二年）敕赐进士及第，人称"巧宦"。韬玉工歌吟，恬和浏亮，每作人必传诵，然险而好进，谄事大阉田令孜，令孜引擢为工部侍郎。有《投知小录》三卷。

贫　女 （220）

蓬门未识绮罗香①，拟托良媒益自伤。

---

① 蓬门句——蓬门，指贫寒之家，绮罗香，指富贵人家妇女之服饰。

谁爱风流高格调^①，共怜时世俭梳妆^②。

敢将十指夸针巧，不把双眉斗画长。

苦恨年年压金线^③，为他人作嫁衣裳。〔平声阳韵〕

就字面上来说，这首诗歌咏的是一位精于女红的贫女在自伤身世的悲凉。依此看去，则次句"拟托良媒益自伤"云云，不作意露，气格也十分卑下。如果我们把本诗看成有言外之意，咏的是贫士的长于才学却不遇知音，也许更恰当美妙些。

诗意说，生长在蓬门里贫苦人家的女孩，不知道富贵人家妇女的服饰香味。她曾想拜托一位好媒人替自己说亲，但又唯恐配不上人家，所以很是感伤。在这个世界上，有谁能喜爱她这风韵优雅的品格呢？世俗一般人看到她脱尽铅华的清新打扮，反而争相怜惜她梳妆的俭陋，认为不合时宜哩。以才艺来说，她敢凭借十指的手艺，向人夸耀针线做得巧妙；至于美色，丽质天生，所以她不愿将时间浪费在描绘双眉上以求与别人竞炫短长。如今她感到最遗憾的是，年复一年地忙着裁衣刺绣，不是为了自己，却只是专替别人裁制嫁时的衣裳啊！

这首诗的结构纯粹建立在对比映衬的效果上，"蓬门"与"绮罗"作对比，"高格调"与"俭梳妆"作对比，"夸针巧"与"斗画长"作对比，"压金线"与"为人作嫁"相对比。换言之，是贫女与俗人作对比，是朴实与浮华作对比，如此两两对照，相映成趣，遂鞭逼得"风流高格调"的旨趣十分凸显。这种结构的对列，很有助于意象的交相映发，一般诗文中屡用不鲜。

在字面上，本诗极写贫女的擅长女红，所以选字用词多与衣饰相切，如绮

---

① 谁爱句——风流，指风韵优雅。格调，犹言品格。

② 共怜句——意谓世俗不知自己甘弃铅华，反而共怜我梳妆之俭陋，不合时宜。郝注："唐文宗下诏，禁高髻险妆、去眉开额。"

③ 苦恨句——苦恨，甚恨。压金线，按捺针线，指刺绣。

罗、俭妆、十指、针巧、压金线、嫁衣裳等皆是，切人切事，自然烘托得"妇工"十分奕奕，令人有亲切逼真之感。

秦韬玉的诗大多无可称道，唯有这首诗古今盛传，其实所传诵的也只是尾联两句"苦恨年年压金线，为他人作嫁衣裳"而已。推寻其故，大概是怀才不遇的命运令人同情，为人作嫁的无奈使人感伤吧。这与"彤庭所分帛，本自寒女出""遍身绮罗者，不是养蚕人""采得百花成蜜后，一生辛苦为谁忙"等绝妙的反讽同样凄楚动人。

（张高评）

唐诗
三百首
鉴赏

黄永武　张高评 —— 编著

九州出版社
JIUZHOUPRESS

一柒

七律乐府

一首

沈佺期

独不见① （221）

卢家少妇郁金香②，海燕双栖玳瑁梁。

九月寒砧催木叶，十年征戍忆辽阳。

白狼河北音书断③，丹凤城南秋夜长④。

谁为含愁独不见，更教明月照流黄⑤。〔平声阳韵〕

这首诗名为乐府，实际体同律诗，从诗题及首尾两联的命意取向，即可肯定本诗是从古乐府脱化而来。严羽《沧浪诗话》取崔颢《黄鹤楼》诗为唐人七

---

① 独不见——《乐府解题》："独不见，伤思而不得见也。"题一作"古意呈乔补阙知之"。

② 卢家少妇——见王维《洛阳女儿行》注①。郁金是一种香草，大概可用来涂壁。郭茂倩《乐府诗集》改"香"为"堂"。

③ 白狼河——《水经注》云："辽水又右，会白狼水，水出右北平白狼县东南。"

④ 丹凤城——指京师。一说因秦穆公女吹箫，凤降其城，故名。

⑤ 流黄——古乐府《相逢行》："大妇织绮罗，中妇织流黄。"梁简文帝诗："思妇流黄素，温姬玉镜台。"羊胜《屏风赋》："饰以文锦，映以流黄。"流黄，黄色的绢，此处泛指少妇所织的丝织品，如巾帷之类。

律第一，明何仲默、薛君采则取沈佺期"卢家少妇郁金香"诗为压卷（见王世贞《全唐诗说》、杨慎《升庵诗话》），足见本诗评价之高。

本诗写闺中思妇怀念边塞的征人，感情真切，德性贞静，有温柔敦厚之风。诗意说，当初卢家少妇莫愁住在郁金苏合香涂壁的闺房里，小两口夫唱妇随，就像一对海燕双栖双飞于镶饰玳瑁的屋梁中一般，恩爱非常。如今海燕依旧双栖情深，夫婿却离家远征辽阳，一去就是十年，睹物伤情，能不思忆？况值寒意袭人的九月，木叶飘落，砧声频催，寒衣待寄，更添加离愁之苦。夫婿在白狼河北，由于战争方兴未艾，不仅归期不可知，连音书也断绝很久了；卢家少妇在京师城南空闺独守，想起良人十年征戍，盼雁书又不到，寒衣欲寄又无从寄，愁思茫茫，永夜不寐，遂倍感秋夜的漫长。谁使她独处含愁而不能相见呢？又是谁教那凄清的明月让清辉洒照在流黄织品上呢？言外有非战的色彩。

首联以双栖起兴，极写欢乐幸福之情，从反面映射"独不见"之诗趣。写欢乐幸福只两句，写愁苦暌离却有六句，悲喜对比，便呈露出悲惋伤感之无限来。一、二两句，转化梁柳恽《独不见》诗及梁武帝《河中之水歌》，以写莫愁少妇独不见之悲况，胡应麟《诗薮》称赏这种活用法，以为"千古骊珠"，可悟脱换之妙。三、四两句用倒装逆挽的方法，先写九月寒砧，后写十年征戍，语用倒挽，便觉意趣生动，曲折有致，而且警策劲健。如果将十年征戍的思忆安排在前，九月寒砧的感受抒写在后，则文势平直如流，将大减诗趣。

颈联两句承上作转，五句承"十年"句，解释所以"忆"的原因，六句承"九月"句，述说"催"的结果，都是完足上文之意，并照映末句的含愁不见，明月流黄，可谓开阖自在之笔。七、八两句拓开一步，完上文欲寄征衣之意，用意跌进一层，"曲折圆转，如弹丸脱手"（《昭昧詹言》）。第七句以反诘生情，气如狮吼雪山，龙含秋水；第八句以侧写见态，悲似巴猿啼月，蜀宇哭雨。

王夫之《唐诗评选》说本诗"从起入额，羚羊挂角；从额入腹，独茧抽丝"，"合成旖旎，韶采惊人，古今推为绝唱，当不诬"。吴乔《围炉诗话》也说，这八句诗不用起承转合一定之法，却又自然钩锁连环。王吴二氏提供了本诗在结构上的特色，有助于形式的欣赏。又有别从风格神韵肯定本诗之价值，如姚鼐《五七言今体诗钞》说此诗"高振唐音，远包古韵"，沈德潜《说诗晬语》谓本诗"骨高气高，色泽情韵俱高"。这首诗能独步七律诗坛，信非偶然。至于胡应麟批评本诗说"颔颇偏枯，结非本色"，"结语几成蛇足"（《诗薮》），固然是见仁见智之言，但恐怕不是平允的公论吧。

在空间的设计方面，愁思由郁金香的闺房出发，飞度无数关山后，暂留良人征戍的辽阳，尔后再飘向音书断绝的白狼河，再折回丹凤城，如此迂回兜转，写活了魂牵梦绕的相忆之情。在时间上，相忆的长度是十年，这十年中几乎是"中心思之，何日忘之"，只不过在明月照流黄的秋夜，愁思更令人不堪，思忆更加倍强烈而已。尤其是"九月寒砧催木叶"时，孤寂凄愁、怀远思人的愁绪更达到了饱满的极限。可见本诗在时空设计上也是丰神奕奕之佳作。

（张高评）

一捌 五言绝句 二十八首

王 维

送 别① （222）

山中相送罢，日暮掩柴扉②。
春草明年绿，王孙归不归③。〔平声微韵〕

本诗就时间而言，"山中相送罢"是过去的事，"春草明年绿，王孙归不归"是未来的事，只有"掩柴扉"的片刻是眼前的事。就在这眼前的片刻中，压缩着过去的伤感与未来的期待。芳草明年将再绿，王孙明年却未必回来，所以这未来的时日，除了"明年"外，还包括了不能预测的长度。就空间而言，从"掩柴扉"的一角望见了落日。山中除了望落日之外，所能望见的就是一片草地，期盼在望见春草绿的时候，能一并再望见了你，所以在想象的空间中，落日、春草、王孙，期望能由远及近地排在视野里。可见全诗是将整个真实的与想象的立体空间、整个过去的与未来的漫长时间，都压缩在"掩柴扉"的片

---

① 诗题一作"山中送别"。

② 柴扉——山中园居，往往以柴木编成简陋的门。

③ 王孙——《楚辞·招隐士》："王孙游兮不归，春草生兮萋萋。"又谢玄晖《酬王晋安》诗："春草秋更绿，公子未西归。"

时片地中，而时间的绵长，正表达出不能忘情的绵密心意。

同时，春草明年再绿是有定期的，王孙是否归来却没有定期。"绿"字兼含着动词的意味，似乎春草可以有意志要求重新"绿掉"，而人却未必能一定"归来"，看来人的命运还远不如草。再则，为什么希望你明年回来？当然是因为寂寞。为什么寂寞，因为是住在山中。我在山中的幽静，与你在外界奔波的劳动正成对比。在我寂寞的眼神中看来，你是怎样的来去不定，俗事纷繁呀！全诗的结尾与起首回环相应，用意又蕴藉深藏，短短四句里，有着丰繁的头绪。

（黄永武）

竹里馆① （223）

独坐幽篁里②，弹琴复长啸③。

深林人不知，明月来相照。〔去声啸韵〕

这是一首描写隐者闲情逸趣的诗，全诗以"独"字贯穿全篇，采窄题宽作之法，场景布置有声有色、有明有暗，是一首质直易晓的诗。

首句写静境，次句写动境，三、四两句承接，更显现出动中之静来。这首诗率先映入眼帘的是一座"幽篁"，接着这幽篁里面"独坐"一个人，这是诉诸视觉的形象。次句则诉诸音响的强调效果，既弹琴以写意，又长啸以适志，一时兴会，便逍遥自在，陶然忘我。此种林间乐趣，不求人知，而人也不易知。第三句便点明隐者的自负，因为独处深林，所以凡人无得而知之。其实，这深林就是第一句的幽篁，不过稍变词汇以求新美而已。第四句又诉诸视

---

① 竹里馆——辋川别业的一景，见第 099 首王维《辋川闲居赠裴秀才迪》注①。

② 幽篁——竹林。《九歌·山鬼》："余处幽篁兮终不见天。"

③ 啸——蹙口成声叫啸。

觉与触觉，写明月照人，使幽暗寂寞的诗境有了光明与温暖的气氛。隐逸之趣人既不知，而今明月来相照，似乎只有明月是知己。把明月看成能会意解情的知己，更可反衬第三句"人不知"的效果。这种拟人的手法最能使诗情灵动有致，而且明月照临幽篁，更显露出动中之静来。

全诗的布局设计，从独坐而独弹，而独啸，到人不知的独来独往，都是写的"独"字。末句写明月相照，似乎已离却孤独而有知音了，殊不知以明月为知音，更显现其孤清之情趣。人则独处无偶，闲适而自在，色彩亦由幽篁而深林，而明月，此种由幽暗而至光明的设计，给人希望与安慰。所以黄永武先生以为本诗是以动来衬托其静、以明来衬托其幽的。在空间设计方面，从地面上独坐弹琴复长啸的"人"，转移到一簇簇的幽篁，再转移到一丛丛的深林，最后投向高空的明月，镜头由平地渐高，由眼前而至绵远，再从高远折回平地，回环映带，遂编织成一幅孤高幽绝的隐逸图。隐逸本是雅事，所以诗中将幽篁、深林、弹琴与幽人相配成趣，词汇统一而相得益彰。

本诗是王维《辋川集》诗之一，其他如《孟城坳》《栾家濑》诸作，亦皆闲静而有深湛之思，读者可以一并参考欣赏。另外，本诗在绝句中属"古绝"（见董文焕《声调四谱图说》），所谓古绝，是诗人依照古体所作的绝句，实际就是最简短的古诗，可以称为短篇的"古风"或"古意"，句中的平仄不受律诗平仄规律的限制（详见王力《汉语诗律学》第三节），所以很像齐梁时的古诗。而在唐诗中，它的声调很接近律绝，跟仄起仄韵格非常相似。

（张高评）

杂　诗（224）

君自故乡来，应知故乡事。

来日绮窗前^①，寒梅著花未^②？〔去声未韵〕

这首诗采"宽题窄作"之法，以询问的口吻表现关切的情怀，不直说思念家人，但问绮窗前的寒梅消息，最为深婉有致。而且在造语上，重复"故乡""故乡"、"来""来"，有如对故乡的呼唤，也曲达了思乡的情怀。黄永武先生曾分析说：

全首都是属于单句的形式，用亲切的口吻谈"故乡"，但"故乡"一词唤起的概念是十分笼统的，它代表一个很庞大的空间，也很抽象空泛。故乡可写的事太多，景物也太杂，随着读者不同的经验，可以有许多复杂不齐的印象。但本诗作者在三、四两句将抽象繁杂的场景予以简化，只择取绮窗与梅花两个具体的景物，踏实地布置出那个精致的小空间，以绸糊的绮窗作底来衬托开花的寒梅，这寒梅是场景简化处理后独存的景物，在镜头前十分凸出。当然，在场景简化的时候，需要顾虑到景物的象征性与暗示力，像这里选择绮窗与寒梅，可以将雅洁闲适的意趣充分表达出来。（《中国诗学·设计篇·诗的时空设计》）

这是王维杂诗三首之一，清黄叔灿《唐诗笺注》欣赏本诗说："与前首俱口头语，写来真挚缠绵，不可思议。着'绮窗前'三字，含情无限。"指出以寻常口语作诗，亲切有味，而且择取绮窗前之寒梅为布景，"襟期固雅逸绝尘，诗句复清空一气"，游子怀内之情，更见寄兴遥深，沉挚而蕴藉。

黄永武先生另有一段分析文字，说明本诗以常取胜的道理：

章燮说："通首都是所问口吻。"指出全诗的剪裁很别致，只有问，迫不及待地等待回答，但在未获回答时，诗已经结束了。赵松谷说："欲于此下复赘一语不得。"如果在下面再赘加一些答话，全诗急遽狂喜的神情就不见了，譬如王介甫模仿本诗作《道人北山来》诗："道人北山来，问松我东冈。举手指

---

① 来日句——来日，是指动身的时日。绮窗，是用绸类糊的窗格。

② 著花——就是开花。

屋脊，云今如许长。"在问松树的长度后，道人又举手回答，其意趣反不如王维诗那么深长。王维这首杂诗，可说是以常取胜而极为出色的例子。(《中国诗学·鉴赏篇·作品的诗境》)

据董文焕声调谱，本诗属于"拗绝"。所谓拗绝，就是失粘失对的古绝，以及失粘失对的律绝。本诗一、二两句平仄相同，三、四两句平仄相同，而拗在第二、第四句。依律绝，第二句应作平平平仄仄，第四句宜作仄仄平平仄，本诗则不同。

（张高评）

鹿　柴 [①]（225）

空山不见人，但闻人语响。
返景入深林 [②]，复照青苔上。〔上声养韵〕

辋川之景清幽绝俗，王维优游其间，静观自得，多有佳作。纪昀批苏诗说："五绝分章，模山范水，如画家有尺幅小景，其格创自辋川。"这《鹿柴》诗也是《辋川集》二十首之一，诗不切写题面，只就其旁近的景致描写，近事浅语，词简味长，妙造自然。其幽韵独绝，与辋川之景等，真可谓"诗中有画"。前人言，辋川五绝，句句入禅，这大概是因为"诗与禅都重视寻常自然，日常生活即是禅，寻常口语即是诗"（黄永武先生语，见《中国诗学·思想篇·诗禅相同处》），王维辋川诸绝既多妙造自然之作，所以认为它很有禅趣。

黄永武先生说："首句'空山不见'四字都是清音，次句'但闻人语'四字都是浊音，写'空''不'的世界用清音，写'闻语'的周遭用浊音，都是

---

① 鹿柴——亦为辋川别业的一景。柴，音 zhài，用木栅作栏，本作"砦"。
② 返景——谓日光反照，"景"同"影"。

配合得很妙的。"当然，首句写见，次句写闻，首句写静，次句写动。两句合看，是写空山的深幽，静中寓动。清李锳《诗法易简录》说："写空山，不从无声无色处写，偏从有声有色处写，而愈见其空。"严羽《沧浪诗话》所谓的"玲珑剔透"，就是指的这种笔调。唐汝询《唐诗解》则说："摩诘出入渊明，独辋川诸作最近。"并举本诗前两句与陶诗"结庐在人境，而无车马喧"相较，认为陶诗写的是"喧中之幽"，王诗所写则是"幽中之喧"，镕铸之迹，显然可见。由这点看来，东坡题摩诘画像所云"前身陶彭泽，后身韦苏州。欲觅王右丞，还向五字求"，是很可信据的见道之言。

前两句写不见人，是静中寓动；后两句写的则是"见景"，表现出动中寓静的诗境来。夕阳斜射，穿越深林而入，再落照到青苔上。于是日光成了生动的彩色电影放映机，斜晖所过，交织而为深碧浅红、相映成趣的画面。恬静自在之趣，超乎象外，得其环中。明李东阳《怀麓堂诗话》称美后两句说"淡而愈浓，近而愈远"，前者就色彩之设计言，后者就空间的流动言，以淡远推许本诗，评价是相当高的。

胡应麟《诗薮》内编卷六谓王维欲入禅宗，读其五绝，"身世两忘，万念皆寂"，本诗就令人有此感受。所以清沈德潜《唐诗别裁》说本诗"佳处不在语言，与陶公'采菊东篱下，悠然见南山'同"，其神韵意象，超乎字句之外，这就是王维的诗含有禅趣的另一个缘故。

（张高评）

相思子① (226)

红豆生南国②，秋来发几枝。

---

① 本诗所咏为红豆，红豆又名相思子，故题目应作"相思子"，坊本作"相思"，实误。
② 红豆——《本草纲目》："红豆一名相思子。"又《南州记》："海红豆，出南海人家园圃中。"按红豆形扁圆，红黑各半，可镶嵌首饰，俗称鸡母珠，在秋天结子。

劝君多采撷①，此物最相思。〔平声支韵〕

要欣赏诗，不能不注意校雠的工作，愈是"以一字见工巧"的作品，愈显出校雠的重要性。像本诗就有两处异文，不能视作等闲寻常而轻易放过。黄永武先生对此曾有说明：

"秋"字有些版本作"春"字，便牵涉到红豆结实的季节了。……而《万首唐人绝句》却作："红杏生南国，春来发故枝。劝君休采撷，此物最相思。"红豆变成了红杏，原是红杏在春来时花发故枝，所以有些版本会作"春"字，而"休采撷"与"多采撷"一字不同，竟至于相反。再者，凌初成本"劝"字作"赠"字，而且题目是作"江上赠李龟年"，原来在《云溪友议》中记载李龟年曾经在湘中采访使的筵席上唱过这首诗，"劝"字正作"赠"字，凌本和它相应，题目也就和李龟年相关。现在坊本采用《万首唐人绝句》的题目作"相思"，而其中的字句又和《万首唐人绝句》不同。(《中国诗学·鉴赏篇·读者的悟境》)

黄永武先生说："第一句写明生南国的是红豆，第二句发几枝的也是红豆，第三句多采撷的是红豆，第四句最相思的仍是红豆。句句都镶着红豆，所以说题目应该是'相思子'才对。"

这是一首咏物诗，诗中托红豆以寄相思之情，直抒胸臆，不假雕琢，堪称抒情诗中的佳构。红豆之所以跟相思扯上关系，主要是由于它的外形红黑各半的缘故。唐李匡文《资暇集》卷下曰："豆有圆而红，其首乌者，举世呼为相思子，即红豆之异名也。"明李时珍《本草纲目》卷三十五也说："相思子生岭南，其子大如小豆，半截红色，彼人以嵌首饰。"所谓其首乌，又云半截红色，明是红黑各半，象征相思者两位一体，何况相思子其体浑圆，可以象征圆满无缺呢！

全诗就询问发端，诗意便见曲折不板滞。问红豆发几枝，是表示自己的关切与相思；劝君多采撷，是希望你长念勿忘。这一问一劝之间，可抵得上千言

---

① 撷——音 jié，采集的意思。或作襭，音 xié，用衣兜贮之意。《诗经·周南·芣苡》："采采芣苢，薄言襭之。"

万语的祝福与慰藉。本诗托物抒情，言近旨远，风神摇曳，余音绕梁之处，正是王维五绝中独到的胜境。

在音响方面，本诗押"枝""思"支韵，支韵细腻缜密，很能曲传相思的情怀，加浓了本诗的趣味。

（张高评）

裴　迪（约公元七四一年前后在世）

关中人，天宝后为蜀州刺史，曾官尚书省郎。与王维同居终南山，游览赋诗，琴樽相乐，又与杜甫、李颀友善。其诗善于写景，多清丽高胜，以在辋川诸作为最佳。

送崔九①（227）

归山深浅去，须尽丘壑美。

莫学武陵人，暂游桃源里。〔上声纸韵〕

裴迪早年与王维居终南山，时时过从酬唱，所以诗风很相近，只是在意境方面裴迪诗不如王维自然而已。裴迪五绝诸作，清幽闲远，善于写景，可见两人的诗风是很接近的。清潘德舆《养一斋诗话》就曾批评道："辋川唱和，须溪论王优于裴，渔洋论裴王劲敌。"乔亿《剑溪说诗》亦云："后人苦效王裴五绝，而不得其自在，所以去之弥远。"也以自然自在为二人共同的诗风。

―――――――――

① 崔九——崔兴宗，为王维之内弟，俱居终南山，同唱和。

这是一首送别诗，劝人归隐宜久，临别赠言，最见友情之隆重。诗中讽劝崔九归隐山林后，无论居深处浅，都得尽赏林泉之胜，千万别像武陵渔人游桃花源一样，只住了几天就出来。

全诗真切朴质，顺流而下。就音响而言，押的是"美""里"——上声纸韵。本诗押轻柔舒徐的上声纸韵，以劝人归隐，情趣十分切合。而且，写归隐林泉是一种幽适静寂的境界，用仄声为韵脚，有时反觉得气氛更为谐和。

三、四两句运化典故，使得文情有了曲折，含意更加深邃。不过，此处用典是反其意而用之的翻腾法，就武陵渔人入桃花源一事而翻叠之，于是造语灵活而新奇，不仅开创了新思，也促使了文句的生动活泼。诗旨既是送人归隐，诗中用"归山""丘壑""桃源"等词，十分谐合。

黄永武先生说："本诗是以'无中生有'取胜，命意构思，全凭虚想，从古人的典实中去设想，不从实景中去描绘，临空着笔，反多意趣。"另外，这是一首古绝，二、四句不合律。

（张高评）

祖　咏

终南望余雪（228）

终南阴岭秀①，积雪浮云端。
林表明霁色②，城中增暮寒。〔平声寒韵〕

---

① 阴岭——山北为阴，故称阴岭。
② 林表句——林表，林上。霁色，雪后放晴之景色。

这是一首咏物诗，咏的是积雪。作者不从正面着笔，却从侧面落墨，着重刻画雪后南山之景，烘托出城中倍增暮寒，则终南山之高寒可以想见。全诗写得缥缈森秀，与所咏相称，笔力苍秀，亦与诗趣相仿佛。王士祯《渔洋诗话》推为古今雪诗最佳之一，可见评价之高。

黄永武先生曾从空间的转向来欣赏本诗：

作者自身在终南山，前二句仰视高峰的北面，还剩有余雪；后二句俯视山下的城镇，林表霁色正明，正是融雪的天气，融雪的日子最冷，城中必然是暮寒骤增了。仰视高处雪峰的佳景，俯念低处冻馁的苍生，就将这两个不同角度摄得的景物并置着，它仿佛脱离了远近透视法的观然，把多种视点所摄得的景物，作成一首诗来作综合的表现。而在这仰望雪峰、俯悯贫寒的一念里，自然呈露出仁者的怀抱。计敏夫在《唐诗纪事》中称赞本诗"剪刻省净"，正是赞许它不需多余的说明，便能使简单的镜头之中有着繁复的内涵。（《中国诗学·设计篇·诗的时空设计》）

又根据宋计敏夫《唐诗纪事》记载，这首诗本为应省试而作，按规定大多作六联，作者却只写了这四句就交卷了。人家问他下半首，他回答道："意尽。"表示意蕴已很完尽，无须再蛇足赘续了。后来黄山谷论诗，谓"吟诗不须务多，但意尽则可矣"，想是胎源于此。唐人作诗之贵意与自重，令人肃然起敬。

近人刘拜山析赏本诗说："以'阴岭'起'积雪'，以'霁色'起'暮寒'，以'云端''林表'写远望之境，以'明'字'增'字传余雪之神，末句用笔空灵，通体皆活。"（《唐人绝句评注》）由于岭阴，故雪积不消；又因为雪霁，所以倍增暮寒。全诗一线穿注，结构紧密。前两句写望，后两句写余雪，都是切着题目说。本诗取景阴岭、积雪、林表、城中，场景由远之近，空间由高而低，能使小中见大，含蕴不尽，是绝妙的设计。三、四两句用流水对，更能见诗心的灵活。

咏物诗当借物寄情，才有曲折蕴藉之味。末句真是仁者胸怀，与罗隐《雪》诗所谓"长安有贫者，为瑞不宜多"同样含蓄有情。

这是一首古风式的绝句，二句作下三平，三句平仄错乱，均不合律。

（张高评）

刘长卿

听弹琴（229）

冷冷七弦上 ①，静听松风寒 ②。
古调虽自爱，今人多不弹。〔平声寒韵〕

黄永武先生曾从"以声摹物"的角度欣赏本诗，他说：

"冷冷"是状声词，是明里写琴声；但"静听"二字乃是"冷冷"二字的和声，却是在暗里写琴声。因为"静"字是上声静韵，"听"字在去声径韵（亦可读平声青韵），而冷冷是平声青韵字，静、径、青三韵古韵是属同一部的，后来声调虽有不同，但比作琴弦上遥和的和声却是十分美妙。至于"松风寒"，本来是一种琴调名，也可故意作寒冷的风涛看，就利用这三字的歧义性，同时受"冷冷"二字的关连，也就从琴调中双关出松风寒冷的意思。而这寒冷的感觉却用听觉去感受，附带产生了接纳感官交综移就的效果。所以这十字中有着许多双关的妙用与暗藏的音响，不去细心寻绎，不可能成为它的知音。（《中国诗学·设计篇·谈诗的音响》）

冷冷，静听，模拟琴音之悠扬，十分仿佛逼肖。末两句妙语双关，感叹人心不古，世乏知音，也表现了作者遗世独立、孤芳自赏的个性。作者另有《客舍赠别韦九建赴任河南韦十七造赴任郑县就便觐省》诗，其中云："清琴有古调，更向何人操。"命意相同，皆用来吐露其抑塞之怀抱。诗意宜有弦外之音、

---

① 冷冷句——冷，音 ling，冷冷本作水声解，此借指琴音。琴本五弦，象征五行，配五音宫、商、角、徵、羽。后周文王加一弦，武王又加一弦，成为七弦。

② 松风——即《风入松》，琴调名，晋嵇康作。唐僧皎然有《风入松歌》。

味外之味，才算好诗，本诗的寓意，不是比原意更深刻警人？

这是一首古绝，一、二、三句皆不合律，三、四两句为流水对。

（张高评）

送上人①（230）

孤云将野鹤②，岂向人间住。
莫买沃洲山③，时人已知处。〔去声遇御韵〕

这是一首送别诗，文字之间颇含讥讽戏谑之意。临别赠言如此警悚，无异于给对方下了顶门一针，那些好住名山古刹以求得利禄之途的当代僧人，经作者一语道破，恰似当头棒喝一般，实在很有顽廉懦立之效。

孤云与野鹤同是潇洒出尘之物，所以首句用来借指上人（即僧人），杜牧诗所谓"闲爱孤云静爱僧"，就是歆慕两者的闲静。孤云逍遥自在，野鹤不栖凡尘人间，志在修持的僧人也应该如此，怎么可以反其道而行，反向人间世求卜居呢？第二句的"岂"字引接第三句的"莫"字，全用否定的语句，正意不必说出，而诗意反更有曲折，不落呆相。第三句紧承次句作转，劝上人不要卜居沃洲山，因为那儿虽曾是道家的福地，但是如今已有许多人知道那地方了。真能高隐的人，贵有坚贞淡定之操持，沃洲山时人既已知其处，便与人间无异，那将不是一个理想的修持所在。唐朝盛行的"终南捷径"，以隐居终南山作为宣传，以达到做官的目的，是何等可鄙的事呢！

题目中的上人就是灵澈。权德舆有《送灵澈上人庐山回归沃洲序》，刘禹

---

① 上人——《圆觉要览》："内有德智，外有胜行，在人之上，曰上人。"按即僧人的尊称。

② 将——与共、陪的意思。

③ 沃洲山——道书以为第十二福地，山在浙江新昌县东，相传为晋支遁放鹤养马处，有放鹤峰、养马坡。

锡有《送僧仲剬东游末句呈澈》诗，诗中也有"一旦扬眉望沃洲"之句，都是指的灵澈。张祜《寄灵澈上人》诗："独树月中鹤，孤舟云外人。"也把灵澈比成云与鹤。想来这位上人跟方内文士往来频繁，渐失孤云野鹤之性，所以作者写了这首诗送给他，亦庄亦谐，颇能发人深省。

本诗前三句合律，末句不合律，也是古绝。甚至用韵方面也有通押的现象，"住"为去声遇韵，"处"为去声御韵。

（张高评）

送灵澈① (231)

苍苍竹林寺②，杳杳钟声晚③。
荷笠带斜阳④，青山独归远。〔上声阮韵〕

黄永武先生曾从"全诗轴心的多元化"的角度欣赏本诗，他说：

苍苍写色彩，杳杳写声音，斜阳写光，三句分写各物，至末句才点出人物，用一个独字，才泄漏上面三句都是寂寞的意思，把送僧友远去的景象，勾画得很具体。章燮说："远字应杳杳，斜阳应晚字，只二十字，先后映照。"（《唐诗三百首注疏》）喻守真说："苍苍晚色，钟声亦写晚，斜阳又承上文晚字，青山映衬竹林，末二句竟是一幅绝妙的圆画。"（《唐诗三百首详析》）其实不仅"晚"字贯穿了全诗的意思，末尾的"远"字也贯穿了全首。由于远，所以望见竹林寺苍苍然，听到钟声杳杳然，带着斜阳的笠子愈去愈远，没入苍苍，没入杳杳，与全诗浑然一气，而送友人远去的情感，自然弥漫无际。除了

----

① 灵澈——字源澄，俗姓汤，会稽人，为云门寺律僧，从严维学诗，与僧皎然游。有诗一卷。

② 竹林寺——在江苏镇江城南，旧为晋戴颙居宅，舍于昙度为寺，明崇祯间重建。

③ 杳杳——深远貌。

④ 荷——背负也。

"晚"字、"远"字外，"独"字的意思也贯穿全首：友人远去，人我皆独，独个儿在斜阳里，看那苍苍的竹林，听那杳杳的钟声，意味自然益发不同了。这样说来，短短四句中，参差历乱，相互交际，句句都有交互的关系。(《中国诗学·鉴赏篇·作品的诗境》)

《云薖诗话》也曾列本诗，以及崔国辅的"朝日照红妆"，柳宗元的"千山鸟飞绝"，韦应物的"遥知郡斋夜"，金昌绪的"打起黄莺儿"，崔颢的"君家何处住"，李商隐的"向晚意不适"，贾岛的"松下问童子"，元稹的"寥落古行宫"，李端的"开帘见新月"，太上隐者的"偶来松树下"，以为皆五绝中妙绝古今之作。

本诗首句与第四句均不合律，为古绝句。

（张高评）

孟浩然

春　晓（232）

春眠不觉晓①，处处闻啼鸟。
夜来风雨声②，花落知多少？〔上声筱韵〕

第一句"春眠不觉晓"写"不觉"，第二句"处处闻啼鸟"翻过来写

---

① 春眠句——春眠易睡易醒，故不知晓之已至。
② 夜来句——夜，指昨夜，今则喜天已睛，故啼鸟处处。

"觉"；第三句"夜来风雨声"写"觉"，第四句"花落知多少"又翻过来写"不觉"。一正一反，往复生趣。喻守真说："全诗以不觉为柱意。首二句从不觉而觉，因春眠失晓，闻啼鸟而觉。下二句是推想之词，是写不觉的神情，是从觉而不觉，上句是觉，下句是不觉。"喻氏的分析，帮助我们了解了孟氏匠心经营的艰苦，所谓"造意极苦，篇什既成，洗削凡近，超然独妙"（见季振宜《全唐诗序》评孟诗），就是指这一类的诗。这种命意上一正一反，由不觉而觉、由觉而不觉的意态，与春眠"时睡时醒、时醒时睡"的情态正相谐合。而所用是上声韵，这舒徐和软的韵脚——晓、鸟、少，自然教人容易睡着了。

大凡欣赏一首诗，了解诗意是一件事，了解作者"由工入微，造思极苦"的匠心又是一件事。《诗人玉屑》上载朱熹论诗有两重，"晓得文义是一重，识得意思好处是一重"，正是这个意思。像这二十个字，谁人不识得？然而它的好处几乎难说得很。

凡是好诗，它的好处一定难说。原因是好诗正像好风景，每个人立在不同的角度，同样发出赞叹，而所见的景物却不同。苏东坡说得好："作诗必此诗，定知非诗人。"谓做一首诗若一定是怎样的解释，那便不算是诗人做的诗。像这短短的四句诗，你能说它的意思全展露在二十个字面上一览无遗吗？

《唐音癸签》中载无名子以浩然《春眠》一绝为"盲子诗"，只是诙谐的说法罢了。胡元瑞曾说："如孟浩然'春眠不觉晓'二十字，清新婉约，纵轻薄姗侮万端，亦何害其美耶？"对这四句诗推崇备至了。

（黄永武）

宿建德江^①（233）

移舟泊烟渚^②，日暮客愁新。

---

① 建德江——建德，今浙江建德市。江，指钱塘江，自衢州至建德一段，又称信安江。
② 烟渚——指暮烟笼罩之江边小洲。

野旷天低树，江清月近人。〔平声真韵〕

这是一首怀乡之作，孟浩然另有一首《宿桐庐江寄广陵旧游》诗，写的是相同的情怀，可以参看。首句叙地，次句叙时，三句写岸上景物，四句写水上风光。将船驶往烟雾袅绕的洲渚上停泊着，这个地方是建德江，作者写过"建德非吾土"的诗，可见这儿不是作者的故乡。离乡飘泊来到此地，俯瞰江上则烟波千里，明月近人；仰视岸上则草木凋零，正是个冷落的清秋时节，更何况又值黄昏夕阳残照之际，因此又新添了许多客中的愁思。想那故乡的天、故乡的月，跟此地所见的天与月是没有两样的，但是故乡却遥远得不可见、不可及，此情此景，怎不会"客愁新"呢？黄叔灿《唐诗笺注》谓："野旷一联，人但赏其写景之妙，不知其即景而言旅情，有诗外味。"这几句话说得十分切实而近理。

前人读诗，特别欣赏三、四两句，有认为"神韵无伦"者，有认为"浩然之句浑涵"者，更有以为"十字十层，咀咏不尽"者，这些批评都很抽象，详加分析，这两句不仅写景，而且景中寓情。由于草木零落，所以原野便愈形空旷，天也好像比树木要低了。黄永武先生说："本诗的好处在能使静的东西生出动感，使无情处生出情来。像天有低于树的动作，月有近于人的情态，而这些动态，都是从舟中看，更是从动的舟中看，切紧着开头'移舟'二字。"可见这是从船窗里所见的陆上景物。换个地方观望，所见就未必如此了。因为秋江清澈，所以江中的月影更亲近人了。旅途无聊，一月临江，居然也倍觉亲近，所谓"慰情聊胜于无"，就是这种心境。末两句浑涵又不失锻炼，江边独泊与旅程孤寂之情，乃愈觉真切可味。

全诗以"秋"字为脉络线索，诗中却不提"秋"字，但着"野旷"与"江清"，则秋色自然呈现。黄永武先生以为，"第一句是秋江，第二句为秋思，第三句是秋野，第四句是秋波，秋字贯穿了全首"。同时，诗眼"天""月"用实字，不仅处处写景，而且句句写情，而"舟""烟""暮""愁"之排列，有苍茫无际之感。另外，"客愁新"的"新"字，在形容词外兼含动词的意味，加强了愁的力量。就音律来说，首句作"平平仄平仄"，三四平仄互换，本句自救，仍合律。

宋严羽《沧浪诗话》称："孟浩然之诗，讽味之久，有金石宫商之声。"
诚然。

（张高评）

韦应物

秋夜寄丘员外①（234）

怀君属秋夜②，散步咏凉天。

空山松子落，幽人应未眠③。〔平声先韵〕

韦应物的五绝十分清幽萧散、高雅闲澹，与王维、孟浩然、柳宗元诗为一
体，白居易、苏东坡皆倾服之，堪与三家雁行而无愧。不过，韦诗的奇妙全在
淡处，难以形迹相求。

本诗表现秋夜怀人之情，写得澄澹高妙，幽微非常。施补华《岘佣说诗》
称："韦公怀君属秋夜一首，清幽不减摩诘，皆五绝之正法眼藏也。"意思是
说，韦应物这首诗的清幽澄澹，是五绝中的正统，这评价是相当高的。

一、二两句写自己，三、四两句写员外；写自己用实笔，写员外用虚笔。
秋天是一个怀人的季节，更何况时逢秋夜这般清凉的景象，更加使人念旧怀远
了。秋夜怀君，令人思绪起伏，不能自已，于是不由自主地徘徊室内，踱出户

---

① 丘员外——即丘二十二，名丹，丘为之弟，嘉兴人，曾官仓部员外郎。

② 属——音zhǔ，恰逢之意。

③ 幽人——指隐士。

外，在天阶夜色凉如水的时空中，一边散步，一边吟咏，以排遣怀人的愁闷。设身处地，将心比心，于是联想到这时空旷寂寥的秋山中，松果纷纷坠落，幽居的丘员外面对此情此景，应该也还未入眠吧。黄永武先生说："听到落声而不眠，明明是自己不眠，不写自己不眠，反写友人不眠；我为友人不眠，友人也一定为我不眠，便写得更深了一层。"这指点是十分真切的。借着感情的外射来侧写怀人的思绪，用笔十分深刻。

一、二句所写是当下的时空，三、四句所写时间不变，而空间则由眼前推展到空山，可见思维的驰骋，也可见怀人的旨趣。三、四两句写得"窅然以来，萧然以远"，遥想故人情景，自在笔墨之外。全诗连贯一气，颇见承接之美。"空山松子落"写秋，妙在以具象语写"空""松子落"，点明"秋"字，便与第一句不重复。第四句之"未眠"，其实就是第二句的"散步咏凉天"，写两情相怀，灵犀相通，便见友谊的真挚流露。

前二句凉天散步，具体写出秋夜怀君的神理来；后二句空山、松子，与幽人的身份相谐和，强化了怀人的气氛。前二句句法为二一二，后两句句法转换成二二一，化平板为流动，诗句便有了变化之美。

（张高评）

李　白

怨　情（235）

美人卷珠帘，深坐颦蛾眉①。

---

① 深坐句——深坐，犹言久坐。颦蛾眉，皱眉不悦貌。

但见泪痕湿，不知心恨谁。〔平声支韵〕

黄永武先生对本诗有生动的分析：

一首好诗首先要求在立意方面有新颖独至的特性，譬如李白这首《怨情》诗，就有这种优点。我在《中国诗学·设计篇》"时间的速率"一节中，指出"深坐"二字使律动缓慢下来，"颦蛾眉""泪痕湿"都用静态的画面、缓慢的速率、单一的场景、静止的视点，使人觉得冗长而难过。若将"但见泪痕湿"改为"眼泪纷纷下"，则时间的速率全异，那无声无息的沉寂气氛全给破坏了。这只是从时间的设计方面说的，若进一步去研究本诗的造意，在表现的技巧方面，这美人的心意，让美人自己来表演，而不是由诗人去替她叙述，只见美人站起来卷珠帘很美，深坐着怨望也美，动也美，静也美。美人应该是乐的时候美，笑的时候美，爱的时候美，但本诗却偏写她颦的时候美，哭的时候美，恨的时候美。这美人处处美，时时美，乐时笑时爱时的美还用得着说吗？这诗的立意似乎都从反面着笔，从颦恨流泪的表情去显示她的美，从颦恨无语的心意去显示她的爱，字面上恨得深，骨子里正是爱得深。卷起珠帘来远望，却望来了两颊的泪痕，使这个单一的场景中表现出如此丰富的愁绪。（《中国诗学·思想篇·谈诗的完全鉴赏》）

全诗写怨情，无一字之怨言，而幽怨之意隐然充满于无字句处。怨而不怒，婉而成章，颇得风人之旨。首句"卷珠帘"写望，次句写望穿秋水，而伊人不来的失望神理，美人之愁容仿佛可见。由颦蛾眉之愁容，再加上深坐时间上的渐长渐久，遂引发出第三句之"泪痕湿"。这泪痕湿有如江河的溃决，其来有自，而一发便不可收拾。末句故说不知，引人冥想，而云"心恨"，微着一丝痕迹，稍嫌直露。然与曹植诗"心中念故人，泪堕不能止"相较，仍觉思致工婉。同一写泪，本诗与王维"看花满眼泪，不共楚王言"，张祜"一声何满子，双泪落君前"，李峤"山川满目泪沾衣"，鱼玄机"殷勤不得语，红泪一双流"等诗，皆有异曲同工之妙。

太白五绝，平韵律体兼仄韵古体，景少而情多。本诗就是一首古绝，首句孤雁入群，与次句平仄均不合律。三句痕字孤平，故以泪字仄声救转，四句"心"字亦用平声相救。

（张高评）

杜 甫

八阵图①（236）

功盖三分国，名成八阵图②。
江流石不转③，遗恨失吞吴④。〔平声虞韵〕

---

① 八阵图故址在夔州西南永安宫前平沙上，即今重庆奉节县南，系汉诸葛亮推演兵法所遗。孔明所布八阵四处皆在蜀中，以夔州为最著名。

② 八阵图——按《东坡志林》："诸葛造八阵图于鱼复（汉县名）平沙之上，垒石为八行，相去二丈。自山上俯视百余丈，凡八行，为六十四蕝（音撮，聚也），蕝正圜，不见凹凸处，如日中盖影。及就视，皆卵石，漫漫不可辨，甚可怪也。"旧注："阵势八：天、地、风、云、飞龙、翔鸟、虎翼、蛇盘。"又《荆州图副》云："永安宫南一里渚下平碛上，周回四百十八丈，中有诸葛孔明八阵图，聚细石为之，各高五尺，广十围，历然棋布，纵横相当，中间相去九尺。正中开南北巷，悉广五尺，凡六十四聚。或为人散乱，及为夏水所没，冬水退后，依然如故。"

③ 江流句——刘禹锡《嘉话录》："八阵图聚石分布，宛然犹存，峡水大时，三蜀雪消之际，水落平川，万物皆失故态，诸葛小石行列依然，如是者近六百年，迄今不动。"

④ 遗恨句——《东坡志林》："尝梦子美谓仆，世人多误会吾《八阵图》诗，以为先主武侯欲与关公报仇，故恨不能灭吴，吾意本谓吴蜀唇齿之国，不当相图。晋之能取蜀者，以蜀有吞吴之志，以此为恨耳。"意谓孔明不能阻止先主征吴之师，致兵败秭归，引为生平遗恨耳。

黄永武先生曾说：

前人欣赏批评本诗，大都集中在"失吞吴"三字的解释。到了吴瞻泰，则以为"江流石不转"五字才是一篇的主意。浦起龙更进一步，以为"石不转"三字是全诗的焦点，并说："此石不为江水所转，天若欲为千载留遗此恨迹耳。"（《读杜心解》卷六）吴浦二氏都能精确地拈出全诗的重心，全诗确是以至今顽强不转的垒石，在几百年缓慢的流水中，显示其遗恨。由于场景不换，视点不移，结局无解，静静地表现出缓慢镜头的气氛。陈世骧氏以为，这石头就是恨的化身，全诗达到了不要动作、不要叙述的地步，却给我们一个庄严的"静态的悲剧"经验。（参见《陈世骧文存》）陈氏的说法很精辟，吾人需要补充的一点，就是说这种悲剧性正与时间的缓慢相辅相成，而首句中"功""盖""国"三个浊重滞涩的牙音字，也有助于缓慢沉重气氛的形成。（《中国诗学·设计篇·诗的时空设计之三——时间的速率》）

杜诗中五绝甚少，纵然有也无多趣味，唯这首《八阵图》诗例外，堪称传诵的杰作。一、二两句虚写，三、四两句实写。第一句写其功，次句写其名，都是从过去的时空上着眼歌颂。第三句落实到当下的时空中，末句又将时空推回到三国，今昔之感、叹惋之意，溢于言表。同时，本诗"图""吴"为平声虞韵，鱼虞模韵的字，朗读起来多有悲伤呜咽的情调，正吻合本诗咏史吊古的主题。

仇兆鳌注杜诗时，本诗已有四种说法，旧说以不能吞吴为恨，苏轼以刘备吞吴失计为恨，朱鹤龄等以亮不能谏止刘备吞吴而自以为恨，刘逴以刘备不能用此阵法而吞吴失师为恨，浦起龙则以有此阵图而不能吞吴取胜为恨。依史实及诗意，当以苏轼及朱鹤龄之说为长，谓八阵图垒石所以历数百年江水冲击而不转者，似乎在为孔明留此千古遗恨，遗憾当年吞吴的失策。读罢本诗，再读杜甫所写的《武侯庙》《蜀相》《古柏行》《诸葛庙》《夔州歌十绝句》之九、《咏怀古迹五首》之五等诗，可见诸葛精神炳然千古，怀有"致君尧舜上，再使风俗淳"襟抱的杜甫，是如何将自己的抱负投射在诸葛亮身上啊！

（张高评）

王之涣（公元六八八——七四二年）

并州人，字季凌，生于武后垂拱四年，卒于天宝元年，春秋五十五岁。之涣慷慨有大略，倜傥有异才，任冀州衡水主簿时，会遭诬人陷害，乃拂衣去官，在家隐居十五年，后补文安县尉，时与王昌龄、崔国辅等唱和。墓志铭说他"尝或歌从军，吟出塞，曒兮极关山明月之思，萧兮得易水寒风之声"。每一诗出，辄传手乐章，布在人口。《全唐诗》存其诗只六首。

登鹳雀楼① (237)

白日依山尽，黄河入海流。
欲穷千里目，更上一层楼。〔平声尤韵〕

全诗用烘托映衬之法写鹳雀楼之高，也写出了宇宙之无限，读之令人有雄浑浩茫的气概。虽然四句全对，然不觉其排偶，这是由于本诗气骨高伟、灏气流走之故。

通首分作两层写：前两句实写山河胜概，雄伟阔远，先切定鹳雀楼之境界，有咫尺万里之势。用的是极概括的手法，鲜明而突出地刻画了大自然的壮丽景色。后两句虚描登楼，不言楼高如之何，而楼之高已极尽形容。且于客观写景之外，融入了诗人昂扬向上的激情和热力，启迪后人，作为追求崇高的精神世界的象征。诵读此诗，可使胸襟开阔，眼光远大。

沈括《梦溪笔谈》称："河中府鹳雀楼三层，前瞻中条，下瞰大河。唐人

---

① 鹳雀楼——楼故址在今山西蒲县西南城上，因常有鹳雀栖止其上，故名。楼高三层，唐代为登临胜地，后为河流冲没。

留诗者甚多，唯李益、王之涣、畅诸三篇能状其景。"俞陛云《诗境浅说续篇》曾比较王畅二诗谓："畅诸亦有《登鹳雀楼》五言诗云：'迥临飞鸟上，高出世尘间。天势围平野，河流入断山。'二诗功力悉敌，但王诗赋实境在前二句，虚写在后二句，畅诗先虚写而后实赋，诗格异而诗意则同。以赋景论，畅之平野断山二句较王诗为工细；论虚写则同咏楼之高迥，而王诗更上一层楼尤有余味。"赏析精到，颇有可取。但畅诸之诗四句纯粹写景，无以见诗人的精神和面貌，虽好也只不过是片段的画面罢了，岂可与王之涣此诗相颉颃？

黄永武先生特别欣赏"黄河入海流"之句谓：

试看"黄河流入海"是很平顺的语句，被王之涣写成"黄河入海流"，词序颠倒以后，在文字的肌理中，便涌生出一股力量来。固然写成"黄河入海流"以后，读起来"黄河、入海、流——"，流字可以比其他字的声音长一倍，这个动词居于句末，由于有了充分的空间时间以蓄满冲力，得以在句中扮演一个特出的角色，用平声宏亮的延长的声势，将黄河巨浪展延前进的力量模拟出来。(《中国诗学·设计篇·谈诗的强度》)

黄先生的欣赏，别从字句的倒装以及声调的延展上去立论，可说是一个富于启示的欣赏方向。同时黄先生又说："这四句诗两两相对仗，机械的对仗并不曾减弱诗句的笔力，而把'楼'字放在最后，用以切准诗题的'楼'字，这种安排是将天地之广大凝聚到楼上来，后来柳宗元诗末用'江雪'将千山万径的广大凝聚到江雪中来，就是学这种技巧。同时，山高海旷，景色早已不凡，而还在希望作自我突破的努力，要求'更上一层楼'。语意中就可以引申到各方面去，就像人生即使已有成就，还须再作努力，以求成就得更大，这种引申设想，就是诗人所希望达到的小中见大、浅中见深的境界。"又从凝聚和境界两方面鉴赏本诗，都很有参考价值。

（张高评）

李　端（约公元七八五年前后在世）

字正己，赵郡人。少时居庐山，依皎然读书，境况清虚，酷慕禅侣。大历五年（公元七七〇年）进士，未几，官至杭州司马。唯心厌牒诉，乃移家来隐衡山，号"衡岳幽人"。其初至长安，诗名大振，时公子郭暧尚升平公主，延纳俊士，端在馆中，酒酣赋诗，顷刻即就。故为大历十才子之一，以诗才敏捷著称。

听　筝①（238）

鸣筝金粟柱②，素手玉房前③。
欲得周郎顾，时时误拂弦④。〔平声先韵〕

黄先生欣赏本诗，专从音响的角度去析论，他说：

题目是"听筝"，上两句写筝，下两句写听。"听筝"之类的诗，习惯上都是写好听，但本诗却从偶尔不好听的角度去写，而这"不好听"反而极有韵味，所谓"小瑕小疵，反见大美"，正是本诗构思上的灵妙处。更传神的地方是，本诗二十个字，仔细分析起来，其中有极多叠韵的字，同时还有不少双声的字，句子本身就充满着音乐性。除韵脚"前""弦"二字押先韵外，像"鸣""筝"二字虽分属庚耕二韵，但在唐代是同用的，也是叠韵字。

------

① 筝——如琴，古十二弦，后为十三弦。
② 金粟柱——柱所以系弦，金粟是柱的装饰。
③ 玉房——系筝上安枕之处。
④ 欲得二句——吴周瑜字公瑾，二十四岁时授建威中郎将，吴中皆呼为"周郎"。精通音乐，如有误，瑜必知之，知之必顾。时人谣曰："曲有误，周郎顾。"

"玉""欲"二字同属入声烛韵，"房""郎"二字同属唐韵，"顾""误""素"三字同属去声暮韵，"时时"两个叠字，既双声又叠韵，计有十三个字牵连叠韵。又"粟""素"二字为心纽双声，"手""周"二字一为审纽，一为照纽，是同类双声，连"时时"共有六个字双声，所以本诗不仅在开端处用"鸣""筝""金"三字拨动了筝响，录下了筝声，而这些双声叠韵字遥隔呼应，成为和声，使整首诗竟像一条协奏的曲谱，充盈着音响的美。(《中国诗学·设计篇·谈诗的音响》)

可谓发前人之所未发，是一条别开生面，值得尝试的欣赏途径。

李端的绝句婉丽细腻，工于言情。如本诗描绘女子邀宠之情，筝柱以金粟饰之，以纤纤素手拨弄玉房前，明写弹筝者为一女子。这素手拂弄筝弦，来往穿梭于金粟柱玉房之上，颜色的对比与谐和强化了弹筝的情趣。三、四两句写这位女子希宠取怜的心态，煞是天真可爱，故意误拂筝弦，以期知音之一顾，好像顽皮的小孩，为了博得大人的注意，故意违拗犯错一样，可以想见这位女子的活泼与精灵。这种"因病致妍"的心态，经第三、四句委婉曲折地道出，遂有神味渊永、情韵不匮之美。

（张高评）

王 建（约公元七五一——八三五年）

字仲初，颍川人，大历十年（公元七七五年）进士，为陕州司马，后又从军塞上，退居咸阳原。有《王司马集》。宫词百首，思远格幽，言唐禁中事，皆史传小说所不载。以诗纪事，为其创格。

新嫁娘词（239）

三日入厨下，洗手作羹汤^①。
未谙姑食性^②，先遣小姑尝。〔平声阳韵〕

王建的绝句轻灵婉约，饶有韵致，委曲深挚，别有顿挫，如这首《新嫁娘》诗，就有这种风格。

这首诗的结构是四句一意贯联的，其中意连句圆，一句一接，未尝间断，婉曲回环，篇法圆紧，句句皆自肺腑中流出，无牵强斧凿之痕。前人十分欣赏这种承接之美，明李东阳《怀麓堂诗话》说："昔人以打起黄莺儿、三日入厨下为作诗之法。"这话未免推许过分，因为诗的形式尽可变化不同，如果执一废百，也就成了刻舟求剑、胶柱鼓瑟了，不过可作为初学入门之一法罢了。

本诗除了承接之美值得规法外，"化土俗成雅致，表现题目中的新字，极为传神"（黄永武先生语），也值得欣赏。王建的诗风接近自然，故诗句多俚俗，然款情熟语，"诗至真处，一字不可移易"（沈德潜《唐诗别裁》）。读过这首诗，我们仿佛看到一位灵慧敬谨的新嫁娘，巧妙地在"入境问俗"的景况。新娘刚过门，与婆婆不熟，却与小姑易亲，所以转而向小姑请教婆婆的口味。作者为了表现新嫁娘的心态，在取材方面以作羹汤为抽样，选材精简而实际，又有讽喻的效果，以之言新入仕途可，以之言初出茅庐，刚入社会，亦无不可，增广了诗的理解性。

首句"厨"字孤平，次句失对不救，是为古绝。这首诗在声调方面可谓古朴自然，翁方纲曾说："张王已不规规于格律声音之似古矣。"（《石洲诗话》卷二）这批评是很中肯綮的。

---

① 三日两句——古时风俗，新妇婚后三日，须下厨作羹汤以奉翁姑。
② 未谙句——谙，音 ān，熟悉的意思。姑，今称婆婆。

王建与张籍的诗在作风上有许多相似处，明陆时雍《诗镜总论》曾说："张籍、王建，诗有三病，言之尽也，意之丑也，韵之庳也；言穷则尽，意亵则丑，韵软则庳。"又说："人情物态不可言者最多，必尽言之，则俚矣。知能言之为佳，而不知不言之为妙，此张籍、王建所以病也。"这两段话大致是指王建的宫词而言的，虽有几分至理，但也未免抹杀太过。

（张高评）

权德舆（公元七五八——八一八年）

字载之，天水略阳人。德宗时召为太常博士，宪宗朝官至兵部、吏部侍郎，复拜礼部尚书同平章事。德舆善辩论，开陈古今，觉悟人主，为辅相尚宽，不甚察察。诗工古调，乐府极多。严羽曾说："权德舆之诗，或有绝似盛唐者，或有似韦苏州、刘随州处。"而其实不及韦、刘。为人蕴藉风流，自然可慕。卒谥文。有《权文公集》。

玉台体[①]（240）

昨夜裙带解[②]，今朝蟢子飞[③]。

---

① 严羽《沧浪诗话》："玉台体，《玉台集》乃徐陵所序，汉魏六朝之诗皆有之，或者但谓纤艳者玉台体，其实则不然。"按《玉台集》系陈徐陵所选梁以前之诗，十卷，又名"玉台新咏"，其中所选大多是艳体诗。

② 昨夜句——妇女裙带自解，或系当时相传为夫妇好合之预兆。

③ 蟢子——似蜘蛛，即蟏蛸。刘勰《新论》："今野人昼见蟢子者，以为有喜乐之瑞。"按今乡村间亦有此种迷信，因蟢喜同音。

铅华不可弃^①，莫是藁砧归^②？〔平声微韵〕

前人的鉴赏，大部分在注释何谓"玉台体"，或者特别讨论"藁砧"何以是"夫婿"的转折隐语，都着重于字义解释的层次，能够联想到"女为悦己者容"，或者批评它"俗不伤雅"的，涉及内容风格的批评，已经是难能可贵了。

事实上，本诗还可以从许多角度加以分析，譬如每一句的动词位置就很特别，都安排在句末第五字，幸好第三句没有写成"勿将铅华弃"（姑不论其平仄），否则四句诗的句型完全类似，虚字实字安排的位置过分一致，声调节奏便呆滞重复。"复调"原是诗中的毛病，但本诗一、二、四句的复调，反使本诗表现出古拙的民谣风味。

再就本诗所写时间的顺序来看，完全是直线叙下的，先说过去的"昨夜"，再说眼前的"今朝"，再推想到预测中的未来。直线式的时间行进，表达出简单淳朴的意味。诗中所说过去与现在是实有的事，已经发生，未来的推测是虚叙的事，可能发生。结尾只作一个疑问，这个问号不曾因获得解答而消失，反使不竭的余情在空际回荡。

同时也可从本诗窥见唐代妇人的心理。妇人没有交游，唯以丈夫为生活的中心，丈夫不在时，由于航邮口讯的不便，妇人们直觉地重视"裙带解""蟢子飞"等等喜乐的瑞兆。与其批评那是一种迷信，还不如说是一种无可奈何的心理慰藉法。妇人能以毫不掩饰的口吻说出"裙带解""蟢子飞"，这种突然降临的欢乐预感，使她望夫的眼神充满了闪烁的光彩。也正因用的是率真的表现

---

① 铅华——就是铅粉，用以涂面化妆。

② 藁砧——古时妇称其夫之辞。藁，席也，砧，捣衣石也。因砧通碪，为捣衣石，铁制则为"碪"，都是敲击或斩割时下面所垫的器具。斩藁时垫的器具叫"铁"（音 fū，就是碪），铁夫音同，所以称丈夫为藁砧，系古时一种转折的隐语。徐陵《玉台新咏》中有"藁砧今何在，山上复有山（隐"出"字）。何当大刀头（刀头有环，隐"还"意），破镜飞上天（圆镜如月，破则分半，隐"半月"）的古绝句，直捷是说，就是丈夫出去，半月还家的意思。

法，加浓了"古调"的韵味。

再从平仄格律上讲，第一句的第四字拗成仄声，按例必须以第二句第三字改为平声来救转，但本诗"螗"字却是上声，这种例子极特殊，梅尧臣的《夏日晚霁与崔子登周襄故城》诗"雨脚收不尽，斜阳半古城"，也许是学这诗的格律。这种特殊的格律，使节奏间特别明显地流露出脱胎于古诗的痕迹，也加深本诗古风式的印象。

若再从本诗作者的性向去认识作品，史书上记载权德舆虽官至辅相，但是他"动止无外饰"（见《唐才子传》卷五），这种自然潇洒的风格，表现在本诗里，自然没有一丝矫情作态的习气。

（黄永武）

柳宗元

江 雪（241）

千山鸟飞绝，万径人踪灭①。
孤舟蓑笠翁②，独钓寒江雪③。〔入声屑韵〕

全诗的结构，上二句就题目的"雪"字写，下二句就题目的"江"字写，结尾"江雪"二字合笔束题，总收全诗。

---

① 千山二句——前二句鸟绝人灭，指雪天酷寒，一片死寂。
② 蓑笠——蓑衣，为棕制或蓑草编成之雨衣。笠，为笠帽。
③ 江雪——诗题即取诗末二字。

首二句写得十分奇险，"千山鸟飞绝"是从上空写，"万径人踪灭"是从地下写，但都暗藏着"雪"字，章燮谓首句是"咏山暗雪字"，次句是"咏郊原暗雪字"，因为大雪霏霏，所以飞鸟绝迹，更见不到人踪，这两句已把一幅雪景画得广袤千里了。

　　首二句几乎是略无生气，一片银白，末二句才把生物点缀出来：第三句写渔翁，第四句写独钓，虽是静寂不动，但在冰酷严寒、绝无生气的环境里，已绽出了多少的悠闲与诗意。所以范晞文曾说："唐人五言四句，除柳子厚钓雪一诗之外，极少佳者。"（见《对床夜话》卷四）几乎把柳氏这二十个字，作为唐人五言绝句的压卷诗了。

　　此外，这首诗还有一个特点，就是在处理空间的变化上很特别，张梦机曾剖析道："千山万径，气象阔大，孤舟渔翁，垂纶江雪，画面逐渐收缩。"（见《近体诗发凡》）我们看全诗的画面，由空廓的千山而转入地面的万径，由纵横的万径而转入一叶孤舟，由孤舟又缩小到蓑笠翁的身上，由蓑笠翁而缩小到一根钓竿上。空间不断地缩小，事物不断地放大，镜头不断地拉近来，把整个冰天雪地里的意趣浓缩至一根钓竿的尖端，特写这一根钓纶垂在江雪中，而诗意也集中到结尾的"江雪"二字来，紧切着题目，如何不教人喝彩？

　　末尾二句，苏东坡曾取来和郑谷诗"江上晚来堪画处，渔人披得一蓑归"相比较，苏氏以为郑诗只是"村学中语"，而柳诗乃是"殆天所赋，不可及"，其间高下，在"人性有隔"（见《书郑谷诗》）。苏氏的抑扬褒贬，相信是略为过分了些。而蒋之翘则以为，"此诗特落句五字写得悠然，故小有致耳"，认为这诗的好处，只在结尾五字小有情致而已，更认为千山万径两句，杂入"村学诗"中也不能辨别（见《柳河东集辑注》），则又未曾能领略全诗的妙谛。

　　前人对于这首诗有所批评的还有许多家，如钱振璜《诗话》云："上两句措笔太重则有之，下二句天生清峭。"钱氏不否认上二句措笔过重，与下二句清峭不调和，故亦主张全诗好在下二句。而蘅塘退士却说："二十字可作二十层，却是一片，故奇。"退士评这诗，已能欣赏出全首的精神，虽是一句说山，一句说径，一句说舟，一句说雪，而它的境界正像一个倒置的三角形，从千山万径会聚到钓纶边的雪花上来，构思是连贯一气，很奇妙的。

不过，胡应麟曾站在全诗的神韵方面来批评，他又有另一种看法，他说："千山鸟飞绝二十字，骨力豪上，句格天成，然律之以辋川诸作，便觉大闹。"我们试以王维或孟浩然的作品来和这诗比较，的确会觉得柳诗"发纤秾于简古"的效果与王、孟不同。

再则本诗的音响之中，蕴含着无限的奥秘，试举四首押平、上、去、入不同韵脚的诗，细心倾听韵脚的感情，才能深察妙谛。如李白的《静夜思》，用平声光、霜、乡为韵脚，有激动昂起的感觉，描写失眠的情状很谐合。孟浩然的《春晓》，用上声晓、鸟、少为韵脚，有和软舒徐的感觉，描写春眠的情状很谐合。贾岛的《寻隐者不遇》，用去声去、处为韵脚，有轻飘清远的感觉，描写隐者飘忽的行踪很谐合。柳宗元的《江雪》诗，用绝、灭、雪为韵脚，有无声寂灭的感觉，描写雪景寒寂的情景很谐合。

（黄永武）

元　稹

行　宫^①（242）

寥落古行宫，宫花寂寞红。
白头宫女在^②，闲坐说玄宗。〔平声东韵〕

---

① 行宫——天子京城以外的巡幸处。《吴都赋》李善注："天子行所立名曰行宫。"

② 白头宫女——与白居易《上阳白发人》同，上阳宫女或即此白头宫女。上阳宫在洛阳，为离宫，故曰行宫。

这首诗的前三句都是谈眼前的景物，行宫寥落，宫花寂寞，宫女头白，这些光景，分明是没有未来、没有前途了，有的只是过去。回忆中的过去却是多彩多姿，行宫是华丽的宫，花是璀璨的，宫女是美貌的，风流英俊的君王有着说不完的动听故事。然而这些景物故事，都被压缩在"闲坐说玄宗"的现前片刻里。潘德舆说："寂寞古行宫二十字足赅《连昌宫词》六百余字，尤为妙境。"（《养一斋诗话》）认为这二十字等于六百字长诗的浓缩；瞿佑说："乐天《长恨歌》凡一百二十句，读者不觉其长，元微之《行宫》诗才四句，读者不觉其短，文章之妙也。"（《归田诗话》）认为这二十字可与八百四十字的《长恨歌》相抗衡。而胡应麟亦曾说："寥落古行宫一首，语意妙绝，合（王）建七言诗百首，不易此二十字也。"（《诗薮》）认为这二十字可以胜过王建的一百首宫词二千八百个字。诸家的批评，都以为这二十个字里压缩着千言万语，有说不完的宫中生活情状。

这首诗还有一个特点，就是在二十字中，"宫"字重复出现了三次。章燮说："只二十字，叠用三宫字，总由用意各别，所以不见雷同，更且信口拈来，一气趋下，令人不觉也。"（《唐诗三百首注疏》）所以能产生一气趋下的效果，第一句末与第二句首，用"宫"字顶真，可促使语调转快，是原因之一。再则"行宫""宫花""宫女""玄宗"，字里行间，只听到宫这宫那、宫长宫短，将深宫的景物人事写得面面俱到，而这样广大悠久、历尽沧桑的时空变迁，被压缩在短短的二十字内，自然极具强度，致使一气趋下，不觉得重复三个"宫"字有什么不妥了。（《中国诗学·设计篇·诗的时空设计之五——时间的压缩》）

以上两段是黄永武先生对本诗的欣赏。全诗以红花白头相映衬，寥落、寂寞、闲坐相烘托，于是感伤的情境与哀情的气氛洋溢诗中，盛衰之理，沧桑之感，引发读者共鸣，令人感同身受，这要拜作者设计巧妙之赐。尤其后两句，但说玄宗，不评骘玄宗短长，有极大的概括性，更富于蕴藉含蓄之美，无怪乎潘德舆、瞿佑、胡应麟等诗评家对本诗要赞不绝口了。

（张高评）

白居易

问刘十九[①]（243）

绿蚁新醅酒[②]，红泥小火炉。
晚来天欲雪，能饮一杯无[③]？〔平声虞韵〕

对于本诗，黄永武先生曾有两段分析，一段是：

诗与禅都重视寻常自然，日常生活即是禅，寻常口语即是诗。"自然"是一切道的极致，所以马祖说"平常心是道"，诗文艺术也不例外。寻常口语，也往往成为诗家绝妙之辞，如白居易《问刘十九》诗："绿蚁新醅酒，红泥小火炉。晚来天欲雪，能饮一杯无？"像"绿蚁酒""小火炉"这样的土语又加上"红泥"，全是里巷中村人的话，但用在这里一点也不俗。"能饮一杯无"五字，在今天读来好像文绉绉的，其实就唐人说来，也是纯然的口语诗。短短的四句诗，由于火炉反衬托出周遭的寒冷，由于邀友反衬托出自身的落寞，这酒的绿与炉的红，在一片雪白的景物里，显得何等凸出与亲切。（《中国诗学·思想篇·诗与禅的异同》）

另一段是：

本诗一开始就用了一红一绿两种"乡气"的颜色，又将浮在未经滤制的浊酒上面的汛齐，照土话叫它作"绿蚂蚁"。"小火炉"已经够土够俗了，更直呼作"红泥小火炉"，简直是村汉的口吻。在今天，"红泥小火炉"好像是颇雅的

---

① 刘十九——十九为唐人之大排行。作者另有《刘十九同宿》诗，系指嵩阳刘处士。
② 绿蚁——指新酿之酒，上面浮起的糟粕如蚂蚁，亦可借用作酒的名称。
③ 无——犹"否"。

诗料，须知在唐代读来，和今天读"煤气炉""电饭锅"一样。也许千百年后的人，读"煤气炉""电饭锅"等词汇，也会发思古之幽情，但在唐时读"红泥小火炉"，是极不风雅的。然而诗人意兴所至，闲淡可以化为浓郁，凡俗可以化为雅致，章燮说："用土语不见俗，乃是点铁成金手法。"将本诗的风格评价得极高。(《中国诗学·鉴赏篇·作品的诗境》)

语云："信手拈来，都成妙谛。"白居易能从朴素的生活中觅取闲适的诗情，自是常人所不及的。这首诗所浮现于读者面前的，是善于借重各种感官的意象，使得意象更加鲜明逼真。首先映入眼帘的，是绿酒、红泥、晚天颜色间的对比；其次则诉诸触觉，火炉，天欲雪，冷暖之间也成了对比；再其次则是新醅酒的芬芳，这是诉诸嗅觉的。这些形象性的语言，每每令人有立体的实临感受，这样的意象浮现设计是相当成功的。

（张高评）

张　祜（公元? ——八三五年前后）

字承吉，清河人。颇有才思而不工应试文，长庆中，令狐楚曾荐于朝，为元稹所抑，谓为雕虫小技，不宜奖激。遂隐丹阳曲阿地，以处士终身，有集。诗中多山水，亦多宫词，而以七绝最佳。所为绝句清华明艳，情致婉约，清翁方纲称其"每如鲜葩飔沶，焰水泊浮"。

宫词（244）

故国三千里，深宫二十年。

一声何满子 ①，双泪落君前。〔平声先韵〕

"故国三千里"是写离乡空间的复远，"深宫二十年"是写入宫时间的久长，就在这广大悠久的时空中，唤起了深宫的寂寞，乡愁的浓重，以及青春将逝、宠信不至的怨恨，凡此种种都淋漓于笔墨间。结尾将两滴泪珠作最大特写，随着一声宛畅的舞曲滚落下来。这泪珠中，有三千里归路渺茫和二十年深宫的愠怨。(《中国诗学·设计篇·诗的时空设计》)

上两句写得又大又重，下两句写得又小又轻。从文句上看，下二句的意思好像和上二句不连接，而意义却又上下贯注的。故国三千里，有多少悬隔于空间的怀念；深宫二十年，有多少积累于时间的怨恨。这些怀念和怨恨，浓凝在君前的一长串清泪，泪光中叠折着无数时空的缩影。这种若断而实接的笔法，给人一种猛然收截的感觉。这种间断的结构以断为美，与直联的结构以联为美不同。(《中国诗学·鉴赏篇·作品的诗境》)

一首好诗，往往是结构严密而不松散的，行气的扭紧，句字的呼应，使其表现出坚韧的张力。这首诗，乍看好像组织松散而并不是句句关通的，其实本诗通首用数字为脉络，用三千、二十、一声、双泪，使不同的时空声情，有了辞汇上的统一与调和。读诵起来，由于"故国三千里，深宫二十年"的长期压抑，遇到"一声何满子"的触发，造成"双泪落君前"的结果。全诗的因果起结很完整，并不是断断续续被间隔了的。你再听那字里行间，"……三……二……一……"像今天倒数读秒一样紧迫而来，禁不住双泪奔进而出，顾不得在谁的面前失态了。这一双泪珠，收结了三千里的渺茫与二十年的愠怨，所以诗的结尾给泪珠以最大的特写，让它占满了整个诗的画面。(《中国诗学·思想篇·谈诗的完全鉴赏》)

以上三段，都是黄永武先生在《中国诗学》三书中对本诗所作的分析，见

---

① 何满子——《乐府诗集》："唐白居易曰，何满子，开元中沧洲歌者，临刑进此曲以赎死，竟不得免。"后人即就何满子之曲名何满子。《杜阳杂编》曰："文宗时，宫人沈阿翘为帝舞《何满子》，调辞风态，率皆宛畅。"则何满子大概又是舞曲。

解非常新颖。

宋代葛立方《韵语阳秋》称张祜宫词深得诸家推许："杜牧之赏之，作诗云：'可怜故国三千里，虚唱歌词满六宫。'郑谷诗亦云：'张生故国三千里，知者惟应杜紫微。'诸贤品题如是，祜之诗名安得不重乎？"其实，张祜的绝句清华明艳，情致婉约，翁方纲《石洲诗话》称其"每如鲜葩飐滟，焰水泊浮"，可见不只是这首宫词出色而已。本诗闲闲传出积恨，不着一句议论，与"白头宫女在，闲坐说玄宗"同一机轴，皆有含蓄不尽之美。

清管世铭《读雪山房唐诗钞》凡例谓："张祜喜咏天宝遗事，合者亦自婉约可思。"本诗就是一个好例子。

（张高评）

李商隐

登乐游原 [①]（245）

向晚意不适，驱车登古原 [②]。
夕阳无限好，只是近黄昏。〔平声元韵〕

这首简短的诗，可供分析的方面仍很多，前人有的用旁圈密点的方式，有的用眉批夹注的方式，或是把这首好诗选出来，抄在选集里，也算是完成了他

[①] 乐游原——在陕西长安南八里。本汉宣帝乐游庙,亦名乐游苑。其地居京城最高处,汉唐时每当三月三日、九月九日,京城士女咸就此登赏祓禊,见《长安志》。
[②] 古原——即指长安郊外胜地乐游原。

个人印象式的欣赏。其中大部分只欣赏到"好景难长久"的含义方面，就搁笔不谈了。这种体认不错，但总嫌笼统，如果能分别从各种角度去透视，必然体认得更为深刻。

譬如从音响方面说，第一句连用了五个仄声字，是拗句，第二句的第三字就必须将仄声换成平声，借以救转这平仄失调的现象，本诗正用"登"字作了拗救。义山在平仄拗救方面往往寓有深意，原来拗救的秘密就在于将拗口的音响与情感作一致的呼应。"向晚意不适"连用五个仄声，五仄之中必须有入声参杂，声调才不致太低哑，这儿"不适"两个入声字用在五仄的句尾，使全句的音响逼蹙迫促，充分形容出心中怏怏不乐的压迫感。

再从时空情景方面说，诗题"登乐游原"是着眼于空间性的，但诗中用了"晚""夕阳""黄昏"等三个重复的词汇，使全诗又着重于时间性了。再看一、二两句正写情事，三、四两句却用一幅以时间画成的风景拦截了将吐未吐的情事，使这不适的情感渗透入景物里去，景物显得十分凄美。

再就全诗情景的安排来看，原是因为向晚的时分加浓了不适的情绪，所以才驱车去登古原，意欲宣泄这不适的情绪，待欣赏到古原上绝美的夕阳，原本不适的心情正要畅快些，却无奈又有了近黄昏的悲哀。斜阳的美好与黄昏的短暂起了情节上的冲突，这矛盾冲突使遣愁更愁，心境进入了愁情的高潮。从首句不适起，到结句更愁止，适巧使意义回环成一个圆。

上述这些分析，还都着重于诗的内在研究，如果从诗的外缘去研究，譬如想知道本诗所说的夕阳霞光是不是义山自伤年老之诗，那就得考证义山作本诗是几岁；想详考年月，又须将本诗作系年，并得考察乐游原的地理位置；乐游原既在长安附近，那就得考察义山几岁在长安，最后一次到长安是不是在晚年。义山登乐游原吟诗不止一次，集中所收至少有三首——春梦云云一首，冯浩以为是少年时代的作品；万树云云一首作于深秋，也不像晚年长安时所作。义山在四十七岁去世，最后一次到长安是四十五岁春天（大中十年，公元八五六年），夏秋间他便到洛阳去，唐人年过四十，往往自比"衰翁"，本诗如果能考定作于这一年，则距义山下世不过二载，自然可说诗中寓有伤老的意思。

又譬如想知道本诗是否有忧唐之衰的意思，则首须知道义山是晚唐人，义山下世距唐祚覆亡虽然尚有五十年，但是当时宣宗大中年间，镇将跋扈，节帅被逐，唐室必亡，当时已有具体的征验。前人根据这些外缘的研究，认为本诗中"迟暮之感，沉沦之痛，触绪纷来"（杨守智评语），或认为本诗"百感茫茫，一时交集，谓之怨身世可，谓之忧时事亦可"（纪昀评语），都将诗中好景难长久的意义，推深到叹老伤时的二重层次里去，使鉴赏的视界宽阔了许多。果真如此，这一首小诗里，有着作者整个心境的缩影、整个时代的缩影，像太阳透过叶丛在地上投射的每一个光影都是太阳的缩影一样。

（黄永武）

贾　岛（公元七七九——八四三年）

字浪仙，一作阆仙，范阳人。初为僧，名无本。韩愈奇其才，令还俗应举，不第。文宗时为长江主簿，后改普州司仓参军，卒于普州官舍。有《长江集》。岛诗清真幽细，又专务写实，不借陈言，故多取眼前景物为诗材，前人谓"郊寒岛瘦"，瘦字正为岛诗之特色。

寻隐者不遇（246）

松下问童子①，言师采药去。
只在此山中，云深不知处②。〔去声御韵〕

---

① 童子——指侍童。

② 云深句——指山云甚深，不辨行踪。处，行踪。依《全唐诗》校，本诗一作孙革《访夏尊师》诗。

本诗就时间而言，只是一问一答的俄顷，然而师父采药去是过去的事，云踪不定，何时回来乃是将来的事，把过去与未来都压缩到当前的问答中，这是时间的压缩。就空间而言，对话的地点只在一棵松树下面，然而由采药的去路引出了一座山，由一座山再引出了云雾迷漫高深莫测的无限丘壑。这样偌大的空间，全都压缩在松树下童子的指划中，容积被压缩成如此小，张力之大，可以想见。

本诗除了在时空压缩的处理上极其成功外，用意遣字方面也有独到的手法。去寻隐者，到了"松下问童子"，似乎隐者马上可以遇着，而"言师采药去"，便失望地遇不着了；到了"只在此山中"，又好像有希望遇着，而"云深不知处"，才知道是无法遇着了。这种似遇而不可遇的人，才和隐者的身份及生活情态相称。再则"松下""童子""山中""云深"等字面，用淡淡的笔，古雅的画，将山居幽邃出俗的情调，配合得很和谐。(《中国诗学·设计篇·谈诗的密度》)

这诗是用问答的形式组成，问句先是两个人，答句已属三个人；问句在松树下，答句已在松树外，全诗是由一个明确的定点推至无限的。而全诗的字面与气氛十分幽淡，加上是用清远的去声为韵脚，似遇而又不可遇，与山居隐逸的题旨是很适称的。(《中国诗学·鉴赏篇·作品的诗境》)

以上是黄永武先生对本诗的欣赏。本诗一问一答，不尚藻饰，所以读来觉得十分清纯自然。但是细究之却感到此诗四句开合，变化莫测，曲折离奇，顿挫生姿，正是"看似寻常最奇崛，成如容易却艰辛"的最佳写照。原来贾岛以苦吟著称，诗风清峭幽僻，有些诗的朴素自然，竟是深思静会、苦心孤诣得来的。他曾自道吟诗的苦况说，"两句三年得，一吟双泪流"，这种付出，令人感动。

张文潜批评贾岛的诗，说他"以刻琢穷苦之言为工"，司空图说他"附寒涩方可置才"，苏东坡更以一个"瘦"字为贾诗定评。这"瘦""穷""寒"是贾诗的特色，而不是缺点。清卢文弨就说："昔人以瘦评岛，夫瘦岂易几也？彼臃肿蹒跚者，正苦不能瘦耳。"可见这种清绝的诗风并非等闲，正可为词华句腴者之针砭。

(张高评)

李　频（约公元八六〇年前后在世）

字德新，寿昌人，大中八年（公元八五四年）进士，为秘书郎，迁建州刺史，与方干为师友。频至晚年诗作始多，诗多写山水别离，体制多与刘长卿相抗，骚严风谨，气势逼人。有《黎岳集》。唯本诗应为宋之问作。

渡汉江①（247）

岭外音书绝②，经冬复立春。
近乡情更怯③，不敢问来人。〔平声真韵〕

这首诗，《唐诗合解》以为宋之问所作，《全唐诗》也把它列在宋之问的作品中间。明唐汝询的《唐诗选》也认为是宋之问的诗，注云："此逃归时作。"考察之问生平，曾贬泷州参军事，旋逃归。《旧唐书·文苑传》说："之问配徙钦州……再被窜谪，经途江岭，所有篇咏，传布远近。"这些地缘关系，都跟本诗的"岭外"很相近。而且之问是汾州人，汉江是回乡必渡的水路，而李频为浙江人，又未尝赴岭南，所以本诗当是宋之问作品。

首句写空间，次句写时间。由于贬居岭外，道阻且长，所以家乡音书断绝了，而且这一断就是两年。如今有幸回乡，却又有了矛盾心理，离家乡愈是近，心里反而愈觉胆小害怕起来，甚至恐惧到不敢向家乡的来人询问消息了。究竟害怕些什么呢？无非是家书久绝，担心家里发生了什么意外，承受不起这个打击。三、四两句刻画迁客游子返乡的趋避冲突心理，十分细腻入微。描摹

---

① 汉江——即汉水。
② 岭外——指广东。岭指五岭。
③ 怯——畏惧。

这种正常心理，却从反面立意，造成了反常合道的艺术效果。如果回乡的不是久远不归的迁客，那心情大概是近乡情喜，频问来人了。第三句因承一、二句来，所以转结才自然不唐突，而且极有余韵。杜甫诗有"反畏消息来，寸心亦何有"，在意境上二诗同工异曲。作者那种深思妄想、忧喜交集而又若有所畏的心理，仿佛如见。

施补华《岘佣说诗》称："五绝中能言情，与岑参'马上相逢无纸笔'同妙者，本诗足以当之。"主要因为本诗写情真实自然，了无做作，才能获得如许的佳评。

（张高评）

金昌绪

余杭人。本诗一作盖嘉运《伊州歌》，然此诗为嘉运所进，编入乐府，非盖嘉运所作。

春　怨（248）

打起黄莺儿①，莫教枝上啼。
啼时惊妾梦，不得到辽西②。〔平声齐韵〕

这首诗在组织的连贯上，是第二句解释第一句，第三句解释第二句，第

---

① 黄莺——即黄鹂，春时鸣声间关。
② 辽西——《唐书·地理志》："平州北平郡有辽西戍。"辽西，辽河以西，在清代为永平府治。

四句又解释第三句，同时第四句也把全部的谜底揭开。四句的联结是很圆紧的：为什么要打？是不许它啼；为什么不许它啼？是啼了会惊醒我的梦；为什么不许把梦惊醒？是只有在梦里才可以到辽西去。为什么要到辽西去？那就是言外的意思了。就时间来说，"打起"句的时间性要比"枝上啼"来得短，"枝上啼"的时间性又比"妾梦"来得短，"妾梦"的时间性当然比"到辽西"来得短。梦里的时间是变了形的时间，到辽西的时间却可能是无限延长的。四句的时间性逐句衍长，到了末尾，隐没入无穷无尽的时空中去，所以王世贞说它"有余味"。(《中国诗学·鉴赏篇·作品的诗境之时空变化》)。

这首诗以第二句解释第一句，第三四两句又去解释第二句，使一意蝉联直下。王世贞说本诗"篇法圆紧，中间增一字不得，着一意不得"(《全唐诗说》)，谢榛也说："此一篇一意，摘一句便不成诗矣。"(《四溟诗话》)是说本诗极紧凑，全诗如七宝楼台，自成整体，不能割裂，不能摘句，使全诗成为首尾应合的有机体，四句恰好，不许再增，不许再减。它不以警句取胜，而以纯真的风韵动人。所以杨慎说："乐府有'打起黄莺儿'一首，意连句圆，未尝间断，当参此意，便有神圣工巧。"(《升庵诗话》)杨氏将此种直联式的诗推崇得很高。细究全诗句意所以能紧联不断，与两个"啼"字相顶真及全诗在时间上的密接连续也有关系。(《中国诗学·鉴赏篇·承接的美》)

以上是黄永武先生在《中国诗学》中所作的两段分析。细赏本诗，通首蝉联而下，一气呵成，诗虽四句却如同一句。而且起结斩绝，中自纡缓，无余法而有余味。结构既一气相生，音节又清脆可诵，真情则发乎天籁，可说是五绝中的逸品。马鲁《南苑一知集》析赏本诗说："望辽西，情也，欲到辽西，情紧矣。除是梦中可到辽西，又恐莺儿惊起，使梦不成，须于预先安排莫教他啼。夫梦中未必即到辽西，莺儿未必即来惊梦，无聊极思，故至若此，较思归望归者不深数层乎？"除却梦中，不能抵达辽西，则两人相见无期可知；如今黄莺惊梦，梦既不成，则连梦中晤面也不可得，这就是啼莺该打的缘故。不怨在辽西的征人不归，却怨黄莺之惊醒团栾梦，所谓"怨悱而不乱"者，本诗足可当之。前人称绝句要"婉曲回环，删芜就简，句绝而意不绝"，此诗有之。

本诗有含蓄的感情，又有独特的构想。前人要求绝句做到"含不尽之意见于言外"，"以少少许胜人多多许"，本诗在这两方面是完全成功的，难怪鲜明夺目、耐人寻味如此。

（张高评）

西鄙人

无考。

哥舒歌 ① （249）

北斗七星高 ②，哥舒夜带刀 ③。
至今窥牧马，不敢过临洮 ④。〔平声豪韵〕

这是一首民歌，用来歌颂哥舒翰对西域的功劳，作者已不可考。沈德潜《唐诗别裁》批评本诗说："与《敕勒歌》同是天籁，不可以工拙求之。"其实，本诗若就工拙验之，也是十分出色的。

---

① 《全唐诗》注："天宝中，哥舒翰为安西节度使，控地数千里，甚著威令，故西鄙人歌此。"

② 北斗七星——即北辰星，在北天排成斗形的七颗星，可供指示方位，通常用来比喻人君的权威，此则用以比哥舒的威望。

③ 哥舒——哥舒翰世居安西，为哥舒部的后裔，入唐曾为河西陇右等节度使。后以破吐蕃有功，由是知名，使吐蕃屏迹不敢近青海，积功封西平郡王。后安禄山反，降贼为司空。安庆绪败，为所杀。

④ 临洮——今甘肃临潭县。秦筑长城，西起于此。贾谊《过秦论》："乃使蒙恬北筑长城而守藩篱，却匈奴七百余里，胡人不敢南下而牧马。"

黄永武先生说:"夜带刀三字是景物情事的核心,夜字联结着上面第一句,空间的表现是由高处而往低处。刀字联结着三四两句,空间的表现是由近处推想到远处。"况且作者拿北斗七星之高来比拟哥舒翰威望之隆,奇警有致,兴中有比。其次,刻画这位有口皆碑的英雄形象,是"夜带刀",活绘出枕戈待旦的飒爽英姿来。同时,北斗七星与刀光相映带,更能浮现出卫戍的气氛。三、四两句明论其功,说哥舒翰屡次击败吐蕃的侵扰,甚著威令,吐蕃如今虽仍虎视眈眈,不忘南下牧马,侵掠中原,但懔于威势,并不敢超越临洮而寇边,这与王昌龄《出塞》诗"但使龙城飞将在,不教胡马度阴山"立意相似。寇边入侵中原,却饰辞称作"牧马",本贾谊《过秦论》"胡人不敢南下而牧马",措词很有含概性,而且意象鲜明生动。用一"窥"字,见出鬼鬼祟祟侵略行为之神理。选词用字如此,绝非率尔操觚可比。俞陛云《诗境浅说续编》欣赏此诗道:"首句排空疾下,与卢纶之月黑雁飞高皆工于发端。惟卢诗含意不尽,此诗意尽而止,各极其妙。"这是本诗的特色,不可不知。

杜甫有《投赠哥舒翰开府二十韵》诗云:"今代麒麟阁,何人第一功。君王自神武,驾驭必英雄。开府当朝杰,论兵迈古风。先锋百胜在,略地两隅空。青海无传箭,天山早挂弓。"由此可知哥舒翰一时之威望了。可惜安禄山造反时,潼关一败而降,贻羞千古。虽然,前期的功业却是不可一笔抹煞的。

(张高评)

玖 五绝乐府

九首

崔 颢

长干行四首选二 ① (250 ~ 251)

君家何处住？妾住在横塘②。

停船暂借问，或恐是同乡。〔平声阳韵〕

家临九江水③，去来九江侧。

同是长干人④，生小不相识。〔入声职韵〕

通常要使一首诗有气势、有张力，使得强度到达极点，压缩其中的时间和空间，是一种可行的方法。王夫之《姜斋诗话》对此曾有卓越的识见，他说："论画者曰，'咫尺有万里之势'，一势字宜着眼，若不论势，则缩万里于咫尺，直是《广舆记》前一天下图耳。五言绝句，以此为落想时第一义，唯盛唐人能

---

① 长干行——乐府中杂曲歌辞，一作江南曲。参阅五古乐府李白《长干行》注。

② 横塘——《六朝事迹》："吴大帝时，自江口沿淮筑堤，是谓横塘。"横塘在今江苏南京市西南，与长干相近。

③ 九江——即今江西九江市。一说泛指长江下游一段。

④ 长干——里名，在南京。

得其妙，如'君家何处住？妾住在横塘。停船暂借问，或恐是同乡'，墨气所射，四表无穷，无字处皆其意也。"写五言绝句，能把这"势"字作为"落想时第一义"，自然可臻笔外有意、弦外有音的胜境。

黄永武先生曾对王船山的见解作过诠释谓：

王氏所举崔颢的《长干行》，只须四句诗，就在一个女子与邻船陌生人问话的瞬间，已将"同是长干人，生小不相识"的漫长岁月压缩在里面；也就在两船交会的一角，已将"家临九江水，去来九江侧"的广大空间压缩在里面。多少浮江漂泊的辛酸生涯，多少欲问还告的客地情怀，都浓凝在这极质朴的问话里。试想，一个长期流落在异乡的人，偶然听到一口浓重的乡音时，必然忍不住移船借问，哪里还会受世俗男女不相通问的拘束？也就在这迫不及待、不避嫌疑的纯真问句中，将"天涯沦落人"那种五年十年、千里万里，飘泊无定而乡心未泯的真情，一齐奔迸出来。本诗言外的意思极丰，张力甚强。后人竟解作"倚船卖笑""羞涩自媒"，都是把艺术品去当春宫图看，简直是一种糟蹋。（《中国诗学·设计篇·谈诗的强度》）

长干曲为乐府杂曲歌辞，多述江南水上生活及男女情爱，颇有竹枝词水调歌之遗意。咏长干诗，自以李白与崔颢为最擅场。吴乔《围炉诗话》批评本诗说："绝无深意，而神采郁然，后人学之，即为儿童语矣。"管世铭《读雪山房唐诗钞》也说："读崔颢《长干曲》，宛如舣舟江上听儿女子问答，此谓之天籁。"所谓"神采郁然"，所谓"天籁"，正是乐府诗的本色。

清沈德潜《说诗晬语》说："五言绝句，右丞之自然，太白之高妙，苏州之古澹，并入化机，而三家中，太白近乐府，右丞苏州近古诗。他如崔颢《长干曲》，金昌绪《春怨》，王建《新嫁娘》，张祜《宫词》等篇，虽非专家，亦称绝调，后人当于此问津。"由此看来，这首《长干行》在专家的眼光中评价是相当高的，其中的白描手法与婉约情致，正是值得规法的。

（张高评）

李 白

玉阶怨①（252）

玉阶生白露，夜久侵罗袜②。
却下水精帘③，玲珑望秋月。〔入声月韵〕

黄永武先生欣赏本诗说：

　　这四句诗原是一串连续的慢动作，先是伫立痴望，因为庭阶露重，便放下了水精帘，但人儿仍在里边痴望。就空间而言，人物并不曾移动；就动作而言，首尾只是一味地痴望。但在这首幽静的诗句里，却包含了四个动词，从下面渐"生"起白露，从外面"侵"入了罗袜，从上面放"下"了水精帘，从里面"望"出去看那秋月。各种不同方向的改变，感觉上有许多层次不同的空间，像一棵四枝槎枒的树，枝条的方向不一，有助于立体空间效果的形成。尤其是一、二两句写寒露侵进来，三、四两句写痴人望出去，这种无意间内外移动的描写，表现出空间的深度。再则，由于"白露""罗袜""水精帘""秋月"都带着丝丝发亮的特质，使全诗字面的组合统一而谐和。房内玲珑的帘光，阶上晶莹的露光，天上皎洁的月光，虽然都是些半晦不明的东西，却远近有序地点出了空间的深度。（《中国诗学·设计篇·空间的深度》）

　　"玉阶怨"本乐府旧题，汉班婕妤失宠，退居长信宫，作《自悼赋》，有"华殿尘兮玉阶苔"之句，谢朓取作《玉阶怨》。李白此诗是拟谢之作，写一

---

① 玉阶怨——乐府相和歌辞的楚调曲。六朝时谢朓已有《玉阶怨》。
② 罗袜——曹子建《洛神赋》："罗袜生尘。"指美人所着丝罗织成之袜。
③ 水精——同水晶。水晶为石英矿的一种，无色透明，有光泽，似玻璃。

位被抛弃的少女的闺怨心情。人物形象的动作，表现出作者的艺术手法，不用说明，不用议论，意象自然浮现。萧士赟《分类补注李太白诗》称赏本诗说："无一字言怨，而隐然幽怨之意见于言外，晦庵所谓圣于诗者欤？"《唐宋诗醇》也说："妙写幽情，于无字处得之。玉颜不及寒鸦色，犹带昭阳日影来，不免露色相。"俞陛云《诗境浅说续编》则说："其写怨意，不在表面，而在空际。"这是由于使用融情入景的手法，让景物去演示感情，所以写的虽是怨，但诗中并不见"怨"字，将那些空际中荡漾的怨意，都汇归到"望"字中去。于是情景交融，神传象外，真严羽所谓"不涉理路，不落言诠"的绝妙好诗了。

王世贞说，绝句之妙，在"愈小而大，愈促而缓"。李白这首《玉阶怨》，在落笔之时便省却许多笔墨，透过数层，在收笔时更删芜就简，透出题外数层，所以能淡淡写来，有神有迹，空间的深度极端地拉长。首句写其望月至半夜，以露生的意象状其望之久。次句以"夜久"点明承接首句，以露侵罗袜的意象强调夜深的无奈。前二句望月的空间在阶前，后两句则转而入帘内室中。空间的转移，象征其失望的再度幻灭，所以第三句"却下水精帘"，描摹其由痴望到绝望的心路历程。理智上虽显现绝望，感情上却仍保留一线生机，虽水精帘已下，却仍痴痴地站在帘前，透过玲珑的疏帘，凝望着阶前的秋月。这种"夜永不寐，望月自遣"的情景，活绘出这位女子婉约的深情。胡应麟《诗薮》说："太白五言，如《静夜思》《玉阶怨》等，妙绝古今。"实在不是过誉之评。

再就音响来说，黄永武先生有很精辟的见解，他说："李白的《玉阶怨》诗'夜久侵罗袜''玲珑望秋月'，以入声月韵为韵脚，以一种轻盈欲飘的感觉，表出了诗中女主角的轻盈体态。李白另外写的'一夜飞渡镜湖月''欲上青天揽明月'，都用轻约跃起的月韵来表现人物的意态。"这种欣赏诗的途径，不是很富于启示性吗？

（张高评）

静夜思 [①]（253）

床前明月光，疑是地上霜。
举头望明月，低头思故乡 [②]。〔平声阳韵〕

黄永武先生欣赏本诗说：

从床前往远处写，由看床前的一点月光，扩至整片地上，又举头往远处望，望见了山月，是由平面的地延展到整个立体的空间。山月还能望见，低头却想着远处的故乡，则由立体的空间延展到眼前的空间以外去了。故乡则思而不见，在诗人的心中，故乡比山月要远得多了。这样把空间节节扩展，使整夜萦思、踌躇月下的画面，由一张茅舍中的藜床，扩展至广袤无限的空间。一会儿堕在几榻前的点点，一会儿迈向云汉外的茫茫，真正做到了"咫尺应须论万里"的短诗要领。就在空间不断地扩大时，心情也由恍惚而转为懊恼，由疑惑而转为清晰，这种心情的转变，也托出旅人辗转反侧、欲睡不睡的愁思。全诗不必说秋而是一片秋景，不必说旅而是身在旅中，景物如此而情思倍增，运笔的经济、精确，自然教人深深倾服。再则，本诗说乡思旅愁，完全是随着目力所及，愈视愈广，而自然凑泊，与那些强说乡愁、强装多情者大不相同。俞樾说它是"以无情而言情，则情出，自无意而写意，则意真"，从这个角度看，把本诗推为绝句的"神品"，也是有理由的了。(《中国诗学·鉴赏篇·作品的诗境》)

本诗是由屋隙中射到床前的一点月光，推想为遍地的霜华；再由平面的遍地霜华，扩大为立体空间的山月；再由望得见的山月，推想到望不见的故乡……这样的构思形式是一个正立的三角形，由一点而平面，由平面而立体，

---

① 静夜思——《乐府诗集》卷九十录为新乐府辞，本乐府相和歌楚调曲旧题。王琦曰："题始自谢朓，太白盖拟之。"

② 本诗王琦注本作："床前看月光，疑是地上霜。举头望山月，低头思故乡。"

再由眼前的立体空间扩大至眼前的空间以外，而主题故乡却在画面之外。全诗由近推远，由少衍多，其意态与秋夜怀乡时纷起沓来、愈想愈多的愁绪正相谐合，充分地表现出一夜萦思、踌躇月下的情景。而所用是平声阳韵，这嘹亮的阳韵光、霜、乡不会是催眠曲，光听音响，便知道必然是让人睁着明亮的眼睛了。（《中国诗学·设计篇·谈诗的音响》）

黄先生从作品的诗境和音响去欣赏本诗，新颖而不落俗套，切实做到妙而可言、言传意会的启示作用。

本诗写尽岁暮游子怀乡的心情，可谓"淡语有味，浅语有致"。这首诗明白如话，却余味曲折，真纯古朴，而神妙自然。乾隆评本诗说："气骨甚高，神韵甚穆，过齐梁远矣。"沈德潜《唐诗别裁》称："旅中情思，虽说明却不说尽。"黄叔灿《唐诗笺注》则云："即景即情，忽离忽合，极质直却自情至。"都是值得参考的确当评论。

这首诗写得十分平淡含蓄，却含有不尽之意，见于言外。作者只一笔点出床前明月，再一笔点出见月思乡而已，初则因疑而望，继则因望而思，此外并无他念，真切地描绘出"静夜思"的诗境。床前明月，疑其为霜，天寒客久之感，令人不堪。"疑是地上霜"这句诗，是个经过情感改造的语言，误认月光为地上之霜，不但疑得有理，而且也表现了岁暮游子的惆怅心情。严羽说："诗有别趣，非关理也。"就是指这类经过主观想象的改造、反常而仍合道的诗说的。三、四两句写望月怀远，牵动乡愁，仰望俯思而不能自已的情形。日本森大来说："本篇之神妙，只在举头望明月五字，至此始入思乡之念。"（《唐诗选评释》）这话是不错的。有此一句为关捩，于是思乡之情，经由床前而地上，飞越千里关山，直奔故乡了。空间的延长，正牵引着乡愁的增长。这二十字之外，留有大片的空隙，足让读者驰骋想象，去体味，去补充。这就是俞樾所说的"以无情而言情，则情出；自无意而写意，则意真"的道理。

（张高评）

卢 纶

塞下曲六首选四 ① （254 ～ 257）

鹫翎金仆姑 ②，燕尾绣蝥弧 ③。

独立扬新令，千营共一呼。〔平声虞韵〕

林暗草惊风，将军夜引弓。

平明寻白羽 ④，没在石棱中 ⑤。〔平声东韵〕

月黑雁飞高，单于夜遁逃。

欲将轻骑逐，大雪满弓刀。〔平声豪韵〕

野幕蔽琼筵 ⑥，羌戎贺劳旋 ⑦。

---

① 塞下曲——乐府中新乐府辞。参阅五古乐府王昌龄《塞下曲》。

② 鹫翎句——鹫，音 jiù，鹰雕之类。翎，音 líng，鸟羽，可制箭羽。金仆姑，箭的名称，《左传·庄公十一年》："公以金仆姑射南宫长万。"

③ 燕尾句——《尔雅注》："帛续旐末为燕尾者。"按即今旗上的飘带。蝥，音 máo，蝥弧，旗的名称，《左传·隐公十一年》："颍考叔取郑伯之旗蝥弧以先登。"

④ 白羽——借代箭。箭尾有羽，借以射远。

⑤ 没在句——《史记·李将军列传》："广居右北平，出猎，见草中石，以为虎，射之，中石没镞，视之，石也。"意谓用力过猛，连箭尾也射没入石中。

⑥ 野幕句——幕，是军队中的营帐。琼筵，是珍贵的宴席。

⑦ 羌戎句——羌戎，汉时蒙古民族。劳，慰劳。旋，凯旋，庆贺得胜而回。

醉和金甲舞，雷鼓动山川 ①。〔平声先韵〕

黄永武先生欣赏第一首诗说：

这首诗一开始，是让一支金仆姑箭的翎羽占满了整个画面，然后将镜头拉远去，箭尾旁是一面有飘带的帅旗；再将镜头拉远去，帅旗旁站着一个发号施令的将军；然后将镜头拉到极远处，照下了千军万马昂扬的声势。逐句将镜头退后，所录的空间也便逐句扩张，短短的四句，由一根鸟羽展开至成千的营帐，由一根美丽的羽毛引出了庄严的军容，这悬殊的比例，显现出巧妙的空间设计。(《中国诗学·设计篇·诗的时空设计》)

欣赏第二首诗说：

前两句是远观草中石，后两句是近观草中石，视觉空间的大小是不同的，但并不是用伸缩镜的方法去看景物，因为不在同一个时间内，所以从引弓到寻白羽，进行的方式不是持续进行，而是以间歇地跳跃的方式，与前节"空间的凝聚"有所不同。这种先远观再近观的视点移动，可以集中读者的注意力。况且暗夜与白羽有色彩的对比，白羽与石棱有硬度的对比，都能使这个集中的视点凸出来。(同上)

接着欣赏第三首诗说：

"月黑雁飞高"是写整个立体的天空，月与雁高低的层次，正加强了画面的立体感。"单于夜遁逃"则是降至平面来写，写平面的大地，一逃一追，一远一近，这两个平面的点，在窈冥的夜色中，构成了一种广袤迷惘的辽阔感。然而由立体转入平面，空间的感受已缩小许多。"欲将轻骑逐"是写近处的追逐者，由彼处的逃者至此处的追者，空间的视野尤加缩小。至"大雪满弓刀"，纯然从追者的装备上去描写，空间凝聚到弓刀的雪花上，整首诗也便停滞在这个凝聚的焦点上。本来整幅画面是写广阔的天空，现在整幅画面只横着弓刀，

---

① 雷鼓——旧说以为八面鼓，实即擂鼓。

积着雪花。由千万里无限的大，缩到咫尺之小，且加以月黑与雪白色彩的对比——黑色原有一种压迫拢来的空间狭窄感，使这凝聚的焦点变得十分引人注目。再则，由于"欲将轻骑逐"的冲动，受"大雪满弓刀"的遏阻，使意愿与环境形成强烈的冲突，也增强了全诗的张力。（同上）

黄先生的欣赏，依循诗的时空设计方面着眼，使我们深刻而具体地认识了这形象化的诗境，使其栩栩如生地浮现在目前。

诗题"塞下曲"一作"和张仆射塞下曲"，是描写边塞风光的乐府诗，《乐府诗集》列在新乐府中。《一瓢诗话》称："乐府最得风骚神理。"此言良是。卢纶的诗以真而入妙，其五绝《塞下曲》六首，奇拔沉雄，夐绝千古，后人能继之者少，颇为世所称颂。

另外，我们发现作者利用昂扬欢乐的曲调来作这四首一组的诗歌。第一首诗押虞韵，虞韵多有"侈陈于外""扩张"之意；第二首押东韵，东韵字多有"众大高阔""发舒"之意，最适合表达欢乐开朗的情绪；第三首押豪韵，豪韵字多有"曲折有棱""隐密敛缩"之意，与诗境的气氛很谐合；第四首押先韵，先韵之字多有"抽引上穿""联引"之意，也与凯旋庆功的热闹场面相协调（参阅刘师培《正名隅论》）。除第三首韵脚状其未能直捣黄龙的遗憾之外，大致都富有昂扬欢乐的气氛。

这一组诗，作者成功地运用了形象性的语言，使得描写的对象浮现出凝练而又突出的意象。如第一首诗，在场景的选材方面，作者抽取了最能代表将军性格的金仆姑和最能说明将军身份的蝥弧，外加鹫翎与燕尾的装饰，一番点染，便烘托得军中主将栩栩如生。三、四两句则借军中号令的严明、团结的一致，侧写出这位善于将兵的统帅的性格色彩。这种借宾形主的手法，传达出丰富的思想内涵与艺术感染力。

第二首诗，场景的安排选取了李广射虎中石没镞为素材，加以点染烘托，以描绘这位将军性格上的特征。第一首诗既点出"金仆姑"，也暗示了将军的善射，因此借用李广射虎中石的典故，可说自然而不牵强。林暗句写猛虎欲出景象，如闻如见，设景逼真曼妙。清李锳《诗法易简录》谓："暗用李广事，言外有边防严肃，军威远振之意。"极力歌颂将军，正是间接地称赞了这支卫国的部队。可见诗句含蕴丰多，正是运用典故使语言形象化的效果。

第三首诗从侧面落墨，活绘出一幅追亡逐北图。选材方面，着重于刻画敌军的总崩溃以及我军乘胜追击的场景。黑夜逐北，大雪纷飞，似状作战的艰苦，实乃写将士之神勇。"大雪满弓刀"更是个形象性的描绘，天候的挫折呼之欲出。钟惺《唐诗归》称赏本诗说："中唐音律柔弱，独此可参盛唐。"许学夷《诗源辩体》也说："纶五言绝月黑雁飞高一首，气魄音调，中唐所无。"这种评价，并不是徒然的。

第四首诗写凯旋之乐，场面热闹，有声有色。次句不言将士庆凯旋，却说"羌戎贺劳旋"，可见这是吊民伐罪的民族战争，是一场为正义而战、为加强民族大团结而战的征伐，所以才赢得羌戎的劳旋。后两句，一就视觉形象写欢乐之情，一就听觉形象状兴高采烈之况，使人如见其形、如闻其声，大有身历其境之感。（参考刘逸生《唐诗选讲》）

章燮说："本诗四首前后布置层次井然，可作一首读。"都是描写保家卫国的边塞将帅的英雄业绩。卢纶的诗以应酬赠别之作为多，诗风大多卑弱，唯此曲雄健可贵，故后人传诵不绝。

（张高评）

李 益

江南曲 ① （258）

嫁得瞿塘贾 ②，朝朝误妾期。
早知潮有信，嫁与弄潮儿 ③。〔平声支韵〕

黄永武先生欣赏本诗说：

这诗像一个不施脂粉的村姑，但也有其修辞方面的特色，譬如诗中"嫁得""弄潮儿"都是方言俗语，使全诗充盈着土俗的意味。这土俗的意味与全诗直陈的语气以及不扭捏的心态非常调和，这是修辞上十分成功的"存真"技巧。"嫁得瞿塘贾"是追叙得意的过去，"朝朝误妾期"是说明失意的现在，而"早知潮有信，嫁与弄潮儿"则似在追恨过去，又似在悔悟将来。全诗上半实写，下半虚写，虚写得愈是出奇而无理，愈见妙笔。诗中重出两个"嫁"字，字里行间，隐约听到"嫁……嫁……"，重复说嫁，反见得无法再嫁的苦衷。诗中又重出潮字，字里行间，咬牙切齿的是"潮……潮……"，原本是恨那瞿塘最险的潮、商贾不肯乘之而来的潮，反而转移成对潮的爱。这种爱恨交加的心意，被两个重出的"嫁"字、"潮"字形容得淋漓尽致。(《中国诗学·思想篇·谈诗的完全鉴赏》)

---

① 江南曲——乐府中相和歌辞之相和曲。

② 瞿塘贾——瞿塘即重庆的瞿塘峡，是渝鄂间三峡之一。经常入川经商者称瞿塘贾。

③ 早知二句——早曰潮，夕曰汐，来去涨落，必有定期，名为"潮信"。我国潮汐，以浙江潮最称大观。八月十八九日时潮水尤大。潮水将至，常有弄潮的人先撑小舟，迎潮而入，冲波激浪，不避危险，随潮水上下进退，就是这"弄潮儿"。弄潮儿指懂得水性、能随潮水消长而进退的人。

又说：

这首李益的《江南曲》，以为弄潮儿习见潮之有信，也必然有信，而去瞿塘峡那边经商的丈夫，由于瞿塘峡最险，加以重利轻别，屡屡失约，归期不定。结尾忽作奇想："早知潮有信，嫁与弄潮儿。"至于弄潮儿是不是一定有信——弄潮儿是个抽象的潮汐象征，还是指江上逐浪的男孩，弄潮儿可不可以嫁，都无须有合理的解释。贺裳《皱水轩词筌》以为它的趣味，就在用不合理来产生妙意的。（《中国诗学·鉴赏篇·作品的诗境》）

黄先生就修辞的新奇警策来欣赏本诗，启示我们许多本诗结构的艺术性，很值得玩味。这就是方贞观《辍锻录》所谓"诗有无理而妙者"。明王世贞《艺苑卮言》则称："绝句李益为胜，韩翃次之。"我们看李益的绝句，或语意雄健，或情思悱恻，多可与盛唐诸名篇相媲美。

本诗写商妇的怨恨，不直写其如何怨，却偏作荒唐之想，写得愈是无理，愈能显现怨情的真切。首句刚写其得意，次句便写其失望。三、四句极写其夫婿之无情，特借潮信作翻叠，诗意便吞吐含蓄，无限曲折。后两句若就商妇急切至情的语态来说，却又与古乐府"道逢游冶郎，恨不早相识""老女不嫁，蹋地唤天"同样的真率痛快，不嫌直露。

关于"弄潮儿"有很多种解释，通常都采《元和郡县图志》的说法，认为弄潮儿就是弄潮者。袁枚《随园诗话》另有异解，以为弄潮儿是司潮信之神——与其嫁与无情的瞿塘贾，倒不如嫁给司潮信的神明，如此解说，也颇可见女子怨怅之情。

（张高评）

拾

七言绝句

五十二首

张　旭（约公元七一一年前后在世）

苏州人，仕为常熟尉。嗜酒，善草书，每大醉，号呼狂走乃下笔，或以头濡墨而书，既醒，自视以为神。以草书著名，自言从担夫争道、歌女舞剑上获得书法之变化意蕴。与李白诗歌、裴旻剑舞，合称"三绝"，世人呼为"张颠"。与贺知章等并号酒中仙人。

桃花溪① （259）

隐隐飞桥隔野烟，石矶西畔问渔船②。

桃花尽日随流水，洞在清溪何处边。〔平声先韵〕

张旭的绝句清逸超妙，自然可爱。《全唐诗》收其诗六首，其中五绝一首，七绝五首，颇可宝贵。

这是一首咏桃花源的诗，对桃花源的存在抱怀疑态度。所以首句用"隐隐""飞桥""野烟"等迷离惝恍的景象来虚写，这种虚无缥缈的景象给人一种神秘的气氛，与海市蜃楼一般令人将信将疑。首句写远望所见，次句写近问求

---

① 桃花溪——即桃花源。《大清一统志》："溪在湖南常德府桃源县西南二十五里，源出桃花山，北流入沅江。"晋陶潜有《桃花源记》，述陶渊明心中之理想乐园，世上并无其地。

② 矶——音jī，水中石。

证，是实写。问渔船，就是问渔船以渡口，陶潜《桃花源记》所谓"后遂无问津者"的"津"，就是本诗中向渔船探问的内容，是切着原著来说的，已伏疑问。第三句紧贴题目实写"桃花流水"，尽日寻寻觅觅，但见桃花逐流水，不见其他，则渊明所谓的桃源洞天，亦不过如乌托邦、君子国之类理想世界而已。而今日所见桃花逐流水，又仿佛当年武陵渔人所见者，这样说来，桃花源却又好像实有其地。桃花源如果真的是存在人间的一处乐土，那么这个进入桃源必经的洞口——当年武陵人舍船从入的洞口，究竟又在清溪的哪一边呢？三句疑信参半，是实写；四句疑窦层生，是虚写。全诗一句疑，一句信，以信烘托疑，更令信者不信，疑者更疑，真是所谓"假作真时真亦假，有为无处无还有"。本诗能如此翻叠，故能曲折有致。黄永武先生也说："首句由远处虚写，到第二句由近处实写，第三句由近处实写，又回到第四句由远处虚写。远而拉近，近又拉远，以及虚虚实实的布置法，正与桃花源的情趣相协合。"

历代歌咏桃花源的诗，除本诗外，较有情韵的如王维、刘禹锡、韩愈、苏轼诸作，或以桃花源为神话寓言，或以桃花源实有其地其事，细考之，当以前说为是。读者取其书参考，再验以情理，自然可知。

（张高评）

贺知章（公元六五九——七四四年）

字季真，性旷达善谈笑，晚号四明狂客，会稽人。武则天证圣时进士，后迁太子宾客、秘书监。天宝初请为道士，还乡，诏赐镜湖剡川一曲，卒赠礼部尚书，卒年八十八，为杜甫诗饮中八仙之一。其诗今存十九首，绝句淡而有味，时出巧思。

回乡偶书^①（260）

少小离家老大回，乡音无改鬓毛摧^②。
儿童相见不相识，笑问客从何处来。〔平声灰韵〕

黄永武先生欣赏本诗说：

"少小离家老大回"，是写出一生中百十年的光阴；"乡音无改鬓毛摧"，是写出近年以来垂老的光景；"儿童相见不相识"，是写二人相见的片刻；"笑问客从何处来"，是写相见片刻中问话的一刹那。全诗在时间的长度上是愈来愈蹙，由一生的长度渐行渐短，终于迫促到弹指之间，这种设计当然很神妙。同时，时间既已短促到弹指之间，已不能再短，所以下面也就不应该再有答话；如果下面再有答话，就破坏了时间的渐蹙性，而变得累赘与冗长。

再仔细分析本诗，可以发现每句中含有相对相反的素材，前三句的下面三个字，总是用翻笔作相反的激荡。"少小离"与"老大回"，环绕着中间的"家"字，作字字相对的排列，含义中自然是少年老年一去一回地相对着。"乡音无改"写人生的有情，"鬓毛摧"写自然的无情，有情与无情在一句中也是冲突着的。相见宜相识，不相见才不相识，现在相见而不相识，也含有逆折顿挫的意味。末句是以儿童的笑来面对老人的悲，也是相对待的。而问话中的"客'字用来总收上面三句，使老大回的徒劳、鬓毛摧的悲伤、不相识的感慨，都集中在这个"客"字里。问话未了，戛然截断，这种时间的渐蹙手法，本有一种心弦愈扣愈紧的感觉，何况不待答话，陡然截住，便使千头万绪想答的话，都一齐涌向言外了。（《中国诗学·设计篇·诗的时空设计》）

黄先生又别从拗救上欣赏本诗说：

---

① 作者八十六岁时因病还乡，玄宗命臣僚饯行。本诗当是此时回乡有感之作。
② 摧——一本作"衰"，据沈德潜《唐诗别裁》云："原本鬓毛衰，衰入四支，音司，十灰中衰音缞，恐是摧字之误，因改正。"摧，凋落变改之意。

又若下句第三字也拗作仄，成仄仄仄平平仄平，则第五字的平声既救上句，亦已当句自救，如"儿童相见不相识，笑问客从何处来"，即是一例。本诗经拗救以后，其音响集中于"何"字，使"何处"二字特别突出，明明是自己的故乡，却用"何处来"作反讽，特别有味。(《中国诗学·鉴赏篇·作品的诗境》)

从时空设计及拗救音响来欣赏诗歌，是黄先生启示我们的欣赏新途径，很有参考的价值。贺知章的诗，《全唐诗》编存其诗一卷，绝句清浅自然，为世所传诵。本诗以率真之笔写久客之感，最为真切动人。三、四句纯用白描手法，语虽浅而情意遥深，所以佳妙。可见白描的诗应做到句有余意，否则便有浅率流走之病，最当注意。

同样描写久客的伤感，张籍说："长因送人处，忆得别家时。"卢象《还家》诗则说："小弟更孩幼，归来不相识。"贺知章则谓："儿童相见不相识，笑问客从何处来。"宋范晞文《对床夜话》认为，这三家诗"语益换而益佳，善脱胎者宜参之"。又称举宋严坦叔的《兵火后还家》诗"旧时巷陌浑忘记，却问新移来住人"，以为颇得知章的遗意。并抄于此，以供参照。

（张高评）

王　维

九月九日忆山东兄弟①（261）

独在异乡为异客，每逢佳节倍思亲。

---

① 原注："时年十七。"山东，指华山之东。此时王家已由太原祁迁至蒲，蒲县在华山之东，故云。

遥知兄弟登高处，遍插茱萸少一人 ①。〔平声真韵〕

黄永武先生欣赏本诗说：

第一句写长期地作客于异乡，飘泊的时间是漫长的。第二句写佳节的来临，时间就特写在某一天中。第三句写重阳日去登高，是指九月九日的某一时刻。第四句写登高的时刻中，遍插茱萸的须臾之间，一位一位都插好了，遍数茱萸，感到少了我一人。每一句中所含时间进行的长短不同，从久客异乡的长期性，到数毕茱萸的一瞬间，诗意由全面性的感慨而趋向单一性，由虚泛性的感伤指向特定性。随着时间的渐行渐蹙，感慨也愈来愈凝聚，在生理上，在意识中，有一种节拍愈来愈短的感受，心弦自然被愈扣愈紧了。(《中国诗学·设计篇·诗的时空设计》)

以时间的渐蹙鞭逼出忆乡思亲之情来，便觉顺理成章，真切动人。首句连用"异"字，客居苦况，遂觉凄凉，盖脱胎于王勃《蜀中九日》诗"九月九日望乡台，他席他乡送客杯"之连用"他"字。次句用"倍"字，见平日亦思亲，而每逢佳节益倍，是进一步用字法。第三句不说自己重阳登高如何忆兄弟，但忆兄弟登高，兄弟忆己，由我思亲，故知亲当亦念我。这种想当然尔的外射写法，最见至情之流露，我思兄弟之深，不必再费一言，已加倍写出，此之谓透过一层写法。第四句反意作收，不直写兄弟登高相忆，却偏说遍插茱萸只少我一人，与杜甫《月夜》诗"今夜鄜州月，闺中只独看"云云，都是用"以无为有"的艺术手法。此种"主中有客，客中有主"的写作技巧，表现孝友之思，蔼然见于言外。王维少以孝友闻，作此诗时年方十七，只此二十八字，益信传言不虚。

---

① 茱萸——《续齐谐记》："汝南桓景随费长房学，长房谓曰：'九月九日汝家当有灾厄，宜急去。令家人各作绛囊，盛茱萸以系臂，登高，饮菊花酒，此祸可消。'景如言。夕还，见鸡犬牛羊一时暴死。"今世人九日登高始此。茱萸，音 zhū yú，系落叶乔木，实紫赤色，茎可入药。重九折以插头，可以辟邪御冬。

前人九日诗中用"茱萸"二字者，除本诗外，杜甫《九日蓝田崔氏庄》云："明年此会知谁健，醉把茱萸仔细看。"朱放九日诗云："那得更将头上发，学他年少插茱萸。"三诗各有感而作，用典如一而命意不同，录之以供参考。

（张高评）

王昌龄

春宫曲（262）

昨夜风开露井桃①，未央前殿月轮高。
平阳歌舞新承宠②，帘外春寒赐锦袍。〔平声豪韵〕

黄永武先生欣赏本诗说：

全诗的布局以第三句的"新"字为脉络，这"新"字与"昨夜风开露井桃"的新桃花、"帘外春寒赐锦袍"的新锦袍谐合一气。新桃花暗示着新容貌、新姿色，新锦袍代表了新承宠、新得意。风开桃花，该是春暖的季节了吧？而君王还指着说帘外寒冷，赐以锦袍，这份嘘寒问暖的体贴宠爱真教人妒恨。假若帘外真的还是相当寒冷，那么帘外多少不曾参加夜宴的失宠者，不是更需要温暖的锦袍吗？字面写新人得宠，言外反映出旧人失宠，旧人失宠也同时可以联想到桃花的落红与旧袍的褪色。可见这一个"新"字，正是全诗辐辏的轴

---

① 井桃——井边桃树。古乐府："桃生露井上，李树生桃旁。"
② 平阳句——《汉书·外戚传》："孝武卫皇后字子夫，为平阳主（公主）讴者。武帝过平阳主，既饮，讴者进，帝独悦子夫，主因奏子夫送入宫。"此以借喻得宠的宫人。

心。(《中国诗学·思想篇·谈诗的完全鉴赏》)

从结构布局分析诗的艺术性，可谓鞭辟入里。

王昌龄的诗优柔婉丽，意味无穷，缜密思清，得之锤炼。胡应麟《诗薮》说他"风骨内含，精芒外隐，如清庙朱弦，一唱三叹"。他的七绝尤佳，与李白俱称神品。焦竑谓："龙标陇西，真七绝之当家，足称联璧。"卢世㴶《紫房余论》亦称："天生太白、少伯，以主绝句之席。"胡元瑞则又有"王之宫辞乐府，李所不能"之说，可见王昌龄七绝超群绝伦之一斑。

本诗描写失宠者羡慕得宠者，并代悲其孤寂哀怨。首句冠以"昨夜"二字，显示通篇所述，都是昨夜所见所闻而耿耿于怀者。失宠得宠只不过是昨夜的事，而妒恨与得意却从昨夜延展到无穷无尽的未来，得意绵绵无绝期，妒恨亦将绵绵无绝期。首句以象征性的手法写女子之承宠，虽用乐府古辞之上句，实兼取下句之义（李树生桃旁喻旧人失宠之孤寂）。明唐汝询《唐诗解》说本诗之妙"在空灵，神传象外，不落言筌"，确是有见之言。

次句点明时地，以"未央前殿"切题目中的"宫"字，以"月轮高"逗出末句的"春寒"。次句以正笔逗出春寒，与首句以反笔挑出春寒，正反翻应取势，如此则含意深曲。反正相依，顺逆相应，如此则蕴藉有余味。第三句侧写新人之得幸，便反衬出旧人之失宠，得失荣辱对比，便愈见可怨可妒。沈德潜谓此句"只说他人之承宠，而己之失宠可会，此国风之体也"，与写《长信怨》同一笔法，其间消息相殊，对立而统一，相反亦相成，最有蕴藉曲折之致。第三句虚说"宠"字，第四句则实写宠爱，且烘托出怨情来。沈德潜《说诗晬语》称："王龙标绝句，深情幽怨，意旨微茫。昨夜风开露井桃一章，只说他人承宠，而己之失宠，悠然可思，此求响于弦指外也。"可谓定评。

艳诗有述欢好者，有述怨情者，本诗兼而有之，妙在艳极而有所止，故寓意高远，足称雅奏。陆时雍《诗镜总论》称："王龙标七言绝句，自是唐人骚语，深情苦恨，襞积重重，使人测之无端，玩之无尽。"读本诗可见一斑。

（张高评）

闺 怨（263）

闺中少妇不知愁，春日凝妆上翠楼①。

忽见陌头杨柳色②，悔教夫婿觅封侯③。〔平声尤韵〕

黄永武先生欣赏本诗说：

诗句的起首是"不知愁"，而结局是"知愁"，明明是两个相反冲突的意思，安排在四句之中，读来"一句一折，波澜横生"（黄家鼎评语）。凝妆上楼是证明她"不知愁"，忽见柳色是说明她"知愁"的由来，虽是相反的意思，安排得很妥帖，所以李攀龙说："不知、忽见、悔教，有转折，是章法。"这样一句一转，末尾说出封侯的荣华，抵偿不了青春的离恨。诗中不说青春的离恨，只说陌头的柳色；不责怪夫婿的热衷名利，只责怪自己"错教"他去觅求封侯，语意是很含蓄与温厚的。封侯是"可期而不可遇"的，柳色却"不期可遇"了，但是多少人是舍弃了眼前幸福的柳色，而去寻觅天边那渺不可期的封侯？全诗从"不知愁"而到"悔"，是悟还是痴？其间的贤愚高下，是耐人深思的。（《中国诗学·设计篇·谈诗的密度》）

本诗用矛盾逆折的语法，强化了诗句的密度，所以读来含蓄有力。所谓"矛盾逆折的语法"，是指"在间隔甚短的距离中容纳两个相反的意思，而诗人能将两个相反的意思在须臾之间连贯一气，创造出一个相互冲激而跃起的高潮，这样的诗句，往往能给人警策的印象"（黄先生语，同前）。善用此种笔法，便能显出诗的张力与密度。

"凝妆"上承不知愁三字，下起忽然之悔，是本诗的关捩；第三句的"忽见"二字则为本诗勒转处，陡转一笔，全诗遂尔生动有致，有柳暗花明又一

----

① 凝妆——即严妆、盛妆，刻意打扮。

② 陌头——即陌上，犹言街道上。

③ 觅封侯——指把握时机立功塞外，以邀封侯之赏。

村之妙。黄永武先生说："全诗在少妇新妆完毕后上楼时刻，是心情亢奋的高潮，所以连用了'春日''凝妆''翠楼'等三个色泽鲜明的词汇，等到'忽见''悔教'以后，心情猛然堕入了阴暗的低潮，由于前面鲜明的词汇相对照，结尾自然造成一种黯然失色的感觉。"本诗述怨情，"婉娈中自矜风轨"（《姜斋诗话》），写闺中儿女娇憨之态，生动如画。《诗薮》说："国风离骚后，惟少伯诸绝近之。"自是见道之言。

（张高评）

芙蓉楼送辛渐① （264）

寒雨连江夜入吴②，平明送客楚山孤③。
洛阳亲友如相问，一片冰心在玉壶④。〔平声虞韵〕

黄永武先生就"比拟之灵动"欣赏本诗：

全诗写饯别的情景，通宵达旦。送辛渐去洛阳，托他带口信给洛阳的亲友，这个口信不是说离愁别绪，不是问起居安适，却将报告近况的口讯化作一个美得像谜般的比喻：洛阳的亲友如果问起我近况如何，请告诉他们，我的一片冰心像贮在玉壶里一样。这个谜般的口信，自然会引起许多猜测，有人说是自誓情操的高洁，有人说是形容宦情的淡薄，有人说是报告"日就清虚"的修身景况，有人说是形容办事清廉，不为尘垢所侵染，更有人以为是比喻道人在白色的小屋里修道哩！我们看鲍照的《代白头吟》诗"清如玉壶冰"，王诗可

①　芙蓉楼——故址在江苏镇江城西北隅。
②　吴——指润州一带。
③　平明——平，正也，天正明谓之平明。
④　一片句——黄永武先生《中国诗学·考据篇》中曾举卢纶诗："玉壶冰始结，循吏政初成，既有虚心鉴，还如照胆清。"以玉壶冰比喻循吏政初成，可见王诗是在比喻为官守节清廉。

能是取鲍诗的字面来活用，大意以比喻自身守节清廉为近。不过究竟哪一种解释正确不是很重要的，因为作者将本诗故意作成谜一样的比拟，虽不太深隐，却空灵玄妙，具备着多方面可通的活性，希望你去猜测，却不一定非有单一的答案不可，它允许读者仁智互见、各有会心，于是使笔墨之外留下较多自由联想的余地。（《中国诗学·设计篇·用心于笔墨之外》）

又就诗的音响推求其情致：

每一个字都有音响的奥妙可供欣赏，如本诗，韵脚吴、孤、壶，以 u 为韵母，而诗中入、楚、如读来也以 u 为韵母，加以寒、连、江以 an 为韵母，u、u、an、an，在第一句造成了令人难过的气氛。（《中国诗学·思想篇·谈诗的完全鉴赏》）

比拟是一种化抽象虚泛为具体切实的修辞法，灵动的比拟其实就是形象性的语言，最能使意象历历浮现。不过，本诗的比拟除了有这些效果外，又借助诗意的扑朔迷离产生美感。在语言学上，声义本是同出一源的，因此发某一组的音，就蕴含某一种特定意义，这是音响极为玄妙之处。所以就诗的音响去欣赏，也是一条可行的途径。

首句的"寒雨连江"与次句的"楚山孤"，写的虽是景，却带叙情：寒雨连江，牵引作者心情的迷闷；楚山孤峙，则是作者送客后心境的投影。这种移情作用，是诗文中情景交融的原动力。首句的入吴者到底是谁，众说纷纭，当以主词"寒雨"为是。全诗以对比的手法，相反相成，以衬托出自己心地之光明皎洁。夜与平明对，入与送对，吴楚与洛阳对；寒雨连江，楚山孤峙，更与冰心玉壶对比，如此对列相异甚至相反的情景，相映相衬，回互激射，往往造成诗趣的凸显，本诗兴味，正在于此。

（张高评）

王　翰（约公元七一三年前后在世）

字子羽，晋阳人。景云元年（公元七一〇年）登进士后，举直言极谏，复举超拔群类，召为秘书正字，后贬为道州司马。有集。翰诗多壮丽之词，才情不羁，喜养名马，多蓄妓乐，视千金驷马如草芥，虽为布衣之侠，但发言立意，常自比王侯。

凉州词①（265）

葡萄美酒夜光杯②；欲饮琵琶马上催③。

醉卧沙场君莫笑，古来征战几人回？〔平声灰韵〕

黄永武先生从无限性及实感性两方面欣赏本诗的神韵：

先从时空结构方面说，从一杯葡萄美酒的微小定点，展开为边塞送别的空间一隅，再展开为凉州古战场的浩浩无垠。又从"夜光杯"中当前的"夜"，说明由美酒而饮，饮而醉，醉而卧，醉卧而不知何时而醒，推而为今日的"一去不回"，推而为自古以来的"一去不回"，悠悠无尽。所以"古来征战几人回"一句，使时间与空间同时堕入一个无边无际的宇宙黑洞。这种无限性的美感足以造成神韵。同时，"葡萄美酒""欲饮"诉诸味觉与嗅觉，告诉你是塞外的水果酒，不是家乡的米酒；"夜光杯"诉诸视觉，告诉你是塞外的夜光杯，不是家乡的瓷杯；"琵琶马上催"诉诸听觉，告诉你是塞外的琵琶，不是家乡

---

① 凉州词——《乐苑》："凉州宫词曲，开元中西凉府都督郭知运所进。"在乐府中为近代曲辞。

② 葡萄句——西域产葡萄，可酿酒。《十洲记》："周穆王时西域献夜光常满杯。杯是白玉之精，光明夜照，夕出于庭，天比明而水汁已满。"西域产晶莹之青石，可做夜光杯。

③ 琵琶马上催——唐代军中之伎乐，能在马上奏琵琶，琵琶槽向上，与后代不同。

的琴箫;"醉卧沙场"诉诸触觉,告诉你是塞外的荆棘沙石,不是家乡芬芳的泥土。从四面八方会集而来的感觉,无不带有边塞特殊的气味与愁情,造成了实感性的场景,让读者面对着这个绝望而又放旷的征人,一举一动,看在眼里,酸在心里。他欲饮而怕琵琶来催,欲卧又怕同袍取笑,这句意中的冲突激荡,更使全诗到达了绝妙的境界。(《中国诗学·思想篇·谈诗的完全鉴赏》)

时空的无限性足以造成神韵之美,构成神韵美的条件,则是含蓄性、联想性、改造性、实感性、感悟性、新奇性以及无限性,说详黄永武先生《中国诗学·鉴赏篇》。而本诗正是用时空的无限性与景物的实感性造成了神韵。

明王世贞《艺苑卮言》极推重王翰此诗,明定为七绝中的压卷之作,认为是"无瑕之璧"。他的弟弟王世懋的《艺圃撷余》也有相同的看法。本诗落笔极豪壮,立意却极沉痛,表面愈写得旷达,就愈能衬托出内在悲慨的情绪来。施补华《岘佣说诗》欣赏本诗道:"作悲伤语读便浅,作谐谑语便妙,在学人领悟。"所谓谐谑语,其实是一种视死如归的豪情。在疑信"古来征战几人回"之中,暂纵片刻之乐,虽故作旷达之辞,而内心已悲感至极。在文学技巧方面,一般而言,"欲抑即抑,抑无力,欲扬即扬,扬无势",本诗运用"抑先扬也,扬先抑也"的加倍法,所以气势遒健,警动异常,这就是王世贞推重此诗之故。

本诗技巧又颇得顿挫之妙,"欲饮"一顿,"醉卧沙场"再一顿,"君莫笑"又一顿,"古来征战几人回"一挫,章燮《唐诗三百首注疏》说:"此诗顿挫得法,顿得透,末句一挫有力,文情曲折,余韵悠然。"这顿挫法是一种先扬后抑的手法,作诗一气直行,通常缺乏飞动之致,所以先用一二句作顿,以为起势,又用一二语作挫,以为止势,如此便多见言外之意、笔外之神。方东树《昭昧詹言》谓顿挫之法:"如所云有往必收,无垂不缩,将军欲以巧服人,盘马弯弓惜不发。"本诗就是善用此法,所以措语十分含蓄有味。

(张高评)

李 白

黄鹤楼送孟浩然之广陵 [①]（266）

故人西辞黄鹤楼，烟花三月下扬州 [②]。
孤帆远映碧山尽 [③]，惟见长江天际流。〔平声尤韵〕

黄永武先生以时空的渐长观点欣赏本诗说：

第一句写在黄鹤楼头辞别的光景，第二句写出发的目的地与季候，第三句写出发后直到孤帆消失的那段时间，第四句写长江的悠悠无穷。全诗在时间上是由辞别的一瞬展延为启行的俄顷，再则展延为目送孤帆，渐行渐远渐小，直至消失，再则展延为长江自流，引接入古往今来无穷无尽的境界。由于时间的渐长，空间也次第开展，由黄鹤楼的定点扩展出去，近波远山，直到天际的长江，汩汩地流到视野所及的空间以外去了。这种渐去渐远的时空设计，与送人远去的题意也很谐合，当时空没入无限苍茫的境界，情感会随着它产生回荡不尽的余韵。(《中国诗学·设计篇·诗的时空设计》)

又据校雠之是非以揭示作者锻炼字句之三昧：

据商务《四部丛刊》所印萧山朱氏藏明郭云鹏刊本《分类补注李太白诗》卷十五，则"碧山"作"碧空"，又明代何孟春《余冬诗话》引这首诗，也作"碧空"，是明代本已作"碧空"。而上溯元代至元刻本《李太白诗》二十五卷

---

① 诗题咸本无"黄鹤楼"三字，敦煌本"之广陵"作"下惟扬"。

② 烟花——写日暖花繁景象。

③ 孤帆句——敦煌本《唐人诗选》此句作"孤帆远映绿山尽"，宋陆游《入蜀记》亦作"碧山"，可见作"山"较确。俗本作"孤帆远影碧空尽"，今不从。

萧注本作"碧空"，是元本亦作"碧空"。但据陆游《入蜀记》所引李白诗则作"碧山"，并说"帆樯映远，山尤可观"，是宋人所见尚作"碧山"，以为帆山相衬托，空间的立体感才更明确。除了诗境因作"碧山"而更鲜活外，因为陆游是宋人，所见的版本较早，同时作"碧山"与上文"烟花三月"相应，作"碧空"则与秋高气爽的九月比较调和。(《中国诗学·鉴赏篇·读者的悟境》)

考《入蜀记》卷五所引此诗，除"空"作"山"外，"影"字则作"映"字，这一字之差，不可忽略，应该深究其当否。黄永武先生说："有人说黄鹤楼前没有山，山在天际，那么敦煌本作'孤帆远映绿山尽'，孤帆远远地映到山的尽处，似乎与地的实景更能切合，《入蜀记》和敦煌唐人写本相合，可见李白原来的作品应该是'孤帆远映绿山尽'，绿与碧都是入声，出入不大。"（参见《敦煌所见李白诗四十三首的价值》一文）

本诗前两句正写送别之途程，后两句写别后之怅望；前两句是赋法，后两句是比兴法。清毛先舒《诗辨坻》称："七言绝起忌矜势，太白多直抒旨邑，两言后只用溢思作波棹，唱叹有余响。"这首诗就是运用此法的代表作。首句写故人自江东下，故曰"西辞"；次句缀以"烟花三月"，为送别添毫生色，遂成千古丽句，有杜甫"柳条弄色不忍见，梅花满枝堪断肠"诗意。三、四句写目力已极而离情无限，用的是借景抒情之法，通过景物的形象以发抒感情，让形象的效果来感动读者，便觉语近情遥、深沉有味，王夫之说"一切景语，皆情语也"，这句话是不错的。质言之，第三句就是曹子建所谓的"爱至望苦深"，末句即是"请君试问东流水，别意与之谁短长"诗趣。另外，本诗实字密集，如故人、西、黄鹤楼、烟花、三月、扬州、孤帆、碧山、长江、天际，也是使语劲句健而诗意丰繁的原因之一。

（张高评）

早发白帝城[①]（267）

朝辞白帝彩云间，千里江陵一日还[②]。

两岸猿声啼不尽[③]，轻舟已过万重山。〔平声删韵〕

黄永武先生从时间的速率上欣赏本诗：

一般来说，快速动作能表现紧张或奔放，容易造成喜剧性，缓慢动作能表现沉思或遗恨，容易造成悲剧性。《早发白帝城》采用了快速镜头，而怨情则是用缓慢镜头。

彩云间的白帝城只是一个点，由白帝城到江陵，这两个点之间，由长江画成一条千里的线。由于两岸的猿声，使线的两侧增加了两个面，在两岸之外，又安排了万重山，便构成了一个体——庞大的立体空间。一叶轻舟在那条线上迅捷地划过去，箭也似的瞬息千里，万重山一座接一座地向后掠去，看也看不清地往后消失，只有猿声像活泼的音响一样大声地伴奏，这快速的镜头与不停变换的场景，能令人产生一种心惊魄动的快感。（《中国诗学·设计篇·诗的时空设计》）

更以为"李白为了表现行舟的迅疾，利用'万重山'与'轻舟'那悬绝的比重，使'轻舟'像箭一样地轻飞起来"（前书"谈意象的浮现"）。本诗写出下江陵"瞬息千里，若有神助"，如见如闻，十分成功。胡应麟《诗薮》以为："太白七言绝，如'朝辞白帝彩云间'等作，读之真有挥斥八极、凌属九霄意。贺监谓

---

① 诗题一作"下江陵"。白帝城故址在重庆奉节县东，汉为鱼复县。参见杜甫《观公孙大娘弟子舞剑器行》注。

② 江陵——今湖北江陵县。盛弘之《荆州记》："朝发白帝，暮宿江陵，凡一千二百余里，虽飞云迅鸟，不能过也。"

③ 两岸句——《水经·江水注》："自三峡七百里中，两岸连山，略无阙处……常有高猿长啸，属引凄异，空谷传响，哀转久绝。""尽"字，绝句、《全唐诗》俱作同，唯《万首绝句选》《唐宋诗醇》《唐诗别裁》作"住"，当是后人臆改，今不从。

为谪仙，良不虚也。"王士禛《唐人万首绝句选》，以李白的"白帝"、王维的"渭城"、王昌龄的"奉帚平明"、王之涣的"黄河远上"为压卷，可见本诗评价之高。

唐肃宗乾元二年，李白流放夜郎，行至白帝城，忽闻赦令，遂返室家所在的江陵。区区二十八字，明快紧凑，见绝处逢生神理，闻喜悦欢欣之声。首句高占地步，兼以蓄势，故次句以降便有顺流而下、一泻千里之妙。次句夺胎换骨于盛弘之《荆州记》，太白述之，真有惊风雨而泣鬼神之致，较杜甫诗"朝发白帝暮江陵，顷来目击信有征"为有情趣。本诗佳妙尤在第三句，沈德潜《唐诗别裁》说："入猿声一句，文势不伤于直，画家布景设色，每于此处用意。"桂馥《札朴》也说："但言舟行绝快耳，初无深意，而妙在第三句能使通首精神飞越，若无此句，将不得为才人之作矣。"施补华《岘佣说诗》则谓："中间却用'两岸猿声啼不住'一句垫之，无此句则直而无味，有此句，走处仍留，急语仍缓，可悟用笔之妙。"这种有声有色的设计，明写两岸连山江流湍急之意，正所以暗写轻舟之疾下。可见造语要耸人耳目，造成奇警效果，可用"垫"法，垫之使高，高则其落也峻，有蹈厉风发之势，最宜用在绝句中的第三句"转"的位置上。

（张高评）

韦应物

滁州西涧[①]（268）

独怜幽草涧边生，上有黄鹂深树鸣。

---

① 滁州西涧——滁州，今属安徽省滁州市。西涧，在其城西，俗名上马河。

春潮带雨晚来急，野渡无人舟自横^①。〔平声庚韵〕

韦应物的七绝诗淡远秀朗，胜于王维，诗风颇近陶渊明。本诗摹写西涧景物，野趣盎然，刻画入微，刘禹锡十分欣赏，自以为不如（见宋计敏夫《唐诗纪事》、宋佚名《竹庄诗话》）。

首句写俯看，次句写仰听，俯看幽草由下往上长，仰听黄鹂鸣声由上往下传，可以尽耳目之游兴，极视听之娱乐，诗中之画，不过如此。作者曾手书本诗，刻在《太清楼帖》中，"生"字本作"行"（见明何良俊《四友斋丛说》），怜爱幽草之闲雅，故作涧边之行。黄永武先生说："鸣的是黄鹂，生的是幽草，后人认为作'生'字二句才对称，所以才改动的吧？全诗由涧草之小逐渐放大，直到横着船的渡头旷野，布局是由小而大、由近及远的。"元代的赵章泉以为黄鹂比小人而得意高显，幽草比君子而沦落幽隐，说明唐代的国祚将绝，说诗如此，恐怕有些穿凿了。

三、四两句写景如画，春潮带动春雨，春雨添助春潮，上下交织，到傍晚时分更加急激。荒野的渡头，因为雨急潮大，所以无人摆渡，只有船只独自横在水面，随波上下漂荡。杨慎《升庵诗话》以为三、四句本于《诗经》"泛彼柏舟"一句，欧阳修则谓滁州无所谓西涧者，"独城北有一涧，极浅不胜舟，又江潮不至"。其实诗人遇兴立言，触目成句，不可太过拘泥。

明敖英《唐诗绝句类选》称赏本诗说："沉密中寓意闲雅，如独坐看山，澹然忘归。"这批评是不错的。本诗一、四两句偏重视觉形象之描绘，是静态之诗境；二、三两句专写听觉形象之浮现，纯然动态之演示。静中取动，更能体味闲静寥落之感。

在声律方面，第三句拗作平平仄仄仄平仄，第四句第五字用平声"舟"字救转，如此则音调谐美。

（张高评）

---

① 野渡句——舟自横，因天雨无人渡水。横指飘浮，伸足上句。

岑 参

逢人京使（269）

故园东望路漫漫，双袖龙钟泪不干①。

马上相逢无纸笔，凭君传语报平安。〔平声寒韵〕

黄永武先生欣赏本诗，就时间的渐蹙上立言说：

这一首诗在时间上的设计是渐写渐迫促，先写漫长的路程与岁月，再写屡屡思乡的日子，再写匆遽相逢的片刻，最后急不择言，只尽快地爆出"平安"二字。全诗的组成是一句迫促于一句，末尾给人一种火花样转瞬即逝的感觉。（《中国诗学·设计篇·诗的时空设计》）

这首诗是天宝八载作者前往安西旅途中所作，自是客中一时之事，随手拈来，便成妙谛。钟惺《唐诗归》称："人人有此事，从来不曾说出，后人蹈袭不得，所以可久。"主要得力于写景道情，真切自然，故可化片刻为永恒，成千古之绝唱。首句写思乡之情，采逆入法，便有凌空跳脱之妙，横峰侧岭之奇，远较顺叙法之情趣，生动多多。若先写逢使，后望故园而堕泪，不仅平板无诗趣，也不见思乡情切。第一、二句说思乡，第三句说相逢，第四句将思乡与相逢"双锁"，借"平安"二字曲曲传出心声，融合了过去的怀念、现在的请托，以及未来的期许，所以虽是平常语，却极耐人寻味。而且末句是采"宽题窄作"之法，与"一片冰心在玉壶"同调：凭君传语的话太多，只选"平

---

① 龙钟——系古语叠字形容词，或状身体衰疲，或状失意潦倒，或状逗留不进，此作沾濡润湿解。字本作"泷冻""泷涿"，皆泪流貌。

安"二字，平安就是福，不谈得志不得志，这一句口头语选得十分恰当。

在声律方面，前两句措词选用平声、去声之字，后两句则四声递用。选字运调之精细，读来音节自然优美，声调自然铿锵悦耳。岑参的诗，声律音节都十分精微奥妙，详情可参黄永武先生《中国诗学·鉴赏篇》论音响各篇。

（张高评）

杜 甫

江南逢李龟年[①]（270）

岐王宅里寻常见[②]，崔九堂前几度闻[③]。
正是江南好风景，落花时节又逢君。〔平声文韵〕

黄永武先生曾就情景交融手法析赏本诗说：

上二句写忆，下二句写逢，回忆中仍是如此豪华，相逢时却成这般落魄，字面上尽管是在写景，已自然将盛衰的情感表露出来。在这落花时节，和流落江南的故友相逢，江南正是好风景，加上李氏的好才艺，而竟在此时此地相逢，正是极大的反讽。末句将落花与落魄合在一起，并用"逢"字总括了记忆

---

① 李龟年——《明皇杂录》："乐工李龟年特承恩遇，大起第宅。后流落江南，每遇良辰胜景，常为人歌数阕。座客闻之，莫不掩泣。"

② 岐王——睿宗子范册封岐王，此指嗣岐王珍。

③ 崔九——旧注谓即殿中监崔涤，崔湜之弟，此当系泛指崔氏旧堂。因考年代，岐王范及崔涤俱卒于开元十四年，那时尚未有梨园之设。少陵见李龟年，应在天宝十载之后。

中的见与闻，加倍地教人黯然神伤。追前想后，有多少凄凉的感触在景物中回荡。(《中国诗学·鉴赏篇·作品的诗境》)

这首诗使用情景矛盾法，写记忆中所见所闻的荣宠，正是反衬今日所见所闻的落魄，第三句暗用《世说新语》新亭对泣典故，取"风景不殊，河山有异"之意。末句用落花象征落魄，使得形象更为凸显。蘅塘退士孙洙批评本诗说："世运之治乱，年华之盛衰，彼此之凄凉流落，俱在其中。少陵七绝，此为压卷。"这首诗约作于代宗大历五年（公元七七○年），命意与《剑器行》同风，都是借乐工舞人前后遭遇的不同以表现沧桑之感。黄生《杜诗说》曾谓："此诗与《剑器行》同意，今昔盛衰之感，言外黯然欲绝，见风韵于行间，寓感慨于字里，即使龙标供奉操笔，亦无以过。"这时李龟年正流落江潭间，杜甫亦然，故得相逢。诗意虽伤龟年，正兼以自伤。这一年冬天，杜甫即死于潭州向岳州进发的湘江舟中。

本诗结构与岑参《逢入京使》同法，都是用倒入插笔法，先倒叙昔日见闻，再接笔写今日相逢情景，如此便觉情趣生动，生气奕然。末句着一"又"字，既标出重逢，又回顾往日，写出对宇宙人生莫可奈何的无限感叹，沉郁顿挫，风神自远，固是少陵家风。大抵少陵绝句直抒胸臆，跌宕奇古，工于白描，朴质自然，别具清真疏远之趣，在盛唐中自创一格，后人不能似，也不必去学他，这或许是由于他"才大力劲，不拘声律"所致吧。

（张高评）

张 继 (约公元七二二年出生)

字懿孙，襄州人，与皇甫冉为童年总角之交，天宝进士。大历末检校祠部员外郎，分掌财赋于洪州。诗多清回深秀，不尚雕琢。诗作流传不多，除描写景物外，则反映战争中民生艰苦的情形。

枫桥夜泊 [①]（271）

月落乌啼霜满天，江枫渔火对愁眠。

姑苏城外寒山寺 [②]，夜半钟声到客船。〔平声先韵〕

黄永武先生从空间的深度欣赏本诗说：

月落句写天边的远景，江枫句写船侧的近景，一句写天，一句写水，这濛濛的水天夜景已将上下远近空廓的空间构成。三、四句又写出远近景物的配置，远处有姑苏城与寒山寺，近处有夜泊的客船，这些或远或近的景物，表现出四面八方或晦或明、交互配置的轮廓，又仗着迢递的钟声传送，使空间有了明确的深度。反过来说，正由于空间有了深度，所以这夜半钟声听来有特殊的韵味。因为这钟声是愁客在听，与常人所听不同；独自在听，与众人在听不同；在秋夜时听，与夏夜听来不同；在静寂时听，与喧哗时听不同；更是从水上远远传来，在水上听的，与陆上听的不同，声音从辽阔的水上传来比空中要快速得多，要嘹亮动人得多。试想船中的不眠客，看着月落，听着乌啼，触及梭梭的霜威，全身感官正承受着客船里异样的兴味，再被这一阵迟迟的钟声敲打，使这个栖泊无定的孤单旅人，面对着吴江万里、水天无尽的风物，兴起了多少虚空寥落的愁情。（《中国诗学·设计篇·诗的时空设计》）

又别从"广学识以明诗义"去欣赏本诗：

欧阳修认为诗中有语病，他在《六一居士诗话》中评赏说："句则佳矣，其如三更不是打钟时。"欧阳永叔讥笑夜半钟声，他只是以常识去批判，不曾有历练作为欣赏的基础。其实唐人写夜半钟声的诗很多，如皇甫冉《秋夜宿严维宅》诗"夜半隔山钟"，司空文明诗"杳杳疏钟发，中宵独听时"，王建《宫

---

① 枫桥——在今江苏苏州市阊门西七里，即枫关。本名封桥，因张继诗相沿作"枫"。

② 姑苏句——吴县在隋时为苏州，因境内有姑苏山得名。寒山寺在阊门西十里，相传名僧寒山拾得曾卓锡于此寺，故名。

词》"未卧尝闻半夜钟"，许浑诗"月照千山半夜钟"，于鹄诗"遥听维山半夜钟"，白居易诗"半夜钟声后"，温庭筠诗"无复松窗半夜钟"，陈羽诗"隔水悠悠午夜钟"等。严维宅在会稽，许浑诗作于吴中华严寺，是吴越一带皆有夜半钟。而《南史》上载丘仲孚读书以中宵钟鸣为限，又载齐武帝景阳楼有三更五更钟，阮景仲为吴兴守，曾禁夜半钟，可见夜半钟声由来已久。宋代的陈岩肖曾亲自到姑苏做官，每至三鼓尽四鼓初时，各寺钟声齐鸣，证实张继诗不误（参见《庚溪诗话》卷上）。由是可见，不曾历练，常无法作正确的评赏。(《中国诗学·鉴赏篇·读者的悟境》)

本诗以"愁"字为诗眼，采白描手法，将诗境中的景物由远而近地作层次井然的排列，且交织融会视觉、触觉、听觉之意象，作对比而又和谐的设计，故有如此感人之艺术效果。

就视觉形象而言，作者连下十二个实字——月、乌、霜、天、江、枫、渔、火、姑苏城、寒山寺、钟声、客船，这些密集的实字，不仅能使诗句凝练壮健，表现非凡的笔力，而且增加了许多让读者自由想象的天地，使得诗意丰繁无比。这些形象，在此诗境中各自显现出或明或暗、或静或动的色彩来，令人有立体的感受。作者除用视觉感人外，又用触觉刺激感官，加强意象，如落月与霜天是冷色，江枫及渔火却让人感受到暖意；冷色远在天边，暖意近在船两侧，两者间有了强烈的对比，加深了愁眠的滋味。此外，作者又诉诸听觉来摇荡性灵：此情此景，旅客已感到羁旅的不堪，再加上乌啼的凄凉，倍增深夜孤寂之感；又况夜半钟声直逼客船，则荒凉寂寥可知。本诗写旅人孤寂，借乌啼钟声反衬愁眠，写景道情皆极真切，实非虚构者可比。

（张高评）

韩翃

寒　食 (272)

春城无处不飞花，寒食东风御柳斜①。
日暮汉宫传蜡烛②，轻烟散入五侯家③。〔平声麻韵〕

　　韩翃的绝句以婉约隽丽著称，兴致繁富，如出水之芙蓉。唐人评其诗，以为"比兴深于刘长卿，筋节减于皇甫冉"。比兴指写景，筋节指抒情。现在看这首《寒食》诗，写景固深于刘长卿，抒情又何尝少于皇甫冉？

　　前两句写寒食之景，后两句写寒食之事。首句以节气即景逗出"寒食"，次句以"御柳斜"为线索，穿引三句"汉宫传蜡烛"，便顺理成章，而以"散入五侯家"作收，便有讽谏之意。在全诗的设计方面，作者灵活运用了"时空渐蹙"的手法，将宦竖之得宠曲曲传出。首句"无处不飞花"，似乎人人得宠有望；二、三句写东风御柳、汉宫传烛，则只限定皇宫中的人才有机会；末句"散入五侯家"，终于圈定非宦官之家莫属，空间由大渐次缩小，最后落实在极少数人身上。时间方面也是如此，由整个"春"季，迫促到一个寒食"节"，

---

　　① 寒食——《荆楚岁时记》："去冬节一百五日，即有疾风甚雨，谓之寒食。"大概在清明前二日。又谓："晋介之推三月五日为火所焚，国人哀之，每岁春暮不举火，谓之禁烟。"

　　② 传蜡烛——《西京杂记》："寒食禁火日，赐侯家蜡烛。"又唐《辇下岁时记》："清明日，取榆柳之火以赐近臣。"

　　③ 五侯家——《汉书·元后传》："成帝悉封诸舅……五人同日封，故世谓之五侯。"《后汉书·宦者传》："桓帝封单超新丰侯，徐璜武原侯，具瑗东武阳侯，左悺上蔡侯，唐衡汝阳侯，五人同日封，世谓之五侯。自是权归宦官，朝政日乱矣。"唐肃宗代宗以来，外戚宦官擅权，故切汉事为讽谕。

再由一个节气缩收到"日暮",最后将时间停留在"轻烟散入五侯家"的那一刻。这种时空的渐蹙感,很能传达出君王"宠爱在一身"的神理来。同时黄永武先生也说:"本诗每句均以时间开始,以空间结束,东风吹了飞花,又吹了斜柳,又吹着烛火,最后吹散了轻烟,随着一季、一日、一时的时间的迫蹙,那东风却贯穿着全诗的脉理。"

再看这首诗,全以微言侧笔,表露了历史的真实。诗中只借蜡烛传入五侯家这件琐事作醒笔烘托,便见出唐代宦官之盛。原来唐自肃宗、代宗以后,宠信宦官,故此诗借以讽谏。清王应奎《柳南随笔》说:"唐之亡国,由于宦官握兵,实代宗授之以柄。此诗在德宗建中初,只五侯二字见意,唐诗之通于春秋者。"因为春秋笔法推见至隐,多微言侧笔,此诗本此意,故说"通于春秋"。

据孟棨的《本事诗》记载,唐德宗时,起草制诰一职出缺,中书省提名请御批,德宗批曰:"与韩翃。"但当时有两韩翃,又以两人之名同进,御笔复批曰:"春城无处不飞花,寒食东风御柳斜。日暮汉宫传蜡烛,轻烟散入五侯家。"又批曰:"与此韩翃。"唐代诗歌的盛行,实与帝王的提倡和以诗取士的政策有关,由此可见。

(张高评)

刘方平（约公元七五八年前后在世）

洛阳人,天宝时人,终生未仕。其诗今存二十余首,多悠远之思,陶写性灵,默会风雅,故能脱略世故,超然物外。

月　夜（273）

更深月色半人家，北斗阑干南斗斜^①。

今夜偏知春气暖，虫声新透绿窗纱^②。〔平声麻韵〕

黄永武先生从时空的交感角度欣赏本诗说：

说这四句诗都在写空间景色是可以的，说这四句诗都在写时间早晚也是可以的。每句都分辨不清是时间还是空间，它是时空糅合交综着的。

"更深"是时间，"月色"是空间，"月色半人家"是空间的画面，也是时间的投影。"北斗阑干南斗斜"，月移斗斜是星空的图象，也是更深的标记。"今夜偏知春气暖"是写时间，但"春气"也带来了空间的色彩；"虫声新透绿窗纱"是写空间，但"虫声"也带来了时间的节候。

总括地说，上半首视觉的活动是自内而外的，由平视而仰视；下半首听觉的感应是自外入内的，那虫声来时，伴和着春暖的触觉、绿窗的视觉以及"新透"的动态，各种感官的活动像从四面八方汇集拢来，带来了节候的感知。（《中国诗学·设计篇·诗的时空设计》）

在时空交糅的诗境中，又借重触觉、视觉等感官的辅助，既勾勒出一幅幽美静穆之暮春初夏夜景，又抒写了对物候变化的细致感受。钟嵘《诗品》所谓"春风春鸟，秋月秋蝉，夏云暑雨，冬月祁寒，斯四候之感诸诗者也"，话虽不错，意象还是要靠作者的灵心妙笔去捕捉的。

首句"半人家"之"半"字，常字新用，虽是常熟字，却有新美的意味，更深时，月到中天，有一半人家照着月色，诗境十分幽丽。次句当句对，以北斗对南斗，在含蕴上"阑干"又与"斜"字相对，可谓巧句。三句转言今夜偏

---

① 北斗句——阑干，纵横的意思。北斗南斗，均为天上的星座。

② 窗纱——古时窗棂间以绵纸或纱绢糊窗。

惊物候之新，"偏"字很可玩味。月出月落，物换星移，也不知过了几季，却多懵懂不觉，今夜所以偏知者，固是由于春暖触觉的摇荡性情，继之以虫声的新鸣。末句用一"新"字，见久所未有，着一"透"字，见虫鸣感人之深刻，声透窗纱，更直逼人心，"新"字、"透"字都用得很奇妙。

刘方平的七绝描绘细腻，妙有含蓄，本诗便是细腻方面的代表作。

（张高评）

春 怨（274）

纱窗日落渐黄昏，金屋无人见泪痕①。
寂寞空庭春欲晚，梨花满地不开门。〔平声元韵〕

黄永武先生曾就空间的扩张去欣赏本诗：

全诗所写的空间是由纱窗推展到金屋，由金屋推展到空庭，再由空庭推展到大门。描写的空间由内而外逐渐扩大，但并不从比例的悬殊上去设计，因为全诗在写闺怨，原来闺中美人的生活天地，只是从室内的纱窗扩展到深闭的院门而已。这个有限的狭小空间，形成一种拘禁式的闷迷感，也助长了诗中春日的怨情。

"纱窗日落渐黄昏"写出眺望的久长，"金屋无人见泪痕"写出等待的难耐。但日落黄昏只写出一日的寂寞，必待"寂寞空庭春欲晚"的"春欲晚"三字，才透露出那一日一日的寂寞，已累积成整季的寂寞了，满地落花的累积正量出了寂寞的深浅。眺望既然无益，等候亦属徒劳，抛泪已无人珍惜，还珍惜落花做什么？反正是没有人来，就让这大门深闭着吧。这深闭的大门就是尽头，它给人一种空间极限的感觉，如许累积的寂寞，蹙促于金屋纱窗里，膨胀

---

① 金屋——指极华丽的宫室。《汉武故事》："武帝为太子时，长公主欲以女配帝，问曰：'得阿娇好否？'帝曰：'若得娇，当以金屋贮之。'"

至空庭院门间，空间不再扩张，寂寞却不断地滋长，这个有限的空间中，使人感受到寂寞的浓度在不断地加强。(《中国诗学·设计篇·诗的时空设计》)

又从情景交融去分析诗境：

一句、三句就时间来写景物，二句、四句就空间来写景物。唐汝询评解道："一日之愁，黄昏为切，一岁之怨，春暮居多。此时此景，宫人之最感慨者也，不忍见梨花之落，所以掩门耳。"就唐氏的剖析，可见句句都是含蕴着感情，从无人能见的纱窗背后，到深闭的院门前，这个幽怨的金屋，即是美人全部生活天地的界限，寂寞的空庭就是寂寞的心田，深闭的院门就是寂寞的心扉。第四句更是景中有情：满地累积的梨花，实在都是寂寞的化身、泪痕的化身，梨花的狼藉纵横，十足代表了百事无聊的慵态。梨花累积的数量，也正量出了寂寞的深浓。(《中国诗学·鉴赏篇·作品的诗境》)

这些赏析都能提供给读者一个具象而富于启发式的欣赏途径，读者苟能举一反三，则研读诗学自有进境。

这首诗以含蓄委婉见长：首句曰"黄昏"，三句曰"春晚"，是自叹芳华的虚度，有美人迟暮之慨；次句曰"无人见"，末句"不开门"，写诉怨之无从，较李白《怨情》更为悲苦寂寞。而以"梨花满地"之形象语衬托之，状写宫女之薄命怨情，不尚雕饰，不露怨悱，而春怨自见，最是表现法高乘之作。

"寂寞空庭春欲晚"，《全唐诗话》引此诗，"欲"作"又"，颇能传达其中无可奈何的嗟叹，亦佳。

（张高评）

柳中庸

名淡，以字行，河东人，仕为洪府户曹。《唐诗纪事》云："中庸，子厚之族，御史并之弟也，为官早死。"《全唐诗》录存其诗十三首。

征人怨 (275)

岁岁金河复玉关^①，朝朝马策与刀环^②。

三春白雪归青冢，万里黄河绕黑山^③。〔平声删韵〕

　　这首诗四句皆对，且当句亦各自成对，"金河"对"玉关"，"马策"对"刀环"，"白雪"对"青冢"，"黄河"对"黑山"，句法奇绝。而且这一系列的形象语言，都是实字（即名词）。多用实字，可以增加读者许多自由想象的余地，能使诗意繁富，语劲而句健，强化诗的密度。

　　在时间的设计方面，由"朝朝"的行役征战，延展到"三春"，再拉长到"岁岁"，时间的久长加浓了思乡的情怀，使征人感到不堪。在空间方面，由金河而玉关，而青冢，而黄河，而黑山，走过关山万里，无非塞漠苦寒之地，不是家乡山水风光，也平添了乡愁归意。刀固是征战之具，而其上有"环"，双关"还"意，古来常以喻征人之思归，这是双关语的妙处。后二句之"归"字"绕"字，暗与刀"环"相应，象征归思之无时不在、无所不在，并以呼应前二句征人久戍思归之意。在视觉形象上，本诗更是五彩缤纷、美不胜收，金、玉、白、青、黄、黑等色，正表现河山之风光随地不同。末句之"万里"，虽是标明黄河的长度，更量出了征人长途跋涉的里程。

　　黄永武先生说："本诗的韵脚像是叹息的声音。白雪、青冢、黄河、黑山，都是千古不改的东西，用以与人生的短暂相比，自然生出征人的怨思来了。又白色青色，色泽上都有些寒冷，而黄色画出于一大片黑色上，色泽会格外明亮的。"

―――――――――

　　① 岁岁句——金河，即黑河，在今内蒙古呼和浩特市南，即唐单于大都护府地。玉关，即甘肃玉门关。

　　② 马策刀环——马策，即马鞭，《左传·文公十三年》："绕朝赠之以策。"刀环，刀上有环，《汉书·李陵传》："立政等未得私语，即目视陵，而数数自循其刀环，言可还归汉也。"

　　③ 黑山——亦在今内蒙古呼和浩特市东南，即杀虎山，《木兰诗》："且辞黄河去，暮宿黑山头。"

三、四两句写景雄阔，主要得力于实字密集的关系。青冢指王昭君的坟墓，传说其坟上有树，枝桠向南伸展，有不忘归汉之意。而黄河虽千回百绕，最后仍朝宗于海。也许作者用"青冢""黄河"也有这个暗示作用吧？

（张高评）

顾 况（公元七二五——八一四年）

字逋翁，晚号华阳真逸，海盐人。至德二载进士，德宗时官秘书郎，后隐茅山以终。况性诙谐，不修检操，工画山水，后得服气之法，能终日不食。隐茅山后，炼金拜斗，身轻如羽。老年丧子，追悼哀切，七十而复生顾非熊。况有《华阳集》。宋严羽《沧浪诗话》说："顾况诗多在元白之上，稍有盛唐风骨处。"所为绝句，清隽自然。

宫 词（276）

玉楼天半起笙歌 ①，风送宫嫔笑语和 ②。

月殿影开闻夜漏 ③，水精帘卷近秋河 ④。〔平声歌韵〕

前两句写他人，后两句写自己；前两句写喧闹，后两句写寂静；前两句写荣幸，后两句写冷落。人我对比，遂觉相形失色而怨情无限。诗文中时常对列

---

① 玉楼天半——形容楼高。

② 和——喧闹杂沓。

③ 漏——为古时计时之器，漏声迢递，整夜不绝。

④ 秋河——即银河，银河两旁有牛郎织女星。

相异甚至相反的事实或情境，使相映衬，借以比较，从而促成旨趣之凸显与文气之遒劲者，叫作对比法。本诗抒写宫怨，深切而含蓄，实得力于对比手法的成功运用。

本诗前两句，借音响效果"笙歌""笑语"摹写他人之得宠，取景的角度是仰角。一般来说，用仰写容易收到怨望期盼的效果（本黄永武先生语）。这种意象美，颇能传出期盼向往之神情来。后两句以视觉和听觉意象诉说自己的失宠，"月殿影开"诉诸视觉，"闻夜漏"诉诸听觉，"水精帘卷"是心手合一的动作，"近秋河"则又是心绪带领眼神遄飞的动作了。眼看那明月照临宫殿，眼看那殿影逐渐移开，耳听那铜壶上的声声夜漏，心灵孤寂，百无聊赖之情景可以想见。既然人间好梦难圆，于是心思向外驰求，不觉手卷水精帘，遥望银河中的牛郎织女星，那牛郎织女隔着一条银河，"盈盈一水间，默默不得语"，岂不如同我隔着一座楼殿，惨遭冷落？这种咫尺天涯的感受，最能烘托出怨情来。而且这三、四两句的取景角度也是上仰的，最能描绘出期盼或怨望者的眼神和心理来。

章燮《唐诗三百首注疏》批评此诗说："此诗不言怨情，而怨情显露言外。若无心人，安得于夜深时犹在此间——闻之悉而见之明耶？"道出本诗词婉意微、不迫不露之特色，更表现了诗人温柔敦厚的风范。

（张高评）

李 益

夜上受降城闻笛[①]（277）

回乐烽前沙似雪[②]，受降城外月如霜。
不知何处吹芦管[③]，一夜征人尽望乡。〔平声阳韵〕

黄永武先生曾就空间的凝聚欣赏本诗说：

夜上城头，先是极目远眺，望回乐烽火台前的沙垠，再则收目近处，看受降城外的月色，从回乐烽前到受降城下，空间的视野已收缩了许多。第三句说吹芦管的不知是在何处，其实在塞外，到了夜晚，守军自然是在受降城上，吹笛的人也应是思乡的游子，他也该在城上。李益在城上听到了芦笛声，又看到身旁的征人，都凝滞着望乡的眼神。这首诗的空间是从烽火台前移近到城外，从城外移近到城上，再从城上移近到身旁，凝集到望乡的眼神里来，构思十分奇妙。当然，这一时的凝聚，由于"望乡"二字，又将空间扩散出去，投向无数不定的故乡远方。加之全诗用"霜""乡"等清亮的声音作韵脚，与李白的《静夜思》一样，助长了思乡不眠的气氛。（《中国诗学·设计篇·诗的时空设计》）

明代的胡应麟在《诗薮》中称："七言绝开元之下，便当以李益为第一，如《夜上西城》《从军北征》《受降》《春夜闻笛》诸篇，皆可与太白、龙标竞

---

① 受降城——《唐书·张仁愿传》："仁愿请乘虚取漠南地，于河北筑三受降城，当虏南寇路。"这里所指为西受降城，在今内蒙古杭锦后旗乌加河北，狼山口南。

② 回乐烽——在今宁夏灵武西，有烽火台。

③ 芦管——即胡笳，胡人卷芦叶而吹。或曰即芦笛。

爽，非中唐所得有也。"更以为中唐之绝句，当推"回乐烽前"为标冠。其他王世贞《艺苑卮言》、沈德潜《说诗晬语》，也异口同声称赞这首诗，认为是七绝压卷之作的入选逸品，这评价是相当高的。难怪唐时教坊乐人取此诗为声乐而度曲，又有为之绘图者，当时之推重可知。

这首诗起笔即对偶，弥见雄厚之致。一、二两句由于移情作用而改造了事物：沙碛漫漫，却看作皑皑白雪；月色茫茫，却当成棱棱严霜。白雪与严霜都是诉诸视觉和触觉的感受，遂使征人如坐霜雪之中，苦寒不堪可以想见。前二句写静态的景，后两句则写动态的景与情。第三句言"不知何处"，是故作神秘语，妙在不说破。末句总上，诗趣无限，乡愁亦无限。除非罢征戍、归故乡，否则乡愁将永远与芦管同在。宋宗元《网师园唐诗笺》说本诗"蕴藉宛转，乐府绝唱"，这评语是不错的。

李益另有《从军北征》诗云："天山雪后海风寒，横笛偏吹行路难。碛里征人三十万，一时回首月中看。"所写与本诗意境略同。清施补华《岘佣说诗》称："秦时明月一首，黄河远上一首，天山雪后一首，回乐烽前一首，皆边塞名作，意态绝健，音节高亮，情思悱恻，百读不厌也。"读者可以参看。

（张高评）

刘禹锡

乌衣巷①（278）

　　朱雀桥边野草花②，乌衣巷口夕阳斜。
　　旧时王谢堂前燕③，飞入寻常百姓家。〔平声麻韵〕

黄永武先生曾就时空的交感欣赏本诗说：

四句诗只像在描绘空间的景色，如果没有第三句的"旧时"，更像在描绘眼前的实景。其实朱雀桥边、乌衣巷口，都是指旧时佳丽之地，如今第宅丘墟，眼前唯有野花夕阳。所以首二句表面上是写空间景物，骨子里全是抚今追昔的感触，却不曾透露丝毫。下面两句说眼前的燕子，仍是旧时王谢堂前的燕子，但旧时的王谢堂，已换作寻常的百姓家了。全诗忽今忽昔、忽实忽虚，时空错综得不着痕迹，表面看来还像一幅幽静的风景画，其间情积意满，多少兴衰无常之感，低回沉痛之思，简直要喷薄出来了。（《中国诗学·设计篇·诗的时空设计》）

　　可见本诗是利用今昔荣枯等的对比，写出人世的无常，"华屋山丘"不过是其中比较显著的意象而已。清代《桃花扇·哀江南》所谓"眼看他起朱楼，眼看他宴宾客，眼看他楼塌了"，也有同样的寓意。

---

　　① 乌衣巷——巷在南京城内，秦淮河之南，近朱雀桥。晋南渡后，王导、谢安居此巷，其兵士皆着乌衣，故名。

　　② 朱雀桥——《江南通志》："朱雀桥在江宁县，晋置，即吴之南津桥，桥在朱雀门南。今聚宝门内镇淮桥，即朱雀桥遗址。"朱雀桥，东晋咸康时建，乃秦淮河上之浮桥。

　　③ 旧时句——乌衣园在乌衣巷之东，晋王谢故居，旧有堂，额曰来燕。

本诗借燕子以寄慨，备见空灵。唐汝询《唐诗解》欣赏本诗三、四两句说："不言王谢堂为百姓家，而借言于燕，正诗人托兴玄妙处。"施补华《岘佣说诗》也说："若说燕子他去便呆，盖燕子仍入此堂，王谢零落，已化作寻常百姓矣，如此则感慨无穷，用笔极曲。"在此诗中，燕子无异荣枯的化身，燕子既栖于人家，王谢后裔安得不沦为寻常百姓？留着这一层不说尽，言外便有无穷情趣，耐人玩味。若直说"昔日之王谢堂，今日为百姓家"，便淡乎寡味。而且这后二句用字皆极清响流亮，一气贯下，中间又不失顿挫，颇有声气悠扬之美。沈德潜《唐诗别裁》谓："七言绝句，中唐以李庶子、刘宾客为最，音节神韵，可追逐龙标太白。"诚非虚美。

起首即对仗，平仄合乎格律，是为律绝。"野草花""夕阳斜"，善于取景以制造今日没落形象，而托燕子之恋栈不变，以反衬王谢堂之变，更见情思绵渺，含蕴不尽。

（张高评）

春 词（279）

新妆宜面下朱楼①，深锁春光一院愁。
行到中庭数花朵，蜻蜓飞上玉搔头②。〔平声尤韵〕

黄永武先生曾就作者猎取景物镜头的远近欣赏本诗说：

就春词而言，可写的方面很多，作者却为这个抽象的主题寻找到最简明的映象，只截取一位少妇下楼入院的行进过程作为素材：第一句是人物由上而下；第二句是人物由内而外；第三句是人物一直走去，走到中庭，当蜻蜓与这

———————

① 新妆宜面——是说调脂匀粉，发型化妆均和面庞相宜。元微之诗："人人总解争时势，都大须看各自宜。"谓各种时髦发型与脸型相配，为唐人所注重者。
② 玉搔头——搔头为发簪之一种，相传武帝李夫人用玉为饰，此后宫中多用玉搔头。

个人物相遇时，这首看来像叙事的诗便结束了。诗中的人物无须发出一些声响，作诗的诗人也无须帮她作解释，从完成新妆开始，到蜻蜓飞上发饰为止，完全像一幕哑剧，没有情节，只有气氛，没有曲折，却富含蓄。这种气氛与含蓄的造成，不能说不是与作者猎取景物的镜头远近有关。少妇由立体的朱楼降至平面的春院，镜头是很宽广的。到第二句，只剩下一个少妇面对着春院。第三句范围更缩小，变成少妇站在中庭的花径上。第四句范围再缩小，特写的镜头缩小到少妇头发上的玉搔头，整个花径也不见了，只剩下一只蜻蜓。描写的对象范围不断地缩小，不断地趋向单纯化，但被描写的细小景物却因而不断地放大，不断地凸出来。末句特写一只蜻蜓停在美人的玉搔头上，这短暂沉静的一刹那，给了读者何等深刻的印象。……言外那种"人比花娇，见赏无人"的愁情，自觉逼临眉睫，这美人因为只有蜻蜓来怜惜而更惹人怜惜了。(《中国诗学·设计篇·谈意象的浮现》)

运用这种手法的要领，在"集中心力去凝视细小的景物，予以极大的特写，使景物因纯净孤立而变成突出的意象"，这是诗文中使意象历历浮现的样式之一，读之使人如闻如见。

刘禹锡所作七绝委婉多讽，深于哀怨，前人目为"骚之余派"，可谓允当。像本诗写春怨，但叙春庭闲事，而怨自在其中，所谓"不着一字，尽得风流"，就是这种含蓄不尽、使人低回想象于无穷的作品。本诗写少妇的春怨用的是侧写法，不写她如何寂寞、如何哀怨，却写她"行到中庭数花朵"，写"蜻蜓飞上玉搔头"，如此则取径深曲，字有余味，《艺概》所谓"正面不写写反面，本面不写写对面旁面"，就是此种手法。

首句就视觉形象语"新妆宜面"写出少妇绰约的风姿，三句的"花朵"以及末句所写，也都洋溢着娇艳与芬芳。可惜这么一个人儿，却被深锁在春院中，无人见赏。"一院愁"拈出诗的旨趣，"数花朵"极写其无聊心情，"蜻蜓飞上玉搔头"状其久立。无情的蜻蜓偏自作多情，知道爱赏美人；有情有知的人却那么绝情，不懂珍惜。这样写法，则知音之无人、春闺之怅怨，自在言外。

(张高评)

白居易

宫　词 (280)

泪尽罗巾梦不成，夜深前殿按歌声 ①。
红颜未老恩先断，斜倚熏笼坐到明 ②。〔平声庚韵〕

这一首也是描写宫怨的诗，作者对宫女的遭遇每每深表同情，如《上阳白发人》就是不朽的名篇之一，而且作者还上疏"请拣放后宫内人"，不愧是反映民生疾苦的社会诗人。

首句实写伤心情状，泪湿沾襟或可忍受，好梦难圆则使人不堪。次句虚写苦中作乐，以烘托前殿的欢乐荣宠，一喧一静，一乐一悲，一荣一枯，相形相较，更显出后宫的冷落与寂寞。歌声充满激动的力量，在泪已尽而又梦难成之时，偏传来前殿欢乐的笙歌，更令人悲不自胜。第三句虚写自己所以悲苦之故，是由于美色未衰而恩爱已弛，这才是最大的悲哀。今日之红颜既得不到恩宠，则他日美人迟暮后，将永远得不到恩宠，那是可以断言的，此后身世茫茫，更将何托？"永巷长年怨绮罗"，这人间憾事看是逃不掉了。精神上的慰藉与温暖既付之阙如，只好"斜倚熏笼"以取暖，坐待天明再说了。黄永武先生说："第一句泪湿写触觉，第二句歌声写听觉，第三句红颜写视觉，第四句熏笼写嗅觉，那宫中的冷暖酸苦，借助全身的感官来表现，特别令人感同身受。"这批评鞭辟入里，十分中肯。

---

① 按——按节拍。
② 熏笼——覆盖香炉的竹笼。

本诗在时间的设计上，仿佛只是深夜到天明这段时间而已，其实是叠积无数个深夜到天明，持续好几个夜以继日的"泪尽罗巾"与"梦不成"。而且这种冷落与哀怨，很有可能会继续到红颜老死时，除非有幸蒙恩，但那似乎是不太可能的事。

元稹曾批评白居易的诗，说长处在"道得人心中事"，而短处却是"情意失于太详，景物失于太露，遂成浅近，略无余蕴"，拿这个批评来看本诗，元稹果然称得上是白居易的知音。世以元白并称，实在名不虚传。

（张高评）

张　祜

赠内人 [①] （281）

禁门宫树月痕过 [②] ，媚眼微看宿鹭窠。

斜拔玉钗灯影畔，剔开红焰救飞蛾 [③] 。〔平声歌韵〕

这也是描写宫怨的诗，写来十分清华明艳，情致婉约。翁方纲《石洲诗话》引陆鲁望言批评张祜的诗，说"谏讽怨谲，时与六义相左右。善题目佳境，言不可刊置他处，此为才子之最"，我们在欣赏了张祜的几首诗后，很赞同翁氏这种看法。

---

① 内人——唐代称在宫内宜春院中习艺的宫女叫内人，又称前头人。内，指皇宫。

② 禁门——即宫门，宫中禁卫森严，故曰禁。

③ 红焰——指灯芯，古时之油灯均以灯芯草置油中以燃。

本诗在描写宫女寂寞无聊、怨悱不怒的心态上极为成功。一、二两句的取景采仰角写法，最能表现宫女歆羡及期盼的神情。首句写宫门深禁，侯门如海，里外消息难通，只有天边的月可以无碍地通过"宫"与"树"，宫女之不得自由可知。次句写宫女在百无聊赖中展其媚眼，仰看栖息在树上的白鹭鸟，羡慕其双栖双飞有归宿，这种"只羡鸳鸯不羡仙"的心理，正是宫女孤寂的内在反照。第三句转笔写其愁闷无聊，虽是小动作，却别有情致，依稀见得灯影幢幢中伊人之多姿。末句申足上句之意，看似无意，却是有情。剔焰救蛾，固是慧心仁术，亦所以自伤沦落。此种下意识的动作，实是内在心灵之投影——宫女之入宫，何异飞蛾之扑火？命运与飞蛾相似，自然流露同病相怜的爱心了。

　　全诗的场景由远而近，先仰后俯，层次井然不紊。黄永武先生说："全诗中宫树与鹭窠相呼应，媚眼与玉钗相呼应，灯影与红焰相呼应，句句密接不脱，不仅空间愈缩愈小，最后把焦点集中到红焰飞蛾的抢救动作上，把一个生动的女儿态表现无遗。"前人批评张祜的宫体小诗"辞曲艳发"，大概是指的这类词句来说的。《白氏金锁》记载："张祜苦吟，妻孥唤之不应，以责祜，祜曰：'吾方口吻生花，岂恤汝辈？'"可见他作诗时的专心，诗有这样的成就，绝对不是偶然的。

（张高评）

集灵台二首[①]（282～283）

日光斜照集灵台，红树花迎晓露开。

昨夜上皇新授箓[②]，太真含笑入帘来[③]。〔平声灰韵〕

---

　　① 集灵台——《元和郡县志》："天宝六载，改温泉宫为华清宫，又造长生殿，名为集灵台，以祀神也。"集灵台故址当在今陕西临潼骊山上。

　　② 昨夜句——上皇指唐玄宗，肃宗即位于灵武，尊玄宗为上皇天帝。箓，音 lù，册命之类。一说"授"应作"受"，意谓开始蒙受玄宗恩宠，盖必先出家受箓，而后方能入帘受宠。

　　③ 太真——玄宗贵妃杨氏，初为寿王妃，号太真，后得幸，更为寿王聘韦昭训女。

虢国夫人承主恩^①，平明骑马入宫门。
却嫌脂粉污颜色^②，淡扫蛾眉朝至尊。〔平声元韵〕

这两首是讽谕诗，旨在讽刺杨家姊妹的娇宠，而归咎于唐玄宗的溺爱。诗写得十分含蓄不露，看似极力推崇赞美，其实是肆情诋毁贬损，这种"正言若反"的笔法，正是讽谕诗的特色。

第一首诗写杨贵妃得宠的一幕。黄永武先生说："第一句以殿台日照暗示君恩，第二句以花迎露开暗示太真，第三句以上皇应第一句，第四句以太真应第二句，结构很匀整。"可见前两句以象征手法写景，为后两句明皇之临幸、贵妃之得宠起兴。首句言君临神殿，次句言贵妃承恩，都是用具体的意象表达抽象之情事，当然这得透过理性的关连与社会之约定才可以。集灵台是何等神圣的殿堂，岂可在此施恩市爱，亵渎神明？故着一"斜"字以讥斥之。杨贵妃本寿王妃，玄宗喜欢她，就命她先为女道士，再纳为贵妃。第三句所谓"新授箓"，实即开始蒙受玄宗恩宠之意，故第四句有"含笑入帘"之语，含笑入帘，见其轻薄无礼之甚。这首诗写出杨贵妃"君宠益骄态，君怜无是非"的开端。本诗在时间的设计上采逆述法，时间由晓日逆溯到昨夜，因将上文隔断，而一脉过乎其间，故颇具凌空跳脱之妙。

第二首诗写虢国夫人骄纵之一斑，并暗斥玄宗的荒淫姑息。此诗直咏其事，却隐约其言，虽是暴扬国恶，要在取义讽谏。仇兆鳌《杜诗详注》欣赏本诗说："乍读此诗，语似稍扬，及细玩诗旨，却讽刺微婉。曰虢国，滥封号也；曰承恩，宠女谒也；曰平明骑马，不避人目也；曰淡扫蛾眉，妖姿取媚也；曰入门朝尊，出入无度也。当时浊乱宫闱如此，已兆陈仓之祸矣。"说得鞭辟入里，实获我心。虢国不是皇后，却居然能"承主恩"，这里面就有微词。"平

---

① 虢国夫人——贵妃之妹，注见《长恨歌》。

② 却嫌句——《杨太真外传》："虢国不施脂粉，自炫美艳，常素面朝天。"又常与杨国忠并辔入朝。

明"不是召幸之时，金门不是骑马之地，今却不受此限，则虢国夫人之恃宠而骄可知。第三句写其艳丽，亦是实录，然书曰"却嫌"，曰"污"，曰"淡扫"，则颇见自矜自夸神理。全诗避开正面，以侧面表现虢国夫人当时那种气焰高张的神采，描绘得神龙活现，颇得力于春秋微言之心法。

《虢国夫人》一首在杜甫诗集里也有，但在张祜诗集中属《集灵台》。《唐人万首绝句》《唐诗品汇》也都认为是张祜的诗。张祜的绝句多写开元天宝间之遗事，如《雨霖铃》《宁哥来》诸曲皆是，今仍定作者为张祜。

（张高评）

题金陵渡①（284）

金陵津渡小山楼，一宿行人自可愁。
潮落夜江斜月里，两三星火是瓜洲②。〔平声尤韵〕

这是一首描绘乡愁的题壁诗，张祜曾寓居姑苏，此诗殆此时所作。本诗写景清丽，隽永可喜，也算是题壁诗中的佳作。

本诗描写金陵渡的夜景，就投宿在"小山楼"的"行人"所见所闻来捕捉素材，居高临下，由近而远，景物的设计可爱如画。首句写地点，次句写人情，"愁"字是本诗的旨趣所在。后两句中说所以"自可愁"之故，第三句写下望之夜景，近在眼前的，是月亮的清辉斜照江上，此时潮水退落，浪声远离，虽清静异常，却引人遐想。潮有涨落，月有圆缺，就在涨落圆缺之际，而逝者如斯，年华不在，作客他乡，面对此情此景，怎不可愁？第四句写远望所见夜景，看那灯火两三点之阑珊处，不就是瓜洲吗？章燮注："是，疑是也。"

---

① 金陵渡——疑为江苏镇江之西津渡，隔长江与瓜洲相对，今之镇江唐时一称金陵。若谓在南京，则不应距瓜洲这样远。

② 瓜洲——镇名，在今江苏省扬州市邗江区，临长江滨，与镇江相对。

则首句之"金陵"实指南京。南京虽距瓜洲甚远，但诗人的想象驰骋，可以改造空间，既然可以飞越关山，自然在南京可以夜见瓜洲星火了。这个因乡愁而改造的新世界，是不能作为一个真实的对象去理解的。我们很可欣赏这变化任意、趣味盎然的诗境，又何必刻舟求剑、胶柱鼓瑟地去大煞风景呢？李健人考证本诗的地名，以为今之镇江唐代曾称金陵，且说："余尝夜泊镇江，望江北瓜洲实有此景。"这种"富历练以察兴会"的做法自有可取之处，只怕减低了本诗的趣味，而且次句"愁"字也没有着落了。

诗中用"小山楼""斜月""两三星火""瓜洲"等形象语，意含零落，与"自可愁"相呼应。而第三句连下"潮落""夜江""斜月"三实词极力烘托，黄永武先生以为第三句是作者心灵的低潮，与暗中闪烁的两三星火非常调和，所谓愁绪，全被一幅景暗示出来。

（张高评）

朱庆馀

名可久，以字行，越州人。宝历二年（公元八二六年）进士。授秘省校书郎，时人以为得张籍之诗风，所谓气平意绝，称"社中哲匠"。其绝句清新婉丽，工于言情。

宫中词（285）

寂寂花时闭院门①，美人相并立琼轩②。

---

① 花时——指盛春花开时节。
② 琼轩——指华丽而有窗的长廊。

含情欲说宫中事，鹦鹉前头不敢言 ①。〔平声元韵〕

本诗在时间的设计上是由长而渐蹙的，黄永武先生说：

本诗的特色有两点：一是全诗以冲突见长，一是在时间性的设计上很成功。就冲突而言，"寂寂"与"花时""院门"与"闭"，是时空背景的冲突，亦即是情感冲突的引线。"含情欲说"与"不敢言"是情感冲突的爆发，到了不敢言，用不说的方法，却把宫中的幽冷、心中的幽怨，全部说了出来。就时间性而言，"寂寂花时"的时间长度是整个春季，"美人并立"的时间长度是赏花的片刻，也是"寂寂花时"中的一小段；"含情欲说"则是互诉感怀的俄顷，也就是"美人并立"时的一小段；"鹦鹉前头不敢言"则是抬头望见鹦鹉的一刹那，话到嘴边，紧急刹住的一刹那，也是把"含情欲说"戛然截断的一刹那，其时间的长度最短、最快、最急，急促地收煞，却留一大片空白在纸外回响。（《中国诗学·鉴赏篇·作品的诗境》）

又以诗禅相同的观点来比较本诗：

诗与禅常以不说为说，使言外有无穷意味。诗家有所谓"不着一字，尽得风流"的手法，禅家有"妙存默中"的主张，都不愿将意思明白说尽，反使言外悠然可想。如朱庆馀的《宫词》"含情欲说宫中事，鹦鹉前头不敢言"，话刚溜到嘴边，却怕鹦鹉哓舌，急忙把话截住，看来满腔幽怀，却不曾宣泄丝毫，实则比恣情倾吐更加动人。（《中国诗学·思想篇·诗与禅的异同》）

一般而言，宫怨诗多写其独处的自怨自艾，本诗却从美人相并时的欲言又止取景，将宫女心事刻画入微。诗中用矛盾逆折的语法，使两个相反的意思连贯一气，遂表现出一个相互冲激而腾跃的高潮，最能使诗句警策，密度增大。此诗之妙，尤在无字句处，举凡宫中忧谗畏讥、寂寞心事，皆自见于言外。近人刘拜山评解本诗说："曰相并，曰欲说，曰不敢言，摹写怨情，层层深入，

---

① 鹦鹉句——鹦鹉善学人语，恐其传言泄密。

帷灯匣剑，传神语外，君王之淫威，隐然可见矣。"经其分析，美人敢怨不敢言之情仿佛如见。

章燮《唐诗三百首注疏》称："庆馀官不达，故托宫中词以寄怨也。"果如其说，则本诗又寓作者的身世之感了。

（张高评）

近试上张籍水部^①（286）

洞房昨夜停红烛，待晓堂前拜舅姑^②。

妆罢低声问夫婿，画眉深浅入时无^③？〔平声虞韵〕

黄永武先生曾以诗禅相同的观点欣赏本诗说：

诗与禅都喜欢站在一个新的立场去观照人生，必须有超脱现实的心理距离。诗与禅常喜欢超脱实用的世界，把人或物孤立起来，放在一个适当的距离之外去欣赏。如朱庆馀的《近试上张籍水部》诗："洞房昨夜停红烛，待晓堂前拜舅姑。妆罢低声问夫婿，画眉深浅入时无？"这首诗，就是先将自己最切身的感情加以客观化，使其成为一种意象来比拟自己，题意明明写的是将近比试，将文章投献与张籍，却将投献文章的心情比作新妆画眉：不说文章合不合时人的胃口，却问画眉是否合于流行的时妆。作者写这首诗时，是站在客观的地位观赏自己，由实用的世界跳脱到美感的世界来了。（《中国诗学·思想篇·诗与禅的异同》）

就因为用比拟的手法，若没有诗题给予确定的理解范围，就无从解释诗的

---

① 近试——谓将近考试也。《云麓漫钞》："唐之举人，先借当世显人，以姓名达之主司，然后以所业投献，逾数日又投，谓之温卷。"诗题一作"闺意"。

② 舅姑——夫之父母，尤今言公公婆婆。

③ 画眉——《汉书·张敞传》："敞为妇画眉，长安中传张京兆眉怃（妩）。"深浅，浓淡。

寓意。所以本诗写的是"闺意",而事实上是请教自己的诗文是否合时式。原来张籍当时望重士林,士人皆录所作呈览,求他推荐,这种习尚叫作"温卷",朱庆馀乃作此诗以献。籍大加赞赏,从此庆馀的诗名便流传于海内了,事见范摅《云溪友议》及《唐诗纪事》。

写作本诗,能站在客观的地位观赏自己,自然有"旁观者清"之真,又不失矜庄蕴藉之美,风神旖旎而又意真语切。宋洪迈《容斋随笔》特别欣赏本诗,说:"细味此章,元不谈量女之容貌,而其华艳韶好,体态温柔,风流蕴藉,非第一人不足当也。欧阳公(当是梅圣俞)所谓状难写之景,如在目前,含不尽之意,见于言外,然后为工,斯之谓也。"其实,若就诗论诗,其中所写闺情十分纯粹深挚,新妇之达礼慎重、善体人情,描写得十分细腻生动,把它看成是新婚宴尔的诗篇来读,也别有情趣。

黄永武先生又说:"本诗第一个好处是用典入妙,画眉是张敞的故事,用张姓切准张水部。第二个好处是第一句写过去,第二句写未来,第三、四句才写现在,捕捉住了眼前最生动的一个镜头。"分析得很入情入理。

(张高评)

杜　牧

将赴吴兴登乐游原一绝①（287）

清时有味是无能，闲爱孤云静爱僧。

---

① 吴兴——今浙江省湖州市吴兴区,隋时曾改为湖州。其时杜牧为司勋员外郎,乞外放湖州刺史。

欲把一麾江海去 ^①，乐游原上望昭陵 ^②。〔平声蒸韵〕

这首诗是大中四年（公元八五〇年）杜牧将离长安赴任湖州刺史时所作的，以婉转的口吻写出满怀的愤郁，精练含蓄，颇有远韵远神。

首句使用矛盾逆折的语法，在"清时有味"正面意思之后，翻出反语"是无能"来，这种顷刻变化的冲突，便能显示诗的张力和密度。此类阳予阴夺、正言若反，不但给人警策的印象，也给人新奇的快感。次句申说"无能"而"有味"之故，谓太平时期，无才能者反可如孤云老僧一般，得闲静之趣，其实是写作者在京宦途失意、穷极无聊之情。此处愤语反言之，也是情感改造理性的一个例子。身为行政长官，却去爱云爱僧，则其抑郁可见，用的是侧写法。因侧笔之烘托以显露事实真相，效果往往超过直接述写千百倍。

三句转入赴任事，着一"欲"字，见其惓惓不忍离去之情。"一麾"化用颜延年《咏阮始平》诗"屡荐不入官，一麾乃出守"典故，以虚代实，转作出任刺史之旌节，非如沈括等所谓的"误用"。江海此处指太湖，是将去之处。末句字面上写其临行之依依，从长安的乐游原上遥望昭陵，有不忍遽离京师的情绪，当然也有感时爱君的意思，但言外亦有向往贞观之治、不满于当时的愤慨。写来含蓄不露，采用"激射法"，目注彼处，手写此处，语所未尽，眼光先到，很有杜少陵"返照入江翻石壁"的境界。

明许学夷《诗源辩体》谓杜牧七言绝句，"清时有味以下，尽入晚唐，而韵致可观"，这句话是不错的。

（张高评）

---

① 欲把句——麾，音 huī，旗上的装饰物。颜延年诗："一麾乃出守。"杜牧袭其意而不师其词，以虚代实而化用之。把，持。

② 昭陵——唐太宗的坟墓，在陕西礼泉县东北九嵕山。

赤　壁① （288）

折戟沉沙铁未销②，自将磨洗认前朝。
东风不与周郎便③，铜雀春深锁二乔④。〔平声萧韵〕

黄永武先生曾就情感改造时间及事物来欣赏本诗，他说：

铜雀台筑于建安十五年冬天，是赤壁战败以后才建造的，铜雀台落成，周瑜已死，二乔都成了寡妇，铜雀台绝不是为了要锁藏大乔、小乔而造的。又据《三国志·贾诩传》注，知道火烧赤壁，当时是"凯风自南，用成焚如之势"，吹的是南风，不是东风（参见潘眉《三国志考证》）。但凭着作者的想象，把铜雀台与二乔牵连在一起，产生趣味，造台的早与晚、风向的东或南，是不必进一步求证的。（《中国诗学·鉴赏篇·作品的诗境》）

这是一首咏史诗，夹叙夹议又带抒情，与但叙事而不出己意或纯出己意发挥议论者不同，是借重"东风不与周郎便，铜雀春深锁二乔"的形象语言，说明赤壁之战幸而成功，几乎家国不保的事实，不仅巧于构思，而且精于藻饰。因为形象语的运用，最能提供给读者具体的意象，通过思维，便能体味作者命意的隐微处。何文焕《历代诗话考索》说本诗"词微以婉，不同论言直遂"，这正是形象语言的妙用。

前两句借沙中折戟，自认前朝起兴，由此而引发思古之幽情，言折戟沉

---

① 赤壁——在今湖北嘉鱼县东北长江滨，系吴周瑜破曹操水军处。

② 戟——古兵器，如矛有小枝。

③ 东风——《三国志·吴书·周瑜传》注："至战日，黄盖先取轻利舰十舫，载燥荻枯柴积其中，灌以鱼膏。时东南风急，因以十舰最著前，中江举帆……去北军二里余，同时发火，火烈风猛，烧尽北船。"

④ 铜雀句——《三国志·魏书》："建安十五年冬作铜雀台。"按武帝作铜雀台，上有楼，铸大铜雀，高一丈五尺，置之楼巅。《三国志·吴书·周瑜传》："时得乔公二女，皆国色也，（孙）策自纳大乔，瑜纳小乔。"

铁，尚可仿佛当年战争之惨烈。黄永武先生说："第一句是一句三折法。一'未'字，见物是人非之慨；一'认'字，传怀古之深情。全诗精神则脉注绮交于三、四两句，作者有意夸张东风在赤壁之战中的地位，便使诗篇充满了趣味性。诗意只是说，赤壁之战若不获胜，则二乔就有被俘的可能。至于决战那天是否刮的东风、铜雀台的建造是否为了锁二乔，这都是无关紧要的。后代的小说家借此编造了借东风的故事，也不是杜牧始料所及的。要知诗人立言，'惟在声律之调，兴象之合，区区事实，彼岂暇计'？"（《全唐诗话续编》卷下）这段话是不错的。"诗有别趣，非关理也"，于此又获一明证。

赵翼《瓯北诗话》称："杜牧之作诗，恐流于平弱，故措词必拗峭，立意必奇辟，多作翻案语，无一平正者。"宋方岳《深雪偶谈》则说他"好为议论，大概出奇立异，以自见其长"。这些批评，站在诗歌的欣赏立场来说，是有失公平且不切实际的。史传说杜牧知军事、好论兵，然不为当时所赏重，本诗不过是他借咏史以抒其襟抱罢了。

（张高评）

泊秦淮① （289）

烟笼寒水月笼沙，夜泊秦淮近酒家。
商女不知亡国恨②，隔江犹唱后庭花③。〔平声麻韵〕

情景分写是本诗的写作手法之一，黄永武先生欣赏本诗说：

前两句写景物，后两句写情事，看似上下分隔，但由第一句的烟月，牵出

---

① 秦淮——即今南京城之秦淮河，相传秦始皇凿钟山以疏淮水，故名秦淮。

② 商女——即歌妓，指扬州之歌女。

③ 隔江句——《南史》："陈后主以宫人袁大捨等为女学士，因狎客共赋新诗，采其尤艳者，有《玉树后庭花》《临春乐》等曲。"后称靡靡之音为"后庭花"。隔江，指金陵与扬州二地而言。

了第二句的"夜"字，由第二句的酒家，牵出了第三句的商女，由第三句的亡国恨，牵出了第四句的后庭花。短短四句，一线叙下，用俊爽直达的快调写快心露骨的感慨，把诗人怀古忧时的情致吐露得非常痛快。沈德潜推许本诗为"绝唱"，又认为足以媲美盛唐压卷之作，我们若从笔力强度方面来评量，本诗温婉的字面下潜涌着绝大的神力，有资格"提名"为压卷的绝唱。(《中国诗学·鉴赏篇·作品的诗境》)

本诗在结构上一线穿注，势如贯珠，颇具承接之美。在修辞方面，用重出字是杜牧诗的特色，"闲爱孤云静爱僧"，复用"爱"字，本诗首句则重出"笼"字；常人以避重出为法，杜牧却以重出逞巧，可见重出与否是需要斟酌的。而且首句在短短七个字内，连下"烟""水""月""沙"四个实字，《赤壁》诗首句也连用"戟""沙""铁"三个实字，这些密集的实字，最能使语劲句健，表现出不凡的笔力来。

首句写夜景的凄迷，如梦似幻，与下文的"酒家""商女""后庭花"之意象谐和。次句点明夜泊，而以"近酒家"三字引起后两句。"不知"二字可怜又可恨，感慨良深，寄托深微。陈寅恪《元白诗笺证稿》解本诗后两句说："此来自江北之歌女，不解陈亡之恨，在其江南故都之地，尚唱靡靡之音，牧之闻其歌声，因为诗以咏之耳。此诗必作如是解，方有意义可寻。"此说精到，很值得参考。晚唐国势陵夷，时风淫靡，诗人触景生情，故歌此以寄慨，读之使人想见其衰朽之气。

全诗使事用词，备见贴切，音节神韵，无不入妙。除首句外，其他三句都平、上、去入四声递用（首句独缺去声），而且平仄都合律，所以音节铿锵可诵。

（张高评）

寄扬州韩绰判官（290）

青山隐隐水迢迢，秋尽江南草未凋。

二十四桥明月夜 ①，玉人何处教吹箫。〔平声萧韵〕

唐文宗大和七年到九年间（公元八三三——八三五年），杜牧曾在扬州淮南节度使府任职，与韩绰同事。本诗写其怀念扬州旧游，并驰问韩绰近况，清词丽句中行以疏宕之气，最是小杜胜场。

首句写扬州之远，连用两组叠字"隐隐""迢迢"。隐隐是影纽喉音字，有阴暗不明之意，迢迢是舌音定纽字，有远去模糊之意，用这两组叠字表现扬州山水之遥隔，很能传达望风驰想的心境。次句写扬州气候之美，"未"字或作"木"，如后蜀韦縠《才调集》，影宋本、影明本《樊川文集》都是如此。宋谢枋得认为这句诗的诗意是"厌江南之寂寞，思扬州之欢娱，情虽切而辞不露"，可见诗人直写所见，事或宜然。而杨慎《升庵诗话》则不以为然，认为作"木"是误字，谓"秋尽而草木凋，自是常事，不必说也。况江南地暖，草木不凋乎"？段玉裁也说："作草木凋，尚何意味哉？"作"未"字较合情理，且更能强化诗境的美感，故今坊本多作"未"，不作"木"。

后两句以扬州之景物故事相存问，意含戏弄，别有情趣。二十四桥历来传说不一，或以为一桥，或以为实二十四，总之是杜牧在扬州时与友人游冶流连之处。玉人指韩绰，杜牧诗《寄珉笛与宇文舍人》："寄与玉人天上去。"专以称友人。《扬州府志》述美人吹箫事恐不可靠，唐天宝人包何诗有"闻说到扬州，吹箫忆旧游"，可见吹箫自是扬州故实。本诗化用二十四桥与吹箫典故，有神无迹，堪称高妙。

堆垛数目字，是杜牧诗的特色之一，除本诗"二十四桥"一句外，他如"汉宫一百四十五""南朝四百八十寺""故乡七十五长亭"等皆是，颇不让算博士骆宾王专美于前。此种以数目字镶嵌之句法，并不容易做。

---

① 二十四桥——故址在今江苏省扬州市，隋置，以城门坊市取名，凡二十有四。后因州城改筑，二十四桥即或存或废。或谓即吴家砖桥，一名红药桥，古有二十四美人吹箫于此，故名。

黄永武先生欣赏本诗说："全诗为略带寒意的青白色，白水白草，月白人白，加上隐隐的青山，色调使夜色如画。"

（张高评）

赠别二首（291 ~ 292）

娉娉袅袅十三余①，豆蔻梢头二月初②。

春风十里扬州路，卷上珠帘总不如③。〔平声鱼韵〕

多情却似总无情，惟觉樽前笑不成。

蜡烛有心还惜别，替人垂泪到天明④。〔平声庚韵〕

这两首赠别诗，是大和九年作者离扬州赴长安时与歌伎分别之作，第一首称赞其美丽，第二首抒写其别情。

第一首诗，首句写其年龄与意态，用"娉娉""袅袅"两组叠字，状其体态轻盈，婀娜多姿。用叠字不仅可使气完意足，而且可使声调动听，音节柔美。次句用"豆蔻梢头二月初"来比拟其娇嫩可爱，用的是拟物修辞法（或称转化），使得意象格外明显生动，鲜活如现。据《桂海虞衡志》记载，豆蔻这种植物春末夏初开花，"一穗数十蕊，每蕊心有两瓣相并，词人托兴比目连理云"。二月初豆蔻犹含苞待放，以之称少女是再恰当不过了，"梢头"更是娇嫩具象的特写。

---

① 娉娉袅袅——娉，音 pīng，袅，音 niǎo，娉娉，美貌。袅袅，长身无力貌。

② 豆蔻——有草本、木本两种，可作药。其花生于叶间，南人取其未大开者，叫作含胎花，故常用以比方处女。花开于春末夏初，二月初尚未开，故以比处女。

③ 卷上句——意谓卷上珠帘，品评诸妓容貌，总不如其美。

④ 蜡烛二句——蜡烛为风所吹，烛油流溢，叫作"烛泪"。

后两句以映衬法写其妍丽，"春风"承上"二月初"点明时间，"十里扬州路"写空间的广大，也暗示人物的众多。或谓"春风十里"是概括手法，指扬州娼楼歌馆所在之地，即张祜诗所谓"十里长街市井连"者，则春风作形容词解，犹言春色，则是明点游乐之地了。末句极力一赞，以"卷上珠帘"的动态演示，呼唤出这位"曾经沧海难为水，除却巫山不是云"的美人来。映衬法就是属辞比事、相映成趣的一种手法，善用之可使诗文省力而有风神。另外，好用数目字也是本诗特色之一。

第二首诗，黄永武先生特别欣赏它的翻叠手法，认为可以使诗情致清新，含意层折有味，他说：

张戒在《岁寒堂诗话》中批评本诗说："意非不佳，然而词意浅露，略无余蕴。"张氏的批评并不公平，因为蕴藏固然是一种美，若将难状的情感生动地表露出来，又何尝不是一种美？像杜牧这句"多情却似总无情"，很难用同样长度的散文来翻译，却使人人感到深获我心似的，这是诗人对自身观照后捕捉住的传神的表情，所以极易唤起共鸣。喻守真把它译述为："谓以前欢聚何等多情，而今别去，转觉无情。"（见《唐诗三百首详析》）恐怕根本不是杜牧的意思。喻氏所译大概是依据章燮的《唐诗三百首注疏》，章氏注疏还说："姑勿论其有情无情，唯觉饯别樽前，一若含住幽怨，笑不成耳。"所作疏解，幼稚可笑。实际上，杜牧用翻笔并列"多情""无情"两个相反的词汇在一句中，句子是灵妙的，内涵是繁复的，应该说多情到了极点，却反像无情一样，只是在樽前怎么也笑不起来了。凡是至亲的亲人之间，不能说不多情，但临到分别之际，未必会说相思断肠之类的话，也许连作揖牵衣的动作也不会有，所能表现出来的只是饯别樽前面色凝重，笑不出来罢了。杜牧虽是在赠别一个妓女，必然是情有所钟，如此描绘，可说入神。这种翻叠的句子，应该说是十分深刻感人才对，张戒评为"词意浅露，略无余蕴"，岂不是瞽说么？（《中国诗学·设计篇·谈诗的密度》）

这种当句的翻叠，"能使同样长度的字句间含有较平叙的语句加倍的意义"，所以诗的密度极大，含意极深。

本诗首句妙于翻叠，次句妙于承接，三句妙于象征，四句妙于转化，宋人评杜牧之诗，说他"豪而艳，宕而丽"，其绝句在晚唐中尤称巨擘，观此益信。看本诗第三、四两句，以情景交融手法写"有我之境"，这是情感改造事物的一个例子。将感情投射出去，移就于事物，于是事物都沾染了感情的色彩：不说自己有心，却说蜡烛有心；不说自己将惜别，却说蜡烛充满离愁别绪；不说自己竟夕黯然神伤，却说蜡烛替人垂泪到天明。这种撇开正面不谈、纯作侧面烘托的手法，最见深曲有味。

清黄叔灿《唐诗笺注》别从修辞法欣赏本诗："曰却似，曰惟觉，形容妙矣。下却借蜡烛托寄，曰有心，曰替人，更妙。"也欣赏这种拟人法。黄永武先生说："将烈火一般的离愁，浓凝成一个譬喻，达到了以简单来表现千头万绪的高妙效果，是本诗成功之处。"

（张高评）

遣　怀（293）

落魄江湖载酒行^①，楚腰纤细掌中轻^②。
十年一觉扬州梦，赢得青楼薄幸名^③。〔平声庚韵〕

《杜牧别传》称："牧在扬州，每夕为狭斜游，所至成欢，无不会意，如是者数年。"可见杜牧不拘细行之一斑。这首诗是他在纵情酒色后一旦觉悟，懊悔冶游之作。

---

① 落魄——失意无聊之意，一说漂泊之意。

② 楚腰句——《后汉书·马廖传》："楚王好细腰，宫中多饿死。"《赵飞燕外传》："飞燕体轻，能为掌上舞。"

③ 赢得句——梁刘邈《万山见采桑人》诗："倡妾不胜愁，结束下青楼。"青楼即妓院。薄幸，犹言薄情。

首句以"落魄"二字领起全诗，可见沉迷于酒色，主要是由于失意无聊。"载酒行"见其酒不离身，"楚腰纤细掌中轻"见其日不离女色。次句运用两个典故，写妓女体态之轻盈，仿佛如见，这得力于"楚腰""掌中轻"形象语言通过读者的思维联想所产生的效果。第三句言"十年"，写其长久，《古今诗话》称："杜牧之登科后，三年纵放。"可见杜牧纵情逸游的时间不一定是十年，说十年不过是一种夸张笔法，以便与"一觉"形成对比。十年是漫长的光阴，一觉只是刹那的时间，这两者间悬殊的对比使得意象交相映发，悔悟之意遂倍加显明，有往事如烟、恍如隔世之感。本诗着眼，尤在末句之"薄幸"，固见大彻大悟之洒脱，亦是诗人温柔敦厚之处，十年只赢得薄幸名而已，则失去之功名事业将不可估计，此意不曾说破。

《全唐诗话》卷四载："牧不拘细行，故诗有'十年一觉扬州梦，赢得青楼薄幸名'。吴武陵以《阿房宫赋》荐于崔郾，遂登第。"杜牧沉迷酒色，大概在他三十一二岁时，后因悔悟而作此诗。其实他的纵情声色，跟晚唐奢靡的社会风气很有关系，他能迷途知返，十分难能可贵。

（张高评）

秋 夕^①（294）

银烛秋光冷画屏，轻罗小扇扑流萤。

天阶夜色凉如水，卧看牵牛织女星^②。〔平声青韵〕

时空的交感是本诗的特色之一，黄永武先生早有明言，他说：

四句诗乍看都是空间的景物，但每句都隐藏着"秋夕"的题旨，第一句以

---

① 此诗宋人见王建集中亦收入，唯杜集则收在外集，当以王建作为是。

② 卧看句——牵牛星一名河鼓，在天河之东，织女星一名天女，在天河之西。《荆楚岁时记》："七夕为织女牵牛聚会之日。"

银烛与秋光点出秋夕，第二句以流萤点出秋夕，第三句以夜凉如水点出秋夕，第四句以牵牛织女星点出七夕，也是秋夕，所以本诗是时空互为表里的。

第一句银烛、秋光、画屏是三个各不相涉的东西，却被一个"冷"字缩合起来，这个"冷"字，使原本奢丽的宫中陈设增添了寂寞的况味。秋夕既凉，罗扇与流萤都是转眼要过时的东西，扑捉流萤，也有寂寞无聊的意思。待到夜凉如水，夜已深沉，长空由于秋高气爽，星星特别明亮，宫人在众多的星宿中独选牛郎织女星，仰看多时，自然有一团幽怨之情。全诗由扑萤嬉戏到卧看双星，由动而静，也正表出夜深渐寂的景况。全诗无一处不是错综着时空，而情思蕴藉，清丽感人。（《中国诗学·设计篇·诗的时空设计》）

这首《秋夕》诗，杜牧、王建集中皆有之，以诗风而言，当是王建之作。宋周紫芝《竹坡诗话》说："二子之诗，其清婉大略相似，而牧多险侧，建多平丽，此诗盖清而平者也。"这推论大致上是不错的。崔颢《七夕》诗云："长信深阴夜转幽，瑶阶金阁数萤流。班姬此夕愁无限，河汉三更看斗牛。"本诗立意，或许是由此脱胎点化而成。

首句以"秋"字贯全篇，以"冷"字传深宫孤寂之神。前两句多用实词，如银烛、秋光、画屏、轻罗、小扇、流萤，后两句亦用天阶、夜色、水、牵牛、织女星五个实词，使得诗意繁富，密度增大。孙洙《唐诗三百首》说本诗"层层布景，是一幅着色人物画"，主要得力于实词的密集。另外，本诗利用感官的交综，使意象更活泼生新，也是一大技巧，银烛秋光画屏是诉诸视觉的意象，却用触觉"冷"字去感受，天阶夜色也是视觉意象，却以"凉如水"的触觉作比喻，在在都使意象新丽而动人。且后两句侧写牵牛织女星，便烘托出愁思不寐，尤见深曲传神，含蓄有味。

（张高评）

金谷园 ① （ 295 ）

> 繁华事散逐香尘 ②，流水无情草自春。
> 日暮东风怨啼鸟，落花犹似坠楼人 ③。〔平声真韵〕

这是一首吊古诗，金谷园的盛衰荣枯聚散离合，随着景物的描写而有具体的演示，读之使人不胜今昔之感。

全诗以"散"字为归趣，"散"字绮交于二十八字，二十八字都有散败的景象。一、二、三句写景，句句景中带情，令人有苍凉无际之思。昔日金谷园的繁华，已随香屑而消散了，如今只剩金谷的水无情地流着，花草仍在春天开花得意。傍晚东风吹过处，鸟儿啼出幽怨的情调，片片落花坠下，好像当年跳楼的绿珠再现一样。繁华、香尘是过去的事，流水、春草是今日之景，荣枯相形，今昔对比，感慨自在言外。第三句是从张继《金谷园》诗"年年啼鸟怨东风"点化而成，着一"日暮"，布景有情。王夫之说："一切景语，皆情语也。"确是有见之言。第四句以花拟人，以人比花，则落花就等于绿珠的化身。即物兴怀，是人是花？合成一凄美迷离之境，而意象仍自鲜活如生，笔致堪称空灵蕴藉。

黄永武先生说本诗是得力于永恒之物与短暂的对比："在一片荒散的景象中，香尘、春草、落花都是短暂的事物，而流水日暮却是千古永恒的景物。然

---

① 金谷园——故址应在河南洛阳市西北。晋石崇《金谷诗序》："余……有别庐在河南县界金谷涧中……有清泉茂林，众果竹柏药草之属，莫不毕备。"

② 香尘——《拾遗记》载，石崇为教练家中舞妓步法，以沉香屑铺象牙床上，使她们践踏，无迹者赐以珍珠。香尘，即香屑。

③ 坠楼人——《晋书·石崇传》："崇有妓曰绿珠，美而艳。孙秀使人求之，不得，矫诏收崇。崇正宴于楼上，谓绿珠曰：'我今为尔得罪。'绿珠泣曰：'当效死于君前。'因自投于楼下而死。"

而千古不改的景象，反而衬托出物是人非的凋零感，而短暂的落花偏又年年如昔，像在永恒无止地纪念那个坠楼的女主角。"

本诗在表现荒芜凄凉的意境上，除了以对比产生情趣外，还极力加强各种感官意象的浮现，使得意象十分鲜明逼真。如香尘诉诸嗅觉，流水啼鸟诉诸听觉，草自春、落花、坠楼人诉诸视觉，东风诉诸触觉。这些形象语带声，带光，带香味，带触觉，让人有立体的实临感受，所以读了这首诗后，衰飒苍凉之气逼人——就是得力于这些感官的辅助，意象才能如此历历鲜明。

（张高评）

李商隐

寄令狐郎中 ① （296）

　　嵩云秦树久离居 ②，双鲤迢迢一纸书 ③。
　　休问梁园旧宾客 ④，茂陵秋雨病相如 ⑤。〔平声鱼韵〕

----

　　① 令狐郎中——即令狐绹，令狐楚之子，举进士，擢左补阙右司郎中。义山早岁见知于令狐楚，尝与绹同游。

　　② 嵩云句——嵩山的云，秦川的树，此指一在洛阳，一在长安。

　　③ 双鲤——蔡邕《饮马长城窟行》："客从远方来，遗我双鲤鱼。呼童烹鲤鱼，中有尺素书。"后人因称尺牍为素鲤或鱼书。

　　④ 休问句——汉梁孝王好营宫室苑囿之乐以通宾客。司马相如客游于梁，梁孝王令与诸生同舍，相如乃著《子虚赋》。

　　⑤ 茂陵句——相如常有消渴疾，称病闲居，不慕官爵。既病，被免除孝文园令，家居茂陵。茂陵，在陕西兴平市，以汉武帝陵墓得名。

李义山站在远隔的小天地里，孤芳自赏地写下这首诗。这种远隔心态本是怀才不遇者自怜自赏的反应，黄永武先生对此诗曾有精辟之解析，他说：

尽管离群索居，义山常喜自比司马相如或曹子建。本诗中用嵩山的云和秦川的树，指出两地遥隔的空间。你寄来一封远方的书简，承你问起梁孝王苑园中的旧宾客，这里只有一个因病家居而卧听秋雨的司马相如。人在缺乏高水准的群体活动后，退居到自我意识世界中时，最容易夜郎自大，本诗将令狐宅比作梁园，并自比才华如司马相如，就是自怜自赏的心态不自觉的表露。其实司马相如是不慕官爵的，冀求荐达的义山自比相如，等于对自己原本渴求的东西，反而在言辞上故意排斥，这也许是心理防卫上的反向作用吧？（《中国诗学·思想篇·李商隐的远隔心态》）

透过作者的心态认识去了解一首诗所表现的内容，这是属于思想方面的鉴赏。能从这个方向去努力，自然可以拓广诗歌鉴赏的视野，而达到真、善、美三者兼顾的境界。

李商隐早年受知于令狐楚，并靠其提拔成进士，故与令狐楚之子绹相善。但后来却当了王茂元的女婿，王为李德裕党，令狐为牛僧孺党，时令狐绹为员外郎，以义山为背恩，尤恶其行，不再予以提携。义山虽心知见疏，但仍时时望其谅解。令狐绹于武宗会昌四年任右司郎中，时义山丁母忧，家居多病，所以令狐氏来信问候，义山便作此诗答之。杨守智《李义山诗集辑评》说本诗"其词甚悲，意在修好"，是很正确的。程梦星《重订李义山诗集笺注》以为"此亦居郑亚幕中寄绹者"，未免不确，因义山从郑亚岭南时，令狐已出任湖州刺史了。

本诗的特色在用典深稳健丽：嵩云指自己所居，秦树指令狐所在，双鲤句指得令狐书札，三四句自比相如，而以杨得意荐相如事寄望令狐绹。而在第三句着一"休问"，明是一面感激他的关心，一面又正意反说，希望令狐绹不要冷落了他。俞陛云《诗境浅说续编》说本诗"不作乞怜语，亦不涉觖望语。鬓丝病榻，犹回首前尘，得诗人温柔悲悱之旨"，纪昀批评这首诗说"一唱三叹，格韵俱高"，都很值得参考。

（张高评）

瑶　池① （297）

瑶池阿母绮窗开②，黄竹歌声动地哀③。
八骏日行三万里④，穆王何事不重来⑤。〔平声灰韵〕

　　这是一首咏史诗，借《穆天子传》故事，以寄托其讽谏之意。唐代帝王多迷信神仙，祈求长生，结果枉送了性命，本诗乃有感而发之作。旧注以为讽叹武宗之崩殂，因武宗好仙，好游猎，又宠爱才人。其实唐代帝王如此者多，不宜专指武宗。义山诗另有《汉宫词》，讽求仙而不亲贤才，此诗则讥求仙而遑恤百姓疾苦，同样寓有鉴戒之意。

　　首句写西王母的等待，"绮窗"凭空布景设色，曼妙有味。次句写穆王纵游求仙，而国人饥寒哀号，讽谏正意。曰"动地哀"，明是感天动地，哀鸿遍野，措词未免夸大，却使意象生动浮现。第三句言"三万里"也是夸大其词，意象不如此夸张，则不足以穷形尽相，惊耳动心。既然穆王八骏日行三万里，为什么后来却不能重回西王母处呢？诗趣故意不说破，含蓄有味。第四句是翻西王母送穆王歌"将子无死，尚能复来"之意，明其不重来，即是已死，以讥求仙之无益，这是本诗第二个寓意。大抵用典使事，有直用其事者，有反其意而用之者，能翻叠旧事旧语，则可使原意之上再复叠一层新意，最能使诗意清新有味，增大密度，本诗末句即有此种胜境。

----

　　① 瑶池——《穆天子传》："天子宾于西王母，觞西王母于瑶池之上。"
　　② 瑶池句——《汉武内传》："上元夫人谓王母曰：'今阿母纡天尊之重，驾降螺蛄之窟。'"
　　③ 黄竹句——《穆天子传》："日中大寒，北风雨雪，有冻人，天子作诗三章以哀民曰：'我徂黄竹，玄员閟寒。'"
　　④ 八骏句——《拾遗记》："穆王八骏，一名绝地，二名翻羽，三名奔宵，四名越影，五名踰辉，六名超光，七名腾雾，八名挟翼。"又《列子》："穆王乃观日之所入，一日行万里。"
　　⑤ 穆王句——穆王周昭王子，名满，在位五十五年。又《穆天子传》："西王母为天子谣曰：'将子无死，尚能复来。'"不重来，意谓穆王已死，不能践约。

黄永武先生在《诗与神话》一文中以为："诗中运用神话，并不重在故事本身，而是借助神话以表现诗人自身对生活的感叹。归纳诗人运用神话，有下列六种动机，即嘲弄生命的短暂、突破自然的局限、感叹生活的艰辛、排解长日的寂寞、暗示压抑的性爱，与补偿人生的自卑等六项，本诗是属第一项。诗中说周穆王驾着八骏马，日行万里，遍及天下，西征时与西王母见面，赋诗奏乐，相约三年后再见。但是即使见到了西王母，与仙人相约，仍然对生命短促的威胁毫无保障，生命只像风中的烛火，劳动仙人用玉掌来呵护，还是摇曳即熄，八骏的速度再快，依旧后会无期，徒呼奈何。"黄先生就神话本身着眼，也是可通的。

（张高评）

贾　生 ①（298）

宣室求贤访逐臣 ②，贾生才调更无伦 ③。
可怜夜半虚前席 ④，不问苍生问鬼神。〔平声真韵〕

这是一首咏史诗，咏的是洛阳少年贾谊。施补华《岘佣说诗》评义山咏史诸作说："以议论驱驾书卷，而神韵不乏，卓然有以自立。"胡应麟《诗薮》则推崇《赤壁》诗与本诗，以为"宋人议论之祖"。本诗实记其事而论之，可视同史中的论赞。

————————

① 贾生——即贾谊。生，先生一词之省称。自汉以来，儒者皆称生。
② 宣室——未央前殿的正室。《史记·屈原贾生列传》："后岁余，贾生征见，孝文帝方受厘坐宣室，上因感鬼神事而问鬼神之本，贾生因具道所以然之状。至夜半，文帝前席。既罢，曰：'吾久不见贾生，自以为过之，今不及也。'"
③ 无伦——无比也。
④ 可怜句——可怜，可惜。虚，言其徒然。

本诗以加倍法激出诗趣，实刺汉文帝知求贤而不能用贤。首句言汉文求贤若渴，次句言贾谊才气无双，用的都是扬法。汉文贾生，可谓明主贤臣，相得益彰，善用善效，必能致国家于太平，跻斯民于安乐之天。作者期望此二人之高，可以想见，却万万没有料到，这夜半前席之召问，竟只问鬼神之虚无，而无一及民生之实际，可见此番的"前席"和"访贤"，只不过是徒然的无聊举动罢了。第三句以"虚"字见贬斥之神，末句则以"问鬼神"抹杀褒扬，用的是抑法。大概欲抑即抑抑无力，欲扬即扬扬无势，如果能在用抑之前先用扬，欲扬之前先用抑，则用意追进一层，用笔再加一倍，必能使诗文有气有势，一唱三叹。第三句写生，形象如闻如见，着一"可怜"，如闻叹息之声，一篇之主意在此。第四句为当句翻叠手法，跌入一层，正意愈醒，最为拗峭奇警。

咏史诗都有它的寓意，本诗的寓意，刘拜山《唐人绝句评注》以为所以自况："义山颇以才略自负，而不甘以词人没世者。然半生沉沦幕府，而主者辄以文章之士遇之，咏贾生，殆所以自况也。"张尔田《玉谿生年谱会笺》则以为"此刺牛党也"，谓"武宗崩，宣宗立，凡从前党人见逐于卫公者，无不一一召还，乃不能佐君治安，专以倾陷赞皇为事，假吴汝纳事，大兴诏狱。且吴湘冤狱，枯骨已寒，旧谳重翻，又岂宣室求贤之本意哉？不征于人而征鬼，真所谓但问鬼神，不问苍生矣。此虽牛党逢君之恶，然宣室亦不能无责焉，诗之所由假古寄讽欤"？二说不必皆是，录之聊备参考而已。

（张高评）

夜雨寄北（299）

君问归期未有期，巴山夜雨涨秋池①。

何当共剪西窗烛，却话巴山夜雨时。〔平声支韵〕

---

① 巴山——在今四川南江县北，有大巴山、小巴山。

时空变化是诗词架构的重要设计，本诗以今日与来日相对映，其中极尽变化之能事，黄永武先生曾解析本诗说：

本诗用的是问答体，问是假设作现在问，答是假设作将来答。第三句的"何当"呼应着第一句的"未有期"，为他日归期作了一番设想。第二、四两句重出"巴山夜雨"四字，虽同写的是一件事，却有来日与今日的不同。喻守真说第二句巴山夜雨是身在巴山看雨，第四句巴山夜雨是想到将来回家时说巴山看雨的情怀，而身仍在巴山，这种重复句的运用，最可表示一种缠绵的情致。然而这种情致正发自今日与来日的对映。桂馥说："眼前景反作后日怀想，此意更深。"（《札朴》卷六）傅庚生也剖析道："归期不敢预定，今日在巴山听夜雨，缅念将来，何日当可与君相晤，共剪烛于西窗，转更闲叙今日夜雨时情景耶？此悬想将来之能，却话今日，虚实颠倒，明纵而暗收，盖遥企于西窗剪烛之乐，正以见巴山夜雨之苦，若微波之漪涟，往复生姿也。"（《中国文学欣赏举隅》）时间的游移对映，由今日的处悲而思欢，待他日的处欢以思悲，将今昔不同的时间指向同一个空间来，会创设成一幅绝美的诗境。（《中国诗学·鉴赏篇·作品的诗境》）

诗是情感的语言，而情感变化最直接的表现就是声音节奏，这是诗的命脉。因此，黄永武先生又从音响的观点去欣赏本诗，他说："王维《相思子》诗'秋来发几枝''此物最相思'，李商隐的《夜雨寄北》：'君问归期未有期，巴山夜雨涨秋池。何当共剪西窗烛，却话巴山夜雨时。'都押支韵，支韵细腻缜密的感受，加浓了两诗的情趣。"用支韵字的细腻缜密，去传达缠绵悱恻的情怀，从音响上去欣赏，也算是致力于言传之妙的一种尝试吧。

白乐天诗："想得家中夜深坐，还应说着远行人。"写魂飞到家里去，本诗则预飞到归家之后，所以奇绝。这预飞到归家后的奇绝，就是纪昀在《李义山诗集辑评》中所谓的"探过一步作收，不言当下如何，而当下可想"。此诗含蓄不露，曲折清转处，正诗家所称赏者。至于本诗的结构，清何焯在《李义山诗集辑评》中说它是"水晶如意玉连环"，"水晶如意"是赞赏本诗清空透澈，不含渣滓，"玉连环"是说本诗像两环相扣，首尾呼应。全诗纯用白描手法，不用典故，而探过一步，开拓诗境，更觉曲折缠绵，独辟蹊径。

这首诗洪迈《万首唐人绝句》题作"夜雨寄内"，然义山集中寄内诗皆不明标题，故或以为此乃寄友之作，时当大中五年七至九月间，义山入东川节度使柳仲郢幕中，其时王氏已殁。不管如何，本诗微婉顿挫，使人荡气回肠，可谓李义山七绝诗的代表作。

（张高评）

为 有（300）

> 为有云屏无限娇①，凤城寒尽怕春宵②。
> 无端嫁得金龟婿③，辜负香衾事早期。〔平声萧韵〕

这首诗写的是闺怨之情。诗题"为有"，取首句前二字为名，与"无题"诗命意相似，跟诗的内容不甚相关。

诗中描写爱情与显贵不能得兼，与王昌龄《闺怨》诗"悔教夫婿觅封侯"同样命意。无限娇媚的闺人，一刻千金的春宵，惹人留恋的香衾，这本来可算是爱情的全部。但这爱情，在这冠盖云集的凤城中，却显不出她应有的地位，在金龟婿眼中并不是至上的；一到早朝时，才更加发现金龟婿不仅辜负了香衾，辜负了春宵，更辜负了无限娇，这就是闺人怕春宵，言"无端嫁得"的缘故。全诗爱恨交织，冲突愈烈，便愈见情趣之妙。这香衾与早朝，一私一公，一为爱情，一为名利，本来就很难得兼，如何抉择，端看个人。以诗而论，绮思妙笔，称得上是闺怨中的佳作。

---

① 云屏——是用云母石做的屏风。

② 凤城——即丹凤城，指京师。

③ 金龟——《旧唐书·舆服志》："天授元年，改内外所佩鱼并作龟，三品以上龟袋用金饰。"按指朝服上用金线所绣的鱼或龟形，亦有所佩金印，印纽有金龟为饰者。此借作显贵。

前人批评李义山的诗说："熟读李玉谿，可除浅易鄙陋之气。"（《一瓢诗话》）又说："微婉顿挫，使人荡气回肠者，李义山也。"（《石洲诗话》卷二）我们读了他几首诗，对于这些评语颇有同感。

（张高评）

隋　宫（301）

乘兴南游不戒严^①，九重谁省谏书函^②。

春风举国裁宫锦，半作障泥半作帆^③。〔平声咸韵〕

本诗写隋炀帝的荒奢昏暴，与作者另一首七律《隋宫》命意相同，既寓讽劝，又见才情，属辞蕴藉，宛转中不失严正，可谓讽谕诗之杰作。大抵义山咏史诸绝句皆持正论，如《涉洛川》《龙池》《北齐》《贾生》都是如此，不独本诗为然。

句句使事用典，却如自己出，是本诗的特色，更是义山诗的特色。本诗运化《隋书·炀帝纪》《开河记》二书故事，以写举国若狂，只为满足一人之游乐情景。何焯在《李义山诗集辑评》中说本诗"借锦帆事点化，得水陆骚扰，民不堪命之状，如在目前"。三、四两句完全点化《开河记》字文，不露痕迹，真所谓"使事如不使"者。全诗以"乘兴"二字领起一篇，尤见得炀帝"不惜倾天下国家以奉一己之淫欲，独夫行径，刻画无余，抵得许多议论"（刘拜山

---

① 戒严——《晋书·舆服志》："车驾亲戎，中外戒严。"严厉警戒之意。

② 九重——指人君所在。《楚辞》："君之门以九重。"《隋书·炀帝纪》："大业十二年秋，幸江都宫。奉信郎崔民象以盗贼充斥，表谏不宜巡行，上怒，斩之。车驾次汜水，奉信郎王爱仁又谏，上怒，斩之而行。"

③ 半作句——障泥，马鞍两旁下垂的东西，用以遮蔽泥土。《开河记》："炀帝御龙舟，幸江都，锦帆过处，香闻十里，举一国之宫锦，一半裁作障泥，一半裁作锦帆。"

《唐人绝句评注》)。"不戒严"三字见炀帝之行险侥幸，"九重谁省"见炀帝的
愎谏自用，夹叙夹议，中含讥刺。再取裁锦一事，以见炀帝的骄奢无度，"半
作"二字重复使用，也有强调之效果。

元辛文房《唐才子传》称："义山工诗，每喜用典，于写景言情之外，必
旁征远引，精切不移，人人谓其横绝前后。"因为喜好用典，所以诗中比兴为
多。北宋以来，杨亿、刘筠、钱惟、王安石等西昆诗派递相祖述，遂成深文奥
旨、晦涩难解之诗。故元好问《论诗绝句》说："诗家总爱西昆好，独恨无人
作郑笺。"就是有感于用典所造成的晦涩来说的。

（张高评）

嫦　娥（302）

云母屏风烛影深，长河渐落晓星沉 ①。
嫦娥应悔偷灵药 ②，碧海青天夜夜心。〔平声侵韵〕

本诗意境很富于含蓄性的美，黄永武先生欣赏本诗说：

纪晓岚评李商隐《嫦娥》诗说："意思藏在第一句，却从嫦娥对面写来，
十分蕴藉。"

这首诗字数只有二十八字，但读罢余音袅袅，回荡不绝，好像诗中的正意
并不在字面上，而这正意再加二十八字也未必能写完。朱彝尊只在本诗旁加密
圈密点，评了一句："是何言与？"大概是认为妙处不易说出，有些像罩月笼
烟的花枝一般，含糊迷蒙，只觉得绝美，你想看清它的究竟，却不容你近看逼
视，绝没有蹊径可以走近去。又有些像"空中之音，镜中之象"，但有神韵可

---

① 长河——即银河，又有天河、天江、天杭、天潢、河汉、云汉等异称。
② 嫦娥——本作姮娥，因汉文帝名恒，汉人为避讳乃改姮为嫦。又称羲娥。《搜神记》："后
羿请不死之药于西王母，嫦娥窃之以奔月。"或曰嫦娥为后羿之妻。今多以嫦娥代月。

味，别无迹象可寻。

何义门以为《嫦娥》诗是"自比有才调，翻致流落不遇"，冯浩以为"或为入道而不耐孤子者致诮也"，纪晓岚以为是"悼亡之诗，非咏嫦娥"，章燮则以为是写嫦娥"悔从前不当窃药，以自取其劳"，喻守真则以为是"责备意中人偷奔，而仍不能忘情"。章喻二说，过于浅率。张尔田则以为纪氏作悼亡解，韵味反浅；冯氏作刺诗解，更属错误。张氏以为："写永夜不眠、怅望无聊之景况，亦托意遇合之作。嫦娥偷药比一婚王氏，结怨于人，空使我一生悬望，好合无期耳。所谓悔也，盖亦为子直陈情不省而发。"(《李义山诗辨正》)张氏所说是否真合义山本意，也很难说，苏东坡说得好："作诗必此诗，定知非诗人。"真正的好诗，可以有许多解析的头绪，它不像散文，只有一条理解的路，只有直露的诗才会一览无余。诸家揣摩纷纷，正因为本诗蕴藉深藏，它可以作感叹看，可以作讽嘲看，它像一颗多面的钻石，让你从各种不同的角度都仰望到它璀璨的光辉。如果说穿了，把"夜夜心"改为"夜夜愁"，就索然无味。碧海青天与夜夜心不相连贯，反使碧海青天处处是心，心也随着无穷无垠了。诸家选诗，都选了这首诗，而不选前面的两首，相形之下，本诗自有一种教人动心的神韵。(《中国诗学·鉴赏篇·作品的诗境》)

又从翻用神话的观点去探索本诗的思想象征，黄先生又说：

诗人如何运用神话，将神话如何改写翻用，其中也耐人寻绎，如李商隐写"嫦娥应悔偷灵药，碧海青天夜夜心"(《嫦娥》)，"月娥孀独好同游"(《和韩录事送宫人入道》)，"姮娥捣药无时已"(《寄远》)，"兔寒蟾冷桂花白，此夜姮娥应断肠"(《月夕》)，义山将嫦娥奔月神话改造以后，不把嫦娥这位美人作为灵感与精神满足的具体象征，也不把长生不死作为关心的主题，却对嫦娥那份孤独冷清感受得极强烈，这自然与他自己以往经历中一连串的挫折有关。(《中国诗学·思想篇·自序》)

要之，本诗抒写孤高不遇之感，正暗合义山之心态，题若咏嫦娥，却作翻空出奇之论，末句以"夜夜心"写尽孤寂之况，不仅见夜夜懊悔如此，且以见年年岁岁、岁岁年年之懊悔不已，颇见叠字之妙用。前人称义山的诗，说它是

"百宝流苏，千丝锦网，绮丽鲜妍，照耀古今"，在中国诗史上自有其超然地位，读过他这几首诗，我们会赞同的。

（张高评）

郑 畋（公元八二三——八八五年）

字台文，荥阳人。会昌进士，乾符中为兵部侍郎同平章事，官至尚书左仆射。畋风仪俊美，姿采如玉，尤能赋诗，为人守正不阿，为当时奸臣所忌。

马嵬坡（303）

玄宗回马杨妃死①，云雨难忘日月新②。

终是圣明天子事，景阳宫井又何人③。〔平声真韵〕

从来歌咏马嵬坡的诗很多，不是感慨玄宗的无情，就是可怜杨妃的赐死，虽调苦词清，皆不出此意。唯独郑畋这首诗，前人一致认为"议论得体"，"得温柔敦厚之意"，更认为"观者以为真辅相之句"。由一首诗而断其有宰相之

---

① 玄宗句——参阅白居易《长恨歌》。

② 云雨句——宋玉《高唐赋》："妾在巫山之阳，高丘之阻，且为朝云，暮为行雨。"后人因借为男女欢合之词。难忘，或本作"虽亡"。

③ 景阳宫井——《陈书·后主纪》："后主闻兵至，从宫人十余出后堂景阳殿，将自投于井。袁宪侍侧，苦谏不从。后阁舍人夏侯公韵又以身蔽井，后主与争久之，方得入焉。及夜，为隋军所执。"按宫人中有张贵妃名丽华，最得宠幸，与后主同入于井。井在今江苏南京市玄武湖畔，又名胭脂井、辱井。

器度，这是由于本诗的气象局度表现得高远阔大、冠冕堂皇，有正大的气象所致。"诗者，志之所之"，是有道理的。

全诗以对比手法烘托出正意，首句一死一生对比，次句一亡一存对照，一私情一公义对比，写出杨妃死亡而社稷再造，明皇割恩断爱，牺牲小我，遂成全大我，而使得日月重光，国家一新。正反翻应之间，已隐寓褒贬之意在内。次句"难忘"一本作"虽亡"，谓玄宗与杨妃的恩情虽已成过去，然唐朝江山却保存了下来，叙事客观，立意正大。若作"难忘"，则谓玄宗回马后难忘旧日恩情，然日月已新，光景不同，"云雨难忘"就是《长恨歌》所谓的"圣主朝朝暮暮情"，"日月新"就是"天旋日转回龙驭"。二说皆可通，唯前说较顺当有致。

三、四句极力赞扬玄宗所为，谓赐死杨妃而使日月重光，终究是圣明天子才做得出来的事。不然像陈后主一样，不肯割恩断爱，只知偕同张丽华等贵嫔跳进景阳宫的井里躲起来，最终还是免不了受辱亡国。此处以陈后主之庸懦以反衬玄宗之果敢有为，褒扬之意自在言外。且结尾以"又何人"反诘生情，更见委婉曲折，风韵十足。

（张高评）

温庭筠

瑶瑟怨（304）

冰簟银床梦不成①，碧天如水夜云轻。

---

① 冰簟句——冰簟，喻竹席的冰凉。银床，指月光照射到床上，亦写凉意。

雁声远过潇湘去，十二楼中月自明①。〔平声庚韵〕

温庭筠的诗与李商隐齐名，以精丽著称。所为绝句，多轻灵疏秀，亦晚唐诗人之佼佼者。本诗描写闺怨，高浑秀丽，不着迹象，《诗薮》称此诗与"杜牧之青山隐隐水迢迢，此等入盛唐亦难辨"，是十分推崇的。

孙洙《唐诗三百首》评此诗，谓"通首布景，只'梦不成'三字露怨意"。谢枋得《唐诗绝句注解》则批评说："此诗铺陈一时光景，略无悲怆怨恨之辞。枕冷衾寒，独寐寤难之意，在其中矣。"至于如何表现这种"清怨"呢？作者一方面加强各种感官意象的辅助，一方面故意将接纳感官交综运用，于是这种清怨的意象就历历浮现了。试看首句，冰簟诉诸触觉，银床诉诸视觉，这是由冰凉与银白织成的闺房，缺乏温馨与色彩，难怪闺中人要"梦不成"了。次句写梦不成之后所见，妙在以视觉意象移就于触觉的感官中，碧天如水一样清凉，夜云轻轻飘逝，将诉诸视觉的印象转让触觉去感受，创造出颠倒迷离的气氛，遂使得孤寂的意象更加活泼生新。第三句写梦不成之后所闻，是诉诸听觉的，写雁之无情，远啼而去，正衬映伊人之无情，远行不回。末句诉诸视觉，写高楼岑寂之情，与首句"梦不成"相呼应。全诗借所见所闻所感所触，以写秋闺独处之怨情，与义山《嫦娥》诗相媲美，皆见"高处不胜寒"之慨。

全诗的空间由闺房而云天，而闻雁，而南及潇湘，渐推渐远，怀念之思绪亦随之展翅飞翔于南天。至第四句却仍落回现实，归到秋闺。雁过无情，唯有高楼明月来相照，留伴妆楼而已。诗中不言愁怨，而愁怨与秋宵等长，十分蕴藉。

（张高评）

---

① 十二楼——仙人所居。《十洲记》："昆仑天墉城，安金台五所，玉楼十二所。"此泛指高楼。

韩　偓（公元八四四——九二三年）

字致尧，小字冬郎，京兆万年人。昭宗龙纪元年进士，官至兵部侍郎、翰林学士。因忤朱全忠贬濮州司马。后入闽，依王审知而卒。有《翰林集》《香奁集》。韩偓富才情，词致婉丽，虽浑厚不及前人，但多忠愤风骨之语，非晚唐靡靡之音可及。其香奁一集，实不过少年游戏之笔，不能以此相讥。韩偓死后，遗有一箧，封锁甚密，家人以为珍玩。发箧，乃一箱残烛，皆当年昭宗召对金銮殿时，深夜宫伎秉烛相送时所留，偓悉藏之，以示不忘。

已　凉（305）

碧阑干外绣帘垂，猩色屏风画折枝[①]。

八尺龙须方锦褥[②]，已凉天气未寒时。〔平声支韵〕

韩偓的绝句多轻妍婉约，托兴深远，像本诗描写闺情，词致婉丽而不伤大雅，可谓《香奁集》中隽永之作。

诗以末句头两字为题，和李义山《为有》以首句头两字为题一样，同是无题诗，诗题都与内容无关。本诗借闺房陈设来表达闺情，景物布置，由阑干而绣帘，而屏风，而龙须席，而方锦褥，自外而内，层次井然。再以"碧"字、"垂"字、"猩色"、"画折枝"等视觉形象，绘画出立体而浓丽的景致来。妙在此中无人，而其人又未尝不在，细加品味，方觉隐约中依稀见"小怜玉体，在凉凉罗帐掩映之中"，"此中有人，呼之欲出"。末句点出节候，言已凉未寒时

---

① 猩色句——猩色，血红之色。折枝，花卉画法之一，画花枝而不带根者。

② 龙须——龙须草，可织席，此借代卧席。

候，最好安睡，意致凄艳，耐人寻味。孙洙《唐诗三百首》批评本诗说："通首布景，并不露情思，而情愁深远。"其实，一切景语也都是情语，透过写景以道情，远比纯粹抒情有韵致。因为"景以情合，情以景生，初不相离，唯意所适"（《姜斋诗话》卷下）。所以王夫之说："不能作景语，又何能作情语邪?"（同上）

勃利司潘莱说得好："诗人所要传达给我们的，是对事物的感觉，而非事物的知识。"诗借文字以表达其旨趣，更借视听味嗅触等感觉之助，以激起读者的感受。本诗前三句用视觉意象感动读者，末句则改用触觉刺激我们的感官。由于这一系列的感官刺激，唤起读者感同身受的意象，诗境自然是鲜明逼真的。这首诗和刘方平的《月夜》诗，无疑的，都是描写感觉的代表作。

（张高评）

韦 庄

金陵图^①（306）

谁谓伤心画不成，画人心逐世人情。
君看六幅南朝事^②，老木寒云满故城。〔平声庚韵〕

---

① 金陵——《唐书·地理志》："江南道升州县，上元本江宁，武德三年更江宁曰归化，八年更归化曰金陵，九年更金陵曰白下。"金陵为今南京。本诗一般版本题目为"金陵图"，而所收诗则为《台城》，或许是编者误题，或许是转刻讹漏，现在把这两首诗一并列入。

② 六朝句——《北史序传》："北朝自魏以还，南朝从宋以降，运行迭变。"吴、东晋、宋、齐、梁、陈六朝皆都金陵，总称六幅。

这是一首题画诗，以感慨世运之变迁与无常为主。

首句以反诘生情拓起，伤心本是抽象的意念，如今要提炼伤心的意象，借图画的实感浮现出来，作者就运用虚实相倚的手法，点虚为实，将伤心"画"了出来。这伤心就是整幅《金陵图》要表现的主题。

谁说伤心不能借图画表现出来呢？作者在次句提供了一种表现的方式，那就是"逐世情"。世人之情，见金陵之今昔变化，无不有荣枯之慨、沧桑之感，画人之心又何尝不然？画家心随情转，将那强烈的世变感受，借着色彩与线条表现了出来。次句只用一个"逐"字，就将画人心与世人情绾合贯串为一，成了两位一体的意象。

第三句以"君看"领冠，是示现的一种手法，在作者的提醒下，不仅能召回意象，更可达到呼之欲出的生动效果。依据第三句，可知作者所谓的《金陵图》共有六幅，画的是南朝事迹，而其布景设计则是末句的"老木寒云满故城"。画南朝事，金陵图，当然可以有很多布景方式，作者却只裁取了衰飒苍凉的景物，清一色表现了沧海桑田的"伤心"。这六幅画以金陵故城为底，在次高的位置画上一株株的老木，上方再渲染朵朵寒云。故城、老木象征金陵之古老与沧桑，在在烙印时间的刻痕，是比较不易改变的意象。寒云则是凄凉变幻的意象，与南北朝的运行迭变相吻合。本诗末句容纳两个相反的意象，最能够显出诗的张力与密度来。可见作画作诗都要很注意取景，只因为"一切景语，皆情语也"。再说，末句密集"老木""寒云""故城"三实词，意象既经重叠，意义自然繁富，诗句也显出凝练壮健的气势来了。

（张高评）

台 城①（307）

江雨霏霏江草齐，六朝如梦鸟空啼②。

无情最是台城柳③，依旧烟笼十里堤。〔平声齐韵〕

　　这是一首吊古伤今之作，韦庄生当唐亡前夕，故借此诗以寄慨。韦庄的七绝清艳明丽，情致深婉，色泽明淡相谐，音节韵律佳妙，是晚唐诗中不可多得者。

　　本诗以不变的台城景物映衬出世变之无常来，江雨、江草、鸟啼、台城、柳烟笼堤，这些似乎都是亘古不变的景物，然而六朝繁华，如梦易醒，真有不胜沧桑之感。谢枋得《唐诗绝句注解》评本诗说："台城，梁武饿死之地，国亡身灭，陵谷变迁，惟草木无情，只如前日。无情、依旧四字最妙。"照此说来，本诗自是一首即景生情之作，今昔变常对照，感慨自在其中。清马时芳《挑灯诗话》说："韦端己《台城》，赋凄凉之景，想昔日盛时，无限感慨，都在言外，使人思而得之。"也是这个意思。

　　本诗慨叹六朝之繁华不再，用"霏霏""如梦""烟笼"等字眼，便有凄迷衰飒之感。而以"烟笼十里"与"江雨""江草"相照应，写得迷蒙一片，恍如梦幻之境，加强了感官的效果。至于本诗用"空""最是""依旧"等虚字运转，以助文气、调文理，遂使本诗更有气势、更有风神。第三句以"无情"数落台城柳，乃是情感投射，改造事物的例子。本来台城柳无所谓有情无情，今硬说她"无情"，乃是"以我观物，物皆着我之色彩"所致。这种移情作用，通常很能竦动读者的性灵，使其进入诗境中，而与作者取得共鸣。

（张高评）

---

　　①《全唐诗》韦庄集三《金陵图》《台城》本二诗，《唐诗三百首》题作"金陵图"，而诗是《台城》。疑脱《金陵图》诗与《台城》诗之题目。今并收二诗。

　　② 六朝——吴、东晋、宋、齐、梁、陈均都金陵，故云六朝。

　　③ 台城——故址当在今玄武湖旁。本吴后苑城，晋为宫城，晋宋时谓朝廷禁省为"台"，故称"台城"。

张　泌（约公元九四〇年前后在世）

字子澄，淮南人。仕南唐为句容县尉，官至中书舍人。上书言治道，后主征为监察御史。入宋后家于毗陵。今存诗十九首。

寄　人（308）

别梦依依到谢家 ①，小廊回合曲阑斜 ②。
多情只有春庭月，犹为离人照落花。〔平声麻韵〕

据清人李良年《词坛纪事》说，张泌早年与邻女浣衣相善，曾作《江城子》词云："浣花溪上见卿卿，眼波明，黛眉轻，高绾绿云，低簇小蜻蜓。好是问他来得么，和笑道，莫多情。"后经年不再相见，张泌夜梦之，乃作此诗。这段记载如果可信，那么本诗所怀念的是谁也可以知道了。

黄永武先生曾从时空的换位来欣赏本诗，他说：

全诗所写都是空间的字面，第一句写梦到了谢家，第二句写梦里谢家的景色，小廊回合，曲阑横斜，这个看来像是清晰逼真的梦境，但由于伊人不见，空自惆怅，只见回回转转的廊庑、重重曲折的阑干，像是走也走不完的迷宫，怎样也找不着到伊人那边去的路。第三句改变了一个场景，春庭里的落花，被多情的月光照着，这个空间场景的转变，正是说明了入梦与梦醒的不同时间，由是完成了时空的转位，月光照着落花，仿佛多情地向离人证明刚才只是一个梦境。但这个无情的梦，还是那么教人依依惋惜。(《中国诗学·设计篇·诗的时空设计》)

---

① 谢家——未详,大概是伊人的家。唐诗中常以萧娘、谢娘称所爱的人,伊人不一定就姓谢。
② 回合——回环围绕之意。

前两句摹写入梦之缘由与梦中所见之情景，欲教她知道相忆之深，连梦中也寻找不到伊人的芳踪，惆怅之情，使人不堪。后两句多少埋怨对方忘情于旧爱，故托兴于明月落花，以抒忧疑惆怅之情，但言外之意，还是希望彼此再通音讯的。全诗措词简单，而感情却深刻婉转。前人论诗，以为"唐诗之美在情辞，故丰腴"，是很有道理的。

本诗所提炼的艺术形象十分鲜明准确，含蓄深厚。"依依"状其眷恋，"小廊回合曲阑斜"既写梦中所见之景，尤能摹出魂飞梦萦之神，"回合""斜"字，点睛之笔。三、四两句以情感改造事物的手法造成诗趣，多情月照落花，反衬无情女疏远离人。作者只写小廊曲阑，春庭月花，梦魂依依，已将怀人之情表现得淋漓尽致，这是很可喜的。

（张高评）

陈　陶 （约公元八四一年前后在世）

一作绹，字嵩伯，岭南人。尝举进士不第，乃恣游名山，号三教布衣。宣宗大中时游学长安。南唐时隐洪州西山，学神仙，咽气有得，操行清洁，时严宇欲遣妓乱之，陶殊不理，后不知所终。有文录十卷。

陇西行 [①]（309）

誓扫匈奴不顾身，五千貂锦丧胡尘 [②]。

---

① 陇西行——本为乐府中相和歌辞之瑟调曲。陇西，今甘肃、宁夏地。本诗以平仄相谐，不似乐府，故入绝句。

② 貂锦——指战袍，此代军士。貂，貂皮。

可怜无定河边骨①，犹是春闺梦里人。〔平声真韵〕

这是一首非战的诗篇，诗借李陵丧师辱身起兴，再落实到征妇的伤痛，较李华《吊古战场文》为工，较"一将功成万骨枯"句更为深痛。

首句言将士用命，奋不顾身，次句写丧亡众多，身死异域。三、四两句特写无定河边之枯骨，利用时空的叠映，使之与"春闺梦里人"相融合，遂有了凄美的意境。黄永武先生对本诗三、四句曾有精辟的赏析，他说：

河边白骨与闺中良人，在真实的世界里，该是分隔在两个不同的时间和不同的空间中，凭着诗人的想象和闺人的梦境，将这不同的时空融合到眼前的片刻中来。照通常的写作法则，主角既成了枯骨，已经没有可写的东西了，陈陶却利用不同时空的叠映，死中求活，产生了妙意。再则，由于"无定河"三字除了河名之外，还有溃沙急流、深浅不定的歧义性，这歧义使整个画面也产生动荡的感觉。(《中国诗学·设计篇·诗的时空设计》)

这种"死中求活"的回转手法，使诗境有了柳暗花明又一村的变化美。三、四两句所表现的阴柔之美，与"可怜闺里月，长在汉家营"的阳刚之美，是各有胜境的。另外，唐诗中用名词表示双关的，如"此夜曲中闻折柳"之"折柳"，"静听松风寒"之"松风"，及本诗之"无定河"，都能造成歧义性。"无定河"让读者造成一种飘荡无定之意象，于是顺势飘至春闺梦中，而成就了时空的融合。

《艺苑卮言》称本诗"用意工妙至此，可谓绝唱矣"，谢榛《四溟诗话》则谓本诗三四句"凄婉味长"，沈德潜《唐诗别裁》也说"作苦诗无过于此者"。而王世贞却说本诗"惜为前三句所累，筋骨毕露，令人厌憎"，《沧浪诗话》也说："陈绚之诗，在晚唐人中最无可观。"其实本诗若无前两句如此说，则后两句当如何着笔？今观陈陶所作绝句，多写征戍离别，语意凄婉，有足称者，可见解人正是不易啊！

（张高评）

---

① 无定河——按《大清一统志》："无定河自边外流经陕西榆林府怀远县北，西南经米脂县，又东南经清涧县东北入黄河，一名奢延水，以溃沙急流，深浅不定，故名'无定'。"

无名氏

杂　诗（310）

近寒食雨草萋萋，著麦苗风柳映堤。
等是有家归未得①，杜鹃休向耳边啼②。〔平声齐韵〕

本诗写远客不归，逢佳节倍思亲的情怀。作客他乡，又值佳节，遗憾有家却归不得，于是相思化作愁肠，所见无非愁景，所触无非愁绪，所闻无非愁音，处处牵动羁愁，使得旅客不堪。

这首诗很能用图画性及音乐性感动读者的视听：如寒雨纷纷，洒落身上，诉诸触觉；芳草萋萋，映入眼帘，诉诸视觉；著麦苗风，诉诸触觉；杨柳映堤，诉诸视觉；桂鹃啼血，则诉诸听觉。这由雨、草、风、柳、杜鹃构成的诗境，由视、听、触诸觉建筑为一立体的空间，使读者借这些生动的形象，有了确切而实临的感受。"草萋萋"暗寓"王孙游兮不归，春草生兮萋萋"之意，见大地春回，客旅不归之恨。"柳映堤"亦有"柳条弄色不忍见，梅花满枝空断肠"之愁。不归客遇此良辰美景，自然心伤愁断。何况又有杜鹃耳边之聒噪，声声呼唤"不如归去"，使得思家的情绪沸腾到了极点，诗亦至此收束，韵味无穷。

前人评本诗，以为前二句有十数层意蕴，虽不必然，但这前二句的造句法却很特别，喻守真说："近寒食雨是上一下三，为一截，草萋萋为一截。第二

① 等是——同是。
② 杜鹃——即子规鸟，啼声凄厉，如唤"不如归去"，故常动人旅思。

句亦同。其中平仄声虽很谐畅，但在绝句中此种句法并不多见。"一句中转折多，自然文约意丰。试想，近寒食是节候的变化，再平常不过了，但客旅近寒食，感受则又不同。况又加上雨纷纷、草萋萋、风著麦苗、柳映堤、杜鹃啼这些外在景物刺激感官，越发使这位羁人难以忍受了。次句"著麦苗风"即"风著麦苗"的倒装，如此措词固然为了调音节，也使句意拗峭劲健了许多。三、四句近乎哀求之痴语，冀以同病相怜求取同情，无可奈何之慨，别有一番韵味。

（张高评）

拾壹 七绝乐府 九首

王　维

渭城曲 [①] （311）

渭城朝雨浥轻尘，客舍青青柳色新。
劝君更尽一杯酒，西出阳关无故人 [②]。〔平声真韵〕

重复的节奏，往往能表现咏叹无穷的情态，黄永武先生曾举本诗加以说明：

王维的诗《渭城曲》提及阳关，《渭城曲》有所谓阳关三叠的唱法，据《仇池笔记》及《苕溪渔隐丛话》的记载，阳关三叠是指第一句不重叠，以下三句每句重叠一次。明代的田艺蘅有《阳关三叠图谱》，其中又列了三种不同的唱法，今人邱燮友研究唐诗中的和声现象，共分为十种不同的唱法，唱法尽管不同，使用重复的叠唱是不变的。邱氏并说："叠唱的用意，在使同一旋律，同一辞句，重复唱一遍或至数遍，造成回旋摇荡，久久不散，以尽情意为目的。所以叠唱用在别情，更能表达依依不尽的情意。"（《唐诗中使用和送声的现象》）可见，复叠的节奏能使咏别者的千言万语、临歧者的缱绻深情，宛转

---

① 诗题一作"送元二使安西"。渭城在今陕西咸阳市东。
② 阳关——古关名，在今甘肃敦煌市西南一百三十里，党河之西。阳关之外，远望祁连山，一片雪景与荒凉沙漠，渺无人迹。

凄戚，唱叹无穷。(《中国诗学·设计篇·谈诗的音响》)

诗是兼含音乐性和图画性的，就音乐性而言，朱光潜就说过："诗是情感的语言，而情感变化最直接的表现是声音节奏，这是诗的命脉。"(《谈晦涩》)回环反复的音节固表现其情感，而字的音响亦传达出作品的旨趣。黄永武先生对此也曾掘发其秘，他说：

王维的《渭城曲》家喻户晓，第二句"客舍青青柳色新"，句意看不出有何令人难过之处，但读起来的音响却教人受不了，因为这七个字里，舍、青、青、色、新五个字都是齿音，齿音的尖锐刺痛了离愁别绪，形成了教人难过的气氛，这种妙处，全仗天机偶到，妙合自然，绝没有什么定法。(《中国诗学·思想篇·谈诗的完全鉴赏》)

此外，本诗之引人入胜处，在开首二句之绝佳取景，朝雨浥尘，客舍柳青，写春景已拖逗出离愁。后二句则以情景交融的高度概括语极力咏叹之，曲曲传出临歧缱绻、情真语挚之神理来，最能引发读者的共鸣。明李东阳《麓堂诗话》称："(王维)此辞一出，一时传诵不绝，至为三叠歌之。后之咏别者，千言万语，殆不能出其意之外。"这是以辞达意，非以意徇辞之胜境。

首句明写朝雨浥尘，而暗藏征尘之苦，次句明点客舍柳青，而暗藏送别之情，单写一面而两面俱到，妙在不露。后两句盖脱胎于沈约《别范安成》诗"勿言一樽酒，明日难重持"，而天然口语，千载如生。阳关在中国之外，安西更在阳关之外，阳关已无故人，则安西焉有知己？千载之下，如闻其殷殷劝酒之声，如见其依依话别之景，深情厚谊，溢于言表。

胡应麟《诗薮》曾比较本诗与郑谷诗"数声风笛离亭晚，君向潇湘我向秦"，许浑诗"日暮酒醒人已远，满天风雨下西楼"，认为后两诗"岂不一唱三叹，而气韵衰飒殊甚"。这是因为郑、许二诗既乏本诗之雍容，又无亢爽之气，只一味凄紧，不加抑扬，故难以并驾。清王士祯选《唐人万首绝句》，定本诗为压卷，不是没有缘故的。

（张高评）

秋夜曲^①（312）

桂魄初生秋露微^②，轻罗已薄未更衣。
银筝夜久殷勤弄，心怯空房不忍归。〔平声微韵〕

黄永武先生曾就音响的奥妙处欣赏本诗说：

本诗三四两句中，银、筝、殷、勤、弄、心、空、忍八个字，韵母不是en，就是eng，en en eng eng 加上房字的ang，自然而然地将筝的余音荡漾写在诗里。这种写法，完全得之于诗人的灵趣。李端的《听筝》诗，刘长卿的《听弹琴》诗，都录下了许多琴声在诗中。这种技巧完全靠妙手偶得，若变作定法，就沦落为文字的游戏。（《中国诗学·思想篇·诗与禅的异同》）

这是欣赏方法的一种尝试，切忌视为定法，更不得"缚律迷真"。虽然这有"声意同源"的理论依据，不同于自由心证的谰言，但还是慎重运用为妙。

这是一首描写闺怨的诗，顾元纬本、凌本俱载此首，宋郭茂倩《乐府诗集》作王维诗，《全唐诗话》《唐诗纪事》俱作张仲素诗，王士禛《万首唐人绝句选》则作王涯诗。王涯诗《全唐诗》编存一卷，绝句多情致婉丽，尤擅闺怨宫庭之作。以诗风观之，此《秋夜曲》或是王涯作品而讹为王维者。

首句点明时间，是秋夜十六七日，天气已凉；次句写情绪不好，任凭衣单，懒换秋裳。娓娓道来，凉意袭人。三句写百无聊赖，故久弄银筝，以寄情于乐曲。末句说明懒换秋裳，久弄银筝之故，是由于"心怯空房"，怕空房独守，所以"不忍归"，这正是心灵空虚寂寞无聊的反映与写照。蘅塘退士批评

---

① 乐府杂曲歌辞。一作王涯诗或张仲素诗。
② 桂魄——《尚书》注谓月轮无光之处为"魄"。初生，指每月十六七日。又《酉阳杂俎》："月中有桂，高五百丈，下有一人常斫之，树创随合。人姓吴名刚，学仙有过，谪令伐树。"后因谓月中桂。

本诗说："貌为闹热，心实凄凉，非深于涉世者不知。"银筝愈是殷勤演奏，就愈显得内心的凄凉与寂寞；字面上写得热热闹闹，就更能表现实质上的冷冷清清。

施补华《岘佣说诗》谓："唐人七绝，每借乐府题，其实不皆可入乐，故只作绝句论。"所以本书所选七言乐府，前人诗话皆称作绝句，不过是借乐府旧题作新词而已，其"扬音抗节，可倚声而歌，能使听者低徊不倦"（《唐诗笺注》）。因此，把它看作是唐人乐府亦无不可。

（张高评）

王昌龄

出　塞^①（313）

秦时明月汉时关，万里长征人未还。
但使龙城飞将在^②，不教胡马度阴山^③。〔平声删韵〕

---

① 出塞——乐府横吹曲旧题，唐时为新乐府辞。

② 龙城飞将——《史记·李将军列传》称："李广居右北平，匈奴闻之，号曰汉之飞将军，避之。"清阎若璩《潜丘札记》谓："李广之右北平，唐治卢龙县。《唐书》又有卢龙府，卢龙军。"龙城，即卢龙城之省称。

③ 不教句——阴山山脉起于河套西北，然绵延内蒙古自治区与河北省。李广屡出右北平，右北平在河北省东北，辽宁朝阳县西南数百里处。汉代御边的名将很多，唯有飞将军李广足以有效抑止匈奴寇边，故云。

时空的压缩，能增进诗句的强度与密度，造成气势强盛、意缜语密的胜境。黄永武先生曾就此点欣赏本诗说：

一个唐代边城的戍守者，望见塞上的明月与边关，忽然想到明月照过秦代，照过汉代，现在照着唐代，这边城守过秦代的强胡，汉代的强胡，直防到唐代的胡敌，把绵延数百年的沧桑史实，用互文的笔法压缩到一句诗里。而秦代长征的人儿未还，汉代长征的人儿未还，唐代长征的人儿又能有几人生还呢？这种归纳式的繁复意识，包含了广大的时空，又被压缩到第二句诗里，这古今一样的关月，却有不同的戍将，不同的戍将，却有一样的命运。除非是卢龙城的飞将军在这里，胡马才不敢来度阴山。种种感触，在当时的从军者脑海里只是刹那的浮光掠影，却扩张成几个朝代。宋宗元说本诗"悲壮浑成，应推绝唱"，森大来说它"调高响亮，壮彩四射"，实则是时空的压缩，使诗句的强度与密度到达了巅峰的境地，前人无以名之，或称许它"横空盘硬"（《升庵诗话》），或称许它"意态绝健"（《岘佣说诗》），或者如宋、森二氏的批评，实际上都是指诗的强度与密度。（《中国诗学·设计篇·诗的时空设计》）

本诗的时间设计，从秦时历经汉朝，迄于唐代，空间也从中原延展到万里外的塞漠。这时间近千年、空间约万余里之交综设计，表现出关塞的荒凉、边患的久长。李白《战城南》："秦家筑城备胡处，汉家还有烽火燃。烽火燃不息，征战无已时。"《关山月》诗："由来征战地，不见有人还。"可作本诗前两句的注脚，亦可见其简洁凝练、气势遒劲之一斑。第三句"龙城飞将"，诗评家多以为卫青、李广事，实指扬威敌境之名将。然考察《史记》，唯有李广守边，匈奴才退避不敢南下牧马，且李广所居之右北平唐属卢龙县治，可简称为龙城。彼卫青者，因人成事，非所以退匈奴者，故本诗实咏李广一人而已。沈德潜《说诗晬语》卷上所谓"秦时明月一章，前人推奖之而未言其妙。盖言师劳力竭而不成，由将非其人之故，得飞将军备边，边烽自熄，即高常侍《燕歌行》归重'至今人说李将军'也"，就是这个意思。边患最为历代所苦，至唐而西北外患迄无宁岁，杜甫《秦州杂诗》："故老思飞将，何时议筑坛。"盖思郭子仪而发，不知本诗所谓"飞将"究竟指谁呢？有此飞将，不仅胡人不敢入寇，征人也可生还凯归了。

明李攀龙《唐诗选·序》言："唐人绝句，当以本诗为压卷。"杨慎《升庵诗话》则谓此诗可入神品，施补华《岘佣说诗》则举本诗与《凉州词》《从军北征》三诗，以为"皆边塞名作，意态雄健，音节高亮，情思悱恻，令人百读不厌"。王世贞《全唐诗说》特别欣赏首句，以为"若落意解，当别有所取，若以有意无意、可解不可解间求之，不免此诗第一耳"。这些都是就其佳妙处一味称扬的。也有就其美中不足作求全责备的，如明胡震亨《唐音癸签》就说："若边词秦时明月一绝，发端句虽奇，而后劲尚属中驷。于鳞（李攀龙）遽取压卷，尚须商榷。"王夫之《薑斋诗话》也说："至若秦时明月汉时关，句非不炼，格非不高，但可作律诗起句，施之小诗，未免有头重之病。"这批评也有可取，但四句二十八字就如有机体不可分割独立，摘句以概全诗，就不免有偏执之病了。

（张高评）

长信怨① （314）

奉帚平明金殿开②，暂将团扇共徘徊③。
玉颜不及寒鸦色，犹带昭阳日影来④。〔平声灰韵〕

---

① 诗题一作"长信秋词"，凡五首，此为第三首，属乐府相和歌词之楚调曲。长信，汉宫名。
② 奉帚——拿着箕帚做洒扫之工作。
③ 团扇——班婕妤有《怨歌行》云："新裂齐纨素，皎洁如霜雪。裁为合欢扇，团团似明月。出入君怀袖，动摇微风发。常恐秋节至，凉飚夺炎热。弃捐箧笥中，恩情中道绝。"此诗以秋扇见捐比喻自己被弃。
④ 玉颜、犹带二句——昭阳，汉宫名。宫在东方，赵飞燕姊妹所居。谓寒鸦羽毛尚能映带晓日的影子而显得光彩，自己则因失宠而憔悴，容颜反不如寒鸦润泽。日影，惜代皇帝之恩泽。

唐人宫怨诗多借题立言，本诗就是取乐府题之原意写成的。《长信秋词》凡五首，这是第三首，其他各首都意嫌说尽，远不如此诗之凄婉蕴藉。王昌龄作了不少宫怨诗，当以这首最好，这首又以末两句最妙，构思之精巧，想象之奇特，怨悱而不怒，不失诗人温柔敦厚之风。

首两句写失宠后情事：第一句写黎明即起，奉帚洒扫；第二句写秋扇见捐，同病相怜。闲着没事，姑且拿起团扇，一同消磨时光，其心情之无聊可知；退居长信，即奉箕帚之役，其冷落亦可想见。次句用团扇典故，字面双关团圆，意蕴反讽见捐，奇巧有致。三、四两句侧写对比，不言自己之不得承恩，却借寒鸦、日影为喻，言寒鸦从昭阳殿飞来，犹能带昭阳日影而至，而自己空有玉颜，却不能承恩得宠，是美人不如寒鸦之幸运了。人而至于歆羡寒鸦，其悲怨之情不言可喻。不直说己恨，而借寒鸦日影为喻，命意新奇，措词曲折。沈德潜《唐诗别裁》说它"优柔婉丽，含蕴无穷，使人一唱三叹"，大致是不错的。试想一多情之人，竟不如一无情之物，岂不可哀？本诗后两句设想痴绝，则其心之悲苦可知。

何焯《唐三体诗评》特别欣赏本诗脉络贯串之美，说"'平明'二字中便含'日影'，'秋'字起'团扇'，'寒鸦'关合'平明'，'寒'字仍有'秋'意，诗律之细如此。"炼字措词不苟若是，真不愧"诗家天子"之雅号。在音响方面，第三句"玉""不""及""色"四入声相接，抑之太过，所以末句只用一入声"日"字，如此则疾徐有节，音律谐美了。

（张高评）

李 白

清平调词三首①（315～317）

　　云想衣裳花想容，春风拂槛露华浓。若非群玉山头见②，会向瑶台月下逢③。〔平声冬韵〕

　　一枝红艳露凝香，云雨巫山枉断肠。借问汉宫谁得似，可怜飞燕倚新妆④。〔平声阳韵〕

　　名花倾国两相欢，长得君王带笑看。解释春风无限恨，沉香亭北倚阑干。〔平声寒韵〕

　　《清平调词》三首，表面似乎句句咏牡丹，骨子里却是句句咏杨贵妃。杨

---

　　① 王灼《碧鸡漫志》："明皇宣白进清平调词，乃是令白于清平调中制词。盖古乐取声律高下合为三，曰清调、平调、侧调。明皇止令就择上两调，偶不乐侧调故也。"《唐书·礼乐志》："平调、清调、瑟调，皆周房中曲之遗声。"题应作"清平调词"，实是李白创题。
　　② 群玉——《穆天子传》："天子北征，东还，至于群玉之山。"注谓西王母所居。《山海经·西山经》："玉山，是西王母所居也。"
　　③ 会向句——屈原《离骚》："望瑶台之偃蹇兮，见有娀之佚女。"瑶台，西王母之宫。会，应当。
　　④ 可怜句——《汉书·外戚传》："孝成赵皇后本长安宫人，属阳阿主家，学歌舞，号曰飞燕。成帝尝微行，过阳阿主家作乐。上见飞燕而悦之，召入宫，后为皇后。"《西京杂记》："赵后体轻腰弱，善行步进退，女弟昭仪不能及也。二人并色如红玉，为当时第一，皆擅宠宫中。"《飞燕外传》："飞燕为卷发，号新髻；为薄眉，号远山黛；施小朱，号慵来妆。"

贵妃本有"环肥"之名，牡丹之华艳丰满，颇堪相配，所以本诗以一语双关之法，使寻常字面兼含一种巧意，达到了极高的艺术境界。孙洙批评本诗第一首说："此言妃子之美，花似之。"评第二首："此言花之艳，妃似之。"评第三首说："此花与妃合写，归到君。"沈德潜《唐诗别裁》则谓："三章合花与人言之，风流旖旎，绝世丰神。或谓首章咏妃子，次章咏花，三章合咏，殊近执滞。"在欣赏本诗之先，这些评论不可不知。

第一章首句以倒装取劲的句法、拟物生新的修辞、化实为虚的笔调，歌咏杨妃衣裳容貌的华美，言贵妃之衣想是天上之云霓所织，贵妃之容想是仙界之花神所化，极力推赞之。次句用象征的手法，明写牡丹受春风露华之滋润而盛开，以暗喻杨妃得玄宗之宠幸而愈增美艳。可见本诗咏花即是咏人，言人而花未尝不在其中。花固是人的化身，而人更是花的具象。故三、四句极力一赞，谓杨妃之美非人世所有，犹言牡丹异种非天上所有一般。用"若非""会向"，犹理则学之"两刀论式"，谓两者必居其一，推许之至，使事役辞，可谓出神入化了。清李锳《诗法易简录》析赏本诗说："三首人皆知合花与人言之，而不知意实重在人，不在花也，故以'花想容'三字领起。'春风拂槛露华浓'，乃花最鲜艳、最风韵之时，则其容之美为何如？说花处即是说人，故下二句极赞其人。"此诗实借咏物以指人，重在推赞杨妃，不在歌颂牡丹。宋蔡襄书写本诗，起句作"叶想衣裳花想容"，只抽换一字，全句即变成牡丹的咏物诗了。清吴舒凫竟盛称其可从，以为作"云"字甚无谓，这不过是贪奇好异之风在作怪罢了。王琦就批评说："改云作叶，便同嚼蜡，索然无味矣，必是君谟落笔之误，非有意点金成铁也。"一字之异，即有点金成铁之讥，可见李白落笔时那种飘渺自天的豪情。

第二章纯用衬托手法，以表现杨妃之美艳。首句以牡丹的秾丽承露，烘托杨妃之美艳得宠。次句以云雨巫山虚妄之惆怅，反衬杨妃坐沐皇恩之实惠。三、四句以飞燕得宠之倚赖新妆，以对衬杨妃承恩之纯恃天姿。本诗与前章脉络一贯，所谓"万笏奇峰，总由一脉，奔龙过峡，而脉络潜通"者是。李锳《诗法易简录》曾剖析本诗说："仍承'花想容'言之，以'一枝'作指实之笔，紧承前首三、四句作转，言如花之容，虽世非常有，而现有此人，实如一枝名花，俨然在前也。两首一气相生，次首即承前首作转。如此空灵飞动之笔，非谪仙孰能有之？"本诗前两章间之承接虽已泯形灭迹，然血脉相通，彼此呼应，则是无可置疑的。

新旧《唐书》皆记载，唐玄宗爱赏李白之才，每宴饮，白常随侍左右。白曾奉诏醉草白莲辞，命高力士脱靴，《文苑四史》又有杨妃捧砚一事。宋乐史《李翰林别集·序》记高力士因含恨脱靴之耻，举此诗向杨妃进谗，说诗中的飞燕即实指杨妃，贱辱之甚，李白遂为杨妃所恨，唐明皇也渐渐疏远他了。萧士赟注太白诗，更把巫山云雨说成是讽刺杨妃曾为寿王妃之事。王琦曾力驳二说之非说："巫山云雨，汉宫飞燕，唐人用之，已为数见不鲜之典。"加上《清平调》是应诏之作，何敢以宫闱暗昧、君上所讳言者微辞隐喻？再说李白当时又是新进，谅不至于敢"批龙之逆鳞而履虎尾"，何况李白热衷功名，面谀之不及，何来托讽雅兴？可见李诗只是一时兴到笔随的佳构而已，别无其他。

第三章总合牡丹与杨妃歌咏之，而侧重于贵妃一边，实赋其事，却归结到明皇爱赏。牡丹名花，杨妃倾国，同得君王之欢心，常得君王带笑爱赏。春风吹处，虽有无限怅恨，但玄宗赏名花、对贵妃之余，纵有春愁，亦将为之消释无踪。此即开元天宝遗事所载明皇赞贵妃"不独萱草可以忘忧，此花亦能消恨"之意，李白所咏，想必是当时实事。沈德潜《唐诗别裁》解第三句，谓"本言释天子之愁恨，托以春风，措词微婉"。其实，全诗深得拟人转化之妙，意象鲜明，含蕴无限，不只本章第三句为然。第四句归结到本事，沉香亭，即当年明皇与贵妃同赏盛开牡丹之处，牡丹倚阑干而盛开，美人倚阑干以观赏，绝妙绾合。明陈继儒《唐诗三集合编》说："三诗俱夐金石，此篇尤胜，字字得沉香亭真境。"李锳《诗法易简录》也说："只'两相欢'三字，直写出美人绝代风神，并写得花亦栩栩欲活，所谓诗中有魂。第三句承次句，末句应首句，章法最佳。"所评皆极真切，可以相参。

（张高评）

王之涣

出　塞 ① （318）

黄河远上白云间 ②，一片孤城万仞山 ③。
羌笛何须怨杨柳 ④，春风不度玉门关。〔平声删韵〕

"诗有别趣，非关理也"，黄永武先生曾就这个角度去析赏本诗的首句，他说：

直观与别趣都不喜欢"理语"，只求形象思维直接的感受，而不喜欢逻辑思维理性的梳调，这种直接的感受至真至美。像王之涣的《出塞》诗"黄河远上白云间"，后人怀疑黄河不能远上白云间，有的改为"黄沙直上白云间"（见《唐诗纪事》），有的改为"黄河源上白云间"（见《榆溪诗话》）。其实"黄河远上白云间"是来自形象的感性，与尉迟匡的《暮行潼关》诗"黄河流上天"、李白的《将进酒》诗"君不见黄河之水天上来"，同一机杼。一经知性的穿梭梳调，改作黄沙或源上，别趣尽失，顿成死句。（《中国诗学·思想篇·诗与禅的异同》）

可见吴乔《围炉诗话》认为"河"是"沙"之误，更以为"黄河去凉州千

----

① 出塞——诗题一作"凉州词"。凉州，系唐代乐府曲名。

② 黄河句——李白诗："黄河之水天上来。"此句"黄河"一本作"黄沙"，以为是写风卷黄沙直上云中之景。"远上"一本作"源上"。

③ 万仞——八尺曰仞，形容极高。山指贺兰山。

④ 怨杨柳——即怨别离。《乐府解题》："汉横吹曲二十八解，七曰折杨柳。"古人常以笛吹杨柳，喻别离之凄苦。

里，何得为景"，纯是昧于诗趣的知性语，不解"无理而妙"的诗趣，叶景葵《卷盦书跋》竟盲从其说，可见解诗之不易。

黄先生又别从双关语去欣赏本诗中将超与凡两种境界同时表现在一句话里的妙处，他说：

王之涣的《出塞》诗："黄河远上白云间，一片孤城万仞山。羌笛何须怨杨柳，春风不度玉门关。"这杨柳二字是横吹曲名，字面上的意思是教羌笛不要吹弄《折杨柳》的曲子，如果吹起《折杨柳》的曲子，徒然唤起折柳马嘶的回忆，增加去国离乡的怨恨。但受了第四句的拍合，使杨柳二字又双关为柳树，你在绝塞上怨恨柳树有什么用？原来春风根本不吹到玉门关外来，没有柳条的袅娜，也无从表现春风。用这个春风不到的死角比拟君恩不及边塞也罢，比拟自身感觉被遗弃也罢，本诗"杨柳"二字同时在说笛曲与柳树，意思是多层叠合着的，原本分不清正意与双关义。（同上）

双关语句最能于寻常字面之外复叠一种新巧的意义，丰繁诗句的意蕴，拓展读者的视听。

全诗写得情景交融，于写景中寓抒情，于抒情中又含有景物的描绘。这样的设计，"将感情引导入景物，由于借景寓情，情景相生，景因情而气韵生动，情因景而曼衍悠扬，则每每在笔墨之外萦绕着许多意趣"（黄永武先生语），这是本诗所以脍炙人口的因素之一。

前二句写景壮阔豪迈，表现出边塞的辽远荒凉。远看，但见黄河之水远从白云间流来；近观四周，则见贺兰山脉群峰突起，凉州孤城兀自矗立。摹写边塞形势，感性与知性之形象并重，最是写生能手。明徐世溥《榆溪诗话》特别欣赏本诗首句说："黄河远上白云间，一片孤城万仞山，远字飘忽灵迥，情景俱出。俗本改为源上，风味索然。"所评很可玩味。三、四两句以反语曲写怨别，神韵缥缈，不可形相。作者截取春季中的一景，边境有人吹起了《折杨柳》的幽怨曲调来，诉说着征夫枯燥乏味的生活以及苦闷无聊的情绪。可是一切都是枉然的，因为春风从来就不曾吹度过玉门关，何况凉州这里远远在玉门关之外呢？明杨慎《升庵诗话》说本诗是"言恩泽不及于边塞，所谓君门远于万里也"。李锳《诗法易简录》也说:"不言君恩之不及,而托言春风之不度,立言尤为得体。"诗人这种苦思妙想,是很得温柔敦厚之旨的。王士祯推崇此诗,置于唐人绝句压卷之冠,洵非溢美之举。

诗中以黄白颜色相配衬,以一、孤与万数量之悬殊作对比,使得边塞景物之意象十分凸显,历历展现目前。第三句诉诸音响,末句诉诸触觉,使得这首诗的诗境由平面呈现立体,就像电影一样,色调鲜艳、生动活泼,而又有声有色。作者艺术技巧之高,由此可见。

声律方面,第三句"羌笛何须怨杨柳",拗作仄仄平平仄平仄,第六字当仄用平,第五字当平用仄以相救,是为当句相救之单拗。诗中苟能善用拗句,则对文气声调都有帮助,"妥贴中隐然有拗直之风",往往能增加诗句的强度。

(张高评)

无名氏

收录此诗最早的典籍,应该是唐代韦縠的《才调集》,题目是"杂调",作者是"无名氏"。杜牧《樊川集》卷一第二首是《杜秋娘诗》,下注有"李锜长唱此辞",所以《乐府诗集》误以为本诗是李锜作。杜牧诗有"秋持玉斝醉,与唱金缕衣"句,《唐诗三百首》的编者误把小杜诗的"唱"变成了"作",乃题为"杜秋娘作"。

金缕衣^①（319）

劝君莫惜金缕衣^②，劝君须惜少年时。

有花堪折直须折，莫待无花空折枝。〔平声微韵〕

本诗给人第一个深刻的印象就是叠字用得很多，而且很妙。一开始，第一句、第二句的句首同时用"劝君"两字，"劝君……""劝君……"由于完全是一种令人警悟的语意，站在被说者的立场着想，所以不但没有给人烦琐唠叨的感觉，反倒让人觉得是十分亲切的叮咛。

第三句、第四句中重出了"花"字，把主题突出，而其象征的少年时光也就十分明确。下面一句中还重叠使用了三个"折"字，连出的折字，好像在催促人：快些折呀折呀，有花堪折就直须折下，莫待无花以后去折那空枝条呀！

全诗的大意是劝人要把握住现在，把握住青春，把握住有生命的东西，不要一味寄望于将来，忘却及时行乐，更不要为了许多身外之物而去珍惜那些与生命无关的锦衣华屋。虽然也寓有"少壮不努力，老大徒伤悲"的感慨，但并不着重于功名利禄的及早致身，而着重于生命的及时珍惜。

（黄永武）

---

① 题目依《乐府诗集》卷八十二，仍沿用"金缕衣"为题。

② 金缕衣在唐人诗中有四种意义。第一种是寿衣，沿用前人金缕玉匣的制度，如权德舆的挽歌："初笄横白玉，盛服镂黄金。风度箫声远，河低婺彩沉。"李乂挽歌："金缕化邙尘，哀荣感路人。"第二种是宗教中的金缕僧伽黎衣或仙女的"天女倒披金缕衣"（欧阳炯诗）。第三种是歌妓的华衣，如许浑的"犹梦玉钗金缕衣"。第四种是作一般华丽的衣服，如阎选诗："半拖金缕衣。"本诗中作一般华丽的衣服解较为顺当，但若作寿衣解，则以死后的荣宠远不如生前的行乐，也是可以通的。（参见《中外文学》第五卷第十一期，黄永武作《金缕衣，说从头》一文）

附 录

诗与生活

黄永武

诗在现实生活中究竟有什么用处呢？诗人是实利社会中的累赘吗？目前许多青年研究理工医农，当他们学得一技之长后，就会用迷惑的眼光问道："我不是不喜欢诗，但是诗在生活中有其实用价值么？"提这样问题的青年，往往误解诗只是婚丧喜庆中作为应酬的工具而已，只是无聊文士吟风弄月、搔首弄姿的游戏文字而已。这种皮相的看法，使学习文科的青年感到羞涩，甚至诗人自己也感到气馁心怯。

事实上，如果要问诗有什么存在价值，就跟问美有什么存在价值相似。所谓美，就是领略它而使我们愉快，诗也是让我们领略它而增加生活的愉快。生活有时懵懵懂懂，诗则可以清晰地反映人生，从诗中照见自己，教人警省活着的方向；生活有时卑鄙粗糙，诗则可以唤起爱，唤起善，净化心灵，提升精神至一个较为精致高雅的领域；生活有时失落悲苦，诗则可以激发共鸣，宣泄幽闷，从生活的缺陷中体味美，抚慰每一个心灵；生活有时窄隘枯涩，诗则可以翻空出奇，新造一个瑰丽无穷的世界，让一草一木都通灵气，将无情的转为有情，将有限的引向无限。这么说来，任何实用的物品，只能帮助我们"生存"，而诗则能提升我们的"生活"，充实我们的生命内涵。只要人类不以物质的生存为满足，人要想达到所以为人的境界，则诗在实际生活中乃是扮演着颇为积极的角色。下面分述八节，来说明诗与生活的关系。

脱离实用关系去欣赏生活

诗的最大效用，就是让读者有片刻能摆脱实用世界的牵绊，偶尔站到一段与实用关系有距离的地方去欣赏生活。当我们能从名缰利锁、饮食男女的实际欲念，放开到距离外去作为欣赏的时候，艺术的美才会浮现。

譬如柳宗元的《柳州城西北隅种甘树》诗：

手艺黄甘二百株，春来新叶遍城隅。方同楚客怜皇树，不学荆州利木奴。

种橘子树，就实用的动机看，当然是为了收获赢利，然而诗人与农夫不同，诗人想到屈原九章里的《橘颂》，橘树生在江南，不可移徙，若移种到北地，便化而为枳。这种专一难改的志节，屈原曾用来自比，柳宗元被贬到柳州，也与屈原的感受一样，特别怜爱这些曾为楚王所喜爱的橘树，这种怜爱与实用生计无关，与李衡把一千棵橘子树当作从事生产的"千头木奴"看待，每年可以卖得数千匹绢的利润，是不同的。李衡把橘树的结实完全用实际利益去盘算，柳宗元和屈原则都是将橘树放在距离之外去观赏，使原本寻常的事物变成了很美的印象。再把情感专注于橘树，把橘树变成了自身的写照，那时候，不但把橘树作为实用距离外欣赏的对象，不自觉地也把自己放在某种距离外去欣赏了。

再如唐守之看到渔翁撒网，写了一首诗说："一网复一网，总有一网得。笑煞无网人，临渊空叹息。"这诗较着重于实际的效用，是从渔翁切身的得失去说的，所以不很动人；后来程鱼门也写这个意思道：

旁人束手休相怪，空网由来撒最多。

这诗把渔翁的动作完全置于实用距离之外去欣赏，不以得失多寡为切身的喜乐，而以得失多寡为艺术的情趣。"空网由来撒最多"，不仅是捕鱼者的忌讳，也是人生许多经验的共同，性急地再三收网撒网，势将一无所获。推衍这道理至人生各方面，莫不如此。所以程诗比唐诗给人以更多美的感发。

就诗的创作或欣赏而言，一方面要脱离实际生活，距离愈远，愈见真貌；一方面又要加上主观的处世经验，与诗境相印证，历练愈丰，形相愈多。换句话说，又要迥出尘表，又要入木三分，前人将这种矛盾的关系叫作"距离的矛盾"，朱光潜在《文艺心理学》中说："创造和欣赏的成功与否，就看能否把'距离的矛盾'安排妥当。"他主张理想的艺术作品是"不即不离"，太"离"则不合人情世故，太"即"则实用的动机就压倒了美感。然而无论"即"和"离"，都得暂时脱开实用的欲念，丢开习常的方法去看事物，才能发现许多生活小节都展露着奇姿异彩。

提供心灵以悠闲的片刻舒展

除了诗人是将诗视作向艺术深层去追求的工作外，一般大众读者不过是将诗看作趣味享乐用的，尽管如此，诗是创作者心灵片刻的悠闲舒展，不悠闲往往难以对自身的情感客观化，难以让情感冷静返照，便无法成为好诗。就读者而言，凭借诗篇，也得到相同的舒展效果，在当前所过马不停蹄的现代生活来说，就算不谈诗是引导日常感兴的智慧指标，单就心灵的片刻宁谧舒展而言，已有其不可磨灭的价值了。譬如李白的《关山月》诗：

明月出天山，苍茫云海间。长风几万里，吹度玉门关。

不论读者居住于如何狭小的房舍里，不论读者沦落在如何卑下的职务上，读到这四句气盖一世的句子，眼光随着远大，气度随着宏壮，一个全新的世界，无边开阔，任你的想象翱翔舒展，一些鸡虫得失乃至龌龊褊浅的杂念，早被荡涤干净了。

再读到孟浩然的《夏日南亭怀辛大》诗：

散发乘夕凉，开轩卧闲敞。荷风送香气，竹露滴清响。

在紧张、拥挤、争斗、气愤中过现代生活的人群，心灵是那样繁忙浮浅地搅动着，竹林与荷塘只能属于偶然的梦境。然而这宁静恬淡的句子，并不因时代环境的改变、生活方式的差异而变得古老落伍，反而变成现代人解渴的甘泉与驻足的绿洲。这四句诗中，散发夕凉的触觉美、荷风送香的嗅觉美、竹露滴响的听觉美，再配上那开轩闲卧的宽敞心境，这综合而成的浓浓的野趣，抚慰了多少整日奔忙的人群。当然，诗趣不一定要来自荷竹等美景，即使是穷巷柴扉——像王维所写的《渭川田家》："斜阳照墟落，穷巷牛羊归。野老念牧童，倚杖候荆扉。"这种破落的光景，也变得绝美，短暂地引人去做归隐田家的白日梦，自然使绷得太紧的现实生活可以舒松片刻，心灵从放松与净化之中获得滋润的快感。

点化自然现实为艺术的美景

诗人透过情感去将自然现实加以再造，在再造时一定运用简化、美化以及将抽象意义具体化的手法，造成艺术的诗境。自然界的丑可以转化为艺术美，自然界的美从而渲染得更好。我们将自然美景形容为"如诗如画"，可见诗不仅是在摹写复制自然现实，而且美化自然现实。试看韦应物的《长安遇冯著》诗：

客从东方来，衣上灞陵雨。问客何为来，采山因买斧。

衣裳被雨打湿，并不见得是自然界很美的景物，但写在本诗中就不同，本诗是在长安写的，长安是一个求功名利禄的地方，遇到有朋友到长安来，居然只为了买一把开山的斧头，这简短的问答中，使隐逸者的怡然自得与宦游者的深长感触形成了对比。最妙的是"衣上灞陵雨"一句，雨居然也有地区的差别，这地名用得好，落实指明为灞陵的雨，这乡下的雨渍极具诗意，将一个出现于长安热闹街头的山村野夫不带雨具的鄙朴形象突出了。在这繁华的都市里，灞陵的雨点，正具体地代表着浓郁的田间野趣，这野趣在久住长安的人看来，真美。

再则，如刘长卿的《江州重别薛六柳八二员外》诗：

江上月明胡雁过，淮南木落楚山多。

秋山木落，江上月明，这是人人都可能遇到的寻常景色，这景色经过诗人的处理，将自然界全体的繁复细琐的景物加以选择性简化、美化与理想化。像"江上月明胡雁过"，不仅写月色雁影，并能将声光遍布在辽阔空旷的江上，这一阵飞掠而过的雁鸣，像一支滑动而过的火柴，点得江上的月光更亮、雁影更清澈，读来觉得这诗不仅是一幅静态的江景，而且是透剔明莹并在移动的水光月影。又"淮南木落楚山多"，使秋山秋木远近有序地表出了空间的深度，尤其楚山多的"多"字，是带着理想性的，秋叶一落，许多原本隐蔽的峰石会跃现出来，山也因此而多了起来。这"多"字不仅将秋山的共相具体地画了出来，也增添了生动的生气。

以一种新的思考角度给人警悟

诗并不都靠雄辩取胜，有时一个浅近的譬喻、一个微婉的讽刺、一个有意无意的例子，常能提供一种新的思考角度，给人警悟。人恒常是生活在庸庸碌碌中，心智因惯常的运作而渐趋怠惰，但诗经常以灵光一闪的启示，让人想到久受蒙蔽的事理，教人重估眼前蝇营狗苟的名利生涯。如果说诗可以提升人类的灵性，那么警悟是较为直接的途径，谁都曾从一些古老的诗中获得各方面的启发。试看李昌符的《赠同游》诗：

若待皆无事，应难更有花。

所有的世事，总不外乎求名求利，而赏花的兴致则超乎世俗的名利之外。如果要等到什么事都没了才去赏花，花也应该是很难仍开着的啦。李昌符看到原先约定同游的朋友推三阻四，总有完不了的琐屑事，世上有多少是摆不脱、放不下的事？但是现实的人群总把琐事看得很大，轻率地耽误了花期。推而广之，花期可以视作青春的象征，也可以视作生命的象征，在诗人眼中，花更是一切理想的象征。人总是空悬着一个理想，口里说要去达成，但是身体却盘桓羁挂在猥琐的事务中，让青春空逝，生命虚掷，几人能及时拨开冗琐，欣赏到理想的花季呢？读这二句诗，可以小中见大，给人多方面的警悟。

　　试再看李商隐的《嫦娥》诗：

　　　嫦娥应悔偷灵药，碧海青天夜夜心。

　　长生不老的药是人人希望获得的，但是嫦娥却后悔偷吃了灵药。原来从寂寞孤独的角度看，长生不死竟变成了残忍的惩罚。这种全新的思考角度，带给人多方面的警悟。章燮就字面解释，以为是"后悔窃药，自取其劳"，章说过于泥着，失于浅率。喻守真以为是"责备意中人偷奔，而仍不能忘情"，喻说无的放矢，自说自话。纪晓岚以为是"悼亡之诗"，作悼亡解，韵味不深。张尔田以为偷药比喻与王氏结婚，以致终身与人结怨，恐怕未必是义山本意。冯浩说是"致诮为入道而不耐孤子者"，"致诮"别人倒未必，自怨孤高倒是可能的。何义门说本诗是"自比有才调，翻致流落不遇"，何说该是较为环近原意。"本以高难饱，徒劳恨费声"，义山的《蝉》诗和本诗的寓意较为近似。义山另一首《房君珊瑚散》诗："不见嫦娥影，清秋守月轮。月中闲杵臼，桂子捣成尘。"珊瑚散也是灵药的一种，捣成灵药，要耐得多少孤寂的岁月，命意和《嫦娥》诗略似。所以《嫦娥》诗可能是在描绘强者的寂寞，愈高明，愈超绝，愈是难耐那分遗世的冥寂。读这首诗，启示我们对平凡者的庸福重新评价，人不应该忽视眼前的平淡事物，一味往上头爬，就算你奔进了月亮，仍然会为高处不胜寒而失望，就算你长生不死，能耐得住碧海青天夜夜心么？

改变习惯性的语言给人喜愕

中国的旧诗，虽然在字数押韵上早已形成固定而浮浅的定型，但是在这定型中，诗人仍能发挥其无限的机能，譬如五言七句的提炼、词字的省脱、词性的转用、意外的语词联接，等等，以新鲜的创造，点化那通俗而实用的语言，来改变习惯性的结构法，使语句的组织活泼。诗人还常常创造更深一层的语言，来说出心底的万样心情，给人喜愕。譬如杜甫的诗：

朱门酒肉臭，路有冻死骨。（《自京赴奉先县咏怀》）

此时与子空归来，男呻女吟四壁静。（《乾元中寓居同谷县作歌》之二）

这两个例子，都是利用矛盾的语气使语意更深一层的。前例正在说"劝客驼蹄羹，霜橙压香橘"，下面应该接"朱门酒肉香"才对，却偏接"朱门酒肉臭"——酒肉香是通常习见的，酒肉臭则教人深感意外。然而臭不但包括了香，而是香是厌腻了，糟蹋了，任它去发臭了，比说香更深折了一层。同时将豪门的荒淫奢靡暴露无边，加深了"荣枯咫尺异"的感受。

至于"男呻女吟四壁静"，这"静"字与"呻吟"正相反，也大大地出人意外。杜甫在天寒日暮的山中去挖野芋头，因为山雪太厚，芋苗枯萎，挖了半天，仍空手荷着长镵归来，这时全家等待着野芋疗饥，见他徒劳空返，满室的男呻女吟，不是加强了哀嚎，忽然强为忍住，像屏住了呼吸，四壁寂静。这个"静"字，比一片呻吟更加可怕，更加难以安慰了。

又如李贺的《题赵生壁》：

曝背卧东亭，桃花满肌骨。

"桃花满肌骨"这句诗与语言的习惯性不合，却给人新鲜好奇的喜愕。原本应该说"肌骨色如桃花"或"桃花色的肌骨",至少句字有了省脱,反形成奇妙的形容。古时称"容颜若桃李",称"两颊色如火,自有桃花容",以桃花形容色貌,在日常经验中是指青春姣美的,而这里说桃花满肌骨,可能是指肌骨融洽,莹然色如桃花,证明赵生颐养有道。又可能包括赵生与妻妾一同隐居,妻妾和谐,林泉笑语,桃花又兼含着女色春风等等的歧义,给人广角度的想象天地,令人艳羡。可见本诗是故意省脱了字词,造成与日常经验脱节的心象,反使句意繁丰。

借共鸣作用带给心灵以宣泄与慰藉

尽管时代变迁,知识日进,但是人情上的寒暖感受仍是千古相似的。生老病死的苦乐,是人人都会感到的普遍情感,再则爱情、贫穷、孤独、乡愁,也是容易唤起共鸣的题材。诗人用他敏锐的触觉,先获我心,使读者心中盘盘结结无法宣泄的悲苦愁情,被诗句触动,引起强烈的共鸣,任你击节高唱或恬咏低吟,都可以使愁情宣泄而得到抚慰。试看唐代佚名的杂诗:

近寒食雨草萋萋,著麦苗风柳映堤。等是有家归未得,杜鹃休向耳边啼。

杜鹃的啼声听起来像是"不如归去",一个离家而归不得的游子,听到整天在耳边频频催促的声音,十分伤情。又何况堤上有千万条柳丝,田中有无垠的麦浪,凄迷历乱,春归而人未归,倍觉伤情。更何况寒食清明节近,春雨绵绵,抑闷烦人,想到岁月易增,而故乡的墓园日益荒芜,当然尤其伤情。一句"等是有家归未得",古今天涯多少游子都被该括在这"等是"之中,借诗人的声口道出了无数游子内心的郁闷。

再则如秦韬玉的《贫女》诗:

苦恨年年压金线,为他人作嫁衣裳。

贫穷虽不是每个人共同的遭遇，富家子的感受即使不如贫家子深刻，但对贫穷者的同情则是人人有的。一位年年拿着金针来做刺绣的贫家女，忙着替别人做漂亮的新娘礼服，而自己却没有良媒来促成婚事，"为人作嫁"，赢得了普遍的同情。推而广之，贫女的巧手艺，可以象征着怀才不遇者的才学，替人捉刀，空耗自己的巧心，增添别人的光彩。诗人只须一位贫女唱出她的无奈与不平，多少高格调的人儿都得到了宣泄与安慰。痛苦中的人，只要觉得有人了解，有人同情，就觉得痛苦减轻了一半，倒并不需要像王维诗"吾谋适不用，勿谓知音稀"那样正面的劝慰，才减轻负担的。

借同化作用感到贤哲与我同在

同化作用在中国人心中最为普遍，例如作诗者喜欢用前人的典故写自己的怀抱，行事则喜欢依据前贤的格式，论事则喜欢依据历史的经验。这种种习性，显示出中国人在生活态度上，最喜向仰慕的人采取仿同的方式，而这些被仰慕者，往往以忠君爱国的受难者以及隐逸乐道的隐士居多。这种自我仿同的态度，足以抚慰现实境遇中的缺陷，作者写这种诗，可以提升自己，安慰自己，读者诵这种诗，也可以提升并安慰自己。

就忠君爱国而言，屈原、贾谊的生活态度，诸葛亮、苏武的坚强节操，都是诗中常见的人物，受到崇拜。尤其是遭到贬谪的诗人，最喜欢写屈原与贾谊，譬如刘长卿的《长沙过贾谊宅》诗：

汉文有道恩犹薄，湘水无情吊岂知。

贾谊生于汉文帝有道的年代，恩情尚且如此薄，屈原生于楚怀王"谗谄蔽明"的时代，恩情当然更薄。有道的君王尚且不能诉衷情，无情的湘水哪能倾诉心曲？刘长卿遭人诬奏，君王不察，曾被系狱于姑苏，又贬为潘州南巴尉，身逢这种种挫折，当他想象自己也像贾谊被谪居到卑湿的长沙一样，贤哲早已分担了自己的痛苦，并觉得贤哲与他同在，肩负这个挫折痛苦，乃是十分神圣伟大的。诗的结尾问"寂寂江山摇落处，怜君何事到天涯"，怜贾谊，也正在怜自己。贾谊吊屈原，屈原的挫折苦闷曾抚慰过贾谊，贾谊的挫折苦闷又抚慰了刘长卿。这种超越时空隔阂，在历史巨流中心灵前后感应的同化作用，使诗歌提供给社会以心理平衡的积极功用。

再就隐逸乐道而言，陶渊明的五株柳树，范蠡的五湖烟树，颜回的陋巷瓢饮，都是诗人常常提及的对象，对他们真是梦想颠倒。试看王维的《老将行》：

> 路旁时卖故侯瓜，门前学种先生柳。

人都有盛衰进退的不同境遇，召平曾是秦代的东陵侯，秦被击破以后，他成为布衣平民，很贫穷，就研究种瓜，改良品种，使瓜的美味闻名一时。这种身处逆境中怡然自得的态度，安慰了许多先荣后衰、怀才遁世的人，并使许多人"幽居靡闷，贫贱易安"。至于陶渊明写《五柳先生传》来自况，又有多少人以陶渊明来自况，"陶然共醉菊花杯"，"狂歌五柳前"，无论你在朝在野，面对着春柳或秋菊，当你在现实中遭逢挫折而想退避时，心头就会浮起一个陶渊明的影子与你同在，来安慰着你。

借移情作用感到人与自然一体

诗歌中的景物大都是诗人在凝神观点的情状下写成，景物的姿态异样地耸动着诗人的心目，诗人的情趣主观地贯注到景物中去。在诗的感受中，常常物与人相互地介入，由对立无关而变成融合一体，而将物的气魄情状充实于心中，物与我的情趣往复回流感荡，创造出一个顽石点头的新世界。诗歌常常能提供这种美的境域，试看李白的《月下独酌》诗：

> 花间一壶酒，独酌无相亲。举杯邀明月，对影成三人。

在孤独时，聚精会神地仰望天上的月亮，俯察地上的人影，突然觉得月光撩人，如笑如语，人影栩栩，如随如避，情趣往复移注，都像有了生命一般。月影与我幻化成三人，于是有"我歌月徘徊，我舞影零乱。醒时同交欢，醉后各分散"的描述。诗人不仅与月影同欢，让月与影分享生命中酣畅的片刻，同时也让诗人自己的情趣性格在月与影中现出相同的形相来。独酌变成了三人对饮，这由痴情幻化的三人对饮，在读者看来，反而益发觉得其孤独可悯。然而这种由移情作用所造成的自然界的妩媚可爱，给人一种处处有情的美感。

再看杜牧的《赠别》诗：

蜡烛有心还惜别，替人垂泪到天明。

诗中的蜡烛与诗人的心弦发生了生命的共振。诗人在樽前话别，挤不出一丝苦笑，这沉重的心情感染了蜡烛，蜡烛却能善解人意，替人垂下涟涟的蜡泪，直到天明。诗人将情感假借给蜡烛，蜡烛就变成有表情、有动作的有机体，与诗人一样多愁善感了，因此诗中的移情作用，往往能提供一个活泼的美感经验。

《唐诗三百首》指导大概

朱自清

　　有些人在生病的时候或烦恼的时候，拿过一本诗来翻读，偶尔也朗吟几首，便会觉得心上平静些，轻松些。这是一种消遣，但跟玩骨牌或纸牌等等不同，那些大概只是碰碰运气。跟读笔记一类书也不同，那些书可以给人新的知识和趣味，但不直接调平情感。读小说在这些时候大概只注意在故事上，直接调平情感的效用也不如诗。诗是抒情的，直接诉诸情感；又是节奏的，同时直接诉诸感觉；又是最经济的，语短而意长。具备这些条件，读了心上容易平静轻松，也是当然。自来说诗可以陶冶性情，这句话不错。

　　但是诗决不只是一种消遣，正如笔记一类书和小说等不是的一样。诗调平情感，也就是节制情感。诗里的喜怒哀乐跟实生活里的喜怒哀乐不同，这是经过"再团再炼再调和"的。诗人正在喜怒哀乐的时候，决想不到作诗，必得等到他的情感平静了，他才会吟味那平静了的情感想到作诗，于是乎运思造句，作成他的诗，这才可以供欣赏。要不然，大笑狂号只教人心紧，有什么可欣赏的呢？读诗所欣赏的便是诗里所表现的那些平静了的情感。假如是好诗，说的即使怎样可气可哀，我们还是不厌百回读的。在实生活里便不然，可气可哀的事我们大概不愿重提。这似乎是有私无私或有我无我的分别，诗里无我，实生活里有我。别的文学类型也都有这种情形，不过诗里更容易见出。读诗的人直接吟味那无我的情感，欣赏它的发而中节，自己也得到平静，而且也会渐渐知道节制自己的情感。一方面因为诗里的情感是无我的，欣赏起来得设身处地，替人着想。这也可以影响到性情上去。节制自己和替人着想这两种影响都可以说是人在模仿诗。诗可以陶冶性情，便是这个意思。所谓温柔敦厚的诗教，也只该是这个意思。

部定初中国文课程标准目标里有"养成欣赏文艺之兴趣"一项，略读教材里有"有注释之诗歌选本"一项。高中国文课程标准目标里又有"培养学生欣赏中国文学名著之能力"一项，关于略读教材也有"选读整部或选本之名著"的话。欣赏文艺，欣赏中国文学名著，都不能忽略读诗。读诗家专集不如读诗歌选本，读选本虽只能"尝鼎一脔"，却能将各家各派鸟瞰一番，这在中学生是最适宜的，也最需要的，有特殊的选本，有一般的选本。按着特殊的作派选的是前者，按着一般的品味选的是后者。中学生不用说，该选后者。《唐诗三百首》正是一般的选本，这部诗选很著名，流行最广，从前是家弦户诵的书，现在也还是相当普遍的书。但这部选本并不成为古典，它跟《古文观止》一样，只是当年的童蒙书，等于现在的小学用书。不过在现在的教育制度下，这部书给高中学生读才合式。无论它从前的地位如何，现在它却是高中学生最合式的一部诗歌选本。唐代是诗的时代，许多大诗家都在这时代出现，各种诗体也都在这时代发展。这部书选在清代中叶，入选的差不多都是经过一千多年淘汰的名作，差不多都是历代公认的好诗。虽然以明白易解为主，并限定诗篇的数目，规模不免狭窄些，却因此成为地道的一般的选本。高中学生读这部书，靠着注释的帮忙，可以吟味欣赏，收到陶冶性情的益处。

本书是清乾隆间一位别号"蘅塘退士"的人编选的。卷头有"题辞"，末尾记着"时乾隆癸未年春日，蘅塘退士题"。乾隆癸未是公元一七六三年，到现在快一百八十年了。有一种刻本"题"字下押了一方印章，是"孙洙"两字，也许是选者的姓名。孙洙的事迹，因为眼前书少，还不能考出印证，这件事只好暂时存疑。题辞说明编选的旨趣，很简短，抄在这里：

世俗儿童就学，即授《千家诗》，取其易于成诵，故流传不废。但其诗随手掇拾，工拙莫辨。且止七言律绝二体，而唐宋人又杂出其间，殊乖体制。因专就唐诗中脍炙人口之作，择其尤要者，每体得数十首，共三百余首，录成一编，为家塾课本，俾童而习之，白首亦莫能废，较《千家诗》不远胜耶？谚云，"熟读唐诗三百首，不会吟诗也会吟"，请以是编验之。

　　这里可见本书是断代的选本，所选的只是"唐诗中脍炙人口之作"，就是唐诗中的名作。而又只"择其尤要者"，所以只有三百余首，实数是三百一十首。所谓"尤要者"大概着眼在陶冶性情上，至于以明白易解的为主，是家塾课本的当然，无须特别提及。本书是分体编的，所以说"每体得数十首"。引谚语一方面说明为什么只选三百余首，但编者显然同时在模仿"三百篇"。《诗经》三百零五篇，连那有目无诗的六篇算上，共三百一十一篇，本书三百一十首，决不是偶然巧合。编者是怕人笑他僭妄，所以不将这番意思说出。引谚语另一方面教人熟读，学会吟诗。我们现在也劝高中学生熟读，熟读才真是吟味，才能欣赏到精微处。但现在却无须再学作旧体诗了。

　　本书流传既广，版本极多。原书有注释和评点，该是出于编者之手。注释只注事，颇简当，但不释义。读诗首先得了解诗句的文义，不能了解文义，欣赏根本说不上。书中各诗虽然比较明白易懂，又有一些注，但在初学还不免困难。书中的评，在诗的行旁，多半指点作法，说明作意，偶然也品评工拙。点只有句圈和连圈，没有读点和密点——密点和连圈都表示好句和关键句，并用的时候，圈的比点的更重要或更好。评点大约起于南宋，向来认为有伤雅道，因为妨碍读者欣赏的自由，而且免不了成见或偏见。但是谨慎的评点对于初学也未尝没有用处，这种评点可以帮助初学了解诗中各句的意旨并培养他们欣赏的能力，本书的评点似乎就有这样效用。

　　但是最需要的还是详细的注释。道光间，浙江省建德县人章燮鉴于这个需要，便给本书作注，成《唐诗三百首注疏》一书。他的自跋作于道光甲午，就是公元一八三四年，离蘅塘退士题辞的那年是七十一年。这注本也是"为家塾子弟起见"，很详细。有诗人小传，有事注，有义疏，并明作法，引评语，其中李白诗用王琦《李太白集注》，杜甫诗用仇兆鳌《杜诗详注》。原书的批评也留着，但连圈没有——原刻本并句圈也没有。书中还增补了一些诗，却没有增选诗家。以注书的体例而论，这部书可以说是驳杂不纯，而且不免烦琐、疏漏附会等毛病。书中有"子墨客卿"（名翰，姓不详）的校正语十来条，都确切可信。但在初学，这却是一部有益的书。这部书我只见过两种刻本，一种是原刻本，另一种是坊刻本，四川常见。这种刻本有句圈，书眉增录各家评语，并附道光丁酉（公元一八三七年）印行的江苏金坛于庆元的《续选唐诗三百首》。读《唐诗三百首》用这个本子最好。此外还有商务印书馆铅印本《唐诗三百首》，根据蘅塘退士的原本而未印评语。又世界书局石印《新体广注唐诗三百首读本》，每诗后有"注释"和"作法"两项。"注释"注事比原书详细些，兼释字义，却间有误处。"作法"兼说明作意，还得要领。卷首有"学诗浅说"，大致简明可看。书中只绝句有连圈，别体只有句圈，绝句连圈处也跟原书不同，似乎是抄印时随手加上，不足凭信。

本书编配各体诗，计五言古诗三十三首，乐府七首，七言古诗二十八首，乐府十四首，五言律诗八十首，七言律诗五十首，乐府一首，五言绝句二十九首，乐府八首，七言绝句五十一首，乐府九首，共三百一十首。五言古诗和乐府，七言古诗和乐府，两项总数差不多。五言律诗的数目超出七言律诗和乐府很多，七言绝句和乐府却又超出五言绝句和乐府很多。这不是编者的偏好，是反映着唐代各体诗发展的情形。五言律诗和七言绝句作得多，可选的也就多，这一层下文还要讨论。五、七、古、律、绝的分别都在形式，乐府是题材和作风不同，乐府也等下文再论。先说五、七、古、律、绝的形式，这些又大别为两类，古体诗和近体诗。五七言古诗属于前者，五七言律绝属于后者。所谓形式，包括字数和声调（即节奏），律诗再加对偶一项。五言古诗全篇五言句，七言古诗或全篇七言句，或在七言句当中夹着一些长短句。如李白《庐山谣》开端道：

我本楚狂人，狂歌笑孔丘。手持绿玉杖，朝别黄鹤楼。五岳寻山不辞远，一生好入名山游。

又如他的《宣州谢朓楼饯别校书叔云》开端道：

弃我去者昨日之日不可留，乱我心者今日之日多烦忧。

长风万里送秋雁，对此可以酣高楼。

这些都是七言古诗。五七古全篇没有一定的句数。古近体诗都得用韵，通常两句一韵，押在双句末字，有时也可以一句一韵，开端时便多如此。上面引的第一例里"丘""楼""游"是韵，两句间见，第二例里"留"和"忧"是逐句韵，"忧"和"楼"是隔句韵。古体诗的声调比较近乎语言之自然，七言更其如此，只以读来顺口、听来顺耳为标准。但顺口顺耳跟着训练的不同而有等差，并不是一致的。

近体诗的声调却有一定的规律，五七言绝句还可以用古体诗的声调，律诗老得跟着规律走。规律的基础在字调的平仄，字调就是平、上、去、入四声，上、去、入都是仄声。五七言律诗基本的平仄式之一如次：

五律

仄仄平平仄　　平平仄仄平　　平平平仄仄　　仄仄仄平平

仄仄平平仄　　平平仄仄平　　平平平仄仄　　仄仄仄平平

七律

平平仄仄仄平平　　仄仄平平仄仄平　　仄仄平平平仄仄　　平平仄仄仄平平

平平仄仄平平仄　　仄仄平平仄仄平　　仄仄平平平仄仄　　平平仄仄仄平平

即使不懂平仄的人，也能看出律诗是两组重复、均齐的节奏所构成，每组里又自有对称、重复、变化的地方。节奏本是异中有同、同中有异，律诗的平仄式也不外这个理。即使不懂平仄的人，只默诵或朗吟这两个平仄式，也会觉得顺口顺耳，但这种顺口顺耳是音乐性的，跟古体诗不同，正如语言跟音乐不同一样。律诗既有平仄式，就只能有八句，五律是四十字，七律是五十六字，排律不限句数，但本书里没有。绝句的平仄式照律诗减半，七绝照七律的前四句，就是只有一组的节奏。这里所举的平仄式只是最基本的，其中有种种繁复的变化。懂得平仄的自然渐渐便会明白。不懂平仄的，只要多读、熟读、多朗吟，也能欣赏那些声调变化的好处，恰像听戏多的人不懂板眼也能分别唱的好坏，不过不大精确就是了。四声中国人人语言中有，但要辨别某字是某声，却得受过训练才成。从前的训练是对对子跟读四声表，都在幼小的时候，现在高中学生不能辨别四声也就是不懂平仄的，大概有十之八九。他们若愿意懂，不妨试读四声表。这只消从《康熙字典》卷首附载的《等韵切音指南》里选些容易读的四声如"巴把霸捌""庚梗更格"之类，得闲就练习，也许不难一旦豁然贯通。（中华书局出版的《学诗入门》里有一个四声表，似乎还容易读出，也可用。）律诗还有一项规律，就是中四句得两两对偶，这层也在下文论。

初学人读诗，往往给典故难住。他们一回两回不懂，便望而生畏，因畏生懒，这会断了他们到诗去的路，所以需要注释。但典故多半只是历史的比喻和神仙的比喻，用典故跟用比喻往往是一个理，并无深奥可畏之处。不过比喻多取材于眼前的事物，容易了解些罢了。广义的比喻连典故在内，是诗的主要的生命素，诗的含蓄，诗的多义，诗的暗示力，主要的建筑在广义的比喻上。那些取材于经验和常识的比喻——一般所谓比喻只指这些——可以称为事物的比喻，跟历史的比喻、神仙的比喻鼎足而三。这些比喻（广义，后同）都有三个成分：一、喻依；二、喻体；三、意旨。喻依是作比喻的材料，喻体是被比喻的材料，意旨是比喻的用意所在。先从事物的比喻说起，如"天边树若荠"（五古，孟浩然，《秋登兰山寄张五》），荠是喻依，天边树是喻体，登山望远树，只如荠菜一般，只见树的小和山的高是意旨，意旨却没有说出。又"今朝为此别，何处还相遇。世事波上舟，沿洄安得住"（五古，韦应物，《初发扬子寄元大校书》），世事是喻体，沿洄不得住的波上舟是喻依，惜别难留是意旨，也没有明白说出。又"吴姬压酒劝客尝"（七古，李白，《金陵酒肆留别》），当垆是喻体，压酒是喻依，压酒的"压"和所谓"压装"的"压"用法一样，压酒是使酒的分量加重，更值得"尽觞"（原诗，"欲行不行各尽觞"）。吴姬当垆，助客酒兴是意旨。这里只说出喻依。又"辞严义密读难晓，字体不类隶与蝌。年深岂免有缺画，快剑砍断生蛟鼍。鸾翔凤翥众仙下，珊瑚碧树交枝柯。金绳铁索锁纽壮，古鼎跃水龙腾梭"（七古，韩愈，《石鼓歌》），"快剑"以下五句都是描写石鼓的字体的，这又分两层：第一，专描写残缺的字，缺画是喻体，"快剑"句是喻依，缺画依然劲挺有生气是意旨。第二，描写字体的一般，字体便是喻体，"鸾翔"以下四句是五个喻依，"古鼎跃水"跟"龙腾梭"各是一个喻依。意旨依次是隽逸、典丽、坚壮、挺拔，末两个喻依只一个意旨，都指字体而言，却都未说出。又"大弦嘈嘈如急雨，小弦切切如私语。嘈嘈切切错杂弹，大珠小珠落玉盘。间关莺语花底滑，幽咽泉流冰下难"（原作"水下滩"，依段玉裁说改，七古，白居易，《琵琶行》），这几句都描写琵琶的声音。大弦嘈嘈跟小弦切切各是喻体，急雨跟私语各是喻依，意旨一个是高而急，一个是低而急。"嘈嘈"句又是喻体，"大珠"句是喻依，圆润是意旨。"间关"二句各是一个喻依，喻体是琵琶的声音，前者的意旨是明滑，后者是幽涩。头两层的意旨未说出，这一层喻体跟意旨都未说出。事物的比喻虽然取材于经验和常识，却得新鲜才能增强情感的力量，这需要创造的功夫。新鲜还得入情入理，才能让读者消化，这需要雅正的品味。

有时全诗是一套事物的比喻，或者一套事物的比喻渗透在全诗里。前者如朱庆馀《近试上张水部》：

洞房昨夜停红烛，待晓堂前拜舅姑。妆罢低声问夫婿，画眉深浅入时无？（七绝）

唐代士子应试，先将所作的诗文呈给在朝的知名人看，若得他赞许宣扬，登科便不难。宋人诗话里说："庆馀遇水部郎中张籍，因索庆馀新旧篇什，寄之怀袖而推赞之，遂登科。"这首诗大概就是呈献诗文时作的。全诗是新嫁娘的话，她在拜舅姑以前问夫婿："画眉深浅合式否？"这是喻依。喻体是近试献诗文给人，朱庆馀是在应试以前问张籍："所作诗文合式否？"新嫁娘问画眉深浅，为的请夫婿指点，好让舅姑看得入眼，朱庆馀问诗文合式与否，为的请张籍指点，好让考官看得入眼，这是全诗的主旨。又骆宾王《在狱咏蝉》：

西陆蝉声唱，南冠客思深。不堪玄鬓影，来对白头吟。
露重飞难进，风多响易沉。无人信高洁，谁为表予心。（五律）

这是闻蝉声而感身世，蝉的头是黑的，是喻体，玄鬓影是喻依，意旨是少年时不堪回首。"露重"一联是蝉，是喻依，喻体是自己，身微言轻是意旨。诗有长序，序尾道"庶情沿物应，哀弱羽之飘零；道寄人知，悯余声之寂寞"，正指出这层意旨。"高洁"是蝉，也是人自己，这个词是双关的、多义的。又杜甫《古柏行》（七古）咏夔州武侯庙和成都武侯祠的古柏，作意从"君臣已与时际会，树木犹为人爱惜"二语见出。篇末道：

大厦如倾要梁栋，万牛回首丘山重。不露文章世已惊，未辞翦伐谁能送？
苦心岂免容蝼蚁，香叶终经宿鸾凤。志士幽人莫怨嗟，古来材大难为用。

大厦倾和梁栋虽已成为典故，但原是事物的比喻，两者都是喻依。前者的喻体是国家乱，大厦倾会压死人，国家乱人民受难，这是意旨。后者的喻体是大臣，梁栋支柱大厦，大臣支持国家，这是意旨。古柏是栋梁材，虽然"不露文章世已惊"，也乐意供世用，但是太重了、太大了，谁能送去供用呢？无从供用，渐渐心空了，蚂蚁爬进去了，但是"香叶终经宿鸾凤"，它的身份还是高的，这是喻依。喻体是怀才不遇的志士幽人。志士幽人本有用世之心，但是才太大了，无人有真知灼见，推荐入朝，于是贫贱衰老，为世人所揶揄，但是他们的身份还是高的，这是才大难为用，是意旨。

典故只是故事的意思，这所谓故事包罗得却很广大，经、史、子、集等等可以说都是的，不过诗文里引用，总以常见的和易知的为主。典故有一部分原是事物的比喻，有一部分是事迹，另一部分是成辞。上文说典故是历史的比喻和神仙的比喻，是专从诗文的一般读者着眼，他们觉得诗文里引用史事和神话或神仙故事的地方最困难。这两类比喻都应该包括着那三部分，如前节所引《古柏行》里的"大厦如倾要梁栋"，"大厦之倾，非一木所支"，见《文中子》。"桔柏豫章虽小，已有栋梁之器"，是袁粲叹美王俭的话，见《晋书》。大厦倾和梁栋都是历史的比喻，同时还是事物的比喻。又"乾坤日夜浮"（五律，杜甫，《登岳阳楼》）是用《水经注》，《水经注》道："洞庭湖广五百里，日月若出没其中。"乾坤是喻体，日夜浮是喻依。天地中间好像只有此湖，湖盖地，天盖湖，天地好像只是日夜飘浮在湖里，洞庭湖的广大是意旨。又"古调虽自爱，今人多不弹"（五绝，刘长卿，《弹琴》），用魏文侯听古乐就要睡觉的话，见《礼记》。两句是喻依，世人不好古是喻体，自己不合时宜是意旨。这三例不必知道出处便能明白，但知道出处，句便多义，诗味更厚些。

引用事迹和成辞不然，得知道出处，才能了解正确。如"圣代无隐者，英灵尽来归。遂令东山客，不得顾采薇"（五古，王维，《送綦毋潜落第还乡》），谢安曾隐居会稽东山，东山客是喻依，喻体是綦毋潜，意旨是大才隐处。采薇是伯夷、叔齐的故事，他们义不食周粟，隐于首阳山，采薇而食。采薇是喻依，隐居是喻体，自甘淡泊是意旨。又"客心洗流水"（五律，李白，《听蜀僧濬弹琴》），流水用俞伯牙、钟子期的故事。俞伯牙弹琴，志在流水，钟子期就听出了，道："洋洋乎，若江河！"诗句是倒装，原是说流水洗客心。流水是喻依，喻体是蜀僧濬的琴曲，意旨是曲调高妙。洗流水又是双关的、多义的。洗是喻依，净是喻体，高妙的琴曲涤净客心的俗虑是意旨。洗流水又是喻依，喻体是客心，听琴而客心清净，像流水洗过一般，是意旨。又钱起《送僧归日本》（五律）道："……浮天沧海远，去世法舟轻。……惟怜一灯影，万里眼中明。"一灯影用《维摩经》，经里道："有法门名无尽灯。譬如一灯燃百千灯，冥者皆明，明终不尽。夫一菩萨开导千百众生，令发阿耨多罗三藐三菩提心（译言'无上正等正觉心'），其于道意亦不灭尽。是名无尽灯。"这儿一灯是喻依，喻体是觉者，一灯燃千百灯，一觉者造成千百觉者，道意不灭是意旨。但在诗句里，一灯影却指舟中禅灯的光影，是喻依，喻体是那日本僧，意旨是他回国传法，辗转无尽（"惟怜"是最爱的意思）。又"后来鞍马何逡巡，当轩下马入锦茵。杨花雪落覆白蘋，青鸟飞去衔红巾。炙手可热势绝伦，慎莫近前丞相嗔"（七古，乐府，杜甫，《丽人行》），全诗咏三月三日长安水边游乐的情形，以杨国忠兄妹为主。诗中上文说到虢国夫人和秦国夫人，这几句说到杨国忠，他那时是丞相。"杨花"二语正是暮春水边的景物，但是全诗里只在这儿插入两句景语，奇特的安排暗示别有用意。北魏胡太后私通杨华，作"杨白花歌辞"，有"杨花飘荡入南家""愿衔杨花入窠里"等语。白蘋旧说是杨花入水所化，杨国忠也和虢国夫人相通。"杨花"句一方面是个喻依，喻体便是这件事实。杨国忠兄妹相通，都是杨家人，所以用杨花覆白蘋为喻，暗示讥刺的意旨。青鸟是西王母传书带信的侍者，当时总该有些侍婢是给那兄妹二人居间。"青鸟"句一方面也是喻依，喻体便是这些居间的侍婢，意旨还是讥刺杨国忠不知耻。青鸟是神仙的比喻。这两句隐约其辞，虽志在讥刺，而言之者无罪。又杜甫《登楼》（七律）：

花近高楼伤客心，万方多难此登临。锦江春色来天地，玉垒浮云变古今。北极朝廷终不改，西山寇盗莫相侵。可怜后主还祠庙，日暮聊为梁父吟。

旧注说本诗是代宗广德二年在成都作。元年冬，吐蕃陷京师，郭子仪收复京师，请代宗反正，所以有"北极"二句。本篇组织用赋体，以四方为骨干。锦江在东，玉垒山在西，"北极"二句是北眺所思。当时后主附祀先主庙中，先主庙在成都城南，"可怜"二句正是南瞻所感。（罗庸先生说，见《国文月刊》九期）。可怜后主还有祠庙，受祭享，他信任宦官，终于亡国，辜负了诸葛亮出山一番。《三国志》里说"亮躬耕陇亩，好为《梁父吟》"，《梁父吟》原辞不传（流传的"梁父吟"绝不是诸葛亮的《梁父吟》），大概慨叹小人当道。这二语一方面又是喻依，喻体是代宗和郭子仪，代宗也信任宦官，杜甫希望他"亲贤臣，远小人"（诸葛亮《出师表》中语），这是意旨。"日暮"句又是一喻依，喻体是杜甫自己，想用世是意旨。又"今朝郡斋冷，忽念山中客。涧底束荆薪，归来煮白石"（五古，韦应物，《寄全椒山中道士》），煮白石用鲍靓事。《晋书》："靓学兼内外，明天文河洛书。尝入海，遇风，饥甚，取白石煮食之。"煮白石是喻依，喻体是那山中道士，他的清苦生涯是意旨。这也是神仙的比喻。又"总为浮云能蔽日，长安不见使人愁"（七律，李白，《登金陵凤凰台》），两句一贯，思君的意思似甚明白。但乐府《古杨柳行》道："谗邪害公正，浮云冷白日。"古句也道："浮云蔽白日，游子不顾反。"本诗显然在引用成辞。陆贾《新语》说："邪臣之蔽贤，犹浮云之障日月。"本诗的"浮云能蔽日"一方面也是喻依，喻体大概是杨国忠等遮塞贤路，意旨是邪臣蔽君误国，所以有"长安"句。历史的比喻和神仙的比喻引用故事，得增减变化，才能新鲜入目，宋人所谓"以旧为新"，便是这意思，所引各例可见。

典故渗透全诗的，如孟浩然《临洞庭上张丞相》（五律）：

八月湖水平，涵虚混太清。气蒸云梦泽，波撼岳阳城。
欲济无舟楫，端居耻圣明。坐观垂钓者，徒有羡鱼情。

张丞相是张九龄，那时在荆州。前四语描写洞庭湖，三、四是名句。后四语蝉联而下，还是就湖说，只"端居"句露出本意，这一语便是《论语》"邦有道，贫且贱焉，耻也"的意思。"欲济"句一方面说想渡湖上荆州去，却没有船，一方面是一喻依。伪古文《尚书》"说命"殷高宗命傅说道，若济巨川，"用汝作舟楫"。本诗用这喻依，喻体却是欲用世而无引进的人，意旨是希望张丞相援手。"坐观"二语是一喻依，《汉书》用古人言，"临渊羡鱼，不如退而结网"，本诗里网变为钓。这一联的喻体是羡人出仕而得行道，自己无钓具，只好羡人家钓得的鱼，自己不得仕，只好羡人家行道，意旨同上。

全诗用典故最多的，本书中推杜甫《寄韩谏议》一首（七古）：

今我不乐思岳阳，身欲奋飞病在床。美人娟娟隔秋水，濯足洞庭望八荒。鸿飞冥冥日月白，青枫叶赤天雨霜。

玉京群帝集北斗，或骑麒麟翳凤凰。芙蓉旌旗烟雾落，影动倒景摇潇湘。星宫之君醉琼浆，羽人稀少不在旁。

似闻昨者赤松子，恐是汉代韩张良。昔随刘氏定长安，帷幄未改神惨伤。国家成败吾岂敢，色难腥腐餐枫香。

周南留滞古所惜，南极老人应寿昌。美人胡为隔秋水，焉得置之贡玉堂。

韩谏议的名字事迹无考，从诗里看，他是楚人，住在岳阳。肃宗平定安史之乱，收复东西京，他大约也是参与机密的一人。后来去官归隐，修道学仙，这首诗是爱惜他，思念他。第一节说思念他，是秋日，自己是在病中。美人这喻依见《楚辞》，但在这儿喻体是韩谏议，意旨是他的才能出众，"鸿飞冥冥，弋人何篡焉"，见扬雄《法言》。这儿一方面描写秋天的实景，一方面是喻依，喻体还是韩谏议，意旨是他已逃出世网。第二节说京师贵官声势煊赫，而韩谏议不在朝。本节差不多全是神仙的比喻，皆有来历。"玉京"句是喻依，喻体是集于君侧的朝廷贵官，意旨是他们承君命掌大权。"或骑"二语一套喻依，"烟雾落"就是落在烟雾中，喻体同上句，意旨是他们的骑从仪卫之盛。影是芙蓉旌旗的影，"影动"句是喻依，喻体是声势煊赫，从京师传遍天下，意旨是在潇湘的韩谏议也必闻知这种声势。星宫之君就是玉京群帝，醉琼浆的喻体是宴饮，意旨是征逐酒食。羽人是飞仙，羽人稀少就是稀少的羽人，全句是喻依，喻体是一些远引的臣僚不在这繁华场中，意旨是韩谏议没有分享到这种声势。第三节说韩谏议曾参预定乱收京大计，如今却不问国事，修道学仙。全节是神仙的比喻夹着历史的比喻，昨者是从前的意思。如今的赤松子，昨者"恐是汉代韩张良"。韩张良的跟赤松子的喻体都是韩谏议，前者的意旨是他有谋略，后者的意旨是他修道学仙。别的喻依可以准此类推下去。第四节说他闲居不出很可惜，祝他老寿，希望朝廷再起用他来匡君济世。太史公司马谈因病留滞周南，不得参与汉武帝的封禅大典，引为生平恨事。诗中"周南留滞"是喻依，喻体是韩谏议，意旨是他闲居乡里。南极老人就是寿星，是喻依，喻体同，意旨便是"应寿昌"。以上只阐明大端，细节从略。

诗和文的分别，一部分是在词句篇段的组织上，诗的组织比文的组织要经济些。引用比喻或典故，一个原因便是求得经济的组织。在旧体诗里，有字数、声调、对偶等制限，有时更不得不铸造一些特别经济的组织来适应。这种特殊的组织在文里往往没有，至少不常见。初学遇到这种地方也感困难，或误解，或竟不懂，这得去看详细的注释。但读诗多了，常常比较着看，也可明白。这种特殊的组织也常利用比喻或典故组成，那便更复杂些。如刘长卿《送李中丞归汉阳别业》（五律）：

流落征南将，曾驱十万师。罢归无旧业，老去恋明时。
独立三边静，轻生一剑知。茫茫江汉上，日暮欲何之。

"轻生一剑知"就是一剑知轻生的意思，轻生是说李中丞作征南将时不顾性命杀敌人。一剑知就是自己知，剑是杀敌所用，是自己的一部分，部分代全体是修辞格之一。自己知又有两层用意：一是问心无愧，忠可报君；二是只有自己知，别人不知。上下文都可印证。又"即此羡闲逸，怅然吟式微"（五古，王维，《渭川田家》），式微用《诗经》。《式微》篇道："式微，式微，胡不归！"本诗的"式微"是篇名，指的这篇诗。吟《式微》只是取"胡不归"那一语，用意是"何不归田呢"。又"惟将迟暮供多病，未有涓埃答圣朝"（七律，杜甫，《野望》），"恐美人之迟暮"见《楚辞》，迟暮是老大无成的意思。"惟将"句是说自己已老，不曾有所建树报答圣朝，加上迟暮的年光又都消磨在多病里，虽然"海内风尘"（见本诗第三句），却丝毫的力量也不能尽。"供"是喻依，杜甫自己是喻体，消磨在里面是意旨。这三例都是用辞格（也是一种比喻）或典故组成的。又如李颀《送陈章甫》（七古）末尾道："闻道故林相识多，罢官昨日今如何？"昨日罢官，想到就要别了许多朋友归里，自然不免一番寂寞，但是"闻道故林相识多"，今日临行，想到就要会见着那些故林相识的朋友，又觉如何呢？该不会寂寞了罢？昨今对照，用意是安慰。——昨日是日前的意思。又刘长卿《寻南溪常道士》：

> 一路经行处，莓苔见屐痕。白云依静渚，芳草闭闲门。
> 过雨看松色，随山到水源。溪花与禅意，相对亦忘言。

去寻常道士，他不在寓处，"随山到水源"才寻着。对着南溪边的花和常道士的禅意，却不觉忘言。相对是和"溪花与禅意"相对着。禅意给人妙悟，溪花也给人妙悟，禅家有拈花微笑的故事，那正是妙悟的故事，所以说"与"。妙悟是忘言的。寻不着常道士，却被溪花与禅意吸引住，只顾欣赏那无言之美，不想多交谈，所以说"亦"忘言。又韦应物《送杨氏女》（五古），是送女儿出嫁杨家，前面道："女子今有行，大江溯轻舟。尔辈苦无恃，抚念益慈柔。幼为长所育，两别泣不休。"篇尾道："归来视幼女，零泪缘缨流。"全诗不曾说出杨氏女是长女，但读了这几句关系自然明白。

倒装这特殊的组织，诗里也常见。如"竹喧归浣女，莲动下渔舟"（五律，王维，《山居秋暝》），"归浣女""下渔舟"就是洗女归，渔舟下。又"家书到隔年"（五律，杜牧，《旅宿》），就是家书隔年到。又"东门酤酒饮我曹"（七古，李颀，《送陈章甫》），"饮我曹"就是我曹饮，从上下文可知。又"名岂文章著，官应老病休"（五律，杜甫，《旅夜书怀》），就是文章岂著名，老病应休官。又"幽映每白日"（五律，刘眘虚，《阙题》），就是白日每幽映。又"徒劳恨费声"（五律，李商隐，《蝉》），就是费声恨徒劳。又"竹怜新雨后，山爱夕阳时"（五律，钱起，《谷口书斋寄杨补阙》），就是怜新雨后之竹，爱夕阳时之山，怜爱同意。又"独夜忆秦关，听钟未眠客"（五古，韦应物，《夕次盱眙县》），就是听钟未眠客，独夜忆秦关。这些倒装句里纯为了适应字数声调对偶等制限的却没有，它们主要的作用还在增强语气。此外如"何因不归去，淮上对秋山"（五律，韦应物，《淮上喜会梁州故人》），这是诘问自己，"何因"直贯下句，二语合为一句，这也为了经济的缘故。至如"少陵无人谪仙死"（七古，韩愈，《石鼓歌》），"无人"也就是死，这是求新，求惊人。又"百年多是几多时"（七律，元稹，《遣悲怀》之三），是说百年虽多，究竟又有多少时候呢？这也许是当时口语的调子。又如"云中君不见"（五律，马戴，《楚江怀古》），云中君是一个词，这句诗上三字下二字，跟一般五言句上二下三的不同，但似乎只是个无意之为的例外，跟古诗里"出郭门直视"一般。可是如"永夜角声悲自语，中天月色好谁看"（七律，杜甫，《宿府》），"五更鼓角声悲壮，三峡星河影动摇"（七律，杜甫，《阁夜》），都是上五下二，跟一般七言句上四下三或上二下五的不同。又"近寒食雨草萋萋，著麦苗风柳映堤"（七绝，无名氏，《杂诗》），每句上四字作一二一，而一般作二二或三一，这些却是有意变调求新了。

本书选诗，各方面的题材大致都有，分配又匀称，没有单调或琐屑的弊病。这也是唐代生活小小的一个缩影。可是题材的内容虽反映着时代，题材的项目却多是汉魏六朝诗里所已有，只有音乐图画似乎是新的。赋里有以音乐为题材的，但晋以来就少。唐代音乐图画特别发达，反映到诗里，便增加了题材的项目，这也是时势使然。在各种题材里，"出处"是一重大的项目。从前读书人唯一的出路是出仕，出仕为了行道，自然也为了衣食。出仕以前的隐居、干谒、应试（落第）等，出仕以后的恩遇、迁谪，乃至忧民、忧国、思林栖、思归田等，乃至真个辞官归田，都是常见的诗的题目，本书便可作例。仕君行道是儒家的思想，隐居和归田都是道家的思想，儒道两家的思想合成了从前的读书人。但是现在时势变了，读书人不一定出仕，思林栖、思归田等思想也绝无仅有。有些人读这些诗，也许会觉得不真切，青年学生读书，往往只凭自己的狭隘的兴趣，更容易有此感。但是会读诗的人，多读诗的人，能够设身处地，替古人着想，依然觉得这些诗真切。这是情感的真切，不是知识的真切。这些人不但对于现在有情感，对于过去也有情感。他们知道唐人的需要、唐人的得失，和现代人不一样，可是在读唐诗的时候，只让那对于过去的情感领着走，这种无私、无我、无关心的同情教他们觉到这些的真切。这种无关心的情感需要慢慢调整自己、扩大自己，才能养成。多读史，多读诗，是一条修养的途径。就是那些比较有普遍性的题材，如相思、离别、慈幼、慕亲、友爱等，也还是需要无关心的情感。这些题材的节目多少也跟着时代改变一些，固执"知识的真切"的人读古代的这些诗，有时也不能感到兴趣。

至于咏古之作，如唐玄宗《经鲁祭孔子而叹之》（五律），是古人敬慕古人；纪时之作，如李商隐《韩碑》（七古），是古人论当时事。虽然我们也敬慕孔子，替韩愈抱屈，但知识的看，古人总隔一层。这些题材的普遍性比前一类低减些，不过还在"出处"那项目之上。还有朝会诗，如岑参、王维《和贾至舍人早朝大明宫之作》（七律），见出一番堂皇富丽的气象。又宫词，往往见出一番怨情，宛转可怜。可是这些题材现代生活里简直没有。最别扭的是边塞和从军之作，唐人很喜欢作这类诗，而悯苦寒、讥黩武的居多数，跟现代人冒险尚武的精神恰恰相反。但荒寒的边塞自是一种新境界，从军苦在当时也是一种真情的流露，若能节取，未尝没有是处。要能欣赏这几类诗，都得靠无关心的情感。此外，唐人酬应的诗很多，本书里也可见。有些人觉得作诗该等候感兴，酬应的诗不会真切。但伫兴而作的人向来大概不多，据现在所知，只有孟浩然是如此。作诗都在情感平静了的时候，运思造句都得用到理智，伫而作是无所为，酬应而作是有所为，在工力深厚的人其实无多差别。酬应的诗若能恰如分际，也就见得真切。况是这种诗里也不短至情至性之作。总之，读诗得除去偏见和成见，放大眼光，设身处地看去。

明代高棅编选《唐诗品汇》，将唐诗分为四期，后来虽有种种批评，这分期法却渐被一般沿用。初唐是高祖武德元年（公元六一八年）至玄宗开元初（公元七一三年），约一百年。盛唐是玄宗开元元年至代宗大历初（公元七六六年），五十多年。中唐是代宗大历元年至文宗大和九年（公元八三五年），七十年。晚唐是文宗开成元年（公元八三六年）至昭宗天祐三年（公元九〇六年），八十年。初唐诗还是齐梁的影响，题材多半是艳情和风云月露，讲究声调和对偶。到了沈佺期、宋之问手里，便成立了律诗的体制。这是唐代诗坛一件大事，影响后世最大。当时有个陈子昂，独主张复古，扩大诗的境界，但他死得早，成就不多。盛唐诗李白努力复古，杜甫努力开新。所谓复古，只是体会汉魏的作风和借用乐府诗的题目，并非模拟词句，所以陈子昂、李白都能够创一家，而李白的成就更大。他的成就主要的在七言乐府，绝句也独步一时。杜甫却各体诗都是创作，全然不落古人窠臼。他以时事入诗、议论入诗，使诗散文化，使诗扩大境界，一方面研究律诗的变化，用来表达各种新题材。他的影响的久远，几乎没有一个诗人比得上。这时期作七古体的最多，为的这一体比较自由，又刚在开始发展。而王维、孟浩然专用五律写山水，也能变古成家。中唐诗韦应物、柳宗元的五古以复古的作风创作，各自成家。古文家韩愈继承杜甫，更使诗向散文化的路上走，宋诗受他的影响极大。他的门下作诗，有词句冷涩的，有题材诡僻的，本书里只选了贾岛一首。另一面有些人描写一般的社会生活，这原是乐府精神，却也是杜甫开的风气。元稹、白居易主张诗该写社会生活而有规讽的作意，才是正宗。但他们的成就却不在此而在情景亲切，明白如话。他们不避俗，跟韩愈一派恰相对照，可也出于杜甫。晚唐诗刻画景物，雕琢词句，题材又回到风云月露和艳情上，只加了一些雅事，诗境重趋狭窄，但精致过于前人。这时期的精力集中在近体诗，精致的只是词句，全篇组织往往配合不上。就中李商隐、温庭筠虽咏艳情，却有大处奇处，不跼蹐在绮靡的圈子里，而李商隐学杜、学韩境界更广阔些。学杜韩而兼受温李熏染的是杜牧，豪放之余，不失深秀。本书选诗七十七家，初唐不到十家，盛中晚三期各二十多家。入选的诗较多的八家：盛唐四家，杜甫的三十六首，王维三十首，李白二十九首，孟浩然五首；中唐二家，韦应物十二首，刘长卿十一首；晚唐二家，李商隐二十四首，杜牧十首。

李白诗，书中选五古三首、乐府三首、七古四首、乐府五首、五律五首、七律一首、五绝二首、乐府一首、七绝二首、乐府三首。各体都备，七古和乐府共九首，最多，五七绝和乐府共八首，居次。李白字太白，蜀人，玄宗时作供奉翰林，触犯了杨贵妃，不能得志。他是个放浪不羁的人，便辞了职，游山水，喝酒，作诗。他的态度是出世的，作诗全任自然。当时称他为“天上谪仙人”，这说明了他的人和他的诗。他的乐府很多，取材很广，他其实是在抒写自己的生活，只借用乐府的旧题目而已。他的七古和乐府篇幅恢张，气势充沛，增进了七古体的价值。他的绝句也奠定了一种新体制。绝句最需经济的写出，李白所作，自然含蓄，情韵不尽。书中所收《下江陵》一首，有人推为唐代七绝第一。杜甫诗，计五古五首、七古五首、乐府四首，五七律各十首，五七绝各一首。只少五言乐府，别体都有。律诗共二十首，最多，七古和乐府共九首，居次。杜甫字子美，河南巩县人。安禄山陷长安，肃宗在灵武即位，他从长安逃到灵武，作了左拾遗的官。后因事被放，辗转流落到成都，依故人严武，作到检校工部员外郎，世称杜工部。他在蜀住得很久。他是儒家的信徒，一辈子惦念仕君行道，又身经乱离，亲见民间疾苦。他的诗努力描写当时的情形，发抒自己的感想。唐代用诗取士，诗原是应试的玩意儿；诗又是供给乐工歌妓唱来伺候宫庭和贵人的玩意儿。李白用来抒写自己的生活，杜甫用来抒写那个大时代，诗的境界扩大了，地位也增高了。而杜甫抓住了广大的、实在的人生，更给诗开辟了新世界。他的诗可以说是写实的，这写实的态度是从乐府来的。他使诗历史化、散文化，正是乐府的影响。七古体到他手里正式成立，律诗到他手里应用自如，他的五律极多，差不多穷尽了这一体的变化。

王维诗，计五古五首、七言乐府三首、五律九首、七律四首、五绝五首、七绝和乐府三首，五律最多。王维字摩诘，太原人，试进士第一，官至尚书右丞，世称王右丞。他会草书隶书，会画画。有别墅在辋川，常和裴迪去游览作诗。沈宋的五律还多写艳情，王维改写山水，选词造句都得自出心裁。从前虽也有山水诗，但体制不同，无从因袭。苏轼说他"诗中有画"。他是苦吟的，宋人笔记里说他曾因苦吟走入醋缸里。他的《渭城曲》（乐府），有人也推为唐代七绝压卷之作。他的诗是精致的。孟浩然诗，计五古三首、七古一首、五律九首、五绝二首，也是五律最多。孟浩然名浩，以字行，襄州襄阳人，隐居鹿门山，四十岁才游京师。张九龄在荆州，召为僚属。他用五律写江湖，却不苦吟，仅兴而作。他专工五言，五言各体都擅长，山水诗不但描写自然，还欣赏自然。王维的描写比孟浩然多些。

韦应物诗，五古七首、五律二首、七律一首、五七绝各一首，五古多。韦应物，京兆长安人，作滁州刺史，改江州，入京作左司郎中，又出作苏州刺史，世称韦左司或韦苏州。他为人少食寡欲，常焚香扫地而坐，诗淡远如其人。五古学古诗，学陶诗，指事述情，明白易见，有理语也有理趣，正是陶渊明所长。这些是淡处。篇幅多短，句子浑含不刻画，是远处。朱子说他的诗无一字造作，气象近道。他在苏州所作《郡斋雨中与诸文士燕集》诗开端道："兵卫森画戟，宴寝凝清香。海上风雨至，逍遥池阁凉。"诗话推为一代绝唱，也只是为那肃穆清华的气象。篇中又道："自惭居处崇，未睹斯民康。"《寄李儋元锡》（七律）也道："邑有流亡愧俸钱。"这是忧民，识得为政之体，才能有此忠君爱民之言。刘长卿诗，计五律五首、七律三首、五绝三首，五律最多。刘长卿字文房，河间人，登进士第，官终随州刺史，世称刘随州。他也是苦吟的人，律诗组织最为精密整练，五律更胜，当时推为"五言长城"。上文曾举过两首作例，可见出他的用心处。

李商隐诗，计七古一首、五律五首、七律十首、五绝一首、七绝七首，七律最多，七绝居次。李商隐字义山，河内人，登进士第。王茂元镇河阳，召他掌书记，并使他做女婿。王茂元是李德裕同党，李德裕和令狐楚是政敌。李商隐和令狐楚本有交谊，这一来却得罪了他家。后来令狐楚的儿子令狐绹作了宰相，李商隐屡次写信表明心迹，他只是不理。这是李商隐一生的失意事，诗中常常涉及，不过多半隐约其辞。后来柳仲郢镇东蜀，他去做过节度判官。他博学强记，又有隐衷，诗里的典故特别多。他的七律里有好些"无题"诗，一方面像是相思不相见的艳情诗，另一方面又像是比喻，咏叹他和令狐绹的事，寄托那"不遇"的意旨。还有那篇《锦瑟》，虽有题，解者也纷纷不一。那或许是悼亡诗，或许也是比喻。又有些咏史诗，如《隋宫》，或许不只是咏古，还有刺时的意旨。他的诗语既然是一贯的隐约，读起来便只能凭文义、典故、他的事迹作一些可能的概括的解释。他的七绝里也有这种咏史或游仙诗，如《隋宫》《瑶池》等。这些都是奇情壮采之作，一方面七律的组织也有了进步，所以入选的多。他的七绝最著名的可是《寄令狐郎中》一首。杜牧诗，五律一首、七绝九首，几乎是专选一体。杜牧字牧之，登进士第。牛僧孺镇扬州，他在节度府掌书记，又做过司勋员外郎，世称杜司勋，又称小杜，杜甫称老杜。

他很有政治的眼光，但朝中无人，终于是个失意者。他的七绝感慨深切，情辞新秀，《泊秦淮》一首也曾被推为压卷之作。

唐以前的诗，可以说大多数是五古，极少数是七古，但那些时候并没有体制的分类。那些时候诗的分类，大概只从内容方面看，最显著的一组类别是五言诗和乐府诗。五言诗虽也从乐府演变而出，但从阮籍开始，已经高度文人化，成为独立抒情写景的体制。乐府原是民歌，叙述民间故事，描写各社会的生活，有时也说教，东汉以来文人仿作乐府的很多，大都沿用旧题旧调，也是五言的体制。汉末旧调渐亡，文人仿作，便只沿用旧题目，但到后来诗中的话也不尽合于旧题目。这些时候有了七言乐府，不过少极，汉魏六朝间著名的只有曹丕的《燕歌行》、鲍照的《行路难》十八首等。乐府多朴素的铺排，跟五言诗的浑含不露有别。五言诗经过汉魏六朝的演变，作风也分化。阮籍是一期，陶渊明、谢灵运是一期，"宫体"又是一期。阮籍抒情，"志在刺讥而文多隐避"（颜延年、沈约等注《咏怀诗》语），最是浑含不露。陶谢抒情、写景、说理，渐趋详切，题材是田园、山水。宫体起于梁简文帝时，以艳情为主，渐讲声调对偶。

初唐五古还是宫体余风，陈子昂、张九龄、李白主张复古，虽标榜"建安"（汉献帝年号，建安体的代表是曹植），实是学阮籍，本书张九龄《感遇》二首便是例子。但盛唐五古，张九龄以外，连李白所作（"古风"除外）在内，可以说都是陶谢的流派。中唐韦应物、柳宗元也如此。陶谢的详切本受乐府的影响。乐府的影响到唐代最为显著。杜甫的五古便多从乐府变化。他第一个变了五古的调子，也是创了五古的新调子。新调子的特色是散文化，但本书所选他的五古还不是新调子，读他的长篇才易见出。这种新调子后来渐渐代替了旧调子。本书里似乎只有元结《贼退示官吏》一首是新调子，可是散文化太过，不是成功之作。至于唐人七古，却全然从乐府变出。这又有两派：一派学鲍照，以慷慨为主；一派学晋《白纻（舞名）歌辞》（四首，见《乐府诗集》）等，以绮艳为主。李白便是著名学鲍照的，盛唐人似乎已经多是这一派。七言句长，本不像五言句的易加整练，散文化更方便些。《行路难》里已有散文句，李白诗里又多些，如"我欲因之梦吴越"（《梦游天姥吟留别》），又如上文举过的"弃我去者"二语。七古体夹长短句原也是散文化的一个方向。初唐陈子昂《登幽州台歌》全首道："前不见古人，后不见来者。念天地之悠悠，独怆然而涕下。"简直没有七言句，却也可以算入七古里。到了杜甫，更有意的以文为诗，但多七言到底，少用长短句。后来人作七古，多半跟着他走。他不作旧题目的乐府而作了许多叙述时事、描写社会生活的诗，这正是乐府的本来面目。本书据《乐府诗集》将他的《哀江头》《哀王孙》等都放在七言乐府里，便是这个理。从他以后，用乐府旧题作诗的就渐渐地稀少了。另一方面，元稹、白居易创出一种七古新调，全篇都用平仄调协的律句，但押韵随时转换，平仄相间，各句安排也不像七律有一定的规矩，这叫作长庆体。长庆是穆宗的年号，也是元白的集名。本书白居易的《长恨歌》《琵琶行》都是的。古体诗的声调本来比较近乎语言之自然，长庆体全用律句，反失自然，只是一种变调，但却便于歌唱。《长恨歌》可以唱，见于记载，可不知道是否全唱。五七古里律句多的本可歌唱，不过似乎只唱四句，跟唱五七绝一样。古体诗虽不像近体诗的整练，但组织的经济也最着重。这也是它跟散文的一个主要的分别，前举韦应物《送杨氏女》便是一例。又如李白《宣州谢朓楼饯别校书叔云》里道："蓬莱文章建安骨，中间小谢又清发。"一方面说谢朓（小谢），一方面是比喻。且不说喻旨，只就文义看，"蓬莱"句又有两层比喻，全句的意旨是后汉文章首推建安诗。"中间"句说建安以后"大雅久不作"（见李白《古风》第一首），小谢清发，才重振遗绪，"中间""又"三个字包括多少朝代，多少诗家，多少诗，多少议论！组织有时也变换些新方式，但得出于自然，如李白《梦游天姥吟留别》（七古）用梦游和梦醒作纲领，韩愈《八月十五夜赠张功曹》用唱歌跟和歌作纲领，将两篇歌辞穿插在里头。

律诗出于齐梁以来的五言诗和乐府。何逊、阴铿、徐陵、庾信等的五言，都已讲究声调和对偶。庾信的《乌夜啼》乐府简直像七律一般，不过到了沈宋才成定体罢了。律诗声调，前已论及。对偶在中间四句，就是第一组节奏的后两句，第二组节奏的前两句，也是异中有同，同中有异。这样，前四句由散趋整，后四句由整复归于散，增强两组节奏的往复回还的效用。这两组对偶又得自有变化，如一联写景，一联写情，一联写见，一联写闻之类，才不至板滞，才能和上下打成一片。所谓情景或见闻，只是从浅处举例，其实这中间变化很多，很复杂。五律如"地犹鄹氏邑，宅即鲁王宫。叹凤嗟身否，伤麟怨道穷"（唐玄宗《经鲁祭孔子而叹之》），四句虽两两平列，可是前一联上句范围大，下句范围小，后一联上句说平时，下句说将死，便见流走。又"为我一挥手，如听万壑松。客心洗流水，余响入霜钟"（李白《听蜀僧濬弹琴》），前联一弹一听，后联一在弹，一已止，各是一串儿。又"遥怜小儿女，未解忆长安。香雾云鬟湿，清辉玉臂寒"（杜甫《月夜》），"遥怜"直贯四句。"小儿女未解忆长安"固然可怜，"香雾"云云的人（杜甫妻）解得忆长安，也许更可怜些。前联只是一句话，后联平列，两相调剂着。律诗多在四句分段，但也不尽然，从这一首可见。又前面引过的刘长卿《寻南溪常道士》次联"白云依静渚，芳草闭闲门"，似乎平列，用意却侧重寻常道士不遇，侧重在下句。三联"过雨看松色，随山到水源"，上句景物，下句动作，虽然平列而不是一类。再说"过雨"暗示忽然遇雨，雨住后松色才更苍翠好看，这就兼着叙事，跟单纯写景又不同。

七律如"云边雁断胡天月，陇上羊归塞草烟。回日楼台非甲帐，去时冠剑是丁年"（温庭筠《苏武庙》），前联平列，但不是单纯的写景句，这中间引用着《汉书·苏武传》，上句意旨是和汉朝音信断绝（雁足传书事），下句意旨是无归期（匈奴使苏武放牡羊，说牡羊有乳才许归汉）。后联说去汉时还是冠剑的壮年，回汉时武帝已死，"丁年奉使"见李陵《答苏武书》，甲帐是头等帐，是武帝作来敬神的，见《汉武故事》。这一联是倒装，为的更见出那"不堪回首"的用意。又"玉玺不缘归日角，锦帆应是到天涯。于今腐草无萤火，终古垂杨有暮鸦"（李商隐《隋宫》），日角是额骨隆起如日，是帝王之相，这儿是根据《旧唐书》，用来指太宗。锦帆指隋炀帝的游船，见《开河记》。这一联说若不因为太宗得了天下，炀帝还该游得远呢。上句是因，下句是果。放萤火，种垂杨，都是炀帝的事。后联平列，上句说不放萤火，下句说垂杨栖鸦，一有一无，却见出"而今安在"一个用意。又李商隐《筹笔驿》中二联道："徒令上将挥神笔，终见降王走传车。管乐有才真不忝，关张无命欲何如。"筹笔驿在绵州绵谷县，诸葛武侯曾在那里驻军筹划。上将指武侯，降王指后主，管乐是管仲、乐毅，武侯早年曾自比这二人。前联也是倒装，因为"终见"，才觉"徒令"。但因"筹笔"想到"降王"，即景生情，虽倒装还是自然。后联也将"有""无"对照，见出本诗末句"恨有余"的用意。七律对偶用倒装句，因果句，到晚唐才有。七言句长，整炼较难，整炼而能变化如意更难。唐代律诗刚创始，五言比较容易些，发展得自然快些，作五律的大概多些，好诗也多些，本书五律多，便是这个缘故。律诗也有不对偶或对偶不全的，如李白《夜泊牛渚怀古》（五律），又如崔颢《黄鹤楼》（七律）的次联，这些只算例外。又有不调平仄的，如《黄鹤楼》和王维《终南别业》（五律），也是例外。也有故意这样作的，后来称为拗体，但究竟是变调。本书不选排律。七言排律本来少，五言的却多，也推杜甫为大家。排律将律诗的节奏重复多次，便觉单调，教人不乐意读下去。但本书不选，恐怕是为了典故多。晚唐律诗着重一句一联，忽略全篇的组织，因此后人评论律诗，多爱摘句，好像律诗篇幅完整的很少似的。其实不然，这只是偏好罢了。

绝句不是截取律诗的四句而成。五绝的源头在六朝乐府里。六朝五言四句的乐府很多，《子夜歌》最著名。这些大都是艳情之作，诗中用谐声辞格很多。谐声辞格如"蟢子"谐"喜"声，"藁砧"就是"铁"（铡刀），谐"夫"声。本书选了权德舆《玉台体》一首，就是这种诗。也许因为诗体太短，用这种辞格来增加它的内容，这也是多义的一式。但唐代五绝已经不用谐声辞格，因为不大方，范围也窄。唐代五绝有调平仄的，有不调平仄而押仄声韵的，后者声调上也可以说是古体诗，但题材和作风不同。所以容许这种声调不谐的五绝，大约也是因为诗体太短，变化少，多一些自由，可以让作者多一些回旋的地步。但就是这样，作的还是不多。七言四句的诗，唐以前没有，似乎是唐人的创作。这大概是为了当时流行的西域乐调而作，先有调，后有诗。五七绝都能歌唱，七绝歌唱得更多，该是因为声调曼长，好听些。作七绝的比五绝的多得多，本书选得也多。唐人绝句有两种作风，一是铺排，一是含蓄。前者如柳宗元《江雪》：

千山鸟飞绝，万径人踪灭。孤舟蓑笠翁，独钓寒江雪。

又韦应物《滁州西涧》：

独怜幽草涧边生，上有黄鹂深树鸣。春潮带雨晚来急，野渡无人舟自横。

柳诗铺排了三个印象，见出江雪的幽静，韦诗铺排了四个印象，见出西涧的幽静，但柳诗有"千山""万径""绝""灭"等词，显得那幽静更大些。所谓铺排，是平排（或略参差如所举例）几个同性质的印象，让它们集合起来，暗示一个境界。这是让印象自己说明，也是经济的组织，但得选择那些精的印象。后者是说要从浅中见深、小中见大，这两者有时是一回事。含蓄的绝句似乎是正宗，如杜牧《秋夕》：

银烛秋光冷画屏，轻罗小扇扑流萤。天街夜色凉如水，卧看牵牛织女星。

是说宫人秋夕的幽怨，可作浅中见深的一例。又刘禹锡《乌衣巷》：

朱雀桥边野草花，乌衣巷口夕阳斜。旧时王谢堂前燕，飞入寻常百姓家。

乌衣巷是晋代王导、谢安住过的地方，唐代早为民居。诗中只用野花、夕阳、燕子，对照今昔，便见出盛衰不常一番道理。这是小中见大，也是浅中见深，又王之涣《登鹳雀楼》：

白日依山尽，黄河入海流。欲穷千里目，更上一层楼。

鹳雀楼在平阳府蒲州城上。白日依山，黄河入海，一层楼的境界已穷，若要看得更远、更清楚，得上高处去。三、四句上一层楼，穷千里目，是小中见大。但另一方面，这两句可能是个比喻，喻体是人生，意旨是若求远大得向高处去，这又是浅中见深了。但这一首比较前二首明快些。

论七绝的称含蓄为"风调"。风飘摇而有远情，调悠扬而有远韵，总之是余味深长。这也配合着七绝的曼长的声调而言，五绝字少节促，便无所谓风调。风调也有变化，最显著的是强弱的差别，就是口气否定肯定的差别。明清两代论诗家推举唐人七绝压卷之作共十一首，见于本书的八首，就是王维《渭城曲》（乐府），王昌龄《长信怨》和《出塞》（皆乐府），王翰《凉州词》，李白《下江陵》，王之涣《出塞》（乐府，一作"凉州词"），李益《夜上受降城闻笛》，杜牧《泊秦淮》。这中间四首是乐府，乐府的措辞总要比较明快些，其余四首虽非乐府，也是明快一类，只看八首诗的末二语便可知道，现在依次抄出：

劝君更尽一杯酒，西出阳关无故人。（《渭城曲》）
玉颜不及寒鸦色，犹带昭阳日影来。（《长信怨》）
但使龙城飞将在，不教胡马度阴山。（《出塞》）
醉卧沙场君莫笑，古来征战几人回。（《凉州词》）
两岸猿声啼不住，轻舟已过万重山。（《下江陵》）
羌笛何须怨杨柳，春风不度玉门关。（《出塞》）
不知何处吹芦管，一夜征人尽望乡。（《夜上受降城闻笛》）
商女不知亡国恨，隔江犹唱后庭花。（《泊秦淮》）

这些都用否定语作骨子，所以都比较明快些，这些诗也有所含蓄，可是强调，七绝原来专为歌唱而作，含蓄中略求明快，听者才容易懂，适应需要，本当如此。弱调的发展该是晚点儿，不见于本书的三首，一首也是强调，二首是弱调。十一首中共有九首调强，可算是大多数。

当时为人传唱的绝句见于本书的，五言有王维的《相思》，七言有他的《渭城曲》，王昌龄的《芙蓉楼送辛渐》和《长信怨》，王之涣的《出塞》。《相思》道：

红豆生南国，春来发几枝？愿君多采撷，此物最相思。

《芙蓉楼送辛渐》道：

寒雨连江夜入吴，平明送客楚山孤。洛阳亲友如相问，一片冰心在玉壶。

除《长信怨》外，四首都是对称的口气。王之涣的"羌笛"句是说"你何须吹羌笛的折柳词来怨久别"，那不见于本书的高适的"开箧泪沾臆，见君前日书"一首也是的（这一首本是一首五古的开端四语，歌者截取，作为绝句）。歌辞用对称的口气，唱时好像在对听者说话，显得亲切。绝句用对称口气的特别多，有时用问句，作用也一般。这些原都是乐府的老调儿，绝句只是推广应用罢了。风调转而为才调，奇情壮采依托在艳辞和故事上，是李商隐的七绝。这些诗虽增加了些新类型，却非七绝的本色。他又有《夜雨寄北》一绝：

君问归期未有期，巴山夜雨涨秋池。何当共剪西窗烛，却话巴山夜雨时。

这也是对称的口气。设想归后向那人谈此时此地的情形，见出此时此地思归和相念的心境，回环含蓄，却又亲切明快，这种重复的组织极精练可喜。但绝句以自然为主，像本诗的组织，精练不失自然，是可遇而不可求的。

朱宝莹先生有《诗式》（中华书局版），专释唐人近体诗的作法作意，颇切实；邵祖平先生有《唐诗通论》（《学衡》十二期）颇详明，都可参看。

中国诗学源流

李渔叔

上　篇

一、诗的起源

　　中国诗歌，究竟起始于何时，数千年来，还没有一个确定的说法。汉儒郑玄作《诗谱序》曾说："诗之兴也，谅不于上皇之世。大庭轩辕，逮于高辛，其时有亡，载籍亦蔑云焉。《虞书》曰：'诗言志，歌永言，声依永，律和声。'然则诗之道放于此乎？"他的意思是说三代以前的上皇之世，谅还没有诗，从大庭和轩辕两氏，一直到高辛，诗的有无，书上也没有记载过；而《虞书》上始有讲到诗歌的文字，所以推定诗的起源，当在虞舜的时候。孔颖达在《毛诗正义》里面则主张诗的起源有二，其一是讴歌，其二是造初。大意是说，讴歌系属没有文字的歌谣，大约起于大庭氏之时；造初则是初形于文字的诗歌，曾见之于《尧典》。以上两种说法，意思都差不多，也都是推测之辞，并没有十分确凿的根据。依我的看法，诗歌纯粹是一种表达性情的工具，初民之世，没有文字以前，便已有之。至于断定起源于何年何代，似不必徒劳考证了。

诗的兴起，当然是随感而发，离不开劳人思妇及男女两相慕悦之情。最初的意思和形式十分简单，句调也不很整齐，这是可以断定的。中国的文字，一字一音，一音一义，单用一字，不能成文，有了两个字以上，便可以达意了。试看《吴越春秋》所载古孝子作的《断竹》黄歌道："断竹，续竹，飞土，逐宗。"（宗即肉字）那是古代人死之后，不知殡葬，悬之树间，孝子不忍见父母为禽兽所食，用竹作弹守护遗体，而作出这首歌辞，虽然简朴，也颇能道出心意。《文心雕龙》说这是二言诗之始，《诗纬》载《中侯稷起谣》的"苍耀稷，生感迹"为三言诗之始。从这以下逐渐进步到四言、五言、七言，中国诗的各种形式就确定了。有人问中国诗何以只用四、七言，而不用六、八、九言？答复这问题很简单，前面说过，中国字一字一音，如用六言，则是三言的两句；用八言，则是四言的两句；用九言既嫌冗长不好诵读，又属四言和五言的两句。所以用四、五、七言，才可以卓然独立，不会上下推移，而歌诵起来也自然节簇调和，声律交美了。

前代的诗歌，如《击壤歌》《卿云歌》等，为唐虞盛世之作，较之上皇大庭时代，自已进步极多，其句调虽有长短，但实际上只是四言诗。中国诗进展到四言，诗的疆域益广。周秦之世，诗的形式，可以说是全给四言统一了。我们看那经过孔子删定的《诗经》三百篇，内中所收的政府和民间的诗歌，几全系四言，不仅形体稳定，而词调风神，亦均有长足的进步。

二、诗经

要研究中国诗歌，首先要懂得《诗经》，这是诗学源流所关，应当要加以彻底领会。据《史记·孔子世家》载："古诗三千余篇，及至孔子，去其重，取可施于礼义者，三百五篇。"由此可知孔子删诗的原则有二：第一是从那三千余篇古诗中间，先把重复的去掉；第二是取其有关风教，可施于礼义的一些东西。这种化繁为简、去芜存菁的工作，是相当费了一番苦心。孔子自己曾经说过："吾自卫返鲁，然后乐正，雅颂各得其所。"这几句话，应当是删诗后所说的；从语气看，也可以推测到孔子对这种工作的踌躇满志。

《诗经》的组织分四大类：

（一）国风　计共一百六十篇，《诗大序》说："以一国之事，系一人之本，谓之风。"朱熹《诗经集序》说："凡诗之所谓风者，多出于里巷歌谣之作，所谓男女相与咏歌，各言其情者也。"

（二）大雅　计共八十篇。

（三）小雅　计共三十一篇。《诗大序》说："言天下之事，形四方之风，谓之雅。雅者，正也，言王政之所由废兴也。政有小大，故有小雅焉，有大雅焉。"

（四）颂　计共四十篇。《诗大序》说："颂者，美盛德之形容，以其成功告于神明者也。是谓四始，诗之至也。"朱熹说："雅颂之篇，皆成周之世朝廷郊庙乐歌之词，其语和而庄，其义宽而密，其作者往往圣人之徒。"

郑樵《通志》云："风者乡人之用，雅者朝廷之用，雅用于人，颂用于神。"可谓言简意赅。

三、离骚

《离骚》是直接继承《诗经》的，司马迁作《史记》曾经批评《离骚》，说是"国风好色而不淫，小雅怨悱而不乱，若离骚者，可谓兼之矣"，正是和《诗经》相提并论。大家都知道《离骚》是楚国三闾大夫屈原所作，屈原是楚国的公族，官至左徒，以才学见称，为楚怀王所信用。因素性鲠直，开罪权要，致遭谗言而被疏远。后来群小专政，国家祸乱频仍，屈原屡进忠言，不被采用，卒至国危地削，怀王又中秦国的奸计，扣留不还，屈原本身更被新王顷襄王放逐，满怀忠爱，无从申诉，在无比的忧愤中，完成了《离骚》及另外一些作品，便自沉汨罗江而死。

"骚"字当忧字讲，离骚即是离忧的意思。这篇东西作风特殊，似诗而用的却全属散文的章法，似文而又全部押韵，语句的构造介乎诗文之间，意象鲜新，辞华伟丽，上承风雅的正脉，下开汉魏六朝词赋的先河。后来的人竟至尊之为经，以诗骚并称。这一伟大的诗人，志节文章，争光日月，的确可以说得上是诗坛的表率，民族的光荣。他所作的除本篇外，还有《九歌》《天问》《九章》等，一共二十五篇，统名之曰"楚辞"，凡是研究辞章的人，对此道是不可不下一番工夫的。

四、乐府

到了西汉的初期，四言诗逐渐衰落，代之而起的便是乐府诗歌了。这时政府新成立了一个音乐的机构，叫作乐府。据《汉书·礼乐志》说："武帝定郊祀之礼，乃立乐府。"颜师古注说："始置之也，乐府之名，盖起于此。"由此可知乐府是一所掌理音乐的机关，并非诗歌的代名，汉以后的人们才把"乐府诗歌"四字简称为"乐府"。当初乐府机关所采的诗歌很广，遍及于赵、代、秦、楚等地，一时人才辈出，如司马相如、枚皋、东方朔等，皆被罗致。他们的工作重心约有两种：一是搜集民间的歌谣，如《诗经》国风一类的作品；一是由当时所用的一班词臣自制歌辞，以为朝廷祭祀宴飨之用，如《诗经》中雅、颂一类的作品。这两种诗歌汇集起来，由掌理乐府的首长分别制成乐府，被之管弦。

乐府诗歌区分起来约有四种——

第一，祭祀用的，分为两类：

甲、房中歌　房是古代宗庙中陈奉神主之所，此乐在陈主房中所奏，故以房中为名。据《汉书·礼乐志》说，房中祠乐乃高祖唐山夫人所作。

乙、郊祀歌　古代祭天之礼叫作郊，帝王祭天谓之郊祀。西汉有郊祀歌十九章，系武帝命司马相如等数十词臣所作。

第二，军旅用的，也分两类：

甲、短箫铙歌　以短箫与铙歌之。铙是一种小钲，《玉篇》说是"似铃无舌，军中所用也"。原有曲目二十二，后存十八曲。

乙、鼓角横吹　马上奏之，是一种行军之乐，乐府令李延年造新声十八解，魏晋后佚去，惟曲名尚有存者。

第三，舞歌，系舞蹈时所用，亦可区分为二：

甲、杂舞　有铎舞、鞞舞、拂舞、巾舞等，这些都是承前代执器舞的遗制，以手持物而舞，汉时统谓之杂舞，于宴会时用之，皆有歌辞，但多遗失，或存曲目。

乙、雅舞　即徒手舞，于宗庙中用之。雅舞的歌词可考者为《武德舞歌》，系东平王苍所作。

第四，唯歌，唯歌系不带舞的歌，等于现代的清唱，分为三种项目：

甲、相和　以笙、笛、节鼓、琴、瑟、琵琶等乐器伴奏，歌辞流传尚多，如《江南曲》的"江南可采莲，莲叶何田田，鱼戏莲叶间。鱼戏莲叶东，鱼戏莲叶西，鱼戏莲叶南，鱼戏莲叶北"，即是相和曲中最古的一首。此外如《薤露》《陌上桑》等很有名的歌曲，皆属此类。

乙、清商　与相和原本一体，其在组织上有一特点，即是有"艳"，有"乱"，有"趋"。艳在曲之前，就是序曲，亦即元曲的所谓引子，乱与趋乃是尾声，元人套曲即以此为蓝本。梁启超说："趋或有歌辞，在本文中为附庸，或并无歌辞，由乐工临时增入以凑音节。"这都是清商与其他歌曲不同的地方。歌辞如《日出东南隅》《艳歌行》等，存者尚多。

丙、杂曲　凡无可归类的古诗歌，都谓之杂曲。宋郭茂倩《乐府诗集》云："杂曲者，历代有之，或心志之所存，或情思之所感，或宴游欢乐之所发，或忧愁愤怨之所兴，或叙离别悲伤之怀，或言征战行役之苦，或缘于佛老，或出自夷虏，兼收备载，故总谓之杂曲。"歌辞存者亦多，如《伤歌行》《生别离》《长相思》《枣下何纂纂》等。

以上所说的是汉代乐府诗歌的大概情形。汉哀帝时罢乐府官，所有重要的声乐别属他官，乐府遂废。汉魏以后，五言古诗盛行，乐府机关虽亡，而乐府之名尚存，还有许多人摹仿乐府诗歌，历代相沿，历久不废，概括说来约有两种：第一是拟乐府，包含五类，即：（1）借古乐府诗题发抒己意；（2）题同调异；（3）题同事异；（4）用题意而改其题目；（5）取原来乐府诗题而反其用意。第二是新乐府，本乐府诗歌之遗风，即事名篇，自拟题目，如杜甫之《悲陈陶》《哀江头》，王维之老将、燕支、洛阳女儿行，元稹、白居易之新题乐府等皆是。

由于西汉初期置有乐官，不久乐府机关成立，文学之士多半致力乐府诗歌，同时文学上受了《楚辞》的影响，解除了四言诗的束缚，而转入辞赋之途，辞赋这一门在此时极为社会所重视，甚至以此博取功名富贵，一时摛词揲藻，蔚成风气，以故在诗的方面，传者寥寥。从西汉两百年并不算短的时间，单就五言诗来说，仅只有《古诗十九首》和苏武李陵赠答诗，及班婕妤《怨歌行》等二十余首，可谓贫乏已极。

钟嵘《诗品》云："夏歌曰：'郁陶乎予心。'楚谣曰：'名余曰正则。'虽诗体未全，然是五言之滥觞也，逮汉李陵，始著五言之目矣。"大意是说汉以前虽有五言诗，但体制未成，到了李陵赠苏武诗一出，五言古诗才算正式成立了。我们从诗体方面看，应该弄清楚五言和七言究竟是哪一种先产生，有人说七言诗的产生在五言诗之前，这一派的主张以梁启超持之最力，他举出了《楚辞》和乐府一些七言句及《柏梁台诗》为证，不过举例多属牵强，不足置信，倒是王国维说的"四言敝而有《楚辞》，《楚辞》敝而有五言，五言敝而有七言"几句话，合理得多。因为诗句之由短而变长，由朴而增华，乃文学发展的一种极自然的趋势，谁也不能否认。《古诗十九首》和苏李赠答诸诗，虽然作者真伪尚有问题，然是最古的五言定体诗，早于七言古诗和七言绝句，则是不争的事实。

五、古诗十九首

《古诗十九首》根据《玉台新咏》所题，内中以枚乘所作为最多。《文心雕龙》以其中《孤竹》一篇为傅毅所作。《昭明文选》则不标出作者姓名，但把这十九首诗列在苏李赠答诗以前，表示时间更早。李善注云："并云古诗，盖不知作者，或云枚乘，疑莫能明也。"《诗品》云："古诗眇邈，人世难详，推其文体，固是炎汉之制，非衰周之倡也。"既非"衰周"（衰周指周朝季年）之诗，也应当是汉代早期的制作，历来各家的意见，也多认为是西汉的作品无疑。

不过《古诗十九首》不是一人一时一地之作，事实显然，也不必确指为何人所作。我们对苏李赠答诗也应该持同样的看法。清沈德潜指苏诗第一首是别兄弟，第二首是别妻，三、四首是别朋友，并评为"音极和，调极谐，字极稳，自是汉人古诗，后人摹仿不得"，最为合理。因为这些诗篇是五言古诗之祖，所以论列较详。初学诗的人们，最好从五言古诗入手，倘能熟诵诸诗，时加仿效，自然胎息深厚，迥异凡流。

六、建安诗体

到了东汉的末叶，那时正是汉献帝建安年间，在诗坛上出来几个特殊人物，盛极一时。他们都特别欢喜作五言古诗，确立了建安诗体。从作品方面讲，他们承接西汉《古诗十九首》和苏李赠答的遗规，加以扩大。他们思想的精深，词华的典丽，意象的开阔，方法的邃密，都远超前代。那些人即所谓建安七子，乃是鲁国孔融文举，广陵陈琳孔璋，山阳王粲仲宣，北海徐幹伟长，陈留阮瑀元瑜，汝南应玚德琏，东平刘桢公幹。他们都是曹氏父子的文学侍从之臣，而曹氏父子曹操孟德，曹丕子桓，曹植子建，也都是了不起的人才，尤其是曹植的五言古诗，不仅冠冕当时，竟可以说是到了登峰造极的境界。《文心雕龙》说："暨建安之初，五言腾踊，文帝陈思（文帝是曹丕；曹植曾封陈思王，后世简称之为陈思），纵辔以骋节，王徐应刘，望路而争驱。并怜风月，狎池苑，述恩荣，叙酣宴，慷慨以任气，磊落以使才。造怀指事，不求纤密之巧；驱词逐貌，惟取昭晰之能。此其所以同也。"可见他们生于并世，才学相亚，作风相同。

钟嵘《诗品》评曹植诗云："骨气奇高，词采华茂，情兼雅怨，体被文质。"王世贞《艺苑卮言》说他"才敏于父兄……汉乐府之变，自子建始"。我们读此，可以知道曹植诗格之高。而最值得称述的，是建安诸子们的成就，不仅扩大了五言古诗的领域，在方法和技术上给了后人许多启示，而自此为始，也确立了中国诗家的门户，以诗为个人著作，而专门名家。他们这一种个人的篇什，竟代替了西汉的辞赋，也代替了乐府诗歌，使后代许多文人学士都争先趋入此途，五言古诗遂至霞蔚云兴，光辉灿烂而卓立千古了。

宋范温《诗眼》论建安诗云："建安诗辩而不华，质而不俚，风调高雅，格力遒壮，其言直致而少对偶，指事情而绮丽，得风骚雅人之气骨，最为近古老也。一变而为晋宋，再变而为齐梁。唐诗诸人，高者学陶谢，下者学徐庾，惟老杜、李太白、韩退之，早年皆学建安，晚乃各自变成一家耳。如老杜崆峒小麦熟，人生不相见，新安、石濠、潼关吏，新婚、垂老、无家别，夏日、夏夜叹，皆全作建安语，今所存集，第一、第二卷中颇多。韩退之孤臣昔放逐，暮行河堤上，重云赠李观，江汉答孟郊，归彭城，醉赠张秘书，送灵师、惠师，并皆此体，但颇自加新奇。李太白亦多建安句法，而罕全篇，多杂以鲍明远体。"这一段话说得十分确切详明，可见建安诗对后世影响之大。

七、六朝诗

从这以后都叫六朝诗，整个是五言古诗的天下，晋初阮籍、陆机、潘岳、左思，仍袭建安遗风，加以变化，文质之间，稍有异同。《谢灵运传论》说得好："降及元康，潘陆特秀，律异班贾，体变曹（植）王（粲），缛旨星稠，繁文绮合。"这证明了五言古诗在这时期前后又跃进了一步，就是在体貌上更加绮丽，在格局上益发新奇，时代进展如斯，已呈无可遏抑之势。

由晋至宋，所有诗体，可以五类概括之——

第一类是咏怀诗，以阮籍为代表。

阮籍字嗣宗，是建安七子中阮瑀之子，受名父之教，特别以五言古诗见长。他曾作五言咏怀诗八十二首，因其在魏晋代谢之时，篡夺相仍，他身仕乱朝，悯乱忧生之念，一发之于诗中，其咏怀诗之一、二云：

夜中不能寐，起坐弹鸣琴。薄帷鉴明月，清风吹我襟。孤鸿号外野，翔鸟鸣北林。徘徊将何见，忧思独伤心。

二妃游江滨，逍遥顺风翔。交甫怀环珮，婉娈有芬芳。猗靡情欢爱，千载不相忘。倾城迷下蔡，容好结中肠。感激生忧思，萱草树兰房。膏泽为谁施，其雨怨朝阳。如何金石交，一旦更离伤。

第二类是咏史诗，以左思为代表。

咏怀诗抒写怀抱，所涉既多，难免不牵及时事，稍一不慎，便可贾祸。改为咏史，风格既无多变易，而假托史事，以古易今，便可隐约其辞，随所欲言，不必忌讳了。

左思字太冲，与二陆（陆机、陆云）及潘岳等同时齐名，《诗薮》论左思的咏史诗，造语奇伟，创格新特，为古今绝唱，他的咏史诗如：

郁郁涧底松，离离山上苗。以彼径寸茎，荫此百尺条。世胄蹑高位，英俊沉下僚。地势使之然，由来非一朝。金张藉旧业，七叶珥汉貂。冯公岂不伟，白首不见招。

从上面这一首诗看，借题托讽，是毫无疑问的了。

第三类是游仙诗，以郭璞为代表。

咏史是独用或叠用古代的人名和事迹，发抒己意而成，实际上正和咏怀诗相差无几。如果要更加隐约其辞，就变成了游仙诗，游仙诗只不过是把前代的史事改为神仙一类的东西罢了。郭璞字景纯，生于东晋乱离之世，其思想极与庄老接近，遂借神仙的事迹托绪微茫，以自陶写，所作游仙诗颇多，后人争相仿效，皆不能及。他的游仙诗如：

杂县寓鲁门，风暖将为灾。吞舟涌海底，高浪驾蓬莱。神仙排云出，但见金银台。陵阳挹丹溜，容成挥玉杯。姮娥扬妙音，洪崖颔其颐。升降随长烟，飘飘戏九垓。奇龄迈五龙，千岁方婴孩。燕昭无灵氏，汉武非仙才。

写得是那样雄奇伟丽，光焰赫然，真是独创一格。

第四类是田园诗，以陶潜为代表。

国家久经丧乱，人们厌乱之念油然而生。"蝉蜕污浊""冲虚霞举"之事太过渺茫，只好退而求其次，托迹于田园，而成为高人隐士了。陶潜字渊明，又字元亮，他生具一副超世绝俗的襟怀，初以家贫亲老，求为彭泽县令，到任不久，因不肯折节，遂挂冠归去，寄兴田园。如他的《饮酒》诗：

结庐在人境，而无车马喧。问君何能尔，心远地自偏。采菊东篱下，悠然见南山。山气日夕佳，飞鸟相与还。此中有真意，欲辩已忘言。

他作诗不多，而有着一种特殊作风，这是他崇高的品节和恬淡的心胸交相组合的最高表现。上面所录的《饮酒》诗，意境之高，词句之美，实非言语所能形容。苏轼曾说："渊明诗虽不多，然质而实绮，癯而实腴，自曹、刘、鲍、谢、李、杜诸人莫能及也。"倾服备至，也能道得胜处。

第五类是山水诗，以谢灵运为代表。

自陶潜以后，代田园诗而起的是山水诗，这一派的诗首推谢鲍。谢是谢灵运，以曾封康乐公，后代的人都称之为谢康乐。鲍是鲍照，字明远。此外还有一颜延之。他们脱迹田园，纵情山水，于山川云物，极尽藻绘之能。这时在五言古诗方面又起了一个很大的变化，原来汉魏诸诗最重气势，在字句方面不甚讲求，每有制作，只觉得胎息深厚，元气淋漓。建安作者虽亦辞采华茂，但亦不以雕章琢句为工。至谢灵运出，始刻意经营，他的意思，似乎已深深领会到前人制作体貌兼备，不易争胜，只有从字句上力求精美，还可以凌驾昔贤，所以他的诗不惜镂肺雕肝，专从这一途用力。钟嵘评他的诗说："名章迥句，处处间起，丽典新声，络绎奔会。"刘勰更说他"俪采百字之偶，争价一句之奇"，是最适当不过的。

八、新体　宫体

从这以下，到了齐梁，也是六朝诗极盛的时代。此时在诗坛上，崛起了沈约、谢朓、王融等一班人。他们雅辨宫商，善识声韵，从新研究出四声，提出了四声八病的详细说法，在雕镂词句之外，又加上一层声韵的规律，这即是新体诗的形成，渐渐与初唐近体诗接近。

我们看梁初的五言古诗，如梁简文帝《咏内人昼眠》云：

> 北窗聊就枕，南檐日未斜。攀钩落绮障，插捩举琵琶。梦笑开娇靥，眠鬟压落花。簟文生玉腕，香汗浸红纱。夫婿恒相伴，莫误是倡家。

又如梁元帝《咏阳云楼檐柳》云：

> 杨柳非花树，依楼自觉春。枝边通粉色，叶里映红巾。
> 带日交帘影，因吹扫席尘。拂檐应有意，偏宜桃李人。

两首诗除了词华绮丽外，如对内容稍加分析，可以看出句中的音律确有不同。像"梦笑开娇靥，眠鬟压落花""枝边通粉色，叶里映红巾"等句，完全是最工整的律诗。五言古诗到此似已变成弩末，不久律诗便代之而起，其递嬗之迹，可说是十分显然了。

这种近于香艳的体裁，因出于宫闱，故谓之宫体。当时作者以徐庾最为擅长，徐是徐摛，庾是庾肩吾，摛之子名陵，肩吾之子名信，诗才更为杰出。他们父子出入禁中，恩礼隆厚，文辞华丽，后进更相模仿，以此宫体诗遂盛极一时。杜确《岑嘉州集序》"梁简文及庾肩吾之属，始为轻浮绮靡之辞，名曰宫体，自后沿袭，务为妖体"云云，从此六朝诗渐近尾声，也可说是濒于结局了。

中　篇

　　齐梁的宫体在诗句中加上了声韵的规律，于是作者争相仿效，除了词藻更加繁缛以外，最着重的还是那些四声八病的问题。钟嵘论及此种体裁，曾说："于是士流景慕，务为精密，襞积细微，专相凌驾，故使文多拘忌，伤其真美。"又道："余谓文制本须讽读，不可蹇碍，但令清浊通流，口吻调利，斯为足矣。至平上去入，则余病未能。"原来前代的诗篇，在声调方面并没有明确地分别出平、上、去、入四声，造句时只要略略顾及念诵，不十分蹇涩拗口，也就是了。而今却凭空添了许多声律竞病的麻烦，不仅要顾虑到"清浊通流，口吻调利"，而且还要在一字一句一韵的上面加工琢磨，这种风气一开，诗体变化的幅度自然会随之益加广阔了。

　　上述那种体裁，后人称之为新体，亦称近体，一方面开盛唐律绝的先河，一方面算做了六朝诗的结尾。

一、绝句的形成

　　陈隋之世有一种新的倾向，可以说是异军突起，也可以说是诗界的革命，那就是五七言绝句的形成。起初是少数人试作，到后来作者日渐增多，以至倾靡人间，而成为独霸三唐的定局。

　　这种新兴的产物，四句一首的整齐诗体，所谓五七言绝句，不是突然诞降于诗坛，也不是初唐或盛唐的创作，而是逐渐蜕变成功的，我们试看陈后主的《玉树后庭花》歌词：

丽宇芳林对高阁，新妆艳质本倾城。映户凝娇乍不进，出帷含态笑相迎。妖姬脸似花含露，玉树流光照后庭。

如将诗中间两句删去，则是一首极完整的七言绝句。还有虞世南为袁宝儿作的那首：

学画鸦黄半未成，垂肩亸袖太憨生。缘憨却得君王惜，长把花枝傍辇行。

这是在初唐四杰以前一首道地的七绝。隋炀帝也是一个喜作绝句的人，如他的《春江花月夜》两首：

暮江平不动，春花满正开。流波将月去，潮水带星来。
夜露含花气，春潭漾月辉。汉水逢游女，湘川值两妃。

虽是源出乐府，但看起来都有一种崭新的风格，正是五七言绝句的前身。

二、什么叫绝句

绝句是什么？有人说即是截句，乃系截律诗之半而成。这话从绝句诗的体格方面说，倒是无可非议的，但我们如对诗体源流略加考证，就可以知道这种说法的错误，因为绝句诞生在前，律诗则是后来才有的。《诗薮》说："五七言绝句，为五言短古、七言短歌之变也。"又说："五绝起两京，其时未有五言律；七绝起四杰，其时未有七言律也。但六朝短古，概曰歌行，至唐方曰绝句。"于绝句的来源，可算说得相当明白。

"五绝起两京"，是说五言绝句起于两汉，两京是指西京的前汉和东京的后汉，那时乐府里面即已有类似五言绝句的诗篇。"七绝起四杰"，四杰是指初唐的王勃、杨炯、卢照邻、骆宾王等，他们承陈隋之遗制而作七言绝句。他们的作品虽然还没有十分成功，但已规模大具。等到王昌龄、王之涣、李白等人一出，绝句诗顿呈万丈光芒，这时与正统派五言诗相较，已取得压倒的优势。

三、七绝定体

新兴绝句的作法和古诗相较，有两个极显著的区别，第一是字数的简单划一，第二是词调的婉转谐和。一首五绝只有二十字，一首七绝只在五绝每句头上加上两字即成，它的定式只有两种：

甲式：平平仄仄仄平平　仄仄平平仄仄平　平仄仄平平仄仄　仄平平仄仄平平

乙式：仄仄平平仄仄平　平平仄仄仄平平　仄平平仄平平仄　平平仄平平仄仄平

这两种定式极为单纯，全篇的平仄以第二字为主，第二字变，全首皆变。详细地说，就是二四六的变化。试看前列词谱，每一首每一句的第二、第四、第六等字，完全相反，即是第二字平，第四字必仄，第六字又必平；而如第二字仄，则第四字必平，第六字也必仄，平仄相间，无一首不是如此。

至于每篇平仄的安排，多是四声叠用，或竟是每句自备四声，如王昌龄"寒雨连江夜入吴，平明送客楚山孤。洛阳亲友如相问，一片冰心在玉壶"四句，试将其四声谱出如下：

平上平平去入平　平平去入上平平　入平平上平平去　入去平平上入平

即可以看出每句皆备平上去入四声，所以读下去只觉得轻情流利，音调方面十分谐美，其所以能配合管弦歌唱，原因即在于此。

王弇州说："七言绝句，王昌龄与李白争胜，毫厘俱是神品。"李沧溟推昌龄"秦时明月汉时关"一首为当时压卷。王渔洋则举昌龄"奉帚平明"，王之涣"黄河远上"，王维"渭城朝雨"，李白"白帝"诸作，谓终唐之世，无出四章之右。这几首诗确实可以说得上冠冕三唐，其辞次第如下：

秦时明月汉时关，万里长征人未还。但使龙城飞将在，不教胡马度阴山。

（王昌龄）

奉帚平明金殿开，且将团扇共徘徊。玉颜不及寒鸦色，犹带昭阳日影来。

（王昌龄）

黄河远上白云间，一片孤城万仞山。羌笛何须怨杨柳，春风不度玉门关。

（王之涣）

渭城朝雨浥轻尘，客舍青青柳色新。劝君更进一杯酒，西出阳关无故人。

（王维）

朝辞白帝彩云间，千里江陵一日还。两岸猿声啼不住，轻舟已过万重山。

（李白）

以上诸诗，从它的来源加以观察，很明显地知道是经过一番革新草创的功夫的，而演变到这种程度，可说是完全成熟了。你看那些诗篇形势的稳定，体制的简要，韵律的清新，节簇的和谐，确已尽了开来继往的责任，其风行天下，蔚成一代制作，自非偶然。

四、七绝与传唱

自此以后，绝句更成如火如荼之势，王渔洋说："自唐开元天宝以来，宫掖所传，梨园子弟所歌，旗亭所唱，边将所进，率皆当时名士所为绝句。……由是言之，唐三百年以绝句擅场，即唐三百年之乐府也。"这足够说明绝句极盛的情形。我们可以就当时的实事，看绝句发展到什么程度。

按《集异记》所载旗亭画壁的故事如下：

王之涣尝与高适、王昌龄共诣旗亭，贳酒小饮。忽有梨园伶官十数人，登楼会宴。三人因避席隈映，拥炉火以观焉。俄有妙妓四五辈奏乐，皆当时名部。昌龄等私相约曰："我辈各擅诗名，每不自定甲乙，今者可以密观诸伶所讴，若诗入歌词之多者为优。"俄一伶拊节而唱，乃曰："寒雨连江夜入吴，平明送客楚山孤。洛阳亲友如相问，一片冰心在玉壶。"昌龄引手画壁曰："一绝句。"……寻又一伶讴曰："奉帚平明金殿开，且将团扇共徘徊。玉颜不及寒鸦色，犹带昭阳日影来。"昌龄则又引手画壁曰："二绝句。"之涣自以得名已久，乃谓诸人曰："此辈皆潦倒乐官，所唱皆巴人下里之诗耳，岂阳春白雪之曲，俗物敢近哉？"因指诸妓之最佳者曰："待此子所唱，如非我诗，吾即终身不敢与子争衡矣。若是我诗，子等须列拜床下，奉吾为师。"因欢笑而俟之。须臾，次及双鬟发声，则曰："黄河远上白云间，一片孤城万仞山。羌笛何须怨杨柳，春风不度玉门关。"之涣即揶揄二子曰："田舍奴，我岂妄哉？"因大谐笑。诸伶不喻其故，皆起诣曰："不知诸郎何此欢噱？"昌龄等因话其事，诸伶竞拜曰："俗眼不识神仙，乞降清重，俯就筵席。"三子从之，饮醉竟日。

这一段故事写得明白晓畅如话，笔调非常活泼，传神处如闻其语，如见其人。而从这里面，可以看出当时诗人的身份是何等的高贵，在那些伶官歌妓们的眼里，竟成天上神仙一样，如以西方所谓"桂冠诗人"相较，恐亦难望其项背。

五、近体诗的完成

绝句之所以到此地位，其原因不外下列三种——

第一是解除束缚。自四声八病之说兴，拘禁极多，我们一提到诗中八病，真会令人感到头痛，那八病有什么平头、上尾、蜂腰、鹤膝、大韵、小韵、傍纽、正纽等等名称，这些不甚容易理解的名词，此时都成为诗中的禁例，稍不留意，即会触犯，极尽细微苛刻之能事。而那许多禁忌，又多是属于五言古诗方面的，五言本已风行过久，现在又加上这么多的麻烦，益发不是寻常一般人所能问津的了。七言绝句便是应大众的要求而产生的，在一种合理的解放中，摆脱了重重的束缚。

第二是形式简单。乐府诗有一定的题材与意义，五言古诗又有那些声律对偶的限制，作起来非常繁难，中国诗到此，似乎只是为一些学识地位较高的人所占有。等到绝句诗一出，无论何人，都有了创作的机会。因为绝句形式极为简单，它脱离了古诗乐府而超然独立，突出了传统的因袭与摹仿的范围，既不太重视词藻和典实，也不需要工巧的对仗，曲谱只是那寥寥几阕，而声调却甚属婉转悠扬。在全首诗中，大抵只是描写一个事物或表达一个意念，它们善能以清新的词调，把丰富的情感活生生地写了出来，上自禁苑宫廷，下至长街曲巷，都只是用这一个调子。

第三是便于传唱。五言古诗向来只娱独坐，不能播之管弦，而能制谱合乐的乐府诗歌，已感到十分陈旧，日渐为人们所厌弃，大家所要求的是能读能唱的新声，绝句于此时恰以崭新的姿态出现，人人能解，人人能作，也人人能歌。我们可以推想到上述王昌龄、李白、王维等人的作品，其传播之广，很像今天的平剧和流行歌曲一样，大家都能哼上几句。而那些作绝句的人，只要作品出色，很快便会被那些伶官乐妓们传唱开去而名扬天下。

因此之故，绝句在此一时期里出足了风头。如用《诗经》"四始"的意义来讲，古诗和大小雅一样，是属于士大夫阶级的，而绝句则恰是真正的民间文学，极与民歌民谣的国风相近。

此时的绝句用途甚广，分类亦甚多，而最主要的则是宫闱、边塞、别离等诗。宫闱是抒写艳情，或借辞以自托；边塞是写从军的状况，借以发挥怀抱，寄其豪迈之思；别离则专用于友朋间的赠别。唐人最工诸体，后世莫及，其中尤以王昌龄所作为特工。

其宫闱之作除"奉帚平明"之外，还有：

西宫夜静百花香，欲落珠帘春恨长。斜抱云和深见月，朦胧树色隐昭阳。（《西宫春怨》）

昨夜风开露井桃，未央前殿月轮高。平阳歌舞新承宠，帘外春寒赐锦袍。（《殿前曲》）

有关边塞从军的除"秦时明月"之外，还有：

大漠风尘日色昏，红旗半掩出关门。前军夜战洮河北，已报生擒吐谷浑。
（《从军行》）

送别的如：

故园今在灞桥西，江畔逢君醉不迷。小弟邻庄尚渔猎，一封书寄数行啼。
（《别李浦之京》）

醉别江楼橘柚香，江风吹雨入船凉。怀君遥在湘山月，愁听清猿梦里长。
（《送别魏二》）

昌龄字少伯，以曾官龙标尉，后世称之为王龙标。上录诸诗，意象既十分清新，句子也美丽极了。最好的地方是明白浅显，丝毫不靠那些古典和词华来装点门面，笔端充满了极丰富的感情。新旧《唐书》皆称他的诗为"绪密思清"。清沈德潜《唐诗别裁》评其绝句为"深情幽怨，意绪微茫，令人测之无端，玩之无尽"，推许得甚是恰当。我们如需要学作绝句，最好把这些诗反复吟诵，自会彻底领悟。

六、五律定体

唐代三百年天下，后来论诗的人们，大致都将它分为初、盛、中、晚四个时期，即是从唐高祖到睿宗约九十余年为初唐，从睿宗到代宗约五十余年为盛唐，从代宗到武宗约八十年为中唐，从宣宗到昭宗约六十年为晚唐。此三百年中所产生的作品，据清康熙时所纂辑的《全唐诗》，共计二千二百余家，录诗四万八千余首，唐代诗学之盛，于此可见一斑。而在初唐，除七言绝句外，并已完成了七言律体，中国诗坛的各种体裁，到此已粲然大备了。

为叙次关系，拟先从近体五、七言律诗说起。

首先我们要知道，完成律体的是宋之问、沈佺期两人。按《新唐书·宋之问传》说："魏建安后迄江左，诗律屡变，至沈约、庾信，以音韵相婉附，属对精密，及之问、沈佺期，又加靡丽，回忌声病，约句准篇，如锦绣成文，学者宗之，号曰沈宋。"传里面的"约句准篇"四字最堪玩味，而律体的变化与定局也约略可以看出来。

我们先看初期的五言律体诗，如梁简文帝的《美女篇》：

佳丽尽关情，风流最有名。约黄能效月，裁金巧作星。粉光胜玉靓，衫薄拟蝉轻。密态随羞脸，娇歌逐软声。朱颜半已醉，微笑隐香屏。

这与前引的《咏内人昼眠》（见上篇）都是十句。

再看庾信的《咏怀诗》：

日晚荒城上，苍茫余落晖。都护楼兰返，将军疏勒归。马有风尘气，人多关塞衣。阵云平不动，秋蓬卷欲飞。闻道楼船战，今年不解围。

也是十句，而中间的六句，都是用的很工致的对仗。

沈宋的新制，很容易看出是根据这种律体加以变革的。这十句一首的律诗，中间六句有两联的平仄差不多大致相同，如"都护楼兰返，将军疏勒归"，"马有风尘气，人多关塞衣"，都是平（仄）仄平平仄，平平平仄平，就声调来说觉得累赘些，如把这六句削去两句，那中腹四句的平仄就完全不相犯了。

现在看沈佺期的五言律诗：

闻道黄龙戍，频年不解兵。可怜闺里月，长照汉家营。

少妇今春意，良人昨夜情。谁能将旗鼓，一为取龙城。（《杂诗》）

宋之问也是一样的作法：

阳月南飞雁，传闻至此回。我行殊未已，何日复归来。
江静潮初落，林昏瘴不开。明朝望乡处，应见陇头梅。（《题大庾岭北驿》）

按约字本义训节。《礼记·坊记》："君子约言。"注："谓省约其言也。"《宋之问传》里所说的"约句准篇"的约字，正是这个意思。沈宋对律诗的裁剪，乃是省约复句，而重新规定其字句，以成为一篇。

这样，五言律诗就算全部完成了，它的定体用平仄谱出来应为：

仄仄平平仄　平平仄仄平　仄平平仄仄　平仄仄平平
仄仄平平仄　平平仄仄平　平平平仄仄　仄仄仄平平

依据上谱把第二四六字互换一下，便成另谱；

平平平仄仄　仄仄仄平平　仄仄平平仄　平平仄仄平
仄平平仄仄　平仄仄平平　平仄平平仄　平平仄仄平

第一谱叫作仄起平收，第二谱叫作平起仄收，这是五律的主要定式。

七、七律定体

五言律诗既已完成，七言律诗便跟着也完成了。
再举沈佺期的七言律诗：

卢家少妇郁金香，海燕双栖玳瑁梁。九月寒砧催木叶，十年征戍忆辽阳。
白狼河北音书断，丹凤城南秋夜长。谁为含愁独不见，更教明月照流黄。

把这诗的平仄和五律定式的第一谱相比较，每句除起头两字外，其余大致相同，就可以知道，一首七律诗不过是按五律的谱子，在每句头上加上两字就可以了。它的定体也是两种：

（一）平起仄收

平平仄仄仄平平　仄仄平平仄仄平　仄仄平平平仄仄　平平平仄仄平平

仄平平仄平平仄　平仄平平仄（平）仄平　平仄平平平仄仄　仄平平仄仄平平平平

（二）仄起平收

仄仄平平仄仄平　平平仄仄仄平平　平平仄仄平平仄　仄仄平平仄仄平

仄仄平平平仄仄　平平仄仄仄平平　平平仄仄平平仄　仄仄平平仄仄平

以上五七言律诗定式，已算形式稳固，由初唐开始，一直遵循至今，没有改变。后人于句调间略加变换，也不过依此两谱，稍有出入而已。

八、对偶

律是规律，一经决定，自有严格的规范，不好轻易触犯，其本身的规律有三个很明显的部分，可分别述之。

第一是字句数目的限制，这是五七言律最显著的外形。原来五七言古诗，篇的句子长短无定，而且也可以任意用长短句参杂其间。绝句的字句虽有限定，但首尾或偶或散，亦没有定规。唯有五七言律诗，一是五言八句，一是七言八句，前后四句用散（亦有用偶的，究属少数），中间四句纯用对偶，那是一成不变的。

第二是对偶的限制，中腹四句分为两联，必须属对工稳。这种排列式的对偶，很早在西汉的五言古诗中就已经有了，如像苏武诗的"征夫怀远路，游子恋故乡"，秦嘉《赠妇诗》"浮云起高山，悲风激深谷"之类，不过当时并不措意于此，只是所谓"高下相须，自然成对"罢了。到了谢灵运、颜延之、沈约诸人，便专以此为工，一篇五言古诗，有些竟是从起首到结尾，无一句不对，而且又都是极精切的偶句。虽然如此，但并不算是一种规定的格律，而仍由作者自行取舍。直至初唐，律诗形式完成，对偶之法日趋严密，许多诗人们都感到十分新鲜，便大家钩心斗角，争出求胜而趋之若鹜了。这时上官仪创出了六对和八对的名目。他的女儿名叫上官婉儿，深得宫闱宠幸，也很能诗，常与沈佺期、宋之问诸朝士唱和，一力依照新创的律法作成篇章，遂至风靡一时，那六对是：

（一）正名对——如日月对山河。

（二）同类对——如花叶对草芽。

（三）连珠对——如萧萧对赫赫。

（四）双声对——如黄槐对绿柳。

（五）叠韵对——如彷徨对放旷。

（六）双拟对——如春树对秋池。

那八对是：

（一）的名对——如送酒东南去，迎琴西北来。东南对西北，算是的名。

（二）异类对——如风织池边树，虫穿草上文。风和虫是主词，而是不同类的。

（三）双声对——如秋露香佳菊，春风馥丽兰。秋露和春风都是双声字。

（四）叠韵对——如放荡千般意，迁延一介心。放荡迁延都是叠韵字。

（五）联绵对——如残河若带，新月如眉。

（六）双拟对——如议月眉欺月，论花颊胜花。

（七）回文对——如情新因意得，意得逐情新。

（八）隔句对——如相思复相忆，夜夜泪沾衣。空叹复空忆，朝朝君未归。即是以第一句对第三句，以第二句对第四句，又谓之扇对。

此外还有所谓句中对，是说一句中自相属对，如"江流天地外，山色有无中"，天对地、有对无之类。流水对是说两句虽然相对，却可以通作一句看，如"可惜欢娱地，都非少壮时"之类。其他如巧对、借对等，后人所列的名目日繁，大可触类旁通，毋需赘述。

第三是声韵的限制。声是句中的平仄，韵是句尾的叶音，这本来是中国诗歌形成的主要因素。魏晋以前没有专门韵书，作者多以同音字押韵，至沈约作《四声谱》，除根据古韵外，兼采两汉诗赋所用的音韵而成，于是渐与古音相违，而划下了古韵与今韵的鸿沟。隋陆法言撰《切韵》，所分韵部全袭沈谱，后来孙愐据之重行刊定而成《唐韵》，把一千余年来自由用韵的诗歌重新加上了限制。至于声音方面，原来每句中的平仄是由作者自行调协，高下随心的，而到了现在，作律诗的必须依照谱式，句斟字酌，严格异常，凡是不依照此种谱式的谓之失粘，凡是不依照韵书的谓之落韵，算是双重束缚。

九、起承转合

具备前述三种形式，那律诗就算完全成功了。这八句诗，把它详细剖析起来，可以分作四个段落。按严羽《沧浪诗话》分析律诗的结构："有颔联，有颈联，有发端，有落句。"所谓发端即是起句，也称破题，所谓落句即是收尾。颔联是指三、四两句，颈联是指五、六两句，好像一个人的下颔和颈子一样。《金针诗格》说："第一联谓之'破题'，欲如狂风卷浪，势欲滔天，又如海鸥风急，鸾凤倾巢，浪拍禹门，蛟龙失穴。第二联谓之'颔联'，欲似骊龙之珠，善抱而不脱也。亦谓之'撼联'者，言其雄赡遒劲，能捭阖天地，动摇星辰也。第三联谓之'警联'，欲似疾雷破山，观者骇愕，搜索幽隐，哭泣鬼神。第四联谓之'落句'，欲如高山放石，一去不回。"

再把上述的四个段落分开，即成为起、承、转、合。那就是发端为起，颔联为承，颈联为转，落句为合，这与绝句第一句为起，第二句为承，第三句为转，第四句为合一样。

前人说起的方法："起要如开门见山，突兀峥嵘；或如闲云出岫，轻逸自在。"所谓"开门见山，突兀峥嵘"，是说一篇的开始即以一语破的，如奇峰突起，振起全题。所谓"闲云出岫，轻逸自在"，是说缓缓说来，全不着意，而题旨自见。

其次说承的方法："承要如骊龙之珠，抱而不脱；又如草蛇灰线，不即不离。"所谓"骊龙之珠，抱而不脱"，是说要和骊龙抱珠一样，紧紧吸住，不令放松，承接前意，以示紧衔密合之意。"草蛇灰线，不即不离"，是说和草蛇灰线一样，虽有痕迹可寻，却按之无实，说明题意，不令太露，与骊珠的比喻略异旨趣，也正和前条"开门见山"及"闲云出岫"相类似，是两个意思。

复次说转的方法："转要如洪波万顷，必有高原。"因为一篇诗至此，前半已定，这里应该别出新意，使局势一振，开阖动荡，全在于此，故以洪波汹涌，出自高原为喻。

再次说合的方法："合要如风回气聚，渊永含蓄。"这就是最后收束要真气凝聚，含蓄不尽，所谓一结悠然，言有尽而意无穷，方是高格。

一首律诗的构造已说得差不多了（至其作法当另辟专章详论之）。记得昔人曾把五言律诗全篇四十字，比作"四十贤人"，说是"着一屠沽不得"。胡应麟《诗薮》则说："七言律诗最难，迄唐世工者不过数人，人不过数篇。"清人刘体仁亦云："七律如开七札强弓，古今来能开之至满者，恰无几人。"均道着了五七言律诗的难处。然其本身虽受字数、对偶、声韵的限制，而令善诗者为之，却能摆脱层层的束缚，行所无事，如御驽马，盘旋于尺寸之地，磬控有余。那就全看作者的功夫学力如何以为断了。

下 篇

凡是一代的文学艺术，必须要靠一些出类拔萃的人才，竭其智力，从事于此，才得有辉煌的成就。从初唐以至盛唐，五七绝和五七律形势格法算是逐渐稳定，那些作绝句的杰出人才既已略如上述，这里应该特别提出的就是擅长律诗的作者了。

五七律的形式，在沈佺期、宋之问等人，只是循着诗体演进的顺序，略加增饰调整而作的一种尝试。等到流布艺坛以后，也和前述的七绝一样，自然有许多文章之士群起仿效，而使斯道益昌。这时如李白、杜甫、王维、孟浩然、高适、岑参诸人，于诗中各体均有独到，而都工于作律诗，就中尤以李白、杜甫两人推为绝诣，使古今诗人一齐俯首。历来论诗的人们都以李杜并称，韩昌黎说是"李杜文章在，光焰万丈长"，这种崇高的地位一直在诗坛中保持着，尽管各人的看法不同，而对李杜的评论大概没有多大的出入。

一、律圣杜甫及其律诗

从有五七言律诗以来，杜甫算是一个承先启后的功臣，他可以说是集律诗之大成，华实兼赅，本末兼茂，到了登峰造极的地步。后人尊称之为"诗圣"，也有人称之为"律圣"，是均足以当之无愧的。我们如有志深研中国诗学，尤其是想要做好五七言律诗，都必须对杜诗认真下一番功夫，才能算得是走上了正规的途径。

按杜甫字子美，在唐朝天宝年间，以文章受知于唐玄宗授官，适逢安禄山之乱，流寓江湖，生活艰困，儿子竟致饿死。后来弃官客秦州，流落剑南，依节度严武为客，表授参谋检校工部员外郎。武殁后，又至无所依归。不久蜀中乱起，他即离开四川，从江陵到了湖南，卒于耒阳，年五十九岁。他一生的遭遇大概如此，可算得是极文士之不幸了。

他和李白同时，年略少于白，而与之齐名。以所作诗歌论，只有七绝一体不及李白，至于讲到律诗，李白便非他的敌手了。宋祁撰《新唐书》杜甫本传说道，"唐兴，诗人承陈隋风流，浮靡相矜，至宋之问、沈佺期等，研揣声音，浮切不差，而号律诗，竞相沿袭。逮开元间，稍裁以雅正，然恃华者质反，好丽者壮违，人得一概，皆自名所长。至甫，浑涵汪茫，千汇万状，兼古今而有之。他人不足，甫乃厌余，残膏剩馥，沾丐后人多矣。……甫又善陈时事，律切精深，至千言不少衰，世号诗史"，云云，语句中十分注意地提到律诗。元稹作《杜君墓系铭》，则更明显地说："唐兴，官学大振，历世之文，能者互出，而又沈、宋之流，研练精切，稳顺声势，谓之为律诗，由是而后，文体之变极焉。然而莫不好古者遗近，务华者去实；效齐梁则不逮于魏晋，工乐府则力屈于五言；律切则骨格不存，闲暇则纤秾莫备。至于子美，盖所谓上薄风骚，下该沈宋，古傍苏李，气夺曹刘，掩颜谢之孤高，杂徐庾之流丽，尽得古今之体势，而兼人人之所独专矣。"至其后论及李杜的优劣，更说："是时山东人李白，亦以奇文取称，时人谓之李杜。予观其壮浪纵恣，摆去拘束，模写物象及乐府歌诗，诚亦差肩于子美矣。至若铺陈终始，排比声韵，大或千言，次犹数百，词气豪迈而风调清深，属对律切而脱弃凡近，则李尚不能历其藩翰，况堂奥乎？"这已说明了李不如杜，尤其是律诗，更是相差得很远，可算是一种最允当的论断。

苏轼论杜甫的律句，曾说："七言之伟丽者，子美云，'旌旗日暖龙蛇动，宫殿风微燕雀高'，'五更鼓角声悲壮，三峡星河影动摇'，尔后寂寥无闻焉。"《石林诗话》也说："七言难于气象雄浑，句中有力，而纡徐不失言外之意。自老杜'锦江春色来天地，玉垒浮云变古今'与'五更鼓角声悲壮，三峡星河影动摇'等句以后，常恨无复继者。"竟是一样的说法。《瀛奎律髓》选杜《登楼》诗批谓："老杜七言律诗一百五十九首，当写以常玩，不可暂废。"是说杜甫的七言律诗一共有一百五十九首，学者应该时时去诵习，不可须臾离开。

考杜甫之所以称为律圣，不仅是语句警策飞动，而且在一首诗的里面，如何谋篇、造句、炼字，以及相题、隶事、调顺音声、安排对仗等，都有极精深的研究。此外更值得我们注意的是，当他每次决定一个题目，少的二三首，多的七八首，甚至叠至数十首，必定每首各具一个意思，没有一篇雷同，而且前后互相照顾呼应，连络不断，分开来首首各别，合拢来则似是一篇整个的文章。我们现在来看他的五言律诗如《春日江村》五首：

农务村村急，春流岸岸深。乾坤万里眼，时序百年心。
茅屋还堪赋，桃源自可寻。艰难昧生理，飘泊到如今。

迢递来三蜀，蹉跎有六年。客身逢故旧，发兴自林泉。
过懒从衣结，频游任履穿。藩篱颇无限，恣意向江天。

种竹交加翠，栽桃烂漫红。经心石镜月，到面雪山风。
赤管随王命，银章付老翁。岂知牙齿落，名玷荐贤中。

扶病垂朱绂，归休步紫苔。郊扉存晚计，幕府愧群材。
燕外晴丝卷，鸥边水叶开。邻家送鱼鳖，问我数能来。

群盗哀王粲，中年召贾生。登楼初有作，前席竟为荣。
宅入先贤传，才高处士名。异时怀二子，春日复含情。

顾况撰《中国诗学通论》论列此诗谓："第一首叙春日江村，有躬耕自给之意，第二首言归蜀而依严武，第三首言荐授郎官之事，第四首言辞还幕僚之故，末首借古人以自况。此五首首尾开阖，始终相承，皆有意义，连环不断，如一篇文字。"

其次如《游何将军山林》叠至十首，《秦州杂诗》竟一口气做了二十首，顾况说此诗以入秦起，以去秦终，中皆言客秦景事，凡山川城郭之异，土地风气所宜，尽在二十首中。又说："此二十首，由入秦而览山川城郭景物，而感时伤世，层次秩然，意绪各清，唐人游边之作，数十首中间有三数首可采，一首中间有一二联可采，未若此作之完善也。"

再看他的七言律诗，最有名而为人所传诵不衰的如《咏怀古迹》和《诸将》五首、《秋兴》八首等，尤其可以体验出杜甫作律诗的匠心。那《秋兴》八首全文是：

玉露凋伤枫树林，巫山巫峡气萧森。江间波浪兼天涌，塞上风云接地阴。
丛菊两开他日泪，孤舟一系故园心。寒衣处处催刀尺，白帝城高急暮砧。

夔府孤城落日斜，每依北斗望京华。听猿实下三声泪，奉使虚随八月槎。
画省香炉违伏枕，山楼粉堞隐悲笳。请看石上藤萝月，已映洲前芦荻花。

千家山郭静朝晖，日日江楼坐翠微。信宿渔人还泛泛，清秋燕子故飞飞。
匡衡抗疏功名薄，刘向传经心事违。同学少年多不贱，五陵衣马自轻肥。

闻道长安似弈棋，百年世事不胜悲。王侯第宅皆新主，文武衣冠异昔时。
直北关山金鼓振，征西车马羽书驰。鱼龙寂寞秋江冷，故国平居有所思。

蓬莱宫阙对南山，承露金茎霄汉间。西望瑶池降王母，东来紫气满函关。
云移雉尾开宫扇，日绕龙鳞识圣颜。一卧沧江惊岁晚，几回青琐点朝班。

瞿塘峡口曲江头，万里烟烟接素秋。花萼夹城通御气，芙蓉小苑入边愁。
珠帘绣柱围黄鹄，锦缆牙樯起白鸥。回首可怜歌舞地，秦中自古帝王州。

昆明池水汉时功，武帝旌旗在眼中。织女机丝虚夜月，石鲸鳞甲动秋风。
波漂菰米沉云黑，露冷莲房坠粉红。关塞极天唯鸟道，江湖满地一渔翁。

昆吾御宿自逶迤，紫阁峰阴入渼陂。香稻啄余鹦鹉粒，碧梧栖老凤凰枝。佳人拾翠春相问，仙侣同舟晚更移。彩笔昔曾干气象，白头吟望苦低垂。

顾况论这八首诗道："杜甫七律，当以《秋兴》诗为裘领，乃一生心神结聚之所作也。前三首详夔州而略长安，后五首详长安而略夔州，此次第秩然之足法也。后五首以瞿塘一首为枢纽，承上长安、蓬莱二首，先宫殿而后池苑，下继昆明、昆吾二首，先内苑而及城外，上下四首，皆前六句长安，后二句夔州，此首在中间，首尾从瞿塘引端，下六句则专言长安事，此章法变化之足法也。……此诗章法极佳，不独后五首联络一气，八首实是一篇文字；八首中又各自开阖，分之则为八首，合之则为一首。"像这样的分析杜诗，于承学之士，给了极有意义的规范。我们看上面的八首《秋兴》诗，句中如"丛菊两开""孤舟一系""听猿实下""奉使虚随"等等，对仗不免稍嫌呆板一些，有许多人提出反对，清代主张性灵一派的指摘尤多。我们就整体论，像这等铺陈排比的律诗，看他随手掇拾，挥斥自如，绝不受到丝毫束缚，在开阖动荡中，把个人的思想和时代的背景全部表露无遗，而又风调清深，藻思绮合，实不愧为一代律圣。这些作品，在我们学律之始，应该反复背诵，熟记于心，作为谋篇造句的基础。

二、五言排律

此外，杜甫还有一种最擅长的五言排律诗，应该说是他的创作，足以扫空前古，雄视百代。胡元瑞在《杜诗镜铨》里面说："排律，沈、宋二氏，藻赡精工，太白、右丞，明秀高爽，然皆不过十韵，且体在绳墨之中，调非畦径之外。惟杜陵（即指杜甫）大篇巨什，雄伟神奇，阖辟驰骤，如飞龙行云，鳞鬣爪甲，自中矩度。又如淮阴用兵，百万掌握，变化无方，尽排律之能事矣。"按五言排律和寻常五言律诗不同的是，一首五律诗全篇只有八句，最多只押五个韵，而五排则可以拉长至数十句，押至百韵（如杜甫的《夔府咏怀》即是一百韵）。照上边胡元瑞的说法是从沈佺期、宋之问以至李白（太白）、王维（右丞），做此种体裁，最多不过十韵，惟有少陵一出，才极尽排律之能事，也是实在的。我们看杜甫《赠特进汝阳王二十韵》，就可以知道一个大概，那诗是：

> 特进群公表，天人凤德升。霜蹄千里骏，风翮九霄鹏。
> 服礼求毫发，惟忠忘寝兴。圣情常有眷，朝退若无凭。
> 仙醴来浮蚁，奇毛或赐鹰。清关尘不杂，中使日相乘。
> 晚节嬉游简，平居孝义称。自多亲棣萼，谁敢问山陵。
> 学业醇儒富，辞华哲匠能。笔飞鸾耸立，章罢凤骞腾。
> 精理通谈笑，忘形向友朋。寸长堪缱绻，一诺岂骄矜。
> 已忝归曹植，何知对李膺。招要恩屡至，崇重力难胜。
> 披雾初欢夕，高秋爽气澄。樽罍临极浦，凫雁宿张灯。
> 花月穷游宴，炎天避郁蒸。砚寒金井水，檐动玉壶冰。
> 瓢饮惟三径，岩栖在百层。且持蠡测海，况挹酒如渑。
> 鸿宝宁全秘，丹梯庶可凌。淮王门有客，终不愧孙登。

上篇层次井然，波澜起伏，英词俊语，络绎奔赴。汝阳王是唐朝的宗室，诗的前段是描写他和皇家的关系，中段是赞美汝阳的本人，后段是说作者和汝阳的交谊。"花月穷游宴"四句，并春夏秋冬四时景物也都表现了出来，这种铺排方式，确是一种特殊的手法。还有一种极华贵的作品，如《冬日洛城北谒玄元皇帝庙》云：

> 配极元都閟，凭虚禁御长。守桃严具礼，掌节镇非常。
> 碧瓦初寒外，金茎一气旁。山河扶绣户，日月近雕梁。
> 仙李盘根大，猗兰奕叶光。世家遗旧史，道德付今王。
> 画手看前辈，吴生远擅场。森罗移地轴，妙绝动宫墙。

五圣联龙衮，千官列雁行。冕旒皆秀发，旌旃尽飞扬。
翠柏深留景，红梨迥得霜。风筝吹玉柱，露井冻银床。
身退卑周室，经传拱汉皇。谷神如不死，养拙更何乡。

玄元皇帝即李老聃，唐高宗乾封元年追尊为帝。老聃世称老子，是否确为唐之先祖，毫无凭信。张惕庵评论这诗说是"遥遥华胄，本属荒唐，却说得极缠绵巨丽，文人彩笔，炳于龙鸾"，却也恭维得十分恰当。杜甫作排律的最大成功之处，是任何题目都有办法，尤妙的是说什么人像什么人，所以胡元瑞又说："杜公赠汝阳、哥舒、李白、韦见素等作（俱载杜集中，可购《杜诗镜铨》详读之），格律精严，体骨匀称，无论其人履历咸若指掌，且形神意气，踊跃毫楮，如周昉写生，太史叙传，逼夺化工，而杜从容声律间，尤为难得，真古今绝诣也。"

三、七言古诗的形成

七言古诗的开端，其说不一，除了有很多人取《诗经》《离骚》的七言句，称为七言诗的滥觞外，其余多主张"垓下""大风""柏梁"等为最古的七言诗，但"垓下"和"大风"都在句中用兮字来凑音节，不能算是真正的七言诗，"柏梁"则系伪作，不足置论。真正的七言古诗，应该是曹丕的《燕歌行》了。

我们来看《燕歌行》的形式如下：

秋风萧瑟天气凉，草木摇落露为霜，群燕辞归雁南翔。念君客游思断肠，慊慊思归恋故乡，君何淹留寄他方？贱妾茕茕守空房，忧来思君不敢忘，不觉泪下沾衣裳。援琴鸣瑟发清商，短歌微吟不能长。明月皎皎照我床，星汉西流夜未央。牵牛织女遥相望，尔独何辜限河梁。

这诗是每句一押韵，和《柏梁诗》一样（《柏梁诗》世称柏梁体，也是句句押韵，虽系伪托之作，但其体裁已为诗坛所公认）。最初的七言古诗面目大概如此，后来经过改革变化，形态就完全不同了。

初唐之世，号称四杰的王、杨、卢、骆，开始创作较长的七古诗，如王勃那首附在《滕王阁序》后的四韵诗：

滕王高阁临江渚，珮玉鸣鸾罢歌舞。画栋朝飞南浦云，珠帘暮卷西山雨。寒云潭影日悠悠，物换星移几度秋。阁中帝子今何在，槛外长江空自流。

前诗由仄换平，一共用了六个韵，分为两段，有转换，有对仗，而且声调谐适，开后来长篇七古的先河。由于此种诗体的形成稍后一点，便有李白、杜甫、王维、孟浩然、高适、岑参等同时并起，虽然格调各有不同，而对于七言古诗都是十分出色当行，竞出求胜，于是七古遂永远脱离了乐府而翘然独立了。

四、七古的体裁与句法

从这以后，七言古诗的体裁，区分起来约有下列三种——

第一是平仄相间的七言古诗，如岑参的《白雪歌》：

北风卷地白草折，胡天八月即飞雪。忽如一夜春风来，千树万树梨花开。散入珠帘湿罗幕，狐裘不暖锦衾薄。将军角弓不得控，都护铁衣冷犹着。瀚海阑干千丈冰，愁云惨淡万里凝。中军置酒饮归客，胡琴琵琶与羌笛。纷纷暮雪下辕门，风掣红旗冻不翻。轮台东门送君去，去时雪满天山路。山回路转不见君，雪上空留马行处。

虽是平仄相间，但押韵处或两句一换，或四句一换，是没有一定的规则的。至于王维的《洛阳女儿行》，则是每四句一换韵：

洛阳女儿对门居，才可容颜十五余。良人玉勒乘骢马，侍女金盘脍鲤鱼。画阁朱楼尽相望，红桃绿柳垂檐向。罗帷送上七香车，宝扇迎归九华帐。狂夫富贵在青春，意气骄奢剧季伦。自怜碧玉亲教舞，不惜珊瑚持与人。春窗曙灭九微火，九微片片飞花琐。戏罢曾无理曲时，妆成只是熏香坐。城中相识尽繁华，日夜经过赵李家。谁怜越女颜如玉，贫贱江头自浣纱。

第二是用仄韵到底的七言古诗，如杜甫的《冬末以事之东都遇孟云卿》：

疾风吹尘暗河县，行子隔手不相见。湖城城东一开眼，驻马偶识云卿面。向非刘颢为地主，懒回鞭辔成高宴。刘侯欢我携客来，置酒张灯促华馔。且将款曲终今夕，休语艰难尚酣战。照室红炉促曙光，萦窗素月垂文练。天开地裂长安陌，寒尽春生洛阳殿。岂知驱车复同轨，可惜刻漏随更箭。人生会合不可常，庭树鸡鸣泪如线。

第三是用平韵到底的七言古诗，如杜甫的《寄韩谏议》：

今我不乐思岳阳，身欲奋飞病在床。美人娟娟隔秋水，濯足洞庭望八荒。鸿飞冥冥日月白，青枫叶赤天雨霜。玉京群帝集北斗，或骑麒麟翳凤凰。芙蓉旌旗烟雾落，影动倒景摇潇湘。
星宫之君醉琼浆，羽人稀少不在旁。似闻昨者赤松子，恐是汉代韩张良。昔随刘氏定长安，帷幄未改神惨伤。国家成败吾岂敢，色难腥腐餐枫香。周南留滞古所惜，南极老人应寿昌。美人胡为隔秋水，焉得置之贡玉堂。

以上三种体式，在初唐以至盛唐，已经日趋稳定，后来学者没有能超过此等范围。而这三种诗的作法，却另有一些讲究。

普通懂得作七言古诗的，多以为没有平仄，只要能押韵成句即可，殊不知七古诗正有它一定的平仄，是绝对不可错误的，否则读起来音节乖舛，不能成句。清代王士祯渔洋所撰《古诗平仄论》释之甚详，他曾拈出三项原则如下：

（一）平韵到底者，断不可杂以律句。

（二）仄韵到底者，间以律句无妨，以用仄韵，半非近体，其平仄抑扬，多以第二字第五字为关捩。

（三）换韵者已非近体，用律句无妨，大约首尾腰腹，须铢两匀称为主。

为叙次便利计，依照上面所引七古诗三种体式，分别解析如下。

凡是平仄相间的七言古诗（即王渔洋所说的换韵诗），可以杂用律句，如上引岑参《白雪歌》中的"将军角弓不得控，都护铁衣冷犹着"（此非律诗，但系对句），王维《洛阳女儿行》中的"良人玉勒乘骢马，侍女金盘脍鲤鱼"（完全的律句），"罗帏送上七香车，宝扇迎归九华帐"（倒转即系完全律句），渔洋的说法是有其实在的依据的。

其次是用仄韵到底的七言古诗，也不妨间以律句，如上引杜甫《冬末以事之东都遇孟云卿》诗中的"照室红炉促曙光，紫窗素月垂文练"，也属工律可证。至于渔洋所说的关捩在第二字或第五字，我们也可以从杜甫这首诗中看出来，即是头一句的第二字如系平声，则第二句的第二字必用仄声，反之亦然。如此逐句算下去，皆是一样。又如第一、第二句的第二字假定都用了平（或仄）声，则把第五字互用平仄声以调节之，例如：

韩公好古生已迟，我今况又百年后。	苏轼《石鼓歌》
细思物理坐叹息，人生安得如汝寿。	同上
走马城西惆怅归，不见千株雪相映。	韩愈《寒食日出游》
囊空甑倒谁救之，我今一食日还并。	同上

这些都是第一、二句第二字平仄相同，而将第五字分出平仄来调节音声的例子。

再次是用平韵到底的七言古诗，就更加麻烦了。

渔洋在上边提出这种体裁断不可杂以律诗，他继续申说此理，兹为便于学者修习，特提要详析之。渔洋说，出句第二字多用仄，如第五字间有用平者，则第六字多仄。

例证：如上面所引杜甫《寄韩谏议》诗，凡是出句"美人娟娟隔秋水""鸿飞冥冥日月白""玉京群帝集北斗""芙蓉旌旗烟雾落"，所有第二字一律皆系平声。再看上面诸句第五字如"隔"字、"日"字、"集"字，一律皆是仄声。至"芙蓉旌旗烟雾落"的"烟"字系平声，也无不可，因为第六字是仄声，可以救转它。假如这样的句字前边已经用了五个平声，若于第六字再用一平声，就以失粘论，音节便不谐了。

渔洋又说，落句第五字必平，第四字必仄。

例证：上引杜诗句如"影动倒景摇潇湘"，"恐是汉代韩张良"，"色难腥腐餐枫香"的第五字皆系平声，而第四字的"景"字、"代"字、"腐"字皆系仄声。

他更综合地说，出句终以二（平）五（仄）为凭，落句终以三平（第五、六、七字）为式。

这是最值得我们注意的，出句以二五为凭已如上述，至落句三平式的说法，就是结尾处连用三个平声字，如杜句的"摇潇湘""韩张良""餐枫香"皆是。

以上是七言古诗句法组织的大概，学者应该留心记住，至于详细的作法，以后当另辟专章论之。

五、昌黎体

自李、杜、高、岑以后，能自成体格的诗人，应当要推昌黎韩愈了。韩愈是一个文章家，才高学博，他出生于李杜之后，在诗的方面自己计算已不能突过前人，所以他只有独树一帜，以自辟蹊径求胜。清赵翼所撰《瓯北诗话》能道出韩愈的胜处，他说：

"至昌黎时，李杜已在前，纵极力变化，终不能再辟一径，惟少陵奇险处尚有可扩，故一眼觑定，欲从此辟山开道，自成一家，此昌黎所在也。"

果然他从此着眼，取杜之一体，运以自己的心精学力，参合变化，尽黜浮藻，妥贴排奡，而成为一家。然他的作品虽从奇险取径，但声调格法仍是极合于规矩的，如他的《山石》诗：

山石荦确行径微，黄昏到寺蝙蝠飞。升堂坐阶新雨足，芭蕉叶大栀子肥。僧言古壁佛画好，以火来照所见稀。铺床拂席置羹饭，疏粝亦足饱我饥。夜深静卧百虫绝，清月出岭光入扉。天明独去无道路，出入高下穷烟霏。山红涧碧纷烂漫，时见松枥皆十围。当流赤足踏涧石，水声激激风吹衣。人生如此自可乐，岂必局促为人靰。嗟哉吾党二三子，安得至老不更归。

这是学杜的高作，也是真正的昌黎体，以他的全部作品论，虽不及杜的阔大，而风骨的遒健恐亦无多逊色。

六、昌谷体

稍后于韩愈的是昌谷李贺。李贺字长吉，因为他是昌谷人，所为诗亦能自创一格，影响晚唐甚大，故世称为昌谷体。他自幼好为苦吟，七岁即能词章，诗笔奇艳，诗家号为"鬼才"，他的诗如《将进酒》云：

琉璃钟，琥珀浓，小槽酒滴珍珠红。烹龙炮凤玉脂泣，罗屏绣幕围春风。吹龙笛，击鼍鼓。皓齿歌，细腰舞。况是青春日将暮，桃花乱落如红雨。劝君终日酩酊醉，酒不到刘伶坟上土。

这种句法的伟丽奇警，确是从自己的性灵中发露出来，非学所能至，可惜他年二十七岁即卒。杜牧评其诗说："使贺且未死，少加以理，奴仆命骚可也。"

七、长庆体

长庆体是元稹和白居易两人所创立的一种诗流，他们都是唐元和时人，同时交厚，诗体相似。他们的诗集，一名"元氏长庆集"，计六十卷；一名"白氏长庆集"，计七十一卷，影响后世甚深。白居易最有名的《长恨歌》为后世所传诵。

我们看了《长恨歌》，知道了七言古诗又跃进了一步，在一篇的里面，包含有极整齐的律句，也竟有一首又一首整齐的七绝诗（如"夕殿萤飞"四句、"揽衣推枕"四句皆是七言绝诗）。它的押韵也没有一定的规则，有些是八句一转韵，有些则是两句就转了。它也不再顾及出句和落句的平仄，它却另外有一种风格。它把前代古诗的古奥幽僻的地方尽皆舍弃，所剩下来的只是那芊绵清丽和婉转缠绵的成分。这种长庆体的流传永久，自非无故了。

讲到这里，我国诗学源流和诗体的演变已经差不多了，因为各种体裁大概已尽于此，后来诗家祖述也不能出此范围。至于唐宋诗风的比较和明清诗的大凡，他日有暇，再依次论述。

诗韵备检

上平声

一　东

东　蛛　同　铜　桐　峒　筒　筩　童　僮　瞳　曈　艟　潼　中　忠　衷　冲　种
忡　盅　虫　终　螽　崇　漴　嵩　崧　菘　戎　弓　躬　宫　融　雄　熊　穹　穷
冯　风　枫　丰　沣　酆　充　隆　癃　窿　空　倥　公　工　釭　攻　蒙　濛　朦
艨　瞢　懵　笼　聋　珑　砻　庞　栊　洪　烘　红　虹　讧　鸿　丛　漻　翁　蓊
悤　聪　骢　总　从　骔　棕　通　侗　逢　蓬　篷

二　冬

冬　鼕　宗　琮　淙　农　浓　侬　憹　秾　醲　松　凇　鬆　重　锺　鐘　艟　容
蓉　溶　镕　榕　庸　墉　镛　佣　封　葑　丰　匈　汹　胸　凶　兇　逢　缝　彤
禺　喁　颙　雍　邕　灉　痈　壅　从　踪　鏦　茸　蛩　邛　共　供　恭　龚

三　江

江　杠　扛　矼　釭　舡　豇　龙　哝　窗　邦　降　洚　泷　双　艭　腔　撞　幢
鬃

四 支

支池思鲥疑鳍禧鹓饥陲稘
枝驰飔匙嶷其熹蠡肌随麾
肢篦緦禔宜期熙黎姬隋悲
脂迟丝茨樣棋伊黎妫规眉
知埠私茨辞仪祺狧蠡龟推湄
之持斯辞仪祺狤鼇厘危累嵋
芝治撕澌淇漪挚窥赢楣
祇雌厮磁崖骐椅鼇亏蕤郦
咨痴师移尼麒狸为追糜縻
资疵筛箬戏医噫欺帏绥縻麋
姿髭狮洟奇羲嘻离扻她绥虽麈
赀螭施巇琦牺篱姽葳睢虽
赆尸屍痍琦醨雁箕其逶衰丕
缁差诗彝岐菻漓箕谁吹
辎答词颐歧褷漓基锥炊卑疲
锱蚩祠怡祗瓻璃綦椎卑疲儿
兹嗤祠怡祇瓶璃碁锥炊俾儿
滋嘻禧嬉禧奇墀阜俾儿
孳婎时贻僖丽羁槌碑
孜司坿饴耆嘻骊畸垂陴而

五 微

微薇非菲扉斐诽霏绯妃飞肥淝几机饥讥玑矶
韂希稀晞歔衣依沂祈馡旂畿韦违帏闱围威葳
挥晖辉徽祎翚巍归

六 鱼

鱼渔如茹笯洳余予妤欤誉旟玙畬舆餘於潴书
舒纡诸精樗摅疏蔬嘘虚嘘墟歔初居裾琚储据
车蔬猪潴苴沮狙雎趄疽狙鉏锄驱除滁储踞
渠菹蘧酾桐庐驴栌

七 虞

虞娱夔禹嵎隅喁愚俞逾渝舰宵瑜榆揄蹰毹愉
歔史腴萸瘐谀儒孺濡醹襦于迂盂竽吁盱纡煦

洙凫吴枯都奴　铢符唔鸪铺舻　邾符梧蛄铺芦　硃芙酤晡鲈舻　侏蚨壶沽逋泸　朱扶诬姑蒲炉　趋鸜芜巫毋孤呼　枢戳瓠觚剜蔻卢　驱瞿无觚剜蔻卢　躯癯无菰租蔻　区除夫狐粗徂瘏娄　岖瞿鉄孤徂瘏镂　鬋姝殊敷肤馉黸徒镀膜　须姝殊敷肤馉黸徒镀膜　繻蛛桴湖邬途弩　需诛桴湖邬途弩　输株俘胡鸣图鸢　姁茉孚蜈乌阇挐

八　齐

提斋泥　堤乩迷　笮堕靠鏊　缢嵇笄　凄稽嘶　悽嵇梯　齑鸡栖犀　蓁梯楼　鹂禔　骊騠西　蠡鹈霓鞮　黧鹈霓　蔾蛪　璆蜺鑴　挚诋倪柴　黎啼蹊袿　黎低翳睽　跻蹄兮奎　脐蹄兮闺　齐题赍主

九　佳

豸　斋　柴　差哇　钗蛙　叉娲　淮娃　怀蜗　乖蜗　俳揩　排楷　牌喈　睚喈　摧偕　涯阶　厓皆　鞋霾　街埋　佳侪

十　灰

媒推垓腮　每锤该邰　莓堆骀台　梅漼薹猜　枚摧佁灾　徊催抬哉　洄催台哉　迥崔台徕　回桅欸崃　偎瑰埃莱　煨魄哀来　隈嵬开纔　悝颓呆栽　魁愦坏裁　咄罍醅财　陀雷杯材　陜诙傀才皑　恢瑰培菱孩　灰煤陪陔罳

十一真

真祯稹嗔瞋振甄珍遵身娠申伸呻绅人仁神辰

十五删

删 潸 关 弯 湾 蛮 还 环 阛 镮 鬟 圜 寰 湲 鋄 患 攀 奸 菅
颜 班 斑 颁 扳 般 山 讪 孱 潺 傸 顽 闲 懢 娴 门 间 艰 悭
殷 鳏 斓

下平声

一 先

先 跧 仙 鲜 宣 千 芊 阡 牵 戋 笺 惩 寒 骞 搴 迁 跹 诠 铨
拴 荃 筌 痊 全 钱 泉 前 乾 虔 键 犍 旋 漩 璇 镟 延 涎 挺
筵 缇 鳊 蜓 沿 贤 弦 絃 舷 烟 湮 燕 胼 轩 骈 焉 蔫 鄢 棉
扁 编 翩 蹁 褊 边 笾 篇 偏 翩 天 颠 巅 癫 遭 便 佃 渊 椽
肩 坚 滅 鞯 煎 湔 蝘 怜 然 镌 婵 蝉 旃 氊 鬈 田 鳣 渊 孪
阗 连 莲 涟 扇 链 鲢 穿 专 然 禅 栴 蜷 蜷 拳 传 鹯 颧
娟 遄 膻 鸢 缘 员 圆 卷 椿 倦 蜷 鬈 拳 权

二 萧

萧 箫 潇 消 宵 霄 逍 绡 销 蛸 硝 魈 翛 枭 嚣 枵 习 凋 雕
彫 鹏 苕 岧 超 鬓 韶 调 蜩 条 挑 桃 朓 跳 佻 幺 要 腰 哓
邀 徼 夭 燎 妖 娇 轺 矫 椒 焦 蕉 嘹 鹩 鹎 晁 聊 瞭 侥 桡 荞 辽 姚 嬝 遥 僄 镳 摇
缭 潦 燎 寥 尧 鹪 轿 骁 烧 樵 乔 峤 桥 饶 莸 漂 遥 僄 摽
谣 瑶 摇 猇 飘 剽 标 镖 樵 憔 乔 侨 峤 轿 韶 轺
飘 瓢 飙 剽 标 镖 摽 苗 描 猫 烧 韶 轺

三 肴

肴 淆 崤 殽 爻 交 郊 蛟 教 胶 轇 巢 铙 譊 挠 呶 梢 艄 捎

臀嘲　鞘坳　笱四　茅窅　哮聲　包　胞　苞　泡　抛　庖　炮　跑　匏　咆　敲　硗　钞　訬

四　豪

毫醪艘敖　濠毛陶遨　壕獒淘熬　号旄萄　嗥髦醄　高叨绹　篙发逃　蒿嘷咷　膏绦桃醨　皋韬鏊袍　槔慆涛袍　羔逃焘褒　糕刀曹操　劳忉遭　唠舠嘈　涝搔槽　捞骚漕　痨懆艚　牢缲螬

五　歌

歌磋娥陀波　哥蹉峨跎坡　柯嵯蛾酡陂　牁醛莪驼颓　戈艖鹅鼍嶓　过娑讹驮茄　珂莎多他迦　轲挲罗拖伽　诃梭罗按　苛唆啰　呵俊萝　阿蘘箩那　婴和锣　疴科逻婆　何蝌螺磨　河窠骡摩　荷裸蛇　瑳裸俄佗　搓哦沱蜗娲

六　麻

麻遐杷蛇　蟆虾琶查　华瑕丫楂　哗霞鸦渣　骅葭桠挝　花邪桠哇　瓜琊哑挐　夸耶杈洼　诧椰差哇　胯揶嗟呱　加斜纱　嘉车沙　家奢裟　珈赊牙　迦巴枒　枷葩枒　痂钯茶　笳疤阖佘　霞爬佘

七　阳

阳梁螳芳　扬梁姜妨　杨粮薑枋　旸凉僵坊　飏良疆祊　饧量缰光　炀香枪洗　疡乡跄桃　羊芊锵王　佯相蜣皇　详湘王　祥厢徨　庠央篁　翔秧徨　强细快　戕襄决殃　樯镶快鞅　墙骧殃　嫱浆鸯方黄　墙将鸯惶

狂 亡 忘 望 房 床 常 尝 偿 裳 当 笪 珰 裆 铛 霜

霜 长 创 昂
铛 闾 苍 磅
裆 茛 沧 滂
珰 猖 仓 赃
笪 倡 囊 藏
当 昌 梆 茫
裳 张 狼 邝
偿 郭 琅 忙
尝 漳 踉 汪
常 樟 浪 防
床 彰 廊 傍
房 章 郎 旁
望 棠 盲
忘 慷 堂 荒 彭
亡 康 糖 刚 顽
狂 塘 钢 刚 吭
璜 桑 塘 纲 行
潢 骊 唐 冈 杭
簧 孀 肠 疮 航

八 庚

行 声 呈 泓
婴 迎 并 盛 翃
瑛 鲸 兵 诚 阋
英 黥 兵 诚 宏
旌 䕲 鸣 城 闳
晴 擎 明 成 铿
蜻 名 钲 氓
菁 伻 征 盟
晶 情 怦 狰
精 倾 坪 筝 橙 亨
倾 轻 革 祯 荥 萌 撑
茎 卿 桢 槟
惊 评 营 振 莹 蘅 横 璜 觥 亨
清 莺 罃 琼 苋 衡
京 平 贞 营 嵘 蝾
荆 清 祯 萦
耕 鹦 赢 牲 兄
羹 罌 赢 甥 卤
秔 撄 牲
更 樱 橝 笙 醒 甍
鹒 嘤 楹 笙 醒 甍
庚 嘤 盈 生 程 纮

九 青

螟 椸 垌
暝 灵 扃
溟 婷 萤
冥 亭 荧
宁 泾 馨
铃 蜓 泾
邢 霆 经
型 庭 蛉
刑 廷 翎
形 厅 鸰
馨 听 羚
泾 町 图
经 汀 苓
猩 仃 舲
腥 打 聆
醒 钉 铃
惺 丁 玲
星 铭 泠 娉
青 蓂 伶 萍

十 蒸

缯 矜 肱
憎 兢 弘
增 兴 恒
胜 凝 棱
昇 鹰 楞
升 应 朋
澠 膺 能
绳 鞥 腾
乘 菱 簦 誊
曾 凌 藤
层 陵 滕
仍 灯
惩 症 登
澄 甑 征
丞 缯 冯
承 僧 冰
烝 矰 凭
蒸 罾 凭

十一 尤

呦 幽 悠 攸 优 尤 蝤 猷 犹 道 酉 攸 蝣 游 油 由 邮 疣 尤

呕 讴 沤 殴 瓯 鸥 求 裘 毬 述 球 仇 雏 酬 绸 稠 稠 辀 筹
俦 蹰 畴 柔 揉 蹂 愁 囚 泅 虬 牛 丘 抽 瘳 鞦 杻 赒 愀 搊
收 骓 修 羞 廋 飕 蒐 休 麻 蚪 犹 舟 州 秋 湫 周 杯 浮 蜉
诌 赇 鄹 诹 头 矛 蟊 偷 年 髳 眸 谋 缪 纠 惆 罘 篓 流 琉
留 遛 骝 驺 刘 浏 骰 侯 猴 喉 楼 髅 勾 钩 鞠 沟 篝 篝 兜

十二侵

侵 骎 今 金 禁 襟 音 愔 阴 瘖 寻 浔 岑 涔 壬 任 妊 纴 淫
森 参 葳 簪 斟 针 箴 砧 忱 椹 沈 林 霖 淋 临 琴 禽 擒 檎
黔 心 钦 衾 吟

十三覃

覃 谭 潭 蟫 醰 昙 坛 参 骖 南 楠 男 庵 盦 谙 含 函 涵 岚
婪 蚕 簪 贪 探 耽 眈 湛 龛 堪 鬖 弇 奁 谈 痰 甘 柑 担 儋 甗
三 蓝 篮 裆 颔 惭 酣 邯 憨

十四盐

盐 呫 檐 廉 濂 镰 帘 奁 砭 铦 纤 掺 签 佥 詹 瞻 谵 占 苫
沾 蟾 幨 楠 黏 炎 沾 觇 淹 庵 尖 歼 潜 箝 黔 钳 铃 厌 添
甜 恬 谦 兼 嫌 蒹 鹣 鲢 餂 拈 严

十五咸

咸 碱 缄 杉 嵒 喃 谗 馋 巉 槛 衔 嗛 岩 衫 芟 凡 帆 监 嵌
函

上 声

一 董

董 懂 恫 峒 桶 动 拢 笼 俸 唪 菶 曚 懵 总 傯 嵷 孔 空 汞
滃 蓊

二 肿

肿 种 踵 宠 陇 垄 拥 雍 甬 俑 涌 湧 踊 踽 恿 蛹 拱 珙 巩
悚 竦 怂 笔 恐 奉 捧 重 冢 冗 茸

三 讲

讲 港 棒 蚌 项

四 纸

纸 只 咫 枳 旨 指 是 諟 氏 士 仕 俟 涘 市 视 峙 恃 坶 始
史 使 驶 矢 藟 水 死 弛 豕 侈 哆 舐 尔 迩 徙 屣 玺 酾 揣 捶
箑 蕊 靡 蘼 彼 被 徛 倚 绮 觭 旖 婢 蚁 籼 紫 訾 俾 逦 旎 嵯
漼 未 诔 技 妓 毁 煨 诡 桅 跪 庀 仳 轨 簋 暑 葺 姊 种 漼
跂 姽 委 唯 葵 揆 几 机 趾 跽 芷 祉 軹 篚 耳 珥 鄙 否 以
雉 履 唯 比 姼 姒 秕 止 机 址 芑 祉 峙 齿 茝 洱 娌 否 苢
美 匕 比 似 妮 癸 杞 已 纪 拟 沘 轵 里 理 俚 季 企 圮
籽 梓 似 起 屺 杞 己 纪 拟 你 喜 蟢

五 尾

尾 鬼 伟 苇 韪 炜 卉 虺 几 亹 狶 斐 诽 悱 菲 榧 虮 岂 晞

六 语

语 圄 囿 龉 御 吕 侣 旅 膂 纻 苎 贮 伫 予 抒 杼 与 屿 渚
楮 褚 煮 汝 茹 暑 黍 杵 处 酅 女 许 巨 距 炬 钜 柜 讵 所
楚 础 阻 沮 俎 举 莒 筥 叙 溆 序 绪 墅

七 麌

麌 雨 羽 禹 宇 舞 父 府 俯 腑 鼓 虎 古 估 诂 牯 股 贾 蛊
土 吐 谱 圉 庾 户 树 麈 煦 怙 琥 嵝 卤 涵 怒 罟 肚 膴 妩
扈 沪 龋 辅 祖 组 乳 弩 补 鲁 橹 堵 睹 赌 竖 腐 数 簿 普
姥 拊 侮 五 伍 庑 斧 愈 祜 午 缕 部 柱 矩 武 甫 脯 黼 苦 抚
浦 主 烌 挂 杜 坞 愈 祜 雇 序 浒 怒 诩 栩 伛

八 荠

荠 礼 体 启 米 澧 醴 陛 洗 邸 底 诋 抵 牴 柢 弟 悌 涕 递
济 蠡 祢 傒 醒 缇

九 蟹

蟹 解 骇 买 洒 楷 獬 澥 骳 锴 摆 罢 枴 矮

十 贿

贿 悔 改 采 彩 綵 海 在 罪 宰 馁 醢 载 铠 恺 待 怠 殆 倍
猥 隗 蕾 儡 骸 绐 欸 垲 每 亥 乃

十一 轸

轸 敏 允 引 蚓 尹 尽 忍 准 隼 笋 盾 楯 闵 悯 泯 囷 菌 畛
哂 肾 牝 脘 赈 蜃 陨 殒 蠢 紧 狁 愍 吮 朕 稹

十二吻

吻 粉 蕴 愤 隐 近 忿 槿 坟 耆 听 龀 殷 扻

十三阮

阮 远 本 晚 苑 返 反 饭 阪 损 偃 堰 衮 遁 邂 稳 寋 嵼 楗
婉 蜿 宛 琬 闽 悃 捆 壸 鲧 撙 很 恳 垦 春 圈 绻 混 沌 娩
烜 焜 棍

十四旱

旱 煖 管 琯 满 短 馆 缓 盥 盌 懒 散 繖 伞 卵 伴 诞 罕 瀚
瓒 缵 断 侃 算 暵 但 坦 袒 蜑 秆 悍 亶 竂 纂 趱

十五潸

潸 眼 简 版 盏 产 限 撰 栈 绾 赧 划 屗 偄 柬 拣

十六铣

铣 善 遣 浅 典 转 衍 犬 选 免 勉 辇 冕 展 茧 辩 辨 篆 翦
卷 显 饯 践 晒 藓 软 寋 謇 演 岘 栈 姏 扁 裔 竞 娈 跣
腆 鲜 件 琏 泫 单 畎 褊 惼 殄 蜆 缅 湎 键 燹 狷 谫

十七筱

筱 小 表 鸟 了 晓 少 扰 绕 邈 娆 绍 杪 秒 沼 眇 淼 矫 蓼
皎 皦 瞭 缭 燎 杳 窅 窈 窕 嫋 褭 挑 掉 肇 湫 旐 标 慓 摽
缥 藨 挢 殍 悄 愀 兆 夭 娇

十八巧

巧 饱 卯 泖 昂 爪 鲍 挠 搅 狡 绞 姣 拗 炒

十九皓

讨 抱 捣 祷 倒 岛 恼 磠 脑 造 稻 道 好 老 枣 早 藻 宝 皓
灏 颢 浩 昊 皞 草 槁 鸨 褓 堡 葆 保 潦 槁 蚤 嫂 扫 燥 考
皂 镐 祅 懊 澡 栲 媪

二十哿

垛 朵 颗 裹 果 左 轲 坷 巨 可 娜 我 沱 挓 柁 韰 瑳 舸 火 哿
锁 琐 赢 蓏 跛 簸 颇 祸 夥 颗 裸 么 坐 妥 惰 堕 璨 锁

二十一马

赭 捨 假 贾 把 也 冶 厦 夏 泻 写 社 寡 瓦 雅 野 者 下 马
罕 蝦 惹 若 姐 哑 炟 且 洒

二十二养

颡 枉 厂 氅 敞 桨 奖 朗 仰 橡 像 象 决 快 鞅 痒 漾 养
仗 杖 丈 昶 囊 傥 谎 党 帑 两 做 仿 放 昉 惘 荡 洸 掌 穰 强
攘 蒋 纺 禓 繈 蟒 漭 莽 幌 混 晃 赏 享 广 网 上 想 榜 长 向 响
慷 怳 往 辋 壤 冈 爽 盎 脏 盎

二十三梗

静 整 顶 颖 逞 骋 永 饼 屏 请 警 境 岭 领 井 景 影 梗
并 荇 憬 耿 秉 鲠 哽 绠 打 杏 瘿 炳 丙 猛 郢 颈 艋 箐 靓 幸 省
皿 蛏 冷 蜢 靖

二十四迥

肯 胫 婞 诇 顶 鼎 等 竝 到 溟 醒 酊 町 艇 梃 挺 茗 炯 迥
酩 拯 泞

二十五有

有 酒 首 手 口 後 柳 友 妇 斗 狗 久 负 厚 叟 走 守 绶 右
否 醜 受 牖 偶 耦 阜 九 后 斝 薮 吼 帚 垢 畞 狃 纽 钮 舅
藕 朽 臼 肘 韭 剖 缶 酉 扣 瓿 黝 耇 莠 丑 苟 糅 某 玖 姆
纠 纠 嗾 忸 蚪 赳 陡 殴

二十六寝

寝 饮 锦 品 枕 甚 审 廪 衽 稔 禀 葚 沈 凛 懔 喋 浑 谂 荏
婶

二十七感

感 览 揽 榄 胆 澹 噉 坎 惨 敢 颔 闇 莟 撼 毯 槧 晻 菡 喊
揠 橄 嵌 歆

二十八俭

俭 焰 琰 敛 险 检 脸 潋 染 奄 掩 簟 点 贬 冉 苒 陕 谄 渐
玷 忝 剡 飐 芡 闪 歉 慊 俨 渰

二十九豏

豏 槛 范 减 舰 犯 湛 斩 黯 范 喊 滥 巉 掺

去　声

一　送

送 梦 凤 洞 众 瓮 弄 贡 冻 痛 栋 仲 中 粽 讽 恸 空 控 唪
恫 鬨 哄

二 宋

宋 重 用 颂 诵 统 纵 讼 种 综 俸 共 供 从 缝 葑 雍

三 绛

绛 降 巷 戆 撞 淙

四 真

真 置 事 地 意 志 治 思 泪 吏 赐 字 义 利 器 位 戏 至 次
累 伪 寺 侍 瑞 智 记 异 致 备 肆 翠 谊 使 厕 寄 类 弃 饵 媚
鼻 易 嫠 坠 醉 议 翅 遂 笥 帜 粹 季 帅 驷 识 忌 萃 贰 萃
穗 二 燧 悴 嗣 吹 泌 饲 四 骥 懿 刺 悸 觊 冀 暨 志 寐 魅
邃 比 庇 畀 谧 炽 秘 食 被 荙 觯 踬 溃 稚 迟 匮 馈 箐 嗜
恚 眥 荔 荩 网 致 轻 荟 赘 肄 肆 怼 喘 缢 訾 企 示 伺 腻 施
自 巽 莉 锾
遗 纯 挚

五 未

未 味 气 贵 费 沸 尉 慰 蔚 畏 魏 纬 胃 渭 谓 彙 讳 卉 毅
溉 既 翡 饩

六 御

御 处 去 虑 与 誉 署 据 驭 曙 助 絮 著 蓍 箸 豫 恕 遽 庶
疏 诅 预 倨 茹 语 踞 锯 沮 洳 淤 瘵 溆 蒢 酿 镢 欤 讵

七 遇

遇 路 潞 璐 露 鹭 辂 赂 树 澍 度 渡 赋 布 步 固 痼 锢 素
具 数 怒 务 婺 雾 鹜 骛 附 兔 故 雇 顾 句 墓 暮 慕 募 注

七遇（续）

炉　蠹
醋　错　沪
屡
诉　措　铺
屦　吐
护　忤　瓠
库　污　酤
戍　芋　沍
窭　哺　寓
晤　捕　煦
悟　妪
误　谕　孺
裕
付　恶
柞　傅
祚　胯　醭
胙　绔　赙
炷　铸
驻　赴　仆
住　趣　裗　讣
註　惧　鲋　塑

八霁

涕　缀　系　唉
厉　逝　谛　蜕
际　闭　脆　泥
滞　隶　继　荔
砌　祭　噬　龛
币　繋　瘵　棣
袂　说
慧　裔　砺　壁
艺　诣　楔
第　戾　偈　督
卫　锐　筮　蓟
岁　髻　蕙　荠
丽　蒂　箪　蓟
世　帝　誓　袘　禘
势　堐　渗　睨
计　毕　塝　渗　羿
製　弊　税　睨
制　敝　桂　慧　薜
济　契　细　曳　澧
霁　睇　翳　叡　薙　谜

九泰

蔼　狈
霭　酹
贝　蜕
最　癞
绘　汰
会　太
害　磕
蔡　荟
籁　邻
濑　狯
赖　浍
霈　脍
沛　侩
大　会
盖　奈
外　匄
带　兑
泰　艾

十卦

疥　解
界　蛮
芥　哈
价　铩
介　杀
诫　愆
戒　晴
坏　届
怪　瘵
债　稗
派　晒
瘥　败
画　话
卖　迈
隘　快
廦　湃
懈　拜　寨
挂　薤　呗
卦　械　喟

十一队

对　慨　在
菜　溉　焙
秽　概　类
背　逮　埭　砲
态　隶　淬
碎　吠　悴　晬
载　赉　诗　悴
退　愤　悖　玳
黛　溃　赛　禩
贷　嗳　耐　采
岱　喙　碓　徕
代　配　刈　采
佩　戴　乂　眛
辈　碍　乂　瑷
暖　妹　块　酹
爱　昧　昧
塞　晦　痗　昧
内　诲　忾　欸
队　废　嘅　再

十二震

震 信 印 进 润 阵 镇 振 刃 仞 轫 顺 慎 傧 鬓 殡 摈 晋 搢
骏 峻 俊 畯 馂 闰 舜 吝 烬 汛 讯 迅 衅 瞬 衬 榇 仅 荩 墐
殣 馑 觐 濬 蔺 躏 慭 徇 殉 赈 琎 瑾 趁 龀 韧

十三问

问 闻 运 晕 韵 训 粪 奋 忿 分 酝 愠 缊 郡 紊 抆 汶 偾 靳
近 斤 捃 拚

十四愿

愿 愿 怨 券 劝 恨 论 万 贩 饭 曼 蔓 寸 巽 困 顿 遁 遯 建
健 宪 献 钝 闷 嫩 逊 远 恩 裉 晼 圈

十五翰

翰 岸 汉 断 乱 幹 榦 灌 观 冠 叹 难 散 旦 算 半 畔 贯 按
案 汗 闬 炭 赞 讚 漫 幔 缦 玩 爨 窜 撺 粲 璨 灿 烂 唤 焕
涣 换 悍 扞 弹 惮 段 看 判 叛 绊 惋 旰 谰 泮 滤 墁 馆

十六谏

谏 雁 赝 涧 闲 患 慢 盼 办 豢 晏 鷃 栈 惯 串 苋 绽 幻 讪
丱 绾 缦 辧 疝 篡

十七霰

霰 殿 面 县 变 箭 战 扇 煽 善 膳 缮 鄯 传 见 现 砚 选 院
练 链 燕 醼 咽 谳 宴 卷 贱 电 荐 狷 睊 绢 眷 彦 绚 掾 佃
甸 钿 便 麫 线 倦 羡 堰 奠 遍 恋 转 啭 钏 眩 倩 蒨 卞 汴
忭 弁 拚 片 禅 谴 谚 缘 颤 擅 援 媛 瑗 淀 溅 旋 唁 穿 茜

栋 拣 先 衔 炫 眩 遣 缱 涟

十八啸

啸 笑 照 诏 召 邵 劲 庙 妙 窍 要 曜 耀 调 钓 吊 叫 踔 燎
峤 少 徼 眺 朓 肖 峭 鞘 诮 哨 料 尿 剽 掉 鹨 窵 嗷 烧 漂
醮 骠 苕 摽

十九效

效 教 校 较 孝 貌 烧 淖 豹 闹 罩 踔 窖 钞 炮 榷 棹 觉

二十号

号 冒 帽 报 导 盗 操 噪 噪 躁 灶 奥 澳 懊 隩 告 诰 暴 好
到 倒 蹈 劳 傲 耄 涝 造 悼 纛 鏊 缟 扫 爆 靠 糙

二十一箇

箇 个 個 贺 左 佐 作 坷 轲 大 饿 那 些 过 和 挫 剉 课 唾
播 簸 磨 坐 座 破 卧 货 磋 惰 锉

二十二祃

祃 驾 夜 下 谢 榭 罢 夏 暇 霸 灞 嫁 稼 赦 借 藉 炙 蔗 假
化 舍 价 射 骂 架 亚 娅 蟆 跨 麝 咤 怕 讶 诧 迓 蜡 帕 柘
华 贾 泻 把 乍 坝

二十三漾

漾 样 养 上 望 相 将 酱 状 帐 怅 浪 唱 让 酿 旷 壮 放 向 饷
仗 畅 量 匠 障 滂 尚 涨 访 舫 贶 嶂 瘴 亢 抗 吭 炕 当 脏 况
王 纩 盎 谅 亮 妄 创 怆 翔 丧 两 傍 砀 恙 飏 阆 旺 偿

二十四敬

敬 命 正 政 今 性 镜 盛 行 圣 咏 姓 庆 映 病 柄 郑 劲 竞
净 竟 狰 孟 迸 聘 阱 诤 泳 请 倩 硬 蒬 更 敻 併 傲 侦

二十五径

径 定 听 胜 磬 罄 应 乘 媵 赠 佞 称 邓 甄 胫 莹 证 孕 兴
经 泞 醒 锭 暝 剩 凭 凝 镫 磴 凳 亘 钉

二十六宥

宥 候 瘦 就 售 授 寿 绣 宿 奏 富 兽 斗 漏 陋 守 狩 画 寇
茂 懋 旧 胄 宙 袖 岫 柚 覆 复 救 廐 臭 幼 右 佑 祐 侑 囿
豆 逗 窦 溜 蕈 构 遘 媾 觏 购 透 瘦 漱 镂 贸 走 诟 究 凑
谬 缪 籀 疚 灸 觳 畜 薅 枢 骤 縠 瓷 首 皱 绉 衰 督 味 姤
又 后 厚

二十七沁

沁 饮 禁 任 荫 谶 浸 褛 谮 鸠 枕 衽 赁 渗 椹 闯 甚

二十八勘

勘 暗 滥 啖 担 憾 缆 瞰 绀 暂 磡 澹

二十九艳

艳 剑 念 验 赡 堑 店 占 敛 厌 滟 潋 垫 欠 椠 窆 僭 酽 店
砭 殓 掞 螹 兼 俺 忝

三十陷

陷 监 鉴 汎 梵 帆 忏 赚 蘸 谄 剑 淹 站

入声

一 屋

族 鏃 沐 鬻 蹴
肉 椟 卜 衄 蠱
谷 牍 独 扑 郁
孰 犊 淑 菽 鞠
熟 渎 读 叔 鞠
榖 蓿 蓄 睦 掬
碌 宿 畜 穆 菊
禄 伏 漱 筑 朴
蝠 牧 哭 竺 濮
辐 逐 斛 戮 楼
幅 缩 竹 仆 濮
福 育 麓 蹙 菽
鹏 复 镞 暴 辣 倏
服 陆 粥 簇 瀑 漉
目 菊 覆 镞 瀑 勰
竹 腹 覆 祝 陶 匐
辘 复 速 澳 铼 蜀
木 辘 复 速 澳 铼
屋 鹿 穀 馥 燠 夙

二 沃

沃 俗 玉 足 曲 粟 烛 属 绿 录 箓 辱 狱 毒 局 欲 束 告 鹄
酷 蜀 促 触 续 浴 缛 褥 瞩 旭 蓐 欲 梏 笃 蠹 督 赎 勖

三 觉

觉 角 桷 埆 榷 岳 乐 捉 朔 数 斫 卓 踔 琢 诼 涿 倬 剥 駮
驳 眊 雹 扑 朴 璞 壳 悫 确 浊 濯 榷 幄 喔 握 渥 荦 学

四 质

质 日 笔 出 黜 室 实 疾 嫉 术 一 乙 壹 吉 诘 秩 密 蜜 率
律 逸 佚 轶 帙 挬 泆 失 漆 膝 栗 慄 篥 毕 跸 恤 邲 橘 帅
瑟 匹 述 七 叱 卒 虱 悉 尤 戌 唧 栉 窒 必 姪 镒 秩 溢
桎 汨

五 物

物 佛 拂 屈 郁 乞 讫 迄 吃 掘 崛 绂 弗 茀 髴 勿 诎 熨 欻
不 屹 倔 黻

六　月

月　骨　滑　阙　越　钺　樾　谒　没　殁　伐　阀　罚　卒　竭　碣　窟　笏　歇
蜎　发　髪　突　忽　惚　韤　袜　勃　厥　蹶　蕨　鹘　讷　粤　悖　侼　兀　机
纥　矹　猝　捽　龁　核　日　刖

七　曷

曷　喝　褐　过　暍　渴　葛　达　佸　末　沫　阔　活　钵　脱　夺　割　拔　跋
魃　钹　挞　阔　拨　泼　豁　括　聒　抹　卉　秣　萨　掇　獭　撮　怛　剌　斡

八　黠

黠　札　猾　鹘　拔　八　察　杀　刹　轧　刖　劫　戛　嘎　揠　苗　獭　刮　帕
刷

九　屑

屑　节　雪　绝　结　穴　悦　阅　说　血　舌　挈　洁　别　莂　缺　裂　热　抉
决　诀　鸩　铁　灭　折　哲　拙　切　激　辙　彻　撒　咽　噎　杰　设　鳖　映　齧
劣　碣　挈　谲　玦　截　窃　缀　圹　讦　饕　瞥　撇　蛰　臬　阕　桀　蝶　辍　蕝
迭　洌　褺　硩　经　蔑　拮　挈　跌　浙　垤　凸　薛　绁　渫　桀　辄　爇　暂
冽　歠　侄　慁　拮

十　药

药　薄　恶　略　作　乐　洛　落　阁　鹤　爵　爝　弱　约　脚　雀　鹊　幕　壑
索　郭　鞟　博　错　跃　若　缚　鸮　酌　托　拓　削　铎　勺　杓　灼　凿　却　烙
络　骆　度　诺　鄂　萼　谔　绰　廓　橐　漠　钥　篛　著　虐　箬　掠　镬　镬　蠖
搏　锷　霍　蒦　格　嚼　谑　柝　柝　烁　砾　莋　稈　亳　恪　貉　箈　蠼　芍
彴　疟　爝　粕　昨　析　酢　斫　劚　凿　喀　瘼　矍　各

十一陌

驿翮癖瘠骼咋
壁获僻昔擘摭
载脊辟译擗
帛革惜疫亦檗
役易责迫害貊
格赤掷奕襞蓆
籍辟舄怿翟蓆
碧画嚄怿翟峄
策逆核绎藉掴
席隙窄射螫帼
宅尺栅摘螫蝎
迹册益轭赜扼
伯液隔磔赜踯
百脉碛舶腊扼
泽夕剧拍炙喷
白积愤释炙珀刺
客魄帻释珀
石柏适腋赫鲫壁
陌额屐披踯只吓

十二锡

翟霹
寂览
激喫
橄的觑
嫡涤迪
适感阅
镝戚阒
摘鹢汨
滴获轹
敌狄轹
笛敌栎
勣溺栎
觅砾
击淅剔
枥晳踢
历籴惕
壁逖沥
锡靓雳

十三职

则勒肋
刻特沏
贼臆翮
饰忆测
黑亿测
匿陟
北织弋
直织弋
息默唧
极惑即
翼饬剋
墨棘蜮
力敕克
色殖逼
蚀殖识慁
食域稷湢
德轼昃阈
得式仄
国塞愿殛
职侧劾丞

十四缉

及廿
袭歙
什把
拾翕
十絷
给唈
习隰
泣笠
溲蛰
邑汁
色粒
集涩
立吸
茸笈
揖级
戢汲
辑炭
缉急

十五合

榼
盍
踏
沓
衲
阁
阖
鸽
蜡
腊
杂
匝
纳遝
榻逻
塔拉鞈
嗒搭
答拓
飒
合

十六葉

葉 帖 贴 妾 接 牒 蝶 谍 堞 魇 喋 猎 叠 捷 睫 箧 颊 摄 蹑
慑 协 挟 侠 荚 铗 浃 箑 燮 屧 摺 恊 魇 捻 婕 茶

十七洽

洽 夹 狭 峡 硖 箑 法 甲 呷 胛 押 匣 业 邺 压 鸭 乏 怯 劫
胁 插 锸 歃 闸 押 狎 袷 绒 掐